KB083442

중국은 루쉰이 필요하다

중국 루쉰연구 명가정선집 03
중국은 루쉰이 필요하다

초판 인쇄 2021년 6월 20일 **초판 발행** 2021년 6월 30일
글쓴이 왕푸런 **옮긴이** 박재우 · 배도임 **펴낸이** 박성모 **펴낸곳** 소명출판 **출판등록** 제13-522호
주소 서울시 서초구 서초중앙로6길 15, 2층
전화 02-585-7840 **팩스** 02-585-7848 **전자우편** somyungbooks@daum.net **홈페이지** www.somyong.co.kr

값 25,000원
ISBN 979-11-5905-235-4 94820
ISBN 979-11-5905-232-3 (세트)

잘못된 책은 바꾸어드립니다.

중국 루쉰 연구

명 가 정 선 집

03

중국은 루쉰이 필요하다

CHINA NEEDS LU XUN

왕푸런 지음 | 박재우 · 배도임 역

중국 루쉰연구 명가정선집

일러두기

- 이 책은 허페이(合肥) 안후이대학출판사(安徽大學出版社)에서 2013년 6월에 출판한 중국 루쉰연구 명가정선집 『中國需要魯迅』을 한글 번역하였다.
- 가급적 원저를 그대로 옮겼으며, 설명이 필요한 경우에는 '역주'로 표시하였다.

'중국 루쉰연구 명가정선집' 을 펴내며

린페이林非

100년 전인 1913년 4월, 『소설월보小說月報』 제4권 제1호에 '저우춰周逴'로 서명한 문언소설 「옛일懷舊」이 발표됐다. 이는 뒷날 위대한 문학가가 된 루쉰이 지은 것이다. 당시의 『소설월보』 편집장 윈톄차오惲鐵樵가 소설을 대단히 높이 평가해 작품의 열 곳에 방점을 찍고 또 「자오무焦木・부지附志」를 지어 "붓을 사용하는 일은 금침으로 사람을 구해내는 것이라 할 수 있다", "전환되는 곳마다 모두 필력을 보였다", 인물을 "진짜 살아있는 듯이 생생하게 썼다", "사물이나 풍경 묘사가 깊고 치밀하다", 또 "이해하고 파악해 문장을 논하고 한가득 미사여구를 늘어놓기에 이르지 않은" 젊은이는 "이런 문장을 본보기로 삼는 것이 아주 좋다"라고 말했다. 이런 글은 루쉰의 작품에 대한 중국의 정식 출판물의 최초의 반향이자 평론이긴 하지만, 또 문장학의 각도에서 「옛일」의 의의를 분석한 것이다.

한 위대한 인물의 출현은 개인의 천재적 조건 이외에 시대적인 기회와 주변 환경에서 비롯되기도 한다. 1918년 5월에, '5・4' 문학혁명의 물결 속에서 색다른 양식의 깊고 큰 울분에 찬, '루쉰'이라 서명한 소설 「광인일기狂人日記」가 『신청년新青年』 월간 제4권 제5호에 발표됐다. 이로써 '루쉰'이란 빛나는 이름이 최초로 중국에 등장했다.

8개월 뒤인 1919년 2월 1일 출판된 『신조新潮』 제1권 제2호에서

'기자'라고 서명한 「신간 소개」에 『신청년』 잡지를 소개하는 글이 실렸다. 그 글에서 '기자'는 최초로 「광인일기」에 대해 평론하면서 루쉰의 "「광인일기」는 사실적인 필치로 상징주의symbolism 취지에 이르렀으니 참으로 중국의 으뜸가는 훌륭한 소설이다"라고 말했다.

이 기자는 푸쓰녠傅斯年이었다. 그의 평론은 문장학의 범위를 뛰어넘어 정신문화적 관점에서 중국 사상문화사에서의 루쉰의 가치를 지적했다. 루쉰은 절대로 단일한 문학가가 아닐 뿐 아니라 중국 근현대 정신문화에 전면적으로 영향을 끼친 심오한 사상가이다. 그래서 루쉰연구도 정신문화 현상의 시대적 흐름에 부응해 필연적으로 일어난 것이고, 시작부터 일반적인 순수 학술연구와 달리 어떤 측면에서는 지난 100년 동안의 중국 정신문화사의 발전 궤적을 반영하게 됐다.

이로부터 루쉰과 그의 작품에 대한 평론과 연구도 새록새록 등장해 갈수록 심오해지고 계통적이고 날로 세찬 기세를 많이 갖게 됐다. 연구자 진영도 한 세대 또 한 세대 이어져 창장의 거센 물결처럼 쉼 없이 세차게 흘러 중국 현대문학연구에서 전체 인문연구에 이르기까지 하나의 큰 경관을 형성했다. 그 가운데 주요 분수령은 마오둔茅盾의 「루쉰론魯迅論」, 취추바이瞿秋白의 「『루쉰잡감선집魯迅雜感選集』·서언序言」, 마오쩌둥毛澤東의 「신민주주의론新民主主義論」, 어우양판하이歐陽凡海의 「루쉰의 책魯迅的書」, 리핑신李平心(루쭤魯座)의 「사상가인 루쉰思想家的魯迅」 등이다. 1949년 이후에 또 펑쉐펑馮雪峰의 「루쉰 창작의 특색과 그가 러시아문학에서 받은 영향魯迅創作的特色和他受俄羅斯文學的影響」, 천융陳涌의 「루쉰소설의 현실주의를 논함論魯迅小說的現實主義」과 「문학예술의 현실주의를 위해 투쟁한 루쉰爲文學藝術的現實主義而鬪爭的魯迅」, 탕타오唐弢의 「루쉰 잡문의 예술적 특징

魯迅雜文的藝術特徵」과 「루쉰의 미학사상을 논함論魯迅的美學思想」, 왕야오王瑤의 「루쉰 작품과 중국 고전문학의 역사 관계를 논함論魯迅作品與中國古典文學的歷史關係」 등이 나왔다. 이 시기에는 루쉰연구마저도 왜곡 당했을 뿐 아니라, 특히 '문화대혁명' 중에 루쉰을 정치적인 도구로 삼아 최고 경지로 추어 올렸다. 그렇지만 이런 정치적 환경 속에서라고 해도 리허린李何林으로 대표된 루쉰연구의 실용파가 여전히 자료 정리와 작품 주석이란 기초적인 업무를 고도로 중시했고, 그 틈새에서 숨은 노력을 묵묵히 기울여왔다. 그래서 길이 빛날 의미를 지닌 많은 성과를 얻었다. 결론적으로 루쉰에 대해 우러러보는 정을 가졌건 아니면 다른 견해를 담았건 간에 모두 루쉰과 루쉰연구의 존재를 무시할 수 없다.

귀중한 것은 20세기 1980년대 이후에 루쉰연구가 사상을 제한해온 오랜 속박에서 벗어나 영역을 확장해 철학, 사회학, 심리학, 비교문학 등 새로운 시야로 루쉰 및 그의 생애와 작품에 대해 더욱 심오하고 두텁게 통일적이고 종합적으로 연구하며 해석하게 됐고, 시종 선두에서서 중국의 사상해방운동과 학술문화업무의 발전을 촉진시키기 위해 불멸의 역사적 공훈을 세웠다. 동시에 또 왕성한 활력과 새로운 지식구조, 새로운 사유방식을 지닌 중·청년 연구자들을 등장시켰다. 이는 중국문학연구와 전체 사회과학연구 가운데서 모두 보기 드문 것이다.

그래서 이 연구자들의 저작에 대해 총결산하고 그들의 성과에 대해 진지한 검토를 하는 것이 매우 필요한 일이 되었다. 안후이安徽대학출판사가 이 무거운 짐을 지고, 학술저서의 출판이 종종 적자를 내고 경제적 이익을 얻을 수 없는 시대에 의연히 편집에 큰 공을 들여 이 '중국 루쉰연구 명가정선집中國魯迅研究名家精選集' 시리즈를 출판해 참으로 사람을 감격하게 했다. 나는 그들의 노력이 수포로 돌아갈 리 없고, 이 저작들이 중국의 루쉰연구학술사에서 틀림없이 중요한 가치를 갖고 대대로 계승돼 미래의 것을 창조해내서 중국에서 루쉰연구가 더욱 큰 발전을 이룰 것을 굳게 믿는다.

이로써 서문을 삼는다.

2013년 3월 3일

횃불이여, 영원하라

지난 100년 중국의 루쉰연구 회고와 전망

1913년 4월 25일에 출판된 『소설월보』 제4권 제1호에 '저우취'로 서명한 문언소설 「옛일」이 발표됐다. 잡지의 편집장인 윈톄차오는 이 소설에 대해 평가하고 방점을 찍었을 뿐 아니라 또 글의 마지막에서 「자오무 · 부지」를 지어 소설에 대해 호평했다. 이는 상징성을 갖는 역사적 시점이다. 즉 '저우취'가 바로 뒷날 '루쉰'이란 필명으로 세계적인 명성을 누리게 된 작가 저우수런周樹人이고, 「옛일」은 루쉰이 창작한 첫 번째 소설로서 중국 현대문학의 전주곡이 됐고, 「옛일」에 대한 윈톄차오의 평론도 중국의 루쉰연구의 서막이 됐다.

1913년부터 헤아리면 중국의 루쉰연구는 지금까지 이미 100년의 역사를 갖게 됐다. 그동안에 사회적 상황의 변화로 인해 수많은 곡절을 겪었음에도 불구하고, 그러나 여전히 저명한 전문가와 학자들이 쏟아져 나와 중요한 학술적 성과를 냈음은 물론 20세기 1980년대에 점차 중요한 영향력을 지닌 학문인 '루학魯學'을 형성하게 됐다. 지난 100년 동안의 중국의 루쉰연구사를 돌이켜보면, 정치적인 요소가 대대적으로 루쉰연구의 역사과정에 커다란 영향을 끼쳤음을 볼 수 있다. 그래서 우리도 정치적인 각도에서 중국의 루쉰연구사 100년을 대체로 중화민국 시기와 중화인민공화국 시기로 구분할 수 있다.

중화민국 시기(1913~1949)의 루쉰연구는 중국의 100년 루쉰연구의 맹아기와 기초기라고 말할 수 있다. 비공식 통계에 따르면, 이 기간 중국의 간행물에 루쉰과 관련한 글은 모두 96편이 발표됐고, 그 가운데서 루쉰의 생애와 관련한 역사 연구자료 성격의 글이 22편, 루쉰사상 연구 3편, 루쉰작품 연구 40편, 기타 31편으로 나뉜다. 이런 글 가운데 비교적 중요한 것은 장딩황張定璜이 1925년에 발표한 「루쉰 선생魯迅先生」과 저우쭤런周作人의 『아Q정전阿Q正傳』 두 편이다. 이외에 문화 방면에서 루쉰의 영향이 점차 확대됨에 따라 점차 더욱더 많은 평론가들이 루쉰과 관련한 연구에 몰두하기 시작해 1926년에 중국의 첫 번째 루쉰연구논문집인 『루쉰과 그의 저작에 관하여關於魯迅及其著作』를 출판했다.

중국의 100년 루쉰연구의 기초기는 중화민국 난징국민정부 시기(1927년 4월~1949년 9월)이다. 비공식 통계에 따르면, 이 기간에 중국의 간행물에 루쉰과 관련한 글은 모두 1,276편이 발표됐고, 그 가운데 루쉰의 생애 관련 역사 연구자료 성격의 글 336편, 루쉰사상 연구 191편, 루쉰작품 연구 318편, 기타 431편으로 나뉜다. 중요한 글에 팡비方壁(마오둔茅盾)의 「루쉰론魯迅論」, 허닝何凝(취추바이瞿秋白)의 「『루쉰잡감선집魯迅雜感選集』·서언序言」, 마오쩌둥毛澤東의 「루쉰론魯迅論」과 「신민주주의적 정치와 신민주주의적 문화新民主主義的政治與新民主主義的文化」, 저우양周揚의 「한 위대한 민주주의자의 길一個偉大的民主主義者的路」, 루쭤魯座(리핑신李平心)의 「사상가인 루쉰思想家魯迅」과 쉬서우창許壽裳, 징쑹景宋(쉬광핑許廣平), 펑쉐펑馮雪峰 등이 쓴 루쉰을 회고한 것들이 있다. 이외에 또 중국에서 출판한 루쉰연구 관련 저작은 모두 79권으로 그 가운데 루쉰의 생애와 사료연구 저작 27권, 루쉰사상 연구 저작 9권, 루쉰작품 연구 저작 9권, 기타 루쉰연구 저작(주제 연구 및 집록류輯錄類 연구 저작) 34권이다. 중요한 저작에 리창즈李長之의 『루쉰 비판魯迅批判』, 루쉰기념위원회魯迅紀念委員會가 편집한 『루쉰선생기념집魯迅先生紀念集』, 샤오훙蕭紅의 『루쉰 선생을 추억하며回憶魯迅先生』, 위다푸郁達夫의 『루쉰 추억과 기타回憶魯迅及其他』, 마오둔이 책임 편집한 『루쉰을 논함論魯迅』, 쉬서우창의 『루쉰의 사상과 생활魯迅的思想與生活』과 『망우 루쉰 인상기亡友魯迅印象記』, 린천林辰의 『루쉰사적고魯迅事迹考』, 왕스징王士菁의 『루쉰전魯迅傳』 등이 있다. 이 시기의 루쉰연구가 전체적으로 말해 학술적인 수준이 높지 않다고 해도, 그러나 루쉰 관련 사료연구, 작품연구와 사상연구 등 방면에서는 중국의 100년 루쉰연구를 위한 기초를 다졌다.

중화인민공화국 시기에 루쉰연구와 발전이 걸어온 길은 비교적 복잡하다. 정치적인 요소의 영향을 받았기 때문에 여러 단계로 구분된다. 즉 발전기, 소외기, 회복기, 절정기, 분화기, 심화기가 그것이다.

중화인민공화국 '17년' 시기(1949~1966)는 중국의 100년 루쉰연구의 발전기이다. 신중국 성립 이후 당국이 루쉰을 기념하고 연구하는 업무를 매우 중시해 연이어 상하이루쉰기념관, 베이징루쉰박물관, 사오싱紹興루쉰기념관, 샤먼廈門루쉰기념관, 광둥廣東루쉰기념관 등 루쉰을 기념하는 기관을 세웠다. 또 여러 차례 루쉰 탄신 혹은 서거한 기념일에 기념행사를 개최했고, 아울러 1956년에서 1958년 사이에 신판 『루쉰전집魯迅全集』을 출판했다. 『인민일보人民日報』도 수차례 현실정치의 필요에 부응해 루쉰서거기념일에 루쉰을 기념하는 사설을 게재했다. 예를 들면 「루쉰을 배워 사상투쟁을 지키자學習魯迅, 堅持思想鬪爭」(1951년 10월 19일), 「루쉰의 혁명적 애국주의의 정신적 유산을 계승하자繼承魯迅的革命愛國主義的精神遺産」(1952년 10월 19일), 「위대한 작가, 위대한 전사偉大的作家 偉大的戰士」(1956년 10월 19일) 등이다. 그럼으로써 학자와 작가들이 루쉰을 연구하도록 이끌었다. 정부의 대대적인 추진 아래 중국의 루쉰연구가 점차 발전하기 시작했다.

비공식 통계에 따르면 이 기간에 중국의 간행물에 발표된 루쉰연구와 관련한 글은 모두 3,206편이다. 그 가운데 루쉰의 생애 관련 역사 연구자료 성격의 글이 707편, 루쉰사상 연구 697편, 루쉰작품 연구 1,146편, 기타 656편이 있다. 중요한 글에 왕야오王瑤의 「중국문학의 유산에 대한 루쉰의 태도와 중국문학이 그에게 끼친 영향魯迅對於中國文學遺産的態度和他所受中國文學的影響」, 천융陳涌의 「한 위대한 지식인의 길一個偉大的知識分子的道路」, 저우양周揚의 「'5·4' 문학혁명의 투쟁전통을 발휘하자發揚"五四"文學革命的戰鬪傳統」, 탕타오唐弢의 「루쉰의 미학사상을 논함論魯迅的美學思想」 등이 있다. 이외에 또 중국에서 출판된 루쉰연구와 관련한 저작은 모두 162권이 있고, 그 가운데 루쉰의 생애와 사료연구 저작은 모두 49권, 루쉰사상 연구 저작 19권, 루쉰작품 연구 저작 57권, 기타 루쉰연구 저작(주제 연구 및 집록류 연구 저작) 37권이다. 중요한 저작에 『루쉰 선생 서거 20주년 기념대회 논문집魯迅先生逝世二十周年紀念大會論文集』, 왕야오의 『루쉰과 중국문학魯迅與中國文學』, 탕타오의 『루쉰 잡문의 예술적 특징魯迅雜文的藝術特徵』, 펑쉐펑의 『들풀을 논함論野草』, 천바이천陳白塵이 집필한 『루쉰魯迅』(영화 문학시나리오), 저우샤서우周遐壽(저우쭤런)의 『루쉰의 고향魯迅的故家』과 『루쉰 소설 속의 인물魯迅小說裏的人物』 그리고 『루쉰의 청년시대魯迅的青年時代』 등이 있다. 이 시기의 루쉰연구는 루쉰작품 연구 영역, 루쉰사상 연구 영역, 루쉰 생애와 사료 연구 영역에서 모두 중요한 학술적 성과를 얻었고, 전체적인 학술적 수준도 중화민국 시기의 루쉰연구보다 최대한도로 심오해졌고, 중국의 100년 루쉰연구사에서 첫 번째로 고도로 발전한 시기이다.

중화인민공화국의 '문화대혁명' 10년 동안은 중국의 100년 루쉰연구의 소외기이다. '문화대혁명' 초기에 중국공산당 중앙이 '프롤레타리아 문화대혁명'을 발동하고, 아울러 루쉰을 빌려 중국의 '문화대혁명'을 공격하는 소련의 언론에 반격하기 위해 7만여 명이 참가한 루쉰 서거30주년 기념대회를 열었다. 여기서 루쉰을 마오쩌둥의 홍소병紅小兵(중국소년선봉대에서 이름이 바뀐 초등학생의 혁명조직으로 1978년 10월 27일에 이전 명칭과 조직을 회복했다–역자)으로 만들어냈고, 홍위병(1966년 5월 29일, 중고대학생을 중심으로 조직됐고, 1979년 10월에 이르러 중국공산당 중앙이 정식으로 해산을 선포했다–역자)에게 루쉰의 반역 정신을 배워 '문화대혁명'을 끝까지 하도록 호소했다. 이는 루쉰의 진실한 이미지를 대대적으로 왜곡했고, 게다가 처음으로 루쉰을 '문화대혁명'의 담론시스템 속에 넣어 루쉰을 '문화대혁명'에 봉사토록 이용한 것이다. 이후에 '비림비공批林批孔' 운동, '우경부활풍조 반격反擊右傾飜案風' 운동, '수호水滸' 비판운동 중에 또 루쉰을 이 운동에 봉사토록 이용해 일정한 정치적 목적을 달성했다. '문화대혁명' 후기인 1975년 말에 마오쩌둥이 '루쉰을 읽고 평가하자讀點魯迅'는 호소를 발표해 전국적으로 루쉰 학습 열풍을 일으켰다. 이에 대대적으로 전국 각지에서 루쉰 보급업무를 추진했고, 루쉰연구가 1980년대에 활발하게 발전하는데 기초를 놓았다.

비공식 통계에 따르면 전체 '문화대혁명' 기간(1966~1976)에 중국의 간행물에 발표된 루쉰 관련 연구는 모두 1,876편이 있고, 그 가운데 루쉰 생애와 사료 관련 글이 130편, 루쉰사상 연구 660편, 루쉰작품 연구 1,018편, 기타 68편이다. 이러한 글들은 대부분 정치적 운동에 부응해 편찬된 것이다. 중요한 글에 『인민일보』가 1966년 10월 20일 루쉰 서거30주년 기념을 위해 발표한 사설 「루쉰적인 혁명의 경골한 정신을 학습하자學習魯迅的革命硬骨頭精神」, 『홍기紅旗』 잡지에 게재된 루쉰 서거30주년 기념대회에서의 야오원위안姚文元, 궈머뤄郭沫若, 쉬광핑許廣平 등의 발언과 사설 「우리의 문화혁명 선구자 루쉰을 기념하자紀念我們的文化革命先驅魯迅」, 『인민일보』의 1976년 10월 19일 루쉰 서거40주년 기념을 위해 발표된 사설 「루쉰을 학습하여 영원히 진격하자學習魯迅永遠進擊」 등이 있다. 그 외에 중국에서 출판한 루쉰연구 관련 저작은 모두 213권이고, 그 가운데 루쉰 생애와 사료연구 관련 저작 30권, 루쉰사상 연구 저작 9권, 루쉰작품 연구 저작 88권, 기타 루쉰연구 저작(주제 연구 및 집록류 연구 저작) 86권이 있다. 이러한 저작은 거의 모두 정치적 운동의 필요에 부응해 편찬된 것이기 때문에 학술적 수준이 비교적 낮다. 예를 들면 베이징대학 중문과 창작교학반이 펴낸 『루쉰작품선강魯迅作品選講』 시리즈총서, 인민문학출판사가 출판한 『루쉰을 배워 수정주의 사상을 깊이 비판하자學習魯迅深入批修』 등이 그러하다. 이 시기는 '17년' 기간에 개척한 루쉰연구의 만족스러운 국면을 이어갈 수 없었고 루쉰에 대한 학술연구는 거의 정체되었으며, 공개적으로 발표한 루쉰과 관련한 각종 논저는 거의 다 왜곡되어 루쉰을 이용한 선전물이었다. 이는 중국의 루쉰연구에 대해 말하면 의심할 바 없이 악재였다.

'문화대혁명'이 막을 내린 뒤부터 1980년에 이르는 기간(1977~1979)은 중국의 100년 루쉰연구의 회복기이다. 1976년 10월 '문화대혁명'이 막을 내렸을 때는 루쉰에 대해 '문화대혁명'이 왜곡하고 이용하면서 초래한 좋지 못한 영향이 여전히 상당한 정도로 존재하고 있었다. '문화대혁명'이 막을 내린 뒤 국가의 관련 기관이 이러한 좋지 못한 영향 제거에 신속하게 손을 댔고, 루쉰 저작의 출판 업무를 강화했으며, 신판 『루쉰전집』을 출판할 준비에 들어갔다. 아울러 중국루쉰연구학회를 결성하고 루쉰연구실도 마련했다. 그리하여 루쉰연구에 대해 '문화대혁명'이 가져온 파괴적인 면을 대대적으로 수정했다. 이외에 인민문학출판사가 1974년에 지식인과 노동자, 농민, 병사의 삼결합 방식으로 루쉰저작 단행본에 대한 주석 작업을 개시했다. 그리하여 1975년 8월에서 1979년 2월까지 잇따라 의견모집본('붉은 표지본'이라고도 부른다)을 인쇄했고, '사인방'이 몰락한 뒤에 이 '의견모집본'('녹색 표지본'이라고도 부른다)들을 모두 비교적 크게 수정했고, 이후 1979년 12월부터 연속 출판했다. 1970년대 말에 '삼결합' 원칙에 근거하여 세운, 루쉰저작에 대한 루쉰저작에 대한 주석반의 각 판본의 주석이 분명한 시대적 색채를 갖지만, '문화대혁명' 기간의 루쉰저작에 대한 왜곡이나 이용과 비교하면 다소 발전된 것임을 의심할 여지는 없다. 그래서 이러한 '붉은 표지본' 루쉰저작 단행본은 '사인방'이 몰락한 뒤에 신속하게 수정된 뒤 '녹색 표지본'의 형식으로 출판됨으로써 '문화대혁명' 뒤의 루쉰 전파에 중요한 공헌을 했다.

비공식 통계에 따르면, 이 동안에 중국의 간행물에 발표된 루쉰 관련 연구는 모두 2,243편이고, 그 가운데 루쉰의 생애와 사료 관련 179편, 루쉰사상 연구 692편, 루쉰작품 연구 1,272편, 기타 100편이 있다. 중요한 글에 천융의 「루쉰사상의 발전 문제에 관하여關於魯迅思想發展問題」, 탕타오의 「루쉰 사상의 발전에 관한 문제關於魯迅思想發展的問題」,

위안량쥔袁良駿의 「루쉰사상 완성설에 대한 질의魯迅思想完成說質疑」, 린페이林非와 류짜이푸劉再復의 「루쉰이 '5·4' 시기에 제창한 '민주'와 '과학'의 투쟁魯迅在五四時期倡導"民主"和"科學"的鬪爭」, 리시판李希凡의 「'5·4' 문학혁명의 투쟁적 격문－'광인일기'로 본 루쉰소설의 '외침' 주제"五四"文學革命的戰鬪檄文－從『狂人日記』看魯迅小說的"吶喊"主題」, 쉬제許傑의 「루쉰 선생의 '광인일기' 다시 읽기重讀魯迅先生的『狂人日記』」, 저우젠런周建人의 「루쉰의 한 단면을 추억하며回憶魯迅片段」, 펑쉐펑의 「1936년 저우양 등의 행동과 루쉰이 '민족혁명전쟁 속의 대중문학' 구호를 제기한 경과 과정과 관련하여有關一九三六年周揚等人的行動以及魯迅提出"民族革命戰爭中的大衆文學"口號的經過」, 자오하오성趙浩生의 「저우양이 웃으며 역사의 공과를 말함周揚笑談歷史功過」 등이 있다. 이외에 중국에서 출판한 루쉰연구 관련 저작은 모두 134권이고, 그 가운데 루쉰의 생애와 사료 연구 관련 저작 27권, 루쉰사상 연구 저작 11권, 루쉰작품 연구 저작 42권, 기타 루쉰연구 저작(주제 연구 및 집록류 연구 저작) 54권이다. 중요한 저작에 위안량쥔의 『루쉰사상논집魯迅思想論集』, 린페이의 『루쉰소설논고魯迅小說論稿』, 류짜이푸의 『루쉰과 자연과학魯迅與自然科學』, 주정朱正의 『루쉰회고록 정오魯迅回憶錄正誤』 등이 있다. 전체적으로 말하면 이 시기의 루쉰연구는 '문화대혁명'이 루쉰을 왜곡한 현상에 대해 바로잡고 점차 정확한 길을 걷고, 또 잇따라 중요한 학술적 성과를 얻었으며, 1980년대의 루쉰연구를 위해 만족스런 기초를 다졌다.

20세기 1980년대는 중국의 100년 루쉰연구의 절정기이다. 1981년에 중국공산당 중앙이 '문화대혁명'의 영향을 철저하게 제거하기 위해 인민대회당에서 루쉰 탄신100주년을 위한 기념대회를 성대하게 거행했다. 그리하여 '문화대혁명' 시기에 루쉰을 왜곡하고 이용하면서 초래된 좋지 못한 영향을 최대한도로 청산했다. 후야오방胡耀邦은 중국공산당을 대표한 「루신 탄신100주년 기념대회에서의 연설在魯迅誕生一百周年紀念大會上的講話」에서 루쉰정신에 대해 아주 새로이 해석하고, 아울러 루쉰연구 업무에 대해 새로운 요구 사항을 제기했다. 『인민일보』가 1981년 10월 19일에 사설 「루쉰정신은 영원하다魯迅精神永在」를 발표했다. 여기서 루쉰정신을 당시의 세계 및 중국 정세와 결합시켜 새로이 해독하고, 루쉰정신을 계승하고 발전시킬 중요한 현실적 의미를 제기했다. 그리고 전국 인민에게 '루쉰을 배우자, 루쉰을 연구하자'고 호소했다. 그리하여 루쉰에 대한 전국적 전파를 최대한 촉진시켜 1980년대 루쉰연구의 열풍을 일으켰다. 왕야오, 탕타오, 리허린 등 루쉰연구의 원로 전문가들이 '문화대혁명'을 겪은 뒤에 다시금 학술연구 업무를 시작하여 중요한 루쉰연구 논저를 저술했고, 아울러 193,40년대에 출생한 루쉰연구 전문가들이 쏟아져 나왔다. 예를 들면 린페이, 쑨위스孫玉石, 류짜이푸, 왕푸런王富仁, 첸리췬錢理群, 양이楊義, 니모옌倪墨炎, 위안량쥔, 왕더허우王德後, 천수위陳漱渝, 장멍양張夢陽, 진훙다金宏達 등이다. 이들은 중국의 루쉰연구를 시대의 두드러진 학파가 되도록 풍성하게 가꾸어 민족의 사상해방 면에서 중요한 작용을 발휘하도록 했다. 그러나 1980년대 말에 정치적인 이유로 인해 루쉰은 또 당국에 의해 점차 주변부화되었다.

비공식 통계에 따르면 20세기 1980년대 10년 동안에 중국 전역에서 루쉰연구와 관련한 글은 모두 7,866편이 발표됐고, 그 가운데 루쉰 생애 및 사적과 관련한 글 935편, 루쉰사상 연구 2,495편, 루쉰작품 연구

3,406편, 기타 1,030편이 있다. 루쉰의 생애 및 사적과 관련해 중요한 글에 후펑胡風의 「'좌련'과 루쉰의 관계에 관한 약간의 회상關於"左聯"及與魯迅關係的若干回憶」, 옌위신閻愈新의 「새로 발굴된 루쉰이 홍군에게 보낸 축하편지 魯迅致紅軍賀信的新發現」, 천수위의 「새벽이면 동쪽 하늘에 계명성 뜨고 저녁이면 서쪽 하늘에 장경성 뜨니-루쉰과 저우쭤런이 불화한 사건의 시말東有啓明西有長庚-魯迅周作人失和前後」, 멍수훙蒙樹宏의 「루쉰 생애의 역사적 사실 탐색魯迅生平史實探微」 등이 있다. 또 루쉰사상 연구의 중요한 글에 왕야오의 「루쉰사상의 한 가지 중요한 특징-깨어있는 현실주의魯迅思想的一個重要特點-淸醒的現實主義」, 천융의 「루쉰과 프롤레타리아문학 문제魯迅與無産階級文學問題」, 탕타오의 「루쉰의 초기 '인생을 위한' 문예사상을 논함論魯迅早期"爲人生"的文藝思想」, 첸리췬의 「루쉰의 심리 연구魯迅心態硏究」와 「루쉰과 저우쭤런의 사상 발전의 길에 대한 시론試論魯迅與周作人的思想發展道路」, 진훙다의 「루쉰의 '국민성 개조' 사상과 그 문화 비판魯迅的"改造國民性"思想及其文化批判」 등이 있다. 루쉰작품 연구의 중요한 글에는 왕야오의 「루쉰과 중국 고전문학魯迅與中國古典文學」, 옌자옌嚴家炎의 「루쉰 소설의 역사적 위상魯迅小說的歷史地位」, 쑨위스의 「'들풀'과 중국 현대 산문시『野草』與中國現代散文詩」, 류짜이푸의 「루쉰의 잡감문학 속의 '사회상' 유형별 형상을 논함論魯迅雜感文學中的"社會相"類型形象」, 왕푸런의 『중국 반봉건 사상혁명의 거울-'외침'과 '방황'의 사상적 의미를 논함中國反封建思想革命的一面鏡子-論『吶喊』『彷徨』的思想意義』과 「인과적 사슬 두 줄의 변증적 통일-'외침'과 '방황'의 구조예술兩條因果鏈的辨證統一『吶喊』『彷徨』的結構藝術」, 양이의 「루쉰소설의 예술적 생명력을 논함論魯迅小說的藝術生命力」, 린페이의 「'새로 쓴 옛날이야기'와 중국 현대문학 속의 역사제재소설을 논함論『故事新編』與中國現代文學中的歷

史題材小說」, 왕후이汪暉의 「역사적 '중간물'과 루쉰소설의 정신적 특징歷史的"中間物"與魯迅小說的精神特徵」과 「자유 의식의 발전과 루쉰소설의 정신적 특징自由意識的發展與魯迅小說的精神特徵」 그리고 「'절망에 반항하라'의 인생철학과 루쉰소설의 정신적 특징"反抗絶望"的人生哲學與魯迅小說的精神特徵」 등이 있다. 그리고 기타 중요한 글에 왕후이의 「루쉰연구의 역사적 비판魯迅硏究的歷史批判」, 장멍양의 「지난 60년 동안 루쉰잡문 연구의 애로점을 논함論六十年來魯迅雜文硏究的症結」 등이 있다. 이외에 중국에서 출판한 루쉰연구에 관한 저작은 모두 373권으로, 그 가운데 루쉰 생애와 사료 연구 저작 71권, 루쉰사상 연구 저작 43권, 루쉰작품 연구 저작 102권, 기타 루쉰연구 저작(주제 연구 및 집록류 연구 저작) 157권이 있다. 저명한 루쉰연구 전문가들이 중요한 루쉰연구 저작을 출판했고, 예를 들면 거바오취안戈寶權의 『세계문학에서의 루쉰의 위상魯迅在世界文學上的地位』, 왕야오의 『루쉰과 중국 고전소설魯迅與中國古典小說』과 『루쉰작품논집魯迅作品論集』, 탕타오의 『루쉰의 미학사상魯迅的美學思想』, 류짜이푸의 『루쉰미학사상논고魯迅美學思想論稿』, 천융의 『루쉰론魯迅論』, 리시판의 『'외침'과 '방황'의 사상과 예술「吶喊」「彷徨」的思想與藝術』, 쑨위스의 『'들풀' 연구「野草」硏究』, 류중수劉中樹의 『루쉰의 문학관魯迅的文學觀』, 판보췬范伯群과 쩡화펑曾華鵬의 『루쉰소설신론魯迅小說新論』, 니모옌의 『루쉰의 후기사상 연구魯迅後期思想硏究』, 왕더허우의 『'두 곳의 편지' 연구「兩地書」硏究』, 양이의 『루쉰소설 종합론魯迅小說綜論』, 왕푸런의 『루쉰의 전기 소설과 러시아문학魯迅前期小說與俄羅斯文學』, 진훙다의 『루쉰 문화사상 탐색魯迅文化思想探索』, 위안량쥔의 『루쉰연구사(상권)魯迅硏究史上卷』, 린페이와 류짜이푸의 공저 『루쉰전魯迅傳』 및 루쉰탄신100주년기념위원회 학술활동반이 편집한 『루쉰 탄신 100주년기념

학술세미나논문선紀念魯迅誕生100周年學術討論會論文選』 등이 있다. 전체적으로 말하면 이 시기의 루쉰연구는 중국의 100년 루쉰연구사상의 폭발기로 '문화대혁명' 10년 동안의 억압을 겪은 뒤, 왕야오, 탕타오 등으로 대표되는 원로 세대 학자, 왕푸런, 첸리췬 등으로 대표된 중년 학자, 왕후이 등으로 대표되는 청년학자들이 루쉰사상 연구 영역과 루쉰작품 연구 영역에서 모두 풍성한 연구 성과를 거두었다. 아울러 저명한 루쉰 연구 전문가들이 쏟아져 나왔을 뿐 아니라 중국 루쉰연구의 발전을 최대로 촉진시켰고, 루쉰연구를 민족의 사상해방 면에서 선도적인 핵심 작용을 발휘하도록 했다.

20세기 1990년대는 중국의 100년 루쉰연구의 분화기이다. 1990년대 초에, 1980년대 이래 중국에 나타난 부르주아 자유화 사조를 청산하기 위해 중국공산당 중앙이 1991년 10월 19일 루쉰 탄신110주년 기념을 위하여 루쉰 기념대회를 중난하이中南海에서 대대적으로 거행했다. 장쩌민江澤民이 중국공산당 중앙을 대표해 「루쉰정신을 더 나아가 학습하고 발휘하자進一步學習和發揚魯迅精神」는 연설을 했다. 그는 이 연설에서 새로운 형세에 따라 루쉰에 대해 새로운 해독을 하고, 아울러 루쉰연구 및 전체 인문사회과학연구에 대해 새로운 요구 사항을 제기하고 또 새로운 방향을 제시했다. 루쉰을 본보기와 무기로 삼아 사상문화전선의 정치적 방향을 명확하게 바로잡았던 것이다. 이로 인해 루쉰도 재차 신의 제단에 초대됐다. 하지만 시장경제의 발전에 따라 시장경제라는 큰 흐름의 충격 아래 1990년대 중·후기에 당국이 다시 점차 루쉰을 주변부화시키면서 루쉰연구도 점차 시들해졌다. 하지만 195, 60년대에 태어난 중·청년 루쉰연구 전문가들이 줄줄이 나타났다. 예를 들면 왕후이, 장푸구이張福貴, 왕샤오밍王曉明, 양젠룽楊劍龍, 황젠黃健, 가오쉬둥高旭東, 주샤오진朱曉進, 왕첸쿤王乾坤, 쑨위孫郁, 린셴즈林賢治, 왕시룽王錫榮, 리신위李新宇, 장훙張閎 등이 새로운 이론과 새로운 연구방법으로 루쉰연구의 공간을 더 나아가 확장했다. 1990년대 말에 한둥韓冬 등 일부 젊은 작가와 거훙빙葛紅兵 등 젊은 평론가들이 루쉰을 비판하는 열풍도 일으켰다. 이 모든 것이 다 루쉰이 이미 신의 제단에서 내려오기 시작했음을 나타냈다.

비공식 통계에 따르면 20세기 1990년대에 중국에서 발표된 루쉰연구 관련 글은 모두 4,485편이다. 그 가운데 루쉰 생애와 사적 관련 글 549편, 루쉰사상 연구 1,050편, 루쉰작품 연구 1,979편, 기타 907편이다. 루쉰 생애와 사적과 관련된 중요한 글에 저우정장周正章의 「루쉰의 사인에 대한 새 탐구魯迅死因新探」, 우쥔吳俊의 「루쉰의 병력과 말년의 심리魯迅的病史與暮年心理」 등이 있다. 또 루쉰사상 연구 관련 중요한 글에 린셴즈의 「루쉰의 반항철학과 그 운명魯迅的反抗哲學及其命運」, 장푸구이의 「루쉰의 종교관과 과학관의 역설魯迅宗教觀與科學觀的悖論」, 장자오이張釗貽의 「루쉰과 니체의 '반현대성'의 의기투합魯迅與尼采"反現代性"的契合」, 왕첸쿤의 「루쉰의 세계적 철학 해독魯迅世界的哲學解讀」, 황젠의 「역사 '중간물'의 가치와 의미－루쉰의 문화의식을 논함歷史"中間物"的價值與意義－論魯迅的文化意識」, 리신위의 「루쉰의 사람의 문학 사상 논강魯迅人學思想論綱」, 가오위안바오郜元寶의 「루쉰과 현대 중국의 자유주의魯迅與中國現代的自由主義」, 가오위안둥高遠東의 「루쉰과 묵자의 사상적 연계를 논함論魯迅與墨子的思想聯系」 등이 있다. 루쉰작품 연구의 중요한 글에는 가오쉬둥의 「루쉰의 '악'의 문학과 그 연원을 논함論魯迅"惡"的文學及其淵源」, 주샤오진의 「루쉰 소설의 잡감화 경향魯迅小說的雜感化傾向」, 왕자량王嘉良의 「시정 관념－루쉰 잡감문학의 시학 내용詩情觀念－魯迅雜感文學的詩學內蘊」, 양젠룽의 「상호텍스트성－루쉰의 향토소설의 의향 분석文本互涉－魯迅鄉土小說的意向分析」, 쉐이薛毅의 「'새로 쓴 옛날이야기'의 우언성을 논함論『故事新編』的寓言性」, 장훙의 「'들풀' 속의 소리 이미지『野草』中的聲音意象」 등이 있다. 이외에 기타 중요한 글에 펑딩안彭定安의 「루쉰학－중국 현대문화 텍스트의 이론적 구조魯迅學－中國現代文化文本的理論構造」, 주샤오진의 「루쉰의 문체 의식과 문체 선택魯迅的文體意識及其文體選擇」, 쑨위의 「당대문학과 루쉰 전통當代文學與魯迅傳統」 등이 있다. 그밖에 중국에서 출판된 루쉰연구 관련 저작은 모두 220권으로, 그 가운데 루쉰 생애 및 사료 연구와 관련된 저작 50권, 루쉰사상 연구 저작 36권, 루쉰작품 연구 저작 61권, 기타 루쉰연구 저작(주제 연구 및 집록류 연구 저작) 73권이 있다. 그 가운데 중요한 루쉰의 생애 및 사료 연구와 관련된 저작에 왕샤오밍의 『직면할 수 없는 인생－루쉰전無法直面的人生－魯迅傳』, 우쥔의 『루쉰의 개성과 심리 연구魯迅個性心理研究』, 쑨위의 『루쉰과 저우쭤런魯迅與周作人』, 린셴즈의 『인간 루쉰人間魯迅』, 왕빈빈王彬彬의 『루쉰 말년의 심경魯迅－晚年情懷』 등이 있다. 또 루쉰사상 연구 관련 중요한 저작에 왕후이의 『절망에 반항하라－루쉰의 정신구조와 '외침'과 '방황' 연구反抗絶望－魯迅的精神結構與「吶喊」「彷徨」研究』, 가오쉬둥의 『문화적 위인과 문화적 충돌－중서 문화충격의 소용돌이 속에 있는 루쉰文化偉人與文化衝突－魯迅在中西文化撞擊的漩渦中』, 왕첸쿤의 『중간에서 무한 찾기－루쉰의 문화가치관由中間尋找無限－魯迅的文化價值觀』과 『루쉰의 생명철학魯迅的生命哲學』, 황젠의 『반성과 선택－루쉰의 문화관에 대한 다원적 투시反省與選擇－魯迅文化觀的多維透視』 등이 있다. 루쉰작품 연구 관련 중요한 저작에는 양이의 『루쉰

작품 종합론』, 린페이의 『중국 현대소설사에서의 루쉰中國現代小說史上的魯迅』, 위안량쥔의 『현대산문의 정예부대現代散文的勁旅』, 첸리췬의 『영혼의 탐색心靈的探尋』, 주샤오진의 『루쉰 문학관 종합론魯迅文學觀綜論』, 장멍양의 『아Q신론－아Q와 세계문학 속의 정신적 전형문제阿Q新論－阿Q與世界文學中的精神典型問題』 등이 있다. 그리고 기타 루쉰연구 저작(주제 연구 및 집록류 연구 저작)에 위안량쥔의 『당대 루쉰연구사當代魯迅研究史』, 왕푸런의 『중국 루쉰연구의 역사와 현황中國魯迅研究的歷史與現狀』, 천팡징陳方競의 『루쉰과 저둥문화魯迅與浙東文化』, 예수쑤이葉淑穗의 『루쉰의 유물로 루쉰을 알다從魯迅遺物認識魯迅』, 리윈징李允經의 『루쉰과 중외미술魯迅與中外美術』 등이 있다. 전체적으로 말하면 루쉰이 1990년대 중·후기에 신의 제단을 내려오기 시작함에 따라서 중국의 루쉰연구가 비록 시장경제의 커다란 충격을 받기는 했어도, 여전히 중년 학자와 새로 배출된 젊은 학자들이 새로운 이론과 연구방법을 채용해 루쉰사상 연구 영역과 루쉰작품 연구 영역에서 계속 상징적인 성과물들을 내놓았다. 1990년대의 루쉰연구의 성과가 비록 수량 면에서 분명히 1980년대의 루쉰연구의 성과보다는 떨어진다고 해도 그러나 학술적 수준 면에서는 1980년대의 루쉰연구의 성과보다 분명히 높았다고 말할 수 있다. 이러한 현상은 루쉰연구가 이미 기본적으로 정치적 요소의 영향에서 벗어나 정상궤도로 진입했고, 아울러 큰 정도에서 루쉰연구의 공간이 개척되었음을 나타내고 있다고 말할 수 있다.

21세기의 처음 10년은 중국의 100년 루쉰연구의 심화기이다. 21세기에 들어서면서 루쉰을 기념하는 행사를 개최하려는 당국의 열의는 현저히 식었다. 2001년 루쉰 탄신120주년 무렵에 당국에서는 루쉰기념대회를 개최하지 않았고 국가 최고지도자도 루쉰에 관한 연설을 발표하지 않았을 뿐 아니라 『인민일보』도 루쉰에 관한 사설을 더 이상 발표하지 않았다. 이와 동시에 루쉰을 비판하는 발언이 새록새록 등장했다. 이는 루쉰이 이미 신의 제단에서 완전히 내려와 사람의 사회로 되돌아갔음을 상징한다. 하지만 중국의 루쉰연구는 오히려 꾸준히 발전하였다. 옌자옌, 쑨위스, 첸리췬, 왕푸런, 왕후이, 정신링鄭心伶, 장멍양, 장푸구이, 가오쉬둥, 황젠, 쑨위, 린셴즈, 왕시룽, 장전창姜振昌, 쉬쭈화許祖華, 진충린靳叢林, 리신위 등 학자들이 루쉰연구의 진지를 더욱 굳게 지켰다. 더불어 가오위안바오, 왕빈빈, 가오위안둥, 왕쉐첸王學謙, 왕웨이둥汪衛東, 왕자핑王家平 등 1960년대에 출생한 루쉰연구 전문가들도 점차 성장하면서 루쉰연구를 계속 전수하게 되었다.

2000년에서 2009년까지 비공식 통계에 따르면 중국에서 발표한 루쉰연구 관련 글은 7,410편으로, 그 가운데 루쉰 생애와 사료 관련 글 759편, 루쉰사상 연구 1,352편, 루쉰작품 연구 3,794편, 기타 1,505편이 있다. 루쉰 생애 및 사적과 관련된 중요한 글에 옌위신의 「루쉰과 마오둔이 홍군에게 보낸 축하편지 다시 읽기再讀魯迅茅盾致紅軍賀信」, 천핑위안陳平原의 「경전은 어떻게 형성된 것인가?－저우씨 형제의 후스를 위한 산시고經典是如何形成的－周氏兄弟爲胡適刪詩考」, 왕샤오밍의 「'비스듬히 선' 운명"橫站"的命運」, 스지신史紀辛의 「루쉰과 중국공산당과의 관계의 어떤 사실 재론再論魯迅與中國共產黨關係的一則史實」, 첸리췬의 「예술가로서의 루쉰作爲藝術家的魯迅」, 왕빈빈의 「루쉰과 중국 트로츠키파의 은원魯迅與中國托派的恩怨」 등이 있다. 또 루쉰사상 연구의 중요한 글에 왕푸런의 「시간, 공간, 사람－루쉰 철학사상에 대한 몇 가지 견해時間·空間·人－魯迅哲學思想

芻議」, 원루민溫儒敏의 「문화적 전형에 대한 루쉰의 탐구와 우려魯迅對文化典型的探求與焦慮」, 첸리췬의 「'사람을 세우다'를 중심으로 삼다－루쉰 사상과 문학의 논리적 출발점以"立人"爲中心－魯迅思想與文學的邏輯起點」, 가오쉬둥의 「루쉰과 굴원의 심층 정신의 연계를 논함論魯迅與屈原的深層精神聯系」, 가오위안바오의 「세상을 위해 마음을 세우다－루쉰 저작 속에 보이는 마음 '심'자 주석爲天地立心－魯迅著作中所見"心"字通詮」 등이 있다. 그리고 루쉰 작품 연구의 중요한 글에 옌자옌의 「다성부 소설－루쉰의 두드러진 공헌復調小說－魯迅的突出貢獻」, 왕푸런의 「루쉰 소설의 서사예술魯迅小說的敍事藝術」, 팡쩡위逄增玉의 「루쉰 소설 속의 비대화성과 실어 현상魯迅小說中的非對話性和失語現象」, 장전창의 「'외침'과 '방황'－중국소설 서사방식의 심층 변환『吶喊』『彷徨』－中國小說敍事方式的深層嬗變」, 쉬쭈화의 「루쉰 소설의 기본적 환상과 음악魯迅小說的基本幻象與音樂」 등이 있다. 또 기타 중요한 글에는 첸리췬의 「루쉰－먼 길을 간 뒤(1949~2001)魯迅－遠行之後1949~2001」, 리신위의 「1949－신시기로 들어선 루쉰1949－進入新時代的魯迅」, 리지카이李繼凱의 「루쉰과 서예 문화를 논함論魯迅與書法文化」 등이 있다. 이외에 중국에서 출판한 루쉰연구 관련 저작은 모두 431권이다. 그 가운데 루쉰 생애 및 사료 연구 관련 저작 96권, 루쉰사상 연구 저작 55권, 루쉰작품 연구 저작 67권, 기타 루쉰연구 저작(주제 연구 및 집록류 연구 저작) 213권이다. 그 가운데 루쉰 생애 및 사료 연구의 중요한 저작에 니모옌의 『루쉰과 쉬광핑魯迅與許廣平』, 왕시룽의 『루쉰 생애의 미스테리魯迅生平疑案』, 린셴즈의 『루쉰의 마지막 10년魯迅的最後十年』, 저우하이잉周海嬰의 『나의 아버지 루쉰魯迅與我七十年』 등이 있다. 또 루쉰사상 연구의 중요한 저작에 첸리췬의 『루쉰과 만나다與魯迅相遇』, 리신위의 『루쉰의 선택魯迅的選擇』, 주서우퉁朱壽桐의 『고립무원의 기치-루쉰의 전통과 그 자원의 의미를 논함孤絶的旗幟-論魯迅傳統及其資源意義』, 장닝張寧의 『수많은 사람과 한없이 먼 곳-루쉰과 좌익無數人們與無窮遠方-魯迅與左翼』, 가오위안둥의 『현대는 어떻게 '가져왔나'?-루쉰 사상과 문학 논집現代如何"拿來"-魯迅思想與文學論集』 등이 있다. 루쉰작품 연구의 중요한 저작에 쑨위스의 『현실적 및 철학적 '들풀' 연구現實的與哲學的-「野草」硏究』, 왕푸런의 『중국 문화의 야경꾼 루쉰中國文化的守夜人-魯迅』, 첸리췬의 『루쉰 작품을 열다섯 가지 주제로 말함魯迅作品十五講』 등이 있다. 그리고 주제 연구 및 집록류 연구의 중요한 저작에는 장멍양의 『중국 루쉰학 통사中國魯迅學通史』, 펑딩안의 『루쉰학 개론魯迅學導論』, 펑광롄馮光廉의 『다원 시야 속의 루쉰多維視野中的魯迅』, 첸리췬의 『먼 길을 간 뒤-루쉰 접수사의 일종 묘사(1936~2000)遠行之後-魯迅接受史的一種描述1936~2000』, 왕자핑의 『루쉰의 해외 100년 전파사(1909~2008)魯迅域外百年傳播史1909~2008』 등이 있다. 전체적으로 말하면, 21세기 처음 10년의 루쉰연구는 기본적으로 정치적인 요소의 영향에서 벗어났고, 루쉰작품에 대한 연구에 더욱 치중했으며, 루쉰작품의 문학적 가치와 미학적 가치를 훨씬 중시했다. 그래서 얻은 학술적 성과는 수량 면에서 중국의 100년 루쉰연구의 절정기에 이르렀을 뿐 아니라 학술적 수준 면에서도 중국의 100년 루쉰연구의 절정기에 이르렀다.

21세기 두 번째 10년에 들어서면서 중국의 루쉰연구는 노년, 중년, 청년 등 세 세대 학자의 노력으로 여전히 만족스러운 발전을 보인 시기이다.

비공식 통계에 따르면 2010년 중국에서 발표된 루쉰 관련 글은 모두 977편이고, 그 가운데 루쉰 생애 및 사료 관련 글 140편, 루쉰사상 연구 148편, 루쉰작품 연구 531편, 기타 158편이다. 이외에 2010년에 중국에서 출판된 루쉰 관련 연구 저작은 모두 37권이고, 그 가운데 루쉰 생애 및 사료 관련 연구 저작 7권, 루쉰사상 연구 저작 4권, 루쉰작품 연구 저작 3권, 기타 루쉰연구 저작(주제 연구 및 집록류 연구 저작) 23권이다. 대부분이 모두 루쉰연구와 관련된 옛날의 저작을 새로이 찍어냈다. 새로 출판한 루쉰연구의 중요한 저작에 왕더허우의 『루쉰과 공자魯迅與孔子』, 장푸구이의 『살아있는 루쉰－루쉰의 문화 선택의 당대적 의미"活着的魯迅"－魯迅文化選擇的當代意義』, 우캉吳康의 『글쓰기의 침묵－루쉰 존재의 의미書寫沈默－魯迅存在的意義』 등이 있다. 2011년 중국에서 발표된 루쉰 관련 글은 모두 845편이고, 그 가운데 루쉰 생애 및 사료 관련 글 128편, 루쉰사상 연구 178편, 루쉰작품 연구 279편, 기타 260편이다. 이외에 2011년 한 해 동안 중국에서 출판된 루쉰 관련 연구 저작은 모두 66권이고, 그 가운데 루쉰 생애 및 사료 관련 연구 저작 18권, 루쉰사상 연구 저작 12권, 루쉰작품 연구 저작 8권, 기타 루쉰연구 저작(주제 연구 및 집록류 연구 저작) 28권이다. 중요한 저작에 류짜이푸의 『루쉰론魯迅論』, 저우링페이周令飛가 책임 편집한 『루쉰의 사회적 영향 조사보고魯迅社會影響調査報告』, 장자오이의 『루쉰, 중국의 '온화'한 니체魯迅－中國"溫和"的尼采』 등이 있다. 2012년에 중국에서 발표된 루쉰 관련 글은 모두 750편이고, 그 가운데 루쉰 생애 및 사료 관련 글 105편, 루쉰사상 연구 148편, 루쉰작품 연구 260편, 기타 237편이다. 이외에 2012년 한 해 동안 중국에서 출판된 루쉰 관련 연구 저작은 모두 37권이고, 그 가운데 루쉰 생애 및 사료 관련 연구 저작 14권,

루쉰사상 연구 저작 4권, 루쉰작품 연구 저작 8권, 기타 루쉰연구 저작(주제 연구 및 집록류 연구 저작) 11권이다. 중요한 저작에 쉬쭈화의 『루쉰 소설의 예술적 경계 허물기 연구魯迅小說跨藝術研究』, 장멍양의 『루쉰전魯迅傳』(제1부), 거타오葛濤의 『'인터넷 루쉰' 연구"網絡魯迅"研究』 등이 있다. 상술한 통계 숫자에서 현재 중국의 루쉰연구는 21세기 처음 10년에 얻은 성과를 바탕으로 계속 만족스러운 발전 시기에 있었음을 알 수 있다.

마지막으로 지난 100년 동안의 루쉰연구사를 돌이켜보면 중국에서 발표된 루쉰연구 관련 글과 출판된 루쉰연구 논저에 대해서도 거시적으로 숫자적인 분석이 필요하다. 비공식 통계에 따르면 1913년에서 2012년까지 중국에서 발표된 루쉰과 관련한 글은 모두 31,030편이다. 그 가운데 루쉰 생애 및 사료 관련 글이 3,990편으로 전체 수량의 12.9%, 루쉰사상 연구 7,614편으로 전체 수량의 24.5%, 루쉰작품 연구 14,043편으로 전체 수량의 45.3%, 기타 5,383편으로 전체 수량의 17.3%를 차지한다. 상술한 통계 결과에서 중국의 루쉰연구는 전체적으로 루쉰작품과 관련한 글이 주로 발표되었고, 그다음은 루쉰사상 연구와 관련한 글이다. 가장 취약한 부분은 루쉰의 생애 및 사료와 관련해 연구한 글임을 알 수 있다. 루쉰연구계가 앞으로 더 나아가 이 영역의 연구를 보강할 수 있기를 희망한다. 이외에 통계 결과에서 다음과 같은 사실도 알 수 있다. 중화민국 기간(1913~1949년 9월)에 발표된 루쉰연구와 관련한 글은 모두 1,372편으로, 중국의 루쉰연구 글의 전체 분량의 4.4%를 차지하고 매년 평균 38편씩 발표되었다. 중화인민공화국 시기에 발표된 루쉰연구와 관련한 글은 모두 29,658편으로 중국의 루쉰연구 글의 전체 분량의 95.6%를 차지하며 매년 평균 470편씩 발표되었다. 그 가운데 '문화대혁명' 후기의 3년(1977~1979), 20세기 1980년대(1980~1989)와 21세기 처음 10년 기간(2000~2009)은 루쉰 연구와 관련한 글의 풍작 시기이고, 중국의 루쉰연구 문장 가운데서 56.4%(모두 17,519편)에 달하는 글이 이 세 시기 동안에 발표된 것이다. 그 가운데 '문화대혁명' 후기의 3년 동안에 해마다 평균 748편씩 발표되었고, 또 20세기 1980년대에는 해마다 평균 787편씩 발표되었으며, 또한 21세기 처음 10년 동안에는 해마다 평균 740편씩 발표되었다. 이외에 '17년' 기간(1949년 10월~1966년 5월)과 '문화대혁명' 기간(1966~1976)은 신중국 성립 뒤에 루쉰연구와 관련한 글의 발표에 있어서 침체기이다. 그 가운데 '17년' 기간에는 루쉰연구와 관련한 글이 모두 3,206편으로 매년 평균 188편씩 발표되었고, '문화대혁명' 기간에 루쉰연구와 관련한 글은 1,876편으로 매년 평균 187편씩 발표되었다. 하지만 20세기 1990년대는 루쉰연구와 관련한 글의 발표에 있어서 안정기로 4,485편이 발표되어 매년 평균 448편이 발표되었다. 이 수치는 신중국 성립 뒤 루쉰연구와 관련한 글이 발표된 매년 평균 451편과 비슷하다.

이외에 비공식 통계에 따르면 중국에서 루쉰연구와 관련해 발표된 저작은 모두 1,716권이고, 그 가운데서 루쉰 생애 및 사료 관련 연구 저작이 382권으로 전체 수량의 22.3%, 루쉰사상 연구 저작 198권으로 전체 수량의 11.5%, 루쉰작품 연구 저작 442권으로 전체 수량의 25.8%, 기타 루쉰연구 저작(주제 연구 및 집록류 연구 저작) 694권으로 전체 수량의 40.4%를 차지한다. 상술한 통계 결과에서 중국에서 출판된 루쉰연구 저작은 주로 루쉰작품 연구 저작이고, 루쉰사상 연구 저작이 비교적 적은 것을 알 수 있다. 학술계가 더 나아가 루쉰사상 연구를 보강해 당대 중국에서 루쉰사상 연구가 더욱 큰 작용을 발휘할 수 있기를 희망한다. 또 이외에 통계 결과에서 중화민국 기간(1913~1949년 9월)에 루쉰연구 저작은 모두 80권으로 중국의 루쉰연구 저작의 출판 전체 수량의 대략 5%를 차지하고 매년 평균 2권씩 발표되었지만, 중화인민공화국 시기에 루쉰연구 저작은 모두 1,636권으로 중국의 루쉰연구 저작 출판 전체 수량의 95%를 차지하며, 매년 평균 거의 26권씩 발표됐음도 볼 수 있다. '문화대혁명' 후기의 3년, 20세기 1980년대(1980~1989)와 21세기 처음 10년 기간(2000~2009)은 루쉰연구 저작 출판의 절정기로 이 세 시기 동안에 루쉰연구 저작은 모두 835권이 출판되었고, 대략 중국의 루쉰연구 저작 출판 전체 수량의 48.7%를 차지했다. 그 가운데서 '문화대혁명' 후기의 3년 동안에 루쉰연구 저작은 모두 134권이 출판되었고, 매년 평균 거의 45권이다. 또 20세기 1980년대에 루쉰연구 저작은 모두 373권이 출판되었고, 매년 평균 37권이다. 또한 21세기 처음 10년 기간에 루쉰연구 저작은 모두 431권이 출판되었고, 매년 평균 43권에 달했다. 그리고 이외에 '17년' 기간(1949~1966), '문화대혁명' 기간과 20세기 1990년대(1990~1999)는 루쉰연구 저작 출판의 침체기이다. 그 가운데 '17년' 기간에 루쉰연구 저작은 모두 162권이 출판되었고, 매년 평균 거의 10권씩 출판되었다. 또 '문화대혁명' 기간에 루쉰연구 저작은 모두 213권이 출판되었고, 매년 평균 21권씩 출판되었다. 20세기 1990년대에 루쉰연구 저작은 모두 220권이 출판되었고, 매년 평균 22권씩 출판되었다.

'문화대혁명' 후기와 20세기 1980년대가 루쉰연구와 관련한 글의 발표에 있어서 절정기가 되고 또 루쉰연구 저작 출판의 절정기인 것은 루쉰에 대한 국가적인 정치 이데올로기의 새로운 자리매김과 루쉰연구에 대한 대대적인 추진과 관계가 있다. 21세기 처음 10년에 루쉰연구와 관련한 글을 발표한 절정기이자 루쉰연구 논저 출판의 절정기가 된 것은 사람으로 돌아간 루쉰이 학술연구의 대상이 되었고 또 중국에 루쉰연구의 새로운 역군들이 대량으로 쏟아져 나온 것과 커다란 관계가 있다. 중국의 루쉰연구가 지난 100년 동안 복잡하게 발전한 역사를 갖고 있긴 하지만, 루쉰연구 분야는 줄곧 신선한 생명력을 유지해 왔고 또 눈부신 발전 가능성을 지니고 있다. 미래를 전망하면 설령 길이 험하다고 해도 앞날은 늘 밝을 것이고, 21세기 둘째 10년의 중국 루쉰연구는 더욱 큰 성과를 얻으리라 믿는다!

미래로 향하는 중국의 루쉰연구는 다음과 같은 중요한 문제 몇 가지에 주목해야 한다.

우선, 루쉰연구 업무를 당국이 직면한 문화전략과 긴밀히 결합시켜 루쉰을 매체로 삼아 중서 민간문화 교류를 더 나아가 촉진시키고 루쉰을 중국 문화의 '소프트 파워'의 걸출한 대표로 삼아 세계 각지로 확대해야 한다. 루쉰은 중국의 현대 선진문화의 걸출한 대표이자 세계적인 명성을 누리는 대문호이다. 거의 100년에 이르는 동안 루쉰의 작품은 많은 외국어로 번역되어 세계 각지에서 출판되었고, 외국학자들은 루쉰을 통해 현대중국도 이해했다. 하지만 부인할 수 없는 현실은 바로 거의 20년 동안 해외의 루쉰연구가 상대적으로 비교적 저조하고, 루쉰연구 진지에서 공백 상태를 드러낸 점이다. 이러한 배경 아래 중국의 루쉰연구자는 해외의 루쉰연구를 활성화할 막중한 임무를 짊어져야 한다. 루쉰연구 방면의 학술적 교류를 통해 한편으로 해외에서의 루쉰의 전파와 연구를 촉진하고 또 다른 한편으로는 루쉰을 통해 중화문화의 '소프트 파워'를 드러내고 중국과 외국의 민간문화 교류를 촉진해야 한다. 지금 중국의 학자 거타오가 발기에 참여해 성립한 국제루쉰연구회國際魯迅硏究會가 2011년에 한국에서 정식으로 창립되어, 20여 개 나라와 지역에서 온 중국학자 100여 명이 이 학회에 가입하였다. 이 국제루쉰연구회의 여러 책임자 가운데, 특히 회장 박재우朴宰雨 교수가 적극적으로 주관해 인도 중국연구소 및 인도 자와하랄 네루대학교, 미국 하버드대학, 한국외국어대학교와 전남대학에서 속속 국제루쉰학술대회를 개최하였다. 또한 앞으로도 이집트 아인 샴스 대학교, 러시아 상트페테르부르크 국립대학, 일본 도쿄대학, 말레이시아 푸트라대학교 등 세계 여러 대학에서 계속 국제루쉰학술대회를 개최하고 세계 각 나라의 루쉰연구 사업을 발전시켜 갈 구상을 갖고 있다(국제루쉰연구회 학술포럼은 그 후 실제로는 중국 쑤저우대학蘇州大學, 독일 뒤셀도르프대학, 인도 네루대학과 델리대학, 오스트리아 비엔나대학, 말레이시아 쿠알라룸푸르 중화대회당中華大會堂 등에서 계속 개최되었다 – 역자). 해외의 루쉰연구가 다시금 활기를 찾은 대단히 고무적인 조건 아래서 중국의 루쉰연구자도 한편으로 이 기회를 다잡아 당국과 호흡을 맞추어 중국 문화를 외부에 내보내, 해외에서 중국문화의 '소프트 파워' 전략을 펼치고, 또 다른 한편으로는 해외의 루쉰연구자와 긴밀히 협력해 공동으로 해외에서의 루쉰의 전파와 연구 업무를 추진해야 한다.

다음으로, 루쉰연구 사업을 중국의 당대 현실과 긴밀하게 결합시켜야 한다. 지난 100년 동안의 루쉰연구사를 돌이켜보면, 루쉰연구가 20세기 1990년대 이전의 중국 역사의 진전과 긴밀한 관계를 갖고 있었음을 볼 수 있다. 하지만 20세기 1990년대 이후 사회적 사조의 전환에 따라 루쉰연구도 점차 현실 사회에서 벗어나 대학만의 연구가 되었다. 이러한 대학만의 루쉰연구는 비록 학술적 가치가 없지 않다고 해도, 오히려 루쉰의 정신과는 크게 거리가 생겼다. 루쉰연구가 응당 갖추어야 할 중국사회의 현실생활에 개입하는 역동적인 생명력을 잃어 버린 것이다. 18대(중국공산당 제18기 전국대표대회 – 역자) 이후 중국의 지도자는 여러 차례 '중국의 꿈'을 실현시킬 것을 강조했는데, 사실 루쉰은 일찍이 1908년에 이미 「문화편향론文化偏至論」에서 먼저 '사람을 세우고立人' 뒤에 '나라를 세우는立國' 구상을 제기한 바 있다.

> 오늘날 것을 취해 옛것을 부활시키고, 달리 새로운 유파를 확립해 인생의 의미를 심오하게 한다면, 나라 사람들은 자각하게 되고 개성이 풍부해져서 모래로 이루어진 나라가 그로 인해 사람의 나라로 바뀔 것이다.

중국의 루쉰연구자는 이 기회의 시기를 다잡아 루쉰연구를 통해 루쉰정신을 발전시키고 뒤떨어진 국민성을 개조하고, 그럼으로써 나라 사람들이 '중국의 꿈'을 실현시키도록 하고, 동시에 또 '사람의 나라'를 세우고자 했던 '루쉰의 꿈魯迅夢'을 실현해야 한다.

마지막으로 중국의 루쉰연구도 창조를 고도로 중시해야 한다. 당국이 '스얼우十二五'(2011~2015년의 제12차 5개년 계획 – 역자) 계획 속에서 '철학과 사회과학 창조프로젝트'를 제기했다. 중국의 루쉰연구도 창조프로젝트를 실시해야 한다. 『중국 루쉰학 통사』를 편찬한 장멍양 연구자는 20세기 1990년대에 개최된 한 루쉰연구회의에서 중국의 루쉰 연구 성과의 90%는 모두 앞사람이 이미 얻은 기존의 연구 성과를 되풀이한 것이라고 말했다. 일부 학자들이 이견을 표출한 뒤 장멍양 연구자는 또 이 관점을 다시금 심화시켰으니, 나아가 중국의 루쉰연구 성과의 99%는 모두 앞사람이 이미 얻은 기존의 연구 성과를 되풀이한 것이라고 수정했다. 설령 이러한 말이 커다란 논쟁을 불러일으켰다고 해도, 의심할 바 없이 지난 100년 동안 중국의 루쉰연구는 전체적으로 창조성이 부족했고, 많은 연구 성과가 모두 앞사람의 수고를 중복한 것이었다고 말할 수 있다. 푸른색이 쪽에서 나오기는 하나 쪽보다 더 푸른 법이다. 최근에 배출된 젊은 세대의 루쉰연구자는 지식구조 등 측면에서 우수하고, 게다가 더욱 좋은 학술적 환경 속에 처해 있다. 그리하여 그들이 열심히 탐구해서 창조적으로 길을 열고, 그로부터 중국의 루쉰연구의 학술적 수준이 높아질 수 있기를 희망한다.

'중국 루쉰연구 명가정선집' 총서 편집위원회

2013년 1월 1일

서문을 대신하여_중국은 루쉰이 필요하다

> 다급하게 돌아가는 혼란한 시대일수록
> 더욱 침착하고 강인한 영혼이 필요하다

루쉰에 관해 나는 이미 너무 많은 말을 해왔지만 지금도 여전히 많은 이야기를 하고 싶다. 지금 내가 가장 하고 싶은 말은 무엇일까? 그것은 다음과 같다. 중국은 루쉰이 필요하다. 중국은 여전히 루쉰을 필요로 한다. 현재의 중국은 과거의 그 어느 때보다도 더욱더 루쉰을 필요로 한다는 말이다.

루쉰의 시대는 가난에 찌들고 나약할 대로 나약해진 중국이 언제든지 외국 제국주의의 식민지로 전락될 수 있는 시대였다. 당시의 진보적인 지식인들은 나라와 백성을 구하기 위해 많은 정치적 주장을 내놓았는데 가장 영향을 끼친 것으로 크게 두 가지 유형이 있었다. 첫째로는 청나라 말기晩清의 양무파 관료들의 부국강병 주장이었고, 둘째로는 개량파와 혁명파의 정치제도에 대한 혁신 주장이었다. 그런데 이 두 파의 정치적 주장에 대해 유독 젊은 루쉰만이 이의를 제기하고 따로 '사람을 세운다'는 의미의 "입인立人"을 주장하였다. 뿐만 아니라 "물질을 배격하고 정신을 내세우며, 개인에 의존하고 다수를 배제한다"는 두 구절로 그 함의를 개괄하였다. 지금까지 루쉰의 사람 세우기 사상에 대해 몇몇 사람들이 거론해왔지만, 루쉰의 사람 세우기 사상을 이야기하는 경우라도 루쉰이 그 함의를 개괄한 이 두 구절을 중시한 사람은 아주 드물다.

사실 청나라 말기 양무파의 부국강병 주장이든 개량파와 혁명파의 정치제도 혁신 주장이든 착안점은 모두 국가의 물질적 총체적인 형식의 변화에 있었고, 게다가 정부 관료와 소수 엘리트 지식인들에게 전부 의존하고 있었다. 하지만 당시에 중국은 인구 4억 5천만의 대국이었고, 정부관료와 소수 엘리트 지식인들은 아무리 많다고 해도 몇 만, 몇 십만 정도에 불과했다. 그렇다면 나머지 4억 4천여 만의 민중은 중국의 현·당대 역사의 발전과 무관한 것인가? 단지 소극적으로 이들 정부 관료와 소수 엘리트 지식인들을 따라가기만 하면 되는 것인가? 이들 정부 관료와 소수 엘리트 지식인들이 그들을 행복하고 희망에 찬 곳으로 틀림없이 데려갈 수 있었을까? 만약 그들을 그런 곳으로 데려가지 못한다면 어떻게 할 것인가? 우리는 물론 그때의 진보적인 지식인들의 주관적인 동기를 의심할 수야 없겠지만, 그들은 한두 사람이 아니니, 또 그 가운데서 매 사람 모두가 백이면 백 나라를 구하고 국민을 구하기 위해 노력할 뿐, 국가의 권력과 재산을 자기 것으로 만들지 않을 거라고 보장할 수 있을까? 나는 우리가 이 점을 의식하기만 한다면 젊은 루쉰이 왜 당시의 양무파의 부국강병 계획이나 개량파와 혁명파의 정치제도 혁신 주장에 전혀 만족하지 못하고 별도로 "사람 세우기"의 중요성을 강조했는가를 이해하기란 어렵지 않을 것이다.

국가라는 통일적인 각도에서 보자면 부강해야 하고, 또 민주를 해야 할 것이다. 이 두 가지를 제외하면 중요한 것은 아무 것도 없을 것 같다. 그러나 개인의 각도에서 보면 달라진다. 사람이 살아가는 데는 물론 물질적인 조건이 먼저 갖추어져야 할 것이다. 그러나 물질적인 조건만 갖춘 것으로는 역시 매우 부족할 것이다. 『홍루몽』 속의 영榮과

녕寧 씨 두 집안 사람들은 물질적인 생활면에서 보자면 호화와 사치를 능사로 삼고 있다고 할 수 있을 것이다. 그러나 마지막에는 도리어 유劉 씨 할머니가 그들보다도 훨씬 재미있게 살고 있다. 그녀는 자신의 지혜와 능력에 의지해 자기 집안 살림을 꾸려 나갔기 때문에 아들과 며느리의 진심에서 우러나오는 정성을 얻었다. 오늘날 중국에서 사람들은 물론 유씨 할머니처럼 되는 것에 만족하지는 못할 것이다. 그러나 그 속에 담긴 이치는 지금도 유효하다. 행복은 마음 속에 있는 것이지 밖에 있는 것이 아니며, 정신적인 것이지 물질적인 것이 아니다. 게다가 자기 생명에 대한 개인의 체험은 좀 주관성을 지녀야 하고, 개인적인 의식과 사람됨으로서의 개인적인 존엄을 좀 갖추어야 하며, 단지 대세에 순응하거나 부화뇌동만 해서는 안 되는 것이다. 교묘한 수단이나 힘으로 빼앗고, 권세 있는 자에게 아부하고 빌붙으며, 허풍을 떨거나 알랑거리고, 교만하고 사치하며 황음하고 방탕 무도한 것은 더 말할 것이 없다. 사람이라면 역시 인간성을 지녀야 하는 것이다. 인간성이 있고 없고는 오직 자신이 가장 잘 아는 것이다. 겉으로 보면 물질만이 가장 진실하다. 순금이나 백은, 개인의 권세만이 가장 진실한 것이다. 그러나 사람의 정신 체험 가운데서 진실한 것은 그러한 것들이 아니라 사랑과 자유이다. 물질적인 것은 다만 사랑과 자유를 보장해 주는 경우에만 인간에게 있어 진실한 가치를 갖게 된다. 한 마디로 말해 사람을 세워야 하는 것이다. 사람이 사람으로서 개성을 지니고 인간성을 지닌 사람이 되기 위해서는 물질적인 것에만 사로잡혀서는 안 되고 정신적인 것을 중시해야 한다. 다른 사람의 속박이나 다수의 속박을 받아서는 안 되고, 개인이 체험에서 얻은 것을 중시해야 하며, 개인이 또 다른 많은 사람과는 다른 면을 중시해야 한다. 그럼으로써 다른 사람이 할 수 없는 역할을 할 수 있도록 해야 할 것이다. 갈수록 복잡해지는 현대 사회에서 만약 온 나라 사람이 모두 어떤 하나의 물건만 취하려고 한다면 이 세계는 상호 탈취로 혼란에 빠져 뒤집혀질 것이며 마지막에 가서는 또 사람이 사람을 잡아먹게 되지 않을까?

우리가 지금 여전히 루쉰이 필요하고 현재가 과거보다도 더욱더 루쉰을 필요로 한다고 말하는 까닭은 다음과 같은 이유에서이다. 즉 우리 중국은 한 세기가 넘는 노력을 거쳐 이제 확실히 '떨쳐 일어난 대국'이 되어 청나라 말기 관료가 제기한 '부국강병'의 정치적 목표가 기본적으로 실현된 것 같다. 정치적으로 아직 더 민주화의 길로 나아가야 하겠지만, 영국과 미국 유학에서 돌아온 저 많은 엘리트 지식인들이 절로 모두 이 일에 관심을 갖게 되었으니 너무 높아 올라갈 수 없는 나무는 아닐 것이다. 그러나 중국의 현실 사회에서 사람들의 정신은 여전히 그렇게 낙관적이지는 않다. 우리는 부유해지고 강해졌다. 정치적인 민주 의식도 더욱 높아졌다. 하지만 우리의 '행복지수'는 오히려 떨어졌으며 정신적 우울증을 앓는 사람이 루쉰의 시대보다도 훨씬 더 많아졌다. 근본적으로 불가사의할 정도로 이상한 현상이 거의 날마다 일어나고 있다. 이는 무엇 때문인가? 바로 우리의 정신에 문제가 생겼다는 것을 증명하는 것이 아니겠는가?

어떻게 할 것인가? 나는 스무 살을 넘은 중국 사람들이 『논어』를 다 읽은 다음에 다시 한 달 동안의 시간을 내어 『루쉰전집』을 한번 읽는 게 좋지 않을까 생각한다. 유익한 점이 없지 않으리라 사료된다.

차례

제 1 편

나와 루쉰과의 만남

나의 루쉰 사랑

루쉰연구를 하는 우리는 루쉰에 대해서는 수시로 말하지만, 자기 자신에 대해서는 거의 말하지 않고, 오히려 루쉰이 수시로 자신에 대해 말했다고 말한다. 사실 루쉰연구는 모두 이 사람 저 사람의 루쉰연구이지, 루쉰의 루쉰연구는 아니다. 그래서 나는 루쉰연구에 대한 나의 의견을 말하기에 앞서 나 자신에 대해 먼저 좀 말해보고자 한다.

나는 북쪽의 외진 시골마을에서 자랐고, 14살 때 중학교 입학시험에 합격해서 그 지역 행정 소재지가 있는 고장으로 가서 중학교에 다녔다. 그때 나는 나이가 가장 어린 축에 드는 학생 가운데 하나였고, 거기다 몸집도 아주 왜소했다. 지금 돌이켜보면 당시의 나는 거의 아Q와 진배없었다. 나는 루쉰의 작품을 읽기 전에 무협소설과 전래 이야기를 읽었고, 또 쑨리孫犁의 『풍운초기風雲初記』, 친자오양秦兆陽의 『농촌잡기農村散記』, 오스트로프스키Николай Алексеевич Островский의 『강철은 어떻게 단련되었는가Как закалялась сталь』, 니콜라예바Никола́ева Гали́на Евге́ньевна의 『수확Жатва』,

바진巴金의 '격류 3부작激流三部曲'(『집家』, 『봄春』, 『가을秋』 - 역자), 리커李克와 리웨이한李微含의 『땅굴전地道戰』을 읽었다. 그 책들이 모두 나에게 다소 인상을 남기긴 했지만, 모두 뒷날 루쉰 작품을 읽었을 때와 같이 무아지경에 빠뜨리는 감동은 없었다. 나의 아버지도 루쉰을 좋아해서 인민문학출판사人民文學出版社가 『루쉰전집魯迅全集』 제1판을 출판하자마자 한 세트를 주문해 구입했다. 아버지는 그 책을 나에게 물려주었다. 내 책이 되었기 때문에 나는 한 권 한 권 읽어나갔다. 물론 이해할 수 없는 부분도 있었지만, 어떤 부분은 나에게 색다른 느낌을 주었다. 그때 내가 좋아한 것은 루쉰의 소설이 아니라 루쉰의 잡문雜文이었다. 거기서 나는 뼛속까지 짜릿한 희열을 느꼈다. 왜 그렇게 루쉰의 잡문에 매료되었는지, 나는 지금까지도 딱히 말하기 어렵다. 아마도 어떤 평론가들이 말한 바와 같이 나에게 좀 변태심리가 있지는 않았을까. 그러나 물론 변태적이지 않은 심리가 어떤 것인지를 느껴본 적은 없고, 루쉰의 잡문에 대한 사랑도 내내 정상적인 심리로 여겨왔다.

내가 마음먹은 대로 내 생활을 시작한 것은 『루쉰전집』을 읽은 뒤부터이다. 그 이전에는 내 생활에 계획이라곤 없었다. 선생님이 가르치면 가르치는 대로 배웠다. 다른 것은 모두 즉흥적이었다. 다른 사람이 읽은 책은 나도 읽었다. 『루쉰전집』을 읽은 뒤부터 나는 내 나름의 독서법을 갖게 되었다. '학기마다 우선 『루쉰전집』을 두 권씩 읽고, 그런 다음에 다른 작품을 더 읽자.' 나는 대학을 졸업할 때까지 이 계획을 꾸준히 실천했다. 나중에 또 다른 계획 하나를 더 보탰다. '매 학습 단계마다 『홍루몽紅樓夢』을 한 번씩 읽자.' 그래서 지금까지 나는 『홍루몽』을 세 번 읽었다. 중학교 때 한 번, 고등학교 때 한 번, 대학

다닐 때 한 번 읽었다. 그때 왜 이런 계획을 세웠고, 그걸 지켜왔는지는 잘 모르겠지만, 그냥 계획이었을 뿐이었다. 당시에는 지금 이렇게 루쉰연구로 생계를 꾸릴 수 있을 거라고는 전혀 생각지도 못했기 때문이다. 내가 그때 좋아한 것은 루쉰이었지, 루쉰연구는 아니었다. 이러한 생각이 지금까지 나의 정신에 줄곧 영향을 미쳤다.

『루쉰전집』이 당시의 나의 생활에 가져다준 또 다른 직접적인 영향은 바로 외국문학을 중요시한 것이다. 이는 「청년필독서青年必讀書」라는 글에서 배운 것이다. 루쉰의 모든 작품 가운데서 아마도 이 글이 가장 심한 공격을 받았을 것이다. 그러나 나는 이제껏 그것을 공격한 적이 없다.

> 나는 중국 책을 볼 때면, 늘 마음이 가라앉고 실제의 삶과는 동떨어진 느낌이 든다. 인도 책을 제외하고 다른 외국 책을 읽을 때면, 흔히 삶과 부딪쳐서 무언가 하고 싶어진다.
>
> 중국 책에도 세상에 뛰어들라고 사람에게 권하는 말이 들어있기는 해도, 대부분은 뻣뻣하게 굳은 주검의 낙관일 뿐이다. 외국 책은 설사 퇴폐적이고 염세적일지라도, 살아있는 사람의 퇴폐이고 염세이다.
>
> 나는 중국 책을 적게 보거나 아니면 아예 읽지 말아야 하며, 외국 책을 많이 읽어야 한다고 생각한다.
>
> 중국 책을 적게 보면, 그 결과는 그저 글을 짓지 못할 따름이다. 그러나 요즘 젊은이들에게 가장 중요한 것은 '행동'이지 '말'이 아니다. 살아있는 사람이기만 하다면, 글을 짓지 못한다는 게 뭐 그리 대수로운 일이겠는가!

지금까지 나는 여전히 이는 설사 루쉰이 가장 신랄하게 한 말이 아니라고 해도, 가장 신랄한 말 가운데 하나라고 생각하고 있다. 물론 나의 견해가 틀릴 수도 있지만, 그것이 오히려 내 진실한 느낌이다. 「청년필독서」의 영향을 받았기 때문에, 나는 외국의 문학작품을 주로 읽기 시작했다. 중국 책도 읽었지만, 그것은 더도 덜도 아닌 수준이었다. 문학을 좋아하는 다른 학우들은 모두 읽었는데, 내가 읽지 않으면 서로 말이 통하지 않을 것이니까, 그래서 남들이 읽는 정도로 읽는 것 말고 나 혼자 읽은 것은 외국 책이었다. 루쉰의 말은 금세 들어맞았다. 문학을 좋아하는 내 친구들의 글짓기는 모두 학급에서 가장 훌륭했지만, 나의 글짓기는 어쩌다가 간혹 좋은 점수를 받았다. 나는 글짓기를 할 줄 몰랐다고 할 수 있다. 그러나 루쉰이 한 말이 있었기 때문에 나도 후회하지 않았다. 그냥 이렇게 나는 내 식으로 살아갔다.

당시 글짓기를 할 줄 몰랐기 때문에 그렇게 큰 고통을 느끼지는 않았지만, 가장 큰 고통은 정치적인 부분이었다. 그 당시에 나는 이른바 '출신이 좋고 낡은 사상의 영향을 받지 않은' 소년에 속했다. 나는 가난한 농민 출신이다. 아버지는 1938년에 입당했고, 직책이 그리 높지 않았다고 해도, 현지 문화교육 분야에서는 거물급 인사였다. 나도 잘 나가서 초등학교 때는 소년선봉대의 소대장을 맡고, 중학교 때는 중대장, 그리고 대대장을 맡았다. 그러나 루쉰의 작품을 읽은 뒤로 왜 변했는지는 모르겠지만, 정치 부분에서는 가면 갈수록 나빠졌다. 당시에 입단入團하고 입당하려면 지부서기를 찾아가 대화를 해야 했다. 그때 사상 보고를 시킨다. 조직과 밀착되어야 조직의 지도와 도움을 받을 수 있다. 하지만 말을 하면 할수록 스스로 진보를 요구하는 마음이 절박해짐을 느꼈다. 사실 단 지부서기는 같은 반 학우니까 할 말이 있으면 아무 때나 다 말할 수 있기는 하지만, 그런 별거 아닌 것을 '공'적이고 '정식'으로 면담해야 했다. 대화할 때 자신의 '사상'을 지부서기에게 알려야 하는 것은 물론이고, 또 다른 사람의 '사상'도 그에게 알려야 했다. 어떤 학우들은 뒤에서 늘 그를 욕했지만, 그를 찾아가서 대화를 많이 하고 나면 곧바로 입단했다. 나는 그것이 맹랑하다는 느낌이 들어서 그를 찾아가 대화할 결심을 할 수 없었다. 뒷날 단 지부서기는 내가 자신을 무시한다고 여기게 됐는지, 학급회의 때마다 내 이름을 거론하거나 안 하거나 무조건 나를 비판했다. 나의 가장 중요한 잘못은 자습 시간에 교과서가 아닌 책을 보는 것이었다. 나는 그건 다른 사람과 상관없는 일이라고 생각했으므로 해명하지도 고치지도 않았다. 그리하여 책임자가 나를 찾아오지 않으면, 나도 책임자를 찾아가지 않았다. 이는 결코 내가 모든 책임자에게 원한을 가졌다는 말이 아니다. 『루쉰전집』 속에서 책임자와 대화할 때 나눌 말들을 찾을 수 없었던데다가 내가 읽은 중국 책이 적었으므로, 책임자를 만나면 무슨 말을 해야 좋을지를 몰랐을 뿐이다. 이것이 내 한평생 말썽을 일으킬 줄을 누가 알았으랴. 뒷날 단 지부서기가 나를 반혁명으로 몰고 갈 정도로 확대됐다. 그렇게까지 되지는 않았지만, 나도 '백전도로白專道路'(전문영역에만 매달리고 사상무장을 하지 않는 길—역자)를 걸었기 때문에 첫해에 대학에 합격하지 못했다. 당시에 나는 『루쉰전집』이 나에게 무슨 좋은 결과를 가져오지 못했고, 반대로 좀 '아름답고 빛나는 미래'를 가질 수 있는 나를 망쳐버렸다는 것을 알았다. 그러나 나는 후회한 적이 없다. 나는 아주 재미없이 사는 사람들이 있다고 생각했는데 근근이 무조건 순종하며 사는 사람들 말이다. 루쉰이 한평생 설사 그토록 뜻대로 되지 않았다고 해도, 그는 오히려 사람답게 살지 않았던가. 사람이 한평생을 살면서 야무지지도 못하고 하고 싶은 말을 하지도 못하고, 하고 싶은 일도 하지 못하면, 남에게든 자신에게든 모두 좋은 점이야 분명히 있을 것이다. 설령 남에게든 자신에게든 모두 좋은 점이 없다고 해도, 나는 남이 좋아할 거짓말이나 허튼 소리를 일부러 하지는 않았다. 내가 루쉰을 좋아한 것은 그가 거짓말이나 허튼 소리를 하지 않았고, 남의 환심을 살만한 말도 절대 하지 않았기 때문이다. 비록 당시에 내가 아직 어려서 철이 많이 들지는 않았다고 해도, 그런 느낌이 들었다. 지금까지 일부 학자들은 여전히 루쉰이 사람을 굉장히 모질게 대했다고 여기고 있지만, 나는 루쉰의 작품을 읽으면서 이제껏 그러한 느낌이 든 적이 없었다. 나는 내 경험에 비추어 볼 때 루쉰이 실제로 사람에 대해서나 자기 민족에 대해서나 인류에 대해서나 어떠한 악의도 갖지 않은 위에, 남에게 잘 보이려는 마음을 먹지 않았을 뿐인데, 다른 사람들이 그의 말을 듣고 불편함을 느꼈다는 것을 안다. 중국에서 권세 있는 사람은 언제나 아주 많은 아부와 귀에 솔깃한 말을 들을 수 있지만, 루쉰에게서는 그러한 말을 좀처럼 들을 수 없었다. 루쉰은 사회에서 세력을 가진 사람의 호감을 끌지 않았다. 그러나 일단 세력 있는 사람이 그에게 관심과 사랑을 베풀지 않게 되면, 많은 사람들이 그의 흠집을 찾으려 했다. 권력 있고 세력 있는 사람의 흠집을 찾으면 해를 당하게 되겠지만, 그의 흠집을 찾으면 오히려 해가 되지 않았다. 나는 '문화대혁명文化大革命' 전과 '문화대혁명' 동안에 모두 비판을 받았다. 적으면 열 몇 명이, 많으면 수백 명이 몰려왔다. 주먹을 쥐고 소매를 걷어붙인 채로 발언하는 사람을 쳐다보면서 나는 처음에는 두려움을 느꼈지만 나중에는 우습기도 하고 불쌍하게도 느껴졌다. 그들 대부분이 모두 나와는 원한이 없는 사람이었다. 더러는 또 나의 도움을 받은 사람도 있었고, 게다가 내가 자신한테 무슨 화를 입힐 것이라고 여기지 않는 사람들이었다. 다만 세력 있는 사람이 내가 그 사람과 같은 마음이 아니라고 의심해서 나를 곤란에 빠뜨릴 그럴듯한 이유를 찾아냈기 때문이었다. 사람들은 자신이 발언하지 않으면 책임자가 나와의 경계를 분명하게 긋지 못했다고 할까봐, 과연 그럴 듯하게 내게서 꽤 많은 자질구레한 흠집들을 찾아냈다. 또 더러는 도대체 어떻게 된 일인지 전혀 알지 못한 채로 다른 사람이 말하면 덩달아 말하기도 했다. 뭐 나쁜 의도도 없고 좋은 의도도 없었겠지만, 나처럼 비판을 당할 차례가 된 사람에게는 상당히 큰 압력이었다. 단번에 온 세상 사람이 온통 다 나를 나쁘게 생각하여, 비판하는 사람에게 아주 편히 매우 '정의'롭게, 다소 '인민을 위해 화근을 없앤다'는 느낌을 가질 수 있도록 한 것 같았다. 사실 당시에 나는 누구에게도 악의를 품은 적이 없다. 약간 말을 안 들었을 뿐이다.

나는 내가 루쉰을 읽은 것은 루쉰을 좋아해서이지, 루쉰에게 빌붙어서 생계를 도모해 보려는 뜻은 결코 없었다고 말한 바 있다. 내가 당시에 선택한 밥그릇은 외국어였다. 그때 학생들의 외국어 수준이 전혀 높지 않았고, 내 외국어 실력으로도 가능할 것 같아서 외국어과에 시험을 보았다. 나 스스로 정한 목표는 체호프Антон Павлович Чехов를 연구하는 것이었고, 요샛말로 하면 체호프로 밥을 먹는 거였다. 여전히 루쉰을 학기마다 적어도 두 권씩은 읽었지만, 전과 다름없이 취미였을 뿐이다. 그때 좋아한 것도 역시 루쉰의 잡문이었다. 루쉰의 소설에 대해 당시에 경시하지 않았지만, 특별히 중시하지도 않았다. 발자크Honore de Balzac, 스탕달Stendhal, 플로베르Gustave Flaubert, 모파상Guy de Maupassant, 졸라Emile Zola, 로맹 롤랑Romain Rolland, 푸시킨Александр Сергеевич Пушкин, 고골리Николай Васильевич Гоголь, 투르게네프Ивáн Сергéевич Тургéнев, 레프 톨스토이Лев Николаевич Толстой, 도스토옙스키Фёдор Михáйлович Достоéвский, 체호프, 고리키Максим Горький, 숄로호프Михаúл Алексáндрович Шóлохов, 샬롯 브론테Charlotte Bronte, 디킨스Charles Dickens, 새커리William Thackeray, 하디Thomas Hardy, 오스틴Jane Austen, 마크 트웨인Mark Twain, 잭 런던Jack London, 드라이저Theodore Dreiser, 시엔키에비치Henryk Sienkiewicz 등 당시의 중국에서 독서가 허용된 세계적인 소설가들 가운데 루쉰을 갖다 놓으면, 루쉰의 소설은 확실히 좀 눈에 차지 않았다. 내가 루쉰의 소설을 중요시하게 된 것은 '문화대혁명' 이후이다. 처음에는 「광인일기狂人日記」를, 나중에는 「아Q정전阿Q正傳」, 「약藥」, 「쿵이지孔乙己」, 「검을 벼린 이야기鑄劍」, 「하늘을 땜질한 이야기補天」, 더 뒤에는 「축복祝福」, 「고향故鄕」, 「술집에서在酒樓上」, 「고독한 사람孤獨者」, 「죽음을 슬퍼하며傷逝」, 「조리돌림示衆」, 「풍파風波」, 「비누肥皂」, 「이혼離婚」, 「관문을 나간 이야기出關」, 「홍수를 다스린 이야기理水」 등 작품이다. 나는 루쉰소설이 내 머리를 활짝 열어서 나에게 전체 중국을 뚜렷이 보게 하고 중국 사람과 중국 문화를 뚜렷이 보게 한 것이나 다름없다고 생각한다. 물론 이는 여전한 나 자신의 환각이므로 객관적인 진실이라고 할 수는 없지만, 그 느낌은 아주 좋은 것이었다. 과거에 루쉰의 잡문과 외국 문학, 철학이 나에게 전에는 몰랐던 많은 것을 가르쳐주었지만, 별로 틀이 잡혀있지 않았다.

하지만 루쉰의 소설은 단번에 이러한 것들을 모두 연결되도록 해 주었다. 나는 우리 중국사람 모두가 지금까지도 여전히 루쉰소설 속의 사람이라고 생각한다. 그것들은 아주 작지만, 그 토대는 아주 컸다. 우리 중국사람 모두를 수용하고 있다. 물론 루쉰 자신도 포함한다. 내가 연륜이 쌓일수록 나는 쿵이지 같고, 또 너무 흥분할 때는 아Q와 같다는 생각이 든다. 오늘까지도 나는 여전히 서양의 위대한 소설가들을 존경하지만, 루쉰소설만이 나에게 이러한 느낌을 주었다. 일단 달라붙었다 하면 떼어낼 수 없는 그런 느낌말이다. 나는 그것 역시 정상이라고 생각한다. 나는 중국 사람이므로 중국이라는 울타리 안에서 살고 있고, 외국 책을 얼마나 많이 읽었건 간에, 진정으로 관심을 기울이는 것은 어쨌든 중국이라는 문화적 환경이며, 가장 깊이 와 닿는 것 또한 나에게 이 문화적 환경을 꿰뚫어 보게 해주는 소설가라는 점이다. 루쉰이 세계문학에서 어떤 위상을 가져야 하는가 하는 문제는 나에게는 전혀 중요하지 않다. 루쉰이 노벨 문학상을 타게 되면, 그것을 받으러 갈 사람은 저우하이잉周海嬰이지, 나에게는 한 푼도 돌아오지 않을 것이다.

아무튼 나는 루쉰을 좋아한다. 루쉰이 내 인생과 운명을 좋게 만들지는 못했다고 하더라도, 나는 후회하지 않는다. 그가 나에게 사람됨의 용기와 자부심을 심어 주었기 때문이다. 내가 가장 곤란했을 때 루쉰과 그의 작품이 나에게 삶의 힘을 주었다. 나는 시련을 겪었지만, 시련도 나를 쓰러뜨리지 못했다. 나는 꿋꿋하게 서서 걸어왔다. 무릎을 꿇거나 기면서 살아오지 않았다. 나는 권력을 반대하지는 않지만 관심을 두지 않는다. 나는 루쉰처럼 살기를 소망한다. 부유하지는 않지만, 비굴하지 않게. 나를 속이는 사람이 없다면, 나는 절대로 남을 속이지 않는다. 만일 세력을 믿고 남을 업신여기는 사람이 있다면, 내 보잘것없는 목숨을 내던지고라도 끝까지 맞서 볼 작정이다. 실패한다 해도 후회하지 않으리라. 온 사회가 비웃고 욕할지라도 절대 굴복하지 않으리라.

나와 루쉰연구

나의 전반생에서 루쉰과 그 작품이 내 삶의 정신적 기둥이기는 했지만, 이제껏 루쉰이 생계의 수단이 되리라고는 생각지 못했고 또 루쉰에 관해 연구할 생각을 해 본 적도 없었다. 내가 루쉰연구를 하게 된 것은 시대상황이 그렇게 만든 것이지, 내가 루쉰을 읽을 때의 초심이 아니었다.

대학원 시험을 볼 때, 나는 여전히 외국문학 쪽의 대학원 시험을 볼 생각이었다. 그런데 내가 배운 것이 러시아어였고, 외국문학 과정 모집에 모두 영어시험을 보는 제한조건이 있어서 나는 어쩔 수 없이 루쉰연구 전공의 석사과정 시험을 보게 되었다. 그래서 루쉰연구가 내 밥벌이의 수단이 되었다. 나는 루쉰으로 밥벌이한다는 말을 꺼리지 않고 한다. 사람이 세상을 살아가자면 어쨌든 다른 사람과 어울려 밥벌이할 곳이 있어야 한다. 어떤 사람은 정칫밥을 먹고, 어떤 사람은 장삿밥을 먹고, 어떤 사람은 문학예술로 먹고 살고, 어떤 사람은 학술로 먹고 산다. 나에게는 다른 재주가 없는지라 『루쉰전집』 몇 번 읽은 것으로 '루쉰으로 밥벌이'해서 간신히 입에 풀칠할 수 있게 됐다. 나라고 먹으면 안 된다는 법이 있는가?

하지만 루쉰으로 밥벌이를 하게 되면서, 상황은 이전과 달리 커다란 변화가 생겼다. 내가 루쉰을 읽고 직접 대면한 것이 루쉰의 작품이라면, 나의 견해는 나의 견해일 뿐이다. 루쉰은 이미 세상에 없다. 내 견해의 옳고 그름에 대해 루쉰은 이미 발언권이 없어졌다. 나는 완전히 그의 통제를 받지 않을 수 있다. 내가 루쉰이 훌륭하다고 생각한다해서 그가 나에게 월급을 줄 수도 없다. 내가 루쉰은 훌륭하지 않다고 생각한다고 해서 그가 나를 감방에 처넣을 수도 없다. 하지만 루쉰연구를 하고자 하면 상황이 좀 달라진다. 내가 대면한 것은 루쉰의 작품뿐만이 아니라 나의 루쉰연구 저작을 읽는 독자가 있다. 나와 이러한 독자와의 관계는 어떠한 관계인가? 평등한 관계이다. 내 마음속에서 루쉰은 위대한 사람이지만, 위대한 사람은 루쉰이지, 내가 아니다. 연구 대상 인물의 서열에 따라 연구자의 서열이 매겨지는 것이 아니다. 더구나 루쉰을 연구하는 사람은 선전부장격이고 마오둔茅盾을 연구하는 사람은 선전부부장격이라는 말은 더욱 아니다. 루쉰을 연구하는 나 역시 보통 사람이고, 권리 면에서 다른 연구자와 평등한 것이다. 평등한 관계인 이상, 다른 사람에게 모두 나와 같아야 한다고 요구할 권리가 내게는 없다. 내가 루쉰을 좋아한다고 해서 다른 사람에게 모두 루쉰을 좋아하라고 요구할 수는 없다. 다른 사람이 모두 루쉰을 좋아하고 모두 나의 견해와 같다면, 나처럼 루쉰을 연구하는 사람이 또 뭘 하겠는가? 솔직하게 말해서 내가 루쉰을 좋아하는 것도 우연한 기회이자 인연이었을 뿐이다. 내 아버지가 『루쉰전집』을 주문하지 않았다면 지금까지 나도 『루쉰전집』을 읽지 못했을 것이고 루쉰을 좋아하는 일은 더더욱 있을 수 없을 것이다. 내가 루쉰을 좋아하는 것은 나의 진실이고 나의 권리이다. 다른 사람이 루쉰을 좋아하지 않는 다고 하면 그것도 그들의 진실이고 그들의 권리이다. 과거에 루쉰연구계에 '루쉰을 옹호하자保衛魯迅!'는 구호가 있었다. 나는 이 구호에 동의하지 않는다. 그것은 루쉰을 좋아하지 않으면 법을 위반한 거나 다름없다는 식의 인상을 주기 때문이다. 문학작품은 법률로 밀고 나가는 것이 아니고 법률로 보호할 수도 없다. 그렇다면 우리가 루쉰연구를 해서 또 뭘 하겠는가? 나는 루쉰에 대해 연구함에 있어 루쉰을 좋아하는 사람이 있는가 하면 루쉰을 좋아하지 않는 사람도 있을 것이기 때문이라고 생각한다. 루쉰을 좋아하는 사람은 루쉰의 작품에 좋은 점이 많다고 생각한다. 또 다른 사람에게 알리고 싶어 하고, 다른 사람도 그러한 좋은 점을 보고 또 루쉰을 좋아할 수 있기를 바란다. 그러자면 루쉰연구자는 가능한 한 루쉰을 좋아하는 이유를 분명하게 설명해야 한다. 당신이 루쉰을 좋아하는 이유를 다른 사람이 이해해야 원래 루쉰을 좋아하지 않았던 사람도 루쉰을 좋아할 수 있게 되지 않겠는가? 루쉰연구자가 자신의 이유를 설명했는데도 다른 사람이 여전히 좋아하지 않으면, 그것도 어쩔 수 없는 일이므로 할 수 없이 다른 방법을 찾아서 다시 설명해야 한다. 루쉰을 좋아하는 사람이 언제나 다른 사람도 루쉰을 좋아하기를 희망하는 것도 이해할 수 있다. 그러나 우리는 황제가 아니니 다른 사람에게 명령할 자격이 없고, 그로써 다른 사람을 억누를 이유는 더욱 없다. 루쉰을 연구하는 것은 우리의 일이고, 우리는 이

밥그릇의 밥을 먹는 사람이다. 세상에 공짜로 먹을 수 있는 밥이란 없다. 밥을 먹으려면 좀 힘을 들여야 한다. 루쉰을 좋아하지 않는 사람이 아직도 아주 많이 있다. 우리가 루쉰에게 가치가 있고, 중국 사람은 반드시 그의 가치를 이해해야만 한다고 생각한 이상, 우리는 그를 연구하고 해석하고, 자신의 관점을 논증하기 위해 끊임없이 노력해야 한다. 다른 사람이 루쉰을 좋아하지 않으면 불같이 화를 내고, 나라가 루쉰을 험담하는 말을 하지 못하게 하는 법령을 제정하라고 할 수도 없다. 그렇게 하면 우리처럼 루쉰연구를 하는 사람들이 또 무슨 할 일이 있겠는가?

그러나 나는 어쨌든 루쉰을 연구하는 사람이고 루쉰으로 밥벌이를 하는 사람이다. 그래서 이 직업의 어려움에 대해 더욱 깊이 이해한다. 나는 루쉰을 좋아하는 사람은 모두 다 루쉰을 좋아하기를 요구해서도 안 되지만, 루쉰을 좋아하지 않는 사람도 모든 사람이 다 루쉰을 좋아하지 말도록 요구해서는 안 된다고 생각한다. '문화대혁명' 이전에 루쉰은 정치가의 보호를 받았다. 그때는 누구도 루쉰에 대해 감히 일언반구 험담을 할 수 없었다. 하지만 '문화대혁명'이 막을 내린 뒤에 정치가가 이전처럼 그렇게 루쉰을 보호하지 않게 되었고, 사람들은 그에 대해 험담을 할 수 있게 됐다. 어떤 사람은 역으로 사람마다 그에 대해 험담을 해야 하며, 그에 대해 험담을 하지 않으면 자신의 사상을 해방하지 못했고 자신의 진심어린 말을 하지 않은 것과 다름없다고 생각했다. 실제로 사상해방이냐 아니냐 하는 것은 자기 생각을 솔직하게 말할 수 있느냐 없느냐에 달린 것이지, 어떤 사람에 대해 험담을 하느냐 마느냐에 달린 것이 아니다. 정치가가 루쉰을 보호할 때도 루쉰을 좋아하는 사람도 좋아하지 않는 사람도 있었다. 정치가가 루쉰을 보호하지 않을 때도 루쉰을 좋아하지 않는 사람이 있는가 하면 좋아하는 사람이 있었다. 정상적인 상황에서는 양쪽이 교류하고, 대화하고, 서로의 이해를 증진시키는 방법이 있다. 사람과 사람은 원래 서로 다른 것이다. 사람은 남에게 사랑을 느낄 수도 증오감을 느낄 수도 있으므로 그런 것들은 딱히 연구할 만한 것이 못 된다. 연구할 만한 것마다 모두 한 가지 관점만 가진 대상이 아니다. 문학이 가장 쉽게 떠들어대는 것은 그것이 감정적이기 때문이지만, 또 떠들어대서는 안 되는 이유 역시 그것이 가장 개인적인 것이기 때문이다. 사회나 문학의 흐름을 이끌고 싶은 마음을 품은 채로 루쉰을 대하고 루쉰연구를 대하지 마시길 바란다. 20세기 1980년대 말은 중국의 지식인이 가장 잘 나갈 때였다. 나의 아주 친한 친구이자 저명한 문예이론가가 불쑥 집으로 나를 찾아왔다. 그가 대문을 들어서자마자 이렇게 말했다.

> 왕푸런, 지금 모든 사람들을 다 쓰러뜨리고 루쉰 한 사람만 남았네. 이제 루쉰을 쓰러뜨려야 해!

나는 그 말을 듣자마자 어안이 벙벙해졌다. 나는 중국 사람과 중국 문화에 대해 견해를 말한 사람으로서 또 중국 사람이 보편적으로 인정하는 가치 표준에 불만을 가진 사람이기는 하지만, 나는 어떤 한 사람을 비판해서 쓰러뜨려야 한다는 마음을 품은 적이 없다. 다시 말해 루쉰이 어떻다는 것은 내가 여러 해에 걸쳐 만들어진 느낌이다. 그것은 시대적 흐름의 변화에 따라 변하는 것이 아니다. 나는 이욱李煜의 사詞

를 좋아한다. '문화대혁명' 전에도 좋아했고 '문화대혁명' 이후에도 여전히 좋아했다. '문화대혁명'의 종결이 많은 것들을 바꾸었지만, 모든 것이 몽땅 다 바뀐 것은 아니다. 나의 루쉰연구는 루쉰에 대한 내 느낌과 이해를 바탕으로 했던 것이지, 시대적 흐름의 필요에 따라서 했던 것이 아니다. 그래서 그때 나는 "비판하려면 자네나 하러 가게, 나는 안 하네!"라고 대답했다. 지금까지 나는 내내 이러한 태도를 지녀 왔다. 루쉰의 밥을 먹고 사는 나라는 사람은 세상 사람에 대해서도 약간 희망을 품고 있다. 나도 다른 사람이 루쉰을 좋아하지 않거나 그다지 좋아하지 않는 원인을 이해하고 싶지만, 다른 사람도 나의 루쉰연구를 통해서 내가 루쉰을 좋아하는 이유도 가능한 한 이해할 수 있기를 희망한다. 당신이 나의 연구를 보고 싶지 않으면 보지 않아도 된다. 내가 하는 말은 루쉰의 나쁜 말이 아니라 루쉰의 훌륭한 말이다. 하지만 내 말을 듣자마자 내 말은 참말이 아니라고 굳게 믿거나 전혀 '정확'하지 않다고 말하면 안 된다. 내가 몇 년 전에 어느 좌담회에서 루쉰과 후스胡適에 대한 나의 견해를 말한 적이 있다. 어떤 분이 내가 대중독재群衆專政를 주장하는 사람이라고 굳게 믿은 모양이었다. 나는 도대체 영문을 알 수 없었다. 만약 그 분이 내 생각에 동의하지 않고 내 견해의 어떤 부분에 잘못이 있다고 생각한다면 나는 이해할 수 있다. 그러나 내가 대중독재를 주장한다는 단정은 아무리 해도 납득할 수 없었다. 앞에서 말한 바와 같이 나는 열 몇 살 때부터 종종 전체 집단으로부터 따돌림을 당해왔고, 대중독재의 대상이 되곤 했다. 이러한 상황에 홀로 놓인 사람은 어떤 느낌이 들까? 그때 만약 루쉰과 같은 사람이 있어 권력을 두려워하지 않고 공개적으로 나에 대한 이해와 동정을 표시하고, 공개적으로 그러한 대중을 이용해 개인을 억압하는 독재행위를 반대하며 그러한 사람들의 날조와 허위를 지적할 수 있다면, 나는 그의 생활이든 성격이든 어떠한 자질구레한 결함과 잘못을 따지지 않고 마음으로부터 그의 인격을 숭배하지 않을 수 없을 것이다. 나는 둔탁하고 몽매한 세상에서 인류의 희망 한 줄기, 밝은 빛 한 줄기를 발견하고, 또 독립적으로 전진하는 힘으로 가득 찰 것이다. 그때 누군가 명석한 두뇌와 또렷한 의식, 너그러운 태도와 풍부한 학식을 갖고 있는 사람이 있다 할 때, 그가 나를 해치는 사람에게 단호히 반대하지 않고 나에게도 참된 이해와 동정을 표시하지 않는다 해도, 나는 여전히 그의 사람됨과 학식을 존중하고 그의 명석한 두뇌에 승복하며 그의 공헌을 인정하겠지만, 그에 대해 뼛속 깊은 사랑이 생기지는 않을 것이다. 그는 나의 정신세계 속으로 들어올 수 없을 것이다. 나는 루쉰과 후스에 대한 나의 견해가 결코 모든 사람의 견해를 대표할 수 없다는 것을 안다. 나도 모든 사람들이 다 나의 견해에 동의하기를 희망하지 않으니, 이는 내가 갖고 있는 견해이다. 이러한 견해는 바로 대중독재에 대한 뼈아픈 체험 속에서 만들어진 것이다. 아무튼 우리는 모두 중국에서 삶을 도모하고 발전을 꾀하는 지식인이다. 우리가 똑같을 수야 없겠지만, 우리끼리는 서로 더욱 많이 이해하고 배려해야 한다. 루쉰으로 밥벌이를 하는 사람도 그렇지 않는 사람에게 그렇게 해야 하고, 루쉰으로 밥벌이를 하지 않는 사람도 루쉰의 밥을 먹는 사람에게 그렇게 해야 한다.

루쉰과 나

앞의 두 장에서 말한 것은 내가 왜 루쉰을 좋아하게 되었는지, 그리고 내가 어떻게 나의 루쉰연구를 대하는지에 관한 것이었다. 눈치 빠른 사람은 대번에 내가 루쉰으로 생계를 유지하게 된 뒤에 루쉰과 루쉰의 정신으로부터 멀어졌으면 멀어졌지 훨씬 더 가까워진 것이 아님을 알아챘을 것이다. 이것도 내가 늘 고민하는 문제이다. 나는 내가 쓴 루쉰을 연구한 글을 읽을 때마다 루쉰을 연구한 나의 글 속에 누워있는 것은 축 늘어진 나이지, 굳센 기개를 지닌 루쉰이 아님을 더욱 깊이 느낀다. 나는 내가 좋아하는 루쉰의 대범함과 기개를 잃어버렸고, 사람 세상을 내려다보는 루쉰의 사상의 높이를 잃어버렸다. 루쉰은 높은 곳에 선 채로 세상을 보았지만, 나는 낮은 곳에 서서 세상을 보는 것이다. 루쉰은 전투정신이 투철하지만, 나는 그러한 정신이 없다.

이는 나에게 다음과 같은 문제를 생각하지 않을 수 없게 하였다.

루쉰은 누구인가?

나는 누구인가?

루쉰은 누구인가? 루쉰과 후스, 천두슈陳獨秀 등 몇 사람이 신문화를 제창하였을 때, 그들은 겨우 몇몇 사람에 불과했다. 그들이 대면한 것은 전체적인 문화적 전통이고 전체 중국이었다. 그들이 지킨 것은 여전히 개인의 이데올로기이지만, 이러한 개인의 이데올로기들이 동시에 현대 중국의 지식인이 중국문화를 개혁시키려는 요구도 구현해 낸 것이다. 당시 중화민족이 생사존망의 갈림길에 처해 있었을 때, 이 몇몇 사람은 맨 먼저 중국문화와 중국의 현실적 요구와의 모순도 느꼈다. 그들은 자발적으로 이 문화의 무거운 짐을 짊어졌다. 훗날 신문화 진영에 또 분화가 생겼다. 천두슈는 정치혁명을 하러 갔고, 후스는 캠퍼스파 가운데서 안정적으로 교수가 됐다. 루쉰 혼자만이 '전업 작가'가 되어 신문학이란 동굴 속에 떨어졌다. 이 동굴 안에는 '항산恒産'도 없고 '항심恒心'도 없었다. 교수는 한 평생 '주의主義' 한 개를 강의할 수 있을 테지만, 루쉰은 그렇게 하기 어려웠다. 사회의 초점이 바뀌고 과거의 '주의'가 별거 아니게 되면 담론 방식을 고쳐야 한다. 그러나 이러한 '고치기'는 또 아무런 원칙 없이 고치면 안 된다. 그는 '주의'를 고칠 수는 있지만 오히려 자신을 고칠 수가 없었다. 자신을 고치면 자신의 영혼도 상품으로 팔게 된다. 그는 늘 자신의 가장 근본적인 사상과 염원을 고수해야 했다. 자신이 추구하는 바를 지키자면 덮어놓고 시류를 따라갈 수만은 없다. 다소 강인한 항복하지 않는 정신을 갖고, 흐름을 거스르는 용기를 품어야 한다. 루쉰은 바로 그의 전투정신과 불굴의 성격에 기대어 꼿꼿이 지켜나간 사람이다. 홀로 수많은 전투를 감당하는 그의 성격이 없었다면 루쉰과 그 작품의 독립적 가치와 의미도 없었을 것이다. 그러나 내가 이 연구 분야에 투신했을 때, 신문화와 신문학은 이미 '새' 문화와 '새' 문학이 아니었다. 그것들은 이미 중국 사회에서 폭넓게 인가된 정통적인 문화와 정통적인 문학이었다. 이 정통적인 문화와 문학은 이미 내가 나서서 지킬 필요가 없었고, 나라가 진작부터 그것을 지키고 있었다. 나는 그저 신문화와 신문학의 수용자일 뿐이지, 그것의 창조자가 아니었다. 나는 소설을 쓸 수 없고, 그토록 시대를 앞서가는 문학관은 더더욱 없었다. 나의 문학관은 루쉰을 읽고 '5·4' 이후에 번역된 외국의 문학작품을 읽으면서 점차 만들어진 것이다. 나 자신에게는 실제로 널리 알릴 새로운 '주의'가 없다. 나의 '주의'야말로 어떻게 루쉰을 이해하고 어떻게 루쉰을 해석할 것인가 하는 '주의'이다. 내가 루쉰을 연구할 필요가 있음을 느끼는 까닭은 내가 '5·4' 신문화나 신문학과 전혀 다른 문화와 문학을 새로이 창조하거나 다른 사람이 모두 신문화와 신문학을 더 이상 수호하지 않고 루쉰을 더 이상 수호하지 않아서가 아니라, 중국 사회에서 너무 많은 사람들이 신문화와 신문학에 대한 기본적인 관념조차도 없기 때문이다. 그들은 문학작품, 특히 신문학 작품을 읽지 않는다. 설사 읽는다고 해도 문학작품으로서 읽는 것이 아니라 사상이나 도덕 교재로서 읽었다. 독자로서 읽는 것이 아니라 심판관이나 심사원으로서 읽었다. 이러한 견해가 우리의 신문화와 신문학을 망가뜨렸고 루쉰도 망가뜨렸다. '문화대혁명' 이전에는 온 나라의 지식인이 모두 '5·4' 신문화와 신문학을 지켰고 루쉰도 지켰다. 우리는 완전무장한 채로 전투태세를 갖추고 '5 · 4' 신문화와 신문학 저택의 주변, 루쉰 저택의 주변을 지키고 선 채로, 외부인이 들어가지도 나오지도 못하게 하고, 그들을 음해하러 오는 사람이 있을까 온종일 걱정했다. 그러나 '문화대혁명'이 막을 내렸을 때 들어가 보니 신문화와 신문학은 자신의 호화로운 저택 안에서 이미 굶주려 의식을 잃었고, 루쉰만이 약간 숨을 몰아쉬고 있었다. 그러나 일찍이 마오쩌둥毛澤東이 직접 "위대한 문학가, 위대한 사상가, 위대한 혁명가"로서 높여 놓았던 루쉰을 굶겨서 피골이 상접할 지경으로 만들었다. 나는 이때 루쉰연구계에 끼여 들어갔다. 이때는 신문화와 신문학, 루쉰의 저택 주변을 지키던 군대가 철수할 때였기 때문에 내가 지키러 갈 필요가 없었다. 나야말로 전사가 될 기회를 잃어버렸다. 그러나 나 역시 신문화와 신문학을 암살하러 온 사람도 아니고 루쉰을 암살하러 온 사람도 아니다. 나는 신문화와 신문학을 새로이 해석하고 루쉰도 새로이 해석하려는 사람이다. 여기에도 어려움이 있고 장애도 있었지만, 이러한 어려움과 장애는 오히려 그런 신문화와 신문학을 반대하거나 루쉰을 반대하는 사람들에게서 나온 것이 아니다. 반대로 그들은 종종 나보다 신문화와 신문학이나 루쉰을 말할 자격을 가진 그런 사람들이었다. 이는 이러한 상황을 어떻게 이해하고 어떻게 해석해야 하는가 하는 문제였지, 신문화, 신문학과 루쉰의 작품이 필요한지 아닌지 하는 문제가 아니었다. 이러한 어려움에 대해 '전투'는 쓸모없는 것이다. 풍자나 비방도 쓸모없는 것이다. 이러저러한 죄를 뒤집어씌우는 건 더더욱 쓸모없는 것이다. 내가 루쉰을 좋아한다면, 나는 내 느낌과 이해로 루쉰을 가능한 한 쉽게 해석하고 논증하고, 루쉰을 중국 사람이 이해할 수 있고 감지할 수 있는 대상으로 바꾸어놓을 방법을 생각해야 하는 것이었다. 그러면 이 작업의 실질은 무엇인가? 실질은 루쉰과 그 작품을 중국의 캠퍼스 문화 속에 집어넣고 또 그것을 중국의 캠퍼스 문화의 일부 작업이 되게 하는 것이다. 내가 루쉰을 좋아하니까 어떤 사람은 내가 후스를 반대하는 사람이라고 생각한다. 나는 실제로 루쉰의 문화적 전통 속에 있는 사람이 아니라, 대학의 교편쟁이인 것을 일찍부터 깨달았다. 이러한 전통은 후스가 우리에게 만들어준 것이다. 내가 쓴 루쉰을 연구한 논문들은 방법으로부터 격조에 이르기까지 모두 루쉰의 소설이나 잡문과는 공통된 부분이 별로 없고, 도리어 후스의 학술논문에 훨씬 더 가깝다. 그러나 나는 루쉰을 좋아하는 사람이면서 동시에 나 자신이 속한 캠퍼스파 문화에 대해서도 많은 불만을 품고 있다. 루쉰은 본질적으로 캠퍼스파 지식인에 속하지 않는다. 그가 대학을 떠나 상하이上海의 골방으로 들어간 것은 캠퍼스파가 관심을 갖는 것이 역사이지 현실은 아니고, 책이지 인생人生이 아니며, 학술의 이치이지 사람의 정감과 의지가 아니었기 때문이다. 이러한 것들에 관심을 갖는 부류는 작가, 예술가, 언론사 기자와 신문사 주필이다. 그들은 출렁이는 생활의 물결 속에서 사는 사람이다. 나처럼 서재와 도서관에서 삶을 찾는 사람이 아니다. 나는 중국의 캠퍼스파 문화가 신문화와 신문학을 수용하고 루쉰을 수용할 수 있으며, 동시에 자신도 현실적 인생 및 중국 사람의 정신 발전과 더욱 긴밀한 관계를 맺기를 희망한다. 그러나 이 모든 것은 후스가 개척한 캠퍼스파 문화의 전통과 분리될 수 없다. 내가 말하는 것 역시 주로 학술의 이치요, 역사요, 책이다. 나에게서 『루쉰전집』도 『노자老子』, 『논어論語』, 헤겔Georg Wilhelm Friedrich Hegel의 『미학』, 마르크스Karl Heinrich Marx의 『자본론』, 베버Max Weber의 『프로테스탄트 윤리와 자본주의 정신』과 마찬가지로 책으로 되었다. 나는 그것들에게 가능한 한 대중성을 잃지 않게 하고 싶지만, 나의 언어 자체야말로 대중성을 별로 갖고 있지 못했다. 나에게 창작의 재능이 있다면 이 캠퍼스파를 떠날 수 있겠지만 내게는 그런 재능도 없다. 재능 없이 용기만 갖고 내가 속한 캠퍼스파를 떠나면 나는 밥을 먹을 수 없게 된다. 이는 실로 별 뾰족한 수가 없는 일이다. 이렇게 해서 나는 루쉰의 문화적 전통을 벗어난 나를 눈 뻔히 뜨고 보고 있다. 여기에는 범과 개의 구분이 있을 뿐 아니라 담론 방식의 차이도 있다. 루쉰은 아주 위대하지만 나는 위대해질 수 없게 되었다. 신문화는 발전했고, 글을 쓸 줄 아는 사람이 많아졌다. 루쉰은 당시 중국에서 몇 명 가운데 한 사람이었지만, 나는 무려 13억 명 가운데 한 사람이다. 신문화와 신문학과 루쉰은 모두 나 한 사람만의 것이 아니다. 그것들은 이미 전인민 소유제가 되었고, 나는 그것들을 혼자서만 차지할 수 없게 되었다. '교수'로서도 당대當代의 중국에서 그렇게 귀한 존재가 못 된다. 나 같은 교수는 대학 캠퍼스 안에서 눈을 감고 팔만 내뻗어도 하나하나 다 집어낼 수 있다. 내가 남들보다 지식이 더 많거나 지혜가 더 있는 것이 아니다. 나의 몇몇 학생들이 내가 그들을 졸업시키지 않을까 봐서 할 수 없이 나의 권위를 인정하는 것 말고 다른 사람들은 모두 나를 그렇게 대단한 사람으로 여겨서 나를 숭배하고 나한테 복종할 리 없으며, 나의 말을 어록語錄으로 삼아 인용할 리 없다. 바꾸어 말하면 신문화와 신문학은 물론 우리 사회나 민족의 문제는 이미 우리 루쉰연구를 하는 몇몇 사람의 것이 아니라 우리 모두의 것이 된 것이다. 모두의 일은 모두가 책임져야 한다. 루쉰연구를 하는 우리 몇몇 사람에게 짊어지라고 해서는 안 된다. 우리가 짊어지기 싫어한다고 말하지 마시길 바란다. 짊어지고 싶어도 짊어질 수 없다. 이래서 나는 위대할 수 없게 된 것이다. 위대한 사람은 큰 책임을 짊어지는 사람이다. 나는 작은 책임을 짊어진 사람인데, 어떻게 위대해질 수 있겠는가? 그러나 나는 비굴하지 않다. 나는 사람이 사는 것은 위대해지기 위해서가 아니라고 생각한다. 위대한 사람이 세상에 몇이나 있는가? '위대함'의 칭호가 어떻게 내 머리에 굳이 떨어지겠는가? 그러나 내가 위대하지 않다는 것이 결코 위대함을 경시하고 반대해야 하는 것을 의미하지는 않는다. 위대한 사람을 비정상이라고 말하는 사람은 다만 우리 같이 위대하지 않은 사람들을 사람의 본보기라고 말한다. 아니면 위대한 사람의 얼굴에 검댕을 문질러서 그들을 우리와 별반 차이 없게 만들고 심지어 우리보다도 훨씬 못하게 만든다. 나는 그렇게 보지 않는다. 나는 중화민족이 위대한 인물 몇 명을 낼 수 있는 것이 우리 같은 평범한 인물에게 좋은 점이 있다고 생각한다. 우리가 할 수 없는 일을 그들이 우리를 대신해서 할 터인데 무슨 좋지 않을 것이 있겠는가? 그러나 우리도 그들에게 꼭 그렇게 위대해야 한다고 요구해서는 안 된다. 우리 자신이 위대해질 수 없는 이상, 우리는 그런 위대한 인물마다 모두 어느 정도까지 위대해야 한다고 요구할 이유가 없다. 그들이 위대하면 위대한 거고, 우리처럼 위대하지 않은 사람보다 약간 더 위대한 것일 뿐이다. 예를 들어 말하면 우리는 「광인일기」, 「아Q정전」, 「쿵이지」를 써낼 수 없고 『들풀野草』을 써낼 수 없으며 루쉰의 잡문을 써낼 수 없다. 루쉰이 우리에게 써주었고, 그래서 우리보다 좀 위대해졌다. 그는 왜 탄쓰퉁譚嗣同처럼 개혁을 위해 죽지 않았는가? 우리 같이 평범한 사람은 남에게 요구할 이유가 없다. 그것은 본인이 스스로 마음을 정하게 해야 한다. 물론 나는 꾸며낸 위대함과 숭고함을 혐오하지만, 루쉰과 같은 사람의 위대함과 숭고함에 무슨 나쁜 점이 있는지 나로서는 알 수 없다. 그는 위대해졌고 숭고해졌어도 우리처럼 위대하지도 숭고하지도 않은 평범한 사람들에게 무슨 경멸을 드러내지 않았다. 나는 중국의 위인 가운데서 루쉰은 '엘리트'티가 가장 적고 훈장의 위엄이 가장 적은 사람이라고 생각한다. 그래서 나는 루쉰의 위대함을 거부하지 않는다. 루쉰은 위대하지만 이미 이 세상 사람이 아니다. 나는 아주 평범하지만 살아 있다. 그가 할 수 있는 일을 물론 나는 절대로 할 수 없을 것이지만, 내가 지금 할 수 있는 일이 아무리 평범하고 위대하지 않다고 해도, 그렇다고 그가 나대신 할 수도 없다. 나는 그의 위대함을 인정하지만, 나도 내 나름의 자존심과 믿음을 갖고 있다. 나는 그가 되고 싶지 않고 그가 될 수도 없다. 그는 그가 할 일을 했고, 나는 지금 나의 일을 한다. 이 점에서 각자 자기 분수를 지키고 각기 자기 길을 가는 것이다.

내가 이러한 말을 하는 까닭은 지금까지 사회에서 우리 루쉰연구계에 대한 사람들의 요구가 여전히 너무 크고 간절하기 때문이다. 그들은 우리가 루쉰을 연구하는 사람이라면 하나하나 루쉰 같아야 한다고 여긴다. 다른 사람은 할 생각도 없으면서, 우리가 일단 이기심, 나약함, 편협함, 무지함을 조금이라도 드러내면, 모두 다 참을 수 없다는 식으로 생각한다. 실제로 루쉰을 연구하는 이도 다른 사람과 다를 것 없는 사람이고, 심지어는 그들이 하는 말도 다른 직업에 종사하는 사람이 하는 말 이상의 효과나 기대에 훨씬 미치지 못한다. 우리에 대한 훨씬 높은 요구도 물론 안 될 거야 없지만, 우리가 당연히 가질 수 있는 한계성에 대해서도 다소 동정하고 양해해주어야 한다. 모두의 일은 모두가 해야 하겠지만, 중국의 일이란 애로사항 덩어리이고, 몇몇 사람이 잘 할 수 있는 것도 아니니 서로 좀 도와주어야 한다. 게다가 또 다른 사람들이 우리에게 아무리 루쉰의 훌륭한 말을 다 해준다고 해도 불만은 여전히 많이 있을 것이다. 실제로 우리가 하는 말은 루쉰의 훌륭한 말이지 결코 우리 자신의 훌륭한 말이 아니다. 물론 우리가 루쉰을 연구하는 것은 바로 루쉰에게 우리보다 훨씬 훌륭한 부분이 있고, 우리가 그의 훌륭한 부분에 대해 다소 인식하고 좀 이해해야 한다고 생각하기 때문이다. 만약 우리가 그에게 무슨 특수한 부분이 없거나 이러한 특수한 부분들이 우리 시대의 사람들에게 이미 전혀 쓸모가 없어졌다고 생각한다면, 우리가 루쉰연구를 해서 또 뭘 하겠는가? 물론 이것은 루쉰이야말로 절대 완벽한 사람이고 성인이고 비난받을 만한 어떠한 결점이 없는 사람이라는 것을 의미하는 것이 아니다. 그러나 나는 언제나 루쉰을 좋아하지 않는 사람들이 우리를 다그쳐서 루쉰에 대해 약간 좋지 않은 말을 하도록 만들면 안 된다고 생각한다. 우리에게 루쉰의 창문으로 기어 올라가 그와 쉬광핑許廣平이 사랑을 나누는 장면을 카메라로 찍은 다음에 넓은 홀에 모인 대중 앞에서 방영하도록 다그쳐서는 안 된다고 생각한다. 만약 그렇게 된다면, 우리 루쉰연구자들은 어떤 사람이 되겠는가? 우리는 루쉰을 연구하는 사람이지, 다른 사람의 은밀한 사생활을 엿보고 다른 사람의 결점을 전적으로 캐는 사람이 아니다. 작가의 재미있는 에피소드를 다른 사람들이 말하는 것이야 괜찮겠지만, 루쉰연구를 하는 우리가 툭하면 그런 곳에 카메라 렌즈를 들이댈 수는 없다. 우리가 루쉰의 위대함을 갖고 남을 억누르는 것이 아니라면, 모두 우리처럼 루쉰연구를 하는 사람들의 고루함과 완고함을 양해해야 한다. 루쉰은 이미 사망했다. 그가 살아있을 때, 우리 중국 사람은 그를 비웃다시피 했었다. 더 계속 비웃어봐야 여전히 이전에 했던 그런 말들이고, 비웃을 수 있는 새로운 명목은 더 이상 없게 되었다. 우리가 지금 엄숙한 면에 많이 힘을 쓰는 것도 아주 정상적인 현상이며 누구에게도 큰 걸림돌로 작용하지 않는다. 그러한 루쉰을 갖고 남을 억누르는 말은 이미 루쉰의 말이 아니다. 루쉰을 갖고 남을 억누르는 사람과는 논쟁을 해야지, 그저 루쉰을 비웃기만 한다면 근본적인 문제를 해결하지 못한다.

'루쉰이 정말 당신들이 말하는 것처럼 그렇게 위대합니까?' 이제 내가 말한 두 번째 문제로 다시 되돌아왔다. 더러는 루쉰이 위대하다고 여기고, 더러는 루쉰이 위대하지 않다고 여긴다. 이 문제는 진지한 루쉰연구를 통해서 해결해야 한다. 루쉰의 삶 가운데 한 가지나 몇 가지 예를 갖고 설명할 수 있는 문제가 아니다.

우리가 부딪친 문제

'문화대혁명' 전부터 우리처럼 루쉰을 연구한 학자들은 언제나 지금 사회에서 참을 수 없다고 느낄 정도로 루쉰을 반대하는 사람이 늘었다고 생각한다. 나의 견해는 이와 다르다. 나는 루쉰이 세상을 떠난 이래로 우리의 지금 이 시기가 루쉰의 정신과 작품이 중국 사람의 이해와 동정을 가장 많고 깊게 받는 시기라고 생각한다. 게다가 이러한 추세는 더 계속 발전하고 있다. 내가 감히 장담할 수는 없지만, 앞으로 20년 동안에 중국에서든 세계적으로든 간에 루쉰은 더욱 많은 동정과 이해를 받을 것이고, 그의 가치와 의미는 더욱더 뚜렷이 또 충분히 드러날 것이다.

'문화대혁명' 이전의 루쉰연구를 보면 아주 활발했고 순수했다. 사람마다 루쉰을 아주 높이 받들어 모셨다. 그러나 당시에 중국에서 진짜 겉에 보이는 것처럼 그렇게 루쉰과 루쉰의 정신을 중요시했을까? 실제로 당시에 루쉰은 중국의 인민 내지는 지식인과는 그다지 관계가 없었다. 루쉰을 읽는 것은 루쉰을 읽지 않는 것만 못했다. 우리 같은 그때 그 시절의 청소년들조차도 루쉰을 연구하는 사람은 '우파'가 되기 쉽다는 것을 알았다. 당시 사람들은 사상의 방 한 칸에서 살 수 있을 뿐이었지만, 이 방은 루쉰의 방이 아니었다. 새로운 시기 이래로 사상은 개방됐고, 중국의 지식인이 대번에 사방으로 흩어졌다. 하지만 그들은 루쉰의 방에서 뛰쳐나온 것이 아니라 또 다른 사상의 방에서 뛰쳐나온 것이다. 이렇게 와아 소리를 지르면서 뿔뿔이 흩어진 현상이 꼭 참으로 좋은 일이라고 할 수야 없지만, 중국의 지식인들이 뿔뿔이 흩어졌던 것만은 사실이다. 그들 대다수가 루쉰에게로 달려가지 않은 것도 사실이다. 하지만 어쨌든 루쉰에게로 달려간 사람들도 있었다. 이때가 되어서야, 비로소 이러한 사람들이 진심으로 루쉰을 느끼고 탐구했고 해석했던 것이다. 루쉰을 갖고 다른 사람의 사상을 해석한 것이 아니었다. 이때 확실히 지식인들이 루쉰을 많이 떠났다. 그들은 과거에는 루쉰의 훌륭한 말을 했던 사람들이지만 지금은 루쉰의 훌륭한 말을 하지 않게 됐다. 대체로 이러한 사람은 모두 이제껏 진정으로 루쉰을 좋아했던 것은 아니었던 것이다. 지금은 우리는 곧잘 문학관과 이데올로기의 변화를 곧잘 말하는데, 실제로 가장 변하기 어려운 것이 바로 문학관과 이데올로기이다. 사람이 어떤 작품의 훌륭한 점을 볼 수 없었다가 볼 수 있게 될 수는 있지만 어떤 작품의 훌륭한 점을 볼 수 있다가 볼 수 없게 되는 경우란 절대로 없다. 사람이 일단 어떠한 문학작품을 좋아하게 되면, 또 일단 어떠한 이데올로기를 수립하게 되면, 종종 평생 동안 변하지 않을 수 있다. 변했다는 것은 그에게 원래부터 없었음을 설명한다. 말하자면 그것은 사람을 속인 것이고 다른 사람을 따라 마구 떠들어댄 것이다. 우리의 현재의 그러한 루쉰연구 저작들, 특히 요즘 중·청년 루쉰연구자의 연구 저작을 보면, 우리는 지금 루쉰의 위대한 점을 진정으로 느끼는 사람이 줄어든 것이 아니라 늘었다는 것을 알 수 있다. 루쉰과 이러한 저자들의 정신면에서의 융합 정도는 심지어 후펑胡風, 펑쉐펑馮雪峰, 리허린李何林, 천융陳涌 같은 20세기 1930, 40년대에 루쉰에 대한 신념을 세운 중국의 지식인들을 훨씬 뛰어넘는다. 이 사람들 가운데 루쉰의 사상과 정신이 다시금 싹을 틔우고 무럭무럭 자라고 있다. 더구나 훗날 어떠한 변화와 부딪치든 간에 그들의 루쉰관魯迅觀에는 근본적인 변화도 생기지 않을 것이다. 나는 현재의 루쉰연구가 잘 되리라 예측한다. 우리는 진작부터 루쉰연구 저작 한 권으로 출세할 수 없고 부자가 될 수도 없었다. 하지만 루쉰을 연구하는 사람은 여전히 저렇게 많이 있다. 지금 중국 사람들의 마음속에서 루쉰의 위상이 약해졌다고 여길만한 무슨 이유가 있다는 말인가?

루쉰에 대한 불만이 있을 수 있다. 대체로 말한다면 이러한 불만은 아래의 네 가지 영역에서 비롯되지만, 나는 이 네 가지 불만마다 모두 과도기적인 성질을 갖고 있다고 생각한다. 그것들은 모두 절대적으로 루쉰을 멀리 벗어난 것이 아니라 문화 경향의 발전 과정에서 드러난 것이다. 일종의 문화 현상이다. 한 사회의 사상은 늘 변화의 과정 속에 있기 마련이다. 사람의 삶도 유년에서 동년으로, 동년에서 소년으로, 소년에서 청년으로, 청년에서 중년으로, 중년에서 노년으로 각 단계의 여러 변화를 겪는다. 설사 같은 삶의 단계라고 해도 사람의 사상과 느낌 역시 결코 똑같은 것이 아니다. 우리 같은 루쉰연구자의 루쉰에 대한 견해가 시종여일할 수 있을까? 아니다! 더욱이 위대한 인물의 사상이라 해도 모든 사람이 다 삶의 단계 단계에서 수용할 수 있는 사상은 아니다. 위대한 인물의 유일한 사상적 표지는 일단 그것을 수용했으면 더 이상 이전의 원래 상태로 완전히 돌아갈 수도 없고, 또 더 이상 그것의 영향에서 완전히 벗어날 수도 없다는 데 있다. 그렇다고 해서 사람마다 모두 그를 숭배하는 것은 아니다. 우리는 루쉰에 대한 오늘의 모든 불만 내지는 반발마다 아직 진정으로 이론적인 높이에 도달하지 못했고 모두 여전히 직관적인 느낌의 차원에 머물러 있다는 것을 알 수 있다. 이것도 그 과도기성과 불안정성을 드러낸 것이다. 게다가 그것들이 드러낸 것이 모두 루쉰에 대한 불만이라고 해도, 그것들의 불만은 종종 상호 모순적인 것이다. 그것들 간의 모순은 심지어 그것들 상호간과 루쉰 간의 모순을 크게 뛰어넘는다. 어떤 사람은 심지어 루쉰의 주장과 말을 갖고 루쉰을 공격한다. 이러한 불만에 일리가 전혀 없는 것은 아니지만, 사람의 직감이 늘 변하는 것과 마찬가지로 이러한 이치마다 모두 어떤 과정 속에서 수시로 변할 수 있는 것이다. 올해 유행하는 색이 쪽빛이라면 내년에 유행할 색은 빨강일 수 있다. 그러한 이성의 틀 속에 안주한 느낌이 생기게 되면 비교적 긴 시간 동안 변함없이 유지될 수 있다. 우리는 신시기 이래로 오직 누층식層壘式의 발전만 있고 급격한 전환식의 변화가 없는 연구 영역은 오직 루쉰연구계뿐이라는 것을 알고 있다. 다른 모든 사회문화 영역은 거의 모두 공중제비를 하는 것 같이 여러 차례 뒤집히고 뒤집혔다. 이는 이러한 문화 영역에서 아직도 자신의 공리公理 계통을 세우지 못했고 통일된 튼튼한 기초가 없음을 설명하는 것이다. 그것들은 변화 속에서 이러한 기초를 형성한 것이고, 이 기초를 다지기 전에는 그것들도 루쉰과의 관계를 확정할 수 없을 것이다. 그들의 루쉰관도 역시 급격히 변할 수 있다. 내가 말하는 네 가지 영역은 첫째, 외국문화의 연구, 둘째, 현대문학의 연구, 셋째, 중국 고대문화의 연구, 넷째, 중국 당대문학의 창작이다.

1. 외국문화의 연구 영역

신시기는 '개혁개방'을 기치로 삼았고, 일부 캠퍼스파 지식인들이 외국문화를 소개, 수입, 거울삼는 과정에서 자신의 문화 경향을 발전시키고 있다. 루쉰은 '5·4' 신문화운동의 문화적 개방 과정에서 중국문화계에 걸어 들어온 사람이고, 적극적으로 외국문화를 소개하고 수입한 사람이다. 이것이 원래 그들 마음속에 자리 잡은 루쉰의 위상에 영향을 끼칠 수는 없다. 그러나 루쉰 당시의 세계적인 문화사조와 현재의 것에 커다란 차이가 생겼기 때문에 현재의 캠퍼스파 지식인들이 수입한 구체적인 문화이론과 루쉰이 당시에 중요시한 문화이론은 서양의 문화적 배경에 있어서는 모순되고 대립되는 것이다. 그들이 중요시한 것은 자신들이 직면한 서양의 문화사조이고, 그들의 마음속에서 루쉰은 이미 유행이 지났기 때문에 루쉰의 문화관에 대해서 그들에게도 부정적인 추세가 생길 수 있다. 그러나 이 시기의 문화적 개방은 또 자체의 특수성을 갖고 있다. 그것은 장기적인 폐쇄 이후의 개방이었다. 서양에서는 이미 낡은 것이거나 새로운 이론이 중국에서는 모두 극히 산뜻한 색채를 띠게 되었다. 그것들에 대한 직접적인 활용이 한때 아주 쓸모 있었다고 해도, 서양의 어떠한 기존 이론의 자극은 중국문화의 발전에 대해 모두 상당히 제한적인 것이다. 이는 처음에 각종 다른 서양의 문화이론이 아주 빠른 속도로 번갈아 가며 들어와 영향을 끼쳤고, 중국의 지식인들은 아들을 보편적으로 중요시 내지는 신봉하게 되었다. 리얼리즘은 재빨리 모더니즘으로 바뀌었고, 모더니즘은 포스트모더니즘으로, 사회역사비평은 구조주의로, 구조주의는 해체주의로 바뀌었다. 작은 발전 단계마다 사람들은 모두 당시에 가장 인기 있고 구체적인 사상과 문화의 이론을 표준으로 삼아서 루쉰을 느끼고 관조했기 때문에, 루쉰은 자연스럽게도 아주 분명한 한계성을 드러내 보였다. 반세기 동안의 폐쇄로 인해 낯선 서양의 문화이론이 연달아 중국에 소개되기 시작하자 이러한 이론 자체는 이제 전혀 희귀하지 않게 되었다. 우리는 외국문화 수입의 중요성이 결코 구체적인 문화이론 하나하나에 달린 것이 아니라 우리 자신의 사유 방식의 변화에 달렸고, 우리가 외국문화에 대한 이해를 통해서 우리 자신의 문화를 발전시킬 수 있느냐 없느냐에 달렸다는 점을 알고 있다. 일단 이러한 생각을 하게 되자 루쉰이 당시에 수입하고 소개한 구체적인 이론의 제한성은 결코 지금의 캠퍼스파 지식인들이 생각하는 것처럼 그렇게 중요한 것이 아니게 되었다. 그리하여 외국문화의 영향을 받은 뒤 루쉰의 중국문화에 대한 해부와 중국 신문화에 대한 건설이 더더욱 중요한 가치를 갖게 되었다. 이러한 면에 있어서는 외국문화 연구자마다 모두 루쉰처럼 그렇게 잘 할 수 있는 것은 결코 아니다. 물론 이러한 면에서도 새로운 심지어는 루쉰보다 훨씬 위대한 중국문화의 거장이 나타날 수도 있다. 하지만 이러한 문화의 거장이라 할지라도 루쉰을 경시할 수는 없을 것이다. 반대로 그들이 우리보다 더더욱 루쉰을 중요시하는 사람이 될지도 모른다. 아인슈타인Albert Einstein이 우리보다 갈릴레이Galileo Galilei와 뉴턴Isaac Newton을 훨씬 더 존경하고, 마르크스가 우리보다 칸트Immanuel Kant와 헤겔을 훨씬 더 존중하는 것과 같이 말이다. 그들에 대한 우리의 관찰은 피상적으로 하는 평면 비교이기 때문에, 우리는 그들의 비교 속에서 더욱 위대한 것을 찾아내어 우리의 선전과 소개에 활용하고 우리의 신봉에 제공하고, 또 우리가 다른 사물을 가늠하는 표준으로 삼아야 할 것이다. 하지만 그들이 중요시한 것은 훨씬 창조적인 행위 그 자체이다. 이러한 창조적인 행위 면에서 앞사람이 보잘것없다고 할 수 없고 뒷사람이 위대하다고 할 수 없다. 우리의 관점에서 보면 아인슈타인은 갈릴레이나 뉴턴보다 훨씬 위대한 사람이고, 마르크스는 칸트나 헤겔보다 훨씬 위대한 사람이지만, 아인슈타인과 마르크스는 자신을 어떻게 보았을까? 아마 우리와는 다를 것이다. 루쉰의 번역 속에 나타난 잘못된 부분에 대한 외국문학계의 질정叱正이나 그의 번역 이론에 대한 문제제기는 모두 합리적이다. 그러나 진정으로 뛰어난 외국의 문화학자는 그러한 문제들을 그렇게 대단한 문제로 여기지 않을 것이다. 그들은 무엇이 큰 문제이고 작은 문제인지를 알기 때문이다.

2. 현대문학의 연구 영역

신시기의 중국 현대문학 연구는 '문화대혁명'이 거의 모든 중국의 현대 작가를 부정한 기초 위에서 새로이 시작한 것이지만, 일부 현대 작가들은 여전히 루쉰의 말을 갖고 부정했다. 신시기에 이러한 작가들이 문학적 위상을 새로이 회복할 때 종종 루쉰의 일부 언사에 대한 질의나 부정을 수반했다. 이는 중국 현대 작가의 연구에 적극적인 의미가 없지 않고 루쉰의 일부 언사에 대해서도 교정하는 작용을 한다. 그러나 전체적으로 보면 루쉰에 대한 부정적인 추세로 표현될 수밖에 없었다. 이것도 현대문학 연구자가 마음속에서 원래 품고 있던 루쉰의 후광을 사라지게 했다. 그러나 루쉰과 그 영향은 원래 그가 문단을 독점한 상황에서 드러난 것이 아니라, 바로 이러한 작가들과의 대립 통일의 관계 속에서 드러난 것임을 반드시 살펴보아야만 한다. 중국의 루쉰연구자를 포함한 우리는 종종 루쉰 이외의 다른 작가에 대해 더욱 철저하게 부정하면 할수록 루쉰의 위대함을 드러낼 수 있다고 여기지만, 일단 다른 작가도 높은 문학적 위상을 획득하면 루쉰을 원래처럼 그렇게 위대하다고 생각하지 않게 된다. 이는 중국문화 속의 뿌리 깊은 서열을 매기는 사유 방식이 영향을 끼친 결과이다. 실제로 사람의 위대함이란 어떤 배경의 위대함에서 비롯된 것이다. 이러한 배경이 클수록, 그리고 이 작가가 이 큰 배경에서 사라지지 않을 때만 그 배경의 크기에 따라서 이 작가도 위대해질 것이다. 문학작품의 수용과 전파도 그렇다. 문학이 숭상하는 것은 다양화이다. 우리가 날마다 보는 것이 오직 문학작품 한 편뿐이라면 이 문학작품이 아무리 위대하건 간에 우리는 질리도록 볼 것이고 그런 다음에는 그것을 혐오하고 경시하게 될 것이다. 지금 루쉰에 대한 일부 사람들의 혐오는 바로 우리가 그들의 머리를 누르면서 그들에게 루쉰의 작품을 억지로 읽힌 결과라고 할 수밖에 없다. 미켈란젤로Michelangelo Buonarroti의 그림이 아무리 훌륭하다고 해도 당신은 날마다 감상할 수는 없다. 베토벤Ludwig van Beethoven의 음악이 더없이 훌륭하다고 해도 날마다 들을 수는 없다. 날마다 보고 날마다 들으면 그것들에 싫증나게 된다. 바로 많은 문학작품을 읽는 과정에서 어떤 작품들이 당신의 느낌 속에 지워지지 않는 인상을 남겼고, 어떤 작품들은 자꾸 음미해볼 가치가 있다고 느낀다면, 바로 그러한 작품들이 진정으로 위대한 작품인 것이다. 이와 마찬가지로 위대함은 보잘것없음을 가릴 수 있지만, 절대로 위대함을 가릴 리 없다. 푸시킨이 레프 톨스토이를 가릴 수 없고, 레프 톨스토이가 도스토옙스키를 가릴 수 없고, 도스토옙스키도 카프카Franz Kafka를 가릴 수 없다. 모든 현대 작가마다 마땅한 중시를 받은 뒤라 할지라도, 루쉰의 가치가 '문화대혁명'과 그 이전보다 더더욱 충분해지면 충분해졌지, 충분하지 못하게 표현되지는 않을 것이다. 지금 이 재평가 작업은 이미 거의 마친 것 같고, 중국 현대문학 연구자의 관념에도 변화가 무르익어 가고 있다. 요컨대 개별적인 비교 방식에서 전체적인 관조 방식으로 바뀌었다. 이 전체적인 관조 속에서 루쉰의 불꽃이 사라질까? 아니다! 그의 밝기는 더욱 커졌다. 그는 후스, 저우쭤런周作人, 쉬즈모徐志摩, 다이왕수戴望舒, 선충원沈從文, 무스잉穆時英, 무단穆旦, 장아이링張愛玲, 첸중수錢鍾書의 불꽃에 가려진 적이 없다. 그의 독립적이고 창조적인 사상과 예술적 재능은 더욱 충분히 표현됐다. 그리하여 루쉰에 대한 이전의 중국

현대문학 연구계의 부정적 경향은 특수한 역사의 과정에서 나타난 일시적인 현상이었을 뿐이다. 그것의 영향이 짧은 시간 내에 완전히 사라질 리는 없다고 해도, 그것이 그렇게 강대한 사상의 흐름을 형성할 리 없으니, 우리가 굳이 그것들을 지나치게 무겁고 크게 볼 필요는 없다. 외국문화의 연구 영역의 상황과 같이 현대문학의 연구 영역의 이러한 언사도 진정한 연합 진영을 구성할 리 없으니, 그것들은 연합할 수 없다. 가오창훙高長虹을 연구하는 것과 쉬즈모를 연구하는 것은 같은 일이 아니다. 량스추梁實秋를 연구하는 것과 샤옌夏衍을 연구하는 것은 같은 일이 아니다. 후스를 연구하는 것과 천인커陳寅恪를 연구하는 것도 같은 일이 아니다. 루쉰에 대한 그들의 불만마다 어긋난 불만이었고, 그들끼리의 차이와 모순이 오히려 더더욱 절대적인 색깔을 띠고 있다. 우리가 개별적인 고찰로부터 통일적인 틀의 고찰로 되돌아가야만 루쉰 및 그 문학관과 이데올로기적 각도에서 전체 중국 현대문학을 온전한 통일체로 더욱 잘 구성할 수 있음을 느낄 것이다. 그가 가오창훙을 비판한 적은 있지만, 가오창훙을 부정하지는 않았다. 그가 린위탕林語堂을 비판한 적은 있지만, 린위탕을 부정하지는 않았다. 그가 후스를 비판한 적은 있지만, 후스를 부정하지는 않았다. 그는 그들과 차이가 있고 모순이 있고, 심지어 때로 아주 첨예한 모순이 있었지만, 이러한 모순은 프랑스 축구단과 이탈리아 축구단, 영국 축구단, 독일 축구단과의 경쟁 같은 것이었지, 유방劉邦과 항우項羽나 악비岳飛와 진회秦檜와 같은 대립이 아니었다.

3. 중국 고대문화의 연구 영역

중국 고대문화 연구의 소생과 번영도 신시기 문화 발전의 중요한 영역이고, 이것 또한 하나의 과정이다. 이 과정 속에서도 루쉰에 대한 불만들이 생겼다. 루쉰은 '5·4' 신문화운동에 참여한 사람이고, 전통을 반대한 사람이다. 중국문화의 연구가 다시금 전개되는 과정에서 루쉰이 부정된 것도 필연적인 일이다. 한층 더 분명하게 '루쉰 반대反魯'의 경향을 드러낸 것은 특히 '신유가학파新儒家學派'였다. 그러나 신유가학파 역시 현대 지식인의 학파이지, 중국 고대 지식인의 학파는 아니다. 그들은 현대 중국에서 사회적 윤리관의 건설 문제를 생각한 사람들이지, 중국 고대사회의 배경 위에서 사회적 윤리관의 건설을 생각한 사람들이 아니다. 우리는 이 학파의 존재와 발전의 합리성과 합법성을 근본적으로 부정할 수 없다. 현대 중국의 윤리관 건설에는 확실히 많은 심각한 문제들이 존재하고 있고, 그들이 중국 고유의 윤리관에 대한 중시를 통해 현·당대 중국의 도덕적 문란을 극복하고자 시도한 상황도 이해할 수 있고, 그 가운데 합리적인 성분 또한 적지 않기 때문이다. 그러나 이것이 전통유가의 윤리관에 대한 '5·4' 신문화운동의 비판을 부정해야 한다는 것을 의미하지는 않는다. 20세기 한 세기 동안의 역사 발전은 전통유가의 윤리관에 대한 '5·4' 신문화운동의 비판은 중국 사회의 현대적 변천의 요구를 반영하고 있음을 이미 충분히 증명했다. 중국 사회의 구조 형식이 바뀌면 고유의 윤리관도 이미 중국 사회를 유지하는 작용을 할 수 없으니, 이러한 관념은 마땅히 변해야 하고, 또 필히 변해야 한다. 신유가학파의 기세가 한창 성할 때, 많은 중국 현대문학의 연구자도 그것에 '산에 비가 오려고 하면 바람이 누각에 가득 차는山雨慾來風滿樓' 기운이 서렸음을 느꼈다. '5·4' 신문화에 대해 부정하는 신유학新儒學의 세력을 막을 수 없는 것 같았다. 그와 동시에 이른바 '5·4' 신문화운동의 한계성도 비판되고 부정되었다. 나는 당시에 수업에서 학생들에게 이렇게 말했다.

> 설사 중국의 남성 전부가 다 신유가학파의 옹호자가 될지라도 적어도 중국 인구의 절반을 차지하는 여성은 '5·4' 신문화운동을 지지할 것이다. '5·4' 신문화운동은 철저하게 부정될 수 없다. 왜냐하면 중국의 현대사회는 이미 남성만의 사회가 아니기 때문이다. 이 한 가지만 봐도 신(新)유가가 구(舊)유가처럼 온 중국을 지배할 수 없을 것이다.

나는 신유가학파의 유일한 희망은 '5·4' 신문화운동을 부정하고 루쉰을 부정하는 것이 아니라, '5·4' 신문화운동과 루쉰 사상의 기초 위에서 중국 현대사회의 윤리관 건설의 문제를 새로이 사유하는 것이라고 생각한다. 윤리관은 이론적인 것만이 아니라 동시에 또 실천적인 것이기도 하다. 공자孔子의 윤리관이 중국 고대사회에서 강력히 관철된 까닭은 공자와 그의 후계자들이 확실히 많았고, 이론 면에서뿐만 아니라 동시에 실천면에서도 유가 윤리관의 원칙을 관철시켰기 때문이다. 역사에 끼친 그들의 영향력이 좋고 나쁨을 떠나서, 적어도 당시 사람들의 마음속에 그들은 더욱 높은 도덕적 지조를 지닌 인물들이었다. 그런데 중국의 현·당대 사회에 이르러서 상황에 근본적인 변화가 생겨났다. 중국 현·당대 사람의 도덕적 지조를 구현한 사람은 이미 신유가학파의 제창자가 아니라 루쉰, 리다자오李大釗, 후스 같은 신문화운동의 제창자들이었던 것이다. 신유가학파의 지도급 인물은 여전히 유가적 윤리관을 준수하고 있지만, 그들에 대한 사람들의 견해에 오히려 변화가 생겼다. 사람들은 여전히 그들을 혐오하지 않고 심지어 그들을 존중하지만, 그들이 사회의 도덕적 지조를 최고로 구현한 사람이라고는 생각하지 않게 됐다. 나는 「류허전 군을 기념하며記念劉和珍君」, 「망각을 위한 기념爲了忘却的紀念」 등 글에서 루쉰의 도덕적 인격에 대해 존경심을 품게 됐다. 신유가학파의 지식인에게 부족한 것이 요컨대 바로 이러한 독재의 억압에 반대하는 기개와 용기이다. 아무튼 신유가학파가 당대 중국의 윤리관 건설을 중시하는 의도는 매우 소중한 것이기는 하지만, '5·4' 신문화운동과 루쉰에 대한 반대를 통해서 이 목적을 실현시키기란 불가능하다. 그들의 공헌은 학술 면에 있는 것이지, 중국 현·당대의 윤리관 건설에 있는 것이 아니다. 루쉰에 대한 그들의 부정은 영원히 영향을 끼칠 수 없을 것이다. 진정으로 루쉰의 정신에 대해 심각한 해체 작용을 하는 것은 도가 문화의 정신이다. 중국에서 '인생을 위한 문학爲人生文學'에 대한 부정, 20세기 1930년대의 '좌익'문학운동과 그 루쉰의 문화적 선택에 대한 부정은 근본적으로 모두 중국의 도가 문화의 전통 속에서 생긴 것이다. 그것과 칸트 등 서양 미학자의 미학관 간의 근본적인 차이는 칸트가 계몽주의자라면, 중국의 이러한 지식인들은 계몽주의 사조를 부정하는 기초 위에서 자신의 관점을 발전시켰다는 점에 있다. 그러나 중국 현·당대 도가 문화의 제창자와 중국 고대의 도가 문화의 창립자 사이에서 다른 점은 중국 현·당대의 도가 문화의 제창자가 여전히 사회의 지식인들이라는 데 있다. 그들은 현대사회의 내부 관계 속에서 생존하고 발전했지, 사회관계 밖에서 사는 사람이 아니다. 그들은 자신의 사회적 요구가 없고 현실 사회에 관심을 두지 않는 것이 아니라, 이러한 관심을 실현할 힘이 없다고 느낀다. 이러한 의미에서 그들은 결코 진정으로 '5·4' 신문화운동을 반대하지 않고, 또 결코 진정으로 루쉰을 반대하지 않는다. 그들의 힘은 사람 숫자가 많은 데서 나왔다. 아마 우리 같은 루쉰연구자 가운데서도 도가 문화의 전통을 실제로 신봉하는 사람들이 적지 않을 것이다. 다른 사람에 대해서는 내가 모르겠고, 적어도 나 자신은 그렇다. 우리는 젊은 시절에 열정적으로 살고 탐구하면서 살았다. 하지만 지금 우리는 교수가 되고 연구원이 되고 안정된 생활 기반이 생겼다. 비록 높은 직책과 많은 월급이 없지만 그래도 만족한다. 중국 사회의 발전, 중화민족의 미래, 중국의 국민성 개조에 대해 우리는 여전히 관심을 두지만, 아무래도 그것들은 좀 실속 없고 다소 동떨어진, 자신과는 무관한 사회문제라고 느끼고, 자신에게 훨씬 중요하고 절실한 것은 개인의 편안한 생활의 유지라고 생각한다. 우리는 사회와 개인을 한데 일체화시키고 사회적 추구와 정신의 자유를 한데 녹여내는 루쉰의 그러한 감각이 부족하다. 이는 이상할 것이 없다. 으뜸은 유가이고 다음은 도가요, 겉은 유가이고 속은 도가인 것이 이제껏 중국 지식인의 주요 전통이기 때문이다. 우리네 문화적 환경 속에서 사회에 관심을 두는 것은 사회에 관심을 두지 않는 것만 못하다. 고정적인 밥벌이를 하는 위치에 있게 되면, '쓸데없는 일'에 참견하지 않는 것이 자신에게 이롭다. 중국에 13억 인구가 있지만, 진정으로 중국 민족의 온전한 발전에 관심을 기울이고 또 그것을 기초로 삼아 자신의 인생길과 문화의 길을 선택하는 사람은 아마 결코 몇 명 없을 것이다. 이것이야말로 우리 중국 현·당대 문화의 가장 핵심적인 문제이자 루쉰이 소중한 까닭이다. 그러나 우리 같은 사람들이 근본적으로 루쉰을 반대할 수 없는 것은 우리가 어쨌든 대자연의 품에서 주로 사는 것이 아니라 중국 사회 속에서 살기 때문이다. 실제적인 문화적 선택 면에서 우리는 루쉰처럼 그렇게 어리석을 리가 없겠지만, 오히려 루쉰의 가치를 알 수 있고, 루쉰의 가치를 부정하지 않는다. 루쉰의 가치를 부정하는 사람은 그런 향락주의자들이다. 우리 같은 이른바 '상류' 지식인들에게 진정한 사회적 관심이 이미 없어지고, 실제로 중요시하는 것도 자신의 물질생활이 되었을 때, 젊은 세대의 지식인과 비非지식인인 사회 구성원도 자신이 추구하는 목표를 물질적 이익 쪽으로 옮겨갔다. 이때 개인적, 감각적, 본능적, 직각적, 물질적, 실리적, 성적性的인 것이 중요해져서 삶의 모든 것이 일부 사람들의 가치이자 아름다움이 되었다. 루쉰이 비록 사람의 본능적 요구를 절대 부정하지 않았다고 해도, 그의 존재적 가치는 어쨌든 사회적인 것이자 정신적인 것이다. 물질적 향락 면에서, 설사 당시의 중국에서 그가 체현한 것이라 해도 뒤떨어진 경향으로 기울어진 것이었다. 나는 루쉰에 대한 이 계층의 부정에 전혀 일리가 없는 것이 아니라고 생각한다. 루쉰은 춤을 출 줄 몰랐고 사람을 잘 사귀지 못했고 이성 관계도 고지식했다. 미술을 중시했지만 음악을 경시했고 서재에 처박히는 것이 몸에 뱄으며 나가 돌아다니기를 즐기지 않았고 정신활동이 체육활동보다 훨씬 많았으며 엄숙함은 넘치나 활발함은 부족했다. 심지어 활동적이지도 않았다. 이러한 것들은 모두 현대인의 생활 방식과 성격적 특징에서 일반 사람과 비교하면 한참 먼 거리에 있다. 그러나 향락주의는 전체 사회에서 극소수의 사람만이 실제로 누릴 수 있을 뿐이고, 역사상 아주 짧은 역사 단계에서만 주요한 사조가 될 뿐이었다. 한 사람의 인생길에서는 한정된 시간 내의 실제 사상적 경향일 뿐이지, 그 순수한 개인성은 그것이 사회적 가치를 획득할 수 없게 했다. 설사 향락주의자라 할지라도 또 다른 향락주의자를 진정으로 존경할 리 없다. 백작도 서문경西門慶을 욕하고 반금련潘金蓮도 이병아李甁兒를 미워할 것이다. 그것의 직감 성질은 그것이 정신적인 가치를 획득할 수 없게 한다. 사람에게 감각기관의 향락이 없으면 안 되지만 단지 감각기관의 향락만 있어서도 안 된다. 단지 감각기관의 향락만 있으면 정신적으로 공허함을 느끼게 된다. 그리하여 루쉰에 대한 향락주의자의 부정은 철저했지만, 그 과도기적인 성격이 더더욱 분명했다. 개인의 관점에서 말하면 향락주의자가 정신적 필요를 느낄 때 그들은 엄숙한 사상과 무게 있는 감각을 훨씬 중요시할 것이다. 그들은 원래 루쉰의 결점이란 것이 여하튼 결점이라고 해도 애초부터 절대 중요하지 않았고, 중요한 것은 루쉰의 정신생활 면에서의 풍부성과 충실성이라고 생각했다. 전체 사회의 관점에서 말하면 향락주의는 사회를 신속하게 분화시키고, 계층 간의 차이를 신속하게 확대해서, 사람과 사람 사이의 감정 관계를 전혀 믿을 수 없게 하고, 심지어 서로 질투하고 적대시하게 하며, 사회 갈등을 심화시키고 사회 동요를 격화시킨다. 더욱 많은 사람들에 대해 말하면 향락하고 싶어도 향락할 수 없게 되고, 그들에 대한 사회적인 배려는 더 이상 단지 다른 사람에 대한 배려가 아니며 동시에 그것은 더더욱 개인에 대한 배려가 아니다. 루쉰의 가치는 이

때 또 사람들이 중요시할 수밖에 없는 것이 될 것이다. 요컨대 중국 고대의 문화적 전통은 중국 사회에서 여전히 가장 실제적인 영향력을 갖고 있다. 그것이 때도 없이 루쉰에 대해 부정적 경향을 일으키지 않을 수는 없겠지만, 중국 사회의 구조에 어쨌든 이미 근본적인 변화가 생겼다. 중국 고유의 문화적 전통이 부흥할 때마다 모두 자체의 새로운 부정적인 힘의 등장을 배태하고 있다. 루쉰의 저작은 중국문화가 낡음에서 새로움으로 탈바꿈하는 과정에서 변함없이 그 자체의 영향력을 계속 발휘할 것이다.

4. 중국 당대문학의 창작 영역

나는 내가 지금 후스가 개척한 중국 캠퍼스파의 문화적 전통에 속한 사람이라고 말했다. 그렇다면 중국의 어느 분야의 지식인이라야 진정으로 루쉰이 문을 연 신문학 전통에 속하는 사람인가? 그것은 중국의 당대當代 작가, 특히 소설가이다. 그러나 바로 이 영역은 루쉰에 대한 조롱이 가장 뜨거웠던 곳이다. 이는 중국 당대 문화의 일대 기이한 현상이라고 말할 수 있다. 이러한 현상은 어째서 생기는 것인가? 나는 이러한 현상은 캠퍼스파 문화와 문학 창작의 분화 추세 속에서 생긴 것이라고 생각한다. '문화대혁명'이 막 끝났을 당시, 문학 창작계의 작가든 시인이든, 캠퍼스파의 교수든 학자든 간에 모두 개방을 희망했고 자유를 기대했다. 양쪽이 모두 서로 좀 동정했고 다소 이해했고 양쪽 간에도 서로 도울 수 있었다. 류신우劉心武의 단편소설 「담임 선생님班主任」에 대해 작가가 나서서 갈채하고 평론가가 나서서 평론했다. 루쉰의 관련 논술까지도 류신우를 변호하기 위한 이론적 근거가 됐다. 비록 양쪽 모두 누구라도 다 완전무결한 것이 아님을 안다고 해도, 오히려 양쪽에 무슨 참을 수 없는 부분이 있는지도 지적하지 않았다. 그러나 20세기 1980년대 중·후기에 이르러 각자에게 모두 더욱 많은 발전 공간이 생겼다. 각자 자기 자신을 돌아볼 수 있게 되자 양쪽의 차이가 드러났다. 게다가 이런 차이는 우리가 서로 적대시할 수 있는 이유가 됐다. 우리 같은 캠퍼스파 지식인은 개념을 주무르고 방법론을 말하고 전통을 중시하고, 중국 내외에 이미 정평 있는 작가의 작품이나 미학자, 문예이론가로부터 자신의 문예관을 획득한 사람들이다. 우리 루쉰연구자는 루쉰의 작품이란 바탕 위에서 이러한 견해를 획득한 사람들이다. 이러한 견해를 획득했을 때 우리는 루쉰을 일반화시켰고 추상화시켰다. 동시에 또 문학의 표준을 구체화시켰다. 우리가 보는 루쉰은 리얼리스트이자 전투정신으로 충만한 작가이다. '인생을 위한' 문학을 주장했고 '예술을 위한 예술爲藝術而藝術'을 반대한 사람이다. 뒷날 혁명문화의 길을 걸어간 사람이자 '좌익' 작가였다. 이러한 것들은 옳은가? 당연히 옳은 것이지만, 이는 루쉰 자신에게 그런 것이다. 루쉰은 자신에게만 이 세상에서 살 권리가 있음을 인정하고, 다른 사람에게도 이 세상에서 살 권리가 있음을 인정하지 않은 건 아니다. 자신의 작품만 문학작품이고, 다른 사람의 작품은 문학작품이 아니라고 한 것도 아니다. 바꾸어 말하면 루쉰과 루쉰의 실제 역사적인 역할은 별개의 일이다. 또 그 자신이 무엇을 한 것과 그가 이러한 일을 한 의미나 가치가 어떠한지는 별개의 일이다. 그는 신문학이란 처녀지를 개간했고, 그런 다음에 이 처녀지에 첫 분기의 농사를 지었다. 그가 심은 것은 콩과 옥수수였다. 그러나 이것은 결코 나중 사람도 반드시 콩과 옥수수를 심어야 한다는 것을 의미하지 않는다. 더더욱 중요한 그의 역할은 그가 이 처녀지의 개간자이자 보호자라는 데 있다. 이러한 의미에서 그는 중국의 문화와 문학의 수호신이자 중국 신문화와 신문학의 수호신이기도 하다. 그의 모든 전투는 모두 사상적 독재와 문화적 독재를 반대하는 투쟁 속에 집중되었고, 중국 사회가 신문화와 신문학을 수용하고 이해할 수 있도록 하는데 집중되었다. 그의 목적은 오직 한 가지였다. 바로 '소리 없는 중국無聲的中國'을 '소리 내는 중국有聲的中國'으로 바꾸는 것이었다. 이는 중국 문화와 문학, 특히 중국의 신문화와 신문학의 생존과 발전의 가장 기본적인 조건이라고 말할 수밖에 없다. 그러나 우리 같은 캠퍼스파 지식인은 오히려 종종 루쉰이 실제 표현해낸 모습에 따라 우리의 문예관을 형성한 사람들이다. 우리도 이러한 문예관을 갖고 당대문학 작가와 그 작품을 다루고 이러한 표준을 갖고 그들에게 요구도 하고 평가도 한다. 우리가 전통 속에서 우리의 관념을 형성한 사람이라면, 글을 짓는 사람이 기댄 것은 오히려 우리의 전통이 아니다. 그들도 루쉰의 작품 일부 혹은 전부를 읽었지만, 단지 루쉰만을 읽은 것이 아니다. 그들이 기댄 것도 루쉰의 전통만이 아니다. 그들이 읽은 모든 문학작품마다 다 그들의 전통이다. 게다가 그들은 주로 이 문학적 전통에 기대서 글을 짓는 것이 아니라, 그들의 실제 인생, 실제적인 인생 체험이나 자신이 대면한 독자의 필요에 기대서 글을 짓는 것이다. '전통'이란 어휘는 우리 캠퍼스파 지식인이 만들어낸 말이니 글을 짓는 사람의 창작에 대해 그렇게 큰 작용을 할 수 없다. 그들은 손오공孫悟空처럼 시대의 삶이란 바위틈에서 튀어나왔다. 이 생활이 그들을 창조했다. 그들은 자신의 방식에 따라 자신의 작품을 창조할 수 있을 뿐이다. 우리는 그들의 작품이 반드시 누구와 같아야 한다거나 같아서는 안 된다고 요구할 권리가 없다. 우리는 그들이 어떻게 살아왔으며, 그들이 무엇을 말하고, 왜 말하고, 어떻게 말하려고 했는가를 이야기할 수 있을 뿐이다. 우리는 그들을 비평할 수 있다. 그러나 그들이 다른 사람 같지 않다고 비평하는 것이 아니라 그들이 자신과 같지 않다고 비평하는 것이다. 하지만 우리는 오히려 종종 이렇게 하는 것이 아니라, 우리가 만족할 수 있는 말을 그들이 말하고 게다가 우리가 좋아하는 방식에 따라 말해야 한다고 요구한다. 우리는 명인名人, 요인要人을 이해하기를 바랄 뿐이지만, 그들을 이해하기를 바라지 않는다. 우리와 당대 작가 사이에 감정적으로 거리가 생겼다. 일단 감정적으로 거리가 생기자 이 싸움은 볼만해졌다. 상대방도 호락호락한 상대는 아니다. 상대방이 우리의 전통을 무시했고, 우리 같은 가난한 서생인 캠퍼스파 지식인을 무시했다. 그들 가운데 더러는 우리 루쉰연구계를 끝장내러 왔고 우리의 오랜 둥지를 점거하러 왔고 '우리'의 루쉰을 욕하러 왔다. 그러나 그들은 루쉰을 '우리' 편 사람으로 삼아 욕했다. 실제로 루쉰은 결코 '우리' 편 사람이 아니라, 중국 신문화와 신문학 편이다. 만약 진짜 너와 나를 가른다면 루쉰은 오히려 '그들'처럼 글을 짓는 사람 편이지 우리 같은 캠퍼스파 지식인 편이 아니다. 우리가 더욱 루쉰 같은 것이 아니라 그들 자신이 더욱 루쉰 같은 것이다. 우리 같은 캠퍼스파 지식인은 언제나 태도가 온화하고 거동이 우아하다. 그들이 조롱하는 루쉰의 모든 그런 '악행'이 우리 같은 캠퍼스파 지식인에게도 아주 조금은 있지만, 그들 자신도 더러 피하기 어려운 것이다. 그들은 모두 글을 짓는 사람으로서 실제 생활의 흐름 한복판에 있고 현실적 필요에 따라 선택을 했으며 모든 것을 완전무결하게 잘하기는 어렵기 때문이다. 설사 작품 한 편일지라도 훌륭하다고 말하고 싶으면 훌륭하다고 말할 수 있고, 또 엉터리라고 말하고 싶으면 엉터리라고 말해도 된다. 실제로 루쉰은 그들처럼 그렇게 말할 수 없는 사람이다. 루쉰은 작가이다. 작가와 그의 작품에 대해 필요한 것은 연구이지, 일반 사람을 대하듯이 사람됨만을 갖고 이러쿵저러쿵하는 것도 아니고 생활을 검사하는 것처럼 그렇게 결점과 허물을 비난할 수 있는 것도 아니다. 루쉰을 말하려면 좀 시간을 들여서 직접 루쉰을 이해해보도록 해야 한다. 다른 사람이 한 말을 근거로 그가 훌륭하다고 말하거나 나쁘다고 말하면 안 된다. 더불어 루쉰의 작품을 더 많이 읽어야 한다. 한두 편에 대한 직감적인 인상을 근거로 전체 루쉰에 대해 결론을 내리면 안 된다. 심지어 루쉰연구에 대해 최소한도의 이해가 있고, 왜 어떤 사람은 루쉰을 좋아하고, 왜 어떤 사람이 루쉰을 좋아하지 않는지를 알아야 한다. 오직 이러한 것들을 모두 확실히 이해해야만, 자신이 루쉰을 어떻게 대해야 할지에 대해 현실적인 근거가 생기고, 속에 없는 소리를 가능한 한 하지 말고, 주관에 치우쳐 독단에 흐르지 말고, 남이 좀 횡포하고 안하무인이라고 생각하지 않도록 해야 한다. 루쉰은 성인이 아니다. 우리도 성인이 아니다. 또 다른 사람이 루쉰의 한두 마디에 근거해서 쉽게 남에게 결론을 내려줄 수 없고, 우리에게도 자기 자신의 일정한 직감적인 인상에 근거해서 루쉰에게 어떤 결론을 내려줄 자격이 없다. 지금 일부 당대 작가들의 루쉰에 대한 풍자와 비난이 여전히 직감적인 인상을 말하는 단계에 머물러 있는 까닭은 바로 루쉰에 대한 그들의 풍자와 비난이 결코 루쉰에 대한 그들의 직접적인 이해를 바탕으로 진짜로 세워진 것이 아니라, 루쉰에 대한 풍자와 비난을 통해서 우리 당대 평론과 당대 루쉰연구자에 대한 불만을 터뜨리는 것이기 때문이다. 이러한 불만 토로 방식 자체야말로 확실성을 갖지 못한 것이고, 아주 쉽게 변할 수도 있는 것이다. 사람들이 루쉰을 갖고 그들을 억압하지 않으면 그들의 불만토로 방식에 변화가 생길 것이다. 루쉰은 이미 이 세상 사람이 아니다. 그들의 창작에서의 성공과 실패, 인생길에서의 평탄함과 좌절은 실제로 루쉰과는 아무런 관계가 없다. 그들이 진정으로 냉정해져서 루쉰을 반드시 뛰어넘어야 할 걸림돌로 보는 것이 아니라 루쉰을 자신과 같은 사람이자 작가로 간주할 때야말로 그들에게서 이러한 미움도 사라질 것이다. 설사 미움이 있다 해도 그것을 루쉰에게 쏟아낼 리는 없다.

아무튼 신시기 이래로 확실히 루쉰에 대한 불만의 말이 아주 많아졌다. 심지어 어떤 말은 분명한 적의로 가득 찼었다. 그러나 나는 이 모든 것이 다 과도적인 현상이고 통일된 흐름을 만들 수도 없고 지속적인 영향도 끼칠 수 없다고 생각한다. 급히 온 것은 재빨리 사라지기 마련이다. 그 발전 추세의 전체 및 우리 중국의 신문화와 신문학은 갈수록 위축된 것이 아니라 발전했다. 우리의 교육 보급의 정도가 갈수록 작아진 것이 아니라 커졌고, 신문화와 신문학의 영향을 수용한 면이 확대되고 있으니 루쉰과 그의 작품을 읽고 이해할 수 있는 사람도 갈수록 많아질 것이다. 이와 동시에 우리 중국 사람은 더욱 획일화된 삶을 향해 나아가는 것이 아니라 조화로운 사회를 향해 나아간다. 이러한 사회에서는 반드시 개인적 의지와 개인적 사고, 자신의 선택과 자신의 책임에 기대야만 현대사회에서 생존하고 발전할 수 있다. 루쉰이 구현한 인생철학人生哲學의 경향은 우리가 이해할 수 없는 것이 아니라 우리 중국 사람의 실제적인 인생관과 세계관이 될 것이다. 최근 20년은 중국 사회의 구조에 새로이 커다란 변화가 생긴 20년일 것이다. 루쉰이 부딪친 문제들은 우리 이 시대의 중국 지식인들이 또 부딪칠 수도 있다. 루쉰과 그의 작품에 대한 중국 사람의 동정과 이해는 갈수록 깊어질 뿐이다. 루쉰의 세계적 영향으로 말하면 이는 실제로 외국 사람들에게 달려 있는 것이 결코 아니다. 우리 자신에게 달린 것이다. 한 민족의 절대다수 구성원이 한 개인의 가치마저도 인식하지 못하고 또 이 개인이 자기 민족에게서 보편적으로 푸대접당하는 사람이 될 때, 세계는 무엇보다 먼저 그를 수용하거나 이해하지 못할 것이다. 우리는 툭하면 루쉰의 세계적 영향력이 아직도 아주 작다고 말한다. 하지만 우리는 중국 민족의 절대다수 구성원이 루쉰을 어떻게 대하는가에 대해서는 오히려 말하지 않았다. 중국 민족의 문화적 구성원이 루쉰을 더 이상 자신의 노리개로 삼지 않고, 진지하게 그를 연구하고 해석한다면, 미래 세계에 대한 그의 영향력은 확대될 뿐이지 축소될 리 없다. 요컨대 루쉰은 우리 이 땅에서 사라질 수 없는 사람이자 세계에서도 사라질 수 없는 사람이다. 일부 사람들이 상상하는 것처럼 그는 그렇게 나약하지 않다. 그의 사상은 나약한 사상이 아니기 때문이다.

나는 루쉰에 대한 믿음으로 가득 차 있다. 중국의 루쉰연구에 대해서도 나는 믿음으로 충만해 있다!

제
2
편

루쉰 소설의 감상과 분석

루쉰 소설의 서사 예술

1.

문예이론가 뤄강羅鋼은 그의 『서사학입문敍事學導論』에서 서양의 서사학Narratology의 개척자들의 구상을 말할 때 다음과 같이 지적했다.

> 구조주의 서사학자들의 이상은 기본적인 서사구조를 통해 세계의 모든 이야기를 관찰하는 것이다. 그들은 우리가 모든 이야기에서 그것의 기본 패턴을 뽑아낸 다음에 이 기초 위에서 모든 것을 망라하는 서사구조를 세울 수 있고, 이것이 바로 모든 이야기 아래쪽에 감추어져 있는 가장 기본적인 이야기라고 생각한다.[1]

바로 언어학자들이 복잡하고 다변하는 문장 속에서 일련의 문법 규칙

1 뤄강, 『서사학입문』, 쿤밍(昆明) : 윈난인민출판사(雲南人民出版社), 1994, 22쪽.

을 총결해낸 것처럼, 서사학자들은 그들도 틀림없이 복잡하게 얽히고설킨 이야기 속에서 일련의 이야기 규칙을 밝혀내고, 그로부터 변화무쌍한 이야기를 쉽게 파악하는 기본 구조로 간략화할 수 있다고 믿는다.[2]

여기서 우리는 서양의 서사학과 중국 신시기新時期 이래의 루쉰소설 연구의 내적인 모순을 발견할 수 있다. 서양의 서사학이 소설의 '랑그langue 학'이자 추상적인 개괄을 가리키는 것이고, 이는 복잡하게 얽히고설킨 세계의 소설 작품 속에서 소설 작품 전부의 명맥을 유지하는 영원하고 보편적인 구조 패턴을 찾는 것이라고 한다면, 중국 신시기의 루쉰소설 연구는 그것과는 상반된다. 그것은 소설의 '랑그 학'이 아니라 소설의 '파롤parole 학'이다. 그것이 연구하는 것은 소설의 파롤 형식인 루쉰소설이다. 우리에게 루쉰소설에 대한 연구가 필요한 까닭은 루쉰소설과 기타 모든 소설이 다 소설이기 때문이 아니라, 루쉰소설은 중국 내외의 기타 소설과는 다른 소설이기 때문이다. 서사학은 추상적인 개괄을 가리키는 것이고, 그것은 문예학science of literature의 연구 범위에 속하지만, 중국 신시기의 루쉰소설 연구는 분석을 가리키는 것이고, 문학비평literary criticism의 범위에 속한다. 문예학의 연구가 중요시하는 것은 차이점 속의 공통점이지만, 문학비평이 중요시하는 것은 공통점 속의 차이점이다. 문예학자가 그들의 연구 대상을 확고부동한 가치와 의미를 가진 재료로 삼아 처리한다면, 문학평론가는 그들의 연구 대상을 아직 확고부동한 가치와 의미를 평가하지 않은 역동적인 통일체로

2 위의 책, 23~24쪽.

삼아 처리한다. 이것이 신시기 중국의 루쉰소설 연구와 서양의 서사학이 상대적으로 먼 거리에 처하게 된 상태를 결정했다. 서양의 서사학이 중국의 문예 이론계에 끼친 영향은 그것이 중국 문학평론계에 끼친 영향보다 훨씬 크다. 그러나 서양의 서사학과 루쉰소설의 연구도 결코 결합의 가능성이 없는 것은 아니다. 이러한 결합이 완벽하고 무조건적일 수는 없겠지만, 서양의 서사학이 연구 과정에서 이룩한 소설 작품을 분석하는 방식과 그것과 서로 연결된 소설의 구조와 관계있는 관념 및 루쉰의 소설 작품을 포함한 소설 작품에 대한 분석과 연구는 의심할 바 없이 방법론적인 의미가 있다. 그것은 연구자가 루쉰소설에 대해 연구하는 구체적이고 현실적인 목적성 및 이 목적성이 결정한 방법론 체계를 완전히 대체할 수는 없다. 그러나 그것은 루쉰소설의 다른 연구 방법과 결합해서 방법론적인 변주를 형성하고, 또 그 가운데서 자체의 독립적인 방법론의 기능을 발휘할 수 있다.

서사학의 개념들은 서사문학 작품의 평론과 처음부터 끝까지 함께 가는 것이다. 그것들은 결코 서양에서 20세기 1960년대부터 비로소 정식으로 형성한 서사학 이론에서 전부 다 탄생한 것이 아니다. 서양의 서사학 이론이 탄생한 뒤에 이러한 개념들이 비로소 정식으로 비교적 완비된 계통을 형성했고 완벽한 방법론적 의미가 생겼을 뿐이다. 17년(1949~1966－역자) 동안의 루쉰소설 연구 과정에서 훨씬 큰 비중을 차지한 것은 당시의 정치 사상적인 연구였다. 오직 쉬친원許欽文의 『루쉰 작품의 교학魯迅作品的敎學』 같은 루쉰소설에 대한 중학교에서의 교학 문제를 겨냥한 저작에서 비로소 루쉰소설의 이를테면 인칭, 서사 순서(순차서술, 도치서술, 교차서술) 등 서사 예술과 관련된 요소에 대해 주목했다. 하지만 당시에는 기교적인 요소로 삼았을 뿐이고, 게다가 계통이 안 섰고, 더욱 깊이 들어간 학술적인 연구가 부족했다. 신시기 초기의 루쉰소설 연구는 여전히 기존의 인물, 줄거리, 환경이란 세 요소의 소설이론을 답습하고 있었다. 하지만 당시에 이미 사상의 의미적 분석과 예술적 분석을 결합하는 것을 중시하기 시작했고, '내용에서 형식까지' 상호 관통시킬 수 있고, 또 '형식에서 내용까지' 상호 관통시킬 수 있는 통일적인 연구 패턴이 형성되었다. 그래서 루쉰소설의 서사 요소에 대한 분석도 상응해서 심화되었다. 왕푸런王富仁은 그의 『중국 반봉건 사상혁명의 거울－'외침'과 '방황' 문학성 분석中國反封建思想革命的一面鏡子－「吶喊」「彷徨」綜論』에서 루쉰소설의 서사 방식과 서사 순서의 다양성 및 그것들과 작품의 반봉건 주제 간의 내적 관계에 대해 초보적으로 주목했고, 아울러 루쉰소설의 각종 다른 인칭 형식과 서사 순서를 구체적으로 분석했다. 하지만 그는 여전히 서사를 인물, 줄거리, 환경이란 세 요소의 부분적 구성 성분으로 삼아 분석한 것이고, 서사학은 그의 예술적 분석의 온전한 구조의 틀이 아니었다.[3] 누구보다 먼저 서사학을 온전한 예술적 분석의 틀로써 활용한 연구자는 왕후이汪暉이다. 그가 『절망에 반항하라反抗絶望』는 저서에서 제3부의 지면을 통째로 할애해서 루쉰소설에 대해 기본적으로 서사학에 속한 분석을 수행했다. 나는 그것이 중국 신시기의 루쉰소설 연구 가운데서 가장 성공적으로 서사학 연구를 활용해 루쉰소설에 대해 연구한 저작이라고 생각한다. 그것의 성공은 서사학 연구에서 나왔을 뿐만 아니

3 왕푸런, 『중국 반봉건 사상혁명의 거울－'외침'과 '방황'의 문학성 분석』, 베이징 : 베이징사범대학출판사(北京師範大學出版社), 1986 참고.

라 더욱 루쉰의 정신적 구조인 인생철학人生哲學에 대한 분석에서 나온 것이다. 루쉰소설에 대한 서사 방식의 분석을 통해서 그는 루쉰의 내적인 정신적 구조를 연구한 것이지, 루쉰의 내적인 정신적 구조에 대한 분석과 연구를 통해서 루쉰소설의 서사 패턴을 드러낸 것이 아니다. 다시 말하면 '형식'의 함의를 드러낸 것이지, '함의'의 형식을 드러낸 것이 아니다. 이는 아마도 자신의 정신 발전에 관심을 뜨겁게 쏟는 중국 당대 지식인이 서양의 서사학에 대해 만들어낼 수밖에 없는 역방향의 개조일 것이다.[4] 왕후이의 『절망에 반항하라』에 뒤이어서 서양의 서사학을 주요 연구의 틀로 삼은 연구는 천핑위안陳平原의 『중국소설의 근대적 전환中國小說敍事模式的轉變』이다. 그것은 주로 중국소설이 청나라 말기淸末에서 '5·4' 시기까지 실현한 서사 패턴의 전환을 탐구했다. 루쉰소설의 서사 패턴도 자연스레 그 중점 연구의 대상이었다. 천핑위안도 서양의 서사학 이론에 대해 스스로 개조한 것임을 분명히 알 수 있다. 만약 서양의 구조주의 서사학자가 소설의 서사 패턴을 다른 민족, 다른 역사 시기의 소설 작품을 내적으로 결정하는 정태적 패턴으로 이해했다고 한다면, 천핑위안은 소설 패턴을 소설사의 발전에 따라 끊임없이 변동하는 가변적인 소설 패턴의 체계로 이해했다. 서양의 서사학자가 문예학적인 연구를 했다면, 그는 소설의 역사적인 연구를 한 것이다. 또 서양의 서사학자가 소설이란 예술형식이 만들어낸 정태적인 본질에 대한 파악이 필요했다면, 그가 필요한 것은 역동적인 역사 과정에 대한 서술이었다. 만약 왕후이의 『절망에 반

4 왕후이, 『절망에 반항하라』, 상하이 : 상하이인민출판사(上海人民出版社), 1991 참고.

항하라』 속에서 정신의 현상학 연구와 서사학 연구의 변주를 만들어 냈다고 한다면, 천핑위안의 『중국소설의 근대적 전환』 속에서는 문학사학文學史學 연구와 서사학 연구의 변주를 끌어낸 것이다. 이러한 교차交叉는 중국 신시기의 루쉰소설 연구에서 모두 필요하고 또 자연스러운 추세이다. 서사학은 중국의 20세기 1990년대의 루쉰소설 연구에서 본질적인 진전을 얻지 못했고, 전체적으로도 앞에서 언급한 왕후이와 천핑위안의 저서 두 편의 수준을 돌파하지 못했다. 게다가 더더욱 일반화된 경향을 드러내 보였는데, 루쉰소설의 서사 분석 속에서 활용한 것은 엄격한 서양의 서사학 연구의 틀이 아니라 각종 고유의 연구 방식을 서사 연구의 행렬 속에 모조리 집어넣은 것이었다. 서사학의 범위 안에서 이 시기는 여전히 왕푸런, 왕후이, 천핑위안이 주로 관심을 가진 인칭 형식과 서사 순서의 범위를 돌파하지 못했다. 더욱 엄격한 의미에서 서양의 서사학 이론을 활용해서 루쉰소설을 연구한 이는 중국에서 박사과정을 공부한 한국 유학생 곽수경郭樹競이다. 그는 롤랑 바르트Roland Barthes의 서사 작품의 기능 층위, 행위 층위, 서사 층위에 대한 구분과 츠베탕 토도로프Tzvetan Todorov의 서사 시간, 서사 시점, 서사 화법의 세 가지 문법 범주에 관한 이론을 활용했고, 주네트Gérard Genette의 시제, 법, 태의 개념을 결합시켜서 이미 영화로 각색된 「약藥」, 「아Q정전阿Q正傳」, 「축복祝福」, 「죽음을 슬퍼하며傷逝」 등 루쉰의 소설 네 편에 대해 빠짐없는 텍스트 분석을 했으며, 또 이를 바탕으로 각 소설의 '서사 단위와 그 상호관계', '인물의 분류'와 '서술 담론'에 대해 종합적인 고찰을 했다. 그의 「약」에 대해 분석한 글이 『중국현대문학연구총간中國現代文學研究叢刊』에 발표됐다. 이는 아마 지금까지 중국의 학술간행물에 발표된, 가장 엄격하게 서양의 서사학 이론을 활용해 루쉰소설을 연구한 논문일 것이다. 그러나 그의 연구는 중심이 소설에서 영화로의 서사 형태의 변화와 루쉰소설의 영화 각색자의 득실을 분석하는 데 있었을 뿐이고, 루쉰소설 작품에 대해 새로운 해석을 하는 데 있지 않았다. 오로지 루쉰소설 자체에 대해 연구했고, 비록 그 가운데 남이 거론한 적이 없는 관점이 담겨 있었다고는 해도, 이러한 새로운 견해와는 상대적으로 서사학적인 텍스트 분석의 형식은 지나치게 거칠고 따분함을 드러냈다. 그래서 중국의 루쉰소설의 연구 속에서 더욱 많은 후속 연구자를 끌어내지 못했다.[5] 같은 한국 유학생인 봉인영奉仁英도 서사학적인 방식으로 중국의 20세기 1920년대의 소설 창작을 분석했고, 그 가운데 루쉰소설에 대한 분석도 포함시켰다. 그의 석사논문의 일부분도 『중국현대문학연구총간』에 발표됐지만, 광범위한 주목을 받지는 못했다.[6]

나는 기존의 서사학 연구의 기초 위에서 더 나아가 루쉰 소설의 서사 예술에 대한 탐색을 시도했지만, 나 역시 루쉰소설을 소설의 '랑그학'의 연구 재료로 삼지 않고, 그것을 일종의 소설의 '파롤' 형식으로 삼았다. 연구의 목적이 루쉰소설의 독립적인 서사 예술을 느끼자는 것이었지, 소설 서사의 보편적인 규칙을 찾는 것이 아니었기 때문이다. 이러한 연구 속에서 내가 사용한 것은 문화적 분석과 서사학 연구

5 곽수경, 「'약'의 서사구조를 논함(論『藥』的敍事結構)」, 『중국현대문학연구총간』 제4기, 1996.
6 봉인영, 「루인의 서신체와 일기체 소설의 서사 분석(廬隱的書信體和日記體小說的敍事分析)」, 『중국현대문학연구총간』 제4기, 1999.

의 이중 변주였다. 나는 루쉰소설의 문화 비평적 의미를 통해서 루쉰소설의 서사 예술의 특징을 파헤치고, 루쉰소설의 서사 예술의 특징을 통해서 루쉰소설의 문화 비평적 의미도 더욱 깊이 있게 느끼고자 시도했다. 이 때문에 나는 블라디미르 프롭Владимир Яковлевич Пропп, 롤랑 바르트, 주네트 등과 같이 서양의 서사비평의 패턴에 따라 루쉰소설의 서사 예술을 엄격하게 분석하고 싶지 않았고 오히려 내 나름의 방식으로 가능한 한 서양 서사학의 이론적 성과를 받아들였다.

2.

정식으로 루쉰소설의 서사 예술을 분석하기에 앞서 나는 먼저 중국의 '5·4' 시기의 저명한 철학자 장둥쑨張東蓀이 제기한 중국어의 언어학적인 문제부터 언급하고자 한다. 그는 「중국말의 구조로 본 중국철학從中國言語構造上看中國哲學」이란 글에서 '중국말은 주어가 불분명하다'는 관점을 제기했다. 그는 다음과 같이 말했다.

> 중국말은 구조면에서 주어(subject)와 술어(predicate)의 구분이 아주 불분명하다. 바꾸어 말하면 이 구별은 없는 것이나 다름없다고 말할 수 있다. 이는 중국말의 구조상 가장 특별한 점이고 그 영향 또한 아주 크다.[7]

7 장둥쑨, 「중국말의 구조로 본 중국철학」, 『이성과 양지－장둥쑨 문선(理性與良知－張東蓀文選)』, 상하이 : 상하이원동출판사(上海遠東出版社), 1995, 334쪽 참고.

그것이 중국 사람의 사상 면에 끼친 영향을 언급할 때 그는 다음과 같이 네 가지를 거론했다.

> 첫째, 주어가 불분명하기 때문에 중국 사람은 '주체(subject)'의 관념을 갖지 못하게 됐다.
>
> 둘째, 주어가 불분명하기 때문에 술어 역시 성립할 수 없게 됐다.
>
> 셋째, 어미(語尾)가 없기 때문에 tense나 mood 등 '어격(語格)'을 갖지 못하게 됐다.
>
> 넷째, 이 때문에 논리적인 '서술(proposition)'을 할 수 없게 됐다.[8]

어떠한 가치판단마다 모두 편파적인 면이 있기 마련이지만, 비교언어학의 시각에서 보면 우리는 장둥쑨의 이러한 관점에 중시할 만한 이유가 있음을 인정할 수밖에 없다. 주어가 불분명하면 담론discourse의 주체성이 불명확하게 된다. 이러한 담론은 명확하게 특정한 사람의 특정한 시공 조건 아래서의 특정한 사상과 염원, 의지와 정감 등 특정한 표현 형식으로 삼는 것이 아니라, 모든 사람이 모든 시공 조건 아래서 모두 이처럼 '할 수 있다'거나 모두 '해야 한다'는 표현 방식과 더욱 비슷해진다. 그것은 수시로 다른 한 사람의 입으로 아니면 붓대 아래로 옮겨갈 수 있지만, 그 의미에 본질적인 변화가 생길 수 없다. 관건은 '누가 말하고 있다'에 달린 것이 아니라 '그가 무엇을 말했다'는 데 달려 있다.

---

8 위의 글, 337쪽 참고.

공자께서 말씀하셨다. 배우고 제때에 익히니 또한 기쁘지 아니한가? 친구가 먼 데서 찾아오니 또한 즐겁지 아니한가? 남이 나를 알아주지 않아도 노여워하지 않으니 또한 군자가 아니겠는가?[9]

이 말은 표면적으로 보면 주어가 있다. 공자가 한 말이지 다른 사람이 한 말은 아니지만, 실제로 주어는 아주 명확하지 않다. 그것은 공자가 말한 말일 수도 있고 안연顔淵이 말한 말일 수도 있다. 발화자가 바뀐다고 해도 이 말의 의미는 전혀 바뀌지 않는다. 그것은 자유롭게 아무 사람의 입으로 옮겨갈 수 있고 그 본래의 의미도 잃지 않을 것이다. 공자의 이 말 자체는 더욱 명확한 주어가 없다. '누가' '어떠한 상황에서' 배우고 제때에 익히니 또한 기쁘지 아니한지? '누가' '어떠한 상황에서' 친구가 먼 데서 찾아오니 또한 즐겁지 아니한지? '누가' '어떠한 상황에서' 남이 나를 알아주지 않아도 노여워하지 않으니 또한 군자가 아닌지? 이에 대해 명확한 설명이 없다. 그것에 확정적인 주어가 없고, 명확한 주어도 필요하지 않은 것 같다. 왜 그러한가? 그것은 '도道'이고 모든 사람에게 적용되는 말이기 때문이다. '도'를 말하는 사람은 '성인'이다. '성인'의 말씀이 나타내는 것은 그 개인의 독특한 사상과 염원이나 감정과 의지가 아니라 영원한 가치를 갖고 모든 사람에게 적용되는 담론이다. 사실 장둥쑨의 관점에 따르면 여기 '공자 가라사대子曰'에도 명확한 주어와 술어의 구분이 없다. 그것은 '공자'를 주체로 삼을 수도 있고 '가라사대'를 주체로 삼을 수도 있다. 주어에 어미변화가 없고 술어에 어미

9 『논어(論語)』「학이(學而)」.

변화가 있는 서양 언어와는 사뭇 다르다. 객체가 주체에 따라 바뀌고, 주어의 주체적 지위와 술어의 종속적 지위는 매우 확정적이다. 중국문화 속의 이러한 '사람'과 '글'의 특수한 관계가 중국의 거의 벗어날 수 없는 '글은 도를 실어야 한다文以載道'는 문화관을 형성했다. 담론의 주체성이 명확하지 않으면, '담론'은 말하는 사람을 벗어나 독립적으로 존재하고, '도'의 형식으로써 모든 사람의 입에서 광범위하게 전해지면서 그것의 '파롤'로서의 특정한 의미를 잃어버릴 수 있다. 지금까지 중국의 언어 문학작품은 아직도 이러한 언어(랑그-역자)의 그물을 완전히 벗어나지 못했다. 말하는 사람은 특정적이지만, 하는 말은 특정적일 수 없고 보편적이다. 한 개인의 담론과 한 개인의 특정한 시공 조건 및 이러한 특정한 시공 조건에서의 개인의 특정한 사상, 감정, 의지와 염원은 필연적인 유대관계가 없다. 어딜 가나 허풍이고, 온 거리에 널린 게 빈말이라는 말은 바로 사람이 진심에서 우러나와서 하는 소리를 좀처럼 듣기 어렵다는 뜻이다. 내가 장둥쑨과 다른 견해는 중국 지식인의 주체적 의식이 중국의 언어 자체의 특징 속에서는 싹틀 수 없지만, 어떤 정감 체험의 절정 상태에서는 존재할 수 있다는 점이다. 굴원屈原, 사마천司馬遷, 이백李白, 조설근曹雪芹처럼 그들의 정감 체험이 그들을 '도취케 하여 모든 것을 잊는忘乎所以' 상태에 도달하게 했을 때, 그들의 담론에도 강력한 주체성을 갖게 되었다. 이때 그들은 비로소 '도'를 전하는 사람으로서 자족하지 않고, 자신의 독립적인 사상, 염원, 감정과 정서를 드러냈다.

책 속의 모든 이야기는 황당한 소리 같지만
온통 피눈물로 써낸 것이거늘

사람마다 지은이를 미쳤다고 하나니
그 속에 담긴 참맛을 아는 이 누구일런가?

조설근은 왜 자신의 담론이 '황당한' 소리라고 느끼면서도 말하지 않으면 안 되었는가? 바로 인생에 대한 그의 느낌이 그에게 그러한 사회에 광범위하게 퍼져있는 속담이나 상투어를 재탕할 수 없게 했기 때문이다. 그가 사람에게 느끼고 이해시키려고 한 것은 이러한 '황당한 소리'가 나타낸 저자의 진실한 심사이며, 그 속에 담긴 심오한 정취이다. 그러나 이러한 강렬한 정감 체험의 기초 위에서 세운 주체성은 안정적이지 못하고 생겼다가 머지않아 사라지는 것이다. 사람은 정감 체험의 절정 상태에 영원히 머물러 있을 수 없으므로 일단 정감이 평온을 회복하면 이러한 격정에 기대 유지되는 주체성은 존재하지 않게 된다. 우리는 중국의 고대 사람에게서 뿐 아니라 설령 현·당대 사람 가운데서 라고 해도 이러한 주체성 의식의 나약함이 보편적으로 존재하는 현상을 목격한다. 궈모뤄郭沫若의 시, 차오위曹禺의 연극, 바진巴金의 소설이 의존한 것은 모두 젊은 시절의 내심의 격정이었다. 하지만 일단 이 젊은 시절의 격정이 사라지자 그 작품의 주체성도 약해졌다. 작가가 자신의 작품을 통해서 나타내고자 애쓰는 것이 보편적으로 동일시하는 도덕과 윤리 혹은 사상과 감정뿐일 때 그 작품은 더 이상 파롤 형식이 아니고, 전체 글을 짓는 과정은 '무주어문'이 된다. 중국문학사에서의 루쉰소설의 독보적인 위상은 무엇보다 먼저 그것들의 강렬하고 선명한 주체성이란 특징에서 드러났다. 게다가 이러한 주체성은 중국 근·현대 의식이 변동하는 과정에서 세운 이성적인 자각 면에서의 주체성이다. 그는 일시적인 흥분에 기댄 것이 아니라 지극히 냉정한 심리 상태에서 개성적인 색채를 풍부하게 담은 소설을 창작해냈고, 사회와 인생에 대한 자신의 독립적인 느낌과 인식을 드러낸 것이다. 루쉰소설은 '유주어문'이지 '무주어문'이 아니다.

어휘의 뜻은 그것의 변별적인 기능에서 비롯된다. '주어'는 '술어'와 구분될 뿐 아니라 다른 '주어'와도 서로 구별된다. 루쉰소설의 주체성 특징은 무엇보다 먼저 그것이 다른 모든 소설가의 작품과 구별되는 데 있다. 루쉰소설은 자신의 독립적인 개성을 담고 있다. 이러한 개성이 우리에게 어떠한 상황 또는 어떠한 이유이든 간에 그것을 다른 소설가의 작품과 뒤섞을 수 없게 한다. 그것은 성공하지 못한 소설 작품과 구별될 뿐 아니라 마찬가지로 위대한 심지어 루쉰소설보다 더욱 광범위하고 훨씬 깊은 세계적인 영향을 끼친 소설 작품과도 구별된다. 우리의 루쉰소설 연구는 그것과 다른 소설과의 공통점을 연구하는 것이 아니라 그것과 다른 소설과 다른 부분을 연구하는 것이다. 이와 동시에 저자로서의 루쉰의 주체성은 자기 작품의 주체성에 대한 명확한 의식을 나타냈을 뿐 아니라 동시에 자기 독자의 선택에 대한 주체성도 나타냈다. 의심할 바 없이 예술형식으로서 소설은 가장 통속적인 예술형식이다. 그것은 현대 세계에서 가장 폭넓은 독자를 보유하고 있지만, 이것은 결코 소설 작가가 소설 한 편을 창작할 때마다 온 세상 사람 한 사람 한 사람을 대면한 것임을 의미하지는 않는다. 그것은 일종의 '파롤' 형식이다. 파롤 형식은 영원히 상대하는 확정적인 대상을 갖는 것이다. 그것은 모든 사람을 위해 쓴 것이 아니라 저자가 의식한 특정한 독자들을 위해 쓴 것이다. 저자의 주체성이 또 자신의 가상假想

속의 독자에게 뚜렷이 선명한 주체성을 부여했다. 저자가 독립적이면, 그의 가상 속의 독자도 반드시 독립적일 것이다. 독자가 완전히 저자와 같기란 불가능하다. 그렇지 않으면 파롤의 소통은 불필요하다. 차이가 있어야 소통이 있다. 그러나 이러한 차이가 양자의 상호 이해와 동정에 영향을 끼쳐서는 안 된다. 이러한 이해와 동정이 없으면 소통도 할 수 없다. 소통할 수 없으면 말할 필요도 없고 어떠한 작품의 텍스트도 필요치 않다. '소설 텍스트'가 바로 저자와 독자 사이에 놓인 파롤의 다리이다. 저자는 독자가 이 다리를 건너와 저자의 정신세계로 들어올 수 있기를 희망한다. 소설 작품의 개성적 특징을 과거에는 보편적으로 작가 개인의 꼬리표라고 여겼지만, 나는 그것이 반영한 실제는 저자와 독자 관계의 특정성과 이런 관계에 대한 저자의 특정한 느낌이자 이해라고 생각한다.

일단 저자가 자신의 주체성을 의식하고, 또 일단 저자가 자신의 주체적인 지위에 대한 의식에 의존해 자신을 자신의 가상 속의 독자와 엄격하게 구별해내고, 동시에 자기 독자의 주체적인 지위도 의식한다면, 그의 소설 텍스트도 마찬가지로 저자 본인을 벗어나서 자신의 주체성을 갖게 된다. 이렇게 되는 원인은 아주 간단하다. 만약 독자가 저자와 완전히 동일시하는 것이 아니라면, 또 만약 독자가 자신의 주체성을 가졌다면, 그들이 무조건 저자의 지휘와 교훈을 들을 리 만무하다. 저자에 대한 그들의 동정과 이해야말로 조건적이고 제한적이기 때문이다. 소설의 저자가 모든 염원과 요구 면에서 모두 독자의 이해와 동정을 얻기란 불가능하다. 그도 그의 인생의 느낌과 사상이나 염원 전부를 독자에게 단번에 이해시키기란 불가능하다. 저자는 반드시 그와 독자의 똑같거나 비슷한 염원과 요구를 통해서 남이 알지 못하거나 남이 이해하지 못하는 그의 사상과 염원을 독자가 더 나아가 이해하고 동정하게 해야 한다. 저자는 자신의 소설 텍스트를 창작할 때 그 주체성을 가져야 하지만, 임의성은 없다. 그는 반드시 동시에 독자의 느낌을 고려해야 하고, 반드시 자신의 표현과 독자의 수용 간의 합력, 교차, 나도 있고 그도 있되 명확한 경계를 구분하지 않은 뒤섞인 모호지대를 찾아야 한다. 그는 소설 텍스트마다 그는 모두 자아를 완전하게 구현할 수 있는 것이 아니고, 다만 상대적으로 또 조건적으로 자아를 나타낼 수 있을 뿐이다. 이렇게 해야 저자의 소설 텍스트에 자신의 독립성, 즉 저자와도 완전히 같지 않고 독자와도 전혀 다른 독립성이 생기기 시작한다. 그것은 저자가 하늘로 쏘아 올린 인공위성이지, 저자 본인이 하늘로 날아간 것이 아니다. 소설 텍스트와 저자 및 소설 텍스트와 저자의 가상 속의 독자는 모두 거리가 있다. 그것은 전파 시스템의 일종으로 자신의 독립성을 갖고 자신의 주체적인 지위를 갖는다.

루쉰은 그가 소설을 창작하는 것이 "아쉬운 대로 그걸로 적막의 한복판으로 돌진하고 있는 용사에게 그가 마음 편히 앞장설 수 있게끔"[10] 하고, "열정을 품은 이들에 대한 공감"과 "물론 이 가운데에 구사회의 병의 뿌리를 파헤쳐 치료법이 강구되도록 재촉하고 싶은 바램이 끼어들었고",[11] "내가 병적인 사회의 불행한 사람들 속에서 할 수 있는 대로 제재를 찾은 것은 병의 원인을 드러내어 치료에 대한 생각을 불러일으키려는 의도였다"[12]고 말했다. 여기서 루쉰이 말한 것은 그가 소

10 루쉰, 「자서」, 『외침』.

11 루쉰, 「'자선집' 자서(『自選集』自序)」, 『남강북조집(南腔北調集)』.

설을 창작할 때의 가상 속의 독자 및 그와 그러한 독자와의 관계이다. 그의 가상 속의 독자는 그러한 "적막의 한복판으로 돌진하고 있는 용사"이자 사회를 개혁하는 데 열심인 사람들이다. 그가 이러한 독자라야 그의 소설을 수용할 수 있다고 생각한 까닭은 그가 그들을 동정하고 이해하고 아울러 그들을 지지하는 관점을 가진 사람이고, 그의 소설이 그들에게 적막을 줄이도록 하고, 그들이 자신의 분투 속에서 결코 완전히 외떨어진 사람이 아님을 알도록 할 수 있기 때문이다. 그러나 그와 그의 가상 속의 독자가 완전히 일치하는 것이 아니고, 그 자신도 행동하는 '앞장선' '용사'가 아니지만, 오히려 '병적인 사회의 불행한 사람들'에 대해서 더욱 많이 이해하고 그들의 '병고'를 알았으므로 '구사회의 병의 뿌리'를 파헤쳐서 그런 실제적인 개혁가가 주의하게 하고 '치료'하게 할 수 있었다. 루쉰소설은 바로 루쉰과 그의 이러한 독자와의 관계 속에서 탄생한 것이자 그들 간의 정신적인 가교이다. 여기서 루쉰소설의 주제에 높은 사회적 엄숙성이 생겼다. 만약 강렬하고도 뚜렷한 주체성이 루쉰소설의 으뜸가는 특징이라고 한다면, 이러한 고도의 사회적 엄숙성은 그에 버금가는 선명한 특징이라고 할 수 있다. 그것의 엄숙성은 그의 가상 속의 독자를 놀라 도망가도록 하려는 것이 아니라 그가 자신의 독자에게 특수한 요구와 엄격한 규정을 갖도록 하는 데 있는 것이다. 그들은 반드시 현실 인생에 다소 불만을 품고, 또 이 인생을 개선하려는 염원을 지녔어야 한다. 이 불만과 염원 때문에 그들은 내심으로 중국 사회와 중국 사람의 정신 상태를 더욱

12 루쉰, 「나는 어떻게 소설을 쓰게 되었는가(我怎麽做起小說來)?」, 『남강북조집』.

치밀하고 훨씬 철저하게 느끼고 이해하고, 아울러 이러한 느낌과 이해 속에서 독서 취미가 생길 수 있기를 희망한다. 오늘날까지 중국의 루쉰연구자는 언제나 사회의 모든 사람마다 루쉰의 소설을 뜨겁게 사랑하고 숭배하도록 노력했다. 나는 이것이 불가능하고 불합리한 것이라고 생각한다. 루쉰소설은 노예가 되고 이미 중독된 사람들에게 보라고 쓴 것이 아니다. 다른 사람들의 커다란 깃발의 위용 아래서 오로지 죽으러 달려드는 '용장'들에게 보라고 쓴 것도 아니다. 손톱만큼의 이익에 우쭐대고 뽐내며 그리하여 자신의 조롱 속에 웅크린 채로 달콤한 노래를 부르는 사람들을 위해 보라고 쓴 것도 아니다. 고서더미 속에 틀어박힌 채로 조상의 상처를 어루만지면서 자기만족에 빠진 사람들에게 보라고 쓴 것이 아닐 뿐만 아니라, 동시에 아직 인생의 헛된 꿈을 꾸고 있는 천진난만한 청소년들에게 보라고 쓴 것도 아니다. 이미 스스로 사회적 작용을 발휘할 드넓은 공간을 찾고 또 전적으로 자기 사업에 몰두하고 있는 사람들에게 보라고 쓴 것도 아니다. 또 아직 독서 능력이 없거나 아예 문학 감상 능력이 없는 선량한 사람들에게 보라고 쓴 것도 아니다. 그들은 때로 루쉰소설 속에서 어떠한 계시들을 얻을 수 있겠지만, 루쉰소설은 오히려 그들을 주요 독자 대상으로 삼은 것이 아니다. 루쉰은 한평생 보편적인 찬양을 희망하지 않았고, 그의 소설도 온 나라 사람들의 인정이 필요치 않았다. 그는 자신이 이해를 얻어야 하는 독자에게로 가서 이해를 얻기를 희망했을 뿐이다. 그의 독자 선택에 대한 이러한 엄격성이 그의 소설의 흔치 않은 사회적 엄숙성을 만들어냈다.

서사학이 고찰하는 것은 소설 텍스트의 내부 구조이지만, 나는 그 내부 구조야말로 또 그 외부적 관계를 벗어날 수 없는 것이라고 생각한다. 무엇보다 먼저 저자와 그의 가상 속의 독자와의 관계를 분명히 알아야만, 우리는 실제로 소설 텍스트의 내부 구조의 고찰 단계로 들어갈 수 있다.

3.

서양의 서사학은 소설 텍스트 내부의 구조 패턴을 연구하는 것이다. 그래서 그 시각 이론도 주로 소설 텍스트의 내부에 집중되어 있다. 나는 만약 우리가 아예 내부 구조에서 착안하지 않고, 외부에서 내부로의 창작 과정 전부를 따른다면, 소설 텍스트의 기본 시각에는 ① 저자의 시각, ② 독자의 시각, ③ 서술자의 시각이란 세 가지가 있다고 생각한다. ① '저자의 시각'이란 저자의 관점에서 소설 텍스트를 관조하는 것이다. 저자는 창작 과정이든 창작 이후이든 모두 소설 텍스트를 통일적으로 관조해야 하고, 자신의 작품 속에서 자신의 심미적 관조 면에서의 만족이나 상대적 만족을 얻어야 한다. 이러한 만족이나 상대적 만족은 자아 표현 속에서 얻는 것이자 자아를 대상화하는 과정에서 얻는 것이다. ② '독자의 시각'은 저자가 자신이 가상한 독자의 관점에서 소설 텍스트를 통일적으로 관조하는 것이다. 그는 이러한 각도에서 자신의 가상 속의 독자에게 심미적 관조 면에서의 만족이나 상대적 만족을 느끼게 해야 한다. 이러한 만족은 수용자의 심미적 만족이고, 텍스트를 빌려 자아 발견의 즐거움을 획득하는 과정이다. 아울러 이 과정에서 저자와의 사상과 감정 면에서 공감이 생긴다. ③ '서술자의 시각'이란 소설 텍스트의 서술 임무를 구체적으로 완성하는 서술자의 시각이다. 그것은 저자와 독자 양자의 시각에서 모두 심미적 만족이나 상대적 만족을 획득할 수 있는 인물, 배경, 사건 등 자질구레한 소재를 완전무결한 텍스트로 구성해서 텍스트의 창조를 완성해야 한다. 구체적으로 루쉰소설에 대해 이야기하자면, 저자의 시각에서 소설 텍스트를 통해 현실 인생 속에 쌓여 있는 자기 내심의 정신적 고민을 털어놓고, 현실 인생에 대한 그의 느낌과 이해를 나타내고, "적막의 한복판으로 돌진하고 있는 용사"에 대한 그의 이해와 동정을 드러내야 한다. 또 독자의 시각에서 저자의 가상 속의 독자에게 현실적인 삶의 부조리와 무질서를 느끼게 하고, 스스로 현실적인 삶을 개혁하려는 염원의 합리성과 곤란성을 느끼게 하고, 더불어 이러한 모든 발견 속에서 심층적인 정신면에서의 희열, 곧 미학적인 쾌감을 얻게 해야 한다. 그리고 서술자의 시각이란 앞에서 언급한 두 시각에서 소설 텍스트에 대한 기대를 만족 혹은 상대적으로 만족시킴으로써 소설의 텍스트를 구체적으로 구성하려는 것이다. 바꾸어 말하면, 서술자의 시각에서 동시에 저자와 독자의 두 시각을 수용하고, 아울러 양자의 대립 통일의 변증 관계를 구현해야 한다.

우리는 중국 현·당대 소설을 연구한 논저나 논문 가운데서 알게 모르게 현·당대 소설 속의 제1인칭의 위상을 높였고, 그것이 있어야만 비로소 현·당대 소설과 중국 고대소설의 차이를 구체화할 것이라고 생각했다. 실제로 이는 현·당대 소설 연구에 결코 도움이 되지 않는다. 현·당대 소설은 제1인칭이 필요하고 또 제3인칭도 필요하다. 그것은 중국 현·당대 소설과 중국 고대소설을 구별하는 근본적인 표지가 아니다. 중국 현·당대 소설과 중국 고대소설을 구별하는 근본적인 표지는 소설 서술자의 위상의 통일적인 변화에 있다. 나는 소설의 서술자에게 자신의 특정한 생각에 따라 소설 속의 사건, 인물과 배경을 서술할 권리 여부 및 어느 정도의 권리를 갖는지가 중국 현·당대 소설과 중국 고대소설이 서로 구별되는 근본적인 표지라고 생각한다. 중국 고대의 대다수 소설 속에서 소설의 서술자는 거의 이야기를 서술할 권리만 있을 뿐, 서술 대상을 자유로이 평가할 권리란 없었다. 따라서 이야기와 이야기의 이성적인 해석을 종종 서로 모순되게 했고, 재미 속에서 의미를 발견할 수 없고 의미 속에서 재미를 발견할 수 없게 했다. 게다가 종종 그 때문에 이야기의 서술을 바꾸고 이야기 자체의 논리 구조를 위배했다. 루쉰은 중국 고대의 재자가인才子佳人 소설을 말할 때 이렇게 지적했다.

> 중국의 혼인방법에 결함이 있다는 것을 재자가인 소설의 작가는 진작부터 느끼고 있었다. 그는 그리하여 한 재자가 담벼락에 시를 쓰고 한 가인이 이에 화답하도록 한다. 요즘 말로 연애를 했다는 것인데, 사랑에 빠진 재자가인은 '평생을 약속'했다. 그러나 약속하자마자 곧 난관에 봉착하고 만다. 우리가 다 아는 바와 같이 '제멋대로 평생을 약속하는 일'은 시나 고전극이나 소설에서는 미담이 될 수 있다(물론 끝내 장원급제하는 사내와 제멋대로 약속한 경우로 제한되기는 하지만). 실제로 세상에서 용납하지 않으니 역시 헤어지지 않을 수 없었다. 하여 명 나라 말기의 작가는 눈을 질끈 감고 달리 구제책을 넌지시 내놓았다. 말인즉슨 재자

> 가 과거에 합격해서 나라님의 명을 받들어 혼인에 이른다고 했다. '부모의 명과 매파의 말'은 이 커다란 감투에 짓눌려서 반 푼어치의 가치도 나가지 않게 되었고 문제도 모조리 해결된다. 만약 문제가 있다면 재자가 장원급제할 수 있느냐 없느냐에 달린 것이지 절대 혼인제도가 좋은가 그렇지 않은가에 달려 있지 않다.[13]

이로부터 서술자의 주체성에 대한 저자의 억압을 알 수 있고, 동시에 이는 저자의 주체성을 사회 패권담론이 억압한 결과임을 알 수 있다. 저자는 감당할 수 없거나 혹은 감당하고 싶지 않은 사회 환경의 압력을 반드시 서술자에게 떠넘길 수도 있으며, 또 서술자의 서술을 직접 텍스트 구조로 떠넘길 수 있고, 최종적으로 독자에게 떠넘길 수도 있다. 이는 소설의 저자와 소설의 서술자는 분명하게 나눌 수 없기 때문이다. 소설에서 서술자는 실제로 저자가 가장 신뢰하는 사람이자, 그의 가상 속의 독자가 신뢰할 수 있다고 여기는 사람이기도 하다. 저자는 서술자에게 의지하여 소설의 서술을 구체적으로 전개하고, 또 자신의 가치 평가를 소설의 서술 전체 속으로 갖고 들어가고자 한다. 설령 서술자와 저자가 서로 다른 두 사람이라 할지라도, 서술자의 주체성은 적어도 저자가 그의 가상 속에 넣은 독자라야만 이해할 수 있다.

루쉰소설 속에는 제3인칭 소설이 여전히 절대적인 비중을 차지한다. 그 가운데 『새로 쓴 옛날이야기故事新編』의 8편 전부와 『외침』과 『방황』의 절반에 가까운 소설이 이에 포함된다. 서양의 서사학이 저자를

---

13 루쉰, 「눈을 크게 뜨고 볼 것에 대하여(論睜了眼看)」, 『무덤(墳)』.

제3인칭 소설 속의 서술자와 구분하는 것은 아주 필요한 일이다. 앞에서 말한 바와 같이 어떠한 소설이든 모두 저자 본인이 지닌 사상, 염원, 정감과 의지의 표현인 것은 아니다. 어떤 소설 속에서 서술자는 임시로 또 부분적으로 저자 본인의 정신과 염원을 구현할 수 있을 뿐이므로, 양자를 뭉뚱그려서 말해서는 안 된다. 이와 동시에 글쓰기 과정 속에서 저자가 서술자의 사상과 감정을 조종한다고 하기 보다는 서술자가 저자의 사상과 감정을 조종한다고 하는 것이 더 낫다. 저자는 글을 쓰기 시작할 때 감정이 상대적으로 평온한 정신 상태에 있고, 그는 서술자의 서술에 의지하여 점차 소설이 전개한 하나하나의 구체적인 상황으로 들어간다. 아울러 이러한 상황의 변화에 따라서 사상과 감정의 변화가 일어난다. 그러나 루쉰소설의 연구 속에서 우리는 절대로 루쉰의 제3인칭 소설 속의 서술자를 저자 본인과 절대적으로 대립시킬 수 없다. 이 서술자는 저자 본인과 아무런 상관이 없는 아예 다른 사람인 것 같다. 이와 정반대로 이러한 소설 속에서 우리는 소설의 서술자를 통해서 소설에서 서술한 사건, 인물 하나하나와 그 관계에 대한 루쉰 본인의 가치 평가를 이해할 수 있을 뿐이다. 이것 말고 우리에게 어떠한 다른 통로도 없다. 전체 소설이 모두 이 서술자의 서술 속에서 구성되었기 때문이다. 소설이 제3인칭의 서술 방식을 채용하는 까닭은 다른 것이 아니라, 저자와 제3인칭 소설 속의 인물이 모두 더욱 큰 거리를 갖고 있기 때문이다. 또 저자는 그 가운데 어떠한 한 인물이나 그것을 포함한 주요 인물에 대해 모두 신뢰할 수 없고 또 신뢰해서도 안 되기 때문이다. 이러한 불신이 반드시 존중되지 않는 것은 아니지만, 그들에게는 자기 신변에서 일어난 일을 저자가 지금 필요한 방식에 따라 서술해낼 능력이 없거나 서술할 가능성이 없다고 생각한다. 『새로 쓴 옛날이야기』 속의 모든 옛날사람들은 모두 현대 중국 사람이 그들을 어떻게 다룰 수 있는지, 또 어떻게 다루어야만 하는지를 알지 못한다. 그들은 현대 중국 사람을 자신을 서술하는 독자 대상으로 삼을 수 없고, 그들은 우리와 대화할 방식을 찾을 수 없다. 또 「비누肥皂」 속의 쓰밍四銘, 「가오 선생高老夫子」 속의 가오 선생, 「형제弟兄」 속의 장페이쥔張沛君은 정확하게 자신의 존재를 의식할 수 없을 뿐 아니라 동시에 자신의 내심 세계를 다른 사람에게 공개적으로 드러내기도, 그들이 우리에게 참말을 하지 않기도 불가능하다. 또한 「아Q정전」 속의 아Q, 「약」 속의 화라오솬華老栓, 「흰빛白光」 속의 천스청陳士成, 「내일明天」 속의 단씨 넷째 아주머니單四嫂子, 「이혼離婚」 속의 아이구愛姑는 아예 자신의 운명을 호소할 능력이 없다. 설령 호소할 수 있다고 해도 저자가 희망하는 바에 따라 그렇게 하소연할 수 없다. 또 「장명등長明燈」 속의 '미치광이'는 그가 장명등을 꺼버리려고 하는 사건 속에서 이 사건을 서술할 여유가 없다. 아무튼 저자는 서술의 임무를 주로 이러한 소설 속의 인물에게 내어줄 수 없다. 서사학의 관점에서 보면, 형식이 곧 의미이다. 루쉰소설의 제3인칭은 루쉰과 제3인칭 소설이 말한 장면, 사건, 인물의 다른 정도에서의 현실적인 사상과 감정과의 거리를 구체화하고 있다. 저자가 그러한 장면과 사건 속에서 자신의 적합한 대리인을 찾을 수 없다면, 그가 반드시 직접 나서서 서술자를 충당해야 한다. 적어도 이때 저자와 서술자는 대폭적으로 중복이 생긴다. 저자는 서술자를 통해서 소설의 사건, 장면, 인물과 직접 대면한다. 그러나 저자는 동시에 반드시 서술자의 주체적인 제한도 수용해야 하지만, 이 소설과 무관한 생활 체험, 사상, 감정을 소설 속에 집어넣어 표현해서는 절대로 안 된다. 서술자는 소설의 사건, 인물, 장면에 대해 저자가 자신의 끝없는 욕심으로 인해 저지르는 자기 서술의 파괴를 절대 허용하지 말아야 한다. 그는 자신의 의지로 이 소설 세계를 새로이 개척할 권리가 있다. 이는 저자가 글쓰기에 손을 대기 전에는 완전히 예상치 못한 것이다. 이때의 서술자는 저자를 데리고 상상의 세계로 걸어 들어가 서술자의 필요에 따라서 그 안에서 자유로이 노닐어야 한다. 전쟁터에 있는 장수는 아무리 군주의 명령이라 해도 때로는 따르지 않아도 되는 법이다. 그는 반드시 저자가 그에게 준 특수한 사명을 독립적으로 짊어져야 하고, 아울러 자신의 방식으로 저자가 원래 지녔던 창작 의도를 실현하고 또 수정해야 한다. 보통 때의 저자는 그의 독자를 고려할 필요가 없지만, 이 서술자는 오히려 반드시 동시에 독자의 수용을 고려해야 한다.

> 기왕 외침인 이상은 지휘관의 명령을 듣지 않을 수 없었다. 그래서 나는 이따금씩 내 멋대로 곡필(曲筆)을 놀려 「약」에서 위얼(瑜兒)의 무덤에 뜬금없이 꽃다발을 놓았고, 「내일」에도 단씨 넷째 아주머니가 끝내 아들을 만나는 꿈을 꾸지 못했다고 쓰지 않았다. 이는 당시의 지휘관이 소극적인 것을 싫어했기 때문이었지만, 또 나 자신으로서도 내가 괴로워해 온 적막을 내가 젊었을 때처럼 단꿈을 꾸고 있을 젊은이들에게 전염시키고 싶지 않았기 때문이다.[14]

14 루쉰, 「자서」, 『외침』.

그러나 이 모든 것이 다 저자와 소설의 서술자 간의 묵계이고, 양자는 가장 친밀하고 서로를 가장 잘 이해할 수 있는 위치에 있다는 사실을 방해하지 않는다. 서술자는 실제로 저자 속의 또 다른 저자이긴 하지만, 그는 그저 특정한 소설의 서술 임무를 구체적으로 담당한 것뿐이다. 이러한 제3인칭과 전통적인 전지전능한 제3인칭 서술 방식 간의 근본적인 차이는 다음에 있다. 서술자는 여기서 제한적으로 저자를 속박함으로써 제3인칭의 서사를 제한적인 제3인칭 서사가 되게 한다. 이는 동시에 저자의 자아의식의 내적 변화도 구현해낸다. 이를테면 그는 자신이 하나님이나 성인聖人처럼 그렇게 세상의 모든 것을 볼 수 있고, 어느 사람의 시야이든 모두 자아의 속박을 받는 것임을 더 이상 믿지 않게 된다. 그가 자아 속박을 타파하는 방식은 자신과 구별되는 다른 사람을 통해서일 뿐이지만, 일단 서술의 권리를 다른 사람에게 넘겨주면, 다른 사람에게도 자신의 자유성이 생긴다. 그러면 그는 당신을 대신해서 당신이 완성할 수 없는 임무를 완성하지만, 동시에 당신도 그의 속박을 받아야 한다. 넓은 의미에서 소설은 바로 저자와 서술자의 대립 통일의 관계 속에서 공동으로 예술이란 건물을 완성한다. 양자는 모두 그 가운데 자신의 염원을 주입하지만, 또 모두 자신의 염원에 완전히 부합하기란 불가능하다. 어느 작품이든 모두 상대적인 완전무결이지, 절대적인 완전무결이란 불가능하다.

제3인칭 소설의 서술 속에서 서술자는 서술의 임무를 소설 속의 인물, 특히 주요인물에게 더욱 많이 양도할 수밖에 없다. 그러나 이러한 양도는 인물에 대해 서술자가 신뢰를 느낄 때 생긴다. 그것은 그들에 대한 저자의 신임을 에둘러서 나타내고 있다. 이때 생성된 것은 소설 속 인물의 주체성이다. 소설의 인물은 자신의 생활 범위 안에서 자신의 방식으로써 생활을 다루고 자신을 다룰 권리를 갖고 있다. 그들에 대한 저자와 독자의 느낌과 평가는 반드시 그들 본래의 모습에 따라서 해야 하며, 어떤 다른 사람이든 모두 그들에게 속하지 않는 언행을 그들에게서 강제할 권리가 없다. 그들이 어떻게 그들 주변의 세계를 다룰 것인가는 그들의 자유이고, 그들 자신이 논리성을 가지므로, 저자, 독자, 소설 서술자의 염원과 요구를 따르면 안 된다. 이는 이론적으로 우리에게 폭넓게 수용된 것이지만, 실제로 결코 쉽게 할 수 있는 것이 아니다. 그것은 저자의 주체적인 투사이다. 저자 자신이 자신의 주체성을 의식하고 저자가 독자와 소설 서술자의 주체성을 승인해야만, 그가 비로소 실제로 소설의 인물에게 주체성을 부여할 수 있다. 하지만 그러한 자아 주체성을 상실한 저자가 사회의 외적 압력에 굴복하거나 고의로 독자의 비위를 맞춘다면 틀림없이 자신의 의지를 인물에게 강요하게 되어 인물로 하여금 그들 스스로 완성할 수 없는 임무를 완성하게 할 것이다. 바로 루쉰소설과 대량의 중국소설을 비교하는 과정에서 우리는 루쉰소설만이 가장 깊고 높은 의미 면에서 문학 창작의 리얼리즘 원칙을 구현해냈다고 느낀다. 그러나 이는 결코 루쉰소설이야말로 객관적인 현실의 반영임을 의미하는 것이 아니다. 우리는 반드시 동시에 저자와 인물 사이에 또 서술자가 있음을 보아야 한다. 이 서술자는 한편으로는 소설의 주관성을 제한하고 동시에 소설의 인물도 제한한다. 소설 속의 모든 그러한 순수 객관 같은 묘사를 포함한 것은 모두 이 서술자의 감독과 통제를 받아 진행된 것이고, 저자의 주체적인 의지는 이미 이러한 감독 겸 통제자를 통해 소설 텍스트의 전체 묘사 속으로 주입되었다. 바흐친Михаил Михайлович Бахтин은 저자와 주인공의 관계를 언급할 때 이렇게 말했다.

> 주인공과 그 느낌 및 사물에 대한 그의 정감적이고 의지적인 전체 반응은 결코 순수한 심미적 형식에서 직접 얻는 것이 아니라 우선 저자의 인식과 윤리의 규제를 받는다. 바꾸어 말하면 그것에 대해 저자는 형식적으로 직접적인 심미적 반응을 만들어내기 전에 먼저 인식적 윤리적으로 반응해야 하고 그런 다음에 다시 인식과 윤리(도덕을 가리킨다), 심리학, 사회학, 철학 면에서 판정한 주인공을 순수한 미학적인 면에서 최종적으로 완성하게 된다. (…중략…) 설령 추상적인 분석 속에서 거의 구분하기 어려울지라도, 이 인식적 윤리적인 규정은 이후의 심미적 구성과는 긴밀하면서도 깊이 있게 관련된 것이다.[15]

바로 이런 이유로 하여 루쉰의 제3인칭 소설이 지닌 현실 인생에 대한 비판력은 그의 제1인칭 소설보다 결코 더 뒤떨어지지 않는다. 「약」, 「풍파風波」, 「아Q정전」, 「비누」, 「이혼」 같은 작품은 모두 제3인칭의 소설이고, 그것들과 『외침』과 『방황』 속의 제1인칭 소설의 차이는 다만 그것들이 현실 인생에 대한 비판에 더욱 냉정성을 담았다면, 현실 인생에 대한 제1인칭 소설의 비판은 더욱 분명한 정서적 색채를 담았다는 데 있다. 『새로 쓴 옛날이야기』 속의 모든 소설마다 모두 저자의

15 바흐친, 「미적 활동을 하는 저자와 주인공(審美活動中的作者與主人公)」, 『바흐친전집(巴赫金全集)』(제1권), 스자좡(石家莊) : 허베이교육출판사(河北教育出版社), 1998, 91쪽 참고.

강렬한 주관성을 드러내고 있다. 이는 중국 고대의 신화전설과 역사적 인물에 대한 소설의 독특한 표현 방식 속에서 직접 드러내 보인 것이다. 그러나 루쉰소설의 이러한 비판성은 또 소설의 인물 자신이 주체성의 제한을 받은 것이고, 소설의 인물은 루쉰소설의 비판성이 그들 자신의 현실성을 뛰어넘지 말 것을 요구한다. 여기에 존재하는 것은 저자, 서술자, 인물이란 세 가지 다른 관계이다. 저자는 서술자를 제한하고, 서술자도 저자를 제한한다. 또 서술자는 인물을 제한하고, 인물도 서술자를 제한한다. 그들은 모두 자신의 자유성을 갖지만, 그들의 자유가 또 모두 제한을 받은 것이다. 나는 이것이 바로 루쉰소설이 내적 긴장으로 충만한 원인이라고 생각한다. 루쉰의 소설은 위다푸郁達夫의 소설과 다르다. 위다푸의 소설은 주관성이 훨씬 강하다. 그것은 마오둔의 소설과도 다르다. 마오둔의 소설은 객관성이 훨씬 강하다. 루쉰소설은 주관성과 객관성의 강렬한 저항성 속에서 그 예술적 매력을 드러낸 것이다.

제3인칭 소설의 서술자는 소설 텍스트의 바깥에 있는 것이다. 그는 최대한도로 소설 텍스트에 가까워졌지만 오히려 소설 텍스트로 들어가지는 못한다. 그는 저자와 독자를 사건이 난 현장으로 데려갔고 또 우리에게 사건이 일어난 경위와 장면을 말해주지만, 그는 이 사건의 가담자가 아니다. 소설의 서술자가 서술이란 구체적인 임무를 소설 속의 한 인물에게 넘겨줄 때, 바로 제1인칭 소설이 된다. 서술자는 우리를 사건이 난 현장으로 데려가서 우리를 소설 속의 '나我'에게 넘겨준다. 그는 우리를 소설의 세계 속으로 인도해서 자유로이 노닐게 하는 한편 직접 소설의 사건에 개입하고 사건의 발전에 영향을 끼친다.

만약 루쉰소설의 인칭 형식면에서의 첫 번째 특징이 중국 고대소설의 전지전능한 시각에서 제3인칭 제한적 시각으로의 전환을 완성한 것이라고 말한다면, 그것의 두 번째 특징은 바로 제1인칭을 대량으로 활용한 것이다. 루쉰의 제1인칭 소설은 또 양대 부류로 나뉜다. 「쿵이지孔乙己」, 「작은 사건一件小事」, 「고향故鄕」, 「지신제 연극社戲」, 「축복」, 「죽음을 슬퍼하며」, 「고독한 사람孤獨者」은 단선적인 제1인칭 소설에 속한다. 「광인일기狂人日記」, 「두발 이야기頭髮的故事」, 「술집에서在酒樓上」는 복선적인 제1인칭 소설에 속한다. 이러한 소설에서 저자, 서술자와 인물의 관계는 우선 저자, 서술자와 소설 속의 '나'의 관계 속에서 구현된다. 또 다른 각도에서 말하면 그들은 실제로 모두 소설의 서술자이고, 이 세 가지 목소리마다 모두 소설 텍스트의 구조 속에서 관건이 되는 작용을 한다. 루쉰소설에서 일단 저자가 서술의 임무를 서술자에게 넘겨주고, 서술자가 또 서술의 임무를 소설 속의 '나'에게 넘겨주면, 이 '나'는 자신의 주체성을 갖게 되는 점을 반드시 보아야만 한다. 만약 위다푸의 제1인칭 소설과 제3인칭 소설에는 결코 분명한 구분이 없고, 그의 소설 속의 '위즈푸于質夫'를 독자가 여전히 작품 속의 '나'로 간주하여 대하며, 게다가 소설에 대한 느낌과 이해 면에서 심각한 오류가 생길 리 없다고 한다면, 루쉰소설 속의 이 양대 부류 소설에는 명확한 차이가 생긴다. 그 원인은 바로 자신의 주체성을 갖는 이 '나'에 있다. 「쿵이지」 속에서 구체적인 서술의 임무를 맡은 사람은 열두세 살 된 아이이다. 소설은 이 열두세 살 된 아이의 시선(의식)을 따라 엄격하게 그의 주변 세계를 다루고, 쿵이지를 포함한 모든 다른 인물들을 다룬다. 또 「죽음을 슬퍼하며」 속에서 저자는 쥐안성涓生이란 독립한 허구적인 인물에게 주요 서술의 임무를 맡겼고, 저자는 완전히 그의 수기手記 방식으로써 전체 소설을 구성했다. 이러한 소설 속에서 '나'는 자신의 시선으로 자기 주변의 세계와 인물을 다루는 '구경꾼'일 뿐 아니라 동시에 저자와 독자에게 보인 '구경거리'이다. 그러나 우리는 그들이 이러한 소설 속에서 여전히 저자와 사상과 감정 면에서 가장 가까운 인물이자 저자가 가장 신뢰하는 인물임을 반드시 봐야만 한다. 그들은 저자를 위해 실제로 이 소설을 서술할 뿐 아니라 동시에 최대한도로 소설에서 묘사한 사건, 장면과 (그 가운데 '나'를 포함한) 인물에 대한 저자의 느낌과 평가를 구체화 시켰다. 여기서 우리는 루쉰 소설 속에서 서술의 임무를 맡은 각종 다른 서술자가 도대체 어떠한 사람인가 하는 문제를 제기할 필요가 있다. 나는 만약 우리가 이 문제를 직접 제기한다면, 우리는 루쉰소설 속에서 우리에게 이야기를 해주는 사람이 '정신계의 전사'이자 '사상가'이자 '반역자'라고 쉽게 오인하지만, 이 대답은 전혀 정확하지 않고, 게다가 이 정확치 않은 대답이 바로 이전의 모든 루쉰소설 연구 중에 존재한 우리의 결정적인 문제일 수 있다고 생각한다. 여기서 우리가 무엇보다 먼저 주의해야 할 것은 「쿵이지」 속의 '나'이다. 우리는 과거에 단지 그것의 제1인칭 서술 방식이 이 소설을 창작할 때 가져온 편리라는 데 주의했을 뿐이고, 오히려 이러한 서술 방식과 이 소설의 주제와 의미의 엄숙성 관계에는 주목하지 못했다. 그것은 열두세 살 된 아이의 시선으로 세계를 본 것이다. 그러나 그것이 구성한 것은 오히려 동화 작품도 아동소설도 아니고, 알토란같은 엄숙한 주제를 지닌 사회소설social novel이다. 여기서 한 가지 의문이 생겼다. 그것의 주제와 의미의 엄숙성은 왜 이러한 서술자의 서술 과정에서 드러날 수 있는가? 「쿵이지」의 제1인칭 서술 방식의 의미는 어디에 있는가? 그것이 쿵이지를 포함한 중국의 어른 사회를 열두세 살 된 아이의 눈 속에(즉 의식 속에) 직접 드러내 보였다는 데 있다. 닮은꼴이 또 있는데, 「지신제 연극」에도 아동의 시선이란 문제가 있다. '나'의 추억 속의 세계는 아동의 세계이다. 그 세계는 아름답다. 어른이 된 뒤 도시 희극에 대한 '나'의 불만은 바로 어릴 적에 경험한 세계를 바탕으로 형성된 것이다. 만약 이러한 경험 속의 세계가 없고, 이 동심을 기초로 삼지 않았다면, '나'는 이러한 도시 희극에 대해 불만을 느낄 수 없을 것이다. '나'는 주변의 그러한 도시 관객들처럼 이러한 공연에 푹 빠질 것이다. 「고향」의 구조는 실제로 「지신제 연극」의 구조적인 전환 형식이다. '나'는 어릴 때의 룬투閏土와의 관계를 추억 속에 저장해 두었고, 고향 현실에 대한 '나'의 현재의 불만은 실제로 이 어릴 때의 느낌을 바탕으로 싹튼 것이다. 만약 어렸을 때 룬투와의 사귐이 없었다면 룬투에 대해서 '나'도 만족이니 불만이니 말할 게 없을 것이다. 루쉰이 반복적으로 이러한 아동의 시각을 사용한 이상, 우리는 그것과 예술적 창조의 내적 관계에 주의할 수밖에 없다. 소설이란 무엇인가? 소설은 상상 속의 세계이다. 소설 창작은 이 상상의 세계를 세우는 과정이다. 그것은 사람의 의식 속에 새로운 세계를 세워야 한다. 이 건축 과정과 전체 사람이 사는 세상의 건축 과정은 실제로 똑같은 것이다. 사람의 세계는 동년童年에서 시작되고, 사람의 성장을 따라서 함께 성장하는 것이다. 그것의 최초의 형성은 사람이 명확한 세계관과 자아의식을 가진 뒤에 시작된 것이 아니라, 사람이 아직 명확한 이데올로기와 세계관을 갖지 못한 기초 위에서 시작된 것이다. 이때 사람은 외부 세계와 교류하기 시작하고, 사람의 이데올로기와 그것의 외부 세계에 대한 관념은 이러한 교류 속에서 만들어진 것이다. 외부 세계가 자신의 의미를 갖고 동시에 자신의 형식도 갖기 시작했다. 그것은 의미의 구성 과정이자 동시에 심미의 구성 과정이기도 하다. 사람이 외부 세계를 발견했고 동시에 외부 세계 속에서 자아, 즐거움과 미美 / 추醜를 발견했다. 이 두 과정은 어떤 명확한 구분 없이 함께 중복된 것이다. 이때 인류의 전체 세계는 곧 예술의 세계요 신화의 세계이자 인류 예술의 기원이다. 인류가 발전하면서 자신의 문화가 생겼고, 문화가 사람과 사람의 세계를 나누었다. 사람의 욕망, 정감, 의지, 이지가 각기 다른 방향으로 발전했고, 사람과 사람에게 행위면에서 극복하기 어려운 모순과 투쟁이 일어났다. 그러나 세대마다 여전히 인류가 발전한 전全 과정을 되풀이하고 있다. 어느 세대나 사람마다 모두 동년에서 시작하고 자신과 자기 주변의 세계를 재구성해야 한다. 그는 여전히 무의식 상태에서 외부 세계의 영향을 받아들인 것이다. 그는 자신을 볼 수 없고, 그 앞에 놓인 세계에 대해서 어떠한 선입견도 없다. 외부 세계의 차이는 그의 이러한 무차별적인 어렴풋한 영혼 속에서 점차 전개된 것이다. 그것이 외부의 세계를 전개하고, 이 동정童貞의 영혼도 전개했다. 이는 의미의 구성 과정이자 심미의 구성 과정이기도 하다. 원시 인류가 최초에 자기 세계를 구성한 방식과 같은 것이다. 양자의 다른 점은 다만 원시적 인류가 직면한 것이 자연의 세계이고, 그들의 이데올로기는 자연 세계의 형식과 공생 공존했고, '신화'는 이러한 공존 형식의 문화적 표현이라는 데 있을 뿐이다. 그런가 하면 이때의 사람이 직면한 것은 도리어 이미 인격화되고 분화된 사회이고, 그것이 동년의 의식 속에 구성한 것은 주로 신화가 아니라 인격화된 세계이다. 이 인격화된 세계는 동년의 예술 세계를 아주 쉽게 파괴한다. 그러나 이 세계가 얼마나 빨리 파괴되건 간에 그것의 형성 초기에는 여전히 예술적 성질을 갖고 있고, 그것의 의미적 구성과 심미적 구성 역시 밀접하게 함께 결합된 것으로 심각한 분열은 생기지 않았다. 이것이 바로 예술가가 자신의 예술 세계를 구축하는 방식이기도 하다.

> 긴 노래가 통곡을 대신하는 것은 필시 고통이 가라앉은 다음일 것이다.[16]

어떠한 예술가의 창작 과정이나 어떠한 감상자의 감상 과정이든 모두 미리부터 긴장된 정서와 강렬한 정감을 지니고 있지는 않다. 그들은 창작하려고 하거나 감상하려고 하는 대상에 대해 어떠한 선입견을 품을 수 없다. 예술 작품의 점진적인 전개에 따라서 점차 자신의 느낌과 인식을 형성하는 것이고, 예술 작품의 형성 과정을 따라서 점차 일종의 정감과 정서의 상태로 들어가는 것이다. 바꾸어 말하면 예술 세계는 사람의 욕망, 정감, 의지와 이성의 산꼭대기에 세워지는 것이 아니라 그것들이 아직 명확히 분화하지 않은 동년이나 동년의 심리와 유사한 기초 위에서 세워진다. 바로 한 건물이 최종적으로 어떠한 높이에 이르든 간에 반드시 기초부터 쌓아야 하는 것처럼 예술 작품도 최

16 루쉰, 「류허전 군을 기념하며」, 『화개집속편(華蓋集續編)』.

종적으로 저자와 독자를 어떠한 사상, 정감과 정서의 높이로 데려가는가를 막론하고, 그것의 기초는 모두 동심이나 동심과 유사한 티 없이 맑은 영혼 위에서 세워져야 한다. 이러한 기초 위에 있어야만 예술작품이 동시에 자신의 의미 세계와 심미 세계를 세울 수 있고, 아울러 이 두 세계를 처음부터 끝까지 모두 함께 긴밀하게 결합하게 해서 혼연일체인 사상과 예술의 통일체가 되게 할 수 있다. 그래서 나는 루쉰 소설 뿐 아니라 모든 걸출한 소설 작품 속의 '서술자'는 모두 아동이나 아동과 유사한 영혼 상태에 있는 어른이라고 생각한다. 그는 저자와 독자가 모두 수용할 수 있는 길잡이이다. 그는 양자를 데리고 세계를 다시금 느끼러 가고 새로운 상상의 세계를 다시 구축하고, 동시에 자신도 다시금 구성하러 가고 다른 사람과 다른 자신을 구성할 수 있다. 이 세계가 어떠한 모습이든 간에, 그러나 그는 이 세계와 처음으로 만났기 때문에 이 세계는 그에 대해서 신선하고, 역동적이어서, 함께 틀에 매인 것이 아니다. 그래서 의미 있고 재미도 있는 것이다. 그것의 의미를 발견하는 것은 재미있는 일이고, 재미를 느끼면 의미도 느끼게 된다. 이것이야말로 예술이고, 이것이야말로 모든 진정한 예술의 본질이다. 루쉰소설의 성공은 그가 '정신계의 전사'라는 데 있을 뿐만 아니라 동시에 그도 위대한 예술가라는 데 있다. 그가 시종 동정童貞의 영혼으로써 우리 같은 몇 천 년 동안의 낡은 문명에 의해 오염된 세계를 느낄 수 있었던 데 있다. 그가 시종 감정 면에서 이러한 세계를 수용할 수 없었고, 더욱 완벽한 세계에 대한 추구를 버리지 않았다는 데에 있다. 이것 역시 그가 '정신계의 전사'가 될 수 있는 근본적인 원인 가운데 하나이다. 그의 소설은 단순함에서 시작해 복잡함에서 끝나지,

복잡함에서 시작해 단순함(이때의 단순함은 곧 천박함이다)으로 끝나지 않는다. 그의 소설마다 모두 정신적 여정을 묘사하고 있지만 사상적 결론을 제공하지 않는다. 「쿵이지」 속의 '나'는 처음에 주변의 세계에 대해 명확하게 느끼지 못 했지만, '나'는 점차 이 세계의 차이를 발견했고 사람과 사람 사이의 모순을 발견했다. '나'는 어렴풋이 쿵이지의 결함을 느꼈지만 어렴풋이 그의 선량함과 고통도 느끼게 됐다. 이 모든 것이 다 혼연일체의 상태에 있고 예술적인 분위기에 휩싸였지만, '나'는 결국 이 세계의 완전무결하지 못함과 행복하지 않음을 느끼게 되었다. '나'는 셴헝술집咸亨酒店의 환경과 쿵이지에 대한 직감적인 느낌 속에서 성장하기 시작했고, 다소 복잡해지고 성숙해졌다. 이와 동시에 '나'는 또 소설 속의 한 인물이다. '나'는 '구경꾼'이자 '구경거리'이다. '내'가 독자를 위해 이 모든 것을 진술해서 독자도 '나'처럼 소설 속의 인물과 장면을 보게 될 때, 그들이 또 '나'의 느낌이란 기초 위에서 계속 느끼고 생각할 수 있고, 심지어 '나'의 운명도 우리의 느낌과 생각의 범위 안에 포함될 수 있다. 그러나 이때의 느낌과 생각은 현실적인 명예와 이익을 쫓는 우리 마음이란 기초 위에서의 느낌과 생각이 아니라 순진한 영혼의 기초 위에서의 느낌과 생각이다. 우리는 상상의 세계를 재건했고, 동시에 이 세계에 대한 우리 자신의 느낌과 인식도 재건했다.

「쿵이지」라는 소설은 제1인칭 소설 속에서 일정한 전형적인 의미를 지닌 작품이다. 그것은 실제 제3인칭 소설과 제1인칭 소설의 경계 위에 있다. 작품 속에서의 '나'는 기본적으로 '서술자'이고 '구경꾼'일 뿐이다. 그는 소설 인물의 모순 관계 속으로 실제 개입하지 못하고, 줄거리의 발전도 구성하지 못한다. 「지신제 연극」 속에 이르러 '나'는 주요 인물이 되었다. 그는 사람의 관계 속으로 들어가기 시작했다. 그러나 이러한 관계는 오히려 똑같이 단순한 아동과 농민이 함께 구성한 것이다. 그러한 환경 속에서 그는 동년의 순진함을 잃지 않았고, 동년의 순진함을 갖고 도시 사회로 들어간 사람이다. 그러나 이 도시 사회에서 그도 '구경꾼'이자 '감상자'일뿐이지 이 도시 사회의 직접적인 참여자가 아니다. 이 소설 속에서 우리의 정신세계와 현실 세계에 대한 동심의 재건 작용이 더욱더 명확하고 구체적으로 표현되었다. 우리는 떠들썩한 세상에 길들었고, 왁자지껄하고 비예술적인 공연에 길들었다. 우리는 비예술적인 생활을 예술적인 생활로 간주하게 되었다. 소설의 서술자는 우리를 데리고 동년으로 되돌아가고 동년의 마음속으로 데려가서 우리에게 동년의 생활을 다시금 체험시키고 자유로운 예술적 공연을 체험시켰다. 바로 이러한 재건된 정신의 기초 위에서 우리도 현실 인생에 대한 우리의 인식을 재건했고 예술에 대한 우리의 느낌을 재건했다. 또 「고향」 속의 '나'는 어른이지만, 그가 고향으로 되돌아갈 때, 오히려 정신적으로도 동년으로 되돌아갔다. 그는 동년의 추억으로써 현재의 고향을 다시금 느낀 것이다. 바로 동년의 추억과 고향의 현실이란 대비 속에서 '나'는 고향의 현실을 더욱 깊이 느끼게 되었고, 이러한 현실에 대해 슬픔을 느끼게 되었다. 그는 고향에 대한 느낌과 인식을 재건했고, 자신의 사상과 감정도 재건했다. 「고향」에서 「축복」과 「고독한 사람」으로, 루쉰의 제1인칭 소설의 형식면에서의 변화에 결코 뛰어넘을 수 없는 한계는 없다. 「고향」 속의 '나'는 이미 어른 사회의 모순 관계 속에 개입해 들어갔지만, 설령 이때라고 해도 이 서술자의 정취와 모습은 여전히 분명한 동년의 특징을 띠고 있다. 그는 자신의 환경 속에서는 이미 아동이 아니지만, 현재의 '고향'에서는 여전히 아이이다. 그는 아이처럼 현재의 '고향'에 대해서는 어둡고 아는 바가 없다. 그는 아이처럼 어떻게 주변 사람을 대할지를 몰랐다. 그는 아동처럼 주변 세계 속의 어떠한 사람이나 어떠한 일에 대해서나 모두 신기함과 민감함을 느꼈다. 바로 이와 같은 어둡고 아는 바가 없는 심정에 의지해서 그는 '고향'에 대한 온전한 느낌과 이해를 재건했고, 소설의 세계도 재건했다. 「축복」 속에서는 이미 동년 생활의 묘사가 없다고 해도, '내'가 루전魯鎭으로 되돌아간 뒤에도 바로 「고향」 속의 '내'가 '고향'으로 되돌아간 것처럼, 이 세계에 대해 완전히 낯선 사람인 것이다. 그는 다만 그것을 느낄 수 있을 뿐이지 여전히 그것을 바꿀 수 없다. 그는 다만 이 느낀 세계를 여전히 그 자신에게 남길 수 있을 뿐이다. 우리가 「축복」에서 「고독한 사람」으로 다시 옮겨갈 때, 우리에게 그 속의 '나'와 웨이롄수魏連殳의 관계에 대해서도 더욱 명확한 관념이 생겼다. 여기서 '나'는 여전히 저자가 가장 신뢰하는 역할이다. 이러한 신뢰는 그가 웨이롄수보다 훨씬 꿋꿋한 '정신계의 전사'임을 의미하는 것은 결코 아니지만, 웨이롄수의 운명에 대해서는 가장 적절한 내레이터이다. 그는 웨이롄수의 운명을 느끼고 이해할 수 있다. 웨이롄수에 대해 그는 선입견이 없다. 웨이롄수에 대한 그의 느낌과 이해는 웨이롄수와의 접촉과 이해 속에서 점차 세워진 것이지, 처음부터 고정불변의 견해가 생긴 것이 아니다. 이와 동시에 이러한 구도 방식도 저자와 독자를 웨이롄수와 더욱 분명한 사상적 거리를 두게 했다. 우리가 이전의 연구자처럼 그렇게 저자가 웨이롄수에 대해 사상적 비판을 했다고 생각할 수 없다고 해도, 저자도 웨이롄수의 인생길을 절대화시키지 않았다. 심지어 혁명가도 그의 사회적 조건과 생활환경 속에서 동정하고 이해할 가치 있는 인물일 뿐이지, 인류의 이상이자 대중의 본보기가 아니다. 우리는 웨이롄수를 만든 사회를 제거해야 하고, 동시에 이 사회가 만들어낸 혁명가도 제거해야 한다. 혁명가의 의미는 그에 대한 시대적 의미이지, 인류의 이상적인 인격이 아니다. 소설 속의 '나'의 역할은 구체적으로 소설 텍스트를 구성하는 돌아가는 촬영기의 렌즈일 뿐 아니라 동시에 웨이롄수라는 인물의 여과기이기도 하다. 웨이롄수에 대한 '나'의 동정과 이해를 통해서 저자는 웨이롄수에게서 풍길 수밖에 없는 음기陰氣와 독기毒氣를 걸러냈고, 동시에 그의 추구와 이상을 남겼다. 바꾸어 말하면 이 '나'도 저자의 이상 속의 인물이 아닐지라도, 그는 또 구체적으로 웨이롄수의 운명에 대해 거리를 두고 관조할, 그의 대리인으로 삼을, 이러한 선입견 없는 인물이 필요했다.

루쉰의 제1인칭 소설 속에서 「쿵이지」가 전형이라면, 「죽음을 슬퍼하며」는 또 다른 전형이다. 「쿵이지」가 제1인칭과 제3인칭 소설의 경계 지대에 있다면, 「죽음을 슬퍼하며」는 제3인칭 소설의 영향에서 완전히 벗어나, 단순한 제1인칭과 이중적인 제1인칭 소설의 경계 지대에 있다. 만약 저자가 「광인일기」를 쓸 때처럼 쥐안성의 수기를 발견한 '나'를 허구해 냈다면(이는 중국의 현대소설에서 흔히 보이는 것이다), 그것은 이중적인 제1인칭 소설이 될 것이다. 우선, 이 제1인칭의 형식은 '나'에 대한 저자의 완전한 신뢰를 반영해냈다. 이러한 신뢰는 '내'가 자기 사랑의 비극에 대해 최고의 발언권을 가졌다는 데서 비롯된다.

다른 사람의 추측은 다른 사람의 추측에 불과할 뿐이지, '나' 자신처럼 그렇게 직접 느끼고 세밀하게 이해할 수는 없기 때문이다. 다음으로, 그는 이 과정을 진실하게 기술할 수 있고 그것에 대해 반사反思 능력도 갖춘 서술자이다. 비록 그가 자신의 느낌과 이해로써 우리에게 그의 고통의 여정을 서술할 수밖에 없고, 그의 느낌과 이해도 그 자신의 제한이라는 낙인을 찍을 수밖에 없다고 해도, 하여간 그는 「비누」 속의 쓰밍이나 「가오 선생」 속의 가오 선생처럼 일부러 사실의 진면목을 은폐할 수가 없다.

소설의 서술자는 감지기sensor로 동년의 영혼을 품고, 소설이 묘사하려고 하는 인물, 사건과 장면을 느낄 수 있는 인물이다. 만약 그가 서술하는 것이 주로 자신이 보고 들은 것이라면, 그 소설은 단선적인 제1인칭 소설이다. 하지만 그가 서술하는 것이 주로 자신의 경험이나 직접적인 견문이 아니라면, 또 두 가지 다른 상황이 생긴다. 이를테면 이 서술자가 소설의 주인공을 신뢰할 수 없고, 소설의 주인공이 자신의 경험을 전달할 힘이 없거나 전달할 수 없다고 생각하게 되면, 그는 주인공의 경험을 제3인칭의 형식으로 서술할 수 있다. 이때 소설 속의 '나'는 주인공이 겪은 제3인칭 속의 서술자가 될 수 있다. 이는 바로 「축복」의 구조 방식이다. 그래서 「축복」 속의 제3인칭과 「약」 등 소설의 제3인칭에 근본적인 차이가 있는 것이다. 우리는 실제로 「약」의 서술자가 누구인지를 지적할 수 없지만, 「축복」 속의 샹린 아주머니祥林嫂의 기구한 일생을 말하는 제3인칭 서술자는 분명한 것이다. 그는 바로 소설의 첫 번째 부분의 제1인칭 '나'이다. 한편 '내'가 소설의 주인공이 자신이나 타인의 경험에 대한 서술을 신뢰할 수 있으면, 소설 속의 주인공은 소설 속의 두 번째 '나'일 것이고, 소설은 이중적인 제1인칭 소설이 될 것이다. 이때 첫 번째 '나'는 다만 '전달자'가 될 뿐이지만, 두 번째 '나'는 소설의 진정한 서술자가 된다. 이는 바로 「광인일기」, 「두발 이야기」와 「술집에서」이다. 여기서 이러한 소설 속의 첫 번째 '나'는 여전히 저자와 독자의 감정과 사상 면에서 훨씬 가까운 사람이고, 그들이 가장 신뢰하는 서술자임을 반드시 지적해야 하겠다. 이렇게 해야 「광인일기」 속의 '광인', 「두발 이야기」 속의 N 선생과 「술집에서」 속의 뤼웨이푸呂緯甫를 어떻게 대할 것인가 하는 문제가 생긴다. 루쉰의 사상을 어떻게 이해할 것인가 하는 문제도 생긴다. 중국 사람은 정신과 기질을 말하기를 좋아하지만, 종종 특정한 환경 조건과 사람의 처지를 벗어나 정신과 기질을 말함으로써 어떠한 정신과 기질을 추상화시키고 절대화시킨다. 그럼으로써 그것에게 담론 폭력을 구성하게 해 모든 사람에게 이러한 정신과 기질이란 것을 억지로 주입하게 하고, 대다수 사람의 개성과 자유를 뭉개버리게 한다. 루쉰소설의 이러한 서술 방식 자체가 바로 우리에게 '광인'의 오만, N 선생의 격분, 뤼웨이푸의 나약함이 모두 사람의 정상적인 사상과 정서가 아니라, 그들의 환경 조건 아래에 있어야만 그들의 이러한 표현을 비로소 이해할 수 있고 동정할 수 있게 된다는 점을 말해준다. 여기에서 첫 번째 '나'는 바로 소설의 주인공 '나'의 구체적인 처지를 더욱 이해하는 사람이자 주인공 자신의 성격 논리 속에서 주인공의 사상과 감정 및 외적인 표현을 이해할 수 있는 사람이다. 「광인일기」 속의 '나'와 '광인'의 형과는 무슨 차이가 있는가? 그들의 유일한 차이는 '광인'의 형이 자기 아우의 '병의 원인'을 이해할 생각을 전혀 하지 않지만, '나'는 '광인'이 발병한 원인을 이해하고 싶은 사람이라는 데 있다. 그는 '광인'의 일기를 가져갔고, 게다가 그의 일기를 읽은 다음에 또 그것을 발표했다. 여기에서 모든 것은 다 예술적인 설계이긴 하지만, 이러한 설계에 의미가 아예 없는 것이 아니다. 일단 '광인'의 '병'에 대해 언급하자면, '나'는 '광인' 자신의 서술을 신뢰할 수 있을 뿐이다. '나'는 어떠한 다른 사람의 '전달', 심지어 '광인'이 '병이 나은' 뒤의 추가 진술까지도 '광인' 일기 속의 기록을 더욱더 믿는 것만 못하다고 생각한다. 이때 '나'는 서술의 임무를 '광인' 자신에게 넘겨주었다. '광인'은 소설의 주요 서술자가 되었다. 그는 남에게 자신을 느끼고 이해할 재료를 제공했으며, 동시에 저자와 독자를 자신이 주변 세계를 다루는 시야 안으로도 끌어들였다. 적어도 독서 과정에서 '광인'의 시각을 갖고 주변의 세계를 느끼고 이해해보라며. 이때 '광인'의 오만은 다만 그의 외적인 표현 형식이 되었고, 저자와 독자가 느낀 느낌과 이해는 그의 오만이 표현한 내적 심리의 근거이다. 이러한 소설 속의 첫 번째 '내'가 한 것은 여전히 「고독한 사람」 속의 '나'의 여과기 작용이고, '나'는 사람들의 느낌과 이해에 영향을 끼치는 '광인'의 외적인 표현 형식을 걸러내서 그의 내면의 심리적 논리를 사람들의 눈앞에 펼쳐놓았음을 보기란 어렵지 않다. 「두발 이야기」와 「술집에서」도 그러하다. 전자는 N 선생의 격분을 걸러냈고, 후자는 뤼웨이푸의 나약함을 걸러냈다. 남은 것은 바로 침체하고 낙후한 사회와 사람에 대한 그것의 정신적인 억압이다. 이러한 여과 작용을 하는 것은 바로 아동에 가깝고 선입견이 없고, 그 때문에 본능적인 동정심을 갖게 된 영혼이다. 이는 예술적인 영혼이지, 거친 현실 사회의 영혼이 아니다. '광인'의 오만, N 선생의 격분,

뤼웨이푸의 나약함은 모두 이 영혼이 기대하고 추구하는 바가 아니다. 그러나 일단 거친 현실 인생으로 들어가고, 또 '광인', N 선생, 뤼웨이푸가 실제 살아가는 세상으로 들어가면, 이 영혼은 곧바로 자신의 작용을 잃어버린다. 이때 도리어 이러한 인물들 자신이 더욱 많은 참됨과 순결함 및 더욱 많은 동심을 남겨 놓았다. 그들은 위선적이지도 않고 세도도 부리지 않으며, 정의감과 책임감이 있고, 생활과 인류를 사랑한다. 거친 현실 사회는 그들 영혼의 겉만 닳게 했을 뿐이다. 오만, 격분, 나약함을 포함한 그들의 모든 것은 거친 사회 환경 속에서의 그들의 단순한 영혼의 구체적인 표현 형식에 불과할 뿐이다. 바로 이와 같은 이유로 그들 스스로가 자기 인생 경험의 서술자를 담당한 동시에 루쉰의 소설에 반항성과 혁명성이란 의미를 지니도록 했음을 알기란 어렵지 않다. 이러한 의미에 대해 우리는 다음과 같이 이해할 수 있을 뿐이다. 즉, 반항과 혁명은 인류 생활의 이상理想적인 상태가 아니고 또 인류의 아름다운 영혼의 정상적인 표현 형식도 아니다. 비정상적인 사회적 생활환경 속에서만 그것들이 이해될 수 있고 동정될 수 있고 아울러 감탄할만한 인생의 선택이 될 것이다. 바로 그들이 비정상적인 환경 속에서 더 많은 참됨과 순결함을 남겨 놓았고, 생활과 인류에 대한 훨씬 많은 사랑을 남겨 놓았기 때문이다. 부조리한 사회에서 가장 두려운 것은 그러한 '정상'인 사람에게 '비정상'으로 여겨지는 사람도 반항자도 혁명가도 아니라, 오히려 매우 '정상'으로 보이는 사람들 자신이다. 그들은 노예적인 복종과 알게 모르게 행하는 위선에 기대서 이 뒤틀린 사회적 생활환경을 유지하는 동시에 자신의 '인의도덕'이란 겉치레도 유지하고 있다. 우리는 심지어, 루쉰소설의 인칭 형식면에서의 복잡성은 저자와 각 부류 인물의 복잡하고 또 구체적인 환경의 변화에 따라 시시각각 변하고 있는 사상 및 감정과의 거리를 구현했고, 중국사람 또는 온 인류의 인간성 회복의 험난하고 굽이진 길도 구현했다고 할 수 있다. 루쉰소설은 동시에 사회의 각종 다른 사람을 위해 정신이 인도引渡하는 다리를 놓았다. 우매한, 교활한, 위선적인 국민성을 자각, 정직, 참됨의 인간성 궤도로 인도했고, 예민하고, 오만하고, 아파하는 소수의 각성자를 자연스럽고, 평온하고, 소박한 인생의 경계로 인도했다. 이 다리가 바로 소설의 각 서술자의 각기 다른 동정, 순진함, 풍부한 동정심을 드러낸 것이다. 루쉰소설 속에서 혁명성과 소박성 및 반항성과 관용성이 바로 이렇게 함께 결합한 것이다. 인칭 형식의 다층위성, 사상과 정감 거리의 적절한 배치는 소설의 사상적 공간의 개척을 위해 아주 훌륭한 담보 작용을 하였다.

요컨대 제1인칭이든 아니면 제3인칭이든 간에 모두 소설 서술자의 문제인 것이다. 이 서술자가 소설 속에서 다른 위치에 처했기 때문에 각기 다른 인칭 형식이 생겼다. 서술자의 가장 본질적인 특징은 동정童貞 같은 영혼을 가졌고, 서술한 사건, 인물과 장면에 대해서 모두 그에게 선입견이 없으며, 그래서 주변 세계에 대한 느낌과 이해의 주동성과 다른 사람이나 자신의 비극적인 처지에 대한 참된 동정同情을 드러낸 데 있다. 이렇게 해야만 그가 저자와 독자에게 느끼고 이해할 수 있는 소설 텍스트를 제공할 수 있다.

4.

소설의 서술자는 결국 저자와 독자의 눈일 뿐이고, 그것이 하는 것은 '보는看' 작용이라고 할 수 있다. '보는' 것 이외에 소설에 또 '무엇을 보는가?' 하는 문제가 있다. 소설이 우리에게 보게 하는 것은 인물, 장면과 사건이다. 이 세 가지 가운데서 사건은 근본적인 것이다. 인물의 활동은 사건을 구성하고, 장면은 사건의 발전 과정에서 드러난다. 소설은 서사문학이므로 이 '사건'이 가장 중요한 것이고, 소설의 근본적인 명맥이 바로 여기에 있다.

서양의 서사학자들은 소설 한 편 한 편을 모두 하나의 커다란 문장으로 간주한다. 나의 이해에 따르면 이 커다란 문장은 실제로 한 사건을 개괄해낸 것이다. 예를 들면 「광인일기」에서 서술한 것은 '광인'이 '미쳐서' 날뛴 일이고, 「약」에서 서술한 것은 화라오솬華老栓이 아들을 치료하기 위해 사람의 피를 적신 인혈만두를 사온일이다. 「쿵이지」에서 서술한 것은 쿵이지가 남에게 조롱당한 일이고, 「풍파」에서 서술한 것은 자오치 영감趙七爺이 치진七斤에게 꼬투리를 잡아 보복한 일이다. 「조리돌림示衆」에 쓴 것은 어떤 사람이 조리돌림을 당한 일이고, 「하늘을 땜질한 이야기補天」에 쓴 것은 여와女媧가 하늘을 땜질하고 사람을 만든 일이다. 「달나라로 도망친 이야기奔月」에서 서술한 것은 항아嫦娥가 달나라로 도망친 일이고, 「검을 벼린 이야기鑄劍」에 쓴 것은 미간척眉間尺이 아버지의 원수를 갚은 일이다. 「홍수를 다스린 이야기理水」에 쓴 것은 우禹가 물을 다스린 일이고, 「관문을 떠난 이야기出關」에 쓴 것은 노자老子가 관문을 떠난 일이다. 이러한 사건마다 주어가 있고 술어가 있는 하나의 문장이 될 수 있고, 전체 소설은 곧 이 문장이 충분히 확장된 것이다. 이는 루쉰의 창작 실천에서도 실증을 얻을 수 있다. 루쉰의 『새로 쓴 옛날이야기』 속의 모든 소설은 맨 먼저 중국 고대의 신화전설이나 역사적 인물의 이야기였다. 하지만 루쉰은 이러한 신화전설이나 역사적 인물의 이야기를 통째로 자신의 소설 속에 옮겨오지 않았다. 이 소설들도 그것들의 현대 백화現代白話 번역본이 아니다. 그가 근거한 것은 그것들이 제공한 사건일 뿐이다. 구체적인 글을 짓는 과정에 있어야만 이러한 사건들이 충분한 전개가 가능하다. 이 전개 과정이 바로 루쉰소설의 창조 과정이다. 소설 창작 속에서 '마음속에 미리 그린 그림'이 바로 마음속에 미리 품고 있었던 사건이다. 마음속에 이 사건을 개괄한 완벽한 문장 한 개를 품고 있었던 것이지, 마음속에 소설을 통째로 품고 있었던 것이 절대로 아니다. 루쉰소설의 서사 예술의 전체적 특징에 대해, 우리는 이러한 사건을 개괄한 단문의 특징을 분석하는 데서 시작할 수 있다.

서양의 서사학은 소쉬르Ferdinand de Saussure 등의 언어학에서 그 기초 관념을 얻은 것이다. 소쉬르와 야콥슨Рома́н Осипович Якобсо́н 등의 언어학 이론에 따르면 언어는 기호로서 이중적인 특징을 갖고 있다. 그것은 공시성과 통시성이란 두 차원의 법칙을 갖고 있다. 공시적synchronic 법칙에서는 언어 단위language unit마다 모두 선택의 결과인데, 그것과 비슷한 대량의 언어 단위가 있고, 그것들은 선택된 언어 단위 배후에 숨어 있다가 사람의 연상에 의지하여 동시에 드러내지며, 그 성질은 은유적이다. 또 통시적diachronic 법칙에서는 언어 단위와 또 다른 언어 단위는 함께 결합하며, 이러한 언어 단위의 관계는 근접하는 것이고, 그 성질은 환유적이다.

> 넓은 의미에서 은유가 사람들이 실재한 주체(자동차 경주)와 그것의 비유식의 대체어(alternative word)(딱정벌레(Volkswagen Beetle) 경주) 간에 제기한 유사성이나 유비를 기초로 삼은 것이라면, 환유는 사람들이 실재한 주체(대통령)와 그것과 '근접한 것'(대통령이 사는 곳) 간에서 진행된 접근한(혹은 '잇따른') 연상을 기초로 삼은 것이다. 소쉬르의 개념으로 말하면, 은유가 본질적으로 말하는 것은 일반적으로 '연상식인 것'이고, 그것이 언어의 '수직' 관계를 탐구한다면, 환유가 본질적으로 말하는 것은 일반적으로 '수평 결합적인 것'이고, 그것은 언어의 '평면적' 관계를 탐구하는 것이다.[17]

이쯤에서 우리는 우선 루쉰소설을 하나의 문장으로 삼아 공시적 법칙상의 특징을 생각해보자. 우리가 이러한 각도에서 루쉰이 소설 속에서 서술한 사건을 관찰해야만 루쉰소설과 중국 고대와 근·현대의 많은 소설이 확연히 다르다는 것을 볼 수 있다. 이러한 차이는 중국 고대와 근·현대의 절대다수의 소설이 서술한 사건 자체가 곧 의미와 재미의 종합체이고, 그것들이 저자와 독자를 자체로 끌어들여 그들을 이 사건 속에 흠뻑 빠지도록 하는 데 있다. 사건으로 들어가면 소설 세계로 들어가고, 사건에서 벗어나면 소설 세계에서 벗어난다. 이러한 사건들은 마치 유원지마다 모든 재미있는 놀이 코스가 모두 유원지 안

17 테렌스 호옥스(Terence Hawkes), 취톄펑(瞿鐵鵬) 역, 『구조주의와 기호학(*Structualism and Semiotics*)』, 상하이 : 상하이역문출판사(上海譯文出版社), 1987, 76~77쪽.

에서 이루어지는 것과 같다. 여기서 저자와 독자는 모두 망아忘我의 느낌이 들고, 이 사건에 완전히 빨려 들어간다. 우리는 손오공孫悟空이 천궁에서 소동을 피운 일, 제갈량諸葛亮이 허수아비를 실은 배로 10만 개의 화살을 얻은 계책, 노지심魯智深이 버드나무를 뿌리째 뽑아버린 힘, 기름 파는 총각이 가장 아름다운 꽃을 독점한 일(기름 파는 총각 친충秦重이 미녀 화야오친華瑤琴의 사랑을 얻은 이야기—역자), 백낭자白娘子가 레이펑탑雷峰塔 아래 영원히 갇힌 일(백사전白蛇傳—역자), 샤오얼헤이의 결혼小二黑結婚(자오수리趙樹理의 단편소설—역자), 지략으로 호랑이산을 얻다智取威虎山(경극, 원작은 취보曲波가 1956년에 발표한 자전적 장편소설 『숲의 바다, 눈 덮인 벌판林海雪原』이다—역자) 등을 보고 싶은 것은 이러한 사건 자체가 우리를 매료시키고, 그것들 자체가 곧 의미도 있고 재미도 있는 종합체인 때문이다. 하지만 루쉰소설이 서술한 사건은 그 자체가 거의 의미도 없고 재미도 없는 것이다. 설령 의미 있고 재미있다고 해도 이 사건 자체의 의미와 재미가 아니다. 저자와 독자는 결코 진정으로 루쉰소설이 묘사한 사건 자체에 관심을 두지 않는다. 우리는 결코 「광인일기」 속의 '광인'의 병세에 진정으로 관심을 두지 않는다. 우리는 정신과 의사도 아니고, 그의 병세가 어떠한지와 우리는 아무런 관계도 없다. 우리는 화라오솬이 아들의 병을 치료하려는 일에도 결코 진정으로 관심을 두지 않는다. 화샤오솬華小栓 같이 질병으로 죽는 평범한 사람이 날마다 아주 많고, 아무리 위대한 휴머니스트라고 해도 그들 한 사람 한 사람을 모두 걱정할 수가 없다. 우리가 관심을 기울이는 것은 그러한 예사롭지 않은 일을 한 평범한 사람 아니면 예사로운 일을 하는 평범하지 않은 사람이다. 유독 화샤오솬 같은 일반 병자의 정상적인 질병과 죽음에 우리가 진정으로 관심을 가질 리 없고, 흥미를 느낄 리는 더더욱 없다. 우리는 심지어 쿵이지, 아Q, 샹린 아주머니 같은 사람의 삶과 죽음에 진정으로 관심을 가질 리 없다. 삶과 죽음은 누구에게나 있는 일이다. 그들은 세상을 구한 영웅도 아니고, 세상을 망친 간웅도 아니다. 착한 일을 즐겨서 하고 베풀기를 좋아하는 군자도 아니고, 이익만 꾀할 뿐 다른 것엔 관심조차 없는 소인배도 아니다. 재주와 용모를 두루 갖춘 젊은이도 아니고, 꽃다운 얼굴과 달처럼 고운 자태의 미녀도 아니다. 그들처럼 이러한 평범한 삶과 죽음은 사람들의 진정한 동정과 연민을 불러일으킬 수 없다. 루쉰소설의 사건 자체의 이러한 특징이 그의 『새로 쓴 옛날이야기』 속에서 더욱 분명하게 드러났다. 그 사건 자체의 의미와 재미로 보면 그것들은 중국 고대의 신화전설과 역사적 인물의 이야기에 훨씬 못 미친다. 이러한 각도에서 루쉰소설을 느껴야만 우리는 루쉰소설이 그 기본적인 경향 면에서 현실주의적이지도 낭만주의적이지도 않고, 오히려 은유적이자 상징주의적임을 느낄 수 있다. 그것의 은유적 의미는 이러한 사건 자체의 의미를 훨씬 뛰어넘는다. 루쉰소설 속에서 사건의 '시니피에signifié'(기의-역자)가 바로 그것의 '시니피앙signifiant'(기표-역자)일 뿐이고, 사건의 '시니피앙'은 바로 그것의 '시니피에'이다. 「광인일기」 속에서 이 '광인'의 병세가 우리와는 실은 얼마 관계가 없지만, 고유의 전통에서 벗어난 선각자에게 있어서 자신의 사회적 생활환경 속에서의 사상과 느낌은 지극히 중요한 것이고 의미도 있고 쓰라린 맛도 있다. 소설의 '시니피에'는 소설이 말한 사건의 배후에서 저자와 독자가 자신의 상상력에 기대서 연상한 것이지만, 소설이 말한 사건 자체는 역으로 그것의 시니피앙이다. 사람들이 '광인'의 발광이 도대체 진정한 정신병 환자의 발병인지 아닌지 의심하기 시작하는 것은 그것이 '선각자'의 사상과 느낌의 변화 과정일 때만 비로소 의미 있고 재미있는 것이기 때문이다. 「광인일기」 같은 은유 수법은 실제로 루쉰소설을 처음부터 끝까지 관통한다. 「쿵이지」 속에서 쿵이지가 조롱당하는 것은 실제로 결코 그렇게 심각한 사건이 아니다. 하지만 쿵이지를 조롱하는 것은 오히려 권력과 돈만 숭배할 뿐이고 지식도 필요하지 않고 지식의 가치를 중요시하지도 않으며, 그런 까닭에 사람에게 '참된 지식'이 있는지 없는지도 분간할 수 없게 만든 사회이다. '쿵이지'란 사람에 대해 누구도 그가 진정으로 지식 있고 능력이 있는지 아닌지를 단정하기 어렵지만, 셴헝술집 같은 문화적 환경 속에서라면 설령 진정한 지식인이라고 해도 틀림없이 쿵이지와 같은 대우를 받았을 것이다. 연상 관계는 "부재하는 요소를 잠재적인 기억의 계열에 결합시킨"[18] 것이다. 그래서 모든 권력 없고 돈 없는 지식인은 지식이 있건 없건 간에 모두 쿵이지와 유사성을 갖고, 저자와 독자의 기억의 계열 속에서 모두 동시에 나타날 수 있으며, 모두 이 인물로 치환될 수도 있다. 쿵이지의 운명이 중국의 모든 비관료 지식인의 운명을 연상시킬 수 있고, 더러는 심지어 자신을 연상시킬 수도 있다. 이때, 단지 이때에만 「쿵이지」의 서사에 비로소 현실적인 의미가 생기고 예술적인 재미도 생긴다. 「쿵이지」는 「광인일기」가 그러하듯이, 주로 은유이자 우언이다. 그것은 현실적 차원에서의 의미가 상징 면에서의 의미보다 훨씬 못해야만 중요해지

---

18 소쉬르, 가오밍카이(高名凱) 역, 『일반 언어학 강의(*Cours de linguistique générale*)』, 베이징 : 상무인서관(商務印書館), 1985, 171쪽.

고 쓰라린 맛을 풍부하게 담게 된다. 마찬가지로 『새로 쓴 옛날이야기』의 모든 소설 속의 각 사건 그 자체는 모두 현실적인 의미를 상실한 옛날의 이야기이긴 하지만, 현대 사회에 대한 은유적인 묘사로서는 중요하고 흥미로운 것이다. 「하늘을 땜질한 이야기」는 주로 '여와'의 이야기가 아니다. '여와'의 이야기는 우리가 벌써부터 익히 알고 있다. 루쉰이 쓴 것은 더욱 창조자와 그 창조물의 관계였다. 「달나라로 도망친 이야기」도 주로 예羿에 대한 그리움이 아니라 영웅과 보통 사람과의 관계에 대한 묘사이다. 「홍수를 다스린 이야기」는 우의 성현 형상을 재창조하기 위해서가 아니라 위대한 실천자와 그러한 방관하는 문인과의 관계를 드러낸 것이다. 「관문을 떠난 이야기」는 노자의 철학을 퍼뜨리거나 비판하기 위해서가 아니라 현학자의 현학玄學과 실리적인 사회의 실리實利 간의 관계를 표현한 것이다. 이 모든 것이 다 은유적 구조의 기초 위에서 세워졌다. 만약 모든 성공한 소설 작품마다 그것의 은유적인 기능을 갖추고 있다고 말한다면, 루쉰소설은 거의 자신의 사상적 의미와 예술적 가치 전부를 모두 이 은유적인 기능 위에서 세운 것이다.

서양의 서사학자의 견해에 따르면 모든 언어마다 은유와 환유라는 두 축의 결합으로 이루어졌고, 그래서 모든 소설도 다 은유적인 것과 환유적인 것, 이 두 가지 성질을 갖고 있다. 그러나 나는 우리가 루쉰소설과 대다수의 중국소설과의 차이를 뒤섞어 얼버무려서는 안 된다고 생각한다. 중국의 소설 전통 속에서 더욱 많은 소설이 소설의 사건 자체의 논리에 따라 소설의 줄거리를 전개했다. 그것들도 은유적인 성질을 갖고 있긴 하지만, 이러한 은유는 결코 소설의 통일적 설계에 참여하지 않거나 극소수만이 직접 참여한다. 하지만 루쉰소설 속에서 그 은유적 기능은 소설의 통일적 설계에 직접 참여한 것이다. 은유는 다의성多義性을 의미하고 있고, 연상된 것은 계열이고, 게다가 사람에 따라 다르다. 설령 단어 한 개라고 해도, 우리는 그것의 은유적 의미 전부의 목록을 배열할 수 없지만, 우리는 그것들의 추상적인 의미에서 그것들의 고도로 개괄적인 명칭과 파롤 범위를 뛰어넘는 문법성을 설명해줄 수 있다. 이때 루쉰의 소설은 고도의 철학적인 특징을 드러내 보인다. 이러한 철학성은 창조사創造社의 낭만주의 소설의 저자가 직접 말해내는 철학성 내지는 쉬디산許地山이나 페이밍廢名(평원빙馮文炳 - 역자) 등이 직접적인 종교적 언어나 철학적 언어를 사용해서 드러낸 철학성이 아니라, 소설 텍스트를 구성한 철학적인 구조 도식이다. 이러한 철학적인 개괄은 루쉰소설의 통일적 설계에 구체적으로 포함된 것이고, 그것들의 작용에 의거하여 사건은 소설의 통일적인 구조 도식으로 구체적으로 바뀌었다. 예를 들면 「광인일기」 속에 소설 「약」에서 말한 일을 구체적으로 삽입했다.

> 지난 해 성에서 죄수가 처형되었을 때도 폐병쟁이가 만두에 그 피를 적셔 먹었습니다.

이 진실한 사건에 대한 루쉰의 이해도 이러한 사건의 요점 정리 정도에 머물고 있음을 분명히 알 수 있다. 그러나 다만 이러한 사건에 대한 요점 정리만 있다면 소설 한 편이 될 수 없다. 루쉰은 이 사건의 기초 위에서 소설 「약」을 지어내고자 했을 뿐, 이 사건 자체에 대한 조사와 증거 수집에 기댄 것이 아니라 소설적 '문법'에 의지한 것이다. 이러한 '문법'은 이 사건에 대한 철학적인 개괄을 기초로 삼아서 그것을 전개한 통일적인 구조 도식이지, 단지 한 개인의 성격 특징을 근거로 삼은 것이 아니다. 여기에 무엇보다 먼저 병자가 있어야 하지만, 만약 그가 다만 병자일 뿐이라면, 「약」이란 소설의 구조 도식은 완전히 현재의 모습은 아닐 것이고, 그것은 오견인吳趼人(오옥요吳沃堯—역자)의 『할편기문瞎騙奇聞』('눈 가리고 아웅 하는 기이한 이야기'라는 뜻이다—역자) 같은 반미신反迷信 소설이 되었을 가능성이 짙다. 루쉰이 자신의 소설을 구상할 때, 화샤오솬은 이미 '병자'일 뿐 아니라 동시에 '피被구조자'였다. 후자는 전자의 은유적 의미 계열의 개괄적인 표현 형식의 하나이고, 인생철학의 어떤 의미를 띠는 어휘일 뿐이다. '피구조자'가 있어야 '구조자'가 있다. 소설 속에서 샤위夏瑜는 '혁명가'이면서 동시에 '구조자'가 되었다. 진정한 혁명가는 인류를, 민족을, 인민을 구하려는 사람이다. 그래서 '구조자'는 혁명가의 은유 의미이다. '혁명가'는 자신의 생명과 선혈을 대가로 삼아 인류를, 민족을, 인민을 구하는 사람이고, 그래서 '구조자'로서 사회를 위해 공헌해낸 것은 자신의 '피'이다. '피'는 곧 그의 생명이자 그가 사회의 질병을 치료하는 '약'이다. 이 '약'은 샤위의 입장에서는 '혁명'의 은유 의미이지만, 화샤오솬과 화라오솬의 입장에서는 몸의 질병을 치료하는 '약제'이다. 망나니는 사람을 죽이는 것을 직업으로 삼은 사람으로 혁명가의 '피'에 의지해 돈을 벌어서 살아가는 사람이다. 그래서 그는 '피'를 파는 사람이다. 소설 속의 캉 아저씨康大叔가 바로 이렇게 피를 파는 일에 기대서 살아가는 사람이다. 피구조자는 바로 혁명가의 '피'로 자신을 구해야 하는 사람이고, 혁명가의 '피'는 바로 그들의 '약'이다. 그래서 캉 아저씨가 피를 파는 일은 곧 약을 파는 것이다. 여기서 '약'은 또 '피'의 은유 의미이다. 화라오솬이 관심을 두는 것은 자기 아들의 목숨이고, 다른 사람 아들의 목숨은 그의 관심권 안에 있지 않다. 그는 '약'을 사는 사람이자 '피'를 사는 사람이다. 화샤오솬이 샤위의 피를 먹어버린 것은 바로 '피구조자'가 '구조자'의 목숨을 먹어버린 것이다. '구조자'가 없으면 '피구조자'도 당연히 '구조'될 수 없다. '구조자'와 '피구조자'가 함께 죽는 것도 바로 이 사건의 필연적인 결말이다. 바로 이러한 은유 의미가 포함되었기 때문에, 소설 속의 화샤오솬의 죽음도 소설의 유일한 합리적인 장치가 된 것이다. 「약」의 전체 배치 속에서 은유적 의미와 사건 자체의 의미는 시종 함께 결합되어 있는 것이고, 시종 소설의 통일적 설계에 포함된 것임을 알기란 어렵지 않다. 그것과 나관중羅貫中의 『삼국연의三國演義』, 시내암施耐庵의 『수호전水滸傳』, 위다푸의 「타락沈淪」, 선충원沈從文의 『변방의 도시邊城』, 취보의 『숲의 바다, 눈 덮인 벌판』의 구상 방식에는 모두 근본적인 차이가 있다. 사건과 그 은유 의미가 동시에 소설의 통일적 구상에 포함된 것은 「약」이나 「약」과 비슷한 루쉰소설에만 있는 것이 아니다. 그것은 거의 모든 루쉰소설의 구상 방식이다. 루쉰의 『새로 쓴 옛날이야기』 속의 소설과 원래의 중국 고대의 신화전설과 역사적 인물 이야기와의 근본적인 차이는 어디에 있는가? 나는, 그것들 간의 근본적인 차이는 바로 중국의 원래 신화전설과 역사적 인물 이야기가 '사건' 자체를 표현 대상으로 삼은 것이고, 그것들의 은유 의미는 독자가 직접 읽을 때 연상된 것이므로 더욱 명확한 성질도 없는 것이라면, 루쉰은 그것들에 은유적 의미가 생길 가능성을 충분히 의식한 뒤에 이러한 '사건'들에 대해 다시금 표현해서, 그것들의 은유 의미를 이미 소설 창작 자체에 주입해 준 데 있다고 생각한다. 「검을 벼린 이야기」에서 '검'은 중국문화 속에서 일찍이 권력의 상징이 되었었고, 중국 고대의 많은 자검雌劍과 웅검雄劍에 관한 이야기가 루쉰에게서 분명히 사회 권력의 분배라는 의미를 갖추게 된 것이다. 사람의 권력은 최초에 자연을 정복하는 과정에서 획득한 것이므로 사람의 생명력을 상징했다. 그러나 사회관계 속에서 정치적 통치자는 사회 안정을 지킨다는 명분 아래서 전체 사회를 통치하는 권력을 획득했고, 인민은 반드시 권력을 정치적 통치자에게 넘겨주어야만 자신에 대한 정치권력의 보호를 얻을 수 있었다. 그러나 만약 인민이 자신의 권력을 정치적 통치자에게 완전히 넘겨주어 정치적 통치자가 절대적인 정치적 통치권을 갖고, 인민을 자신의 완전한 통제 아래 두게 되면, 인민의 자유와 권리를 무시하고, 그로부터 반대로 인민을 압박하고 괴멸시키고, 권력을 완전히 자신의 사유재산으로 만들어버릴 수 있다. 이러한 전설 속에서 검을 벼리는 장인은 정치적 통치자가 절대적인 권력을 획득하지 못하도록 하고, 또 자신이 검(권력)을 넘겨준 뒤에도 여전히 자신이나 자신의 후손을 보호할 힘을 갖추기 위해서 결국 몰래 검 두 자루를 벼린다. 한 자루는 정치적 통치자에게 넘겨줄 '웅검'이라면, 또 다른 한 자루는 자신이나 자신의 후손에게 남겨줄 '자검'이다. 루쉰이 중국 고대의 '벼린 검' 전설의 은유적 의미를 명확하게 의식한 기초 위에서 이 전설을 재창조한 것임을 알기란 어렵지 않다. 미간척의 아버지는 검을 벼리는 장인이다. 왕은 '나라를 지키고', '적을 죽이고', '몸을 지키기' 위해 그에게 왕비가 낳은 쇳덩어리(그것은 왕의 왕성한 생명력의 산물이다)로 검을 벼리게 한다. 그는 자웅 두 자루 검을 벼렸고, 웅검을 왕에게 바치고 자검을 감추어 두었다. 왕은 권력을 독차지하기 위해 그를 죽여 버렸다. 이때 루쉰이 묘사에 착수한 것은 단순한 복수이야기가 아니라 인민의 권력과 전제적인 정치권력과의 투쟁이다. 왕은 공개적 '합법'적인 국가권력('웅검')을 쥐고 있고, 미간척은 은밀하고 비'합법'적인 반역권력('자검')을 쥐고 있다. 그러나 바로 그런 이유로 루쉰은 미간척을 직접 복수의 영웅으로 창조하지 않았다. 바로 이 두 종류의 다른 정치권력의 투쟁 과정에서 루쉰은 미간척이 독자적으로 복수 일을 담당할 능력이 없는 사람임을 발견할 수밖에 없었기 때문이다. 그가 복수하려는 것은 아버지의 복수요, 그의 적은 다만 왕 한 사람일 뿐이다. 그러나 왕의 권력을 지지하는 쪽은 오히려 그 자신뿐만이 아니라 그의 지체높은 대신과 무수히 많은 선량한 백성도 있다. 미간척은 왕을 보위하고 있는 이 겹겹이 에워싼 사람의 무리를 뚫을 수 없다. 그는 사랑 속에서 태어났고, 그는 '세상을 증오'할 용기와 홀로 사회와 맞서 싸울 힘을 갖고 있지도 않다. 그의 본질은 반역하는 것이 아니다. 그는 자신의 참됨과 희생정신을 가졌을 뿐이다. 그는 자기 목숨의 포기를 대가로 삼아 자신의 복수라는 목적을 실현하는 사람이다. '연지오자宴之敖者'는 분명히 '민중의 혼'을 구현한 추상적인 정신력의 상징이다. 그 자신은 결코 권력이 없다. 그의 권력은 독재 통치에 의해 실제로 숱하게 상처 입은 생명 속에서 획득한 것이자 미간척 같은 복수자의 희생정신 속에서 획득한 것이다. 그는 독재 통치 아래서는 몸을 보존할 여지가 없었다. 그가 증오하는 것은 전체 독재 통치이다. 그래서 그러한 독재 통치자를 지키고 있는 지체높은 대신과 노예인 선량한 백성들을 중히 여기지 않는다. 그가 있어야만 미간척 같은 개인적 복수자를 대신해 복수의 목적을 실현할 수 있다. 그러나 일단 복수의 목적을 실현하면 그도 동시에 사회에서 사라진다. 독재 통치가 사라지면 독재 통치를 반대할 혁명도 사라진다. 혁명은 독재 통치와 함께 살고 죽는 것이다. 루쉰이 '삼왕묘三王墓'의 전설을 이용해 표현하고자 한 것은 분명히 다음에 있다. 즉, 인류의 역사에서 독재 군주, 개인 복수자와 사회의 반역자는 실제로 뚜렷이 구분하기란 매우 어렵고, 그들이 한 것은 모두 정치권력의 투쟁이고, 모두 생명을 말살시키는 것이다. 그러나 정치권력을 중심으로 삼은 중국 역사에서 진정으로 강하고 왕성한 생명력을 드러낸 것도 이 세 부류의 사람일 뿐이다. 그들은 모두 중국 사회의 '왕'이고, 모두 중국 역사의 주재자이자 중국 역사의 희생자이다. 「검을 벼린 이야기」가 드러낸 것이 바로 이 세 '왕'의 관계이다.

여기서 우리가 루쉰의 소설 전체의 철학적 패턴 전부를 총결해낼 수는 없다. 하지만 긍정적으로 말하면, 이러한 사건의 은유 의미와 사건 자체가 소설의 구조 도식의 구성에 동시에 포함된 것은 루쉰소설 전체의 근본적인 특징이다. 이것이 중국소설사中國小說史에서 루쉰소설을 일련의 새로운 소설 패턴의 창조자가 되게 했다. 이러한 패턴들이 거의 중국 현·당대 소설의 각종 원형 패턴이다. 오래도록 이어질 루쉰소설의 생명력은 대부분 이러한 구조 패턴을 세운 데 있는 것이다.

5.

루쉰소설의 철학적 의미는 소설의 통일적 구조 패턴 속에서 드러나고, 그 공시성의 은유적 의미에서 확장되어 나온 것이다. 그러나 소설은 언어의 예술이니, 언어의 예술은 시간의 예술이고, 언어의 구조적 기능은 위아래上下 방향의 결합 관계 속에서 구체적으로 구성된 것이다. 여기에 예술적 시공구조의 문제가 존재한다.

우리가 서양의 서사학 이론을 활용해 루쉰소설을 구체적으로 분석하기 전에, 나는 무엇보다 먼저 중국 고유의 시공 개념과 서양의 시공 개념의 차이에 주의하는 것이 매우 필요하다고 생각한다. 이 점에 관해 장둥쑨이 이미 개괄해서 다음과 같이 설명했다.

> 중국 사람이 추구하는 것은 만물의 근본이 아니라 부분이 어떻게 전체에 대해 적응하는가 하는 문제이다. 이것은 이른바 하늘과 사람의 관계이다. 이른바 적응이란 하늘과 사람이 통하는 것(天人通)이다. 중국 사상은 시종 '하늘과 사람의 관계(天人關係)'라는 말로 그 문제를 개괄할 수 있었다.
>
> 중국 사람은 전체를 인정했기 때문에, 공간에 대해 무한하다고 생각하지 못했고, 이른바 공간은 곧 '상대적인 위치'일 뿐이었다. 시간 역시 영원히 한 직선 위에서 흘러가는 것이라고 생각하지 못했고, 주기적인 변화였을 뿐이다. 나는 앞의 글에서 이미 공간이란 '중심과 바깥의 위계적 질서'였고, 시간이란 주기적으로 순환하는 질서였다고 말했다. 이것들은 모두 사회 정치와 직접 관계를 갖는다. 전자는 사회적 계급과 신분을 충분히

합리화시키고, 후자는 정권이 대체(즉 혁명)될 뿐이라는 해석을 가능케 한다. 그러므로 엄격히 말하면 중국 사상에는 '전환(alternation)'만 있을 뿐, 변화(change)가 없다. 이 때문에 중국 사상은 '발전(progress)'을 중시하지 않는다. 그 까닭은 중국 사람이 시간을 곧장 흘러가는 것으로 보지 않고, 주기적으로 순환하여 나타난다고 보기 때문이다. 동시에 공간 역시 모두 일률적으로 무한한 것은 아니기 때문에 시간에서 공간을 분리해낼 수 없다. 그래서 발전이 매우 어렵고, 불가능하게 되었다.

중국 사상은 개체를 중시하지 않기 때문에, 중국 정치에 민주란 개념이 없다. 게다가 중국은 시종 순환하는 변화를 인정하기 때문에 인민이 압박당하는 것을 두려워하지 않았다. 그러니 민주화의 요구(입헌정치체제는 그 초기에 군주와 인민의 공동 통치였음을 반드시 알아야 한다)도 자연히 일어나지 못했다.[19]

나는 중국의 전통적인 시공 개념의 특징을 알아야만 우리가 더욱 뚜렷하게 루쉰소설의 시공구조의 특징을 느낄 수 있다고 생각한다. 루쉰은 변화와 발전을 추구하는 소수 근·현대 지식인 가운데 한 사람이었다. 그는 자신의 독자에 대한 선택도 이러한 의미에서 설정했고, 이것이 저자와 독자를 느낌 면에서 동일한 시간 척도를 찾게 했지만, 그들이 공통으로 직면한 것은 오히려 '전환'만 있고 '발전' 없는 사회집단이었다고 말할 수 있다. 여기서 두 가지 시간 개념의 충돌과 분쟁이 생겼다. 하나는 변화와 발전을 기대하는 저자와 그의 독자의 시간

19 장둥쑨, 「중국과 서양 사상의 근본적인 차이점(中西思想之根本異點)」, 『이성과 양지 – 장둥쑨 문선』, 상하이 : 상하이원동출판사, 1995, 289~290쪽 참고.

개념이다. 이러한 시간 개념은 소설의 서술자를 통해 다른 형식으로 소설의 서사 속으로 들어갔다. 또 다른 하나는 '전환' 의식만 있고 '발전' 관념이 없는 사회집단의 시간 개념과 그들이 구성한 현실 사회의 상황이다. 이 두 종류의 다른 시간 개념은 루쉰소설 속에서 시종 분쟁을 일으키고 충돌하고 있다. 그것은 구체적으로 소설 속의 두 갈래의 스토리 라인story line으로 표현되었다. 이 두 스토리 라인은 다른 시간 법칙에서 다른 속도, 리듬과 빈도로써 진행된 것이다. 이 두 스토리 라인 가운데서 한 갈래는 전환이 신속하고, 발전이 빠르고, 박자가 자잘하고 빈도가 높은 이야기 흐름이다. 그것의 처음과 끝은 전부 소설의 내부에 포함된다. 그 시간의 길이와 소설의 서사 시간의 길이는 기본적으로 대등하고, 아주 강한 객관적 색채를 띠고 있다. 그것이 구현한 것은 전환은 하나 발전 없는 사회의 현실적 상황이다. 또 다른 한 갈래는 전환이 느리거나 아예 전환하지 않고, 발전이 지체되거나 아예 발전하지 않는다. 아주 사소한 한두 박자, 극히 낮은 빈도의 이야기 흐름만 있을 뿐이다. 그것의 처음과 끝은 결코 전부 다 소설 안에 포함되는 것이 아니고, 심지어 극소의 몇 가닥만 있고, 그 시간의 길이는 확정적이지 않으며, 그 결말은 분명하지 않고 적어도 예측할 수 없다. 그 길이는 서사 시간의 길이보다 최대한도로 길다. 이는 저자와 독자의 시간 개념을 구현한 스토리 라인이고, 진정으로 발전 변화에 대한 그들의 기대이자 갈망이며, 아주 강한 주관적 색채를 띠고 있다. 소설 서사의 각도에서 보면, 뒤 스토리 라인은 앞 스토리 라인 속에 포함된 것이다. 소설의 함의라는 각도에서 보면, 앞 스토리 라인은 뒤 스토리 라인 속에 포함된 것이다. 이러한 상호 포함의 관계가 드러내는 것은 저자와 독자가 사회적 현실에 의해 제약되는 동시에 사회적 현실은 또 저자와 독자에 의해 반드시 개조되는 관계이다. 우리가 과거에 비교적 많이 분석한 것은 「약」인데, 실제로 거의 모든 루쉰소설 속에 보일 듯 말듯 이러한 스토리 라인 두 갈래가 있다.

「약」 속의 두 스토리 라인은 각기 다음과 같다.

• 화샤오솬이 병사한 스토리 라인

화라오솬이 인혈만두를 산다 → 화샤오솬이 인혈만두를 먹는다 → 찻집의 손님들이 인혈만두를 말한다 → 화샤오솬은 죽었고, 화씨 댁은 성묘 간다.

• 샤위가 혁명에 헌신한 스토리 라인

샤위가 처형된다 → 샤위의 옥중에서의 언행이 회상 식으로 서술된다 → 샤씨 댁이 성묘 가서 샤위를 죽인 사람은 '머지않아 천벌을 받고야 말 것'이라는 문제를 제기한다.

앞 스토리 라인은 자기 폐쇄적이다. 화샤오솬은 인혈만두를 먹었지만, 자신의 병을 치료하지 못해 죽었고, 그의 어머니조차도 이미 일이 끝났음을 느꼈으므로 해결해야 할 문제를 남기지 않았다. 두 번째 스토리 라인은 개방적이다. 이 스토리 라인에서의 사건은 이제 막 첫머리가 시작되었다. 만약 줄거리가 하는 작용의 하나가 바로 '진상을 명백히 드러나게 하는 것'이라면, 여기서는 실제로 진상을 명백히 드러낼 수 없을 정도로 멀리 벗어났다. 모든 것이 다 여전히 모호하고 분명하지 않은 것이다. 샤위에 대해 소설 속의 인물은 최소한도의 이해조차도 아직 없을 뿐 아니라, 저자와 독자도 이 일의 최종 결말이 어떠할지를 예측하기 어렵다. 그것은 진정한 변화와 발전에 대한 저자와 독자의 기대와 갈망을 반영한 것이다.

전체 소설의 서사적 특징에서 보면, 앞 스토리 라인에서의 전환이 신속하고, 묘사가 치밀하고, 큰 단락 속의 시간마다 앞뒤로 연속적인 것이다. 뒤 스토리 라인은 앞 스토리 라인에서의 몇몇 부분일 뿐이다. 샤위가 처형당한 것은 화라오솬이 인혈만두를 얻는 세부적인 묘사 속에서 암시해낸 것이다. 그의 체포와 옥중에서의 언행은 찻집의 손님이 인혈만두를 얘기하는 과정에서 부수적으로 설명된 것이다. 마지막 단락에 이르러야만 소설 속에서의 그의 위상이 비로소 앞 스토리 라인 속의 화샤오솬을 뛰어넘게 된다고 해도, 두 늙은 어머니가 성묘하는 공통된 행동 안에 포함될 뿐이다. 그러나 소설의 함의라는 각도에서 보면, 앞 스토리 라인은 또 뒤 스토리 라인의 안에 포함되는 것이다. 샤위의 혁명－샤위의 희생－혁명가의 미래 운명은 앞 스토리 라인의 저자와 독자의 관심 속에서 중간 대목에 속하는 부분의 삽입곡일 뿐이고, 소설이 제기한 문제는 끝맺음에서 멀어졌다.

루쉰소설의 시공구조를 분석해보면 「약」이 전형적이지만, 「조리돌림」은 더욱 전형적이다. 「조리돌림」은 그야말로 적나라한 시공구조라고 생각할 수 있다. 그것은 실제 두 종류 시공 개념의 변주이기도 하고, 두 갈래 스토리 라인도 갖고 있다. 한 갈래는 '구경꾼'의 스토리 라인이고, 한 갈래는 '구경거리'의 스토리 라인이다. 저자와 독자의 관점에서 보면, '보는看' 것은 바로 대상 속에서 의미를 간파하려는 것이지만, 이곳의 '구경꾼'은 언제나 '구경거리'에게서 의미 있는 것을 아무것도 발견해내지 못한다. 소설이 더욱 많이 서술하는 것은 도리어 '구경꾼'의 '보기'이고, '구경꾼'은 반대로 저자와 독자의 '구경거리'가 된다. '구경꾼'의 동작으로 말하면, 이 소설은 시간을 지닌 것이다. 화면은 신속하게 전환되고, 시간은 신속하게 흘러가고, 동작은 하나하나 연결되어 있다. 그러나 '구경꾼'의 의미적 발견에서 말하면 그것은 시간이 없다. 그 조리돌림 당하는 사람의 '형상'은 언제나 여전히 '형상'일뿐이고, 그의 동작은 극히 적다. 또 동작마다 모두 어떠한 의미를 드러내려는 것 같지만, 이러한 의미는 마지막까지도 드러나지 않는다. 그야말로 그는 내용 없는 응고된 시간의 상징이고, 시작만 있고 끝이 없는 시간, 길이 없는 시간일 뿐이다. 사람들은 마지막까지 이 '구경거리'에 대해서 여전히 아무것도 모른다. 이 스토리 라인에서 소설은 이미 서술을 시작한 사건에 결코 결말이 없다. 하지만 또 다른 스토리 라인에서 사건은 오히려 처음이 있고 끝이 있고, 이미 완성된 것이다. 소설의 처음과 끝은 직접 연결되어 밀폐된 계통을 구성한다. 그러나 끝은 처음의 직접적인 회귀回歸 형식일 뿐이어서 소설이 묘사한 사건은 아예 어떠한 시간을 차지하지 못한 것 같다. 이 생활환경에 대해 그것의 처음과 끝은 어떠한 의미를 지니지 못한다. 예술적 창조 면에서 말하자면, 루쉰이 「조리돌림」 속에서 한 것은 마치 화가가 그림을 창작할 때 한 작업과 닮아 있다. 화가가 한 획 한 획 그려나간 것은 시간의 앞뒤 순서가 있는 것이지만, 마지막으로 완성한 것은 오히려 시간의 앞뒤 순서가 없는 화폭이다. 이 화폭에는 시간성이 없고 공간성만 있을 뿐이다. 「조리돌림」과 아주 비슷한 작품에 또 「풍파」가 있다. '풍파'가 일어나기 전과 '풍파'가 일어난 뒤의 루전에는 어떠한 변화가 없다. 그것이 완성한 것은 배경 묘사일 뿐이고, 구성한 것은 인물과 인물의 관계도關係圖일 뿐이다. 사실 이러한 관계조차도 평시와 구별이 없고, 이때에만 공개적인 표현을 이루게 될 뿐이다. 「풍파」의 두 스토리 라인 가운데 한 갈래는 자오치 영감이 개인적인 보복을 하는 이야기 흐름이고, 한 갈래는 장쉰 복벽張勛復辟이란 이야기 흐름이다. 소설의 서사구조로 말하면, 장쉰 복벽은 자오치 영감의 개인적인 보복 과정 속에 포함된 것이다. 소설의 함의로 말하면 자오치 영감의 개인적인 보복은 또 장쉰 복벽 과정 속에 포함된 것이다. 이렇게 서로 포함되는 관계는 실제로 소설의 은유 의미와 전환 의미가 서로 포함되는 형식이기도 하다. 「아Q정전」 속에는 아Q의 '행장行狀' 스토리 라인이 있고, 혁명의 스토리 라인도 있다. 「비누」 속에는 쓰밍의 잠재의식의 심리적 변화 라인이 있고, 또 구학舊學에서 신학新學으로, 쥐엄나무 열매에서 비누로의 변화 라인도 있다. 「하늘을 땜질한 이야기」 속에는 여와가 하늘을 땜질하고 사람을 만드는 스토리 라인이 있고, '사람'이 여와가 창조한 결과물을 파괴하는 스토리 라인도 있다. 「달나라로 도망친 이야기」 속에는 영웅 예가 몰락하는 스토리 라인이 있고, 항아가 달나라로 도망치는 스토리 라인도 있다.

우리가 이 모든 것을 다 두 갈래 스토리 라인으로 간주하지만, 대립 통일하는 스토리 라인으로 간주하지 않는 까닭은 그것들이 각기 두 가지 다른 층위에 있고, 직접적인 대립의 관계를 구성할 수 없기 때문이다. 또 그것들은 서로 다른 시공 속의 사건이지 동일한 시공 속의 사건이 아니기 때문이다. 샤위의 혁명은 민족의 시공 속에서 일어난 사건이고, 화샤오솬의 병사는 가정의 시공 속에서 일어난 사건이다. 이 두 시공구조 속에 완전히 다른 가치관과 가치 표준을 담고 있다. 그것들은 동일성도 없고 직접적인 대립성도 없다. 「하늘을 땜질한 이야기」 속에서 여와는 그 '젊은' 도학자는 말할 나위 없이, 같은 관심을 가진 것이 아니다. 이 점을 알아야만 우리가 루쉰소설의 서사 방식이 표면적으로 보면 아주 간단하지만, 실질 면에서는 아주 복잡한 것임을 느낄 수 있다고 생각한다. 그 복잡성은 무엇보다 먼저 다른 층위의 스토리 라인 두 갈래의 결합이 만든 것이다.

6.

루쉰소설의 서사 순서에 대해서는 우리가 과거에 비교적 많이 이야기했다. 그러나 나는 지금까지 우리가 여전히 그 형식 자체와 순수 기교적 의미에 눈을 더욱 많이 돌리긴 했지만, 이러한 '형식' 자체의 의미는 비교적 적게 고찰했다고 생각한다.

루쉰소설의 서사 순서 면에서의 변화는 중국소설의 시제 면에서 과거시제에서 현재시제로 향하는 기본 형태의 전환에서 구체화되었다.

중국어의 통사구조syntactic structure는 서양 언어처럼 그렇게 아주 명확한 현재 시제, 과거 시제와 미래 시제의 구분을 갖고 있지 않다. 그것의 시제는 텍스트 구조를 통해 드러내 보인 것이다. 일반적으로 말하면, 중국 고대의 시詩歌(그러한 옛날을 조상하고 지난 일을 돌이켜 생각한 시들을 포함한다)와 산문散文(역사산문 이외의 대다수의 문학 산문과 논설문을 포함한다)은 현재시제이다. 현재의 감정을 표현하고 현재의 일을 논하는 것은 중국 고대 시문詩文의 주요 특징이고, 또 중국 고대소설은 중국 고대의 역사 작품과 마찬가지로 대부분 과거 시제에 속한다. 중국 고대에 소설과 이야기는 불가분의 것이었고, 또 중국어 속의 '스토리故事'는 바로 '과거에 일어난 일'이고 과거 시제이다. 이는 서양 소설의 개념과 같은 점도 있고 다른 점도 있다. 서양 소설은 역사와도 관계있고 희극과도 관계있다. 소설과 희극은 함께 서사문학에 속하지만, 희극은 현실극이든 역사극이든 간에 모두 현재 시제이고 무대 위에서 일어나는 사건으로서 공연되는 것이다. 소설이 말한 일을 과거에 일어난 사건으로 삼지 않고 즉시 서술되는 사건으로 삼아서 다루고, 또 단지 실제 일어난 사건으로 삼지 않고 저자가 허구해낸 상상 속의 세계로 삼아서 서술할 때, 소설의 기본 형태는 더 이상 과거 시제가 아니라 현재 시제가 되게 된다. 의심할 바 없이 루쉰소설은 직접적으로 서양 소설의 영향을 받은 것이다. 중국 소설에 대한 그의 혁신은 서양 소설의 영향을 받아 실현된 것이다. 이것이 동시에 과거 시제를 주요 서사 시제로 삼은 중국 고대의 소설을 현재 시제를 주요 서사 시제로 삼은 소설로도 변화시켰다. 루쉰소설은 이전에 이미 일어난 실재한 일의 '진실'한 전달이 아니라, 저자가 예술적으로 건축해낸 하나하나의 상상으로서의 세계이다. 여기서 사전에 벌써 존재한 '옛날' 일'故'事은 이미 존재하지 않고, 설령 존재한다고 해도, 저자가 소설 창작을 하는 소재로써 의거했을 뿐이지, 저자가 반드시 진실하게 전달해야만 하는 대상은 아니다. 저자는 진실한 사건과 소설 완성품의 환승역에 있는 것이 아니고, 저자의 상상이 곧 소설의 발원지인 것이다. 저자는 바로 소설의 생산자이고, 그가 하는 일은 '무'에서 '유'를 창조하는 것이지,

'유'에서 '유'를 가공하는 것이 아니다. 이러한 의미에서 우리는 동시에 중국 고대에 서사 기교는 있지만, 서사학이 없었음을 알 수 있다. 이야기가 이미 존재할 때, 그것을 어떻게 더욱 생생하게 더욱 더 매력적으로 서술할 것인가 하는 것만이 저자의 임무일 때는 서사 기교의 문제만 존재할 뿐이다. 소설이 통일 면에서 저자의 예술적 창조로 간주될 때라야만 소설의 서사학이라는 문제가 생긴다. 전자에 대해 저자는 수리공일 뿐이고, 그에게 필요한 것은 수리기술이지 온전한 건축학이 아니다. 후자에 대해서는 건축학이란 문제가 생긴다. 저자는 건물을 통째로 설계하고 지어야 하기 때문이다. 바꾸어 말하면 루쉰에게 가야만 서사 순서의 문제가 비로소 진정으로 서사학의 높이로 올라간다. 그것은 더 이상 단순한 기교가 아니다. 동시에 또 '사상'의 온전한 설계를 관철하는 '형식'의 일종이다. 루쉰소설에서 순차서술이든 도치서술이든 혹은 교차서술이든 막론하고 모두 더 이상 단순한 사건의 자연 발생－발전의 흐름 과정이 아니라 예술가가 표현의 필요를 위해 수행한 예술적 설계이다. 그것은 '예술'이지 '실재'하는 것이 아니다. 나는 이 점을 아는 것이 루쉰소설의 서사 시간의 특징을 이해하는 관건이라고 생각한다.

중국의 고대소설은 시제 면에서 주로 과거 시제였다. 그래서 그것들은 서사의 시작점이 과거에 있고, 종점이 과거에 있는 것도 훨씬 먼 과거로부터 현재에 더욱 가까운 과거 쪽으로 구불구불 이어져 온 형태이다. 그것들은 일반적으로 무엇보다 먼저 사건이 일어난 시간이 어느 왕조 혹은 어느 시대라고 말한 뒤에 시간의 앞뒤에 따라 이야기의 경위를 서술한다. 저자와 내레이터가 있어야만 현재 시제에 입각한 시제 면에서 말한 인물과 사건에 대해 평론이나 소개를 하지만, 사건 자체는 모두 '과거에 있는' 시제 속에서 진행될 뿐이다. 아주 드문 상황에서 저자도 도치서술과 교차서술을 사용하지만, 과거 시제의 배경 위에서 도치서술이 반영하는 것은 저자나 내레이터와 과거에 이미 일어난 사건과의 관계일 뿐이지, 소설의 주인공과 사건의 관계가 아니다. 그것들의 교차서술은 더욱 많은 경우에 이야기와 관련된 사람이나 사물의 내력에 대한 보충 설명일 뿐이지, 소설의 메인 채널의 구성 성분이 아니다. 루쉰소설의 기본 시제는 현재 시제이다. 그래서 그것들의 서사 순서는 현재에서 혹은 과거 쪽으로, 혹은 미래 쪽으로 펼쳐지는 형태를 따른다. 현재에서 과거로 되돌아가는 것은 바로 도치서술이다. 또 현재에서 현재로 펼쳐지고, 시간과 함께 발전하는 것은 바로 순차서술이다. 교차서술은 더 이상 주로 소설의 메인 채널을 벗어나 소설의 인물이나 사물의 내력에 대한 보충 설명이 아니라, 메인 채널의 구성 성분의 하나가 되었다.

루쉰소설 속 순차서술의 의미를 설명하려면, 『새로 쓴 옛날이야기』 속의 소설로 예를 삼는 것이 가장 좋을 것이다. 그것들은 중국 고대의 신화전설과 역사적 인물 이야기를 제재로 삼은 작품이다. 그 제재들은 과거 시제이다. 그러나 이는 그것들의 제재일 뿐이지, 소설 자체가 아니다. 소설 자체의 서사는 현재 시제이다.

여와는 갑자기 깨어났다.

그녀는 꿈을 꾸다가 놀라 깬 것 같았다. 그렇지만 무슨 꿈을 꾸었는지는 또렷이 생각나지 않았다. 단지 가슴이 답답하고 무언지 미흡한 듯한,

그리고 무언지 너무 많은 듯한 느낌이 들었다. 불어오는 산들바람이 훈훈하게 그녀의 숨결을 온 우주에 가득 퍼지게 했다.

―「하늘을 땜질한 이야기」

영리한 짐승은 참으로 사람의 마음을 헤아린다. 말은 멀리서 집의 대문이 보이자 걸음을 늦추고 등에 탄 주인과 동시에 대가리를 끄덕거렸다. 한번 걸을 때마다 끄덕거리는데, 마치 쌀 찧는 절굿공이 같았다.

―「달나라로 도망친 이야기」

때는 '출렁출렁 홍수의 물결이 갈라져 넘실넘실 산을 품고 구릉을 삼키는' 시절이었다. 그렇다고 순(舜)의 백성들이 모두 물 위로 드러난 산꼭대기에 모여 북적거린 것은 아니었다. 더러는 나무꼭대기에 매달려있기도 하고, 더러는 뗏목 위에 앉아 있기도 하였다. 몇몇 뗏목 위에는 작은 오두막까지 지어놓아, 기슭에서 바라보노라면 제법 시적인 정취마저 느껴졌다.

―「홍수를 다스린 이야기」

요 한 반년 동안은 웬일인지 양로원도 그다지 평온치 못했다. 어떤 늙은이들은 머리를 맞대고 귓속말을 하거나 기운내서 들락날락거렸다. 백이(伯夷)만이 쓸데없는 일에 전혀 신경 쓰지 않았다. 서늘한 가을이 되자 그도 늙은 몸에 추위를 심하게 느끼는지라 온종일 돌계단에 앉아 해바라기하고 있었다. 요란스런 발소리가 들려도 고개조차 들지 않았다.

―「고사리를 캔 이야기采薇」

미간척이 막 어머니와 잠자리에 눕자마자 쥐새끼가 튀어나와 솥뚜껑을 갉아먹기 시작했다. 짜증나게 시끄러웠다. 그는 가만가만 몇 번 쫓아보았다. 처음에는 좀 효과가 있더니 나중에는 아예 그를 아랑곳하지 않고 사각사각 계속해 갉았다. 낮에 일하느라 지쳐서 저녁이면 자리에 들기 바쁘게 잠드는 어머니를 깨울까 걱정되어 큰소리로 쫓을 수도 없었다.

—「검을 벼린 이야기」

노자(老子)는 마치 시든 나무토막처럼 꼼짝도 하지 않고 앉아 있었다.

—「관문을 떠난 이야기」

자하(子夏)의 제자 공손고(公孫高)가 묵자(墨子)를 찾아간 것은 이미 여러 차례 되었다. 그러나 늘 집에 있지 않아 만나지 못했다. 그러다 네 번째인가 아니면 다섯 번째였을 때, 그때 문어귀에서 마주치게 되었다. 공손고가 그 집에 막 당도하였을 때, 묵자도 때마침 집으로 돌아온 것이다. 그들은 함께 방으로 들어갔다.

—「전쟁을 막은 이야기(非攻)」

이는 현재 시제의 서사이지, 과거 시제의 서사가 아니다. 저자는 그것들을 '현재'에 바로 일어나고 있는 사건으로 서술한 것이지 '과거'에 이미 일어난 사건으로 서술한 것이 아니다. 그 가운데의 인물은 무대 위에 있는 역사적 인물과 같이 즉시 공연을 하고, 그 동작은 현재 시제이다. '여와는 갑자기 깨어났다'이지 '여와가 당시에 깨어났다'가 아니다. 또 '노자는 꼼짝도 하지 않고 앉아' 있었지 '당시의 노자는 마침 꼼짝도 하지 않고 앉아 있었다'가 아니다. 그것들은 사건이 구체적으로 일어난 객관적인 시간을 말하지 않았다. 그것들은 소설 속에서 모두 마침 일어나고 있는 것이지 이미 일어난 것이 아니다. '요', '한 반년 동안' 같은 어휘는 모두 저자, 서술자, 독자를 같은 시공에 함께 있게 하고, 눈앞에서 바로 일어나고 있는 사건을 함께 주시하게 하고, 아울러 현재에서 현재로 소설의 걸음걸음을 따라가며 사건의 전체 과정을 다 보게 한다. 바로 일상생활 속에서 우리가 영원히 오늘에 살아 있는 것처럼, 루쉰의 순차서술 소설 속에서 우리도 영원히 현재에 서 있다. 여기에는 어떠한 옛날을 곰곰이 생각하는 감정이 없고, 단지 소설 세계에 대한 체험과 감상만 있다. 그것들은 더 이상 고대의 신화, 전설과 인물의 이야기가 아니라 현대 사람의 상상 속의 세계이다. 고대 사람이 우리 눈앞의 무대 위에서 우리에게 자신을 연기해주는 것처럼 그것들은 더 이상 역사적인 것이 아니라 희극戲劇적인 것이다. 이러한 희극적인 서사 방식은 「죽음에서 살아난 이야기起死」가 우리에게 더욱 적절히 증명해주었다. 「죽음에서 살아난 이야기」의 희극적인 각색과 위에 있는 소설적인 각색은 성질 면에서 별로 다른 게 없다. 「죽음에서 살아난 이야기」는 희극이자 소설이기도 하다. 그 밖의 7편은 소설이자 희극이기도 하다. 상상 속의 공간은 소설의 인물의 무대이고, 소설 속의 행동 묘사는 희극 속의 연기이며, 소설 속의 인물의 언어는 희극 속의 대사이다. 그것들의 순차서술 방식이 곧 시간의 추이에 따라서 점차 희극의 줄거리를 전개한 방식이다. 이 모든 것은 다 더 이상 고대소설의 이야기를 말하는 방식이 아니게 되었다.

이처럼 영원히 현재 시제인 루쉰소설의 시제 특징은 결코 과거, 지금과 미래의 구별이 없다는 말이 아니라, 그것들에 모두 새로운 '과거에서'와 다른 내포가 생겼다는 것이다. 우리의 현실 인생에서 우리는 영원히 과거에서 살기란 불가능하고 영원히 미래에서 살기도 불가능하다. 우리는 현재에서 살 뿐이다. 그러나 이는 결코 우리에게 과거, 현재와 미래의 관념의 부재를 설명하지 않는다. 우리의 과거는 실제로 현재의 과거일 뿐이고, 우리의 미래는 실제로 현재의 미래일 뿐이다. 우리의 지금은 실제로 현재의 지금일 뿐이고, 우리가 현재에 서 있음으로 해서 생긴 다른 시간 느낌이다. 과거는 '현재에서'를 포함하고, 미래도 '현재에서'를 포함한다. 지금은 더욱 '현재에서'를 포함하는 것이다. 그것들은 현재의 다른 사물, 사람의 다른 말(파롤–역자)과 행동과 사유 활동이 만든 '다른' 시간 감각이다. 나는 루쉰소설의 시간 순서의 변화라는 특징이 바로 이렇게 세워진 것이라고 생각한다. 루쉰소설 속에서 과거든 미래든 간에 모두 현재 시제의 시간이 흘러가는 과정의 어떠한 내용이자 어떠한 유기적 구성 부분이지, 현재를 벗어나 독립적으로 존재하는 것이 아니다.

내가 넷째 아저씨의 서재로 돌아왔을 때, 기왓고랑 위에 하얗게 덮인 눈이 방 안도 비교적 밝게 비추어서 벽에 걸린 진단(陳摶) 노인이 쓴 붉은색으로 탁본한 커다란 '수(壽)'자를 선명하게 드러냈다. 한쪽의 대련은 이미 떼어냈고, 되는 대로 말린 채로 긴 책상 위에 놓여 있고, 한쪽에는 '사리에 통달하면 마음이 편안하다(事理通達心氣和平)'라 말한 것이 그대로 있었다. 나는 또 따분해져서 창 아래쪽의 책상머리로 가서 거기 쌓아놓은 책들을 뒤적거려보았다. 완본이 아닌 듯한 『강희자전(康熙字典)』 더미와 『근사록집주(近思錄集注)』 한 권과 『사서친(四書襯)』 한 권만 보였다.

—「축복」

이는 현재 시제이긴 하지만, 현재 속에 오히려 과거의 흔적으로 가득 채워졌다. 당신은 현재에 대한 과거의 압박과 과거에 대한 현재의 풍자를 느꼈으리라. 이러한 현재와 과거의 충돌도 바로 이 현실적 환경 묘사가 예술적 운치로 충만한 주요 원인이다.

나는 새로운 삶의 길을 향해 첫걸음을 내딛으려 한다. 나는 진실을 마음의 상처 속에 깊이 묻어두고 묵묵히 앞으로 나아갈 것이다. 망각과 거짓말을 나의 길잡이로 삼고서…….

—「죽음을 슬퍼하며」

이것도 현재 시제이긴 하지만, 현재 속에 가득 찬 것은 미래에 대한 기대이다. 미래는 현재의 속박을 타파해 자신의 새싹을 돋게 하려는 것 같지만, 현재는 여전히 현재이다. 그것은 미래를 억누르고 속박하면서 이 미래를 여전히 쥐안성의 염원, 결심, 정말로 실현될 수 있다고는 할 수 없는 이상일 뿐이게 한다. 머지않아 현재의 금고를 벗어나 솟구쳐 나올 이러한 미래라는 감각도 바로 우리 영혼을 고무시킨 것이다. 그 예술성은 현재와 미래의 긴장 관계 속에서 싹트는 것이다.

루쉰의 소설 속에서 현재는 실제로 과거, 지금과 미래의 각축장일 뿐이다. 만약 과거는 검은색이고, 지금은 회색이고, 미래에 대한 이상은 밝은 색이라고 한다면, 루쉰소설의 '현재'의 화폭에는 모든 이러한 빛들의 군무가 펼쳐진다. 바로 이러한 빛들의 서로 다른 결합이 루쉰 소설 속에서 두 갈래 혹은 여러 갈래의 스토리 라인도 구성했던 것이다. 위에서 말한 바와 같이 「풍파」 속에 '장쉰 복벽'과 '자오치 영감의 개인적인 보복'이라는 다른 스토리 라인 두 갈래가 존재하고 있다. 그러나 이 두 스토리 라인의 각기 다른 시점은 또 모두 현재 시제의 배경이 서술한 다른 주름fold 가운데에 휘 뿌려진 것이다. 독자의 의식 속에서 그것들이 다시금 결합하자마자 서로 다른 두 시간 순서가 생기게 되었다. 한 갈래는 장쉰 복벽의 시간 서열이고, 한 갈래는 자오치 영감의 개인적인 보복의 시간 서열이다. 이 두 시간 서열 간에 시간 차이가 있다. 그것은 바로 사회의 정치판에서 일어난 정치적 변동의 소식이 루전까지 전해지는 데 필요한 시간이다. 그것들의 시간 관계는 다음과 같다.

혁명→장쉰 복벽→복벽의 실패;

치진이 예전에 자오치 영감을 쌍놈이라고 욕했다→치진은 변발이 잘렸다→풍파(자오치 영감이 개인적인 보복을 하러 왔다)→풍파가 가라앉았다.

소설의 실제 서사 시간은 실제로 '풍파(자오치 영감이 개인적인 보복을 하러 왔다)—풍파가 가라앉았다'일 뿐이다. 그 나머지 각기 다른 시간 요소는 모두 이러한 현재 시제의 시간 속에서 술회 되어 나온 것이다. 전체 장쉰 복벽의 과정은 「풍파」 속에서 모두 도치서술 되어 나온 것이지만, 치진이 변발을 잘린 것과 치진이 술에 취해 자오치 영감을 '쌍

놈'이라고 욕한 것은 교차서술 되어 나온 것이다. 단지 이러한 시간 요소들이 비교적 자질구레한 것에 불과할 뿐이고, 시간의 빛들일 뿐이고, 더욱 많은 서사 시간을 차지하지 못했을 뿐이다. 도치서술의 내용이 소설의 주체 부분이 되어 더욱 긴 서사 시간이 필요할 때, 순차서술은 도치서술이 됐다. 또 삽입된 내용에 비교적 긴 서사 시간이 필요할 때도 우리가 말한 교차서술이 되었다. 요컨대 적어도 루쉰소설 속에서 도치서술과 교차서술은 순차서술이 변한 서사 형태일 뿐이고, 그것들의 작용은 이전의 사건을 현재 시제로 바꾸는 방식일 뿐이다.

우리는 과거에 종종 「축복」의 도치서술 수법을 뭉뚱그려서 말했는데, 실제로 「축복」은 도치서술이라고 말할 수도 있고 순차서술이라고 말할 수도 있다. 그것이 샹린 아주머니의 비극적 운명을 표현한 것으로 말하면, 그것은 도치서술이지만, 「축복」은 샹린 아주머니의 비극적인 운명만을 표현한 것이 결코 아니다. 이것을 우리는 루쉰의 소설과 샤옌夏衍이 각색한 영화의 비교 속에서 느낄 수 있었다. 샤옌이 「축복」을 단지 샹린 아주머니의 비극적인 운명으로만 표현했을 때, 그것의 함의는 약화되고 말았다. 그것의 주제는 이후에 하층 인민의 고달픈 생활을 반영한 대량의 작품과 근본적인 차이가 없게 됐고, 그 가운데 기본적인 인물의 관계에도 중대한 변화가 생겼다. '나'와 샹린 아주머니의 관계는 사라졌고, 루 넷째 나리魯四老爺는 샹린 아주머니를 압박하고 착취하고, 또 그녀의 비극적인 운명을 야기하는 지주계급의 대표 인물로서 전적으로 악역이 되었을 뿐이다. 하지만 루쉰의 소설 속에서 전체 소설의 구도는 훨씬 더 복잡하다. 그것은 샹린 아주머니 한 사람의 인생으로 구성되지 않았다. 동시에 '나', 루 넷째 나리와 샹린 아주머니란 이 세 주요 인물의 관계 속에서 구성된 것이기도 하다. 바로 이 세 주요 인물의 관계 속에서 소설의 은유적 주제인 중국 여성의 고난 구원 내지는 인류 고난의 구원이란 주제를 숙성시키고 있다. 소설은 샹린 아주머니의 고난을 썼지만, 소설은 다만 샹린 아주머니의 고난을 표현해서 독자의 동정을 일으키는 데만 그친 것이 아니라, 동시에 또 그녀의 고난의 구조 문제를 제기해냈다. 이러한 의미에서 '나'와 루 넷째 나리는 모두 샹린 아주머니와 마찬가지로 중요한 인물이다. 샹린 아주머니만 고난을 피동적으로 감당하는 사람이 아니다. 그녀는 시종 자신의 운명에 반항하면서 스스로 자신을 구하고자 시도하지만, 그녀에게는 자신을 구할 힘이 없다. 마지막에 그녀는 자신을 구할 희망을 '학식 있고 도리에 밝은' 지식인 '나'에게 기탁하고, 그가 그녀에게 자신의 정신적인 고통에서 벗어날 길을 가르쳐줄 수 있기를 희망한다. 그러나 '나'는 그녀를 구할 힘이 없다. 전체 소설의 전개 과정 속에서 '나'는 시종 샹린 아주머니를 구하기를 희망하지만 오히려 그녀를 구할 힘이 없는 곤혹, 동요, 방황의 심정 속에 처해 있다. 샹린 아주머니를 속박하면서 그녀의 운명을 결정하는 것은 '내'가 아니라 루 넷째 나리로 대표되는 전체 루전의 이데올로기이다. '나'는 루전의 하늘을 뒤덮은 이러한 이기심, 옹졸함, 보수성, 수구적인 정신적 분위기에 대해 어찌할 방법이 없고 샹린 아주머니의 고난에 대해서도 구할 힘이 없다. 결자해지結者解之라고 하니, 루 넷째 나리만이 샹린 아주머니를 진정으로 구할 수 있다. 그는 루전에서 권위 있고 경제력 있고 '말발 있는' 사람이다. 그러나 그는 오히려 이기적이고 옹졸하고 위선적이다. 그는 아예 샹린 아주머니의 운명 따위에 관심을 기울이지 않는다. 그가 관심을 기울이는 것은 자신의 재산, 권력과 명망일 뿐이다. 권력 있는 사람은 인민을 구할 수 있으나 인민의 고난에 관심을 두지 않는다. 양식良知있는 지식인은 인민의 고난에 관심을 가지나 그들에게는 또 인민을 구할 실제적인 힘이 없다. 인민은 구조를 필요로 하나 그들에게는 자신을 구할 힘이 없고, 양식있는 지식인은 인민의 고난을 동정하나 인민을 구할 길을 찾을 수 없고, 권세 있는 사회 통치자는 인민을 구할 수 있으나 그들이 중시하는 것은 그저 자신의 권력과 지위일 뿐이어서 인민의 고난에 결코 진정으로 관심을 두지 않음을 확인하기란 어렵지 않다. 「축복」이 표현한 것은 바로 중국 사회의 이러한 근본적인 모순이다. 이러한 의미에서 「축복」의 도치서술은 도치서술에만 그치는 것이 아니다. 그 첫 번째 부분은 샹린 아주머니의 비극적인 일생을 이끌어내기 위한 것만이 아니다. 샹린 아주머니의 비극적인 일생은 도리어 이 중심 화면에 대한 필요한 반영이자 묘사이다. 그것은 샹린 아주머니의 일생 경험이자 그녀의 고달픈 일생에 대한 '나'의 관심이자 동정의 표현이기도 하다. 동시에 루 넷째 나리의 이기적이고 옹졸한 심리를 묘사한 것이기도 하다. 그것은 '나'의 심상心像 속에서 드러났다. 사건 자체는 소설 속에서 도치서술 되어 나온 것이지만, 이 심상은 오히려 순차서술 과정에 담긴 정신적 현상이고 '내'가 샹린 아주머니의 사망 소식을 들은 뒤의 심리적 활동이다. 그것은 소설의 끝과 직접 서로 잇닿아 있지만, 시간의 흐름에는 결코 전환 식의 변화를 일으키지 못한다. 소설은 처음부터 끝까지 현재 시제이고, 샹린 아주머니의 일생도 '나'의 현재의 회상일 뿐이다.

「광인일기」의 도치서술도 순수한 의미에서의 도치서술이 아니다.

순수한 '도치서술'은 일종의 서사 전략이다. 그것은 소설의 서사구조의 유기적인 구성 부분이긴 하지만 소설의 의미적 구조의 구성 성분이 아니다. 그러나 「광인일기」는 그렇지 않다. 우리는 종종 소설 속의 '광인'이 미치광이인가 아닌가 하는 문제를 논쟁하곤 한다. 실제로 「광인일기」에 앞부분의 서언序言이 없으면 소설 속의 '광인'은 미치광이가 아니지만, 일단 앞부분의 서언이 있고 보면 소설 속의 '광인'은 곧 미치광이이다. 여기서는 어떠한 각도에서 그에 대해 가치 판단할 것인가 하는 문제이지, 순수하게 그러한가, 아닌가 하는 문제가 아니다. 어떠한 시대의 어떠한 사회반역자이든 그 자기 자신의 의식 속에서는 모두 미치광이가 아니다. 그렇지만 현실 사회의 '선량한 백성'의 의식 속에서는 모두 미치광이이다. 또한 아직 고정된 사회적 입장을 형성하지 못했지만 여전히 사회를 느끼고 이해하는 과정에서 점차 자신의 사회적 관념을 형성한 사람들의 의식 속에서는 모두 그가 미치광이인지 아닌지를 정확하게 판정할 수 없다. '형'이 바로 현실 사회의 '선량한 백성'이라면, 서언 속의 '나余'('나我')는 곧 아직 고정된 사회적 입장을 형성하지 못했지만, 여전히 사회를 느끼고 이해하는 과정에서 자신의 사회적 관념을 형성한 개인이고, 역시 우리가 앞에서 말한 동심童心의 경향을 띠고 있는 사람이다. 「광인일기」 속에서 '광인'은 '형', '나余'와 '광인' 자신 이 세 사람의 의식 속에서의 '광인'이다. 그들은 모두 그를 느끼고 있고 스스로 그를 판단할 권리도 갖고 있다. 물론 소설 속에서 가장 힘을 가진 것은 '광인'의 일기이지만, 일기 자체는 여전히 그의 사회적 면모를 전면적으로 드러내 보일 수 없다. 이 점을 의식해야만 '형'과 '나余'라는 두 시각의 작용이 바로 소홀히 할 수 없는 것이 된다.

이 두 시각은 소설의 서언 속에서만 독립되어 나오지만, 뒷부분의 '일기'가 드러낸 주체는 '광인' 자신의 의식 속의 자아이다. 시간 면에서 보면, '일기'가 쓴 것은 물론 도치서술이지만, 일기에 대한 '나余'의 전시에서는 서언의 서사 시간의 흐름 속의 일부분일 뿐이고, '나余'의 동작과 행위는 이 동작이 더욱 길게 점유한 서사 시간일 뿐이다.

「죽음을 슬퍼하며」의 도치서술도 두 각도에서 파악할 수 있다. 순수한 서사의 각도에서 보면, 쥐안성의 수기는 물론 도치서술의 서사 방식을 사용하긴 했지만, 이 도치서술은 일반적인 도치서술과는 다르다. 그것은 쥐안성과 쯔쥔子君의 사랑이 비극으로 막을 내린 뒤에 이 과정에 대한 쥐안성 자신의 회상이고, 그것의 정감적 색채는 쥐안성의 현재의 정서를 기조로 삼은 것이니, 그 과정이 쥐안성의 현재의 느낌과 인식의 기초 위에서 드러난 것이기 때문이다. 또 이러한 각도에서 보면 그 전체 과정은 모두 쥐안성의 현재의 감정, 정서와 사상, 인식의 표현이고, 그것은 현재 시제이지, 과거 시제가 아니기 때문이다. 여기에서 일어난 것은 여전히 과거, 지금과 미래의 복잡한 결합이지, 과거 사건의 객관적인 술회만이 아니다. 이는 바로 소설가의 창작활동과 같이, 그 사건에 대해 말하자면 그가 묘사한 것은 과거이고, 그 창작에 대해 말하자면 그의 창작은 지금의 행위이다. 이는 그의 현재의 사상과 감정을 표현한 것이다. 「술집에서」는 그야말로 바로 '나'와 뤼웨이푸의 대화 한 편이다. 뤼웨이푸가 더욱 많이 말했다면 '나'는 조금 말했을 뿐이다. 뤼웨이푸가 말한 것은 그의 과거의 경험과 느낌이다. 대화로서 보면 그것은 순차서술일 뿐이다. 뤼웨이푸의 회상으로서 보면 그것은 도치서술이다. 「지신제 연극」의 도치서술과 순차서술은 더욱 소설의 두 갈래의 서로 다른 유기적인 구성 부분이다. 전자는 도시 희극에 대한 느낌을 썼고, 후자는 민중 희극에 대한 느낌을 썼다. 양자가 다만 '나'의 경험 속에서 앞뒤의 구분이 있을 뿐이라면, 의미 면에서는 오히려 공시적인 대조이지, 통시적인 발전이 아니다. 교차서술은 루쉰소설 속에서 더욱 긴밀하게 현재 시제의 순차서술 과정 속으로 구성되어 들어갔다. 「고향」 속에서 만약 '내'가 귀향길에 소년시절의 친구 룬투가 생각났을 뿐이고 결코 구체적인 묘사를 전개하지 않았다면, 그것은 '나'의 심리 묘사일 뿐이므로 도치서술로 인식되지 않을 것이다. 그리고 지금 구체적으로 그에 대한 묘사를 펼쳐야만 그것은 우리에게 교차서술의 표현으로 여겨질 것이다. 실제로 그것은 여전히 '나'의 심리 활동이 전개된 묘사일 뿐이다. 이와 동시에 이 묘사는 전체 소설 속에서 절대로 소설의 메인 채널을 벗어난 보충 설명이 아니라 소설의 주요 구성 부분이다.

아무튼 루쉰소설 속에서 서사 순서는 통일적인 소설의 설계에 중요한 수단이 되었다. 그것은 서사의 편리를 위해서일 뿐 아니라 더욱 소설적 의미의 표현이기도 하기 때문이다. 그것의 전체적 특징은 과거, 지금과 미래를 모두 현재 시제에 집어넣어 표현함으로써 세 가지 시제의 모순 속에서 통일시켰고, 또 통일 속에서 투쟁하는 긴장 관계를 강화했으며, 긴장의 균형감과 균형의 긴장감을 만들어낸 데 있다. 이것이 바로 루쉰소설의 독자적인 매력이다.

7.

서사 시간은 독립적인 시간 개념이다. 나는 그것을 저자와 독자의 감각과 느낌 속의 시간으로 본다.

> 요소의 시간 순서가 우리의 심리 활동 속에서 수행하는 중요한 작용은 특히 강조해서 지적할 필요가 없을 것 같다. 이러한 순서는 공간 순서보다 훨씬 중요한 것 같다. 시간 순서의 전도는 공간 형식의 위아래 전도보다 더욱 크게 한 과정을 왜곡했다. 시간 순서의 전도는 그야말로 다른 새 경험을 형성한다. 그래서 말(파롤 – 역자)과 시사(詩詞) 속의 어휘는 체험된 순서 속에서 재현될 수 있을 뿐이지, 일반적으로 현저히 다른 의미를 지니거나 심지어 조금도 의미 없는 그것들이 그러한 전도 순서 속에서 재현되어 나올 수가 없다.[20]

여기에 이야기 시간story time과 서사 시간(narrative time 혹은 text time – 역자)의 차이가 있다. 루쉰소설 속에서는 실제 이미 일어난 이야기를 현재의 통일된 느낌에 집어넣어 다시 구성하고 또 서술한 것이다. 소설 속의 과거, 지금과 미래의 관념이 이미 현실 생활 속의 사건의 시간 순서와는 근본적인 차이가 생겼고, 그것은 현실 생활 자체가 드러내 보일 수 없는 것을 드러냈다. 이와 동시에 우리는 또 주관적인 시간과 객관적인 시간을 구분해야 한다. 소설 속의 시간은 감각이자 느낌 속

---

20 에른스트 마흐(Ernst Mach), 훙첸(洪謙) · 탕웨(唐鉞) · 량즈쉐(梁志學) 역, 『감각의 분석(*The Analysis of Sensations*)』, 베이징 : 상무인서관, 1986, 189~190쪽.

의 시간이지, 저자와 독자의 영혼 밖에 있는 시간이 아니다.

> 우리에게 의식이 있어야만 어쨌든 시간의 감각이 있게 된다. 그래서 시간 감각은 그처럼 필연적으로 의식과 결합한 유기적인 소모와 서로 연결된 것이고, 우리는 주의력이 만든 성과가 시간이라는 것을 느낄 수 있다. 주의를 기울이면 시간은 우리에게 길게 느껴지고, 느긋하게 일할 때 시간은 우리에게 짧게 느껴진다. 지각이 둔한 상태에서 우리가 우리 주변의 환경을 거의 주의하지 않을 때 시간은 날듯이 지나가버린다. 우리의 주의력이 완전히 바닥났을 때 우리는 잠들 수 있다. 꿈을 꾸지 않는 수면 중에도 시간 감각은 부족하다. 어제와 오늘 사이에 밤새우거나 숙면하거나, 어제는 이성의 유대를 통해 오늘과 연결될 뿐이지, 불변의 공통된 감각에 구애받지 않는다.[21]

다른 모든 문학작품이 그러하듯이 소설은 독자의 현실 생활 속의 시간 감각에 대한 일종의 마비이다. 그것은 시간을 재구성하고 또 독자에게 소설의 서사 시간 속에서 정신적인 느긋함과 즐거움을 느끼게 한다. 나는 이것이 사실은 소설적 예술의 가장 집중적인 구체화라고 생각한다. 예술 속에서 저자와 독자는 주로 이러한 주관적인 시간의 감각을 통해 함께 연결되는 것이다. 저자가 관심을 쏟는 사물에 독자의 관심을 끌 흥미가 없을 때, 독자는 피곤을 느끼고 소설이 엉기적엉기적 지루하다고 느낀다. 또 저자가 관심을 쏟지 않는 사물에 독자가

---

21 에른스트 마흐, 훙첸 · 탕웨 · 량즈쉐 옮김, 『감각의 분석』, 베이징 : 상무인서관, 1986, 193쪽.

강렬한 흥미를 느낄 때, 독자는 뜻을 완전히 전달하지 못했다고 느끼고 소설이 답답하고 재미없다고 느낀다. 소설의 고상함elegant과 저속함vulgar은 어떤 것에서 흥미를 느끼는가 하는 문제이고, 소설의 예술이 똑같은 엄숙한 제재 속에서 독자의 흥미를 불러일으킬 수 있는지 없는지 하는 문제이다. 소설의 예술은 곧 시간의 예술이고, 이 시간의 감각이란 문제가 으뜸가는 중요한 문제이다.

서사 시간은 소설의 저자가 아무것도 없는 상태에서 말(파롤–역자)로 창조해낸 시간이다. 그것은 독자 자신이 처한 현실 환경과 현실 사물에 대한 시간 감각을 마비시킨 뒤에 새로이 만든 것이고, 저자의 서술 활동이 재창조해낸 것이다. 여기서 예술적 수단이 실은 바로 시간을 창조하는 수단이다. 소설의 묘사는 공간적 감각을 시간적 감각으로 바꾸는 것이다. 소설의 서정抒情과 의론議論은 심리적 활동을 시간적 감각으로 바꾼다. 실제 생활 속에서 공간적 환경은 시간을 점유하는 것이 아니고, 심리 활동이 아주 잠깐 동안의 시간을 점유하고 게다가 도약하고 반짝이는 것일 뿐이다. 소설 속에서 그것들은 모두 반드시 말(파롤–역자)의 시간성을 통해야만 표현되어 나오고, 말(파롤–역자)의 시간은 피차 연속적이고 끊어짐이 없는 것이다. 서술한 내용은 현실 생활 속에서 시간도 점유하는 것이므로 시간의 길이가 있지만, 소설 속에서 그것은 이미 행동이 필요한 시간이 아니라 말(파롤–역자)이 필요한 시간이다. 그것은 말(파롤–역자)과 그 시간을 통해 독자에게 실제 활동에 필요한 시간이란 환상을 조성해준다. 이러한 세 가지 다른 예술 수단을 교대로 사용해 저자는 소설의 서사를 하나의 시간 과정으로 구성하고, 하나의 시간 감각 속의 악장을 구성한다. 그 가운데

정지가 있고 움직임이 있고, 느림이 있고 빠름이 있고, 강함이 있고 약함이 있고, 곧장 쏟아짐이 있고 소용돌이가 있고, 연속이 있고 도약이 있어서 소설의 흐름의 미감을 만든다. 우리가 루쉰소설을 회상할 때, 그것들은 한 폭 한 폭의 그림이고, 우리가 느낀 것이 주로 공간감이자 정태靜態 속의 동태動態라면 또 우리가 실제로 루쉰소설을 읽을 때, 그것들은 한 곡 한 곡의 악장이고, 우리가 느낀 것은 주로 시간감이자 동태 속의 정태이다. 모든 우수한 소설 창작이 그러하듯이 루쉰소설은 실제로 시간 속에 구성된 공간의 그림이고, 이러한 공간의 그림은 또 흐름의 미감을 갖고 있다.

> 이 정원은 아마 이 술집 것이 아닐 것이다. 나는 예전에도 여러 번 이 정원을 내려다보곤 했었다. 더러는 눈이 내리는 날도 있었다. 그런데 지금 북쪽 지방의 생활에 익숙한 나의 눈에는 이 정원이 아주 경이로웠다. 오래된 매화나무 몇 그루가 눈을 이겨내며 가지마다 꽃을 피워 한겨울 매운 추위도 모르는 듯했다. 무너진 정자 옆에 서 있는 동백나무 한 그루는 무성한 짙푸른 이파리 사이로 여남은 송이의 빨간 꽃을 드러내고 있었다. 눈에 반사되어 불꽃처럼 빛나는 꽃송이들은 나그네의 먼 곳을 떠도는 마음을 비웃기나 하듯이 분노와 오만을 드러내고 있었다. 이때 문득 이 고장의 눈은 촉촉해서 무엇이고 붙으면 떨어지지 않고 반짝반짝 빛나는 걸 깨달았다. 북쪽 지방의 눈은 바삭바삭해서 바람이 불면 하늘 가득히 연무(煙霧)처럼 어지럽게 휘날리는 것이지만.
>
> —「술집에서」

오래된 매화나무, 동백나무, 쌓인 눈은 모두 공간 속에 공시적으로 존재하는 사물이고, 시각 속에서는 일회성이 드러나는 화면이지만, 소설 속에서 그것들의 드러남은 오히려 통시적인 것이다. 이러한 통시적인 드러남이 동시에 시간적 감각을 조성했다. 화면 이동의 느림과 문장의 늘어짐이 사람에게 느끼게 해주는 것은 시간상의 빠른 변화가 아니라 시간의 늘어짐과 느슨함이다. 그것은 말(파롤-역자)로 시간을 창조해냈다. 이 시간은 '내'가 술집에 들어간 뒤의 최초의 그 기다림의 시간과 서로 대응하는 것이다. 그러나 이 시간은 오히려 실제의 시간이 아니고 이 묘사를 읽는데 필요한 시간도 아니며, 이 단락의 묘사가 우리에게 생기게 한 시간 감각이고, 저자와 독자의 주관적인 느낌 속에 존재하는 시간이다.

서정과 의론은 현실 생활 속에서 사람의 심리 활동이고, 그것은 실제로 극히 짧은 시간만을 점유할 뿐이다. 게다가 그것들은 심리 활동 속에서 종종 무질서한 것이고, 그 시간의 표현은 극히 불안정하고 파악하기 어려운 것이다. 하지만 소설 속에서 그것은 질서를 획득했고 확정적인 시간의 길이를 획득했다. 바꾸어 말하면 그것은 이미 현실 생활 속의 실제 시간이 아니라 저자가 소설 속에서 말(파롤-역자)로 창조해낸 시간이다. 루쉰이 「고향」에서 서술하기도 하고 논의하기도 한 마지막 단락이 차지한 시간은 '내'가 고향을 떠날 때 점유한 실제 시간도 '나'의 심리 활동이 점유한 실제 시간도 아니며, 저자가 재창조해낸 시간이다. 그것의 리듬, 선율, 길이, 세기가 길고 우울한 음악적 감각을 만들어낸 것이다. 그것은 「고향」이란 소설의 전체 악장 속의 일부분이라는 것을 분명히 알 수 있다. 이 부분이 없다면 「고향」이란 소설은 쌓인 진흙 때문에 막힌 강줄기와 같을 테지만, 일단 이 마지막이 생겨서 마치 소설이 말한 사건의 의미가 이 강줄기를 따라 계속 흘러가게 되었고, 게다가 우리가 볼 수 없는 먼 곳으로 흘러간 것 같다. 이는 설령 우리가 가사를 잊어버렸다고 해도 곡조를 흥얼거리기만 하면 심리적인 만족감을 느끼게 해주는 노래와 같은 서사 시간의 작용이다. 「고향」의 마지막 단락에서 서술하기도 하고 논의하기도 한 글이 마찬가지의 효과를 낸 것이다. 바꾸어 말하면 저자가 이 시간을 창조해낸 것과 이 시간을 창조해내지 못한 것은 크게 다른 것이다.

"선생님, 오늘은 기분이 별로 좋지 않으신 것 같습니다."

경상초(庚桑楚)는 노자가 자리에 앉는 것을 보고 그 옆에 가 서서, 팔을 늘어뜨리고 말했다.

"말씀도 적으시고……."

"자네 말이 맞아."

노자는 가볍게 한숨을 쉬고 약간 풀이 죽은 듯 대답했다.

"그런데 자네는 모르고 있군. 내 생각에 나는 떠나야 할 것 같아."

"그건 왜요?"

경상초는 깜짝 놀랐다. 마치 마른하늘에 벼락 맞은 듯했다.

"공구(孔丘)(공자-역자)는 내 말 뜻을 안 게야. 그의 속을 훤히 알고 있는 건 나뿐이라는 걸 알았으니 분명 마음이 편치 않을 게야. 내가 떠나지 않으면 아주 불편해지지……."

"그럼, 그거야말로 같은 길이 아닙니까? 그런데 어찌하여 떠나시려하십니까?"

"아니야."

노자는 손을 흔들었다.

"우리는 역시 같은 길이 아니야. 같은 한 켤레의 신발이라 할지라도 내 것은 모래땅을 밟는 것이고, 그의 것은 조정에 오르는 것이네."

"그렇더라도, 선생님은 어쨌든 그의 스승이십니다!"

"자네는 내 밑에서 그렇게 오랫동안 공부를 하고서도 아직도 우직하구나."

노자는 웃었다.

"이것이 바로 타고난 성(性)을 고칠 수 없고, 정해진 명(命)은 바꿀 수 없다고 하는 것이네. 공구와 자네가 다르다는 것을 자네는 알아야 해. 그는 앞으로 다시 오지 않을 것이며, 다시는 나를 선생이라 부르지도 않을 것일세. 나를 늙은이라고 부를 테지. 뒤에서는 잔재주도 피울 게다."

"전 정말 생각지도 못하였습니다. 하지만 선생님께서는 사람을 보시는 눈이 틀림없으시니……."

"아니야. 처음에는 자주 잘못 보기도 했지."

"그러시다면."

경상초는 잠시 생각했다.

"우리가 그와 함께 한번……."

노자는 다시 웃으며 경상초를 향해 입을 벌렸다.

"보아라. 내 이빨이 아직 있느냐?"

노자가 물었다.

"없습니다."

경상초가 대답했다.

"혀는 아직 있느냐?"

"있습니다."

"알겠느냐?"

"선생님의 말씀은, 단단한 것은 빨리 없어지지만, 연한 것은 남는다는 뜻입니까?"

"그렇다. 자네도 짐을 꾸려 집으로 돌아가 마누라를 만나는 것이 좋을 게야. 다만 그전에 내 푸른 소에 솔질을 좀 해두고, 안장은 햇볕에 말려 두려무나. 내일 아침 일찍 그걸 타고 떠나야겠다."

―「관문을 떠난 이야기」, 『새로 쓴 옛날이야기』

이는 주로 인물 간의 대화이다. 이 대화 과정 자체는 일정한 시간이 필요하다. 그것은 독자가 그것을 읽을 때 필요한 시간과 기본적으로 같다. 그것은 서술적인 것이지 묘사적인 것이 아니다. 그것이 서술한 것은 시간의 발생 과정 속에서 질서 있게 일어난 일이지, 공간 속에서 일회적으로 전개된 것이 아니다. 그러나 설령 이렇다고 해도, 그것은 여전히 저자가 창조해낸 시간이다. 여기서 시간의 창조는 곧 예술의 창조이다. 만약 단지 공자에 대한 노자의 견해를 표현하기 위해서였다면, 소설은 여러 표현 형식이 있을 수 있는 것임을 분명히 알 수 있다. 그것은 개괄해서 소개하는 방식을 쓸 수 있고, 노자의 심리 묘사의 방식을 쓸 수 있고, 간접 인용문의 방식을 쓸 수 있고, 지금의 이러한 대화 방식을 쓸 수도 있다. 대화의 방식을 활용한다고 해도 실은 여러 다른 설계가 있다. 예를 들면 그 가운데 더욱 많은 경물景物, 환경, 인물의 동작과 표정의 묘사를 삽입한다거나, 두 인물 사이의 대화 간격을 서로 연결되지 않는 과정으로 만든다거나, 일부 대화를 생략해서 서사 시간을 더욱 짧게 단축할 수도 있다. 두 사람이 대화하는 방식을 쓸 수도 있고, 여러 사람이 대화하는 방식을 쓸 수도 있다. 이 여러 가지 처리 방식은 사상과 의미 면에서 기본적으로 똑같을 것이다. 그것들 간의 차이는 다만 시간 감각 면에서의 다름이라는 이 점이 있을 뿐이다. 어떠한 다른 표현 방식이든 모두 현재 같은 이러한 시간적 감각을 만들 수는 없다. 그것은 더욱 길지 않으면 더욱 짧다. 더욱 느슨하지 않으면 더욱 빠르다. 더욱 미약하지 않으면 더욱 우렁차다. 더욱 유창하지 않으면 더욱 막힌다. 아무튼 소설의 서술은 말(파롤-역자)의 악장이어야 하는 것이지, 말만은 아니다. 소설 속에서 말은 자신을 위해 곡을 붙여야 한다.

루쉰소설의 격조의 다양성은 큰 정도에서 바로 이러한 음악적 감각 면에서의 다양성이다. 「광인일기」와 「장명등」은 다르다. 「쿵이지」와 「흰빛」은 다르다. 「약」과 「풍파」는 다르다. 「내일」과 「축복」은 다르다. 「비누」와 「가오 선생高老夫子」은 다르다. 「술집에서」와 「고독한 사람」, 「죽음을 슬퍼하며」는 다르다. 「하늘을 땜질한 이야기」와 「검을 벼린 이야기」는 다르다. 「달나라로 도망친 이야기」와 「홍수를 다스린 이야기」는 다르다. 모든 이러한 다름은 사상적 함의의 다름일 뿐 아니라 동시에 음악적 곡조의 다름이기도 하다. 어떤 소설가는 한평생 오직 한 가지 곡조의 소설을 쓴다. 그들은 모든 가사를 한 종류의 악보 아래 모두 집어넣어서 공연하고, 심지어 한 시대의 소설가가 한 종류의 악보를 공동으로 쓰기도 하지만, 루쉰은 이러한 소설가가 아니다. 그는 중국 소설을 위해 새 악보를 창조한 작가이다.

8.

서양의 서사학자는 소설을 확고부동한 구조로 간주하는 것이 아니라, 각종 다른 '약호code'가 엮어낸 네트워크로 간주한다.

> 교정기호학에서 약호란 기호 계통 속에서 시니피앙과 시니피에의 관계를 통제하는 규칙이다. 이른바 기호는 정보의 발신자가 일정한 규칙(약호)에 따라 그가 전달하고자 하는 의미를 어떠한 특정한 정보로 전환시키고, 기호 정보의 수신자가 또 동일한 약호에 따라 이 정보를 그가 접수하고 이해할 수 있는 의미로 전환시키는 것을 가리킨다. 발신자가 하는 일은 부호화(coding 혹은 encoding)라 칭하고, 수신자가 한 일은 해독(decoding)이라 칭한다.[22]

롤랑 바르트는 『S/Z』라는 책에서 약호를 행동의 약호, 의미론적 약호, 해석학적 약호, 상징적 약호, 지시적 약호(문화적 약호라고도 칭한다) 등 다섯 가지로 구분했다. 루쉰소설 속에서 그것들 간의 구분은 아주 곤란하다. 어떤 행동의 약호는 동시에 상징적 약호일 수 있고, 어떤 해석학적 약호는 동시에 지시적 약호일 수도 있다. 독자마다 각기 다른 해독 방식이 있을 수 있으므로 똑같은 기호나 기호 계통이 수신자에 의해 다른 약호로 여겨져서 해독될 가능성이 있다. 여기서 나는 오직 독자, 즉 해독자의 신분으로서 루쉰의 「쿵이지」의 정보를 내가 이해할 수

22 뤄강, 『서사학입문』, 쿤밍 : 윈난인민출판사, 1994, 236쪽.

있는 의미로 전환시키고, 또 그럼으로써 루쉰소설이 다른 시대의 독자가 자신의 방식에 따라 이해하게 되는 비밀을 파헤칠 뿐이다.

「쿵이지」는 '루전의 술집'을 배경으로 삼은 작품이다. 그것은 동시에 이 소설이 창조한 완전무결한 예술 세계이기도 하다. 전체 루전의 인물은 부녀자를 제외하고 모두 이 술집에 올 수 있다. 그곳은 남성사회이다. 중국의 고대사회도 바로 남성사회이다. 내가 현대 중국의 독자로서 잠재의식 속에서 관심을 기울이는 것은 루쉰 시대의 '루전' 같은 작은 고장이 아니고 루전의 이 '술집'은 더더욱 아니다. 그것은 나에게 동시에 현대 도시의 큰 호텔과 큰 술집을 연상시킨다. 규모와 번화함 측면에서 '루전의 술집'은 물론 현대 도시의 큰 호텔이나 큰 술집과 함께 논할 수 없다. 그러나 그것은 파는 사람→상품→사는 사람이란 삼자 관계의 결합 형식인 일종의 약호로서 나의 실제 인생의 느낌과 사회적 느낌을 통해 「쿵이지」라는 소설 속의 '루전의 술집'을 이해하게 되고, 이 술집이 나의 뇌리에서 그 있을 수 있는 의미를 나타내 보이도록 하게 된다. 하지만 내가 '루전의 술집'을 당시 루전 전체 사회의 축소판 형식으로 삼을 때, 나도 당대 사회의 축소판 형식으로서의 현대 도시의 큰 호텔과 큰 술집을 '루전의 술집'의 전환 형식으로 삼을 수 있게 된다. 루전의 술집은 조그만 술집이지만, 현대 도시의 큰 술집과 큰 호텔은 규모가 훨씬 큰 술집이고 호텔이다. 양자의 관련성은 어디에 있는가? 술집과 호텔이란 영리업소로서의 구조 형식에 있다. 루쉰은 「쿵이지」에서 무엇보다 먼저 '루전의 술집'의 '내부배치'를 설명했다. 이 '내부배치'가 곧 그것의 '구조'이다. '루전의 술집을 구성하는 내부배치' 속에서 가장 중요한 작용을 하는 것은 '길 쪽으로 난 기억자형의 큼직한 술청'과 '옆방'의 '벽'이다. 그것들은 모두 '루전의 술집'을 확연히 다른 세 부분으로 나누었다. 하나는 술청 바깥 부분이고, 그곳은 '협수룩한' 손님이 선술을 마시는 장소이다. 두 번째는 술청 안쪽의 끓인 물을 놓아둔 곳이고, 그곳은 술집 경영자인 '주인'과 그의 일꾼들이 활동하는 장소이다. 세 번째는 '점포 안 옆방'이고, 그곳은 '긴 두루마기를 입은' 고객이 앉아서 술을 마시는 장소이다. 이 세 장소에 대한 소설 속에서의 표현은 같지 않다. 소설이 주로 쓴 것은 협수룩한 술꾼들이 선술을 마시는 술청 바깥의 광경이다. 이 부분은 우리가 가장 또렷이 볼 수 있다. 이곳 사람의 활동이나 그들의 언행 표현은 모두 우리 눈앞에서 직접 드러난 것이다. 술청 안과 술청 밖은 같지 않다. 술청 바깥에서 우리는 때로 술파는 사람이 술에 부리는 속임수를 발견할 수 없다. 하지만 우리는 그가 종종 술에 물을 타는 속임수를 쓰리라는 것을 안다. 다만 우리가 쉽게 발견하지 못할 뿐이다. 그 어린 일꾼은 바로 술에 '물을 타는' 수완이 없어 주인의 신임을 얻을 수 없었기 때문에 전적으로 '술을 데우는' 일만 맡을 수 있었다. '점포 안 옆방' 안에서 '긴 두루마기를 입고' 앉아서 술을 마시는 사람들로 말하면 소설 속에서 구체적인 묘사는 없다. 그들은 벽으로 가로막혀서 영원히 우리의 시선 밖에 있다. 우리는 방 안의 배치를 볼 수 없고, 안에 있는 사람이 말하는 소리를 들을 수 없다. 우리는 협수룩한 손님이 왈가왈부하는 소리를 통해서 당연히 긴 두루마기를 입은 고객에 속하는 사람들(예를 들면 딩丁 거인, 허何 어르신)의 아주 사소한 소식을 알 수 있을 뿐이다. 심지어 이러한 소식들의 확실성조차도 증명할 수 없다. 나는 루쉰이 산 그 시대에 살아본 적이 없고 '루전의 술집'도 가본 적이 없지만, '루전의 술집의 내부배치'에 대해서는 결코 낯설지 않다. 현대 도시의 큰 호텔과 큰 술집에도 전체적인 내부배치에서 여전히 이같은 서로 다른 세 종류의 장소가 있기 때문이다. 한 부분은 일반 고객이 출입할 수 있는 곳이고, 또 한 부분은 호텔이나 술집의 관리자와 그의 직원이 활동하는 장소이다. 하지만 대통령 전용 객실과 요인에게 예약된 '객실' 같은 곳을 우리는 들어갈 수 없고 내부의 진실한 상황을 볼 수도 없다. 그것이 우리에게 신비롭고, 상상하거나, 꿰뚫어볼 수 없는 검은 동굴을 남겨 놓았다. 여기에 여전히 유형 혹은 무형의 '기역자 형의 큼직한 술청'이 존재하고 있고, 유형 혹은 무형의 '벽'이 존재하고 있다. '기역자 형의 큼직한 술청'의 특징은 다른 사람을 다른 공간에 격리시키지만, 또 술청을 통해서 당신으로 하여금 그곳과 접촉하게 하고 실제적인 관계를 맺게 할 수 있다는 점이다. 그것의 격리 작용은 반은 가리고 반은 막는 것이다. 하지만 '벽'은 다른 사람을 다른 공간으로 되게 할 뿐 아니라 또 그들을 서로 볼 수 없고 들을 수 없게 하고, 완전히 가리고 완전히 막는 것이다. 이때 우리는 동시에 이것도 우리의 느낌 속의 전체 세상이자 전체 사회의 구조라는 것을 느끼게 된다. 우리의 세상과 우리의 사회에도 이러한 세 군데 다른 세상이 있다. 이 세 군데 다른 세상은 무형의 '기역자 형의 큼직한 술청'과 무형의 '벽'으로 가로막힌 곳이다. 우리가 자유로이 출입할 수 있는 곳에서 사는 사람들은 농민, 노동자, 직원, 시민인 대량의 보통 사회 구성원이다. 나는 그들 가운데서 살고, 가까운 거리에서 그들을 보고 듣고, 그들이 어떻게 사는지, 어떻게 말하고 일을 하는지, 어떻게 자기 주변의 세계를 보는지를 알 수 있다. 내가 그들이 친절하거나 그렇지 않거나 상관없고, 그들이 만족스럽거나 그렇지 않거나 상관없지만, 그러나 그들을 뚜렷하게 볼 수 있고 분명하게 들을 수 있다. 그들은 가리지 않고 막지 않는다. 설령 그들이 가리고 싶다고 해도 가릴 수 없다. 이 세상과 상대하는 것에 또 다른 세상이 있다. 무형의 '기역자 모양의 큼직한 술청' 뒤쪽에 있는 세상이다. 나는 그 세상을 볼 수 있지만, 들어갈 수가 없다. 그곳은 경제의 세상이고 상업의 세상이고 거물들의 세상이다. 그것에 대해 나에게는 명확한 관념이 있다. 바로 그곳이 경제적 이익을 목표로 삼고, 상업적 이윤 다툼을 준칙으로 삼는 데라는 것을 안다. 나는 그것을 이해하긴 하지만, 완전히 신임할 수 없다. 그것이 나에게 파는 상품 속에 가짜를 섞을 수 있고, 내가 그곳에서 사들인 것이 위조품들일지도 모르지만, 나는 오히려 그렇게 높은 식별능력이 없다. 나는 그것이 실제로 어떻게 작동되는지 모르며, 애써 알아내려고 해도 그것의 모든 허점을 발견하기란 영원히 불가능하다. 우리와 그곳은 영원히 서로 의존하면서도 또 서로 머리싸움을 하거나 두뇌게임을 하는 관계에 놓여 있다. 일반 사회 대중과 상인은 아무 때나 관계가 발생하고 있지만, 양자가 완전한 상호 신임을 달성하기란 불가능하다. 이외에 또 우리가 아예 들어갈 수도 없고 실제로 보거나 들을 수 없는 세상이 있다. 나에게 그 세상은 신비한 곳이다. 나는 그 세상 속의 사람이 어떻게 사는지, 어떻게 말하는지, 어떻게 행동하는지, 어떻게 생각하는지를 알지 못할 뿐 아니라 그것에 대해 통일된 온전한 관념도 없다. 그것은 나에게 완전히 폐쇄된 곳으로, 네 벽이 나를 그곳 바깥에 격리되게 했다. 그것의 문을 출입하려면 일정한 자격이 있어야 하지만, 나와 같은 절대 다수의 사람들은 그러한 자격이 없다. 나는 이러한 세상의 존재만 알 뿐이고 이러한 세상을 바깥에서 볼 수 있을 뿐이며, 그곳의 안쪽 상황을 볼 수는 없다. 나도 때로 일반 사람이 왈가왈부하는 소리 속에서 그것에 관한 아주 사소한 소식을 듣지만, 그것도 이 세상에 대한 일반 사람의 상상에 의지하여 전달된 것이고, 그들의 생각이 여과해낸 것이다. 나는 이처럼 아주 사소한 소식에 근거해서 이 세상에 대해 완벽하고 뚜렷한 견해를 형성할 수도, 그 확실성과 신빙성도 판단할 수 없다. 나는 「쿵이지」의 '루전의 술집의 내부배치'에 대한 묘사가 이러한 세상과 사회에 대한 나의 느낌과 특히 들어맞는다고 느꼈다. 아울러 나는 이러한 느낌에 따라서 소설 속의 이러한 약호들을 해독한 것이다. 이때 '루전의 술집의 내부배치', 루전 사회의 구조, 소설의 저자가 산 그 시대의 세상과 중국 사회의 구조, 현대 도시의 큰 호텔과 큰 술집의 내부배치, 우리가 사는 세상과 사회의 구조는 모두 기본적인 형식면에서 동일성이 생겼고, '루전의 술집의 내부배치'에도 각기 다른 해독 방식이 생겼다. 그리하여 우리도 우리가 이해할 수 있는 형식으로 그것에 대해 해독할 수 있게 되었다. 우리의 해독을 통해 소설 속의 '루전의 술집의 내부배치'가 비로소 실제적인 의미와 가치를 새로이 획득하였다.

'루전의 술집의 내부배치'는 이 세 부분이 구성한 것이지만, 이 세 부분 속에서 활동하고 있는 사람은 세 부류의 다른 사람이다. 그 '기역자 형의 큼직한 술청' 뒤쪽의 세상은 '주인'에게 속한 곳이다. 그는 상업적 경영자로서 이윤 추구를 주요 목표로 삼은 사람이다. '옆방 안'에 앉아서 술을 마시는 사람은 '긴 두루마기를 입은' 고객이고, '호화롭고' 권세 있는 사람들이다. '주인'은 권력의 보호가 필요하고 그들의 소비로부터 더욱 많은 이윤을 얻을 필요도 있다. 그들은 술을 청할 뿐 아니라 안주도 청한다. 그래서 그들에 대해 '주인'은 특별히 존중도 하고 특수한 대접도 한다. 그 어린 일꾼은 '꼬락서니가 맹하기' 때문에 이러한 긴 두루마기를 입은 고객을 시중들 자격이 없다. 하지만 술청 밖에 선술을 마시는 사람은 '협수룩한' 손님들이다. 그들은 품을 팔아서 살아가는 '날품팔이꾼'이다. 그들도 소비자이긴 하지만, 소비 수준에 한계가 있다. 어떤 사람은 동전 몇 푼을 털어 술 한 잔만을 사 마시고, 어떤 사람은 한 푼을 더 써서 '삶은 죽순' 아니면 '회향두茴香豆' 한 접시를 사고, 기껏해야 열 푼을 더 써서 '고기 요리' 한 접시를 산다. 그들에 대해 '주인'은 특수한 배려를 하지 않고, 되레 그들의 술에 물을 타려고 한다. 그래서 그들은 '주인'에 대해서 신임하지도 공손하지도 않은 것이다.

> 그들은 황주(黃酒)를 술독에서 뜰 때 가끔 직접 감시를 하고 술병 밑바닥에 물이 있는지 없는지 살피며, 술 데우는 물에 주전자를 넣는 것까지도 직접 보아야만 마음을 놓는다.

술집 주인에 대해 그들은 결코 그렇게 경외하지 않지만, 그들의 대화에서 알아들을 수 있는 것은 딩 거인이나 허 어르신 같은 긴 두루마기를 입은 사람에 대해 그들이 경외하는 마음을 더욱 많이 품고 있다는 점이다. 이 세 부류 사람의 관계 속에서 나는 '긴 두루마기를 입은' 사람은 루전에서 권세 있는 사람이고, 그들은 술집 주인과 협수룩한 손님을 포함한 사람들의 보편적 경외를 얻었음을 느꼈다. '주인'은 장사를 해서 돈을 버는 사람이다. 그의 영업은 긴 두루마기를 입는 사람이 지닌 권세의 보호를 얻어야 하고 긴 두루마기를 입은 사람의 '고소비'도 필요하다. 그래서 그들에 대해 특수한 존중과 배려를 해야 한다. '협수룩한 손님'은 품 팔아서 가족을 먹여 살리고 입에 풀칠하는 사람이다. 그들의 소비는 그러나 수준이 형편없기에, 다만 머릿수가 많아 술집 주인이 소홀히 취급할 수 없을 뿐이다. 긴 두루마기를 입은 사람은 '권력'에 의거하고, 술집 주인은 '돈'에 의거하고, 협수룩한 사람은 '노동'에 의지한다. 그래서 이 세 부류 다른 사람의 관계는 실제로도 권력, 돈과 노동 간의 관계이다. 하여튼 우리의 생활 속에서, 이 세 부류의 사람이 이미 긴 두루마기나 협수룩한 차림새 같은 과거의 기호 형식에 따라서 표시되는 것은 아니지만, 나는 여전히 이 세 부류 사람들의 차이와 관련성을 느낄 수 있다. 현대의 일부 '주인' 앞에서 사람마다 모두 그들의 '고객'이지만, 고객도 '고객' 나름이니, 고객은 자연히 두 부류로 나눠진다. 한 부류가 그들이 반드시 그 보호에 의지해야만 하고 고소비 표준을 가진 사람이라면, 또 한 부류는 소비표준이 형편없을 뿐더러 그 보호에 의존할 필요가 없는 사람이다. '주인'은 앞부분의 고객을 더욱 중요시한다. 그들은 이 부분의 고객의 보호가 없으면 안 되기 때문이다. 그러나 그들도 뒷부분의 손님을 소홀히 할 수 없다. 이 부분의 손님은 사람 수가 많고, 그들의 상업적 이윤의 주요 원천이기 때문이다. 일반 사람은 '주인'을 신임하지 않고 공손하게 대하지도 않는다. '주인'이 설령 부자라고 해도, 결코 각별한 존경은 받지 못한다. 일반 사람이 경외하는 것은 권세 있는 사람이다. 이는 나에게 실제 인물 및 실제적인 사람과 사람의 관계를 가지고 「쿵이지」 속의 이러한 약호들을 해독할 가능성을 갖게 해주었다. 또 내가 이해하고 받아들일 수 있는 의미를 가져다주었다. 나는 내가 아는 많고 많은 사람을 연상하고, 더불어 모든 현실의 사람에 대해 이러한 분류를 할 수 있었다. 그들은 '전형'으로서 더 이상 루쉰 시대의 사람의 전형만이 아니고, 동시에 내 구체적인 느낌 속의 인물의 '전형'이 되었다.

위에서 말한 세 부류의 사람은 세 종류의 다른 세상에서 살고, 그들에게는 나름의 생활 방식과 사유 형식이 있다. 그들은 자기 세상에서 마치 물고기마다 노는 물이 다른 것처럼 특수한 재난만 일어나지 않는다면 적어도 정신적으로 심각한 고통은 없을 것이다. 긴 두루마기를 입은 사람은 사람들의 보편적인 경외를 얻고, 게다가 실제적인 권력이 있어서 자신의 권위를 유지할 수 있다. 쿵이지는 딩 거인 집의 물건을 훔쳤고, 딩 거인에게 두들겨 맞아 다리가 부러졌다. 협수룩한 손님이건 술집 주인이건 간에 모두 어떠한 다른 의견을 제기할 수 없었다. 이는 그들의 권력이고 루전 사회의 관례이기 때문이다. 그들은 '교양'이 있다. 게다가 이 '교양'이 '돈'과 '권력'을 손에 쥐게 했고, 그들의 '교양'의 실제 가치를 실현시켰으며, 정신적으로도 기본적인 만족을 얻게 했다. '주인'은 술을 팔아 돈을 번다. 긴 두루마기를 입은 고객에 대한 그의 특수한 대접은 영업적인 필요에 의한 것이고, 협수룩한 손님의 술에 물을 타는 것도 영업적인 필요이다. 경영의 원칙에 따라 경영의 이윤을 취하기에 정신적으로 무슨 심각한 불안감도 없다. '협수룩한 손님'은 품을 팔아 생계를 유지한다. 그들은 자신의 노동력으로 생활 자원을 얻고, '부지런히 일'하고 '절약'하는 것에 의거한다. 설령 권세 없고 많은 돈이 없다고 해도, 그들은 권력과의 충돌을 가능한 한 피할 수 있고, 분수에 맞지 아니한 물질을 누리려는 욕망도 없다. 그들에게 이러한 생활 방식이 있어야만 또 계속 유지해갈 수 있다. 그들에게 정신적으로 이겨낼 수 없는 고통이란 없다. 루전에서 '쿵이지'만이 자신에게 속한 세상이 없는 것 같다.

> 쿵이지는 선술 먹는 축으로선 긴 두루마기를 입고 있는 단 한 사람이었다.

'긴 두루마기를 입은 사람'은 '교양 있는' 사람의 표지이지만, "술청 옆방에서 술타령에 요리타령을 하며 느긋하니 마냥 앉아서 마실 수 있는" 고객에게서 '교양'은 '권력'과 '돈'과 함께 결합되어 있다. '교양'이 '권력'과 '돈'과 함께 결합할 때 '교양'은 신성한 성질을 갖는 것 같고, 그것은 남의 존중과 경외와 온 사회 사람의 숭배를 받는다. 그렇다면 온 사회의 사람이 존중하고 경외하고 숭배하는 것은 무엇인가? '교양'인가? 아니면 '권력'과 '돈'인가? 그러한 삼위일체의 형식 속에서 사람이 직접적으로 느끼기는 어려울 것이다. 오직 쿵이지에게 가야만, '교양'이 비로소 '교양', '권력', '돈'의 삼위일체 형식 속에서 떨어져 나와 '교양'은 적나라한 '교양'이 된다. 이러한 '교양'이라야 중국 사회에서 존중되고 경외를 받고 숭배되는가? 천만에다! 그렇다면 '긴 두루마기를 입은' 사람에 대해 사회가 존중하고 경외하고 숭배하는 것은 무엇인가? '권력'과 '돈'이지, '교양'이 아닌 것이다! '교양'은 중국 사회에서 유가 증권일 뿐이고, 이 유가 증권을 가지면 '권력'과 '돈'을 받을 수 있지만, 일단 그것에 '권력'과 '돈'을 받을 기능이 없어지면 그것은 전혀 쓸모없게 된다. 그래서 쿵이지의 '긴 두루마기'는 그러한 긴 두루마기를 입은 고객의 '긴 두루마기'와는 전혀 다른 것이다.

> 걸친 것이 긴 두루마기라곤 하나, 땟국에 절고 너덜거리는 것이 적어도 십 년 정도는 꿰매지도 빨지도 않은 듯싶었다.

그것에 돈과 권력의 무게가 없으면 위엄도 없고 호화로움도 없다. 긴 두루마기를 입은 사람이 중요시하는 것은 위엄과 권세이고, 술집 주인이 중요시하는 것은 돈이며, 헙수룩한 손님이 중요시하는 것은 노동인 반면, 쿵이지가 중요시하는 것은 '담론discourse'이다. 만약 '긴 두루마기'가 그의 교양의 상징이라고 한다면, 그의 '담론' 형식은 곧 그의 '교양'의 과시이다.

> 그가 말끝마다 지호자야(之乎者也)를 달고 다니는 통에 사람들을 긴가민가하게 만들었다.

"땟국에 절고 너덜거리는 긴 두루마기"와 말끝마다 달고 다니는 "지호자야"야말로 '교양'이다. 이러한 '교양'은 긴 두루마기를 입은 고객의 '교양'과 차이가 없다. 다만 더 이상 '권력', '돈'과 서로 결합하지 못할 뿐이다. 그것들은 단지 쿵이지의 느낌 속에서만 여전히 그 존재의 가치를 갖고 그의 영혼을 따뜻하게 하는 유일한 것일 뿐이다. 그러나 주변의 모든 사람의 눈에 그것들은 전혀 의미 없는 것이다. 주변의 사람은 '권력'과 '돈'의 실제 용도를 느낄 수 있지만, '교양'의 용도를 느낄 수 없기 때문이다. '앉아서 술을 마시는 긴 두루마기를 입은 고객—선술을 마시면서 긴 두루마기를 입은 쿵이지—선술을 마시는 협수룩한 손님'이란 루전 술집의 고객 서열 속에서 쿵이지는 '단 한 사람'이자 남과 어울리지 못하는 사람이다. 그런 까닭에 그 자신의 독립적인 공간도 없고, 사회에서 인정받은 확정된 신분도 없다. 그의 자아의식으로 말하면, 그는 술청 옆방에서 느긋하니 마냥 앉아서 술을 마시는 긴 두루마기를 입은 고객에 속하지만, 그의 실제적인 처지에서는 오히려 협수룩한 손님들에 속한다. 하지만 협수룩한 손님들 속에서 그는 또 긴 두루마기를 입은 사람이자 "지호자야"를 말끝마다 달고 다니는 '우물尤物'이다. 과거에 우리는 쿵이지를 과거제도의 해독害毒을 입은 지식인으로 간주했다. 이는 물론 해독decoding 방식이긴 하지만, 이러한 사람은 우리의 시대에는 이미 사라져버렸다. 이러한 부호화 형식을 통해서 나는 이미 쿵이지를 내 느낌 속으로 부호화 해 넣을 수 없고, 그를 내 정감 세계 속에 한 자리를 차지하게 할 수 없다. 그러나 그의 말끝마다 읊는 "지호자야"라는 담론 형식에 대해 나는 역으로 여전히 언제 어디서나 그것의 대응물을 찾을 수 있다. 예를 들면 내가 지금 이 글에서 사용한 '서사, 서사 방식, 환유, 은유, 시각, 제1인칭, 제3인칭, 도치서술, 교차서술' 따위의 어휘가 바로 우리 시대의 "지호자야"들이다. 그것들에 대해 대다수의 사회대중은 "긴가민가한" 것이다. 그것은 권력 담론의 패권 성질을 갖고 있지 않고, 경제 담론의 실리성도 없지만, 또 아주 엄숙해 보여 사회 대중이 들으면 아주 우스꽝스러운 것이다. 그러나 우리는 이러한 언어(랑그-역자) 형식에 연연한다.

이러한 언어(랑그-역자) 형식을 버리면 우리 같은 지식인들은 의지할 게 사라지고 자신의 특수성도 사라지게 된다. 쿵이지는 도대체 지식이 있는가? 그는 '회茴'자를 쓰는 방법이 네 가지 있는 줄 안다. '회'자에 진짜 쓰는 방법이 네 가지 있는가? '회'자에 쓰는 방법이 네 가지 있는 줄 아는 것과 그것에 쓰는 방법 네 가지가 있는 줄 모르는 것은 어떤 차이가 있는가? 이는 쿵이지 자신만이 알 수 있을지 모른다. 다른 사람은 그의 해석을 듣고 싶어 하지도 그의 해석이 필요하지도 않고, 물론 알 길도 없다. 이는 바로 우리가 루쉰소설에 '사회학적 연구 방법', '역사학적 연구 방법', '심리학적 연구 방법'이 있고, 지금은 또 무슨 '서사학적 연구 방법'이 생겼다고 말하는 것과 같다. 하지만 이는 단지 우리 자신이 만들어낸 구별들일 뿐이다. 루쉰소설에 아예 관심을 두지 않는 수많은 사회 대중의 관점에서 말하면, 루쉰소설에 이러한 네 가지 아니면 훨씬 더 많은 연구 방법이 있는지, 아니면 이 네 가지 연구 방법이 생긴 것과 이 네 가지 연구 방법이 없는 것에 무슨 차이가 있는지는 모두 전혀 의미가 없다. 우리가 다른 사람에게 억지로 이러한 것들을 말해주려고 하면, 다른 사람은 대단히 우스꽝스러움을 느낄 것이다. 우리는 언제나 우리의 이러한 담론 형식을 아주 소중히 여긴다. 그것들이 사라지면 우리의 존재가 사라지고, 우리의 존재적 가치가 사라지며, 우리의 자아의식의 형식도 사라지겠지만, 다른 사람의 눈에 이는 우스꽝스러운 것이다. 우리가 그것을 소중히 여길수록 우리는 더욱 우스꽝스러움을 드러낼 것이다. 이로부터 나는 나를 비롯해서 나와 비슷한 중국의 지식인들이 모두 쿵이지를 닮았다고 느낀다. 우리도 '긴 두루마기'를 입으면 '벼슬아치' 같고 '부자' 같겠지만, 우리의 '긴 두루마기'는 오히려 '땟국에 절고 너덜거리고' '호화로움'도 없고 점잖지도 않은지라, 아주 우스꽝스러움을 드러낸다. 중국 사회에서 우리에게는 자신의 확정적인 '신분'이 없다. 때로 우리는 '부르주아'로 분류되고 '부르주아 지식인'이나 '프티부르주아 지식인'으로 불린다. 때로 우리는 '프롤레타리아'로 분류되고 '프롤레타리아 지식인'으로 불린다. 그러나 어느 계급으로 분류되든지 간에 우리 모두는 아닌 것 같다. '부르주아' 가운데서 우리에게는 그렇게 많은 돈이 없다. '프롤레타리아' 가운데서 우리는 그렇게 단순하지 않다. 다른 사람은 우리를 대할 때 '프롤레타리아'를 대할 때처럼 그렇게 마음을 놓지 못한다. 이 세 가지 세상에 각기 자신의 가치관과 가치 표준이 있지만, 우리 중국의 지식인은 어느 세상에서도 자신에게 적절한 위치를 찾을 수 없다. 우리의 가치관과 가치 표준은 이 세 가지 세상에서 승인과 이해를 얻을 수 없기 때문이다.

중국에서 지식인은 전통적으로 권력의 세상, 돈의 세상 그리고 노동의 세상 가운데서 모두 자신의 위치를 찾을 수 없고 자신의 '신분'을 찾을 수 없었다. 그러나 그도 살아야 한다. 게다가 오직 '교양'에 기대서만 살 수 있다. '긴 두루마기'는 교양의 상징이고 '지호자야'는 교양의 과시일 뿐, 또 모두 '교양' 자체가 아니다. 그런 까닭에 실제적인 용도도 없고 사회에서 그럭저럭 뒤섞여서 밥을 먹을 수도 없다. '교양'에는 여러 종류의 용도가 있다. 그것은 권력을 쥐고 권력을 사용할 수 있지만, 이 방면에서 권세 있는 사람들은 쿵이지보다 더 경험 있고 '교양'이 있어서 쿵이지의 도움이 필요 없다. 또 '교양'이 있으니 장부를 적고 계산하고 영업활동에 종사할 수 있다. 그러나 주인들 자신도 '교양' 있고 장부를 적고 계산할 수도 있으니 쿵이지의 봉사가 필요 없다. 그런가 하면 그러한 협수룩한 손님은 교양이 필요 없는 것이다. 쿵이지의 '교양'도 그저 글자를 '알고' '쓰는' 일만 남았다.

> 다행히 글줄이나 아는 덕에 남들에게 책을 베껴 주고 입에 풀칠을 할 수는 있었다.

'책을 베껴 쓰기'야말로 쿵이지가 할 수 있는 유일한 역할이다. 나는 언제나 우리 같은 '지식인'이라 불리는 중국의 지식인이 지금까지 한 일이 여전히 주로 '책을 베껴 쓴' 일이었다고 생각한다. 우리의 노동대중은 우리 같은 지식인의 '지식'이 필요 없다. 우리가 하는 일은 도대체 무슨 일인가? '책을 베껴 쓰는' 일이다. 고대의 책을 반복해서 베껴 써왔고, 외국의 책을 끊임없이 베껴서 들여왔다. 우리는 이 '베껴 쓰는' 일을 하는 중에 '입에 풀칠을 했다.' 과거에 나는 언제나 루전 사람들이 말하는 대로 쿵이지가 '술타령에 게으름뱅이'인지라 도둑질을 하기에 이르렀다는 것을 믿었다. 지금 나는 이 문제가 결코 그렇게 간단하지 않은 것 같은 생각이 들기 시작했다.

> 그는 우리 술집에서는 다른 이들보다 품행이 훨씬 점잖아서 외상값을 한 번도 미룬 적이 없었다. 간혹 돈이 없으면 잠시 칠판에 달아두긴 했지만 한 달도 안 돼서 반드시 갚고 칠판에 쿵이지란 이름을 지워버리는 거였다.

왜 그는 술집에서는 이처럼 신용에 신경 쓰면서 자기 주인에 대해서는 오히려 신용에 신경 쓰지 않는가? 여기에 아마 더욱 은밀한 심리적 동기가 있을 것이다. 요컨대 쿵이지는 그처럼 권세 있는 사람들 앞에서 심리적 불편함을 느꼈을 것이다. 그들은 모두 '독서인'고 '교양'이 있다. 하지만 권세 있는 사람들은 '사람 위의 사람'이 되었지만, 그만 홀로 '사람 아래 사람'이 되었다. 그들은 '사람 위의 사람'이 됐으니 실제로 '교양'이 이미 필요 없다. '돈'이 생기고 '권력'이 생기면 그들에게 모든 것이 생긴 것이다. '교양'은 그들에게 단지 구색을 맞추는 것일 뿐이다. 진정으로 '교양'이 필요한 사람은 쿵이지이다. 그러나 '교양'이 필요 없는 사람은 오히려 교양의 권력을 가졌고, 사회에서 가장 '교양' 있는 사람으로 생각된다. 하지만 '교양'이 필요한 쿵이지는 오히려 교양의 권력이 없고 사회에서 '교양' 없는 멍청이로 여겨져서 여기저기에서 조롱당한다. 게다가 어떻게 해명하든지 간에 분명하게 해명할 수도 없었다. '책, 종이, 붓, 벼루'란 '교양'의 도구이다. 그러한 '사람 위의 사람'은 실제 교양의 도구가 필요 없다. 그들은 이러한 것들에 기대어 살아가지 않고 그것들에 기대어 위엄을 부리지 않는다. 이러한 것들은 그들 집안의 장식품일 뿐이지만, 그들에게는 오히려 '책, 종이, 붓, 벼루'가 있다. 쿵이지는 '책, 종이, 붓, 벼루'가 필요한 사람이고 이러한 것들에 의존해 살아가는 사람이지만, 그에게는 이런 것들이 없다. 쿵이지는 속으로 아마 이 모든 것이 실제로 자신의 것이어야만 한다고 생각했을 것이다. 그래서 그가 이러한 것들을 도둑질하면 좋은 결과가 있을 수 없음을 앎에도 불구하고, 또 참지 못하고 도둑질하려고 했을 것이다. 나는 반평생 동안 살아오면서 중국 지식인은 상업계 거물을 업신여기지만, 오히려 그들과 실제적인 갈등이 생길 수 없음을 발견했다. 상업 관계 속에서 중국 지식인은 신용을 굳건히 지키는 사람이다. 하지만 노동계급의 사람은 상업계 거물에 대해 의외로 본능적인 증오심을 품고 종종 상인의 돈을 착복하곤 한다. 중국 지식인은 담이 작고 나약하고 사려 깊고 눈치가 있다. 그러나 종종 자신의 머리로 권력의 철벽을 친다. 사람들이 믿기 어려운 멍청한 짓을 저지르는 것이다. 쿵이지가 술집 주인의 것을 도둑질하지 않고 허 어르신과 딩 거인의 것을 도둑질하는 데는 더욱 심층적인 심리적 이유가 있음을 충분히 알 수 있다. 그 실질적인 의미는 권력에 대해 격렬한 투쟁을 벌이고 사회적 권위에 대해 격렬한 투쟁을 벌이는 것이다. 아마도 바로 이러한 이유로 인해 허 어르신과 딩 거인이 쿵이지를 그토록 잔인하고 포악하게 대했을 것이다. 허 어르신과 딩 거인에게 '책, 종이, 붓, 벼루'가 꼭 그렇게 중요했다고는 할 수 없다. 그들이 아깝게 여기는 것은 절대 요 정도의 '재산'이 아니다. 그들이 분개하는 것은 그들의 권위적 지위에 대한 쿵이지의 멸시이고, 쿵이지가 말로 할 수 없는 내심의 그러한 은밀한 염원이다. 그러나 쿵이지의 이러한 은밀한 심리적 염원을 헙수룩한 손님들로서는 이해할 리 없다. 그들이 아는 것은 단지 쿵이지의 '도둑질'이고, '도둑질'은 아무튼 나쁜 짓이고 처벌을 받는 게 당연할 뿐이다. '도둑질' 자체에 대해서는 그들도 어느 정도 이해하긴 하지만, 그들이 이해할 수 없는 것은 쿵이지가 왜 권력자의 것을 '도둑질'하지 않으면 안 되었는가 하는 점이다. 이는 그들이 보기에 아주 어리석고 멍청한 짓이다. '도둑질'의 원칙은 바로 처벌을 피하고 정상적인 상황에서 획득할 수 없는 경제적 이익을 얻는 것이다. 그런데 쿵이지가 한 짓은 오히려 더욱 무거운 처벌만 불러올 뿐이고 경제적 이익을 얻을 수 없는 행동이다. 이는 아주 멍청한 짓이 아닌가?

> 이번엔 제 깐에 정신이 확 한 모양이야. 딩(丁) 거인 댁에 도둑질하러 들어가다니 말야. 그 댁 물건이라니, 어디 가당키나 해?

쿵이지가 이러한 '도둑질' 형식으로 행한 정감적인 배설이 얻은 것은 단지 내심의 약간 은밀한 심리적 만족일 뿐이지만, 주변 사회 대중의 관점에서 보면, 오히려 그가 실패에서 실패로 나아가는 치욕스러운 역사일 수밖에 없다.

> 주름진 얼굴에는 상처자국이 끊이질 않았다…….
> "쿵이지, 자네 얼굴엔 또 새로 상처가 늘었군."

'도둑질'에서 '몽둥이질'로, '몽둥이질'에서 '상처'로, '상처'에서 몸과 얼굴에 남은 '상흔'과 '흉터'는 자연스러운 발전 과정이다. 이 과정도 많은 지식인이 경험해본 것이다. 우리는 지금 종종 중국 지식인을 너무 엄숙하고 위대하게, 마치 그들이 모두 어떠한 사회의 커다란 목표와 이상을 추구하고 있기나 한 것처럼 생각하지만, 나의 관찰에 의하면 실제로 대다수의 중국 지식인에게 그렇게 명확한 목적이나 웅대한 포부나 이성적인 사고 따위는 없다. 그들은 실제로 스스로 떠벌린 사회적 목표를 실현시킬 행동 강령은 물론 능력도 없다. 어떤 이는 겨우 심리적인 약간의 불균형과 불만족 때문에, 그들이 이러한 불균형과 불만족을 꾹 참을 수 없을 때, 평범한 사람이 할 수 없는 일을 하고, 평범한 사람이 말할 수 없는 말을 하고, 사회의 '판에 박힌 틀'을 위반할 수 있다. 그들 자신도 이것이 사회의 판에 박힌 틀에 부합하지 않고, 단지 자신의 본능적인 충동을 꾹 참을 수 없었을 뿐임을 안다. 그래서 그들 자신조차도 이것이 사회의 공중도덕을 위반한 것이고, 욕된 행동이고, '도둑질'임을 부인할 수 없다. 그러나 쿵이지는 어떠한 실제적인 힘이 없는 사람이다. 그가 '도둑질'로 인해 처벌을 받을 때, 그가 할 만한 일은 하나도 없고, 그의 실패도 필연적인 귀결이었다. 중국 지식인도 그렇지 않을까? 그들은 언제나 본능적으로 시대착오적인 말을 하고 시대착오적인 사상을 형성하고 심지어 시대착오적인 일을 할 수 있다. 게다가 언제나 사회적 권위에 도전하는 맛을 띠기도 하지만 그들은 사회의 권력 구조와 경제 구조에서 벗어나 있는 것이고, 어떤 실제적인 힘이라곤 없는 것이다. 일단 사회적 권위에 의해 사회의 심판대로 보내지고, 그들이 속수무책이 되면, 할 수 없이 사회의 처벌을 받아들이게 된다. 게다가 자신을 위해 변명할 이유마저도 없다. '도둑질' 때문에 맞고, 맞았기 때문에 다쳤다. 그래서 대다수 중국 지식인의 얼굴에는 언제나 이러한 '맞은' 상처와 흉터가 남았다. 내가 유명한 시인 뉴한牛漢 선생을 처음 만났을 때, 나에게 무엇보다 먼저 떠오른 생각은 '그는 예전에 후펑胡風의 무리였다'라는 점이다. 내가 유명한 문학평론가 천융 선생을 처음 만났을 때, 나에게 무엇보다 먼저 떠오른 생각은 '그는 예전에 우파분자였다'는 점이다. 내가 나의 스승 리허린 선생을 처음 만났을 때, 나에게 무엇보다 먼저 떠오른 생각은 '그는 인성론人性論 때문에 비판 받았다'라는 점이었다. 이러한 것들은 모두 지나간 사실이지만, 오히려 '흉터'처럼 그들의 몸에 얼굴에 붙어있었고 그들의 특징과 꼬리표가 되었다.

쿵이지는 권력 세계, 경제 세계, 노동 세계에서 모두 동정과 이해를 얻을 수 없었고, 정신적인 위로도 얻을 수 없었다. 오직 아동만이 그에 대해 정신적인 억압을 가할 수 없었다. 그래서 그는 아동에게 특수한 감정을 지니고 있었다. 이것도 인간성의 필연이다. 무릇 현실 사회에서 이해와 동정을 얻을 수 없는 사람은 필연적으로 미래에 희망을 걸기 마련이다. 그런가 하면 무릇 스스로 무력해서 현실 사회에 대해 아무런 일도 할 수 없다고 느끼는 사람은 필연적으로 미래를 위해 일하기를 희망하기 마련이다. 미래를 구현하는 것이 바로 아동이다.

> 쿵이지는 저들과는 말이 안 통한다는 걸 알기에 할 수 없이 아이들에게 말을 걸었다.

그러나 어른의 세계에서 존중을 받을 수 없는 사람이 그래 아동의 존중을 받을 수 있다는 말인가? 현실 세계에 대해 아무런 힘이 없는 사람이 미래 사회의 발전에 영향을 끼칠 수 있을까? 이는 이치에 닿지 않는 소리다. 이는 쿵이지 같은 중국 지식인이 스스로 만든 환상일 뿐이다. 쿵이지는 술집의 어린 일꾼에게 글자를 가르쳐주었다. 술집의 어린 일꾼은 속으로 쿵이지를 업신여겼고 그가 자신을 가르칠 권력과 능력이 있다고 생각하지도 않았다. 루전 같은 세계에서 아동은 자신이 '긴 두루마기를 입은' 사람이나 술집 주인이 되기를 희망하거나 아니면 어떤 사람이 될 것인가 하는 생각을 전혀 해본 적이 없을 수도 있지만, 절대 쿵이지 같이 곤궁한 사람이 되기를 희망할 리는 없기 때문이다. 그들은 본능적으로 앞의 두 부류 사람의 모습에 따라 자신을 만들지 쿵이지의 모습을 따라 자신을 만드는 것이 아니다. 그들이 쿵이지가 그들을 자신이 되고 싶은 그런 사람으로 만들 수 있다고 믿을 리도 없다. 쿵이지 자신이 그런 사람이 될 리 없기 때문이다. '글자를 쓰는 것'은 아동을 쿵이지 옆으로 끌어 모을 수 없었고, 쿵이지는 회향두를 집어 그들에게 먹으라고 준다. 이때는 아동을 끌어 모았지만, 그는 오히려 아동들의 그러한 필요를 더 많이 만족시킬 수 없다. 그의 경제적 수입은 자신의 필요조차도 만족시킬 수 없기 때문이다. 아동들의 필요를 만족시킬 무슨 여유가 또 있겠는가?

없어, 없다니까! 많은가? 많지 않도다.

이로부터 나는 나 자신을 생각했고, 나와 비슷한 중국 지식인을 생각했다. 어른의 세계에서, 권력 세계는 우리에게 자신의 보잘것없음을 느끼게 하고, 경제 세계는 우리에게 자신의 초라함을 느끼게 하며, 노동 세계는 우리에게 자신의 외로움을 느끼게 한다. 오직 어른 사회에 아직 들어가지 않은 청년과 아동만이 우리에게 정신적 물질적 상처를 만들 줄 모른다. 그래서 중국 지식인은 본능적으로 아동과 청년과 친하다. 그러나 아동과 청년이 우리와 친할 수 있을까? 아닐 것이다! 그들에게 필요한 것은 행복한 앞날이고, 우리 같은 사람이 되기를 원할 리 없기 때문이다. 우리가 그들과 친해지는 방식에는 주로 두 가지가 있다. 지식의 주입과 경제적 도움이다. 그러나 '지식'이 결코 우리의 인생과 운명을 바꾸지 못했다. 그들은 우리의 이른바 '지식'에 대해 본능적으로 다소 의심한다. '경제'는 똑같이 우리에게도 부족한 것이다. 그들이 진짜 우리에게 경제적 도움을 구할 때 우리는 두려움과 초조함을 느낀다.

> 아이들은 콩을 먹고 나서도 흩어지지 않고 접시를 빤히 쳐다보았다. 그러면 쿵이지는 허둥지둥 다섯 손가락으로 접시를 덮고 허리를 굽히며 말했다. "이젠 없어, 얼마 남지 않았단 말야."

쿵이지의 '도둑질'이 사회적 권위에 도전하는 은밀한 심리에서 나온 이상, 필연적으로 다음과 같은 발전 추세도 드러내게 될 것이다. 이를테면 그가 더욱 깊은 비극적인 처지에 떨어질수록 그의 심리도 균형을 잃는다. 또 그의 심리가 균형을 잃을수록 그는 더욱 높은 사회적 권위에 도전하려고 한다. 이것도 인간성의 필연이다. 조그만 일에 불만을 품고 함부로 욕하는 사람은 궁지에 몰리면 닥치는 대로 욕설을 퍼부어 댈 것이다. 이는 사람이 내면 의식 속에서 심리적 평형을 찾는 방식의 하나이다. 황제를 반대하는 사람은 황제와 평등하다고 느낄 것이고, 벼슬아치를 반대하는 사람은 벼슬아치와 평등하다고 느낄 것이다. 그러나 이러한 평등은 심리적인 것이지, 실제적인 것이 아니다. 실제로 불평등 지위의 차이가 클수록 이러한 균형을 찾는 방법이 더욱 참담한 실패에 부딪칠 것이다. 딩 거인은 루전 사회에서 가장 권세 있는 사람으로서 루전 사람의 최고 권위이다. 쿵이지가 바로 가장 곤궁

할 때, 딩 거인의 집으로 도둑질하러 갔고, 그 결과 딩 거인의 하인에게 오밤중까지 몽둥이질을 당하고는 그것도 모자라 다리도 분질러졌다. 그때부터 그의 생계는 더욱 힘들어졌다.

> 그의 얼굴은 시커먼 데다 수척해진 것이 도저히 사람의 몰골이라 하기 어려웠다. 너덜거리는 겹옷을 걸치고 두 다리를 도사리고는 바닥에 거적을 깔고 새끼줄로 그걸 어깨에 둘러메고 있었다.

이러한 지식인을 나는 사회에서 늘 만났다. 그런 후펑 무리로 간주된 사람들, 그런 '우파'로 구분된 사람들, 그런 '문화대혁명文化大革命' 때 부르주아 학술권위로 정해진 사람들은 자신의 인생길에서 이미 자신의 다리로 길을 갈 수 없어서 자신의 손으로 자신의 몸을 끌면서 한 걸음 한 걸음 힘들게 기어갔다. 그들의 생명의 다리는 맞아서 부러졌다…….

쿵이지가 루전에서 사라진 것처럼 그들은 사회에서 사라졌지만, 사회는 여전히 존재한다. 권력 세계는 도전자 한 사람이 줄었고, 경제 세계는 소비자 한 사람이 줄었고, 노동 세계는 웃음거리 한 가지가 줄었다.

나 자신의 이러한 해독decoding 방식을 통해서 「쿵이지」와 나와 내가 사는 세계에 비로소 유기적인 관련성이 생겼고, 그것이 나의 감정과 정서를 자아내는 텍스트가 됐다. 물론 이는 유일한 해독 방식이 결코 아니다. 독자마다 다른 방식을 사용할 수 있는 까닭에, 「쿵이지」는 그들의 느낌 속에서 다른 색조와 함의를 담을 수도 있다. 그러나 양쪽이 서로 얼마나 다른지를 막론하고, 루전-루전의 술집, 기역자 형의 술청–옆방의 '벽', 기역자 형의 술청 앞–기역자 형의 술청 뒤–옆방, '주인–술, 회향두, 고기 요리–고객', 주인–어린 일꾼–고객, 긴 두루마기 입은 고객–쿵이지–협수룩한 손님, 손님–웃음–쿵이지, '쿵이지–책 베끼기–허 어르신, 딩 거인', '도둑질–몽둥이질–상처, 흉터', 쿵이지–글자 쓰기–어린 일꾼, 쿵이지–회향두–아동, '몽둥이질로 다리를 부러뜨리다–거적, 새끼줄–죽음' 등 소설 속에 등장하는 이 모든 사물과 과정은 모두 약호로서 존재할 뿐이다. 이러한 약호는 독자의 해독 속에서 비로소 자신의 의미를 다시금 드러낸 것이다. 루쉰소설의 심오함은 루쉰이 그것을 어떠한 주제로 규정했는가 하는 데에 있는 것이 아니라 그가 독자에게 유달리 드넓고도 폭넓은 상상의 공간을 열어놓은 데 있다. 그것은 지극히 풍부하여 심지어는 루쉰 자신도 경험하지 못한 인생 경험과 체험까지도 포함될 수 있을 것이다.

『외침』과 『방황』의 문학성 분석

1.

『외침吶喊』과 『방황彷徨』의 연구는 전체 루쉰연구와 전체 중국 현대문학 연구 속에서 가장 성취가 높은 부분이다. 1919년 11월 1일 『신청년新青年』 제6권 제6호에 우위吳虞의 「식인과 예교吃人與禮教」라는 글이 발표된 뒤로부터 중국 내외의 루쉰연구학자와 기타 각계 인사들이 『외침』과 『방황』 및 그 안에 수록된 여러 소설에 대해 다방면에서 치밀하고도 심오하게 연구해서 헤아리기 어려울 만큼 많은 글을 발표하고 다량의 논저를 출판했다. 그러나 『외침』과 『방황』의 독립적 특징에 대해, 저자의 주관적인 창작 의도와 작품의 객관적인 사회적 효과 및 사상과 예술, 내용과 형식의 내적인 유기적 관계 속에서 어떻게 계통적 통일적으로 일이관지하게 파악을 할 것인가 하는 것은 지금까지 여전히 흡족한 답을 얻지 못한 과제로 남아 있다. 20세기 1950년대부터 중국에서는 중국 사회 각 계급의 정치적 태도에 대한 마오쩌둥毛澤東의 분석을 표준으로 삼고, 『외침』과 『방황』의 객관적인 정치적 의미에 대한 해석을 주체로 대략적인 맥락을 갖춘 연구 계통이 점차 형성되었는데 『외침』과 『방황』 연구의 새로운 시기를 상징하고 있다. 또한 신중국 성립 이후의 『외침』과 『방황』 연구의 통일적인 이론 연구 속에서 얻은 최고의 성과를 반영해냈다. 이 연구 계통은 우리가 이전에는 미처 파헤치지 못했던 사상적 의미를 파헤쳤고, 또 이후 30년 동안 실제로 『외침』과 『방황』에 대한 우리의 주요 연구 방향을 규정하는 데 도움을 주었다. 그러나 이 연구 계통은 우리가 중국의 사회 정치적 혁명의 각도에서 『외침』과 『방황』의 유한한 정치적 의미를 관찰하고 분석하는 데 도움을 준 뒤에도 여전히 그것의 부족함을 드러내 보였다. 최근에 사람들은 갈수록 많이 그것과 루쉰의 원작에 존재하고 있는 '각도의 차이'를 발견하게 되었다. 그것이 연구해낸 『외침』과 『방황』의 사상 도식은 우리가 원작 속에서 실제 본 것과 구조면에서 차이가 발생했고, 비중 면에서 변화가 생겼다. 예를 들면 원작에서 부차적인 지위에 있는 아Q가 혁명에 가담을 요구한 묘사는 이러한 연구 저술 속에서 대대적으로 강조되었고, 원작에서 주요 지위를 점한 아Q 정신阿Q精神의 약점에 대한 묘사는 상대적으로 부차적인 지위로 내려갔다. 그래서 아Q의 혁명과 관련한 언동 속에서 그 적극적인 의미는 일방적으로 과장되었지만, 그 소극적인 의미는 슬그머니 넘어가는 대충 얼버무린 서술만 남았을 뿐이다. 이 연구 계통이 묘사해낸 『외침』과 『방황』의 사상 내용의 도식은 변형되어 버린 사상 도식이다. 그래서 필연적으로 루쉰의 전기前期의 실제 사상과 불협화음이 생겼고, 어떤 부분들은 심지어 양쪽이 서로 어긋나기도 했다. 예를 들면 루쉰의 전기 사상의 연구에서 우리는 그 누구도 개성주의적 사상적 내용을 부인하지 않는다. 하지만 루쉰소설의 연구에서 사람들은 오히려 개성주의 내지는 개성해방의 요구에 대한 루쉰의 비판과 부정을 얻어냈다. 지식인에 대해 루쉰이 묘사해낸 심오함은 종종 사람들에게 이러한 비판과 부정적인 의미 면에서 각인됐다. 우리는 지난 30년 동안의 연구 과정에서 이 계통은 시종 사상과 예술, 내용과 형식의 변증 관계 속에서 『외침』과 『방황』의 예술적 연구를 자신의 연구 계통 속에 수용해 넣지 못했으니 아직도 사상적 분석과 예술적 분석의 상호 분리된 이원론이 여전히 이 연구 계통의 주도적인 경향임을 볼 수 있다. 예술과 내용은 상호 불가분의 관계에서 함께 결합하는 것이다. 특정한 내용은 특정한 예술을 요구하고, 특정한 예술은 또 특정한 내용을 강화하기 마련이다. 양자는 완전한 작품 속에서 한 사물의 두 면일 뿐이고, 당연히 서로 넘나들 수 있다. 사상적 연구 계통은 의당 예술적 연구를 선도하고 또 구성해내며, 그 주요한 특징에 대해 모두 내용의 표현 면에서 적절한 설명을 부여할 수 있다. 그러나 이 연구 계통이 이 점을 할 수 없는 까닭은 그 주요 원인이 바로 변형되어버린 사상 도식이 더는 원작의 예술 도식과 틈새 없이 완전한 일치를 달성하기가 어렵다는 데 있다. 예를 들면 뤼웨이푸呂緯甫, 쥐안성涓生, 쯔쥔子君, 웨이롄수魏連殳에 대한 비판을 부적절한 곳까지 몰아가서 강조했고, 그것을 그들에 대한 긍정적인 면과 동등하게 중시하거나 아니면 더욱 중요한 지위에 놓을 때, 사상 내용의 분석은 더 이상 이러한 대목의 짙은 비극성의 예술적 분석과 함께 통일을 기하기 어렵게 되었다. 마찬가지로 만약 아Q가

혁명에 가담을 요구한 묘사를 우리가 농민이 중국혁명의 주력군이라는 정치적 인식에 대한 긍정으로 삼는다면, 이러한 대목의 희극성도 내용상의 근거가 사라져버리게 된다. 같은 원인으로 말미암아 『외침』과 『방황』의 창작방법의 연구는 이 연구 계통 속에서도 고립적으로 존재하게 되었던 것이다. 예전에 우리는 많은 저술로써 그것들의 현실주의('現實主義'는 루쉰의 시대를 분기점으로 삼아 전에는 '리얼리즘'으로, 후에는 '현실주의'로 번역했다 – 역자)의 주도적인 방향을 분석했고, 각 측면에서 그 속에 담긴 낭만주의와 상징주의적인 요소도 연구했지만, 우리는 오히려 다음과 같은 문제를 설명한 적이 드물다. 왜 그것들이 필연적으로 현실주의를 주도로 삼은 것인가? 왜 그것들이 동시에 또 낭만주의와 상징주의적인 요소를 가질 수 있는가? 이러한 요소들은 그것들의 어떠한 사상적 필요와 함께 관련된 것인가? 만약 우리가 이 사상적 연구 계통에 더욱 엄격하게 요구한다면, 우리는 중국 현대정치사, 사상사와 루쉰소설을 더욱 깊이 들어가 연구하는 데 그것이 모두 걸림돌들로 작용할 수 있음을 발견할 것이다. 예를 들면 이 연구 계통의 결론에 의하면, 중국 공산당원이 이후 10년 동안 대량의 선혈을 바쳐서 일궈낸 중국 신민주주의新民主主義 정치혁명의 법칙에 대한 인식은 루쉰이 『외침』과 『방황』 속에서 이미 명확한 예술적 표현을 해낸 것 같다. 이는 상대적으로 중국 공산당원이 실천한 정치혁명 활동의 의미와 중국 신민주주의 정치혁명 이론에 대한 마오쩌둥의 위대한 공헌을 약화할 수밖에 없다는 것이다. 이와 동시에 그것은 또 거꾸로 루쉰 사상과 루쉰소설의 깊은 사회적 의미에 대한 분석 및 그 독립적 가치에 대한 평가에 불리하다. 단지 이러한 입장에서만 루쉰 사상과 루쉰소설의 의미를 평가하여, 중국의 정치적 혁명의 법칙에 대한 그 어떠한 경시도 모두 그것들의 사상적인 높이를 끌어내릴 수 있기 때문이다. 그리하여 마오쩌둥이 일찍이 이러한 법칙에 대해 더욱 명확하고 완벽하며 확실한 이론적인 귀납을 해낸 뒤에는 루쉰 사상과 루쉰소설도 어떠한 의미가 존재하지 않게 되어 버렸고 남은 것은 단지 '예술', '기교'와 '수법'일 뿐, 사상적 검토는 여기서 걸음을 멈췄다. 이 방면의 폐단은 이 연구 계통의 방법론에서 생겼다. 그것은 주로 『외침』과 『방황』의 독특한 개성에서 출발하고 또 이러한 개성과 다른 사물과의 다방면적인 본질적 관계를 연구하는 과정에서 그 사상적 의미를 검토한 것이 아니라, 또 다른 보편적 의미를 지닌 독립된 사상체계로써 이러한 독립적인 개성을 제약한 것이기 때문이다. 이렇게 하면 이 개성체個性體는 필연적으로 또 다른 하나의 개성체를 표준과 극한으로 삼게 되어, 전자의 의미는 후자의 기존 결론에 부합하는 정도로써 표시되어 나올 것이다. 이러한 연구 방법은 다음과 같은 두 가지 결론만 끌어낼 뿐이다. 하나는 최대로 이 개성체의 의미를 높여서 그것을 후자와 대등한 지위에 이르게 하고, 이렇게 되면 필연코 전자로 후자를 대체하고, 후자의 가치와 의미를 끌어내리게 된다. 아니면 이 개성체를 영원히 후자의 용인 속에 가두게 되고, 이렇게 되면 이 개성체는 필연코 자기 존재의 가치와 의미를 잃게 된다. 아무튼 『외침』과 『방황』의 이 연구 계통은 응당 해야 할 자신의 공헌을 했고, 그것의 파헤칠 수 있는 사상적 의미를 파헤친 뒤에도, 우리가 만약 계속 알게 모르게 이 계통 속에 얽매인다면, 『외침』과 『방황』에 대해 우리가 더욱 깊이 들어간 연구를 하는 데 더 이상 도움이 되지 않을 것이다. 여기서는 통일적인 연구 계통의 문제이지, 국부적이고 지엽적인 문제가 아니다. 어떠한 일방의 국부적이고 지엽적인 문제로부터 눈을 돌려서 이 연구 계통이 가져온 폐단을 시정할 방법을 생각하는 것까지도 우리에게 잘못된 결론으로 또 다른 잘못된 결론을 대체하게도 할 수 있다. 예를 들면 최근에 어떤 이들은 루쉰이 아Q의 혁명을 부인한 결론과 원래 루쉰이 아Q의 혁명을 찬양한 결론을 갖고 서로 대립시키고자 시도했다. 이는 국부적 연구 속에서는 다만 이렇게 할 수 있을 뿐인 것도 같지만, 이 결론 역시 일방성에 빠져버렸다. 그래서 나는 우리의 『외침』과 『방황』의 연구 계통을 재정비해서 더욱 완전한 계통으로 기존의 연구 계통을 대체할 필요가 있다고 생각한다. 이 연구 계통은 중국 신민주주의 정치혁명의 구체적 법칙에 대한 마오쩌둥의 이론적 결론을 벼리로 삼아서는 안 되며, 루쉰의 당시 실제적인 사상적 추구와 예술적 추구를 벼리로 삼아야만 한다. 또 그것은 루쉰의 주관적인 창작 의도와 『외침』과 『방황』의 객관적인 사회적 의미에 대한 통일된 파악 속에서 전자를 출발점으로 삼고, 후자를 전자의 자연적 파생과 필연적 귀착점으로 삼아서 『외침』과 『방황』 자체에 존재하는 사상 도식을 비교적 정확하게 서술해내야 한다. 또한 이 사상 도식은 응당 루쉰의 전기 사상의 실제 상황에 대한 검증을 수용하고 더불어 루쉰의 전기 사상의 연구 속에 나타날 수 있는 편차를 교정하는 데 도움을 주어야 한다. 아울러 『외침』과 『방황』의 창작방법과 예술적 특징에 대해 이 사상도식이 연구를 선도하고 구성해내며, 우리가 사상적 필요에서 그것들의 예술적 필요를 어떻게 결정하고 있는지, 예술적 필요는 또 어떻게 그것들의 사상적 필요를 만족시킬 수 있는지를 설명하는 데 도움을 줄 수 있어야 한다. 방법론에서 그것은 어떠한 다른 개체로써 이 한 개체를 제약하고 요구해서는 안 되고, 『외침』과 『방황』의 예술적 표현이 마르크스레닌주의와 마오쩌둥사상의 어떤 기존의 결론을 간단히 설명하는데 사용토록 해서는 안 된다. 엄격하게 이 특수한 개체로부터 출발해서 그것과 보편적이고 일반적이자 절대적인 주요 관계와 관계 방식을 찾고, 아울러 마르크스레닌주의와 마오쩌둥사상의 기본 원칙을 갖고 이러한 관계와 관계 방식의 진리성을 설명해야만 한다.

문학 연구는 무한 발전하는 고리의 연결체이다. 루쉰소설의 연구에도 장기적인 발전 전망이 있을 것이다. 어떠한 연구 계통이든 모두 이 연구의 종점일 리 없다. 그러므로 우리는 궁극적 진리를 찾는 것을 자신의 직책으로 삼는 것이 아니라, 루쉰소설의 연구를 위한 더욱 신뢰할 만한 기초를 찾을 뿐이다. 그러므로 그 주요 구호는 다음과 같다.

> 무엇보다 먼저 루쉰에게로 돌아가자!
>
> 무엇보다 먼저 루쉰과 그 자신의 창작 의도를 이해하고 설명하자!

루쉰이 당시에 명확하게 의식한 내용을 벗어난 그 분석들은 또 루쉰이 의식한 내용을 기초로 삼아, 계속 확대와 필연적 귀착점으로서의 존재를 직접 세워야 한다. 그것은 주로 아직 얕은 층위의 공간에 머물러 있지만, 오히려 깊은 층위의 무한 발굴을 위해 얕은 층위에서 적합한 토대를 찾을 수 있다. 이 토대는 루쉰이 당시에 실제 활동했던 주요 토대이기 때문이다. 그것은 주로 또 한 측면이긴 하지만, 오히려 거기서 여러 측면의 연구를 위해 주도적인 측면을 찾을 수 있다. 이는 이미 루쉰이 당시에 실제로 힘썼던 주요 측면이기 때문이다.

이제 초보적으로 이 방면에 대해 살펴보고자 한다.

2.

『외침』과 『방황』이 탄생한 역사적 시기는 중국의 반봉건反封建 사상혁명의 절정기였다. 루쉰의 당시 사상적 추구와 예술적 추구는 모두 중국의 반봉건 사상혁명의 역사적 필요와 함께 융합된 것이다. 당시에 그는 이미 중국의 사회의식의 변혁을 벗어난 신해혁명辛亥革命과 같은 단순한 정권의 변혁에 실망했고, 중국의 사회적 이데올로기의 기본 성격이 변하지 않으면, 어떠한 정권의 교체이든 모두 중국에 진정한 진보를 가져오기란 충분하지 못하다고 생각했다. 그러므로 그의 『외침』과 『방황』은 중국의 사회 정치적 혁명의 각도에서가 아니라 중국의 반봉건 사상혁명의 각도에서 현실을 반영하고 현실을 표현한 것이다. 그것들은 무엇보다 먼저 중국의 반봉건 사상혁명의 거울이고, 중국의 사회 정치적 혁명의 문제는 그 가운데서 직접 반영되어 나온 것이 아니라, 중국의 반봉건 사상혁명의 거울 속에서 굴절되어 나온 것이다. 중국의 사회 정치적 혁명과 중국의 반봉건 사상혁명은 상호 관련되면서도 또 양쪽이 구별되는 두 가지 개념이다. 그것들은 각기 자체의 독특한 법칙성을 갖고 있다. 우리는 무엇보다 먼저 중국의 반봉건 사상혁명의 특징과 법칙으로부터 출발해서 『외침』과 『방황』을 분석하고 연구해야 한다.

신해혁명은 중국의 광범위한 사회적 의식형태의 변혁 이전에 일어났다. 그것이 혁명 속에서 쟁취한 모든 것을 다시금 사상적으로 우세한 봉건 지주계급이 도로 찾아갔고, 결과적으로 정권 형식의 빈껍데기만 남게 됐다. 신해혁명과 구민주주의舊民主主義 혁명가에 관한 『외침』과 『방황』의 예술적 묘사의 실질은 이 혁명과 그것의 선도자가 어떻게 봉건적 이데올로기의 망망대해에 빠졌고, 또 그것에 의해 모든 실질적인 내용이 부식되어 버렸는지를 형상적으로 밝혀낸 데 있으며, 그 초점은 중국의 반봉건 사상혁명의 극도의 중요성을 깊이 들어가 표현해내는 데 있었다.

중국의 민주주의 정치혁명의 주요 임무는 반제反帝이자 반봉건이다. 하지만 중국의 당시 반봉건 사상혁명의 임무는 오히려 중국의 봉건적 전통사상을 타파하는 것, 이 한 가지만 있었다. 『외침』과 『방황』 속에서 반제 제재가 없는 작품이 바로 중국의 당시 사회의 사상혁명의 이러한 특징을 구현해냈다. 또 정치혁명 투쟁으로서의 반봉건의 임무는 수많은 대중을 움직여서 정치와 경제 영역에서의 지주계급의 통치 지위를 전복시키는 것이고, 그 투쟁 대상은 주로 지주계급 통치자였다. 『외침』과 『방황』이 묘사한 중심은 농민계급에 대한 지주계급의 정치적 압박과 경제적 착취가 아니라 수많은 인민대중에 대한 봉건사상과 봉건적 윤리관의 사상적 속박에 있다. 그것은 봉건 지주계급 통치자의 잔혹성, 위선성과 진부성을 강력하게 풍자하고 규탄해냈지만, 이는 봉건사상과 봉건적 윤리관의 집중적 구체화로서 묘사된 것이다. 일반적으로 말하면 그들은 루쉰이 묘사한 중점이 아니다. 루쉰이 부지런히 지칠 줄 모르고 반복적으로 표현하고 있는 것은 각성하지 못한 대중과 하층 지식인이다. 이는 그가 시종 폭넓은 인민대중의 사상적 계몽에 변함없이 관심을 갖고 있고 동시에 중국의 반봉건 사상혁명의 주요 대상도 구현해냈음을 드러냈다. 또 『외침』과 『방황』 속의 각성하지 못한 인민대중 형상을 구성하는 근본적인 특징은 정치적 지위와 경제적 지위로서의 사람과 이데올로기로서의 사람의 불합리한 분리이고, 이데올로기의 낙후성은 그들 자신의 근본적 이익과 장기적 이익에 부합하지 않았다. 그 이데올로기의 본질은 중국의 봉건적 전통관념이고, 이것이 그들의 사회적 지위로서의 사람과 사상적 힘으로서의 사람과의 심각한 대립을 불러일으켰다. 루쉰이 그들을 구체적인 사회적 지위로부터 추상해내고, 단지 사상적 힘으로써의 사람에 대해 표현할 때 그들은 다른 계층의 사람과 공동으로 방대한 봉건 사회적 여론의 힘을 구성했다. 사회적 여론의 힘에 대해 『외침』과 『방황』이 별로 중시하지 않은 것은 또 다른 측면에서 중국의 반봉건 사상혁명에 대한 루쉰의 높은 중시를 드러냈고, 사회적 여론의 봉건성을 바꾸는 것은 루쉰이 힘쓴 주요 목표의 하나였다.

불평등한 사회마다 각기 정치적 압박, 경제적 착취와 사상적 통치라는 통치수단 세 가지가 존재하고 있다. 그것들은 언제나 서로 이용하고 공동으로 통치계급의 통치를 수호한다. 하지만 다른 사회형태 아래서 이 사회를 수호하는 정상적인 사회질서의 수단으로서 그것이 치중하는 면은 다소 다르다. 즉, 노예사회에서 노예에 대한 노예주인의 통치는 반드시 온갖 유형의 질곡과 실제적인 쇠사슬을 사용하고, 윤리적인 통제는 기껏해야 지극히 유한한 작용을 발휘할 뿐이다. 자본주의사회에서는 금전 통치가 절대적으로 중요한 위치를 차지하고,

경제적 수단을 갖고 사회를 직접 지배하는 것이 그 현저한 특징이다. 봉건적 윤리관을 반대하는 투쟁 과정에서 발전하기 시작한 부르주아는 분명히 온갖 윤리적인 통치수단을 거의 쓰지 않는다. 봉건사회에서만 윤리적인 통치가 비로소 관건적인 의미를 지니게 된다. 서구西歐에서 윤리적 이데올로기로서의 종교신학은 중세기의 봉건 통치의 주요 표지였고, 봉건 교황은 덕치德治의 대표 인물로서 세속적인 정권 위에 군림했다. 중국에서 유가적 봉건사상은 주로 윤리적 이데올로기의 하나이기도 했고, 공자는 역대 봉건 왕조에서 '지성선사至聖先師'로 받들었기에 최고의 권위성을 갖게 됐다. 봉건 왕조는 교체될 수 있었지만, 이 윤리적 이데올로기는 오히려 봉건사회에서 한결같은 영향력을 갖고 있었다. 봉건적 윤리관의 전반적인 기초와 유대는 봉건적 계급의식이다. 그것은 사람을 차별하는 사회의 권리를 인정함을 전제로 삼은 것이고, 상존하비上尊下卑, 남존여비, 장존유비長尊幼卑를 특징으로 삼은 것이다. 또 봉건적 윤리관의 주요 내용은 사람의 욕망을 금지하고 제한함으로써 봉건의 정상 질서 아래의 사람과 사람의 사회적 계급관계를 유지하는 것이다. 이러한 금욕주의의 실제 결과는 아랫사람에 대한 윗사람의, 낮은 사람에 대한 높은 사람의, 여자에 대한 남자의, 아이에 대한 어른의, 약자에 대한 강자의 무자비한 인권 박탈이다. 이로부터 그것의 극단적인 잔혹성을 이루었다. 이러한 금욕주의는 일련의 봉건적 예교제도로써 구체적으로 구현됐고, 가족제도는 이 예교제도의 기초이자 축소판이었다. 이러한 제도 아래서 인권은 아무 때나 윗사람, 높은 사람이 박탈할 수 있었고, 사람의 정감 표현도 심각한 억압을 받게 되었다. 이는 사람과 사람 사이의 관계를 냉담하고 참혹하게 만들 뿐 아니라 사람과 사람 사이의 위선적인 관계도 형성했다. 봉건 통치자의 주요 통치수단으로서의 봉건적 윤리관은 역대 통치자에 의해 영구불변의 궁극적 진리로 받들어졌다. 중국 사회의 생산력 발전의 극단적인 완만함이 사회적 생산방식과 생활방식의 변화에 극단적 미약함을 가져왔고, 극단적으로 긴긴 봉건사회의 역사도 조성했다. 이것이 보수적인 수구守舊와 변화 관념이 부족한 사회에 길들여진 심리를 형성했고, 윤리관의 범주 속에서 더욱 두드러지게 표현되었다. 중국이 갑자기 세계로 나아가고 현대사회로 들어선 역사 이후에 봉건적 윤리관의 진부성, 낙후성 및 이와 서로 관련된 사회에 길들여진 심리의 보수성, 편협성과 수구성守舊性이 더욱 뚜렷하게 드러났다. 우리는 루쉰이 『외침』과 『방황』 속에서 봉건적 계급의식이 사회에 끼친 광범위한 영향을 반복적으로 표현하고, 봉건적 윤리관의 극단적인 잔혹성, 위선성과 진부성을 힘써 공격하고, 사회대중의 보수, 수구, 편협 및 변혁을 반대하는 전통에 길들여진 심리에 대해서도 깊이 있고 치밀한 표현을 하고 있음을 보았다.

중국의 사회 정치적 혁명의 각도에서 당시 중국 사회를 관찰하면, 네 계급과 하나의 사회계층이 존재하고 있다. 요컨대 노동자계급, 자본가계급, 농민계급, 지주계급과 지식인계층이다. 그러나 중국의 사회적 이데올로기의 변혁이란 각도에서는 당시의 중국에 오직 두 종류의 사회적 이데올로기만이 존재했다. 이를테면 봉건 전통의 사회적 이데올로기와 현대적 민주주의의 사회적 이데올로기이다. 당시 노동자계급이 가까스로 농민계급과 기타 노동대중 속에서 다시 태어났을 때, 아직 독립적인 사회사상의 힘과 윤리관의 힘을 형성하지 못했고,

그것은 아직 대부분 농민과 기타 프티부르주아의 사상적 특징을 유지하고 있었다. 그것의 사상적 대표는 초보적인 공산주의 세계관을 지닌 진보적 지식인이다. 중국의 자본가계급은 지주계급에서 분화해 나왔고, 당시 이 계급 자체는 또 지주계급과 복잡하게 얽히고설킨 관계를 맺고 있었다. '중학을 본체로 하고 서학을 그 쓰임으로 한다中學爲體, 西學爲用'는 사상이 여전히 그 지도 사상이었고, 그것의 진정한 사상적 대표는 실제로 외국 부르주아 민주사상의 영향을 받아 각성한 지식인일 뿐이었다. 초보적인 공산주의 세계관을 지닌 지식인과 부르주아 민주사상을 지닌 지식인은 당시에 동일한 진지 안에서 통일 전선을 구성했고, 그 대상은 모두 중국의 봉건적 전통사상이었기에 그것과 서로 대립하는 사상은 모두 민주사상이었다. 그래서 중국의 반봉건 사상혁명 속에서 관건적 의미를 지닌 것은 오직 두 계급과 한 계층이었다. 요컨대 지주계급, 농민계급과 기타 노동대중 및 지식인계층이다. 루쉰의 『외침』과 『방황』이 구체적으로 표현한 것도 바로 이 두 계급과 한 계층이다. 농민계급의 이중성은 중국의 민주주의 정치혁명과 사상혁명 속에서 각기 그 한 측면에서 강화되거나 두드러지게 표현되었으니, 사상혁명 속에서는 그것의 보수성, 편협성과 봉건성의 소극적인 면이 주도적인 지위를 차지하고 있었다. 그에 대한 루쉰의 묘사는 그 사상혁명 속에서의 기본적 면모를 반영하고 있다. 또 루쉰은 우선 각성한 지식인의 나약함과 무력함, 고독함과 부족함을 진실하게 표현해냈지만, 여전히 그들을 반봉건 사상혁명의 적극 세력으로 삼아 표현해냈다. 『외침』과 『방황』 속에서 그들의 사상이 현대의 사회적 이데올로기의 새로운 특징을 대표하고 있어야만, 이것이 당시 역사의 진실한 상황과 부합하게 된다.

어떠한 예술적 표현이든 모두 저자 자신의 주요 창작 의도의 '순수함' 그대로를 추출해낸 표현일 수는 없다. 그것은 언제나 저자가 주로 힘쓴 목표를 중심으로 삼아서 입체감 있게 당시 사회적 현실의 가능한 한 폭넓은 장면을 재현해내고, 그리하여 신경 한 가닥 한 가닥을 통해 기타 사회문제와 서로 연결한 것이다. 루쉰의 『외침』과 『방황』이 언급한 것은 중국의 반봉건 사상혁명의 문제에만 그친 것이 절대 아니지만, 다른 문제는 이 중심 장면과의 특정한 관계와 관계 방식으로써 그 가운데서 보일 듯 말 듯 표현을 얻어낸 것이다. 인민대중에 대한 봉건 지주계급의 정신적 노예화는 언제나 그들에 대한 정치적 압박, 경제적 착취와 함께 결합했다. 각성하지 못한 대중의 우매함과 낙후함도 마찬가지로 그들의 자기 운명을 힘써 바꾸려는 염원 속에서 드러났으며, 혁명에 대한 그들의 각종 다른 구체적인 태도 속에서 나타났고, 지식인의 약점도 그들의 반봉건 투쟁의 실제 투쟁 속에서 표현돼 나올 수 있었다. 나는 『외침』과 『방황』이 주로 반봉건 사상혁명의 거울이긴 하지만, 중국의 사회 정치적 혁명의 각도에서 그것들의 객관적인 정치적 의미를 분석하는 것도 절대 반대하지 않는다. 그렇지만 이는 반드시 중국의 반봉건 사상혁명의 주체적 의미와의 관계 속에서 진행되어야 한다고 생각한다. 나는 『외침』과 『방황』이 중국의 사회 정치적 혁명에 대한 중국의 반봉건 사상혁명의 기초적 작용을 표현해낸 것 이외에 또 역사적 의미를 지닌 부정적인 명제 두 가지를 도출해냈다고 생각한다. 이를테면 농민계급과 기타 노동대중이 자발적으로 진정한 혁명의 길로 나아갈 가능성을 부정했고, 폭넓은 사회 대중의 광범위한 사상적 계몽과 사회적 해방이 실현되기 전에 프티부르주아 지식인의 사상적 추구가 단독적으로 실현될 가능성도 부정했다. 이 두 가지 부정은 중국의 사회 정치적 혁명이 구민주주의에서 신민주주의로 나아가는 전환기의 주요 특징을 구현해냈다. 우리는 너무 많은 긍정적인 정치적 결론을 『외침』과 『방황』의 분석 속에 놓아서는 안 된다. 그렇지 않으면 우리는 당시에 고민하고 방황한 루쉰의 심정을 설명할 수 없다.

결론은 이렇다. 『외침』과 『방황』은 무엇보다 먼저 중국의 반봉건 사상혁명의 거울이다. 그것은 중국에 반드시 본질적이고도 광범위한 사상혁명이 있어야 함을 깊이 있게 표현해냈다. 이 혁명의 주요 임무는 농민대중을 중심으로 삼은 폭넓은 사회 대중 가운데 깊이 뿌리박혀 있는 봉건사상의 영향을 제거하는 것이다. 그것의 중점은 반드시 봉건적 계급의식을 기초로 삼은 잔혹하고 위선적이고 진부한 봉건적 윤리관이어야 한다. 이 혁명 속에서 우선 각성한 지식인은 현대적 사회의식의 대표 인물이긴 하지만, 그들은 봉건적 전통사상의 망망대해 한복판에 있으므로 그 투쟁은 단시간 내에 실질적인 승리를 취할 수 없을 것이다.

"종교에 대한 비판은 모든 비판의 전제이다."(마르크스, 「헤겔 법철학 비판 서문」) 중국에서 봉건사회의 이데올로기에 대한 비판은 모든 비판의 전제이다. 무엇보다 먼저 예술이란 무기를 갖고 그것에 대해 가장 철저하고 가장 단호하게 비판한 것은 루쉰과 그의 『외침』과 『방황』이다. 『외침』과 『방황』의 사상적 의미는 길이길이 영원하리라!

3.

사회 정치적 혁명과 사회적 이데올로기의 변혁에는 다른 법칙성이 있다. 전자는 질적인 변화의 형식으로써 완성되고, 정치혁명은 그 주요 투쟁 형식이다. 후자는 점진적인 특성을 띠고 있고, 사회 생산력의 발전과 이러한 발전이 가져온 생산양식과 생활양식의 점차적 변화에 직접 의존한다. 사회 정치적 혁명은 오직 어떠한 사회적 이데올로기의 발생－발전 과정의 특정한 단계에서 일어날 뿐이고, 장기성長期性은 사회적 이데올로기가 변혁되는 발전 법칙이다. 사실이 이미 증명했듯이, 정치운동 한두 차례를 통해 전체 사회적 이데올로기의 근본적인 변혁의 실현을 꾀하기란 불가능한 것이다. 그것은 한 차례의 질적인 변화를 통해서 완성될 수 없다. 그것의 주요 표현 형식은 복잡한 사상 투쟁의 과정 속에서 점차 진화하고 발전하는 것이다. 루쉰의 전기 진화론進化論 사상은 중국의 현대 사회적 이데올로기 변혁의 근본적인 법칙을 반영했다. 그는 외국의 진화론을 수용한 뒤에, 주로 중국의 반봉건 사상혁명의 실제 상황에 대한 관찰과 분석에 활용했다. 그리하여 그의 사회사상과 사회적 윤리관인 진화론적 발전관을 형성해 사회적 이데올로기의 변혁 법칙과의 조응을 이루어나갔고, 적극적인 작용도 발휘했으며, 아울러 『외침』과 『방황』에 거대한 사상적 생명력과 예술적 생명력을 부여했다.

루쉰의 전기 사회사상과 사회적 윤리관인 진화론적 발전관은 무엇보다 먼저 봉건적 윤리관의 경직성과 완고성 및 봉건사회 속에서 형성된 보수적이고 수구적인 사회에 길들여진 심리와 첨예한 대립을 형성한 것이다. 중국의 장기적인 봉건사회에서 사람들은 줄곧 봉건적 사회관계에 조응하고 있는 윤리관의 규범을 불변의 절대 진리와 만고불변의 영원한 신조로 보아왔다. 루쉰은 「광인일기」 속에서 '광인'의 입을 통해서 그것의 영원성에 대해 도전했고, 사람도 끊임없이 발전 변화하는 것이므로 '야만인'에서 '참된 사람'으로 끊임없이 발전 변화하는 고리임을 제기했다. 사람의 사상과 윤리관의 면모도 시대의 전진을 따라서 끊임없이 발전 변화하고, 변화 속에서 발전을 추구하고, 변화 속에서 전진을 추구하며, 변화 속에서 점차 완벽해지는 것이다. 루쉰의 붓 아래서 봉건사상과 봉건적 윤리관은 '삼위일체'의 면모로써 나타났다. 그것들은 서로 관련된 주요 특징 세 가지를 갖고 있는데, 잔혹성, 위선성과 진부성이다. 잔혹성은 그 본질이고, 위선성은 그 표현형식이고, 진부성은 그 존재 방식이다. 그럼으로써 그것의 진부성을 투시하는 내적 사상의 빛이 곧 루쉰의 사회사상과 사회적 윤리관인 진화론적 발전관이다. "옛날부터 그랬으면 옳은 거야?"(「광인일기」) 이는 불변의 전통 관념에 대해 루쉰이 변화의 관점으로써 제기해낸 날카로운 반박이다. 그의 붓 아래서 예전에 신성하게 받들어졌던 오래고古 헐고舊 낡은老 전통의 것들이 장엄한 겉치레를 벗고 우매하고 망령되고 우스꽝스럽고 심히 케케묵은 사물들이 됐다. '장명등長明燈'은 이미 전통의 신성을 대표하지 않기에 봉건 전통의 진부성을 드러냈다. 자오치 영감趙七爺, 치 어르신七大人, 루 넷째 나리魯四老爺, 궈라오와郭老娃 같은 지주계급 통치자는 하나같이 현대적 지식이라고는 전혀 없는 극단적으로 우매한 자들이다. 그들이 끊임없이 냄새를 맡고 보물로 삼아 귀중히 받드는 것은 옛사람이 염을 할 때 시신의 항문을 막는 '비색屁塞'

이다(「이혼離婚」). 루쉰은 또 봉건사상과 봉건적 윤리관이 자체의 내용으로써 사람을 죽일 뿐만 아니라 또 자체의 딱딱하게 굳은 존재 방식으로써 사람을 죽이고, 그것이 만들어낸 보수적이고 수구적인 사회에 길들여진 심리가 사람을 죽이는 일을 반복적으로 표현해냈다. N 선생은 변발을 잘라 몸에 좀 '다른' 티나 '새로운' 맛이 생기자마자 사회의 가혹한 박해를 받았다. 모든 '새로움'을 박멸하고 모든 '변화'를 압살하는 것은 봉건사상과 봉건적 윤리관이 사람을 잡아먹는 주요 방식의 하나이다.

루쉰은 사회사상과 사회적 윤리관인 진화론적 발전관의 영향을 받아서 새로운 사람의 가치관을 세웠다. 이러한 가치관의 선명한 특징의 하나는 정지된 도덕적 판단에서 발전하는 사회적 판단으로의 변화를 실현해낸 것이다. 루쉰은 영원한 도덕이 있음을 인정하지 않았고, 추상적이고 불변하는 도덕을 갖고 행사하는 사람에 대해 가치판단도 인정하지 않았다. 도덕은 사회 발전의 필요에 따라 변하는 것이다. 도덕은 특정한 사회적 필요 속에서 그 우열을 판정해야 한다. 그래서 사람에 대한 가치판단과 도덕적 판단은 모두 사회적 판단에 종속되어야 한다. 「비누肥皂」 속에서는 두 가지 가치관이 첨예한 대립을 드러내고 있다. 하나는 쓰밍四銘의 가치관인데, 그는 인습적 도덕과 신조 아래 사회의 새로운 변화를 판단하고 있다. 그리하여 학생도 도덕이 없고 사회도 도덕이 없다고 말했고, 모든 새로운 사물마다 모두 낡은 윤리관의 지배 아래서 부정당했다. 다른 하나는 루쉰 본인의 가치관인데, 그는 한편으로 쓰밍이 새 도덕을 공격하는 심리의 근원을 폭로했고, 다른 한편으로 또 아주 교묘하게 '비누'라는 단서를 매복시켰다. 비누가 바로 사회적 진보의 산 증거이다. 새 사물(노란빛을 띤 초록색의 야릇한 향기를 풍기는 외제 비누)은 낡은 사물(쓰밍 부인이 이전에 쓴 쥐엄나무 열매)보다 우수하다는 말없는 증인이다. 루쉰의 이러한 예술적 표현의 내적 근거는 바로 사회적 진보로써 낡은 도덕과 신조를 판단한 것이다. 사회가 발전하고 있으면 사람의 윤리관도 변해야 한다. 낡은 도덕을 갖고 새 사물을 설명할 수는 없다. 쓰밍은 낡은 도덕을 갖고 새 사물을 부정했지만, 루쉰은 새 사물을 갖고 낡은 도덕을 부정했다. 우리가 종종 사회의 구체적인 환경이란 조건을 벗어나서 루쉰이 만들어낸 인물에 대해 도덕의 순수한 정태적 판단을 하려고 꾀하는데, 이는 십중팔구 루쉰의 원래의 뜻과는 완전히 상반될 것이다. 그 원인은 우리가 자기도 모르게 형이상학적 윤리관으로 나아가면서 루쉰의 사람人의 가치관과 충돌이 생긴 데 있다.

루쉰의 사회적 이데올로기 변혁의 점진적인 특징에 대한 이해가 그의 인물의 사상적 발전에 대한 묘사에 신뢰성과 정확성을 가져다주었다. 그는 이제껏 '돌연변이식의 영웅'을 창조한 적이 없다. 끊임없이 변화하고 있는 외적 표현 속에서 인물의 성격을 파악하는 고도의 안정성과 표면적으로 대립하는 행위 속에서 앞뒤 사상을 연결하는 질적인 동일성은 루쉰이 인물을 창조하는데 있어서의 선명한 특징이다. 아Q의 언동이 자주 바뀌고, 심지어 종종 자가당착에 빠지지만, 이러한 행동을 지배하는 내적인 사상적 질은 오히려 앞뒤가 일관된다. 노동대중의 비극적 주인공에 대한 루쉰의 묘사와 그 특징은 불변不變 속에서 미세한 변화를 보는 것이다. 샤夏씨 댁의 애매한 희망, 화華씨 댁의 어렴풋한 불만족(「약藥」), 아Q의 죽음 직전의 삶에 대한 정서적인 두려운 느낌(「아Q정전阿Q正傳」), 샹린 아주머니祥林嫂의 영혼의 유무에 대한 의심(「축복祝福」) 등은 모두 미약한 '정 방향' 상태를 드러내고 있지만, 이러한 '정 방향'은 '돌변突變', '급전急轉'이 아니라 생활의 길에서 봉건 사상과 봉건적 윤리관 및 이것들의 지배 아래 있는 사회관계에 대한 어렴풋한 느낌일 뿐이다. 그것은 전체 사회사상의 발전 변화의 추세를 반영하고 있지만, 단지 추세에 불과할 뿐이기도 하다. 중국의 현대 사회사상의 변화는 무엇보다 먼저 각성한 지식인의 사상 속에서 구체화 되지만, 그들의 이데올로기는 주로 중국의 사회적 현실 자체의 변화 속에서 발견한 것이 아니라, 대개는 외국의 진보적 사상과 이론에서 직접 받아들인 것이다. 그들의 이상과 중국의 현실에 첨예한 모순이 생겼고, 일단 그들이 외국에서 중국으로 돌아오고, 책 속에서 생활 쪽으로 향하고, 교실에서 사회로 나가자마자 그들의 사상은 준엄한 시험을 거쳐야했다. 이러한 준엄한 시험 앞에서 그들의 사상적 추구는 한참 꺾여야만 했다. 그리하여 『외침』과 『방황』 속에서 이러한 인물의 사상의 절대다수가 모두 '역전逆轉' 상태에 처했다. 분명한 '역전' 속에서 그들의 사상과 이상의 전후 일관성에 대한 관철은 이러한 인물 창조의 중요한 특징이다. 「두발 이야기頭髮的故事」 속의 N선생, 「술집에서在酒樓上」 속의 뤼웨이푸, 「고독한 사람孤獨者」 속의 웨이롄수, 「죽음을 슬퍼하며傷逝」 속의 쥐안성과 쯔쥔과 그 사상은 모두 분명한 '역전'이 생겼지만, 그러나 이러한 '역전'은 절대로 과거로의 완전한 복귀가 아니다. N 선생의 격분, 뤼웨이푸의 탄식, 웨이롄수의 고통, 쥐안성의 참회, 쯔쥔의 죽음은 그들의 동정과 내심의 염원이 여전히 새 사상과 새 이상 쪽에 있음을 설명한다. 쓰밍 같이 단호하게 봉건 전통을 수호하는 사람은 아무튼 극소수일 뿐이다. 요컨대 노동대중의 미약한 '정방향'의 사상적 변화에 대해서건 아니면 각성한 지식인의 분명한 '역전' 현상에 대한 묘사이건 간에 모두 루쉰의 전기 사회사상과 사회적 윤리관인 진화론적 발전관을 구현하고 있고, 또 모두 사회적 이데올로기 변혁의 점진적인 특징에 대한 그의 파악도 드러내고 있다.

마르크스주의의 이론에 따르면 사회사상의 변화는 신생계급의 사상이 점차 부패계급의 사상을 대체해가는 과정이다. 하지만 이러한 계급의 사상적 투쟁도 마찬가지로 세대의 투쟁을 통해 점차 실현되는 것이다. 세대를 거듭하며 발전하는 흐름 속에서 새로운 생산력과 생산 관계의 요소는 점차 증가하고, 낡은 생산력과 생산 관계의 요소는 점차 소멸한다. 새로운 생산양식과 생활양식이 점차 낡은 생산방식과 생활양식을 대체하고, 새로운 이데올로기가 이 점차적인 변화 발전 속에서 만들어지고 발전된다. 중국의 장기적인 봉건사회에서는 생산력 발전의 극단적 완만함, 사회적 이데올로기 변화의 지극한 미약함을 드러냈다. 게다가 줄곧 동질적 축적에 불과했고, 새로운 요소의 급증이 극히 적었다. 이러한 변화는 같은 세대와 서로 가까운 세대 사이에는 더욱 분명하게 구체화 되어 나올 수 없다. 이것이 '노인'은 더욱 풍부한 경험을 축적하고 있고, '아이'는 '노인'이 하자는 대로 해야만 필요한 지식을 획득할 수 있다는 노인 본위의 중국 전통사상을 형성했다. 그러나 현대사회에서 사회 발전의 속도가 별안간 빨라졌고, '노인'이 옛날 사회생활 속에서 축적한 생활 경험 및 기존의 사유 방식과 이데올로기는 이미 '아이'와 젊은이 세대가 필요로 하고 얻을 수 있는 것 전부를 완전히 수용하기 어렵게 되었다. 반대로 '아이'와 젊은이 세대가 윗세대와는 다른 사회적 생활환경 속에서 살기 시작하면서부터 발전 변화된 사회생활의 새로운 정보를 훨씬 쉽게 받아들일 수 있게 되었다. 그로부터 윗세대와 완전히 다른 사유 방식과 이데올로기가 번져나가고 또 형성될 수 있었다. 증가하고 있는 이러한 새 요소들이 바로 사회사상이 발전하는 새 변화를 대표한다. 과학 문화의 보급이 이러한 과정을 더욱더 현저하게 드러나게 했다. 이때 '아이' 본위와 젊은이 본위가 현대 사회적 이데올로기의 중요한 내용을 구성했다. 그것은 사회사상과 사회적 윤리관이 발전 변화하는 법칙의 승인을 전제로 삼은 것이다. 루쉰이 진화론 사상의 영향을 받아 형성한 '아이' 본위와 젊은이 본위 및 '젊은이는 반드시 노인을 뛰어넘는다青年必勝於老年'는 사상에 설령 정확하지 않은 부분들이 또 있다고 해도, 전체적으로 오히려 현대 사회사상의 특징을 반영하고 있고, 봉건 전통의 '노인' 본위적인 사상과 첨예하게 대립하는 것이다. 그의 '젊은이는 반드시 노인을 뛰어넘는다'는 것은 뒷날이든 아니면 전기前期에서든 간에 모두 세대를 거듭하며 발전한다는 세대 발전의 일환으로서 말한 것이지, 결코 세대와 세대의 절대비교가 아니다. 『외침』과 『방황』 속에서 루쉰은 반봉건 투쟁의 중심을 '아이를 구하라救救孩子!'에 놓고(「광인일기」), 그는 새로 태어난 세대가 새로운 생활을 할 수 있기를 간절히 기대했다(「고향故鄕」). 「비누」 속에서 그는 슈얼秀兒과 자오얼招兒을 설정해 새 사물에 대한 새로운 세대의 진심에서 우러나온 호기심과 동경을 표현해냈다. 이와 서로 관련된 것은 루쉰이 아이들에게서 드러난 낡은 전통의 전염에 대해 느낀 커다란 슬픔이다. 「광인일기」 속에서 '광인'이 본 아이들도 이상한 눈초리로 그를 노려보고 있었고, 그로부터 특별한 무서움과 슬픔을 느꼈다. 또 「장명등」 속에서 아이는 '미치광이' 에게 냉담하게 '미치광이'의 투쟁은 최종적으로 실패했다고 선고했고, 그의 비극을 최고 절정에 이르게 했다. 또한 「고독한 사람」에서 웨이롄수에 대한 다량大良과 얼량二良의 태도 변화는 웨이롄수의 투쟁 의지를 파괴하는 거대한 힘이었다. '아이'에게서 미래와 희망을 보는 것은 『외침』과 『방황』이 담은 중요한 사상적인 맥락이다. 루쉰은 젊은이가 반드시 노인을 뛰어넘을 것을 인정했지만, 동시에 또 젊은이 세대가 노인 세대와 완전히 달라질 거라고는 생각하지 않았다. 그래서 미래에 대한 그의 희망을 중국의 사회사상 변혁의 방대성과 장기성에 대한 인식과 결합했다. 『외침』과 『방황』은 비관주의나 허무주의적인 것이 아니지만, 맹목적인 낙관주의도 아니다. 『외침』과 『방황』의 장기적인 사상적 생명력과 역사에 대해 개괄한 대단한 힘은 바로 그것들이 중국의 현대적 사회의식 면에서 변혁의 필연성과 장기성 및 양자가 서로 결합한 특성을 제대로 반영해낸 데 있다.

루쉰은 영구불변의 도덕과 신조를 인정하지 않았다. 그래서 그도 결코 자신의 심미적 이상을 완전히 한 인물에게서 구체화시키지 않았다. 그는 당시 반봉건 투쟁의 실천 속에서 새 사상의 새싹을 찾으며, 아울러 기형적으로 발전하는 사회에서 또 기형적인 도덕이 지배적 지위를 차지한 사회적 환경에서 이상적인 인간성은 충분히 발전할 수 없음을 반복적으로 표현해냈을 뿐이다.

중국의 전통적 봉건사상과 서구의 중세기 신학의 주요 차이점은, 후자가 신神을 본위로 삼아 신의 권위로써 인간 사회를 통제하고 사람의 현세적 욕망을 억누르는 것이 그 중요한 특징이라면, 중국의 전통적 유가 윤리는 주로 신의 힘을 빌리지는 않지만 '사회'를 본위로 삼은 것이고, 봉건제도를 수호한다는 명분 아래 '사회'적 필요로써 사람의 행위 규범을 규정하고 각 개인의 욕망과 요구를 말살하고 금지하는 것이다. 그리하여 서구의 중세기 종교신학에서는 직접적인 '신'과 '사람'의 대립을 초래했다. 서구의 르네상스Renaissance 시기의 진보적 사상가와 문학가의 반봉건 투쟁은 '사람'을 기치로 삼은 '신'을 향한 선전포고였다. 중국의 전통적 유가 윤리가 만들어낸 것은 봉건의 정상질서라는 '사회'적 필요와 피통치자이자 피압박자인 '개인'의 생존 욕망과 삶에의 의지와의 대립, 즉 '사회'와 '사람'의 대립이다. 사람의 기본 권리를 인정하지 않고 개인이 지닌 독립적인 의지를 인정하지 않으며, 봉건적 사회질서를 위해서 사람의 권리와 의지를 무제한적으로 박탈할 수 있는 것이 그것의 주요 특징이다. 이러한 상황이 봉건적 전통사상을 반대하는 투쟁 속에서 중국의 반봉건사상의 전사로 하여금 무엇보다 먼저 '개인'과 '개성'의 기치를 들도록 결정했다. 이 기치 아래서 봉건적 사회질서를 수호하는 봉건사상을 향한 선전포고는 그 주요한 투쟁 방식의 하나이다. 우리는 『외침』과 『방황』의 모든 비극 작품이 모두 '사회'와 '개인'의 대립을 드러내고 있고, '개인'이 전체 '사회'에게 잡아먹히는 것이 그 기본적인 구조 방식임을 보았다. 개인의 기본적 생존권과 사상적 개성으로써 이러한 생존권과 독립적 의지를 인정하지 않는 사회에 대한 규탄과 항쟁이 모든 이러한 비극의 근본적인 내용이다.

만약 각성하지 못한 노동자나 하층 지식인을 비극적 주인공으로 삼은 작품 속에서 봉건사회가 이러한 개인의 기본적인 생존권을 말살하는 것이 중요한 투쟁 형식이라고 말한다면, 각성한 지식인을 비극적 주인공으로 삼은 작품 속에서는 '개성'과 '사회'와의 충돌을 직접적으로 드러내 보였다. 여기서 우리는 또 반드시 중국의 '5·4' 시기의 반봉건 사상혁명의 구체적 특징과 각성한 지식인의 특수한 운명에 주의해야 한다. 당시의 각성한 지식인은 중국 사회의 생산력의 발전에 따라 같은 속도로 성장하기 시작한 사상의 영아嬰兒가 아니다. 중국의 근대적인 미약한 자본주의 상공업의 발전과 구국구민救國救民이란 역사적 필요가 그들에게 탄생의 조건을 제공했다. 그들은 서양이 몇백 년 동안 조금씩 축적해온, 봉건적 이데올로기와 뚜렷이 대립되는 이데올로기의 젖을 몽땅 마셔버렸다. 이렇게 해서 그들의 이데올로기와 중국 고유의 사회적 이데올로기 사이에 서양의 사상가와 그 나라의 사회적 이데올로기보다 더 커다란 균열이 생겼다. 그들은 중국의 봉건 통치자의 배척과 박해를 받았을 뿐 아니라, 오래도록 봉건에 물든 세력에게 속박당하고 있는 폭넓은 사회대중의 이해와 동정마저도 얻을 수 없었다. 그들은 극단적인 고립의 상태에 빠졌다. 다수가 소수를 향해 벌여야 하는 이 본질적인 사상 전쟁이 당시에는 오히려 부득이 소수가 다수를 향해 벌이는 사상 전쟁으로 표현되지 않을 수 없었다. 이 전쟁 속에서 봉건적 전통사상은 전체 '사회'의 면목으로 등장했고 또 '다수'와 '대중'의 면목으로 등장했지만, 진보 사상을 대표하는 지식인은 오히려 '고립된 개인'이었다. 이러한 사상적인 전쟁 속에서 루쉰은 '다수'와 '대중'의 면목으로 등장한 봉건적 전통사상 쪽에 서야 했을까? 아니면 진보 사상을 대표하고 있는 '고립된 개인' 쪽에 서야 했을까? 나는 이 문제에 대해 정확하게 대답할 수 있고, 또 루쉰의 전기 개성주의에 대한 평가문제도 정확하게 대답할 수 있다. 이것도 바로 「광인일기」, 「두발 이야기」, 「장명등」, 「죽음을 슬퍼하며」, 「고독한 사람」과 「약」(어느 정도에서)의 예술적 구도의 기본적인 실질이라고 생각한다. 이러한 작품의 기본적인 가치 척도는 '사회 대중'의 사상적 관점을 갖고 그 가운데 '고립된 개인'을 비판한 것이 아니라, '고립된 개인'의 사상적 입장에 서서 전체 사회의 사상을 공격하고 '대중'과 '다수'의 우매함과 낙후함을 비판한 것이다.

물력의 결핍은 반드시 정신력의 충실로 보충하고, 대중 기초의 부족은 반드시 개인적 의지의 굳셈으로 보완해야 한다. 소수의 각성한 지식인이 봉건사상의 망망대해 한복판에 빠졌다 할지라도 그들이 시종 변함없이 반봉건적 입장을 고수할 수 있으려면 반드시 세속을 업신여기는 두려움을 모르는 태도, 강인하고 굽히지 않는 정신력, 확고부동한 개인적 의지가 있어야 한다. 이는 루쉰이 만들어낸 모든 반봉건 사상의 지식인이 공통으로 지닌 사상적 특징이고, 그의 전기 개성주의 사상이 담은 주요 내용이기도 하다. 「광인일기」 속의 '광인'의 주요 성격적 특징은 '정상을 벗어난 것狂'이고, 속된 생각을 무시하거나 위엄과 힘으로 눌러버릴 수 없는 오만한 기질이기도 하다. 또 「장명등」 속의 '미치광이'의 주요 성격적 특징은 '실성瘋'이고, 목표를 잡고 죽어도 놓지 않으며, 쓰러뜨릴 수 없고, 속일 수 없는 '얼빠진 모습'이다. 또한 「고독한 사람」 속의 웨이롄수, 「죽음을 슬퍼하며」 속의 쥐안성과 쯔쥔도 무너지기 전에는 정도는 다르지만 이러한 세속적인 봉건사상 세력을 업신여기는 개성주의 정신을 갖고 있었다. 「술집에서」는 또 다른 측면에서 개성주의 정신의 필요성을 표현해냈다. 그것은 개성주의의 전투적 정신의 지지를 벗어난 휴머니즘이 당시 사회적 환경 속에서는 필경 온정적이고 나약한 휴머니즘으로 표현되고, 필경 봉건주의 사상 세력과 타협하게 될 것을 밝혀냈다. 다른 사람의 고통을 돌보고 개인의 이익을 희생하는 것이 휴머니즘의 기본적 요구이지만, 봉건사상의 넝쿨이 모든 사회관계를 둘둘 감고 있는 당시에 각성한 지식인이 이 길을 쫓아가면 반봉건적 의지와 열정을 잃을 가능성이 있다. 어린 동생을 위한 이장은 뤼웨이푸의 관점에서 보면 미신적 전통 관습이지만, 이러한 길들여진 심리의 지배를 받는 그의 어머니는 오히려 이 때문에 애가 타서 며칠을 잠도 제대로 못 이룬다. 이러한 어머니에 대한 동정에서 뤼웨이푸는 이장하러 갔다. 또 불원천리하고 패랭이꽃을 사다주는 것이 뤼웨이푸는 실제로 의미가 없는 것이라고 여겼지만, 이는 어머니와 순順 처녀에 대한 휴머니즘적인 동정에서 나온 것이고, 그 또한 즐겁게 하고 싶었다. 또 '자왈시운子曰詩云'을 가르치는 것은 뤼웨이푸의 염원에 맞지 않는 것이지만, 가정은 부양을 해야 하고, 고용주는 'ABCD'를 가르치길 원하지 않으니, 뤼웨이푸도 자신의 의지를 희생하고 봉건적 현실을 따르게 된 것이다. 덮어놓고 자신의 사상과 의지를 희생하면서 봉건사상 세력과 타협했고, 덮어놓고 다른 사람의 작은 기쁨과 슬픔을 염두에 둔 것이 투쟁 의지의 약화를 초래했다. 이것이 바로 뤼웨이푸의 비극의 내적 본질이다. 「술집에서」는 실제로 개성주의 정신의 바탕이 부족한 단순한 휴머니즘에 대한 예술적 고찰이다. 봉건사상이 사회의 가장 폭넓은 대중의 이데올로기를 지배하고 있을 때, 각성한 지식인은 반드시 먼저 개성주의 정신을 가져야 한다는 것이 바로 루쉰이 설명하고자 하는 문제의 핵심이다.

루쉰은 개성주의를 벗어난 휴머니즘을 부정했지만, 휴머니즘을 벗어난 개성주의도 부정했다. '5·4' 시기의 먼저 각성한 지식인이 중요한 사회계층이긴 하지만, 오히려 극소수에 불과한 계층이었다. 그것의 중요성이 단지 자기 존재의 가치로만 표현되어서는 안 되고, 폭넓은 인민에 대해서나 전체 중화민족中華民族에 대한 작용과 의미로도 표현되어야 한다. 당시 지식인이 그러한 상황에서 만약 단지 개성주의자이거나, 자신의 이익에서만 출발한다면, 필연코 봉건사상 세력과 타협하게 될 것이고 심지어는 반인민反人民의 길로도 나가게 될 것이다. 루쉰이 긍정적으로 표현하고 있는 인물은 모두 개성주의 정신도 휴머니즘 사상도 지닌 인물이다. 「광인일기」 속의 '광인'은 그 오만한 개성주의로써 사람을 잡아먹는 봉건예교를 반대했지만, 그가 봉건예교를 반대한 것은 오히려 개인의 이익을 위해서일 뿐 아니라 인류의 진보를 위해서였고, '아이를 구하라!'는 휴머니즘의 목적을 실현하기 위해서였다. 「장명등」 속의 '미치광이' 또한 이와 같다. 「고독한 사람」 속의 웨이롄수에 대해 루쉰이 지극히 뜨거운 동정심을 표시한 까닭은 그 원인이 웨이롄수의 정신이 무너지기 전에 그의 개성주의와 휴머니즘이 비교적 긴밀하게 결합한 데 있었다. 그때 그는 휴머니즘이란 풍부한 사상적 기초도 부족하지 않았고 개성주의의 강렬한 항쟁 정신도 부족하지 않았다. 그러나 봉건사상 세력의 중압重壓 아래서 그는 뤼웨이푸와는 상반되는 사상의 길로 걸어갔다. 뤼웨이푸가 개성주의를 버리고 단순한 휴머니즘을 취했다면, 웨이롄수는 휴머니즘을 버리고 단순한 개성주의를 취했다. 그러나 양자 모두가 반봉건이란 목표를 버리고 봉건적 현실과 모종의 형식적 타협에 도달한 점은 똑같다.

루쉰의 전기 휴머니즘 사상은 '아래下'를 본위로 삼은 사상이다. 이는 폭넓은 피압박 대중의 근본적 이익과 장기적 이익으로부터, 그들의 생활과 사상적 운명을 기점으로 삼아 그들에 대한 상층 통치자의 박해와 가해를 규탄한 사상이다. 그것은 전통적 봉건사상의 '위上'를 본위로 삼은 계급의식과 첨예한 대립을 이루었다. 이러한 사상의 지도 아래서 루쉰은 노동대중과 하층 지식인의 고달픈 운명을 깊이 표현해냈고, 통치자의 독단적인 냉혹함을 맹렬하게 공격했다.

이상의 분석에서 루쉰의 전기 사상은 중국 봉건의 사회적 이데올로기의 각 주요 부분과 그 근본적인 성격 면에서 첨예하게 대립한 사상체계이자 중국의 반봉건 사상혁명의 날카로운 무기였고, 중국의 현대 사회적 이데올로기의 표징表徵이었음을 볼 수 있다. 그의 사회사상과 사회적 윤리관인 진화론적 발전관은 봉건적 이데올로기의 보수적 수구적인 사회에 길들여진 심리 및 봉건사상의 기계적이고 형이상학적인 성질과 첨예한 대립을 이루었고, 아울러 이로써 봉건적 전통 관념의 진부성을 폭로했다. 그의 '아이' 본위 사상은 봉건의 '노인' 본위 사상과 첨예한 대립을 이루었고, 아울러 그로써 새로운 세대에 대한 봉건 전통의 사상적 박해와 정신적 가해를 폭로했다. 그의 '개인' 본위의 개성주의 사상과 봉건적 전통사상의 봉건'사회' 본위 사상은 첨예한 대립을 이루었고, 아울러 그로써 봉건사상의 개인의 생존권에 대한 경시와 사상적 개성에 대한 박해는 물론 그것의 위선성과 기만성을 폭로했다. 더불어 그의 '아래'를 본위로 삼은 휴머니즘 사상과 '위'를 본위로 삼은 봉건적 계급의식은 첨예한 대립을 이루었고, 아울러 하층 인민대중의 입장에 서서 봉건 통치자의 독단에 대해 성토했다.

루쉰의 전기 사상의 반봉건의 심오함은 그것의 각기 주요 구성 부분에서 드러났을 뿐 아니라 이러한 구성 부분 간의 관계와 관계 방식에서도 드러났다. 그의 사회사상과 사회적 윤리관인 진화론적 발전관이 그의 개성주의와 휴머니즘 사상에 영향을 끼쳐서 그것을 중국 내외의 많은 사상가의 추상적이고 정지된 인성론과는 다소 차별화되게 했다. 또 당시 반봉건 투쟁의 역사적 필요로부터 사람의 정신적 발전을 엄격하게 드러나게 했다. 또한 여전히 이러한 정신적 발전의 특정한 역사적 필요를 '이상적 인간성'으로 삼지 않았고, 아울러 기형적 사회와 기형적 사회의 사상적 환경 속에서 추상적인 완벽한 인간성을 찾는 우매한 방법도 철저히 거부하였다. 그의 개성주의는 휴머니즘에 영향을 끼쳤다. 그의 휴머니즘은 톨스토이주의Tolstoyism와 질적인 차이를 갖게 했을 뿐 아니라 동시에 서양의 리얼리즘 시대의 소인물小人物을 동정하고 불쌍히 여기는 것을 주요 특징으로 삼은 휴머니즘 사상과도 다소 차별화되게 했다. 또한 중국의 당시의 쉬디산許地山, 빙신冰心, 왕퉁자오王統照, 예성타오葉聖陶 등 리얼리즘 작가의 '사랑愛'을 중심으로 삼은 휴머니즘 사상과도 다소 차별화되게 했다. 그들과 비교하면 루쉰은 개성주의의 항쟁을 더욱 강조했고, '미움憎'의 필요를 더욱 강조했다. 그는 '사랑' 때문에 개인적 의지와 개성을 희생하는 것을 반대했다. 봉건사상의 망망대해 같은 포위 속에 빠진 각성한 지식인이 '소수'로써 '다수'와 직면한 투쟁 환경에 대해 루쉰의 사상은 앞에서 말한 모든 작가의 사상보다 더욱 많은 적응성을 갖고 있다. 그러한 까닭에 더욱 강렬한 전투성과 반항성을 드러내고 있다. 그의 휴머니즘은 개성주의에 영향을 끼쳐서 그의 개성주의를 니체주의Nietzscheism와는 근본적으로 차별화되게 했을 뿐 아니라 바이런Byron 등 서양의 낭만주의 시인의 개성주의 사상과도 완전히 차별화되게 했고, 궈모뤄郭沫若로 대표되는 중국 로맨티시스트의 개성주의와도 다소 차별화되게 했다. 그들과 비교하면 루쉰은 폭넓은 하층 노동대중의 운명에 대해 훨씬 강렬한 관심을 기울이고 있었고 노동대중의 비참한 운명에 대해서도 더욱 깊고 진지한 동정심을 품고 있었다. 개성주의와 휴머니즘의 결합 방식에서 루쉰은 서양의 르네상스 시기의 인문주의와 계몽 시기의 휴머니즘 사상과도 다소 다르다. 그는 개성 주장과 '사람을 사랑하자'는 주장을 사상적 주장으로 한데 융합시켜 양쪽의 첨예성을 약화시키지 않았다. 그는 이 두 극단적이면서 함께 존재하고 수용하기 어려울 것 같은 사상 형식을 이해했기에 외국의 니체주의와 톨스토이주의라는 첨예하게 대립하는 두 사상이론을 소개하게 되었고, 동시에 큰 미움大憎과 큰 사랑大愛을 널리 알렸다. 「광인일기」 등 작품 속에서 그가 자신의 열정 전부를 모두 반봉건사상의 '고립된 개인'편에 쏟아 부었다면, 「축복」 등 작품 속에서는 또 가장 크고 깊은 동정심을 재난당한 하층 노동대중에게 기탁했다. 이는 실제로 반봉건사상 투쟁 속의 확고한 사상적 입장(각성한 지식인의 '고립된 개인'의 입장)과 가장 폭넓은 인민의 사회적 입장을 결합한 것이고, 아울러 양자의 최대한 선명성을 유지한 것이다. 동시에 이러한 양극단을 장악한 결합 방식은 저우쭤런周作人의 합리적 인간성의 주장과도 다소 다르다. 저우쭤런은 개성주의와 휴머니즘 양자 사이에서 합력合力과 각자 그 극치의 조화를 찾고자 했고, 이러한 조화 속에서 새로이 봉건 유학의 '중용' 사상으로 되돌아갔다. 루쉰은 그것을 조화시킨 것이 아니라 그것을 병존 양립하게 했고, 거기서 사용할 수 있는 것을 골라서 사용했다. 그는 사랑할 것을 사랑하고 미워할 것을 미워했다. 사랑을 하려면 깊이 사랑했고 미워할 것이라면 철저하게 미워했다. 그러한 까닭에 봉건 전통의 '중용' 도덕과 첨예한 대립을 형성했다.

루쉰의 전기 사상은 중국의 봉건을 반대하는 사상혁명의 가장 날카로운 사상적 무기이자 중국의 현대 사회적 이데올로기 발전의 가장 완전무결하고 집중적인 구현이다. 이러한 이데올로기를 통해서 그는 당시 중국의 사회적 이데올로기와 이로부터 제약받고 있는 사람과 사람 사이의 사회관계를 느꼈고, 또 이러한 구체적이면서도 강렬한 염원을 위해 매우 완벽한 예술적 표현 방식을 찾았다. 그러한 까닭에 『외침』과 『방황』이 중국의 반봉건 사상혁명의 가장 깊고, 가장 완전무결하고, 가장 맑은 거울이 될 가능성을 갖게 했다. 이는 결코 루쉰의 전기 사상에 한계성이 없다는 말이 아니다. 이 중국의 봉건적 전통사상과 전통적 윤리관을 본질적으로 반대하는 데 속한 사상체계는 어떤 하나의 독립적인 사상 계통과 마찬가지로, 그것 자체의 특정한 활용 범위를 갖고 있다. 이로써 중국 근·현대 민주주의 정치혁명의 구체적 전략과 책략을 관찰하고 분석하는 데 필경 그것에 완전히 적응하기 어려운 면을 갖게 되었다. 루쉰의 사상은 발전이 필요했다. 그도 뒷날 이러한 발전을 실현하도록 했지만, 중국의 반봉건적 사상혁명을 드러내는 데 있어서 루쉰은 오히려 전기의 사상부터 벌써 충분히 성숙했던 것이다.

4.

창작방법이란 작가가 다른 사회 대상과 대면해서 실제로 활용하는 특정한 대화 방식이다. 루쉰이 당시에 힘쓴 것은 객관적이고 실제적인 중국의 사회적 이데올로기의 개조였다. 이때 그는 두 가지 사회적 대상과 사상과 감정 면에서의 직접적인 대화를 터야 했다. 한편으로 그는 중국 사회와 사회사상 개조에 뜻을 둔 각성한 지식인과의 대화에 물꼬를 터서 그들에게 전체 중국의 사회사상 개조의 필요성을 의식하게 하고, 그들에게 중국 사회사상의 구체적인 현실이 그들이 손을 대야 할 시작점임을 의식하도록 하는 것이었다. 다른 한편으로 그는 봉건적 전통사상과 전통적 윤리관이란 죄악의 바다에 빠졌지만 스스로 알지 못하는 사람들과의 대화에 물꼬를 터서 그들에게 이러한 사상과 도덕의 잔혹성, 위선성과 진부성을 점차 의식하게 하고 아울러 거기에서 벗어나고 싶은 강렬한 염원이 생기도록 해야 했다. 앞의 대화 속에서 루쉰이 중국의 사회사상의 실제 현실을 대표한다면, 뒤의 대화 속에서 그는 진보적인 사회적 이데올로기를 대표한다. 동시에 루쉰이 이 두 예술형식으로 구현해낸 대화를 효과적으로 펼치고자 할 때, 현대적 사회의식과 심미적 감정으로 중국의 당시 실제 사회생활을 재현하는 것이 가장 유력한 방식이었다. 바꾸어 말하면 리얼리즘은 루쉰에게 필연적으로 제일 필요한 것이 되었다. '현실'은 소수의 먼저 각성한 사람들에게 있어서는 반드시 고려해야 하는 대상이자 벗어날 수 없는 대상이지만, 각성하지 못한 사람들에게는 그저 느낄 수 있고 이해할 수 있는 대상이다. 사실대로 말하면, 루쉰의 리얼리즘은 중국에

날카롭게 대립하는 두 종류의 사회적 이데올로기와 근본적으로 다른 두 종류의 심미적 가치관이 등장한 상황에서 양자 사이의 비교적 직접적인 예술적 대화를 진행할 수 있는 유효한 방식이었다.

『외침』과 『방황』의 리얼리즘 문학 경향의 강화 추세는 초기 낭만주의 문학 경향에 대한 루쉰의 약화 추세와 함께 진행된 것이다. 한 쪽이 쇠하면 한 쪽이 성하는 대립관계는 한 경향이 또 다른 경향을 뛰어넘고 압도하는 과정이지, 두 경향을 함께 동등하게 결합하는 과정이 아니다. 이러한 예술적인 대화 방식은 낭만주의이다. 이를테면 그것은 작가와 작가가 자각적으로 대면한 독자 대상 사이에 더욱 많은 공통의 언어 및 동질의 이상, 염원, 사상과 감정을 갖기를 요구한다. 궈모뤄의 말로 말하면 양자는 공동의 '진동수'와 대등한 '발화점'을 가져야 한다(「서시序詩」, 『여신女神』). 이렇게 해야만 독자는 비로소 낭만주의 문학 작품의 격정적 토로에 대해 작가 본인과 기본적으로 비슷한 방향에서 감정적인 공명이 생길 것이다. 낭만주의 문학작품은 현대적 사회의식과 중국 봉건의 전통적인 사회의식이란 근본적으로 다른 이 두 가지 이데올로기를 지닌 사람 사이에서 비교적 효과적인 예술적 대화를 진행하기에는 다소 어려움이 따른다. 루쉰이 시인이 팔을 들어 한번 외치기만 하면 호응하는 사람 모두가 머리를 들게 함으로써 민족정신을 불러일으키는 목적을 달성할 수 있다고 생각했을 때, 그는 낭만주의 문학을 더욱 중요시했다.(「악마파 시의 힘摩羅詩力說」, 『무덤墳』 참고) 그러나 그가 봉건사상과 봉건적 윤리관에 의해 심각하게 속박당하고 있는 사람들을 향해 외쳤음에도 '낯선 사람'처럼 그의 외침에 전혀 반응하지 않고 찬성도 반대도 하지 않는 것을 알았을 때, 그가 또 중국의 당시 사회적 환경 속에서 자신이 근본적으로 팔을 들어 한번 외치기만 하면 호응하는 사람이 구름 같이 모여드는 영웅이 될 수 없음을 알았을 때, 또 그가 적개심을 부채질하는 것이 원래 겁이 많고 나약한 사람들에게서 역효과를 낼 가능성이 있음을 알았을 때, 그가 주로 리얼리즘문학으로 향하게 되었음(『외침』의 「자서自序」와 『무덤』의 「잡다한 추억雜憶」 참고)을 우리는 보았다. 객관적이고 실제적인 중국의 사회적 이데올로기의 개조에 대한 자각적인 추구가 루쉰에게 낭만주의 문학의 방향을 벗어나 더욱 많이 리얼리즘의 문학 방향으로 바뀌도록 촉진했다. 이것이 『외침』과 『방황』의 창작방법에 대한 기본적 평가인 것은 당연하다.

내적 이상理想의 빛이 없는 문학작품은 저속한 문학작품이다. 이상은 로맨티시스트의 것만이 아니다. 리얼리즘과 낭만주의 문학은 모두 필히 저자의 주관적 이상을 구현해낼 수 있어야 한다. 양자의 근본적 차이는 다만 다음과 같은 점에 있다. 요컨대 리얼리즘 창작방법은 반드시 현실 사회생활에 대해 조금도 겉을 보기 좋게 꾸미지 않은 구체적인 진실한 묘사를 통해서 저자의 이상과 염원을 구현해야 한다면, 낭만주의는 세부 묘사의 진실성 원칙과 현실적 가능성을 따를 필요가 없다. 그것은 자신이 염원하고 이상理想적으로 생각하는 것을 직접 묘사할 수 있다. 우리는 종종 이 방면에서 『외침』과 『방황』의 낭만주의를 찾곤 하는데, 실질적으로 우리가 찾은 것은 낭만주의가 아니라 리얼리즘 작가에게도 없어서는 안 되는 내적 이상의 빛이다. 만약 우리가 그것들의 수많은 진실한 세부 묘사 가운데서 루쉰이 현실을 벗어날 가능성과 순전히 자신이 구상한 염원, 이상적인 인물, 화면이나 예술적 세부사항을 찾기를 꾀한다면, 이는 더 이상 『외침』과 『방황』에 대한 찬미와 긍정이 아니라 그것들에 대한 손괴이자 비난 배척이 되고 말 것이다. 루쉰은 문예작품의 실패란 '거짓을 참으로 여기고以假爲眞', '참에서 거짓을 발견하고眞中見假',(「어떻게 쓸 것인가怎麽寫?」, 『삼한집三閑集』) '이상적인 것'을 '현실적인 것'에 포함하고, '미연의 것未然的'을 '이미 그렇게 된 것已然的'으로 여기는 데 있는데, 이는 의심할 바 없이 독자로 하여금 '참인지 거짓인지 분간할 수 없고眞假莫辨' '거짓을 참으로 여기고以假爲眞' '참을 의심하고 거짓으로 여기게疑眞爲假' 함으로써 허황한 느낌을 가지게 할 수 있는 데 있다고 말했다. 「행복한 가정幸福的家庭」 속에서 루쉰은 주인공이 순수 이상적인 행복한 가정을 표현하기 위하여 어수선한 현실로부터 세부적인 진실을 찾는 시도를 비웃었다. 루쉰은 그가 세부 묘사의 진실을 버리고 이상적 가정의 오아시스를 허구적으로 그리나, 아니면 세부 묘사의 진실이란 원칙을 따르느라 이상적 가정의 묘사를 포기하거나, 마지막에 가서는 둘 중 하나일 것임을 분명히 알았다. 리얼리즘과 낭만주의는 여기서 훌륭하게 결합할 가능성이 없다. 이상적 묘사와 현실적 묘사의 관계에서 루쉰이 리얼리즘 문학의 원칙을 유난히 고집스럽게 지킨 것과 그 내적 원동력은 다음에 있다. 즉, 현실 사회의 사상적 상황에 대한 어떠한 의식 혹은 무의식적인 미화, 전통적 봉건사상의 실제 영향력에 대한 어떠한 자각적 혹은 비자각적인 과소평가, 이상으로 현실을 대체하거나 이상으로 현실을 개조하여 어떤 낭만주의적 경향이든 그가 추구한 중국의 사회적 이데올로기의 실제 변혁운동에 대해 말하면, 모두 좋지 못한 영향을 끼칠 수 있고, 모두 사람들에게 찾게 하는 것은 진실로 나아갈 수 있는 사회의식 개조의 길이 아닐 것이라고 루쉰은 생각했던 것이다.

낭만주의의 주관 서정성의 특징에 대해서도 루쉰은 부분적으로 부정했다. 그는 단순히 낭만주의적 격정과 호소를 통해서는 겁이 많고 나약한 국민들을 일깨우는 목적을 달성할 수 없다고 여겼지만, 낭만주의의 주관 서정성 자체에 대해서는 오히려 더욱 많이 유보해두었다. 엄격한 리얼리즘 원칙에 따르면, 저자는 반드시 자신의 주관적 감정을 객관적 현실에 대한 진실한 묘사 속에 흔적을 드러내지 말고 융합시켜야 한다. 강렬한 주관적 색채와 대담한 자아 표현은 낭만주의 문학작품 속에서 발전해온 것이다. 그러나 낭만주의의 주관적 서정과 리얼리즘의 객관적 묘사는 오히려 '아직 그렇게 되지 않은' 이상적 묘사와 '이미 그렇게 된' 현실적 묘사처럼 양쪽 다 뒤섞여지는 것을 용납하지 않는 길항력을 갖지 못했다. 주관적 서정은 객관적 묘사의 기초 위에서 진행해야 그 진지성을 잃지 않고, 객관적 묘사도 주관적 서정의 방사放射 속에 있어야 그 정확성을 잃지 않을 것이다. 객관적 묘사의 기초 위에서 표현해낸 주관적 서정성은 마땅히 『외침』과 『방황』의 낭만주의적 요소의 주요 표현이어야 한다. 서양의 낭만주의가 최종적으로 봉건 문학을 청산한 문학 흐름이고, 개성에 대한 강조는 주관적 감정성感情性에 대한 그것의 존중을 가져왔으며, 아울러 이로써 봉건사상의 개성 압살 및 감정 억제와 첨예한 대립을 이루었다면, 서양의 리얼리즘은 부르주아가 완전히 봉건문화를 소탕한 뒤에 발전한 문학 유파이다. 그것은 개인주의 사조의 범람에 대해 반발했고, 휴머니즘을 중시하고 개성주의를 억제하거나 객관을 중시하고 주관적 감정의 임의적인 범람을 억제하는 것이 또 그 주요 특징이 되었다. 반봉건사상 투쟁의 소용돌이 속에 처한 루쉰은 현실적 사상운동에 대한 그 객관적 추구로써 리얼리즘적인 문학의 길을 걸었다. 하지만 봉건적 감정억제주의抑情主義에 대해서는 내내 개성주의적인 사상 무장을 포기하지 않고, 봉건적 감정억제주의에 대한 주관적 서정성의 파괴 작용도 경시하지 않았다. 꾀꼬리라면 꾀꼬리처럼 울고, 올빼미라면 올빼미처럼 울면 된다.(「수감록 40隨感錄四十」, 『열풍熱風』) 루쉰이 원래 낭만주의 문학의 범주에 속하는 '작가는 용감하게 자아 표현을 해야 한다'는 구호를 제기했을 때, 동시에 위선적인 봉건예교에 대한 규탄도 수반했다. 요컨대 『외침』과 『방황』의 직접적인 반봉건사상적 성격이 내적으로 그것들에 낭만주의의 주관적 서정성 색채를 비교적 많이 남겨둘 가능성을 갖도록 했다.

당시 사회적 이데올로기의 대립 속에서 루쉰의 주관적 서정은 아주 분명하게도 리얼리즘의 객관적 묘사의 과정에 체현되었고, 현대적 사회의식을 지닌 먼저 각성한 지식인의 인물 형상에 외적인 표현을 이루게 되었을 뿐이다. 저자의 생활 경력, 사상과 감정, 생활감을 먼저 각성한 지식인의 인물 형상에 부분적으로 표면화시키고, 그것을 사회의 다른 유형의 인물과 유기적으로 함께 융합시켰다. 저자 본인과 가깝지만 똑같지는 않은 독립된 전형적인 성격을 창조하고, 아울러 이러한 독립된 전형적인 인물을 통해서 부분적으로 저자 본인의 생활감, 이데올로기, 감정과 정서를 표현했다. 이는 『외침』과 『방황』의 리얼리즘의 기초 위에서 낭만주의의 주관적 서정성, 작품에 대한 저자의 직접 개입의 정도, 저자의 자아 표현의 성분을 가능한 한 많이 강화하는 주요 예술 방식이다. 「풍파風波」, 「아Q정전」, 「이혼」 등 노동대중을 주요 묘사 대상으로 삼은 작품과 비교하거나, 혹은 「쿵이지孔乙己」, 「흰빛白光」 등 하층 봉건지식인을 주인공으로 삼은 작품과 비교하거나, 또는 「비누」, 「가오 선생高老夫子」 등 봉건예교의 옹호자를 풍자의 대상으로 삼은 작품과 비교해 보면, 「광인일기」, 「두발 이야기」, 「술집에서」, 「고독한 사람」, 「죽음을 슬퍼하며」 등 작품은 분명히 다른 색채를 드러내고 있다. 인물의 부류에 있어 그것들은 모두 일정 정도 현대사상의 성질을 지닌 지식인을 주인공으로 삼은 작품이다. 또 사상적 기초에 있어 그것들은 모두 루쉰의 전기 개성주의 사상의 경향을 비교적 많이 드러내고 있다. 표현 방법에 있어 그것들은 모두 엄격한 현실 묘사를 강렬한 주관적 서정성과 인물 자신의 내적 독백과 함께 결합했다. 제재 선택에 있어, 그것들은 모두 루쉰의 개인적인 직접 경험과 느낌을 더욱 많이 그리고 더욱 분명하게 반죽해 넣었다. 또 서사 각도에 있어 그것들은 대부분 모두 제1인칭의 표현법을 사용했다. 그것들의 주도적 경향은 모두 리얼리즘인 것이지만, 분명히 낭만주의적인 요소를 더욱 많이 갖고 있다.

낭만주의의 주관적 서정, 자아 표현, 자아 해부를 리얼리즘의 객관적 묘사로 전환시키는 과정에서 제1인칭의 서사 방법이 중요한 작용을 했다. 이러한 작품 속에서 다음과 같은 두 파트 세 종류의 제1인칭의 표현법을 갖고 있다. 첫 번째 단선적인 제1인칭은 작품 속에 주요 인물로서의 '나'를 포함한다. 그것에 또 두 종류가 있는데, 한 종류는 표면화 수단으로써의 제1인칭이고, 작품 속의 '나'는 또 다른 인물을 객관화시켰고, 저자는 '나'를 통해서 의론議論하고 감정을 토로한다. 예를 들면 「고독한 사람」이다. 다른 한 종류는 표면화 대상으로서의 제1인칭이고, 작품 속의 '나'는 독립적인 주인공이지만, 저자는 또 '나'의 자아 해부와 주관적 서정 속에 개인의 주관적 서정의 성분을 곁들였다. 예를 들면 「죽음을 슬퍼하며」이다. 두 번째 복선적인 제1인칭은 실제로 앞에서 말한 두 종류의 제1인칭 표현법의 결합이다. 작품 속에 '나'는 둘이고, 첫 번째 '나'는 표면화 수단으로서 두 번째 주요 인물로서의 '나'를 객관화시켰고, 두 '나' 속에 모두 저자의 경력이나 감정을 반죽해 넣었다. 예를 들면 「두발 이야기」와 「술집에서」이다. 이러한 '나'에 모두 다른 정도로 저자와 비非저자, 주관성과 객관성의 성분을 겸해서 갖는 것은 낭만주의의 예술적 표현을 리얼리즘 작품에 끌어넣는 형식의 도관conduit이다.

「작은 사건一件小事」, 「지신제 연극社戲」과 「고향」의 일부는 또 다른 의미에서 낭만주의와 비슷한 경향을 지니고 있다. 「작은 사건」과 「지신제 연극」은 모두 직접적인 반봉건사상 투쟁의 의미에서 인물의 이데올로기적인 면모를 표현하지 않았고, 그 가운데 긍정적인 인물은 현대적 민주주의 사상을 갖고 또 자각적으로 봉건적 전통 관념과 투쟁하는 인물이 아니다. 그것들이 루쉰의 봉건적 사회관계에 대한 혐오와 잔혹하고 위선적인 봉건예교에 대한 증오 때문에 자연스러운 사람과 사람의 소박한 관계를 동경하게 되었고 천진무구한 아동 사이의 관계는 이러한 관계의 최고 구현이 되었다. 이는 서양의 로맨티시스트가 자본주의적 도시생활을 혐오함으로 말미암아 조용하고 정다운 농촌생활을 동경하고 사람과 사람의 소박한 관계를 동경하게 된 것과 서로 더욱 많이 통하는 부분이 있다.

봉건적 사회적 이데올로기는 어떠한 봉건적 신조들에 간단히 보조를 맞춘 것이 아니라 방대한 사회적 이데올로기의 틀이다. 봉건 지주 계급의 인민대중에 대한 구체적 유형적인 경제적 착취와 정치적 압박과 비교할 때, 그 정신적 상해는 더욱 많은 다변성, 복잡성과 추상성을 갖고 있다. 여기서 정신적 박해와 육체적 박해를 가한 것은 구체적인 어떤 사회 구성원 한둘이 아니라, 어림잡을 수는 있지만 구체적으로 느끼기 어려운 추상적인 사회사상의 힘이다. 그것에 대한 사람들의 느낌은 이지적이고 감정적인 성분이 있긴 하지만, 동시에 더욱 많은 정서성情緒性도 띠고 있다. 바로 앞에서 말한 갖가지 원인으로 말미암아 『외침』과 『방황』의 리얼리즘 속에도 많은 상징주의적인 요소를 수용하게 되었다. 그 구체적인 묘사 속에서 어떠한 부분들은 봉건사상이 구체적인 사회적 힘이 아니라 추상적인 통일체로서 등장하고 있다. 어떠한 부분들에 있어 루쉰은 봉건사상이 사람을 잡아먹은 구체적 사실을 봉건적 이데올로기의 추상적 본질로 승화시켜야 했다. 어떠한 부분들은 그것에 대한 사람들의 본질적 인식이 또 다만 어렴풋한 정서적인 느낌 단계에 머물렀을 뿐이고, 아니면 이러한 어렴풋한 정서적 느낌이 또 주요한 성분을 차지하고 있다. 어떠한 부분들은 동시에 상징주의의 예술적 요소도 드러내 보였다.

「광인일기」는 가장 분명한 상징주의 색채를 지닌 작품이다. 그것은 루쉰이 '5·4' 신문화운동 과정에서 발한 첫 번째 '외침'이다. 이는 봉건적 전통사상에 대해 루쉰의 마음속에 오랫동안 쌓인 감정을 한 차례 전부 폭발시킬 필요와 오랫동안 축적된 봉건적 전통사상의 사람을 잡아먹은 본질에 대한 통일적인 인식을 개괄적으로 표현할 필요에서 나온 외침이다. 이때 선명한 특이성을 지닌 어떠한 사건이든 모두 이러한 창작의 임무를 완성하기에 부족했다. 루쉰은 구체적인 형상이 필요했지만, 이 구체적인 형상은 또 반드시 비정상 상태의 인물이어야 했다. 그는 정상 상태의 인물처럼 그렇게 구체적 사건에 대해 너무 큰 밀착성을 가지면 안 되고, 정상 상태의 인물처럼 그렇게 현실적 생활 환경과 사상적 환경에 대해 그렇게 큰 잠재적 적응성을 가지면 안 되고(이러한 적응성은 이러한 환경 속에서 성장한 사람이 부득이 갖게 되는 것이다), 정상 상태의 인물처럼 그렇게 판에 박힌 사유 논리가 현상現象에서 본질로 향하는 점진적인 정상 추리에 따라서도 안 된다. 루쉰이 '광인'이란 현실성을 지닌 인물을 찾은 것은 실제로 바로 현실성에서 추상성으로 넘어가는 예술적인 중점重點을 찾은 것이다. 그는 '광인'의 변형 심리를 이용해 현실의 봉건관계를 상징으로 직접 전환시켰다. 게다가 이러한 상징을 직접 봉건관계와 봉건사회의 이데올로기의 추상적 본질에 대한 폭로로 승화시켰다. 여기에서 사회의 사상적 환경은 모호한 통일적인 화면으로서 나타났다. 그것에 대한 '광인'의 느낌은 무엇보다 먼저 정서적인 느낌이다. 정서적 느낌의 기초 위에서 직접 이성적인 본질적 개괄을 수행한 것은 「광인일기」가 상징주의 수법을 활용한 결과이다. 단지 리얼리즘의 진실한 묘사에 의존하는 것만으로는 이처럼 짧은 분량에서 이토록 고도의 예술적인 개괄력을 달성하기에 충분하지 못했다. 하지만 강렬한 정서성과 명확한 이성적 개괄의 상호 결합 및 현실적 가능성과 현실 관계의 변형 묘사의 상호 결합은 「광인일기」의 리얼리즘과 상징주의가 서로 결합한 주요 표지이다.

당시의 폭넓은 노동대중은 갖가지 역사적 조건의 제한으로 말미암아, 여전히 봉건사상과 봉건적 윤리관에 대해 통일적인 본질적 인식을 가질 가능성이 없었다. 하지만 실제 생활 속에서 그들은 오히려 그것의 질식시키는 힘을 직접 느낄 가능성이 있었다. 이때 그것에 대한 그들의 파악은 여전히 주로 어렴풋한 정서적 느낌 단계에 머물러 있었다. 하지만 저자는 오히려 이러한 어렴풋한 정서적 느낌을 충분히 이용해 독자에게 그것의 통일적인 본질을 충분히 암시해내야 했다. 『외침』과 『방황』의 상징 수법의 활용은 종종 이러한 예술적 중점 부분에서 드러났다. 「아Q정전」 속의 흉악한 눈초리에 대한 아Q의 연상과 「약」의 결말 부분의 까마귀가 봉분 위로 날기를 바라는 두 늙은 어머니의 기대에 모두 일정한 상징적 의미가 부여되었다. 『외침』과 『방황』 속의 상징은 모든 상징주의 작품 속의 상징이 그러하듯이, 모두 다의성多義性을 갖는다. 그리하여 그것들은 일반적인 비유가 아니다. 하지만 이 다중적인 함의 속에서 첫 번째 뜻으로서의 기본적 함의는 현실성을 갖는 구체적 함의이다. 많은 상징적인 함의는 이 현실적 함의의 진일보한 승화이고, 이 현실적인 함의는 나머지 모든 상징적 의미가 필요한 기초이다. 또 현실적인 함의는 모든 상징적 함의를 벗어나 독립적으로 존재할 수 있다. 이는 상징주의 작가의 작품과 서로 구별되는 근본적인 특징이다.

개괄해서 말하면, 중국의 반봉건 사상혁명운동에 대한 루쉰의 객관적 추구가 내적으로 『외침』과 『방황』의 리얼리즘의 주도적 방향을 결정했다. 개성해방 사상을 갖고 봉건적 금욕주의와 감정억제주의를 타파할 루쉰의 사상적 필요성이 『외침』과 『방황』에 비교적 많은 낭만주의적인 주관적 서정성의 요소를 남길 수 있게 했다. 아울러 봉건사회의 이데올로기가 사회사상을 가두어 놓고, 사람의 정신과 육체를 압살하는 무형성과 추상성이 『외침』과 『방황』의 상징주의 수법의 활용에 필요성과 가능성을 제공했다. 루쉰의 전기 사상의 기본적 구성과 『외침』과 『방황』의 창작방법의 특징도 다음과 같은 내적 관계를 갖고 있다. 즉, 그의 휴머니즘 사상과 리얼리즘 경향이 더욱 많은 사상적 관계를 맺고 있고, 그의 개성주의는 낭만주의적인 요소와 내적 관계를 맺고 있다. 그러나 루쉰의 진화론 사상의 문학관에서 파생된 문학진화론文學進化論이 그 자신조차도 서양에서 20세기 초에 이미 널리 퍼진 모더니즘 문학의 흐름을 절대 배척할 수 없게 했다. 그가 현실적 필요성이 있음을 느꼈을 때, 그는 대담하게 나라이拿來('가져오다'라는 뜻이다 – 역자)하여 거울삼을 수 있었고, 상징주의적인 예술 수법이 『외침』과 『방황』 속에 등장할 수 있었다. 이는 루쉰에게 어떠한 기존의 창작방법이든 고착화 내지는 절대화할 뜻이 결코 없었음을 반영하고 있다. 이와 동시에 명확한 이성으로써 객관적으로 존재하고 있는 사람의 본능, 직각, 비이성, 잠재의식의 각종 특징에 대한 루쉰의 인정도 그가 리얼리즘의 기초 위에서 광범위하게 상징주의 요소를 흡수할 수 있었던 사상적 기초이다.

『외침』과 『방황』의 리얼리즘 특징도 중국의 반봉건 사상혁명의 구체적인 특징과 불가분의 관계를 맺고 있다.

루쉰의 리얼리즘의 냉혹함은 주로 봉건사상과 봉건적 윤리관이 사람을 잡아먹은 본질에 대한 그의 신랄한 폭로에서 비롯되었다. 봉건주의적인 현실은 자본주의적인 현실보다 도덕의 도란Dohran을 더욱더 두텁게 칠한 현실이고, 온정의 베일을 드리운 채 사람을 잡아먹는 현실이다. 만약 서양의 비판적 리얼리즘문학이 현실에 대한 '재현'에 더욱 경사된다고 한다면, 루쉰의 리얼리즘은 더욱 '탐구'하고 '투시'하는 경향이 있다. 그는 필히 봉건적 인륜 관계의 온화한 표상을 통해 '잔인함'에 가까운 냉혹함을 갖고 그 사람을 잡아먹는 본질을 캐내야 했다. 때문에 이러한 캐내기 과정에서 그는 공인된 '악인'인 지주계급 통치자와 음흉한 마음을 품은 '소인배'를 만날 수 있을 뿐 아니라, 봉건적 사회의식의 제약 아래에 놓여 있는 폭넓은 사회 대중 및 보통의 '훌륭한 사람'으로 여겨지는 사람들과도 더욱 준엄하게 대처해야 했다. 봉건사회의 정치 경제면에서의 식인吃人은 주로 노동대중에 대한 지주계급 통치자의 착취와 압박에서 표현된다면, 봉건사상과 봉건적 윤리관의 식인은 지극히 광범위한 사회대중이 만들어낸 사회적 여론과 사회관계를 통하지 않으면 실현될 수 없다. 루쉰의 리얼리즘의 준엄한 색채는 큰 정도에서 사회 대중에 대한 그의 진실하고 준엄한 처리에서 비롯됐다. 봉건적 금욕주의와 위선적 예교의 장기적인 약속이 중국에서 광대한 대중의 정신 발전에 심각한 결과를 가져왔다. 『외침』과 『방황』은 실제로 장기적인 정감 억압이 야기한 정신이상의 표현을 다음과 같이 네 종류로 묘사해냈다. 즉, 대내적對內的 정감 억압은 무엇보다 먼저 고민과 마비라는 당시 선량한 노동대중의 기본적 성격을 만들어냈다. 단씨 넷째 아주머니單四嫂子, 룬투閏土, 샹린 아주머니는 모두 이러한 유형에 속한다. 내향적 정감 억압의 악성 발전은 필연코 자아의식의 상실을 초래할 것이다. 이는 변형된 인내이자 뒤틀린 고통이고, 그 전형적인 표현은 아Q의 정신승리법精神勝利法이다. 정감 억압의 대외적對外的 발전은 타인의 정상적인 정감 표현을 인정하지 않고, 장기적으로 필요한 감정의 교류가 부족한 상황 아래서 이미 구체적으로 다른 사람의 고통을 감지할 수 없게 된 것이다. 이것이 타인의 정신적 고통에 대한 극단적 무관심을 초래했다. 「약」 속의 화라오솬華老栓, 「축복」 속의 류씨 어멈柳媽 등 많은 인물들이 모두 이러한 특징을 드러내고 있다. 무관심의 악성 발전은 약자에 대한 무자비한 정신적 박해로 표현되고, 강자 앞에서 억눌린 감정의 원한 서린 독기가 약자에게로 옮겨가서 전혀 막힘없이 배출된다. 이러한 정신이상의 네 종류 표현이 사람과 사람 사이의 관계에 최대한도의 박정함과 냉혹함을 띠도록 만들었다. 한편으로 고통의 마비라는 폐쇄적 극단적으로 무관심한 방관이고, 또 한편으로 무자비한 정신적 박해와 원한 서린 독기의 배출이다. 이것은 약자가 알게 모르게 봉건적 윤리관과 신조를 위반할 때, 또 사회 대중이 이러한 신조를 갖고 처세할 때 더욱더 두드러지는 것으로 표현되었다. 이러한 봉건관계에 대한 루쉰의 투철한 이해와 가차 없는 묘사는 인물에 대한 처리에 있어 중국의 어떤 작가보다도 훨씬 많은 준엄성을 갖게 했다. 이와 동시에 이러한 차디찬 사회관계 속에서 시행한 것은 유형의 물질적 싸움과 직접적인 육체적 상해가 아니라 정신적 압살술扼殺術과 감정의 냉동법氷寂法이다. 여기에 전투준비를 마친 튼튼한 진용과 위세 있는 군대는 없고, 주로 웃는 얼굴에 가려진 비방과 한담 속의 살인이다. 언어는 곧 난데없이 날아오는 총알이고, 찌푸린 웃음은 곧 시위를 떠나 날아오는 화살이다. 또 여기서 공격자는 봉건사상과 봉건적 윤리관의 견고한 방어지역을 차지하고 '다수'의 방패를 갖고 있지만, 피해자는 오히려 엄폐물이 전혀 없는 넓고 평탄한 평지에서 극단적으로 '고립'된 위치에 놓여있다. 이 '주범 없는 살인단' 앞에서 약자는 호소할 여지가 없고 반격할 대상이 없다. 이는 마음으로 느낄 뿐이지 호소할 수 없는 비극이기에, 아주 화려하게 늘어놓은 묘사, 호쾌함으로 넘쳐나는 필치, 아무리 울부짖고 아우성치는 규탄까지도 이러한 고요함 속에서 사람을 잡아먹는 현실의 울림을 전달하기에 충분하지 못하다. 이러한 비극에 직면해서 루쉰은 오직 냉혹한 붓대를 사용할 뿐이다. 앞에서 말한 갖가지 원인으로 말미암아 『외침』과 『방황』의 리얼리즘은 극단적인 냉혹성을 띨 수밖에 없었다. 여기서 냉혹함은 리얼리즘의 진실성에 대한 요구이고, 진실성은 냉혹한 태도의 기초이다. 봉건사상이 사람을 잡아먹는 특정한 방식과 그것에 대한 루쉰의 심오한 표현은 『외침』과 『방황』의 리얼리즘의 진실성이 반드시 냉혹한 예술적 태도와 함께 결합하도록 하였다.

『외침』과 『방황』의 냉혹함과 치열성의 결합은 루쉰이 사회사상에 대해 드러낸 준엄성이 중국의 사회사상의 변혁을 추구하는 간절함과 결합된 데서 비롯되었고, 이는 인물의 처리과정에서 구현되었다. 즉 인물의 사상적 처리에 대한 극단적 준엄성과 정치적 처리에 대한 고도의 관용성의 결합으로 표현되었던 것이다. 『외침』과 『방황』 속에는 사상적 소질 면에서 부정적인 인물이 아주 많다면, 정치면에서 부정적인 인물은 극소수이다. 설령 쓰밍, 가오 선생 같은 인물에 대해서라고 해도 루쉰은 정치적인 적으로 간주해서 묘사하지는 않았다. 루쉰의 이러한 처리는 중국 반봉건 사상혁명의 출발시기의 현실 관계를 반영하고 있다. 즉 사상적 이데올로기 면에서 봉건 진영에 속한 인물은 절대다수였지만, 현대 민주사상을 대표하고 있는 각성한 자식인은 극소수였다. 또 봉건사회에서 세도를 부린 반동 통치자는 극소수였지만, 뜨거운 동정을 받아야하는 고달픈 대중은 절대다수였다. “그들의 불행을 안타까워하고 그들이 싸우지 않음을 분노한다哀其不幸, 怒其不爭"는 자세는 봉건사상의 속박에서 벗어나지 못한 광대한 일반 대중에 대한 그의 주된 감정적 태도였고, 루쉰의 '냉정冷'과 '열정熱'은 이러한 인물들의 처리 면에서 최고도의 통일을 얻은 것이다.

『외침』과 『방황』의 리얼리즘의 전형화 된 특징도 중국의 반봉건 사상혁명에 대한 루쉰의 깊은 인식을 반영해냈다.

서양의 르네상스 시기의 인문주의자의 반봉건 의식은 점차적으로 각성된 것이다. 일반적으로 말하면 봉건사상에 대한 그들의 비판이 미처 전체 봉건역사에 대한 비판으로까지 성숙되지 못했을 때, 그들의 리얼리즘의 예술적인 개괄은 주로 현실적 개괄 쪽으로 눈을 돌렸다. 서양의 19세기의 비판적 리얼리즘이 직면한 것은 중세기와는 현저히 다른 자본주의적 현실이었다. 그것은 엄격한 역사주의 원칙을 목적으로 삼고, 당시 사회적 현실의 표현을 주요 목표로 삼은 것이었다. 그런가 하면 루쉰이 직면한 것은 장기적인 봉건사회의 역사를 지닌 중국적 현실이었고, 이 긴긴 역사적 시대에 구체적인 생활양식으로서는 거대한 변화가 있긴 했지만, 봉건사회의 이데올로기의 본질로서, 또 봉건적 윤리관의 통일체로서는 시종 근본적인 변화가 발생하지 않았다. 그것에 대한 루쉰의 현실적 비판은 동시에 그것에 대한 역사적 총결산이 될 수밖에 없었다. 이는 『외침』과 『방황』의 전형적인 개괄 면에서 반영되어, 엄격한 리얼리즘 원칙과 커다란 구간의 역사적 종합, 그리고 구체적인 현실 묘사와 오랜 역사에 대한 개괄을 긴밀하게 함께 결합시킨 전형화 방법을 형성시켰다. 그는 중국을 수천 년 동안 통치한 봉건적 이데올로기의 근본적인 특징에 대한 이성적 인식을 통해서 현실적 인물과 현실적 생활상生活相의 전형적인 특징을 발견하고 또 제련했다. 또 현실적 인물과 현실적 생활상에 대한 관찰과 사고를 통해서 중국의 봉건적 이데올로기의 일관된 본질을 파악하고 또 인식했다. 그리고 양자의 대류對流 속에서 현실적, 구체적, 개성화된 인물과 생활상 및 역사적, 추상적, 개괄적인 봉건적 이데올로기의 본질을 함께 녹여냈다. 이는 루쉰의 현실에 대한 개괄을 오랜 역사의 개괄로 직접 상승시킨 주요 예술적 여정이다. 그는 모든 동원할 수 있는 요소를 동원하여, 의식적으로 오늘에서 옛날로, 옛날에서 오늘로의 독자의 풍부한 연상을 강화하고, 오늘로 옛날을 검증하고, 옛날로 오늘을 설명하고, 옛날과 오늘의 관통, 옛날과 오늘의 침투, 옛날과 오늘을 오버랩 시켰다. 그리하여 독자의 생각을 현실 생활의 현장으로 데려가, 전후 수천 년 동안의 전체 봉건역사 위에서 빠르게 약동하도록 하고, 오늘의 평면도를 갖고 역사적인 상하 방향의 약동 속에서 선명한 역사의 선형線形 궤적을 그려내게 하였다. 이는 루쉰이 현실적 개괄을 동시에 역사적 개괄로 바꿀 때 흔히 사용한 예술적인 수단이다. 「광인일기」 속의 오늘에서 옛날로 되돌아보기, 「아Q정전」 속의 옛날에서 오늘로의 차근차근 설명하기, 「약」 속의 화, 샤 두 집안의 상징, 「장명등」 속의 장명등의 오랜 역사에 대한 설명, 「축복」 속의 송·명宋明 이학理學에 관한 암시, 「이혼」 속의 치 어르신이 옛사람이 염을 할 때 시신의 항문을 막는 비색을 감상하는 세부사항의 삽입, 「두발 이야기」 속의 머리털 역사 변천에 대한 추적, 「풍파」 속의 옛사람에 대한 자오치 영감의 우스꽝스러운 숭배 등은 모두 옛날과 오늘의 연상이자 옛날과 오늘의 관통을 강화하는 작용을 했다. 백화문白話文을 대량 활용한 서술 속에 봉건 전통과 관련된 소량의 문언文言 어휘의 삽입도 이러한 작용을 했다.

계급이 대립하는 사회에서는 사람마다 모두 동시에 자신의 정치적 지위, 경제적 지위와 이데올로기라는 세 종류의 주요 계급적 특징을 갖게 된다. 하지만 앞의 두 종류의 특징은 유형적이고 특정적이다. 그것들은 어떠한 영향성과 침투성을 갖고 있지 않은 것 같다. 정치적 지위가 전혀 없고 땅을 갖지 못한 농민은 절대로 동시에 어마어마한 부자나 한없이 넓은 논밭을 가진 지주 관료가 될 수 없고, 바꾸어 말해도 역시 그렇다. 그러나 이데올로기 면에서 서로 다른 계급 간의 침투성과 영향성은 오히려 최대로 넓어 그들 양쪽이 어우러지는 정도가 아주 컸으니 우리는 결코 단지 한 사람의 정치적 지위와 경제적 지위에 따라서 그의 사상적 소질과 정신적 면모를 판정할 수는 없다. '계급마다 쓰는 말이 있다'는 마르크스주의 계급론에 대한 중대한 곡해이다. 만약 정치와 경제 관계의 계급적 경계가 강줄기와 같다고 하면, 이쪽 기슭과 저쪽 기슭을 분명하게 가를 것이지만, 사상 면에서의 경계는 같은 대양 속의 바다처럼 이성적 경계는 있지만 실제적 경계는 없는 것이다. 이 바다와 저 바다의 물에 대류와 합류가 끊임없이 생기고 있기 때문이다. 계급의 사상 간의 침투성과 합류성은 특정 인물의 사상에 영향성과 광범위한, 계급적 경계를 뛰어넘는 대표성을 가져다주었다. 봉건사회에서 농민계급은 자신의 독립적 이데올로기를 갖기란 불가능한 계급이다. 그들과 지주계급은 모두 동시에 낙후한 생산력과 생산관계와 서로 관련된다. 이 두 계급의 정치적 이익과 경제적 이익 면에서의 대립은 통일보다 크지만, 이데올로기 면에서의 통일은 오히려 대립보다 크다. 이러한 상황에서 작가가 단지 그것들의 경제적 지위와 정치적 지위라는 외부적 특징에만 착안하거나, 아니면 동시에 그것들의 이데올로기적 상황에 착안할 뿐이라면, 그가 만들어낸 인물 전형의 개괄 범위의 크기에 직접 영향을 끼칠 것이다. 인물의 예술적 표현에 대한 『외침』과 『방황』의 착안점은 그들의 외부적 경제적 지위와 정치적 지위에 놓이지 않았지만, 그들의 이데올로기적 상황을 중점적으로 드러냈다. 이것이 그들의 현실의 전형적인 개괄을 최대한도로 외연성이란 특징을 갖게 했다. 바꾸어 말하면 사회적 이데올로기 상황에 대한 루쉰의 집중적인 관심이 『외침』과 『방황』의 인물 전형이 개괄한 범위를 대대적으로 확대되게 한 것이다. 그것은 특정한 계급적 속성을 가질 뿐 아니라 종종 이 한계를 관통해 자기 전형이 개괄한 범위를 바깥쪽 무한 광활한 영역으로 계속 뻗어 나가게 했다. 아Q가 바로 가장 두드러진 일례이다. 그는 계급성을 갖고 있긴 하지만, 그의 이데올로기는 오히려 이러한 특정 계급의 속성을 지닌 사람에게서 집중적으로 구체화되는 중국의 봉건적 이데올로기이다. 이러한 기초 위에서 그의 이데올로기는 또 온갖 관계를 통해서 세계 각 나라 각 계급 사람의 사상과 서로 관련을 맺는다. 그리하여 그에게 거의 무한 광활한 전형의 개괄 범위를 갖게 했다. 이러한 무한성은 그의 경제적 지위와 정치적 지위의 유형적 특징 때문이 아니라 그의 이데올로기의 복잡성에서 나온 것이다.

5.

『외침』과 『방황』의 주요 예술적 특징은 마찬가지로 루쉰의 중국의 반봉건 사상혁명의 진실에 대해 심도 있게 표현하고 전시해 낸 것이다.

1) 『외침』과 『방황』의 인물 창조

중국 반봉건 사상혁명의 현실적 상황에 대한 묘사 속에서 자연스레 『외침』과 『방황』의 독립적인 인물 계보가 형성되었다. 그 가운데 다음과 같은 주요 인물들의 계보 다섯 부류가 들어있다. 즉, ① 봉건사상과 봉건적 윤리관에 대해 자각적으로 반항한 선각적인 지식인, ② 봉건사회와 그 사상계의 진정한 '주인'인 지주계급 통치자, ③ 지식인 속의 봉건사상과 봉건적 윤리관의 옹호자, ④ 봉건사회의 사회적 여론계의 각종 인물, ⑤ 봉건사상과 봉건적 윤리관의 정신과 육체 면에서의 전면적 피해자인 노동대중과 하층 봉건지식인 속의 비극적 주인공.

자아의식과 사회의식의 강화는 선각적 지식인의 주요 사상적 특징이다. 그들은 전통적 봉건사상과 확연히 다른 가치관을 획득했다. 이것이 그들의 신경을 날카롭게 만들고, 주변 사회생활과 사회사상에 대한 그들의 표현에 예민한 감수성을 갖게 했으며, 자신의 이데올로기와 언행에 대해 새로이 반성할 판단력도 갖게 했다. 그들은 중국의 현대사회에서 첫 번째로 내부 세계의 풍부함 속에서 그들의 외부적 행동의 직접적인 의미를 대대적으로 뛰어넘은 인물이다. 그들은 사색하는 세대이긴 하지만 행동하는 세대가 아니다. 그들의 실제 추구는 봉건적 전통사상 세력의 강력한 억압을 받았다. 행동의 어려움이 뼈아픈 사색을 촉진시켰고, 행동의 실패가 뼈아픈 반성으로 전환되었다. 그들의 내심 세계 속에서 이성적 사고와 감정의 기복 및 정서의 파동이 한 줄기 혼탁한 흐름으로 융합되었지만, 그들의 외부적 행동에서 그 흐름의 양과 흐름의 속도 전부를 탐지하기란 매우 어려운 것이었다. 그들의 추구와 추구의 실패 및 실패 이후의 뼈아픈 반성을 묘사한 것은 『외침』과 『방황』이 이러한 전형적인 인물을 창조한 주요 여정이다. 그들에 대한 묘사에 있어 각종 인물을 묘사한 예술 수법 모두 운용될 수 있지만, 안에서 밖으로의 표현 수단인 인물이 자술하는 언어, 심리적 활동의 직접 묘사와 인물의 내적 독백은 밖에서 안으로의 투시 수단인 초상 묘사, 외모 묘사, 표정 묘사, 행동 묘사 등과 비교하면 더욱더 관건적인 의미를 지닌다. 게다가 이는 다른 계보의 인물이 갖추지 못했거나 극소수가 갖춘 특징이다.

지주계급 통치자는 봉건사회의 진정한 '주인'이다. 장기간의 '주인' 지위가 그들의 극단적인 우매함과 거만함, 독단과 아주 우스꽝스러운 자신감 같은 성격적 특징을 조성했다. 그들은 봉건 전통에 대한 적응성이 가장 강하다. 이러한 적응성은 그들이 자신의 표면적인 도덕적 존엄을 유지하는 상황에서 자신의 가장 저속한 실리적 물질적 추구를 실현할 수 있는 목적과 자신의 가장 저급한 생물적 본능을 만족시킬 수 있는 욕망으로 표현되었다. 자신의 가장 저속한 물질적 실리적 추구와 생물적 본능적 욕망을 가장 엄숙한 도덕적 얼굴 아래 감추는 것은 그들의 가장 큰 특징이다. 이러한 상황에 부응하면서, 표면의 당당한 말(파롤-역자)과 행동의 틈새에서 그들 내심의 비열한 물질적 욕망을 엿보는 것은 루쉰이 이러한 인물들을 창조한 주요 예술 수단이다. 여기서 언어와 행동의 묘사가 중대한 지위를 갖는다. 그들의 언어는 일반적으로 비교적 적다. 말은 적으나 무겁고, 감정의 온도는 없고, 철저하게 냉혹하다. 순수이성의 판단은 많으나 내적 감정의 진실한 표출이 없고, 명령문과 판단문은 많으나 청유문, 의문문, 감탄문이 적다. 이는 그들의 '주인'으로서의 독단과 자신감을 반영하는 것이다. 또 그들의 행위에 대한 묘사도 비교적 적고, 그들의 언어가 그러하듯 종종 사건의 결정적인 부분과 상황에서 등장해 그들이 말 한마디로 세상의 법을 정하고, 한 걸음에 만인을 놀라게 하는 사회 '주인'의 자세를 자질구레하지도 또 번잡하지도 않고 생동감 있게 구체화 시켰다. 그러나 그들의 물질적 실리와 정치적 실리와 관련될 때, 그들 행동의 의지가 발동되거나 행동의 율동이 가속될 수 있다.(예를 들면 신해혁명이 일어난 뒤의 자오 나리趙太爺) 이는 그들의 겉으로 드러난 도덕적인 얼굴 뒤쪽에서 그들이 관심을 두는 것이 사실은 자신의 물질적 실리뿐임을 반영했다. 그들의 초상 묘사도 한 자리를 차지한다. 게다가 종종 사회 대중의 눈에서 굴절되어 나오고, 외부 세계의 대중의 눈 속에서 그들의 지위와 면모가 드러난다. 앞에서 말한 모든 묘사 수단은 모두 밖에서 안으로의 투시법이다. 그들은 우선 각성한 지식인처럼 그렇게 자발적으로 안에서 밖으로 자신의 진실한 속마음을 설명할 리가 없기 때문이다. 루쉰의 묘사 수단은 최대한도로 그들의 위선과 냉혹한 특징에 부응했고, 게다가 이러한 특징을 강력하게 전달해냈다.

지식인 가운데 봉건사상 및 봉건적 윤리관의 옹호자는 사상적 본질이 지주계급 통치자와 똑같긴 하지만, 양자에게도 차이가 있다. 지주계급의 대표 인물은 자신의 실리적 요구를 더욱 많이 고려하지만, 지식인 속의 봉건주의 옹호자는 종종 사회적 윤리관의 헌병憲兵같은 지위에서 행세하고, 이 영역의 '치안 업무'를 맡는 것을 자신의 소임으로 삼는다. 그들의 '사회의식'은 지주계급의 대표 인물보다 훨씬 강렬한데, 이러한 '사회의식'이 종종 그들을 눈에 보이는 물질적 실리적 추구와 순수한 개인적 사욕에서 훨씬 벗어난 곳까지 멀어지게 한 것 같다. 이것이 그들을 때로 자신조차도 자신들이 옹호하는 봉건 도통道統과 그들 자신의 이익과 자기 욕구의 관계를 더욱 식별하기 어렵게 만들었다. 루쉰의 임무는 바로 이 양자 사이에서 꼬인 관계를 드러내는 데 있었다. 이는 물론 그들 자신의 내적 독백과 내심 해부에 기댈 수 없다. 밖에서 안으로의 투시는 여전히 주요 예술 수단이다. 이러한 투시 역시 절대 표층 투시淺透視일 수 없고 심층 투시深透視이다. 봉건 옹호자의 외부 표현(주로 언어와 행동이다)을 따르고 그들의 표층 심리의 의식을 통과해 직접 그들의 잠재의식 심리의 심층의식 영역을 향해 고달픈 캐내기를 하는 것은 루쉰이 이러한 인물 창조에 실제로 따른 예술적 원칙이다. 잠재의식같은 심리 묘사는 「비누」, 「가오 선생」, 「형제」 등 세 편의 소설에서 공통으로 사용한 예술 수법이고, 특히 「비누」가 가장 성공적이었다.

봉건 지주계급 통치자와 봉건지식인은 모두 동시에 봉건적 여론의 가담자이고, 아울러 주도적인 작용을 하긴 하지만, 그들은 아무래도 극소수이다. 사상적 통치는 정치적 경제적 통치와 다르다. 후자는 정권의 통제와 총칼로 유지할 수 있다. 소수로써 다수를 제약하는 것이 가능할 뿐 아니라 또 모든 불평등 사회의 특징이다. 사상적 통치는 그렇지 않다. 정권은 그 말을 제약할 수 있으나 그 사상을 바꿀 수 없고, 총칼은 그 행동을 부릴 수 있으나 그 마음을 부릴 수는 없다. 그것은 반드시 더욱 광범위한 사회 대중의 실제적인 지지를 얻어야 한다. 때문에 봉건사상과 봉건적 윤리관의 맹목적 옹호자 형상은 『외침』과 『방황』 속에서 특별히 중요한 지위를 차지했다. 그들의 힘은 사상의 질에서 나오는 것이 아니라 존재의 양에서 나온다. 개인으로서 그들은 전혀 힘없는 약자이다. '개성 없음'이 바로 그들의 개성이고, '사상 없음'이 바로 그들의 사상이며, '목적 없음'이 바로 그들의 목적이다. 하지만 집단으로서 그들은 『외침』과 『방황』 속에서 가장 힘 있는 인물이다. 그것의 '개성'은 가장 '강인'하고, '의지'는 가장 확고하다. 지주계급의 대표 인물도 그 3할을 두려워하지 않을 수 없다. 그 때문에 자기 존엄의 외표를 힘써 유지하고자 하는 것이다. 또 봉건 옹호자도 그 의지에 굴복할 수밖에 없다. 그 때문에 종종 자신의 흉악한 생각을 잠재의식의 심층 심리 공간 속으로 억누르려고 한다. 각성한 지식인은 그 앞에서 나약하고 무력함을 느끼기 때문에 원대한 계획과 큰 뜻을 펼치지 못하고 뜨거운 열정을 쏟아낼 수 없다. 그런가 하면 노동대중과 하층 봉건지식인 속의 비극적 주인공은 그 앞에서 마치 그물에 걸린 새처럼 하소연할 길이 없고 간청할 길도 없다. 이 형상 계보의 인물은 모이면 모였지 흩어지지 않는다. '집단성collectivity'이야말로 그들의 '개성'이고 '개성'은 '집단성' 속에서 가장 선명한 표현을 얻었다. 메뚜기처럼 개체로서 그 '개성'이 모호해서 메뚜기 떼가 되어야 그것들의 '개성'과 '의지'가 충분히 드러나게 된다. 『외침』과 『방황』의 일부 작품의 일부 대목 속에서 그들은 혼돈의 모호한 조각일 뿐이고 깜깜한 밤에 광야에서 들리는 망령의 울부짖음처럼 소리는 들리나 형체를 볼 수 없다. 또 때로 이 혼돈의 통일체에는 소리가 없고 오직 불분명한 형체와 잡다한 동작만 있을 뿐이다. 깜깜한 밤에 이리저리 옮겨 다니고 있는 도깨비 같다. 하지만 그림자는 희미하게 보이되 발소리와 말소리가 들리지 않는다. 앞에서 말한 두 종류 상황의 혼합체가 잡다한 모습과 주범主犯 없는 인물이 내는 소리의 모호한 모습을 이루었다. 여기서 인물의 언어, 동작, 표정과 외모를 드러냈지만, 모두 산만한 묘사이고 온전한 인물 한 사람도 그러모을 수 없다. 루쉰이 이 모호한 화폭을 약간 앞으로 밀 때, 화폭의 면적은 상대적으로 축소되었고, 인물의 윤곽은 상대적으로 분명해졌다. 원래 함께 달라붙어 있던 인물들이 흩어지면서 개별적인 몸으로 나뉘기 시작했지만, 그들은 여전히 한 무리로서 처리되고 있다. 환유metonymy 혹은 환유에 가까운 방식은 개인과 개인의 차이를 구분하는 주요 예술 수단이다. 이러한 구분은 한 사람의 개성을 표현하기 위해서가 아니라 서술의 편리를 위해서이다. 또 이 혼돈의 통일체를 한 걸음 앞으로 밀 때, 독자는 비로소 독립적으로 움직이고 있는 사람을 분명히 보게 된다. 그러나 이때 그들의 개성적 특징은 여전히 실질적인 의미를 갖지 못하고 '집단성'이 여전히 그들의 통일된 '개성'이다. 외모 묘사는 주로 만화 식인데, 어떤 것은 또 여전히 자체의 한두 가지 형체 표지를 갖고 도처에서 마구 활보한다. 인물의 언어는 이러한 인물에게서 개성적인 색채를 갖기 시작하지만, 온전한 인물로서는 오히려 독특한 전형적인 의미를 띠고 있지 않다. 또 루쉰이 더 나아가 그것을 구체화 시켜 인물의 독립성을 강화할수록 각자의 독립적 특징은 독특한 전형적인 의미를 갖추기 시작하고, 인물 형상도 평편한 모양에서 볼록한 원형으로 발전한다. 하지만 개성적인 의미는 여전히 그들의 집단적인 의미의 크기만 못하다. 이 인물 형상 계보의 활동 구간도 여기서 끝난다. 만약 더 나아가 구체화한다면, 그들은 더 이상 두렵고 밉살스럽고 가증스럽기만한 집단 형상이 아니라, 동시에 슬프고 가련한 비극적 인물로 될 것이다. 그들은 원래 개인으로서 봉건사상과 봉건적 윤리관의 맹목적 옹호자였을 뿐이고, 한 사람 한 사람 모두 마찬가지로 이러한 사상과 윤리관의 피해자이기 때문이다. 「아Q정전」에서 원래 이러한 집단에 속하는 일원을 클로즈업시켜서 보여줄 때, 아Q는 주로 이 형상 계보에 속하지 않게 된다. 분명히 이 형상 계보의 묘사 속에서 직접적인 세밀한 심리 묘사를 펼칠 여지는 없고, 설령 외모의 묘사가 있다고 해도 만화화한 것이다. 언어 묘사는 이 형상 계보의 가장 큰 특징이다. 언어는 봉건적 여론의 주요 도구이기 때문이다. 또 표정 묘사는 거의 언어 묘사와 동등한 가치를 갖는다. 각성한 지식인 및 노동대중과 하층 봉건적 지식인 속의 비극적 주인공에 대한 업신여기는 표정 하나와 모질고 박정한 말 한마디의 정신적 살상력은 동등한 것이다. 그러나 그것의 일정한 방향성이 너무 강하고, 언어 전달 성능의 훌륭함을 갖지 못했기 때문에 언어 묘사를 광범위하게 활용하는 것이 훨씬 나은 것이다.

노동대중과 하층 봉건적 지식인 속의 비극적 주인공은 봉건사상과 봉건적 윤리관의 전면적인 피해자이다. 그들은 두 가지 공통적인 기본 특징에 의해 다른 몇 계보의 인물 형상과 구별된다. 이를테면 그들과 우선 각성한 지식인은 모두 피해자이긴 하지만, 그들은 봉건적 전통사상과 대립하는 새로운 사회적 이상과 이데올로기가 부족하다. 또 그들의 이데올로기의 본질은 지주계급 통치자와 봉건 옹호자인 지식인 형상과 함께 봉건사회의 이데올로기의 범주에 속하지만, 그들은 자신의 도덕적 존엄을 유지하는데 반드시 갖추어야 할 위선이 부족하다. 그들의 정치적 지위와 경제적 지위도 그들을 위선적이지 못하게 했다(쿵이지도 자신의 존엄을 유지하고 싶었지만, 밥을 먹으려면 도둑질을 할 수밖에 없었고, 그의 지위가 주변 사람을 그에 대해 '어진 사람의 이름을 숨긴다爲賢者諱'를 할 수 없게 했고, 그는 위선적일 수 없었다). 이것이 그들을 필연적으로 봉건사상과 봉건적 윤리관의 그물 안에 떨어지게 하고 또 그것에게 잡아먹히게 했다. 그들에 대한 『외침』과 『방황』의 예술적 묘사는 그들의 이러한 사상적 특징에 부응한 것이다. 대체로 말하면, 『외침』과 『방황』 속에 인물의 심리적 특징을 드러낸 양대 부류 여섯 가지의 예술 수법이 존재하고 있다. 그것들은 각기 그 특정한 적용성을 갖는다. 첫 번째 부류는 밖에서 안으로의 투시법이고, 그 가운데 또 다음과 같은 세 가지 형태가 있다. 즉, ① 인물의 언어와 행동 등 외부적 표현을 통해서 그의 영혼 깊은 곳으로 굴곡지게 파고들어, 반복적인 묘사를 거쳐서 인물의 심리적 동기와 잠재의식적인 심리적 동기에 대한 진실한 게시를 실현한다. 이러한 인물의 심리적 동기를 게시하는 방식의 어려움 자체는 독자에게 인물의 깊이 숨긴 내막과 습관적인 위선을 느끼게 한다. 이러한 형태는 주로 봉건 옹호자에 대한 심리 묘사에 활용된다. ② 인물의 언어와 행동 등 외부적 표현의 묘사를 통해서 사람들로 하여금 인물의 진실한 심리적 동기를 알게 하지만 또 직접적으로도 유달리 분명하게 알 수 없게도 한다. 이러한 인물의 심리를 드러내는 방식의 복잡성 자체도 사람들에게 인물의 위선성을 느끼게 하고 그들이 자신의 도덕적 존엄을 힘써 옹호하려는 시도를 느끼게 한다. 이러한 예술 방식은 주로 지주계급의 대표 인물에 대한 묘사에 사용된다. ③ 인물의 언어와 행동의 묘사를 통해서 독자에게 쉽게 인물의 내심 세계를 보게 할 수 있다. 이러한 묘사 방식의 수월성 자체가 독자에게 묘사된 인물이 솔직하고 시원스러운 사람이라는 인상을 갖게 한다. 설령 자신의 내심 세계를 결코 솔직하게 말하지 않는다고 해도, 자신의 시도를 애써 감추지도 않는다. 두 번째 부류는 안에서 밖으로의 표현법이다. 그것도 세 가지 형태로 나눌 수 있다. 앞의 세 가지에 이어서 계속 나열하면 다음과 같다. 즉, ④ 인물이 직접 자신의 생활 경력, 사상과 감정 및 심리적 활동에 대해 진실하고 믿을 만하게 밝힌다. 이는 자아에 대해 명확한 의식을 가진 선가적인 지식인 형상의 독자적인 묘사 방식이다. ⑤ 인물이 언어의 방식으로 자신이 무엇을 생각하고 있는지를 직접 설명한다. 그는 자신의 심리적 활동의 본질적 의미를 반드시 의식할 수 있는 것이 아니지만, 오히려 자신의 진실한 생각을 진실하게 드러낸다. ⑥ 저자가 인물의 심리적 활동과 심리적 동기를 진실하게 직접 묘사한다. 이러한 묘사의 직접성과 수월성 때문에, 그것도 독자에게 인물이 위선적이라는 느낌을 만들어줄 리가 없다. 우리는 루쉰이 노동대중과 하층 봉건적 지식인 속의 비극적 주인공에 대한 묘사에 상술한 ①, ②의 예술 방식을 활용하지 않았고, 또 그로써 그들을 사상적 소질 면에서 지주계급의 대표 인물과 지식인 속의 봉건 옹호자와 명확하게 구분해냈으며, 또 그는 상술한 ④의 예술 방식도 활용하지 않아, 그로써 각성한 지식인의 묘사와 다소 달라졌음도 알았다. 그들에 대한 묘사는 각기 상술한 ③, ⑤, ⑥의 세 가지 방식을 사용했다. 이러한 형상 속에 또 다른 유형 두 가지가 있다. 한 유형은 폐쇄적이자 내향적이고, 다른 한 유형은 폐쇄적이지 않고 외향적이다. 앞의 유형은 장기적인 물질과 정신의 압박이 조성한 고민과 마비 같은 정신이상의 표현에 속한다. 그들은 다른 사람의 정신적 고통에 대해서는 무관심할 수 있지만, 결코 남을 학대하는 것을 즐기지 않는다. 쿵이지, 화라오솬, 단씨 넷째 아주머니, 룬투, 샹린 아주머니는 모두 이러한 유형에 속한다. 뒤의 유형은 마비되고 무관심하고 또 고민에 대한 감각을 잃어버리고 게다가 남을 학대하는 것을 즐기는 정신이상의 표현에 속한다. 그 가운데서 가장 전형적인 것은 아Q이며, 아이구愛姑도 외향적 성격으로서 이 유형에 속할 수 있다. 전자는 내향적이고, 내심 세계가 특별히 풍부하지 않으며, 외재적 표현성이 부족하고, 내심도 끝없는 슬픔일 뿐이기 때문에, 그래서 이러한 인물의 심리적 활동은 반대로 뒤의 유형처럼 결코 활약적이지 못하다. 앞의 유형의 인물 형상의 창조 속에서 루쉰은 그들에게 아주 적은 인물의 언어를 설계해 주었을 뿐이고, 그들 내심의 극도의 고통을 동작, 표정과 초상을 통해서 드러내 보이게 한 것은 그 주요 예술형식이다. 때로는 그들의 심리적 활동도 직접 묘사하거나 그들 자신의 입을 통해 그들의 내심 활동을 진술했지만, 이러한 심리적 활동 자체도 그들 자신의 감정과 정서의 직접적 표현이 아니고, 사물과 사건에 대한 그들의 감정적 반추(예를 들면 아들에 대한 단씨 넷째 아주머니의 회상과 아들이 잡아먹힌 과정에 대한 샹린 아주머니의 서술)이다. 앞에서 말한 ③의 밖에서 안으로의 투시 수단은 이러한 인물의 묘사 속에서 주도적인 지위를 차지하고, 앞에서 말한 ⑥의 심리의 직접 묘사도 일정한 투시성을 갖게 되었다. 뒤의 유형

형상의 창조 속에서 앞에서 거론한 ③, ⑤, ⑥의 예술 수단도 모두 동시에 활용되었다. 그러나 이 몇 가지 수단 속에는 더욱 많은 수월성과 직접성을 모두 갖고 있어서, 그들의 심리적 활동의 변화 속도는 도약성이 크고, 어떠한 깊이감과 엄숙한 느낌을 주지 않는다. 그들의 언어 설계, 동작 설계, 표정 설계는 모두 앞의 유형보다 많다. 아울러 독자는 그들의 외부적 표현 속에서 그들의 심리적 활동을 쉽게 보게 된다.

2) 『외침』과 『방황』의 환경 묘사, 줄거리와 구조

중국의 반봉건 사상혁명에 대한 루쉰의 중시는 『외침』과 『방황』의 구체적인 창작 속에서 구현됐고, 또 구체적으로 환경 묘사에 대한 중시로 표현됐다. 그가 만들어낸 환경 묘사의 중점은 정치적 환경과 경제적 환경에 있지 않고, 사회의 사상적 환경에 있다. 전체 『외침』과 『방황』 속에서 각 작품의 환경 묘사는 고도의 통일성을 드러내고 있고, 그 성질은 모두 봉건의 사회적 이데올로기가 만들어낸 사회의 사상적 환경과 사람과 사람의 사상 관계이다. 그 가운데서 그것의 중요한 지위는 그것과 인물 창조의 관계 속에서 설명을 얻을 수 있다. 요컨대 환경 묘사가 전형적인 인물의 창조로부터 독립해 독립자존獨立自存할 수 있다면(예를 들면 「조리돌림示衆」), 인물 창조는 오히려 반드시 사회의 사상적 환경의 정확한 드러내기에 의존해야 한다. 또 환경 묘사는 전형적인 인물 자체의 의미를 벗어나도 여전히 그 독립적 전형적인 의미를 갖는다면(예를 들면 「장명등」 속의 '미치광이'의 존재 여부인데, 지광마을吉光屯의 사상적 환경은 여전히 평소대로 존재하고 게다가 그 전형적인 의미를 지닌

다), 전형적인 인물은 자신이 처한 전형적인 환경을 벗어나면 원래의 전형적인 의미를 잃어버릴 수 있다(예를 들면 「죽음을 슬퍼하며」 속의 쥐안성을 만약 그의 특정한 사상적 환경과 결합하지 않고 이해하면 배신자의 전형이 된다). 엄격하게 말하면 루쉰이 채택한 인물 전형은 큰 정도에서 주변 사회의 사상적 환경의 시약試藥일 뿐이다. 누가 더욱 충분한 의미에서 봉건의 사상적 환경의 독성을 시험해볼 수 있는가, 누가 루쉰소설의 인물 형상의 화랑으로 들어갈 수 있는가? 이러한 의미에서 우리는 『외침』과 『방황』 속의 환경 묘사를 ① 진열식, ② 단방향 측정식, ③ 쌍방향 측정식, ④ 역전식 등 네 가지 방식으로 귀납할 수 있다. 이른바 진열식이란 봉건사상과 봉건적 윤리관의 통제 아래의 사회의 사상적 환경을 전형적인 생활상을 통해 직접적으로 진열 전람하는 방식을 말한다. 그 가운데는 비극적 주인공이나 현저한 지위에 있는 주요 인물이 없고 사람의 완전하고 치밀한 생활과 운명도 없다. 기본적으로 이 환경 자체가 그것의 우매함과 낙후함, 보수와 수구, 편협함과 이기심, 교활함과 악랄함, 무관심과 마비를 연출하게 할 뿐이다. 그 가운데서 가장 전형적인 것은 「조리돌림」과 「약」이고, 「장명등」도 기본적으로 이 방식에 속한다. 「고향」은 ①과 ③의 두 방식에 걸쳐있어서 넘나드는 형태에 속한다. 루쉰은 이러한 작품 속에서 묘사 기교를 충분히 발휘했다. 루쉰이 중국의 사회사상에 대해 깊이 이해했기 때문에, 그 작품의 사상적 함의마다 모두 지극히 깊고 두터운 것이다. 이른바 단방향 측정식은 단지 한 방향에서 봉건의 사상적 환경의 파괴성에 대해 측정하는 방식을 말한다. 투입한 약제인 비극적 주인공 자신은 이 환경과 대립하면서, 이 환경을 바꾸려고 시도하지만, 결과는 환경의 승리, 인물의 실패, 봉건의 사상적 환경이 인물의 이상과 염원을 잡아먹어 버린 것이다. 「광인일기」, 「두발 이야기」, 「술집에서」, 「행복한 가정」, 「고독한 사람」, 「죽음을 슬퍼하며」가 가장 전형적인 예이고, 「내일」, 「축복」, 「이혼」은 그 주요 경향으로 말한다 해도 이 방식에 속해야 한다. 루쉰의 중점이 단씨 넷째 아주머니, 샹린 아주머니, 아이구의 우매함과 낙후함을 표현하는 것에 있는 것이 아니라, 그녀들이 망막하고 간단하긴 하지만 오히려 확실히 갖고 있었던 몸부림과 기대를 더욱 중요시한 것에 있기 때문이다. 이러한 작품이 나타내보이고자 치중한 것은 봉건의 사상적 환경의 높은 압력이다. 그것은 외부 세계의 묘사와 서술에서 시작해 인물의 내심 세계의 캐내기와 드러내기에서 완성됐다. 인물의 정신적 의지의 좌절과 사상적 염원의 괴멸이 외부 사회의 사상적 환경의 사악함을 집중적으로 표현해냈다. 그래서 이러한 작품들은 주로 영혼을 파헤친 깊이로써 정평이 났다. 이른바 쌍방향 측정식은 봉건의 사상적 환경에 대해 두 방향에서 측정한 것을 말한다. 루쉰이 투입한 시약인 비극적 주인공은 안팎 두 면에서 모두 봉건의 사상적 환경의 파괴력을 나타내고 있다. 그는 한편으로는 이 환경에 속하는 인물이자 봉건의 사상적 환경을 드러내는 사람이다. 다른 한편으로는 또 이 환경의 압력을 받는 사람이다. 이 환경에 의해 파멸되는 인물이다. 이러한 상황에 속하는 작품으로 「쿵이지」, 「흰빛」, 「아Q정전」이 있다. 「아Q정전」은 그것의 출중한 대표작이다. 만약 우리가 루쉰의 의도의 중심이 중국 사회의 사상혁명의 필요성을 깊이 드러내는 데 있고, 루쉰의 이러한 의도는 사회의 사상적 환경에 대한 깊은 표현을 통해 구현해낸 것이며, 이러한 쌍방향 측정식이 첫 번째 진열식보다 더욱더 집중적인 장점을 갖고 있고, 또 두 번째 단방향 측정식보다 더욱더 풍부한 함량을 갖고 있고, 네 번째 역전식보다 더욱 보편성을 갖고, 최대한도로 사회 사상적 환경의 성질과 특징을 표현해낼 수 있었음을 고려한다면, 우리는 『외침』과 『방황』의 사상과 예술의 최고봉으로서의 「아Q정전」이 이 방식에서 발견되고 또 다른 방식에서 발견되지 않는 것이 결코 우연이 아님을 이해하기란 어렵지 않다. 『외침』과 『방황』 속에서 봉건사상 세력이 근본적인 의미에서, 그리고 대다수 작품 속에서 환경으로서 등장한 것이긴 하지만, 「비누」, 「가오 선생」, 「형제」 속에서 이러한 상황에 역전이 생겼고, 다수의 상황에서 환경에 속하는 인물이자 봉건사상 세력을 대표하고 있는 인물이 지금 소설 속의 주요 인물로 바뀌었다. 그래서 우리는 그것을 '역전식'이라 칭했다. 여기서 주요 인물은 봉건의 사상적 환경의 직접적인 대표이고, 봉건 도통의 옹호자에 속하기 때문이다. 그래서 풍자 수법이 이러한 작품 속에서 충분히 이용됐고, 『외침』과 『방황』 속의 가장 출중한 풍자 작품 「비누」를 출현시켰다. 구체적으로 이러한 작품 속으로 들어가면, 환경은 소설의 주인공 내심의 은밀한 사회적 환경 조건을 드러내기에 족하고, 또 그것 자체의 의미는 인물 창조에 속하는 것이다. 이것이 앞에서 열거한 세 가지 방식보다 더욱 중요한 배경의 의미와 인물 창조는 어디까지나 그의 사회 사상적 환경에 다소 다름이 생긴 것을 드러내기 위함이다.

인물이 만들어낸 사회의 사상적 환경을 제외하고, 『외침』과 『방황』 속에 당연히 또 물질적 공간 환경과 자연 경물의 묘사가 없어서는 안 되지만, 양자의 비중은 모두 별로 크지 않고, 게다가 종종 사회사상의 색채가 스며들어 뱄다. 전자는 종종 물질화된 사회사상이고, 후자는 종종 인물의 사상, 감정, 정서의 방출이다. 예를 들면 「쿵이지」의 술집의 내부배치 묘사는 봉건적 계급의식의 물질화이고, 그것은 상류층과 하류층, 긴 두루마기를 입은 고객과 헙수룩한 손님을 구분했다. 또 「축복」 속의 루 넷째 나리의 서재에 있는 진열품은 물질적 환경으로 응고된 사상적 환경이고, 루 넷째 나리의 낡아빠진 이학 윤리관이 표면화된 형식이다. 경물 묘사는 주로 저자의 서술과 소설 속의 각성한 지식인 인물의 눈에서 직접 나왔고, 사회와 사회사상에 대한 그들의 느낌을 구체적으로 드러내고 있다. 차가운 색조로 만들어낸 썰렁한 광경, 어두운 색조와 탁한 목소리로 과장한 답답한 분위기, 쓸쓸한 정태靜態 및 돌연한 동태動態로 윤색해낸 쓸쓸한 정태는 『외침』과 『방황』의 경물 묘사의 주요 유형이다. 이는 당시 사회사상의 우울함, 답답함, 싸늘하고 처량한 분위기에 대한 루쉰의 느낌과 내적 관계를 지닌 것이다. 루쉰의 성격은 내향적이고, 자연 산수에 흠뻑 취한 것이 비교적 적고, 스스로 경물이 되는 경우가 비교적 많다. 그래서 그에게서 사경寫景은 비교적 적고 또 주관적 색채를 많이 띤다. 바로 그래서 이처럼 그의 경물 묘사가 설사 적다고 해도 정련되고, 설사 짧다고 해도 순수하고, 다소 나타낸 것마다 필연코 더없이 아름다운 경지에 이르렀다. 그는 다른 정서가 만들어낸 자연 경물에 색을 입히고 목소리를 입히고, 언어의 선율과 장단을 조율하고, 경물 속에서 정을 보고景中見情, 정을 경물 속에 녹여냈으며融情於景, 또 실제 경물과 상징을 서로 결합하고, 자연 경물과 사회의 사상적 환경을 서로 관통시키는 데 뛰어났으므로 의미는 깊고 진지하고, 정취가 지극히 훌륭하다.

이야기 줄거리를 약화시키고 정서 표현을 강화시킨 산문화 경향은 『외침』과 『방황』의 줄거리 구조면에서의 현저한 특징이다. 이는 물론 루쉰이 외국문학의 영향을 받았기 때문이겠지만, 그 기본적인 원인은 오히려 루쉰이 이러한 예술의 필요성을 가진 데에 있다. 여기에 사상적 필요와 예술적 필요의 내적 관계도 아주 분명하다. 요컨대 누구든 정치적 경제적 외부 변동이나 인물의 비정상 상태의 사상 표현과 특수한 인물의 특수한 경력에 착안한다면 반드시 사회의 공개적인 모순과 충돌에 주의해야 하고, 이러한 공개적 외부적인 모순과 충돌이 만들어낸 이야기 줄거리를 중시해야만 한다. 또 이와 반대로 누구든 대량의 일반적이고 대중적인 이데올로기적 상황이나 인물의 관성력慣性力을 갖는 정상 상태의 사상 표현 및 그러한 특수한 사적事迹과 경력이 없는 평범한 인물들은 물론 사람의 내심 세계에 대한 치밀한 표현에 착안한다면, 이러한 공개적이고 외부적인 모순과 충돌이 빚어낸 이야기 줄거리를 중시할 필요가 없다. 보편적인 사회적 이데올로기의 상황 표현으로부터 일상의 평범한 생활 제재의 선택에 이르기까지, 또 일상의 평범한 생활 제재의 선택으로부터 이야기 줄거리의 약화와 정서 표현의 강화에 이르기까지 산문화 추세의 등장은 루쉰이 걸어간 사상적 필요에서 예술적 필요까지의 길이다.

이야기 줄거리의 약화는 반드시 다른 소설적 요소의 강화로 벌충해야 한다. 구조 배치에 심혈을 기울인 구성은 『외침』과 『방황』이 중국 고전소설에 비해 대대적으로 강화시킨 측면이다. 『외침』과 『방황』 속에는 두 갈래 줄거리 양식이 존재하고 있다. 즉, 사회적 이데올로기의 고정 점과 고정 면에 대한 정태적 해부 및 봉건사상과 봉건적 윤리관이 사람을 잡아먹는 과정에 대한 동태적 해부이다. 전자는 주로 한 장면, 한 사건, 한 인물의 현실적 상황의 묘사에 착안했다. 시간의 연장 과정은 사물 혹은 인물의 내적 본질이 드러나는 과정이고, 시간 혹은 간격 없음, 혹은 간격이 그다지 크지 않음, 줄거리의 위아래上下 방향으로 뻗어나간 길이의 비교적 작음, 수평으로 확장된 폭의 비교적 큼이다. 후자가 인물의 비극적 경력에 착안한 것은 인물이 봉건사상과 봉건적 윤리관에 의해 잡아먹힌 과정이다. 인물의 비극적인 경력 속에서 결정적인 부분 몇 군데를 선택하고, 위아래 방향에서 느릿느릿 발전하고 있는 횡단면 몇 개를 구성하고, 횡단면 사이의 시간 경간이 비교적 크고, 줄거리는 위아래 방향으로 뻗어나간 길이와 수평으로 확장된 폭 면에서 모두 비교적 크지만, 양자의 비례관계에서 보면, 위아래 방향으로 뻗어나간 것이 수평으로 확장되는 것보다 더욱 좀 크다. 이 기본적인 줄거리의 구조 배치 두 갈래 가운데서 각 소설의 구조 배치마다 또 각기 다름이 있다(구체적인 분석은 생략한다).

3) 『외침』과 『방황』의 비극성과 희극성 및 비극적 요소와 희극적 요소의 융합

"비극悲劇은 인생에서 가치 있는 것들을 파괴해서 사람들에게 보여준다."(「다시 레이펑탑이 무너진 데 대하여再論雷峰塔的倒掉」, 『무덤』) 『외침』과 『방황』의 비극의 실질은 가치 있는 것에 대한 봉건사상과 봉건적 윤리관의 파괴이다. 루쉰은 언제나 '죽음'을 썼다. 그는 사람의 생명의 까닭 없는 상실을 최대의 비극으로 삼았고, 그 가운데 사람의 생존권에 대한 충분한 긍정, 봉건사상과 봉건적 윤리관에 대한 경시, 사람의 생존권을 박탈하는 데 대한 분노와 항의를 담고 있다. 또 루쉰이 사람의 정상적인 물질적 욕구와 정신적 욕구가 압살되는 것을 비극으로 삼아 처리한 데는 사람의 기본적 욕구에 대한 긍정과 봉건적 금욕주의에 대한 부정을 담고 있다. 게다가 루쉰은 유달리 언제나 비극적인 주인공이 표현과 이해를 얻지 못하는 뼈아픈 심정의 말하기 어려운 고통을 드러냈고, 봉건사상 세력이 사람의 고통을 놀고 즐기는 소재로 삼는 냉혹한 행위를 표현했다. 그 속에는 루쉰의 사람의 자아 표현과 감정 표현의 합리성에 대한 긍정과 봉건적 감정억제주의에 대한 공격을 담고 있다. 『외침』과 『방황』의 가장 순수한 비극 작품은 주로 각성한 지식인을 비극적 주인공으로 삼은 작품 속에서 각성한 지식인의 존재 가치에 대한 루쉰의 전면적인 긍정을 반영해서 드러냈다. 그는 사람으로서 응당 갖추어야 하는 그들의 생존과 생활의 권리를 긍정했을 뿐 아니라 그들의 이상과 염원, 사상과 감정의 합리성을 긍정했다. 바로 이 양자가 당시 사회 조건 아래서 필연적으로 구성한 어울릴 수 없는 모순이 그들의 비극의 기본 바탕을 구성했다. 이를테면 그들은 이상 추구를 고수하자니 자신의 기본적인 생존과 생활의 권리를 잃게 되고, 반대로 자신의 기본적인 생존과 생활의 권리를 유지하자니 자신의 이상 추구를 버려야 했다. 이 양자는 그들에 대해 모두 비극으로 표현되었다. 이러한 기본적인 모순은 동시에 이상 추구와 구체적 행위 간의 첨예한 충돌로 전환되었다. 아니면 구체적 행위의 합리성을 위해 이상의 추구를 버렸다(뤼웨이푸). 아니면 이상의 추구를 위해 구체적 행위의 합리성을 버렸다(쥐안성). 이러한 두 가지 결말도 모두 비극으로 표현됐다. 불합리한 사회적 환경 속에서 두 가지 합리성이 서로 배척하고 충돌을 구성한 것은 이러한 지식인의 비극의 필연성의 근원이다. 구체적 행위의 선택에서 인물이 어떠한 자주自主의 권리를 잃어버렸고, 주관적인 노력을 통해 현재보다 더욱 좀 합리적인 결말을 쟁취할 수 없는 것이 이러한 비극의 필연적인 구체적 표현이다. 정신적 고통에서 물질적 생명의 상실로 발전했거나(샹린 아주머니, 웨이롄수), 아니면 물질적 고통에서 정신적 고통으로 발전한(N 선생, 뤼웨이푸, 쥐안성과 쯔쥔) 것이 『외침』과 『방황』의 비극이 발전하는 두 가지 형식이지만, 그것들은 모두 정신적 고통을 주요 표현 대상으로 삼았다. 이는 봉건사상과 봉건적 윤리관에 대한 비판에 착안한 결과이다. 그것들의 주요 기능은 정신의 압살이다. 정신의 압살에서 발전한 물질적 생명의 압살과 물질적 경제적 수단으로 유지하고 있는 정신적 압살은 『외침』과 『방황』의 두 가지 비극의 발전 방식을 구성했다.

"희극喜劇은 가치 없는 것들을 찢어서 사람들에게 보여준다."(「다시 레이펑탑이 무너진 데 대하여」, 『무덤』) 『외침』과 『방황』의 희극의 실질은 가치 없는 봉건사회의 이데올로기를 찢어서 사람들에게 보여준 것이다. 그것에 대한 사람들의 보편적 존숭과 그것의 우매한 낙후성, 편협한 이기심, 황당한 억지, 극단적인 위선성의 첨예한 대립은 『외침』과 『방황』의 희극이 구성되는 객관적인 바탕이다. 만약 평범한 생활 속에서 거대한 사회적 의미를 가진 것을 드러내기가 『외침』과 『방황』의 비극이 구성한 기본 형식이라고 말한다면, 표면적으로 거대한 사물 속에서 보잘것없음을 드러내는 것은 그것들의 희극이 구성한 기본 형식이다. 돌연 발견된 보잘것없음이 표면적으로 거대한 사물에 대한 부정에 이르는 과정 속에서, 양자 관계의 모호성, 발견의 돌연성과 부정의 수월성은 모두 독자에게 희극적 느낌을 생기게 할 것이다. 봉건사상과 봉건적 윤리관에 대한 루쉰의 가차 없는 경멸은 항상 그것들에 대한 분노와 규탄과 함께 결합되어 있는 것이다. 이는 『외침』과 『방황』의 희극을 가벼운 소극farce에 속하지 않고 풍자 희극satire comedy에 속하게 했다. 봉건사상과 그 체현자의 내적 본질에 대한 파악의 정확성과 폭로의 심오성이 루쉰의 풍자에 고도의 첨예성이란 특징을 갖게 했다. 『외침』과 『방황』의 가장 순수한 풍자 희극 작품은 봉건 옹호자에 대한 폭로를 제재로 삼은 작품 속에서 나타났다. 중국의 반봉건 사상혁명 과정에서 지식인의 중요한 위상에 대한 중시가 루쉰에게 지식인 속의 봉건 옹호자를 더욱더 미워하게 했다. 지식이란 가면을 쓴 무지無知, 사회라는 간판을 내건 사리사욕, 도덕적 표정으로써 드러내는 비열함이 이러한 지식인의 극단적인 위선성을 끌어 일으켰다. 그들의 위선성에 대한 가차 없는 폭로가 이러한 풍자 희극 작품의 바탕을 구성한 것이다. 이러한 인물의 말과 말, 행동과 행동, 말과 행동 간의 모순을 이용해서 그들의 안과 밖의 첨예한 모순을 드러내는 것은 이러한 작품이 풍자 희극의 효과를 달성하는 주요 예술 방식이다.

희극적 요소와 비극적 요소가 융합한 특징은 각성하지 못한 대중에 대한 루쉰의 묘사 속에서 발전해 나온 것이다. 희극적 요소는 그들 자신의 이데올로기 특징에 대한 부정을 담고 있고, 비극적 요소는 그들의 생존권과 생활의 권리에 대한 긍정을 담고 있다. 봉건사상과 봉건적 윤리관의 속박에서 그들의 영혼과 육체를 구해내는 것은 두 가지 요소가 융합한 내적 사상의 본질이다. 두 가지 요소가 융합한 기초는 비극성이다. 질적으로 말하면 희극 형식으로 감추고 있는 비극이다. 발전으로 말하면 희극에서 발전한 비극이다. 또 양적으로 말하면 전체 비극의 바탕 위에 흩어져있는 촘촘하고 자잘한 희극적 세부 묘사이다. 이러한 융합의 가능성은 이러한 대중의 기본 특징이 결정한 것이다. 그들의 정치적 지위, 경제적 지위와 그 이데올로기의 피차 분리가 양자의 예술 면에서의 융합을 위한 조건을 제공했다. 이러한 상황하에 놓여 있어야만 두 가지 요소가 비로소 서로 배척하고 억제하는 것이 아니라 서로 강화하고 촉진하는 것이다. 이를테면 노동대중과 하층 봉건적 지식인 자신의 비극적 지위가 그들의 봉건적 이데올로기의 불합리성과 황당한 가소로움을 더욱 가중시킬수록, 비극이 희극을 강화하게 된다. 또 그들의 봉건적 이데올로기의 황당한 가소로움이 그들의 처지의 비참성과 비극적 운명의 필연성을 더더욱 가중시킬수록, 희극이 비극을 강화시키게 된다. 한 예술적 세부 묘사가 동시에 극히 강렬한 희극성과 극히 강렬한 비극성을 드러내고 있고, 『외침』과 『방황』의 두 가지 요소가 융합한 유기성과 완벽성을 표현해냈다.

4) 『외침』과 『방황』의 침울, 간결, 함축의 예술적 격조와 언어적 격조

예술적 격조는 저자와 특정한 묘사 대상 간의 특정한 관계를 구현하고, 묘사 대상에 대한 그의 감정적 태도를 구체화한다. 『외침』과 『방황』의 예술적 격조와 중국의 반봉건 사상혁명에 대한 루쉰의 태도는 불가분의 것이다.

침울은 중국의 봉건사회의 이데올로기에 대한 루쉰의 인식의 심오성과 중국의 반봉건 사상혁명의 장기성에 대한 명확한 평가에서 비롯됐다. 여기서 투쟁의 결연성과 투쟁 속의 무게감이 함께 결합한 것이고, 묘사의 심오성과 울적하고 토로하기 어려운 분통함이 함께 융합된 것이다. 침울은 무엇보다 먼저 중국의 사회의식 상황과 중국의 반봉건 사상혁명에 대한 루쉰의 기본적인 감정적 태도이다. 이러한 태도는 『외침』과 『방황』의 예술 묘사 속으로 알게 모르게 침투했고, 그것들의 침울한 격조를 형성했다. 그것은 무엇보다 먼저 『외침』과 『방황』이란 예술적 통일체의 독특한 소질로 바뀌었고, 각종 예술적 요소 속에 침투한 통일적인 독특한 소질로 전환되었다. 이것이 그것의 예술적 통일체에 독특한 표현 기능을 갖게 하고, 그런 다음에 또 이 표현 기능에 의존해서 독자의 마음속에서 저자와 비슷한 감정과 정서를 불러일으켜서 독자에게도 이러한 침울한 느낌이 생기게 했다. 내용 면에서 사람에게 침울한 느낌을 주는 것 이외에 소설의 각종 예술적 표현도 반드시 내용과 배합해서 독자에게 똑같은 영향을 끼쳐야 한다. 루쉰소설의 세부 묘사에서의 심오함, 줄거리 추진의 자연스럽지 못함, 장면 변환의 느림, 작으면서도 긴 순환 템포, 감정 기복이 일으키는 물결의 비교적 적음이 모두 특수한 음악적 선율을 만들었다. 이러한 선율은 사람에게 가뿐함과 즐거움을 느끼게 하는 것이 아니라 무거움과 답답함을 느끼게 한다. 루쉰의 소설 언어에 난해한 느낌이 있는데, 일반적으로 문장이 비교적 길고, 읽으면 사람에게 숨을 이어가기 어렵다고 느끼게 할 수 있다. 긴 문형 속에 또 극히 짧은 문형이 끼어들고, 긴 문형 내부에서 충분히 비축한 숨이 돌연 짧은 문형을 만났을 때 또 입을 봉해버릴 수 있다. 두 종류의 문형 사이의 전환은 고정된 법칙이 없어서 언어라는 통일체를 울퉁불퉁한 길을 흘러가는 흙탕물처럼 묵직하고 통쾌하지 못하게 하고, 기복을 돌발적이고 순탄하지 못하게 해서 정서적 감염에서 강렬한 침울한 느낌을 초래했다.

『외침』과 『방황』의 간결함과 함축성은 루쉰의 사상적 심오함과 그가 표현한 봉건사회의 이데올로기 간의 커다란 차이에서 비롯됐고, 루쉰의 사상과 일반 독자의 의식 수준과의 커다란 차이에서도 비롯됐다. 루쉰이 산 시대는 그에게 세계적인 광활한 시야 속에서 중국을 보게 하고, 20세기적 사상의 높이에서 중국의 중세기식 봉건사회의 이데올로기를 인식할 가능성을 제공해주었다. 루쉰은 현실 아래쪽에 포복해서 사회적 현실을 우러러보거나 중국의 사회적 현실이란 지면地面에 서서 사회적 현실을 둘러보거나 현실의 지면에서 약간 높은 공중을 날면서 현실을 순시한 것이 아니다. 그는 유달리 높고 험준한 사상의 정상에서 현실을 내려다본 것이다. 이때 현실을 전부 한눈에 다 담을 수 있었지만, 오히려 한 자 길이로 확 축소했다. 사람들이 보기에는 거대한 물체 같은 모든 것이 그의 눈에서 모두 형체가 확 축소됐다. 비교적 부차적인 것은 형체가 어렴풋한 배경으로 바뀌었고, 가장 중요한 것은 모두 한 자 길이의 아주 작은 파노라마 식 화폭 위에 고도로 농축됐다. 우리는 『외침』과 『방황』 속의 적지 않은 소설이 모두 중국의 사회사상의 파노라마적인 양식으로써 창조됐지만, 길이는 오히려 단편소설의 극히 짧고 작은 분량이라면, 화면은 오히려 극히 평범하고 간단한 생활상인 것을 보았다. 그림 속에서 거의 사람의 중시를 받지 못할 것 같은 작은 세부사항마다 모두 현실 속에서는 극히 전형적인 의미를 지닌 것들이다. 이는 반드시 독자가 즉각적으로 주목하고 이해할 수 있는 것이라고 할 수는 없다. 그래서 루쉰소설의 간결함과 함축성은 주로 그것들의 최대한도로 풍부한 내용에서 비롯되었고, 중국의 사회적 이데올로기에 대한 루쉰의 뚜렷한 인식과 강렬한 느낌에서 비롯되었다. 예술적 표현 면에서 감정 전달의 명확성과 이성 전달의 비非직접성, 통일적 전달의 명확성과 세부적 의미 전달의 내재성immanence도 『외침』과 『방황』의 고도의 간결함과 함축성을 형성했다. 예술적 전달은 주로 감정과 정서의 전달이고, 이성적 전달은 감정과 정서의 전달을 통해야만 실현된다. 너무 많은 이성적인 설명은 예술 작품의 경계와 운치를 파괴할 수 있다. 위대한 사상가로서 루쉰의 생활에 대한 풍부한 인식이 이러한 생활상에 대한 발견과 느낌을 통해서 작품 속에 내적으로 축적된 것이다. 소설은 무엇보다 먼저 명확한 감정적 태도로써 독자에게 호소하지만, 그것에 대한 이성적 파악은 독자 개인의 사고와 이해를 기대한다. 예를 들면 「풍파」 속의 여러 인물은 각기 그 특정한 감정적 색조로써 소설 속에 등장했다. 하지만 어떻게 본질적 의미에서 그들과 그들 각자의 관계를 인식할 것인가? 왜 그들이 루쉰의 눈에서는 이러한 색조를 드러냈고 또 다른 색조가 아니었는가? 이는 오히려 독자 자신의 사색이 필요하다. 이와 동시에 소설의 통일적 경향의 명확성은 또 종종 대량의 세부적 함의의 내재성과 함께 결합했고, 이어서 볼 수 있는 세부규칙이 없는 것은 많은 루쉰소설이 우리에게 준 감각이다. 예를 들면 「술집에서」에서 루쉰이 뤼웨이푸를 깊이 동정한 것은 분명히 쉽게 알 수 있다. 하지만 어떻게 그 가운데 각 세부적 함의를 분석할 것인가? 이 소설의 통일적 경향성이 어떻게 이러한 세부 묘사 속에서 드러났는가? 그것들 각자에 무슨 특정한 전형적인 의미가 있는가? 이에 대해서는 오히려 독자 자신의 깊은 사색이 필요하다. 아무튼지 중국의 사회적 이데올로기와 각종 사회적 표현에 대한 루쉰의 이성적 파악 면에서의 명확성 및 예술의 이성적 전달의 비직접성과 유한성이 『외침』과 『방황』에서 수많은 이성적 내용을 감정과 정서 전달의 배후에 넣게 해서 독자에게 사색할 드넓은 공간을 만들어주었다. 형식의 유한성으로 말하면 그것은 고도로 간결하게 표현됐다. 또 내용의 무한성으로 말하면 그것은 고도로 함축적으로 표현됐다.

『외침』과 『방황』의 언어의 간결함과 함축성 및 그것들의 통일적 간결함과 함축성은 같은 근원에서 나왔다. 언어는 외부적 사유이고, 사유는 내부적 언어이다. 언어의 특징은 사유의 특징을 반영하고 있다. 사유 공간의 무한 확대는 중국이 나라의 문을 닫은 쇄국 상태의 타파를 수반하고, 또 온 인류의 사상적 정신적 성과와 20세기의 가장 진보적인 사회생산력이 만들어낸 사상적 정신적 성과를 접수할 가능성을 수반해서 탄생한 중국의 현대적 사회의식의 대표 인물의 중요한 사유 특징이다. 사유 공간의 광활함은 예술적 연상의 풍부함을 가져왔다. 예술적 연상의 풍부성은 유한 속에서 무한을 발견하고 점點 한 개에서 전면全面을 볼 가능성을 가져왔다. 루쉰의 언어 특징은 현대 중국 사람이 응당 지녀야 할 이러한 사유 특징을 가장 충분히 구체화한 데 있다. 극히 풍부한 내용을 지닌 세부사항과 매우 표현력을 갖춘 특징을 꽉 움켜쥐고 풍부한 연상을 불러일으킬 수 있는 정련된 언어와 생동감이 극히 강한 어휘로써 사물과 인물의 표정을 간결하게 그려냈다. 이것이 독자에게 다방면으로 연상할 가능성과 자신의 생활 경험에 근거해 대량의 부차적인 특징을 보충할 여지를 남겼다. 이는 루쉰소설의 언어가 고도로 간결함과 함축성을 달성할 수 있었던 주요 원인이다. 다의적인 상징적 의미를 지닌 언어의 활용은 『외침』과 『방황』이 언어의 이러한 특징을 가장 두드러지게 구현했다. 우리는 또 루쉰소설의 언어의 간결함과 함축성이 중국의 사회적 이데올로기 상황에 착안한 루쉰의 표현과 더욱 직접적인 관계를 갖고 있음을 발견하기란 어렵지 않다. 그것은 루쉰에게서 정치적 경제적 세부사항의 세밀한 묘사를 중시하지 않고, 인물의 정신적 면모의 재현을 훨씬 더 중시하도록 결정했다. 중국 고전문학의 형태를 통해 정신을 구현하고以形寫神, 생생한 표현을 중시하는 전통이 새로운 사상의 기초 위에서 루쉰의 발전과 활용을 얻었다. 거듭 '형태를 그리는 것寫形'이 치밀해졌고, 언어에서의 표현은 많음多으로 적음少을 눌렀기 때문에, 때때로 한번 훑어보면 남는 것이 없고 뒷맛이 적다. 또 거듭 '정신 구현을 중시하는 것'은 순수해졌고, 언어에서의 표현은 적음으로 많음을 눌렀기 때문에, 의미의 함축은 그 필연적인 결과였다.

위에서 우리는 『외침』과 『방황』의 예술적 특징을 네 방면에서 분석했다. 그 의미는 루쉰의 예술적 재능과 소양이 중국의 반봉건 사상혁명의 현실을 반영하는 과정에서 구체화 되고 발전한 것임을 설명하는데 있었다. 이러한 생각에서 손을 대야만 『외침』과 『방황』의 예술적 특징에 대한 파악이 가능해지고 필요한 것도 된다.

루쉰의 전기 소설과 러시아문학

모든 탁월한 문학작품이 그러하듯이, 루쉰의 전기 소설은 독창적이고 민족적이다. 그것의 독창성은 중국 내외의 문학 유산이란 터전 위에서 개척된 것이고, 앞사람의 우수한 성과라는 양분을 얻어서 움튼 것이다. 그것의 민족성도 폐쇄적이고 편협한 민족의 고유한 전통을 단순히 답습한 것이 아니라, 세계문학의 영향을 받아 풍부해진 것이다. 중국 내외의 걸출한 작가와 그 작품이 루쉰의 문학 창작에 끼친 영향을 고찰하고, 루쉰이 역사적 문화적 유산을 비판적으로 계승한 풍부한 경험을 총결산하는 것을 루쉰연구의 중요한 과제의 하나로 삼아야 함은 두말할 것이 없다.

루쉰의 전기 소설과 중국 내외의 문학 유산의 다방면의 복잡한 관계 속에서, 그것과 러시아 리얼리즘문학의 역사적 관련성은 시종 가장 뚜렷한 맥락과 가장 선명한 색채를 드러내고 있다. 그것의 깊은 사상적 내용의 기본적 정신과 리얼리즘 예술 방법의 전체적인 특색 및 침울하고 엄준하면서 또 격정적인 주선율 속에서 우리는 모두 이상할 정도로 분명히 러시아 리얼리즘문학의 강렬한 영향을 느낄 수 있다. 이러한 영향의 강렬성은 루쉰의 전기 소설의 독특한 개인적 격조와 뚜렷이 민족화한 특색을 전혀 손상 입히지 않으며, 반대로 그것들의 형성과 강화를 촉진시켰다. 루쉰은 전기 소설 창작에 종사할 때, 왜 유달리 러시아 리얼리즘문학에 대한 거울삼기를 중시했는가? 그는 어떻게 그것의 예술적 성과를 창조적으로 중화민족 문학의 보물창고 속으로 옮겨왔는가? 이 과정이 우리에게 어떤 유익한 경험을 제공했는가? 이는 우리가 주의하여 연구하고 해결해야 할 문제이다.

루쉰이 걸은 문학의 길은 다음과 같은 사실을 나타냈다. 이를테면 그는 세계 예술의 숲에서 눈에 띄는 대로 손 가는 대로 러시아문학의 열매 몇 개를 딴 것이 아니라, 심혈을 기울여 사색하고 엄격한 선택을 거친 것이다.

모든 문학가가 그러하듯이 그가 무엇보다 먼저 받아들인 것은 중국 민족문학의 영향과 도야였다. 일찍이 유년과 소년 시기에 그는 수많은 중국 고전소설을 읽었다. 뒷날 그는 또 중국에서 으뜸가는 탁월한 성과를 거둔 중국소설사中國小說史 연구학자로서 세상에 이름이 났다. 중국 민족문학이 그의 문학적 취미를 길렀고 그의 문학적 소양을 강화했고 그의 민족 언어를 활용하는 능력을 단련시켰고 그의 표현 수법과 기교를 살찌게 했고 그의 전기 소설을 창작할 기초를 다지게 했다. 그러나 중국 고전소설의 위대한 혁신자로서의 루쉰은 그것의 고유한 형식과 내용을 그대로 본떠 답습한 사람이 아니라 외국의 돌을 빌려 중국의 옥을 연구하는 명수였다. 그 자신도 되풀이해서 자신이 창작한 소설은 "밑천이라면 이전에 봐둔 1백여 편의 외국 작품과 약간의 의학 지식이 전부였고",[1] "나는 대체로 외국 작가들을 본받고 있다"[2]고 말했다. 전체 중국 현대소설에 대해 언급할 때 또 그것의 탄생은 "한편으로는 사회적 요구에 기인한 것이고, 다른 한편으로는 서양문학의 영향을 받았다"[3]고 말했다.

외국 문학 가운데서 루쉰이 최초로 접촉한 것은 아마도 영국, 미국, 프랑스 등 여러 나라 문학작품의 린수林紓 번역본이었을 것이다. 저우쭤런周作人이 일기 속에 적은 기록에 의하면 루쉰은 일본으로 유학을 떠나기 전에 코난 도일Arthur Conan Doyle의 『셜록 홈스의 사건Stories of Sherlock Holmes』, 헨리 라이더 해거드Henry Rider Haggard의 『그녀She』와 알렉상드르 뒤마 피스Alexandre Dumas fils의 『춘희La Dame aux camélias』 등 책을 접했다.[4] 쉬서우창許壽裳도 린수의 번역이 "출판된 뒤에 책마다 루쉰은 반드시 읽었다"고 말했다.[5] 이 점에 관해서 루쉰도 뒷날 술회해서 말했다.

> 우리는 량치차오(梁啓超)가 운영한 『시무보(時務報)』에서 탐정소설 『셜록 홈스』의 변화무쌍함을 접했고, 또 『신소설(新小說)』에서 과학소설이라고 하는 쥘 베른(Jules Verne)이 쓴 『해저 2만리(Vingt mille lieues sous les mers)』 같은 신기함을 접했다. 그 뒤 린친난(林琴南,

---

1 루쉰, 「나는 어떻게 소설을 쓰게 되었는가?」.
2 루쉰, 1933년 8월 13일 둥융수(董永舒)에게 보낸 편지.
3 루쉰, 「'짚신발' 소인(『草鞋脚』小引)」.
4 저우샤서우(周遐壽), 『루쉰 소설 속의 인물(魯迅小說裏的人物)』, 베이징 : 인민문학출판사(人民文學出版社), 1959, 185~186쪽.
5 쉬서우창, 『망우 루쉰 인상기(亡友魯迅印象記)』, 베이징 : 인민문학출판사, 1995, 10쪽.

린수—역자)이 헨리 라이더 해거드의 소설을 대거 번역해서 우리는 또 런던 아가씨의 멋들어진 자태와 아프리카 야생의 기괴함을 접했다. 러시아문학에 대해선 전혀 알지 못했다.[6]

린수의 번역본을 통해서 루쉰은 시야를 넓혔고, 외국 문학에 대한 흥미를 싹틔웠다. 이러한 작품들이 일정 정도 작용도 했다고 말해야 한다. 코난 도일 등의 작품은 그것들 자체에 일정한 역사적 작용과 가치를 갖고 있었다. 이것도 거리낄 필요가 없는 말이다. 그러나 루쉰이 그것들에 만족하지 못한 것도 완전히 필연적인 것이다. 같은 글에서 루쉰은 말했다.

> 탐정, 모험가, 영국 아가씨, 아프리카 야생의 이야기는 그저 배불리 먹고 마시고 난 뒤 불어난 몸뚱이를 긁어줄 수 있을 뿐이었다. 하지만 우리의 일부 젊은이들은 진작 억압을 감지했다. 괴로우면 발버둥 치기 마련이요, 가려운 데를 긁어봐야 소용없으니, 절실한 지향점을 찾을 수밖에.[7]

루쉰은 일본에서 여러 해 동안 유학했고, 일어는 그가 가장 잘 아는 외국어이다. 그는 일찍이 적지 않은 일본 문학작품을 번역했고, 그것들은 루쉰의 전기 소설 창작에도 다소 영향을 끼쳤다. 그러나 전체적으로 말하면 루쉰의 전기 소설과 일본문학의 관계는 결코 가장 밀접한 것이 아니다. 이에 대해 저우쭤런이 다음과 같이 비교적 상세히 술회했다.

---

6 루쉰, 「중국과 러시아의 문자외교를 경축함(祝中俄文字之交)」.
7 위의 글.

루쉰은 일본문학에 대해 당시에 전혀 주의하지 않았다. 모리 오가이(森歐外), 우에다 빈(上田敏), 하세가와 후타바테이(長谷川二葉亭) 등에 대해서는 대부분 그 비평이나 번역문을 중시했을 뿐이다. 유일하게 나쓰메 소세키(夏目漱石)가 쓴 하이카이소설(俳諧小說)인 『나는 고양이로소이다』가 유명했다. 위차이(豫才, 루쉰-역자)는 출판을 기다렸다가 그 책이 나오자마자 즉시 사들여 읽었다. 또 『아사히신문』에 게재되는 「우미인초」를 열심히 읽었다. 시마자키 도손(島崎藤村) 등의 작품에 대해선 시종 관심을 가진 적이 없다. 자연주의가 성행할 때 역시 다야마 가타이(田山花袋)의 『이불』, 사토 코우로쿠(佐藤紅綠)의 『오리』를 찾아서 읽었을 뿐이고, 그다지 흥미를 느끼지 못한 것 같았다. 위차이가 뒷날 쓴 소설이 설령 나쓰메 소세키의 창작수법과 비슷하지 않다고 말해도, 그 비웃음 속의 경쾌하고 아름다운 필치는 실제 나쓰메 소세키의 영향을 제법 받았고, 그 깊고 묵중한 부분은 오히려 고골리와 헨릭 시엥키에비치에게서 나왔다.[8]

루쉰이 정통한 제2외국어는 독일어였는데, 독일의 대작가 괴테 Johann Wolfgang von Goethe, 프리드리히 실러 Johann Christoph Friedrich von Schiller 등의 작품은 그에게서 그렇게 큰 관심을 일으키지 못했다. 게르하르트 하우프트만 Gerhart Johann Robert Hauptmann, 헤르만 주더만 Hermann Sudermann 등은 바로 루쉰 자신이 말한 바와 같이 "이런 사람들도 이름을 크게 떨치고 있었지만 우리는 오히려 그다지 주의하지 않았다."[9] 그는 한평생

8 즈탕(知堂, 저우쭤런-역자), 「루쉰에 관하여 · 둘(關於魯迅之二)」, 『루쉰선생 기념집(魯迅先生紀念集)』(제1집), 31쪽 참고.

하이네Heinrich Heine의 시를 너무너무 사랑했지만 시인으로서의 하이네가 루쉰의 전기 소설에 끼친 영향은 극히 적다. 루쉰은 니체Friedrich Nietzsche의 『차라투스트라는 이렇게 말했다』를 애독하였지만, 그것의 영향도 「광인일기狂人日記」에서 조금 내비쳤을 뿐이고, 이후 루쉰의 전기 소설 속에서 소리 없이 자취를 감추었다.

1903년에 루쉰은 중국 인민에게 "저도 모르는 사이에 일부 지식을 얻고, 유전되는 미신을 타파하고 사상을 개혁하고 문명화하는 데 도움을 주겠다"[10]는 목적을 품고 연달아 프랑스 공상과학 소설 작가 쥘 베른의 『달나라 여행』과 『지저 여행』을 번역했다. 이후에 또 모두 이러한 공상과학 소설에 속하는 『북극탐험기北極探險記』[11]와 미국의 루이스 스트롱Louise B. Strong의 「비과학적인 이야기」[12]를 번역했다. 이는 물론 중국 민중에게 지극히 유익한 일이기도 했고, 루쉰이 당시에 품었던 '과학으로 나라를 구한다科學救國'는 사상의 어떤 단서들도 반영하고 있다. 하지만 얼마 지나지 않아서 그는 당시의 "중국 사람들을 이끌려면 반드시 과학소설로부터 시작해야 한다"[13]는 견해를 바꾸었다. 그의 소설 창작도 공상과학 소설과 서로 관계를 끊게 되었다.

1907년에 루쉰은 초기의 가장 중요한 문예 논문 「악마파 시의 힘摩羅詩力說」을 썼고, 처음으로 자신이 러시아문학을 광범위하게 접했음을

9 루쉰, 「잡다한 추억」.

10 루쉰, 「과학소설 '달나라 여행' 변언(科學小說『月界旅行』辨言)」.

11 루쉰 1934년 5월 15일 양지윈(楊霽雲)에게 보낸 편지 참고.

12 「'레미제라블'과 '비과학적인 이야기'에 관한 설명(關於『哀塵』, 『造人術』的說明)」, 『문학평론(文學評論)』 제3기, 1963 참고.

13 루쉰, 「과학소설 '달나라 여행' 변언」.

드러내 보였다. 그러나 이때 그는 여전히 리얼리즘의 각도에서가 아니라 적극적 낭만주의의 입장에서 푸시킨Александр Сергеевич Пушкин과 미하일 레르몬토프Михаил Юрьевич Лермонтов를 소개하였다. 그는 당시에 고골리의 리얼리즘 색채를 언급했고, 또 코롤렌코Влади́мир Галактио́нович Королéнко의 『최후의 빛末光』을 소개했지만, 이때까지도 그들을 소개의 중점으로 삼지는 않았다. 바이런Byron, 셸리Percy Bysshe Shelley, 샨도르 페퇴피Sándor Petőfi, 아담 미츠키에비치Adam Mickiewicz 등 적극적 낭만주의 시인이 루쉰의 사상에 대해 일찍이 큰 영향을 끼쳤고, 바이런의 "만약 노예가 눈앞에 서 있으면 반드시 진심으로 슬퍼하고 질시했다. 진심으로 슬퍼한 것은 그들의 불행을 안타까워했기 때문이며, 질시한 것은 그들이 싸우지 않음에 분노했기 때문이다"[14]라는 감정적 태도도 그의 전기 소설 속에서 두드러지게 반영됐다. '악마파 시인'의 항쟁 정신이 루쉰의 전기 소설의 리얼리즘 속에 녹아들었고, 그것의 전투적 리얼리즘의 중요한 격조의 한 갈래를 구성했다. 그러나 바이런 등의 작품은 시 작품이 많았고, 그것들과 루쉰소설과 관련성이 주로 정신과 사상 면에서 드러났지만, 러시아 리얼리즘 소설 작품과의 관련성이 훨씬 광범위하고 직접적인 것만 못했다.

루쉰은 초기에 또 위고 등의 작품을 번역했고, 단테Durante degli Alighieri, 셰익스피어Willam Shakespeare, 존 밀턴John Milton, 입센Henrik Johan Ibsen 등 세계적인 유명 작가를 높이 평가했고, "인도와 이집트 작품도 열심히 구해보았지만 구할 수 없었다"[15]라고도 말했다.

14 루쉰, 「악마파 시의 힘」.
15 루쉰, 「나는 어떻게 소설을 쓰게 되었는가?」.

위에서 말한 바와 같이 이 광범위한 탐색과 다방면의 시행 과정을 시간으로 말한다면 짧다고 말할 수 있지만, 그 여정으로 말한다면 길고긴 것이다. 바로 이 긴긴 탐색이 전진하는 과정 속에서 그가 한 걸음 한 걸음 러시아의 리얼리즘문학으로 다가갔다. 1909년에 그와 저우쭤런은 공동으로 『역외소설집域外小說集』(전2권)을 편집 번역했고, 러시아와 동구, 북구北歐 등 약소민족 나라의 리얼리즘 단편소설 작품을 중점적으로 소개했다. 루쉰은 직접 세 편을 번역했고(레오니트 안드레예프Леони́д Никола́евич Андре́ев의 「거짓말」, 「침묵」과 프세볼로트 가르신Все́волод Миха́йлович Гаршин의 「4일간」), 모두 러시아 작품이었다. 같은 해에 루쉰은 또 레오니트 안드레예프의 「붉은 웃음」의 일부를 번역했다. 준비는 했지만 번역할 틈이 없었던 것에 또 미하일 레르몬토프Михаи́л Ю́рьевич Ле́рмонтов의 『우리 시대의 영웅』과 체호프Антон Павлович Чехов의 「결투」 등이 있다. 1911년에 루쉰이 발표한 첫 번째로 창작한 소설 「옛일懷舊」에서 이미 분명히 러시아 리얼리즘문학의 영향을 드러내 보였다. 『역외소설집』에서 「옛일」을 거쳐서 루쉰의 전기 백화소설 창작까지는 루쉰의 리얼리즘 문예 사상의 형성과 확립에서 발전으로 나아가는 길이었고, 루쉰소설의 예술성이 맹아와 성장에서 성숙으로 이르는 길이기도 하다. 그것들은 모두 러시아문학이란 시발점 위에서 이어진 것이다.

루쉰이 걸어간 문학의 길은 그가 일찍이 중국 내외 문학의 예술적 영향을 광범위하게 섭취했음을 설명한다. 이는 그의 소설 창작에 있어서 매우 필요한 것이었다. 이 모든 것이 모두 직간접 혹은 크든 작든 그의 소설에 다소 영향을 끼쳤다고 말해야 한다. 그러나 그의 주요 예술적 흥미는 오히려 러시아, 동구, 북구의 리얼리즘문학, 특히 러시아

문학에 집중됐고, 그의 소설 창작에 끼친 영향이 가장 큰 것도 그것들이다. 이것이 다음과 같이 우리에게 깊이 생각할 가치가 있는 문제를 제기했다. 이를테면 그는 왜 단지 중국의 민족문학 속에서 자신의 예술적 영양을 흡수하는 것에 만족하지 못했는가? 왜 그의 관점에서 말하면 가장 편리한 길인 일본과 독일 문학 속에서 필요한 예술의 화분花粉 전부를 집중적으로 활용하지 않았는가? 왜 당시 중국에 끼친 영향이 가장 큰 영국, 미국, 프랑스 등 여러 나라의 문학작품 번역서에서 자신이 본받을 모델과 본보기를 모으는 데 머물지 않았는가? 왜 그는 굳이 '먼 길'인 러시아문학 속에서 자신의 주요 영양과 젖을 섭취하고자 했는가? 무엇보다 먼저 이러한 문제들을 효과적으로 해결해야만 우리가 더욱 뚜렷하게 루쉰의 전기 소설이 러시아 리얼리즘문학과 관련을 맺은 주요 유대를 발견할 수 있고, 루쉰이 대량으로 외국 작품을 거울삼았지만 오히려 엄격히 민족화한 예술형식과 전통을 창조하고 발전시킬 수 있었던 비밀도 밝힐 수 있다.

루쉰은 예전에 반복해서 자신이 외국 문예를 소개한 것은 "결코 무슨 '예술의 궁전'에서 손을 뻗어 외국의 기이하고 화려한 화초를 뽑아서 중국 예술의 화단에 옮겨 심으려는 것이 결코 아니라"[16] "성정性情을 변화시키고 사회를 개조하기 위해서였다"[17]고 말했다. 바로 이 점이 루쉰이 탐구할 방향을 결정했다. 이러한 상황 하에서 그가 찾는 것은 다음과 같은 문학이다. 요컨대 그것은 내용 면에서 충실하고 예술 면에서 완벽한 것일 뿐 아니라, 더욱 중요한 것은 그것의 예술 방법과 형식이 다른

16 루쉰, 「잡다한 추억」.
17 루쉰, 「서(序)」, 『역외소설집』.

문학보다 중국의 사회적 현실을 표현하는 데 훨씬 적합했고, 중국의 사회생활에 대한 자신의 이성적 인식부터 심미적 인식까지 집중하는 데도 훨씬 적합했고, 그래서 중국 인민의 각성을 일깨우고 중국 인민의 혁명정신을 불러일으키는 데 훨씬 적합했다는 점이다. 사실이 증명하듯, 당시의 역사적 조건 아래서 러시아문학이 바로 이러한 문학이었다.

문학예술은 하늘에 뜬 구름이자 환상 속의 꽃이 아니다. 그것은 사회적 현실 생활의 반영이자 시대정신의 표징이다. 다른 민족의 문학이 자기 민족에게 이용당할 수 있는 까닭은 결국은 두 민족에게 사회생활과 시대 정서면에서 비슷한 점들이 있고, 이 비슷한 점이 많고 정도가 클수록 두 민족이 문학 면에서 만들어내는 공명작용도 훨씬 강렬하다는 데에 있다. 우리가 러시아의 리얼리즘문학이 당시에 중국의 현실 생활을 표현하기 위한 쓰임에 훨씬 적합했다고 말하는 까닭은 무엇보다 먼저 이 두 나라의 현실 생활 자체에 서로 가깝고 비슷한 점이 더욱 많았기 때문이다. 그로부터 두 나라의 사회사상, 시대정신과 인민의 정서면에서 일련의 일치성이란 특징도 결정했다. 마오쩌둥毛澤東은 이렇게 말했다.

> 중국에 많은 일들이 10월 혁명 이전의 러시아와 똑같거나 아니면 비슷하다. 봉건주의의 압박은 똑같다. 경제와 문화의 낙후는 비슷하다. 두 나라가 모두 낙후했지만, 중국이 더욱 낙후했다. 진보적인 사람들이 나라를 부흥시키기 위해 온갖 어려움을 무릅쓰고 혁명적 진리를 찾은 것은 똑같다.
>
> —마오쩌둥, 「인민민주독재를 논함(論人民民主專政)」 – 역자

러시아의 사회생활은 서구 자본주의 나라의 당시 상황과 비교될 뿐 아니라 그것들의 봉건적 압박을 반대한 역사적 시기의 상황과도 비교되기는 하지만, 당시 중국의 사회현실의 모든 것과 더욱 비슷했다. 이는 두 나라가 모두 대체로 비슷한 역사 발전의 과정을 겪었기 때문이다. 그것들은 모두 자기 민족의 자본주의 상공업이 충분히 발전되고 농업을 근본으로 하는 자연 경제가 붕괴에 이른 역사적 조건 아래서 부르주아 민주혁명의 요구가 탄생한 것이 아니다. 이 잠자는 사자 두 마리가 서구의 우르릉 쾅쾅 울리는 기계 소리와 대포 소리에 놀라 깰 때, 서구 부르주아는 이미 국가정권을 장악했고 게다가 비교적 발달한 부르주아의 물질문명을 획득했다. 이것이 아직 강보 속에 싸인 두 나라 부르주아의 혁명적 염원을 유발했다. 아울러 강적이 가까이 있거나 혹은 외적의 침입으로 말미암아 자기 나라의 진보적 인사의 구망救亡과 도존圖存 및 전제 통치를 전복시킬 긴박감과 강렬한 주관적 요구를 더욱 최대한도로 강화했다. 이러한 독특한 역사 발전의 과정이 두 나라의 사회생활과 인민의 정서면에서의 많은 일치된 특징을 갖도록 만들었다. 양자가 다른 점은 러시아가 중국보다 훨씬 일찍부터 이 역사 발전의 과정에 들어섰고, 중국에서 '5 · 4' 신문화운동이 시작될 무렵에 러시아문학은 이미 이러한 현실 생활을 반영하기 위한 풍부한 창작 경험을 쌓았다는 데 있다. 그것의 풍부하고 아름답고 기이한 리얼리즘 예술이 당시 중국의 젊은 신문학 예술에 거울이 되었을 뿐 아니라, 또 전체 서구문학 속에서도 이미 일약 선두에 서는 지위를 차지했다. 바꾸어 말하면, 러시아의 리얼리즘문학은 사상성과 예술성 면에서 상당히 높은 수준에 이르렀을 뿐 아니라, 그것이 반영한 현실 생활 자체도 어떠한 나라의 어떠한 시기가 중국의 사회생활과 비슷하거나 혹은 똑같은 면에서 그것과 서로 비교될 수 없었다. 이는 루쉰이 유달리 러시아의 리얼리즘문학을 거울삼기를 중시한 주요 원인이고, 우리가 루쉰의 전기 소설과 러시아의 리얼리즘문학의 역사적 관련성을 연구하는 주요 단서이기도 한 까닭이다.

뚜렷한 리얼리즘 정신, 폭넓은 사회적 내용, 사회의 폭로라는 주제는 루쉰의 전기 소설과 러시아문학의 공통된 특징의 하나이자 양자가 서로 관련된 주요 표현의 하나이다.

사회생활 및 그 이데올로기적인 성격과 상황이 한 시대의 문학의 주요 내용을 결정하고, 또 그것의 주도적 지위를 차지한 예술 방법과 표현 형식도 복잡하게 결정한다. 우리는 러시아문학의 역사 발전 속에서 일찍이 서구문학에서 각기 백 년 동안의 문단을 이끌었던 고전주의나 낭만주의 등 유파가 거의 번개처럼 빠른 속도로 지나가버린 탓에 서구문학의 예술적 성과에는 훨씬 미치지 못했지만, 리얼리즘문학은 오랜 발전과 전에 없던 번영을 이루었고, 또 유럽 문학 속에서 일약 선두 지위를 차지했음을 볼 수 있다. 이러한 상황을 만든 원인은 물론 여러 방면에 있다. 그러나 그 가운데서 결정적인 작용을 한 것은 그것의 역사 발전의 특징과 사회생활의 상황이다. 사회적 모순의 전에 없던 격화와 충분한 폭로가 리얼리즘문학에 풍부한 예술적 소재를 제공하고, 집중적이고 대규모적인 혁명 투쟁이 미처 도래하지 않은 것이 문학의 임무를 주로 현실을 인식하고 해부하는 데 집중케 했고 아울러 이로써 인민의 각성을 일깨우게 했다.

이렇게 해서 전제 군주제의 상대적 강화와 잠시 공고히 된 시기에 생긴 고전주의 문학은 물론 개입할 여지가 비교적 적었고, '이성의 왕국'에 대한 강렬한 실망의 정서로 인해 생긴 주관적 정서의 표현을 중요시하고, 현실 이상以上 혹은 사회 이외의 독립을 꾀하는 낭만주의 문학도 장족의 발전을 할 수 없었다. 정확하게 현실을 인식하고 현실 사회의 진실한 모순운동을 이해하려는 강렬한 염원이 꼬박 한 세기 동안 내내 지식인, 특히 진보적 인사의 내심을 격동시켰다. 리얼리즘문학은 이러한 기초 위에서 신속하게 성장해 19세기 러시아문학의 주요 흐름이 됐다.

리얼리즘문학은 당시 현실에 대해 깊고 진실한 역사를 묘사한 문학 유파이다. 19세기 비판적 리얼리즘문학의 두드러진 특징의 하나는 그것이 사회 역사의 운동과 발전 및 사람과 사회 환경의 다방면의 복잡한 관계 속에서 인물의 성격을 표현하고, 사람의 정신생활을 반영할 수 있었다는 데 있다. 이 때문에 그것은 무엇보다 먼저 인물에 대해 사회가 제약하는 힘을 긍정했고, 사람의 성격과 그 변화는 사회적 환경의 영향을 받은 산물임을 긍정했다. 이러한 기초 위에서라야만 사람의 활동이 비로소 자신의 독립성을 얻고 또 사회에 대한 반작용을 발생시킨다. 리얼리즘문학의 기본적 특징과 19세기 리얼리즘문학의 새로운 발전이 그것을 폭넓은 사회적 내용을 담은 문학이 되게 했다. 현실을 직시하고 정확하게 묘사해야만 사회생활을 효과적으로 드러내는 약간의 본질 면을 담보할 수 있기 때문이다. 또한 사람을 개별적인 도덕적 존재물로도 도덕적 품성의 간단한 정신적 부호로도 삼지 않아야만, 비로소 인물의 성격과 그 발전 속에서 최대한도로 사회의 모순 투쟁과 현실 생활의 진실한 상황을 반영해낼 수 있기 때문이다. 리얼리즘의 이러한 기본적 특징은 물론 그것의 예술적 절정을 대표하고 있는 러시아문학 속에서 충분한 구현을 얻었다. 이것을 제외하고 러시아의 역사 발전의 특징이 또 러시아 리얼리즘문학에 더욱 깊은 사회사상의 내용과 다른 각 나라의 문학으로서는 비교될 수 없는 사상적 엄숙성을 담게 했다.

서구 부르주아가 르네상스Renaissance운동을 펼쳤을 때를 보자. 그들은 얼마나 희희낙락하며 드러내놓고 자기 계급의 사상적 열망을 제기했던가! 그들은 공개적으로 향락주의, 육욕주의carnalism와 개인주의의 기치를 들고 봉건 종교신학의 금욕주의와 봉건적 계급제도와 투쟁을 펼쳤다. 이는 서구 부르주아가 당시 사회생활 속에서 중요한 역할을 맡았고, 그들이 가진 자기 계급 한 계급의 열망은 사회의 동정을 충분히 얻었고, 바야흐로 여지없이 무너질 봉건사상의 사상적 통치에 대항하기에 충분했음을 반영했다. 그러나 러시아에서 농업을 근본으로 하는 자연 경제는 여전히 그 나라의 주요 경제 형태였다. 처음에 어느 정도에서 봉건 전제제도는 여전히 상당히 공고했고, 부르주아의 약소함과 폭넓은 농민대중의 존재로 말미암아 부르주아 한 계급의 사상적 열망은 광대한 사회계층의 동정을 얻기 어려웠다. 설령 부르주아 한 계급의 이익에서 출발했다고 해도, 무엇보다 먼저 봉건 농노제도를 타파하지 않고, 이러한 제도에 의해 토지에 꽁꽁 묶인 광대한 농민을 해방하지 못했기 때문에 그들은 자신의 발전을 이루기 어려웠다. 이후에 서구 자본주의사회의 폐단의 폭로, 사회적 모순의 격화 및 사회도덕의 상실이 러시아의 진보적 인사와 양지良知를 갖춘 지식인에게 자본주의를 피하고 자본주의 단계를 우회하는 사상적 염원이 생기게 했고, 이렇게 해서 부르주아의 적나라한 독립의 요구도 더는 광범위한 사회의 동정을 얻을 수 없었다. 요컨대 러시아에서 광대한 사회계층 사람들에게 흥미를 느끼게 한 것은 무엇보다 먼저 개인의 육체적 욕망의 문제가 아니라 폭넓은 사회문제였다. 이러한 사회적 상황이 러시아문학과 더욱 드넓은 사회생활과의 상호 관련성을 결정했다. 고리키Максим Горький는 러시아 작가의 고민을 이야기할 때, "이러한 고민이 종종 그들을 교회로, 술집으로, 정신병원으로 가게 했지만, 오히려 그들에게 생활에 대해 전혀 관심을 기울이지 않는 냉담한 태도를 지니게 한 경우는 거의 없었다"[18]고 말했다.

만약 서구 자본주의 나라의 리얼리즘 작가 가운데서, 또 '순수예술'의 관점이 귀스타브 플로베르Gustave Flaubert 같은 걸출한 작가 가운데서 일정한 영향을 끼쳤다고 한다면, 러시아 리얼리즘은 '예술을 위한 예술爲藝術而藝術'과 인연을 끊은 것 같다. 푸시킨의 작품 속에도 이러한 예술이 저속한 사회에서 독립할 것을 요구한 호소가 등장한 적이 있긴 하지만, 그러한 그도 12월 당원Decembrist의 혁명 활동과도 긴밀하게 함께 관계를 맺었다. 푸시킨 이후의 절대다수의 우수한 작가들은 모두 자기 창작의 사회 공리적인 목적을 거리낌 없이 말했다. 이러한 관점은 레프 톨스토이Лев Николаевич Толстой의 『예술이란 무엇인가?』에서 심지어 극치의 정도로 발휘됐다. 이와 서로 관련하여 러시아 리얼리즘 문학은 향락주의와 서로 멀리 떨어졌다. 오스트리아 작가 슈테판 츠바이크Stefan Zweig가 예전에 발자크Honore de Balzac, 디킨스Charles Dickens, 도

18 고리키, 『러시아문학사(俄國文學史)』, 상하이 : 상하이역문출판사, 1979, 107쪽.

스토옙스키Фёдор Михáйлович Достоéвский 작품 속의 인물을 비교하면서 이렇게 썼다.

> 유럽에서 해마다 출판되는 책 5만 권 가운데서 아무 책이라도 한 권 펼쳐보시오. 그 책들이 무엇을 이야기하던가요? 한마디로 행복입니다. 여자는 남편이 있었으면 하지요. 아니면 어떤 사람은 돈을 벌고 권력을 갖고 남의 존경을 받고 싶어 하기도 하지요. 디킨스의 인물을 보면 꿈꾸는 것은 오직 대자연의 품속에서, 그림 같은 오두막에서, 다리를 잡고 기뻐서 깡충깡충 뛰는 아이들에 둘러싸인 것이지요. 발자크의 인물이 열중하는 것은 커다란 성, 귀족 칭호와 백만장자가 되는 것이지요. 도스토옙스키의 인물 가운데 누가 이런 것을 원하던가요? 아무도 없어요. 단 한 사람도 없어요. 그들은 어떤 곳에 머물려고 하지 않아요. 아무리 행복한 순간이라도요. 그들은 늘 더 멀리 가고 싶어 안달하지요. 그들은 자신을 사르는 '불처럼 뜨거운 심장'을 가졌거든요.[19]

우리는 슈테판 츠바이크의 말을 이 세 작가에 대한 우열비교로 이해해서는 안 된다. 그들은 모두 위대한 리얼리즘 작가이고, 그들의 작품은 모두 자기 민족의 사회생활에 대한 진실한 모습이다. 발자크와 디킨스는 선진 자본주의 나라에서 살았고, 돈 관계가 그들의 사회생활의 주요 유대를 만들었다. 그들이 진실하게 이러한 관계를 묘사한 것은 해야만 했던 일일 뿐 아니라 필요했던 일이다. 그러나 동시에 우

---

19 슈테판 츠바이크, 「세 거장(Drei Meister)」, 『세계문학 속의 리얼리즘 문제(世界文學中的現實主義問題)』, 베이징 : 인민문학출판사, 1958, 206쪽.

리도 서구 작가가 이러한 사회에서 살았고, 또 그들의 세계관도 많든 적든 이러한 사상의 영향을 받았고, 그래서 작품 속에 향락주의적인 사상적 경향도 드러냈음을 부인할 수 없다. 루쉰은 「문득 생각나는 것·10忽然想到·十」에서 이미 "프랑스 작가가 흔히 지닌 향락적인 분위기"[20]를 지적했다. 러시아의 리얼리즘문학은 향락주의적 경향이 가장 적은 문학이었다고 말할 수 있다. 그들도 '행복'에 관한 주제를 표현했지만, 이러한 주제는 오히려 서구문학과 현저히 다른 표현을 보여주었다. 곤차로프Иван Александрович Гончаров, 도스토옙스키, 레프 톨스토이, 체호프 등 많은 작가들이 작품 속에서 개인의 행복한 생활에 대한 만족을 극단적으로 저속한 것으로 삼아 표현했다. 그들의 긍정적 주인공은 툭하면 도덕의 완벽함과 영혼의 속죄 등 함정 속에 빠졌다. 하여간 그들은 이제껏 개인의 행복한 생활에 만족하지 못했고, 개인의 안일과 향락도 추구하지 않았다.

러시아의 리얼리즘 작가의 이러한 고도의 사회적 책임감은 그들로 하여금 시종여일하게 폭넓은 사회적 인생을 지향하게 했다. 바로 루쉰이 말한 바와 같이, "러시아의 문학은 니콜라이 2세Николай II Александрович 때부터 '인생을 위하여'였다. 그 취지가 탐구에 있든 문제 해결에 있든, 아니면 신비에 빠지든 퇴폐에 빠지든 간에 그 주류는 여전히 하나, 인생을 위한 것이었다."[21]

'인생을 위한' 명확한 목적성과 긴밀하게 관련된 까닭에, 러시아의 리얼리즘 작품의 주제 중에는 사회에 대한 폭로성이 특히 뚜렷이 드러

20 루쉰, 「문득 생각나는 것·10」.
21 루쉰, 「'하프' 전기(『竪琴』前記)」.

난다. 폭로와 비판은 비판적 리얼리즘문학의 중심적인 역사적 임무이고, 이는 세계문학 범주에서도 모두 그러하다. 우리가 러시아의 리얼리즘문학에서 특히 뚜렷하다고 말하는 까닭은, 그 가운데 많은 걸출한 작가들이 모두 완강한 경향 한 가지를 표현해냈기 때문이다. 그들이 언제나 사회와 현실을 통일체로 삼아 송두리째 그것을 폭로해내기 위해 노력한 경향이다. 이는 서구 작가에게도 있다. 예를 들면 발자크의 『인간희극』이 바로 자본주의 사회를 통일체로 삼아서 표현한 작품이다. 엥겔스Friedrich Von Engels가 마가렛 하크니스Margaret Harkness에게 쓴 편지에서 다음과 같이 말한 바와 같이 말이다.

> 발자크는 프랑스 '사회'의 탁월한 리얼리즘적인 역사를 우리에게 제공하고 있습니다. (…중략…) 중심적인 그림 주위에 그는 프랑스 사회의 전체 역사를 하나로 배치했습니다.[22]

그러나 발자크의 『인간희극』 같은 작품은 총괄하여 말하면, 서구의 리얼리즘 작품 가운데서 결코 흔한 것이 아니다. 우리가 귀스타브 플로베르의 『보봐리 부인』, 모파상Guy de Maupassant의 『벨아미』, 디킨스의 『데이비드 코퍼필드』를 고골리의 『죽은 혼』, 『검찰관』, 레프 톨스토이의 『부활』, 『안나 카레니나』 내지는 체호프의 중편소설 「6호 병실」, 「초원」 등과 비교해 보면, 설령 그것들이 모두 탁월한 리얼리즘 작품이고, 모두 첨예한 비판의 주제가 있다고 하더라도, 전자가

22 『마르크스와 엥겔스 예술론(馬克思, 恩格斯論藝術)』(一), 베이징 : 인민문학출판사, 1960, 10쪽.

치중해서 비판한 것이 사회의 한 면이라면, 후자가 치중해서 비판한 것은 사회 전체이다. 고골리가 자신의 『죽은 혼』의 창작에 대해 언급할 때, "나는 이 소설에서 적어도 한 측면에서 온 러시아를 표현하고 싶었고," "온 러시아를 모두 그 안에 그려 넣었다"[23]고 말했다. 『검찰관』에 대해서 그는 또, "나는 『검찰관』 안에 내가 당시에 본 러시아의 온갖 추악한 것들을 모두 함께 그려 넣어서 (…중략…) 그 모든 것을 한바탕 조롱해보고자 결심했다"[24]고 말했다. 고골리의 작품 속에서, 이 목적은 한 가지 중심 사건을 각종 사회 측면의 모습과 함께 연결한 폭넓은 묘사를 통해 달성한 것이라면, 푸시킨, 미하일 레르몬토프, 투르게네프Иван Сергеевич Тургенев 등의 작품 속에서, 그들은 이른바 '시대의 영웅' 형상의 해부와 분석을 통해 달성한 것이다. 또 레프 톨스토이의 작품 속에서, 그것은 극히 광범위한 사회 모습과 많은 사회적 인물 전형의 묘사를 통해 달성한 것이라면, 체호프의 작품 속에서, 그것은 인상주의 같은 묘사 속에서 짙은 분위기를 과장해 독자에게 온 사회의 공기를 마시게 해서 달성한 것이다. 그러나 무슨 구체적인 경로를 통하든 간에, 그들의 열망은 오히려 언제나 자신의 예술적 개괄을 전체 러시아 사회를 개괄하는 넓이와 높이로 확대시키고자 애썼다. 『러시아는 누구에게 살기 좋은가?』(니콜라이 네크라소프Николай Алексеевич Некрасов의 장편시-역자), 『우리 시대의 영웅』 등 서명書名에서도 이러한 경향을 볼 수 있다. 이렇게 노력을 기울인 결과는 그들이 폭

23 『서양 고전작가의 문예창작담(西方古典作家談文藝創作)』, 선양(沈陽) : 춘풍문예출판사(春風文藝出版社), 1980, 407쪽.

24 『서양 고전작가의 문예창작담』, 선양 : 춘풍문예출판사, 1980, 410쪽.

로한 전형의 개괄 범위를 전에 없이 확대하고, 사회에 대한 비판력도 대폭 강화한 것이다.

러시아와 비슷한 중국 사회의 역사 발전도 필연적으로 중국 문학의 주요 흐름을 리얼리즘으로 흐르게 했다. 이것은 아편전쟁 때부터 중국 사회의 내우외환이 모든 진보적 인사의 불만을 불러일으켰고, 중국을 정확하게 인식하고 실제적인 사회문제를 해결하고 중국을 개조하려는 강렬한 염원이 마찬가지로 중국 인민의 마음을 끓어오르게 했기 때문이다. '5·4' 신문화운동의 당시 혹은 그 이후에 서구의 각 유파가 일시에 뒤섞여서 어수선하게 중국 문단에 나타났었지만, 그 가운데서 주도적인 작용을 한 것은 실제로 다음의 두 가지뿐이었다. 즉, 하나는 루쉰을 대표로 삼고, 『신청년』과 문학연구회文學研究會를 주요 진지로 삼은 리얼리즘 유파이고, 또 다른 하나는 궈모뤄郭沫若를 대표로 삼고 창조사創造社를 핵심 진지로 삼은 적극적 낭만주의 유파이다. 창조사의 문학 주장은 문학이 봉건의 도道를 실어야 한다는 봉건주의적인 문학 주장을 겨냥해 제기한 것이다. 당시에 이미 일정한 적극적인 작용을 했고, 그 작품도 높은 성과를 거두었다. 그러나 '예술을 위한 예술'이란 구호는 당시 중국의 진보적 인사 가운데서 뿌리를 내릴 수 없었다. 이후 머지않아 창조사의 다수 동인이 설령 창작 면에서 여전히 자신의 특색을 갖고 있었다고 해도, 적어도 문예 주장 면에서 모두 현실주의 문예이론으로 관점을 바꿨다. 리얼리즘문학의 대표 인물인 루쉰도 일찍이 적극적 낭만주의 문학을 제창한 적이 있었고, '5·4' 신문학운동 직전에 리얼리즘문학의 길로 들어섰을 뿐이다. 그가 이 문학의 길을 간 가장 기본적인 원인은 중국 사회의 현실적 요구와 그 자신의 '중국 사회를 개조한다'는 시종 변치 않는 혁명관에 있었지만, 직접적인 계발 작용을 한 것은 러시아 리얼리즘문학의 강렬한 영향이다.

루쉰은 이렇게 말했다.

> 중국 사람은 이제껏 인생을 감히 똑바로 보지 못하고 감추고 속이기만 했기 때문에 감추고 속이는 문예가 생산됐다. 이러한 문예가 중국 사람을 감춤과 속임의 큰 늪에 더욱 깊이 빠뜨렸고, 심지어 아예 스스로 느끼지 못하게 됐다. 세계는 날마다 바뀌고 있으므로 우리 작가들이 가면을 벗어버리고 진지하게, 깊이 있게, 대담하게 인생을 살피고 또한 자신의 피와 살을 써 내야 할 때가 벌써 도래했다. 진작 참신한 문단이 형성됐어야 했고, 진작 몇몇 용맹스런 맹장이 나왔어야 했다![25]

루쉰이 바로 이 '참신한 문단'을 개척한 '용맹스런 맹장'이다. 그의 전기 소설은 중국 고전소설의 리얼리즘 전통을 뚜렷하게, 자각적으로, 혁명적인 새로운 높이로 끌어올렸고, 이러한 리얼리즘의 특색은 또 러시아의 리얼리즘문학과 서로 긴밀하게 관련된 것이다.

루쉰의 전기 소설은 피동적이거나, 자각적으로 사회생활을 반영하지 못하는 단계를 훌쩍 뛰어넘었고, 그로부터 목적을 갖고 사회를 해부하고 반영하는 높이에 이르렀다. 그의 진실하게 생활을 반영하는 목적도 이미 고전적 리얼리즘 소설 작가의 '권선징악의 의도를 기탁寓懲勸'하거나 '억울하고 원통한 마음을 토로抒憤懣'하는 것이 아니었고,

25 루쉰, 「눈을 크게 뜨고 볼 것에 대하여」.

의식적으로 진실한 현실 생활을 드러냄으로써 사람들이 정확하게 그것을 인식하고 또 혁명적으로 개조하도록 도왔다. 이것의 예술 면에서의 구체적 표현은 그가 전형적인 환경의 묘사를 소설 창작 속의 중요한 지위로 끌어올린 것이다. 엥겔스는 이렇게 말했다.

> 내가 보기에 리얼리즘이란 세부적인 진실 묘사 이외에 전형적인 환경에서 전형적인 성격을 진실하게 재현하는 것이다.[26]

많은 중국 고전소설 속에서는 이러한 높이에 미처 이르지 못했다. 그것들은 일련의 선명한 성격 형상을 제공했지만, 이러한 성격이 만들어진 사회적 환경과 원인을 드러낸 것은 비교적 적다. 우리는 이규李逵가 무모하게 덤벙대고, 오용吳用은 꾀가 많고, 관운장關雲長은 충성스럽고 용맹하고, 조조曹操는 간사스럽고 교활한 줄 알지만, 이러한 성격들이 어떠한 외적 힘의 작용을 받아 형성된 것인지, 우리로서는 작품 속에서 직접 읽어낼 수가 없다. 이와 달리 루쉰의 전기 소설이 설령 단편이기는 해도, 그것들의 주요 인물의 성격마다 작품 속에서 모두 그것이 형성된 원인을 찾을 수 있다. 아Q의 '정신승리법精神勝利法'은 그가 업신여김을 당했으나 반항할 힘이 없었던 결과이고, 룬투閏土의 마비와 무딤은 "자식이 많음, 생활고, 가혹한 세금, 병사, 도적, 관리, 세도가" 등의 포괄적인 힘의 억압과 착취를 당해서 형성되었으며, 뤼웨이푸呂緯甫의 나약함과 타협은 사회의 어둠인 보수 세력의 장기적인 소모 아래서 만

26 『마르크스와 엥겔스 예술론』(一), 베이징 : 인민문학출판사, 1960, 9쪽.

들어지게 된 것이다. 이 사람과 환경의 복잡한 관계 속에서 루쉰은 인물 성격의 창조를 통해서 당시 현실 사회의 상황을 효과적으로 드러내 보였다. 우리는 루쉰소설 속에서 단순히 기질적이거나 혹은 두뇌형 성격이 절대적으로 적은 것도 볼 수 있다. 이를테면 제갈량諸葛亮은 지혜의 화신으로서 지력智力의 전형이다. 「왕안석삼난소학사王安石三難蘇學士」[27] 속의 왕안석王安石은 재능과 학문의 전형이다. 「송사공대뇨금혼장宋四公大鬧禁魂張」[28] 속의 조정趙正은 기능의 전형이다. 그리고 털보 장비張飛와 덜렁쇠 이규는 기질의 전형이다. 우리는 루쉰의 전기 소설 속에서 이 단순한 기질과 지능 면에서의 전형적인 형상을 절대 찾을 수 없다. 그들 각자는 자신의 기질과 능력을 갖추고 있지만 절대로 그것들의 단순한 구성이 아니다. 쿵이지孔乙己는 '회回'자를 쓰는 방법이 네 가지 있다는 것을 안다. 하지만 이는 그의 능력을 설명하는 것이 아니라 주로 그의 진부함을 드러내 보였다. 치진 댁七斤嫂의 기질은 화를 잘 내지만, 이는 그녀의 성격의 핵심이 아니고, 그 핵심은 화를 잘 내는 배후에 있는 도량이 좁음, 우매함과 샘내기를 잘하는 것이다. 웨이 노파衛老婆子는 수다 떨기를 좋아하지만, 수다를 잘 떠는 것은 그 외적 요소이고, 처세술에 능함과 세력가에 대한 아첨이야말로 그 성격의 내면이다. 그래서 루쉰의 붓 아래의 인물 전형은 더욱 엄격한 의미에서의 사회적 전형이고, 그들 성격의 기질적 심리적 요소마다 모두 사회적 색채로 짙게 물들었다. 게다가 루쉰소설의 전형적인 형상은 긴긴 역사적인 개괄적 의미를 지니고 엄격한 역사의 구체성도 갖고 있다. 장비, 이규, 정교금程咬金 같

27 『경세통언(警世通言)』 참고.
28 『고금소설(古今小說)』 참고.

은 예술적 형상 간에 역사 왕조와 약간 멀리 떨어져 있긴 하지만, 그 성격 자체로 말하면 결코 엄격한 차이가 없다. 그들의 차이도 역사나 시대와 긴밀한 필연 관계가 있지 않다. 우리는 삼국시기의 장비를 송대 말년의 량산포梁山泊 호걸 속에 고스란히 써넣을 수 있다. 그래도 그는 뚜렷한 그의 형상을 잃지 않을 것이고, 바꿔 말해도 역시 그럴 것이다. 루쉰의 붓 아래의 주요 인물 전형은 절대 이러한 역사적 융통성이 없다. 지금까지 우리는 여전히 아Q, 쿵이지, 샹린 아주머니와 비슷한 인물과 부딪칠 수 있었지만, 그들의 비슷함은 어느 정도 약간 비슷함일 뿐이고, 절대 온전한 사람의 단순한 재현일 수가 없다. 앞에서 말한 루쉰소설이 인물을 창조한 구체적인 방법마다 모두 그가 중요시하고 재현한 인물을 둘러싼 구체적, 역사적, 전형적인 사회적 환경과 분리할 수 없다. 이 점은 그가 외국의 비판적 리얼리즘, 특히 러시아 리얼리즘 문학의 최신 예술적 성과를 받아들인 결과이자 그가 독립적으로 창조한 결과이다.

루쉰이 엄격한 리얼리즘의 창작원칙을 따랐기 때문에, 그의 전기 소설은 뚜렷한 리얼리즘적 색채를 드러내고 있다. 이는 그가 고전소설의 '대단원大團圓' 결말의 속박을 타파했을 뿐만 아니라, 더욱 중요한 점은 그가 높은 사회적 책임감을 갖고 사회의 깊은 모순을 대담하게 직시하여 드러내고, 인생과 폭넓은 사회적 현실을 지향함에 따라서 그의 전기 소설에 러시아의 리얼리즘문학처럼 폭넓고 풍부한 사회사상의 내용을 담도록 한 데에 있다.

폭넓은 사회적 주제는 루쉰 전기 소설의 매 작품 속에 집중되어 있다. 그가 무슨 제재를 선택하고, 무슨 각도를 고르고, 무슨 형식을 채용하든지 간에, 그것들의 초점은 사회문제에 집중된다. 「토끼와 고양이兎和猫」와 「오리의 희극鴨的喜劇」은 동화나 수필류에 가까운 작품이고, 그것들의 창작은 각기 바실리 예로센코Василий Яковлевич Ерошенко의 동화의 영향을 받았다. 그렇지만 그것들은 바실리 예로센코의 동심을 흠뻑 지닌 경쾌한 필치와는 오히려 거리가 멀다. 이는 심지어 이러한 토끼, 고양이, 오리의 제재마저도 그의 시선을 폭넓은 사회문제에 대한 관심으로부터 떼어 놓지못했음을 설명한다. 인간성, 인간의 욕망, 개성해방의 문제를 다루는 면에서 우리는 그의 태도가 러시아 리얼리즘 작가의 태도와 거의 완전히 일치함을 볼 수 있다. 그는 인간성, 인간의 욕망과 개성의 해방을 단호히 주장했지만, 그는 이제껏 그것들을 단독적인 것으로 삼아서 표현하지 않고, 그것들을 더욱 폭넓은 사회문제 속에 집어넣었다. 그는 이제껏 포옹과 입맞춤으로 가득 찬 애정을 묘사한 적이 없고 물질적 향락의 합리성이란 주제를 두루뭉술하게 표현한 적이 없다. 이는 그가 이러한 것들을 반대했다는 설명이 절대로 아니라, 그가 다음과 같이 뚜렷이 의식했기 때문이다. 이를테면 아Q에게 성도덕의 해방을 얻게 하려면, 단지 자유연애의 합법성을 선포하는 것만으로는 아무 소용없다. 무엇보다 먼저 그에게 아내를 맞아들일 사회적, 정치적, 경제적 지위를 주어야 한다. 또 룬투에게 인간성 회복을 실현하게 하려면, 단지 개성해방의 이론적 조문을 읽어봐야 아무런 도움이 안 된다. 무엇보다 먼저 그를 마비시키고 무디게 만든 사회적 조건을 뿌리 뽑아야 한다. 마찬가지로 그도 샹린 아주머니에게 물질적 향락의 권리가 있음을 절대 반대할 리 없지만, 이것 역시 속빈 향락의 합리성을 선전해서 효과를 낼 수 있는 것이 아니다. 우선적인 임무는 그녀의 영혼과 육체를 묶고 있는 봉건의 밧줄 네 가닥을 풀어주는 것이다. 아무튼지 러시아와 중국에서 인간성, 인간의 욕망과 개성의 해방은 무엇보다 먼저 사회적 해방으로 표현되지 않은 것이 없다. 「행복한 가정幸福的家庭」과 「죽음을 슬퍼하며傷逝」 등 작품 속에서 루쉰의 묘사는 실질적으로 그가 사회적 해방이란 커다란 양팔저울을 갖고 단순한 개성해방의 의미와 효능을 달아보는 데 있었다. 그가 달아본 결과는 사회적 해방이 없으면 단순한 개성해방은 핏기 없이 무력하고, 영구적일 수 없고, 가정의 행복도 근본적으로 존재하지 않는다는 것이었다.

반봉건反封建의 역사적 임무도 루쉰의 전기 소설의 주요 내용이 봉건사상을 비판하고 봉건사회를 폭로하는 데 있도록 규정했다. 그의 폭로와 비판은, 러시아의 많은 리얼리즘 작가들이 그러했듯이, 전체 중국의 봉건 역사와 봉건사회 및 일련의 봉건적 윤리관을 대상으로 삼은 것이다. 그는 '광인'의 입을 통해서 이렇게 말했다.

> 나는 역사책을 펼치고 살펴보았다. 이 역사책에는 연대도 없고, 어느 면에나 '인의도덕'이니 하는 글자들이 비뚤비뚤 적혀있었다. 나는 어차피 잠들기는 글렀던 터라 한밤중까지 구석구석 살펴보았다. 그러자 글자들 틈새로 웬 글자들이 드러났다. 책에는 온통 두 글자만 적혀 있었다. '식인(吃人)!'

위의 글은 모든 루쉰의 전기 소설의 대강大綱이고, 그것의 기본적 주제라고 생각할 수 있다. 그가 공격한 것은 그것의 한 면이나 한 부분이 아니라 통일체이다. 루쉰의 전기 소설은 고도로 정제된 것이지만 거의 작품마다 그는 모두 심혈을 기울여 주인공을 둘러싼 이름이 있거나 없는 많은 인물들을 장치했다. 「쿵이지」 속에 쿵이지를 조롱하는 많은 손님이 있고, 「약」 속에 샤위夏瑜를 얘깃거리로 삼는 찻집 손님이 있고, 「축복祝福」 속에 샹린 아주머니를 비웃는 사람들이 있고, 「고독한 사람孤獨者」 속에 웨이롄수魏連殳의 일가와 다량大良과 얼량二良의 할머니가 있다. 소설 속에서 그들의 역할은 상당히 중요한 것이다. 그들은 봉건사상이 전체 사회에 끼친 광범위한 영향을 나타내 보였고, 사회생활의 일반적 상황을 나타내 보였다. 어떠한 의미에서 그들은 봉건사회의 일반적인 사회관계의 성질과 모습을 대표하고 있다. 루쉰은 바로 그들에 대한 묘사를 통해서 소설 속의 개별적인 사건을 보편적인 높이로 끌어올려서 전체 봉건사회를 개괄하는 전형적인 힘을 얻어냈다.

위에서 서술한 바를 종합하면, 루쉰의 전기 소설의 뚜렷한 리얼리즘 정신과 엄격한 리얼리즘 방법의 자발적인 활용, 그것의 '인생을 위한' 창작의 목적성과 깊은 사회적인 내용, 그것의 사회 폭로의 성질은 모두 중국 사회의 현실 생활의 성질과 상황이 제약하고 결정한 것이자 루쉰의 혁명적 민주주의 사상의 지도에 따른 산물이다. 그러나 동시에 러시아 사회와 중국 사회가 비슷하거나 혹은 똑같고, 또 이러한 사회적 기초 위에서 루쉰이 러시아 리얼리즘 작가와 사상과 감정 면에서 서로 통했기 때문에, 그것의 이러한 특색은 또 러시아 리얼리즘문학의 계발과 영향을 받아 된 것이다.

강렬한 애국주의의 격정적인 집중, 사회적 해방운동과 밀접한 관련, 꾸준한 고통의 탐구 정신은 루쉰의 전기 소설과 러시아 리얼리즘문학의 또 다른 공통된 특징이자 그것들의 상호 관련성의 또 다른 반영이다.

고리키는 이렇게 지적했다.

> 러시아에서, 작가마다 모두 확실히 각자 자신의 길을 가지만, 굽힐 줄 모르는 포부가 그들을 단결시켰다. 그래서 조국의 앞날, 인민의 운명 그리고 세계에서의 조국의 사명을 인식하고 체득하고 예측한 것이다.[29]

서구 자본주의 나라의 문학에도 애국주의 작가와 애국주의적인 작품이 등장한 적이 있긴 했지만, 러시아문학처럼 그렇게 꼬박 한 세기 동안에 거의 모든 우수한 작가의 작품 속에서 시종 강렬한 애국주의 격정으로 출렁거리는 문학을 가질 수 있는 나라는 한 나라도 없다. 물론 이는 결코 그들 서구 나라의 우수한 작가가 자기 조국을 뜨겁게 사랑하지 않는다는 말이 아니다. 그들의 사회생활 속에서 '조국'이란 개념은 러시아처럼 그렇게 강렬하게 두드러지지 못했고, 애국주의 정서는 결코 장기적으로 사회와 사람들의 마음을 불러일으키는 힘을 구성하지 못했다. 애국주의의 문제는 자기 나라에 대한 민족의 낙후한 느낌, 나약한 느낌과 생사존망의 위기의식과 수반해서 싹트고, 자기 나라가 이민족의 위협을 받은 느낌과 수반해서 싹트는 것이다. 모파상과 알퐁스 도데Alphonse Daudet의 애국주의적인 단편소설의 창작은 보불전쟁Franco-Prussian War 이후에 프랑스 문단에 등장한 것이다. 그러나 그것의 영향이 사라지자마자 애국주의 작품도 줄어들었다. 그래서 그들

---

29 고리키, 「개인의 파멸(個人的毁滅)」, 『고리키의 문학론·속집(高爾基論文學續集)』, 베이징 : 인민문학출판사, 1979, 103쪽.

의 작품 속에 담긴 애국주의 주제가 시종 관통하는 것도 아니었고 프랑스 문학의 주요 특징을 구성하기란 더 더욱 어려웠다. 그러나 러시아에서의 상황은 아주 달랐다. 나라의 장기적 낙후 상태가 나폴레옹Napoleon의 침입을 불러들여서 러시아 인민의 마음속에 불붙은 애국주의의 불꽃을 계속해서 또 오래도록 타오르게 했다. 나라의 운명과 조국의 앞날은 모든 양지를 갖춘 러시아 사람이 공동으로 관심을 기울이는 문제가 되었다. 이러한 사상적 정서는 사회의 감응 신경인 문학예술 속에서 뚜렷한 반영을 얻지 않을 수 없었다.

러시아의 리얼리즘문학 속에서 '조국'이라는 장려하면서도 침울하고, 자랑스러우면서도 고통스러운 가락이 중요한 주선율을 구성했다. 작가들은 열정적으로 또 우울하게 조국의 대자연의 아름다움을 묘사했고, 자랑스레 또 고통스럽게 조국의 역사를 토로했고, 격동적이면서도 또 막연하게 조국의 앞날과 운명을 사색했다. 그들의 작품 속에는 다른 민족의 문학과는 다른 일종의 극히 독특한 표현 방법이 존재했다. 그들은 종종 조국의 대자연의 웅장하고 드넓은 화면, 사회생활 속의 광활한 역동적인 장면을 생활의 답답함과 침체됨, 인민의 고달픈 생활, 지식인의 나약함과 무력함, 소시민의 우매함과 자잘한 번거로움, 통치자의 비열함과 보잘것없음 등과 대조시켜 묘사해서 사회의 현실적 상황과 위대한 조국의 풍부한 창조력이 얼마나 어울리지 않는지를 표현해 보였다. 이러한 대조적 묘사 속에서 우리는 그들의 조국에 대한 모순되면서도 복잡하지만 고집스럽게 참고 견디는 고통의 감정을 깊이 느낀다.

그대, 러시아여, 대담한 것 같지만 늘 따라잡을 수 없는 삼두마차처럼 질주하고 있지 않은가? 그대 발아래 땅에 먼지가 일고 다리는 울부짖는다. 모든 것이 다 그대 뒤에 남았다. 저 멀리 뒤쳐져서 뒤에 남았다. 신의 기적에 놀란 듯이, 놀란 방관자는 걸음을 멈추었다. 이건 하늘에서 던져진 번개가 아닐까? 공포를 일으키는 이 움직임은 무엇을 의미하는가? 게다가 세상에 알려지지 않은 말(馬) 속에 어떠한 불가사의한 힘이 깃들어 있는가? (…중략…) 러시아여, 그대는 어디로 내달리느냐? 대답하라![30]

이는 고골리가 농노주인에 대해 그의 신랄하게 풍자하는 광활한 장면을 완성한 것이고, 『죽은 혼』 제1부의 마지막 부분에 쓴 서정적인 단락이다. 이러한 각종 복잡한 감정이 함께 뒤섞인 조국에 대한 고통스럽고도 치열한 감정은 러시아 문학작품 속에서 줄곧 이어졌다. 체호프의 「골짜기」 속에서 우리는 또 이러한 대목을 읽을 수 있다.

나는 러시아를 두루 돌아다녔다오. 또 별의별 일도 다 당했다오. 내 말은 허튼 소리가 아니오. 사노라면 좋은 날도 있고 궂은 날도 있는 거요. 예전에 나는 시베리아에 가본 적이 있소. 헤이룽장(黑龍江)도 가보았고, 알타이 산에도 갔었다오. 시베리아에서 밭을 갈며 살아보기도 했소. 그러다 러시아가 그리워져서 고향으로 돌아오고 말았소. 우리는 걸어서 러시아로 돌아왔소. (…중략…) 우리 러시아는 넓으니까![31]

---

30 고골리, 『죽은 혼』, 277쪽.
31 『체호프 소설선(契訶夫小說選)』(下), 792쪽.

여기서 또 특별히, 위에서 말한 모든 것은 또 러시아 리얼리즘 작가의 애국주의 마음을 공개적으로 드러낸 것일 뿐이고, 그것의 주요 표현도 여기에 있지 않았음을 지적해야 한다. 조국의 운명에 뜨거운 관심을 갖고, 조국의 고난을 민감하게 느끼며, 조국과 일치한 목표를 굳건히 게으름 없이 탐구한 것은 러시아 리얼리즘 작가의 애국주의 격정의 가장 중요한 표현이다. 고골리의 애국주의는 지주와 관료에 대한 그의 신랄한 풍자 속에 녹아있고, 살티코프 시체드린Михаил Евграфович Салтыков-Щедрин의 애국주의는 전제 통치에 대한 그의 맹렬한 비난과 함께 결합한 것이고, 투르게네프의 애국주의는 그의 신인물新人物에 대한 세심한 배려와 농노제도에 대한 폭로와 불가분의 것이다. 애국주의는 러시아의 모든 걸출한 작가의 창작을 추진시키는 원동력이고, 그들이 묘사한 모든 것마다 그들의 애국주의 사상이 깃들어 있다고 말할 수 있다.

작가의 강렬한 애국주의 감정과 조국의 운명에 대해 뜨겁게 기울이는 그들의 관심이 그들을 조국의 사회적 해방운동에 대해 수수방관하는 냉담한 태도를 지닐 수 없게 했다. 이 때문에 러시아의 리얼리즘문학은 처음부터 끝까지 러시아 사회의 해방운동과 불가분의 긴밀한 관계를 맺고 있다.

루쉰이 러시아 작가 예브게니 치리코프Евгений Николаевич Чириков를 언급할 때, "그는 예술가이자 혁명가이자 민중지도자이다. 이는 러시아 문인의 일반적 특성인 것 같다"[32]고 말했다. 이는 확실히 러시아 작가

32 루쉰, 「'개나리' 역자 부기(『連翹』譯者附記)」.

의 두드러진 특징이다. 러시아에서는 혁명가와 사상가가 문학 사업의 발전에 열정적으로 관심을 갖고, 많은 사람들이 동시에 문예이론가요, 평론가이자 작가일 뿐 아니라 게다가 수많은 작가들도 마찬가지로 사상가이면서 사회의 실제 투쟁의 가담자이기도 하다. 헤르젠Алекса́ндр Ива́нович Ге́рцен, 벨린스키Виссарион Белинский, 체르니셉스키Николай Гаврилович Чернышевский, 도브롤류보프Николай александрович добролюбов등은 전자의 예이고, 푸시킨, 니콜라이 네크라소프, 살티코프 시체드린, 도스토옙스키, 레프 톨스토이, 코롤렌코, 고리키 등은 후자의 예이다. 푸시킨, 미하일 레르몬토프, 헤르젠, 살티코프 시체드린, 도스토옙스키, 체르니셉스키, 코롤렌코, 고리키 등은 모두 자신의 사회활동 때문에 차르 정부의 장기간 감시, 감금 혹은 유배를 당했고, 또 어떤 사람은 심지어 사형을 당했다. 투르게네프도 단기 추방을 당했고, 벨린스키의 거처는 수색당했다. 레프 톨스토이는 종교기관에 의해 파문당했고, 관련 기관이 또 각 예배당에서 예배할 때 그에 대해 저주를 하도록 명령했다. 루쉰은 작품 속에서 러시아 작가의 투쟁 정신을 반복해서 언급하고 찬미했다. 루쉰은 「문예와 정치의 기로文藝與政治的岐途」 속에서, 많은 러시아 작가가 "얼음과 눈으로 뒤덮인 시베리아로 보내져서 충군充軍당했다"고 언급했다. 또 「악마파 시의 힘」 속에서 미하일 레르몬토프는 "분전하고 저항하면서 조금도 물러서지 않았다"고 찬미했다. 또한 「준풍월담·후기準風月談·後記」 속에서 레프 톨스토이가 "유럽전쟁 때 황제를 욕한 편지"와 "그가 살아있을 때, 그리스정교 신도들이 해마다 그를 지옥에 떨어지도록 저주한" 일을 거론했다. 아울러 「문예와 혁명文藝和革命」 속에서 "먼 변경으로 유배 간 코롤렌코"를 말했고, 1932년 6월 24일 차오징화曹靖華에게 보낸 편지에서 반동 문인을 호되게 나무라는 동시에 열정적으로 코롤렌코의 정직한 인품을 찬미하며, "문인(당시 반동 문인을 가리킨다)은 개가 많습니다. 떼거리 떼거리가 이름을 숨기고 프로문학을 공격합니다. 10월 혁명 전의 콜로렌코korolenko 같은 인물이 여기엔 반쪽도 없습니다"하고 말했다. 그는 또 "고리키는 전투적 작가"이고, "그의 한 몸이 대중과 한 몸이 되어 희로애락이 대중과 소통되지 않는 바 없었다"고 지적했다.[33]

작가와 실제적인 사회 투쟁과의 긴밀한 밀착이 러시아문학과 사회적 해방운동에 직접적이고 또 광범위한 관련성이 생기게 했다. 체르니셉스키가 일찍이 서구에서 문예가의 공로는 주로 예술 영역에서 평가되지만, 러시아에서 문예가의 역사적 의미는 주로 그의 조국에 대한 공훈으로 평가된다고 말했다. 이는 어느 정도 의미에서 사실에 부합한 것이다. 러시아의 시기마다 문학의 기본적 주제는 모두 사회적 해방운동의 주요 임무와 거의 똑같은 보조를 갖추고 있다. 이를테면 농노제도 폐지 이전에 러시아의 사회적 해방운동의 주요 역사적 임무는 봉건 전제 통치와 농노제도를 반대하는 것이었고, 이는 동시에 러시아 리얼리즘문학의 핵심 내용이기도 하다. 또 농노제 개혁 이후에, 러시아문학은 사회적 해방투쟁과 마찬가지로 전제 통치와 농노제의 잔재와 계속 투쟁한 것 이외에 부르주아를 비판하는 임무도 의사일정에서 제기됐다. 비록 그들 가운데 다수의 사람이 프롤레타리아 혁명을 지지하는 자각적인 높이에 이르지 못했다고는 하지만, 그 반대하

33 루쉰, 「타이옌 선생에 관한 두어 가지 일(關於太炎先生二三事)」.

는 목표는 대체로 똑같은 것이었다. 투르게네프나 레프 톨스토이같이 실제 정치투쟁과 상대적으로 비교적 거리가 먼 작가들의 작품도 사회적 해방투쟁과 함께 녹여내지 않은 것이 하나도 없었고, 투르게네프는 붓대로 농노제와 투쟁한 전사라고 생각할 수 있고, 레프 톨스토이는 레닌에 의해 '러시아혁명의 거울'로 일컬어졌다.

애국주의 정신과 사회적 해방운동에 대한 관심이 러시아 리얼리즘 작가에게 사회를 탐색하는 길을 걷도록 노력하고 조국의 앞날을 예측하고 밝은 미래를 탐구하도록 촉진했다. 이것이 러시아 리얼리즘문학을 완강하고 고집스러운 고통의 탐구 정신으로 가득 차게 했다. 소련 학자 흐라프첸코Михаил Борисович Храпченко는 "러시아에서 비판적 리얼리즘의 발전은 그 자체의 특징을 갖고 있다. 이러한 발전은 사회생활의 역사적 변동에 대한 폭넓은 인민계층의 추구를 반영해냈다"[34]고 지적했다.

진정한 리얼리즘 작가마다 모두 사회적 진보와 인류 행복의 열렬한 추구자이긴 하지만, 이러한 탐구 정신의 강렬한 정도가 오히려 완전히 똑같은 것은 결코 아니다. 작가가 강렬한 사회적 책임감을 가질수록 사회의 해결해야 하거나 아직 해결하지 못한 일련의 복잡한 모순을 깊이 들어가서 감지할 수 있고, 그의 작품도 더더욱 강렬한 탐구 정신을 드러내 보일 것이다. 갑작스럽게 첨예화한 사회적 모순, 신속하게 증발하고 있는 불만의 정서, 지식인의 무력감, 사회적 모순을 해결할 길의 불명확함이 러시아 리얼리즘문학의 참고 견디는 탐구 정신을 대대적으로 증가시켰고, 아울러 그것이 고통스럽고 우울한 색채를 띠지 않을 수

34 흐라프첸코, 『작가의 창작개성과 문학의 발전(作家的創作個性和文學的發展)』, 상하이 : 상하이인민출판사, 1977, 101~102쪽.

없게 했다. 러시아 문학작품 속에 매우 특색을 갖는 우울한 서정 톤이 종종 나타났고, 그것은 러시아 작가의 욕구가 명확한 출로를 얻을 수 없는 감정과 정서를 반영해냈다. 이러한 톤은 푸시킨, 미하일 레르몬토프, 고골리의 작품에서 이미 울렸고, 뒤로 갈수록 뚜렷하게 두드러졌다. 도스토옙스키에게서 그것은 고통스럽게 몸부림치는 영혼의 격렬한 떨림으로 발전했다. 체호프에게서 비록 낙관적 정서가 점차 강화되었다고는 하지만, 이러한 막연한 낙관적 정서는 오히려 시종 짙은 우울한 분위기 속에 가득 차 있다. 그래서 그는 기본적으로 여전히 "'쓸쓸한' 사람들의 슬픔과 고난을 노래하는 우울한 가수이다".[35] 이러한 톤이 19세기 말기에 강화된 것은 법칙에 완전히 부합한다. 농노제 폐지는 결코 사회적 상황의 근본적인 변화를 가져오지 못했고, 러시아에서 자본주의의 발전도 러시아를 이상적인 경지로 이끌지 못했으며, 서구 자본주의 제도의 병폐에 대한 가일층 폭로와 러시아의 사회적 모순의 가일층 격화가 그러한 사회의 출로를 찾지 못한 지식인들의 원래부터 무거운 영혼에 더욱더 무거운 저울추 한 개를 더 올려놓았다. 그들은 더욱 완강하게 추구하고 있었지만, 더욱 고통스럽고도 곤혹스러웠다. 우리는 이러한 우울한 느낌을 간단히 부정해서는 안 된다. 이는 바로 그들의 고통을 추구하는 정신의 반영이기 때문이다. 그들의 다수가 모두 막다른 골목으로 들어갔다고 해도, 오히려 추구자가 길을 잃은 것이지, 평범한 자의 도망과 방관자의 싸구려 눈물이 아니다.

루쉰의 전기 소설의 애국주의 격정, 중국 혁명과의 밀접한 관련성

35 고리키, 「체호프의 신작 단편소설 '골짜기'로부터 말하기(從契訶夫的新作短篇小說『在峽谷裏』說起)」.

및 밝은 미래에 대한 고집스러운 추구는 모두 중국의 사회적 현실에 뿌리내리고 중화민족의 전통 정신에서 비롯됐지만, 소설 창작 속에서 이러한 정신의 구현과 어떻게 구현할 것인가는 러시아문학이 그에게 끼친 영향과 커다란 관계가 있다고 말해야 한다.

루쉰이 1903년에 번역한 「스파르타의 혼斯巴達之魂」 속의 애국주의란 주제는 낭만주의적인 예술 수법, 민족영웅의 인물 형상 창조, 이민족의 전쟁 제재와 직접적인 열정에 대한 호소 등의 묘사를 통해서 표현돼 나온 것이다. 그러나 그가 정식으로 소설을 창작하기에 이르렀을 때, 이러한 방법을 내버려 두고 쓰지 않게 되었다. 실제로 그렇게 한 것이 러시아 리얼리즘문학의 기본 정신에 더욱 가까워졌다.

중국 내외의 루쉰연구자는 모두 일찍이 이러한 역사적 사실, 즉 루쉰의 전기 소설 가운데서 직접적으로 제국주의를 반대하는 제재가 없다는 점에 주의했다. 이 점을 해석하기란 사실 전혀 어렵지 않다. 루쉰의 전체 창작은 모두 다음과 같은 경향을 표현해냈다. 요컨대 외국의 제국주의에 대해서 그는 이제껏 어떠한 희망을 품지 않았고, 그는 문제의 관건이 중국 인민 자체의 각성과 중화민족의 자강에 있다고 생각했다. 그래서 그는 일반적으로 주요 붓끝을 제국주의에 대한 직접 투쟁 면에 놓지 않았고, 언제나 중국의 현실에 집중시켰다. 그의 전기 소설 가운데서 심지어 조국에 대한 뜨거운 심경을 직접 토로한 단락이 등장한 적은 없지만, 작품마다 모두 애국주의 정신으로 농축시킨 결정체이다. 애국주의는 루쉰 사상의 발전을 추진시키는 원동력이자 그가 소설 창작의 길을 걷도록 추진시킨 원동력이기도 했다. 이 때문에 루쉰의 전기 소설 속의 가장 밑바탕은 강렬한 애국주의 사상과 감정이었다.

앞에서 말한 바와 같이 러시아 리얼리즘문학의 애국주의 정신은 조국의 낙후한 상태에 대한 러시아 인민의 고통의식을 반영했다. 루쉰의 전기 소설의 애국주의는 한층 더 강렬했고, 그것은 중국 인민이 제국주의의 장기간 침략과 업신여김을 당한 굴욕감과 분한 감정을 반영했다. 중화민족은 세계의 중심이라는 자만에 빠진 환상 속에서 제국주의의 침략이란 따귀를 한 대 맞고 정신을 차렸고, 이러한 얼얼하게 아픈 감각이 중국의 우수한 아들딸들에게 구국구민의 진리를 찾도록 촉진했다. 그러나 당시의 반동 통치자는 오히려 자신의 통치와 존엄을 지키기 위해서 허황된 거짓말로 중국의 본래 아주 허약한 신체를 있는 힘을 다해 엄폐했다. 당시에 선각자의 임무는 통치자의 거짓말을 깨부수고 중국이 병세의 심각함을 깨닫게 해서 치료할 양약과 몸을 튼튼하게 할 자양제를 구하도록 하는 데 있었다. 루쉰의 전기 소설이 바로 이러한 역사적 조건 아래서 탄생했다. 그것의 애국주의는 조국에 대한 직접적인 찬미로 표현된 것이 아니라, 중국 민족의 약점에 대한 고통스러운 폭로와 혁명의 길에 대한 지칠 줄 모르는 탐색으로 표현됐다. 거기에서 애국주의 주제가 사회혁명과 사상혁명이란 주제와 하나로 융합된 것이다. 바로 그래서 그것의 애국주의는 전에 없던 심오성과 탁월한 진지함과 강렬함도 드러내보였다.

루쉰소설과 중국 혁명운동의 긴밀한 관련성을 우리가 더 상세히 설명할 필요는 없다. 20세기 1950년대 초에 천융이 「루쉰소설의 현실주의를 논함論魯迅小說的現實主義」이란 글에서 상당히 핵심을 찌르는 해석을 했다. 천융의 논술로부터 얻은 결론은 중국 혁명의 지도권 문제를 제외하고는 거의 모든 중국의 민주혁명의 중대한 문제가 모두 그것의 예술적 화폭 속에서 형상적 표현을 얻었다는 것이다. 나는 보충 설명이 필요한 것은 오직, 그것이 중국의 부르주아 민주주의 정치혁명의 거울이요, 더욱더 중국의 사상혁명의 거울일 뿐 아니라, 이러한 면에서의 의미는 중국의 사상혁명의 광범위하고 철저한 전개에 따라서 점차 그것의 심오성을 드러내 보였다는 점에 있다고 생각한다. 이 모든 것은 또 루쉰의 탐색 정신과 분리될 수 없다. 루쉰의 전기 소설의 작품마다 전투적 잡문과 마찬가지로 모두 루쉰이 줄기차게 추구한 예술적 기록이다. 평쉐펑馮雪峰은 이렇게 말했다.

> 그(루쉰)의 현실주의는 그가 역사의 힘, 사회의 힘과 인민의 힘에 대해 탐색하고 추구한 노력으로부터 집대성된 것이다. 루쉰의 일생은 모두 탐색과 추구의 과정이었고, 탐색해내려는 것은 결국 어떠한 역사의 근본적인 힘이 역사의 전진을 촉진하는가, 아니면 방해하는가 하는 것이었다고 말할 수 있다. (…중략…) 그의 문학 사업은 이러한 각도에서 보면, 모두 다 그의 이러한 탐색의 결과였다고 말할 수 있다.[36]

루쉰의 전기 소설은 풍부하지 못한 수량으로도 정평이 났고, 생동성生動性과 심오성으로도 유명하다. 그는 다른 사람이 이미 수없이 묘사한 주제를 단순히 중복하지 않았고, 자신의 글로 모든 사람이 다 아는 도리를 증명하지도 않았다. 다만 「행복한 가정」과 「죽음을 슬퍼하며」 같이

36 평쉐펑, 「루쉰과 러시아문학의 관계 및 루쉰 창작의 독립적인 특색(魯迅和俄羅斯文學的關係及魯迅創作的獨立特色)」, 『루쉰의 문학의 길(魯迅的文學道路)』, 창사(長沙) : 후난인민출판사(湖南人民出版社), 1980, 49쪽 참고.

비슷한 제재 속에서 보다 깊은 주제와 의미를 파헤칠 때, 그는 비로소 다른 사람이 이미 묘사한 적이 있는 제재를 묘사할 수 있었다. 이는 간단치 않은 창작의 엄숙성 문제이다. 이는 루쉰이 예술 수단을 갖고 나타낸 것이 그가 끊임없이 사회와 인생을 탐색한 결과임을 반영해냈다.

중국과 러시아 사회의 복잡성이 러시아의 리얼리즘 작가와 마찬가지로 루쉰의 추구를 상당히 어렵고 힘들게 한 것이다. 중국의 사상혁명의 막중함, 복잡성과 장기성長期性 및 이 점에 대한 루쉰의 예리한 통찰은 그가 마르크스주의란 사상적 무기를 미처 장악하기 전에 뼈아픈 사색과 고된 탐색으로 표현될 수밖에 없었다. 이러한 상황 하에서 러시아 리얼리즘 작품 속에서 늘 지닌 우울한 서정의 톤이 필연적으로 그의 영혼의 감응을 얻었을 것이다. 고통과 분노의 뒤섞임, 희망과 실망의 결합, 오랫동안 줄기찬 추구와 잠깐의 피로감이 조국과 인민의 비참한 운명에 대한 그의 관심과 함께 융합되어 루쉰의 전기 소설도 러시아 작품에 가까운 서정 톤을 연주하게 했다. 그렇지만 그것에는 더한층 엄숙하고 웅장하고 아울러 억제된 비분에 찬 마음의 소리가 스며들어 있다. 이러한 톤은 루쉰의 전기 소설 속에서 역시 점차 강화됐고, 『방황』 속의 작품이 『외침』 속의 작품보다 훨씬 더 짙다. 루쉰은 뒷날 이러한 우울감에 대해 불만을 표시했지만, 후기에 가서 또 이렇게 말했다.

> 멜랑콜리 정서가 많은 것은 지식인의 고질병이요, 나 역시 이 병이 많소. 어쩌면 한평생 고칠 수 없을지 모르겠소. 양춘런(楊村人)(楊邨人－역자)은 오히려 그게 없소. 이 양반은 실로 무뢰한이요, 참된 정이 없고 참된 모습 역시 없소.[37]

그러므로 우리는 루쉰의 전기 사상의 제한성을 가지고 절대로 그것을 전부 부정하면 안 된다. 그것은 물론 루쉰이 당시에 사회의 명확한 출로를 찾지 못한 고민을 반영했지만, 더욱 중요한 것은 그것이 열정-고통을 추구하는 이의 진실한 마음의 소리이고, 온 영혼을 던져 조국과 인민의 운명에 관심을 쏟는 사상가이자 혁명가의 진심이다.

루쉰이 많은 러시아의 19세기 리얼리즘 작가와 다른 점은 그가 재빨리 정확한, 계속 전진할 방법을 찾은 데 있다. 그리하여 그의 눈앞에 펼쳐진 앞날에 대한 비전이 그를 새로운 더한층 냉혹한 전투에 투신하도록 고무시켰다.

폭넓은 휴머니즘의 감정, 인민에 대한 깊고 진지한 사랑과 기타 '소인물小人物'의 애정 어린 지향성은 루쉰의 전기 소설과 러시아 리얼리즘문학의 또 다른 공통된 특징이자 양자가 서로 관련성을 갖는 또 하나의 표현이다.

이 세 가지 문제는 실제 모두 농민과 관련된 것이다.

서구에서 묘사의 중심에 있는 것은 어떤 인물들인가? 보카치오Giovanni Boccaccio의 『데카메론』 속에서 활약하고 있는 것은 신흥 부르주아 소년 소녀이고, 제프리 초서Geoffrey Chaucer의 『캔터베리 이야기』 속에 등장하는 것은 기사, 시종, 목사, 승려, 상인, 학생이고, 대니얼 디포Daniel Defoe의 『로빈슨 크루소』가 찬미한 것은 신생 부르주아 모험가이고, 헨리 필딩Henry Fielding이 『조지프 앤드루스』에서 서술한 것은 귀족 부인과 남자 하인의 생활과 견문이다. 19세기에 이르면 '소인물'의 제

---

37 루쉰이 1934년 4월 30일에 차오쥐런(曹聚仁)에게 보낸 편지.

재도 그들의 작품 속에 등장하긴 하지만, 러시아문학과는 여전히 다르다. 디킨스의 붓 아래서 신음하고 있는 것은 도시 빈민굴의 사람들이고, 모파상의 소설 속에서 억울함을 하소연하고 있는 것은 가난한 도시 프티부르주아이며, 스탕달Stendhal의 『적과 흑』은 쥘리앵 소렐Julien Sorel의 개인적 분투이다. 발자크도 농촌 생활을 썼지만, 그가 중점적으로 해부한 것은 농촌의 부르주아와 귀족 그리고 농촌의 선교사들이다. 앞에서 말한 이러한 뛰어난 리얼리즘 작가가 묘사한 중심은 모두 농민에 있지 않다. 그들의 나라에서 농민 문제는 시종 사회의 주요 문제로 부상하지 못했기 때문이다.

러시아문학에서는 다르다. 농민 문제는 18세기 말부터 이미 정중하게 제기됐고, 더불어 문학작품 속에 등장했다. 폰비진Денис Иванович Фонвизин의 『미성년』 속의 농노지주 프로스타코바Простакова는 농노를 잔인하게 학대하는 지주 형상이고, 알렉산드르 라디셰프Александр Николаевич Радищев의 『페테르부르크에서 모스크바로의 여행』은 수많은 농노의 비참한 생활상을 기술한 것이다. 19세기부터 농민 생활에 대한 러시아 작가의 관심이 갈수록 강렬해졌다. 고골리는 『죽은 혼』 속에서 농노가 대량으로 사망한 사회적 상황을 드러내보였고, 니콜라이 네크라소프는 러시아 농촌 부녀자의 형상을 줄곧 고상하고 우아하다고 여겨지는 시단詩壇까지 끌고 갔으며, 투르게네프의 『사냥꾼의 수기』는 농노들의 순박한 마음씨를 찬미했고, 레프 톨스토이의 붓 아래에서도 대량의 농민 형상이 활약하고 있다. 이렇듯 농민은 러시아문학 속에서 으뜸가는 묘사의 주요 대상이 됐다.

러시아문학 속에서의 농민의 지위는 그 인물 형상의 등장 횟수 면에서 드러날 뿐 아니라 그 역할 면에서 더욱 드러난다. 우리는 완전히, 전체 러시아문학이 묘사한 찬란하고 웅장한 예술적 화폭마다 모두 농민이란 중심에서 복사輻射해낸 것이라고 말할 수 있다. 바로 지주 형상은 농민에 대한 억압과 착취 속에서 창조되어 나왔다. 관료 통치자는 농민에 대한 전제 통치 속에서 묘사되어 나왔다. 지식인은 농민해방을 추구하고, 농민과 소통하고 농민에게 다가가는 길을 탐색하는 과정에서 표현되어 나왔다. 소시민의 자질구레하고 속된 생활은 그들의 사회적 해방, 즉 농민해방에 대한 부식작용으로 말미암아 작가의 경멸을 받았다. 러시아에서 농민과 아무런 관계가 없는 어떤 걸출한 작품이 있는가? 직접 혹은 간접적으로 농민을 표현하지 않은 어느 우수한 작가가 있는가? 아예 없다고 단언할 수 있다.

러시아문학의 이러한 특징은 그것 자체가 결정한 것이 아니라 그것이 묘사한 대상인 러시아의 사회적 현실이 결정한 것이다. 농민은 러시아 인구 중에 절대 다수의 비중을 차지하고 있다. 이것이 러시아의 사회생활의 모든 면을 제약하고 있다. 농민이 없다면 조국은 빈껍데기에 가깝다. 농민이 없다면 '인민'이야말로 속 빈 개념이다. 농민의 해방이 없다면 사회적 해방은 큰 가치가 없다. 농민의 참여가 없다면 혁명은 성공하기 어렵다. 그래서 당시의 러시아에서 농민이 필연적으로 사회의 진보적 인사의 시야에 들어왔을 것이고, 필연적으로 리얼리즘 예술의 화랑으로 밀려들었을 것이다.

지식인이 자세를 낮추고 정직하고 선량한 마음으로 농민의 생활을 두루 살펴볼 때, 농민이 그들의 민감한 신경에 어떠한 떨림을 일으키겠는가? 중세기의 낙후한 농촌의 생산과 생활방식, 소와 말 같은 농민의 고역살이 노동, 거의 돼지나 개나 다름없는 가난하고 비참한 생활은 현대 부르주아의 호화로움과 사치, 흥청망청 소비하는 생활과의 대조에서 더욱 처참하고 고통스러움을 드러냈다. 또 농민에 대한 농노지주의 육체적 정신적 모진 학대, 신체적 자유가 전혀 없는 농노의 고달픈 처지는 현대 부르주아가 제창한 개성해방, 자유평등 등 구호와의 대조에서도 더욱 불합리함을 드러냈다. 또한 1812년 나폴레옹의 침입을 반대하는 전투 속에서 조국을 위해 농민이 세운 불후의 공훈과 사회에서 처한 보잘것없는 그들의 지위와의 상호 대조도 더욱 극단적인 부조화를 드러냈다. 이러한 복잡한 요소들이 모두 진보적이고 양지를 갖춘 지식인의 마음속에 농민에 대한 전에 없던 절절한 동정을 불러일으켰다. 문학작품 속에 집중된 이러한 동정심이 러시아문학을 폭넓은 휴머니즘 정신을 지닌 문학이 되게 했다. 농민에 대한 사랑은 실제로 곧 인민에 대한 사랑이다. 그래서 그것은 또 두터운 '인민사랑'을 지닌 문학이기도 하다. 우리가 또 이러한 사랑이 넓고 크다고 말하는 것은 수많은 농민을 자신의 동정심 안에 담아야만 그것이 비로소 러시아 사회에서 최대한도의 광범위성과 보편성을 획득할 수 있기 때문이다. 또 농민에 대해 휴머니즘 감정을 품어야만, 기타 '소인물', 예를 들면 말단공무원, 소시민, 하층 지식인 등도 필연적으로 문학작품 속에서 동정적인 묘사를 얻을 수 있기 때문이다. 이리하여 풍부한 휴머니즘, 두터운 인민사랑과 '소인물'의 제재가 모두 농민에 대한 태도면에서 통일된 표현을 얻게 됐다.

농민에 대한 휴머니즘적인 동정은 19세기 러시아문학 속에 시종 관통한 것이지만, 농민에 대한 묘사와 구체적 태도는 오히려 변화를 보였다. 푸시킨의 「역참지기」와 고골리의 「외투」로부터 시작된 러시아 문학의 '소인물' 주제는 당시에 또 주로 여러 '소인물'을 묘사 대상으로 삼았고, 농민 형상은 아직 자신의 독립적 지위를 얻지 못했다. 농민에 대한 작가의 동정은 주로 전제제도와 농노지주에 대한 공격 속에 반영됐다. 농노제도는 머지않아 폐지될 것이고, 그리고 폐지된 뒤, 문학 속에서의 농민의 지위가 대대적으로 향상됐다. 투르게네프의 『사냥꾼의 수기』는 이 변화를 집중적으로 구현했다. 그러나 농노에 대한 투르게네프의 묘사는 아직 농민의 아름다운 마음씨에 대한 찬미 위에 주로 머물렀고, 동시에 농민과 그 생활을 미화하는 경향을 드러내고 있다. 분석적으로 농민을 다룰 때, 노동인민의 아름다운 인품과 덕성을 보고 그들의 낙후와 우매한 사상적 현상도 보고 또 그들의 불행한 처지를 동정하고 그들의 약점도 비판한 점은 19세기 후기에 가서야 비교적 충분한 표현을 보여 주었다. 체호프의 작품이 이러한 경향을 나타내 보였다. 그러나 설령 이때라고 해도, 농민의 묵묵히 참는 순종과 참을성을 미화하고, 농민을 도덕적으로 이상화한 경향은 여전히 도스토옙스키와 레프 톨스토이의 작품 속에 심각하게 존재하고 있었다.

중국에서 사회생활 속 농민의 지위와 작용은 러시아에서보다 더욱 더 중요했다. 이는 중국의 자본주의의 발전이 러시아보다 훨씬 낙후한 결과이다. 리얼리즘 작가로서 그가 큰 정도로 언급한 농민 문제가 그의 리얼리즘 예술이 개괄하는 넓이와 깊이를 직접 결정했다. 루쉰의 전기 소설은 바로 이 점에서 출발해 리얼리즘의 정상으로 올라갔다. 이는 중국의 사회적 현실에 대한 루쉰의 깊은 관찰과 철저한 분석을 반영해냈고, 그의 위대한 예술가로서의 예술적 민감도를 반영해냈다. 그러나 러시아문학이 그에게 끼친 영향과 계시 작용도 집중적으로 반영됐다. 루쉰은 이렇게 말했다.

> 뒷날 나는 일련의 외국 소설, 특히 러시아, 폴란드, 발칸의 여러 작은 나라의 소설을 읽고 비로소 세계에도 이렇게 우리의 고생하는 대중과 같은 운명을 가진 많은 사람들이 있고, 이 때문에 호소하고 싸우는 작가들이 있다는 것을 알았다. 그래서 여태까지 본 농촌 등의 상황도 더욱 분명하게 나의 눈앞에 재현됐다. 우연히 글을 쓸 기회를 얻게 되었으므로 나는 이른바 상류 사회의 타락과 하층 사회의 불행을 계속 단편소설의 형식으로 발표할 수 있게 됐다.[38]

이 영향의 중요성을 루쉰도 이미 명확하게 설명했다.

> 바로 그때 러시아문학이 우리의 스승이자 벗이라는 것을 알게 됐다. 그 속에서 피억압자들의 착한 영혼과 쓰라림과 몸부림을 보았기 때문이다. 또 1840년대의 작품과 더불어 희망을 불태웠고, 1860년대의 작품과 더불어 슬픔을 느꼈기 때문이다. 당시의 대러시아 제국도 중국을 침략하고 있었다는 사실을 우리가 어찌 몰랐겠는가. 하지만 우리는 문학을 통해 한 가지 중대한 사실, 요컨대 세계에는 억압자와 피억압자라는 두 부류의 사람만이 있다는 사실을 알게 됐다!

지금의 관점에서 보면 이는 누구나 다 알고 있는 사실이라 더 언급할

38 루쉰, 「영역본 '단편소설집' 자서(英譯本『短篇小說集』自序)」.

만한 것도 못 된다. 하지만 당시에는 일대 발견이어서 옛사람이 불을 발견해 어둠을 밝히고 먹거리를 익혀 먹을 수 있게 된 것에 버금가는 일이었다.[39]

중국에서 정치혁명의 전략과 책략의 각도로부터 이론과 실천면에서 농민 문제를 첫 번째로 해결한 사람이 마오쩌둥이라면, 사상혁명의 각도로부터 농민 문제를 제기하고 더불어 소설 속에서 농민에 대해 형상화하고 예술적으로 표현한 사람은 루쉰이다. 이 점만 갖고 말한다 해도 루쉰소설은 중국문학사에서 시대의 획을 긋는 의미를 갖는다.

중국소설사에서 루쉰이 첫 번째로 농민을 묘사한 작가는 결코 아니다. 심지어 첫 번째로 농민을 소설의 주인공으로 삼은 작가도 아니다. 우리는 과거에 종종 루쉰이 첫 번째로 농민을 소설의 주인공으로 삼은 작가라고 생각했지만, 이는 정확하지 않고 역사적 사실에도 부합하지 않는다. 고전의 우수한 리얼리즘 소설 『수호지水滸誌』가 바로 농민의 봉기와 투쟁을 반영한 역사의 파노라마이다. 완阮씨 삼형제와 이규는 모두 농민 출신의 봉기 가담자이고 아울러 책 속의 주요 인물이다. 루쉰의 농민 묘사에 관한 걸출한 의미는 어디에 있는가? 나는 주로 다음의 몇 가지에서 표현됐다고 생각한다. ① 루쉰은 첫 번째로 진실하고 구체적으로 봉건사회의 보통 농민의 일상 생활상과 사상적 상황을 묘사한 리얼리즘 작가이다. 그가 쓴 것은 『수호지』에서 이미 농촌 생활을

39 루쉰, 「중국과 러시아의 문자외교를 경축함」.

벗어나 반항의 길을 걸어간 소수 봉기한 이들이나 농촌 생활 속의 약간 기괴망측한 사건들이 아니라, 농촌의 일상생활 속에서 보통 농민의 뼈아픈 괴로움이자 반항의 몸부림이다. 이는 『수호지』에 훨씬 가깝다고 말하기보다 러시아의 리얼리즘 문학작품에 훨씬 근접한다고 말하느니만 못하다. ② 중국소설사에서 루쉰은 첫 번째로 농민과 농촌 생활을 분석적으로 묘사한 작가이다. 그는 농민을 단순한 구가의 대상으로 삼지 않았고, 더더욱 희화화戲畵化의 대상으로 삼지 않았다. 하지만 혁명적 민주주의의 사상적 높이에 서서 농민에 대해 분석적으로 묘사했다. 그는 농민의 순박함과 선량함을 반영하는 한편 그들의 보수성, 낙후성과 정신의 마비성을 더욱 지적했다. 또 그는 그들이 혁명의 길로 나아갈 필연성을 속속들이 발견했지만, 그들이 혁명의 길로 나아갈 때 또 구사회舊社會가 그들의 어깨 위에 정신적인 무거운 짐을 짊어지도록 가할 수 있음도 분명하게 예측했다. 이것은 농민에 대한 루쉰의 묘사가 개별적이고 단면적이 아니라 농민에 대한 통일적 인식에서 출발해서 전형을 선택하고 아울러 분석적으로 표현해낸 것임을 뚜렷하게 드러냈다. 이 점에서 그도 비교적 일부 러시아 작가에 가깝다. ③ 중국소설사에서 루쉰은 첫 번째로 농촌에 사는 부녀자의 고달픔과 고통을 유달리 두드러지게 표현해냈다. 그의 붓 아래서 그녀들은 이미 재자才子들이 사모하여 유혹하는 대상이거나 혹은 농락하고 버리는 희생양이 아니고, 또 상사병 환자나 추파를 잘 던지는 가인佳人이 아닌, 독립적인 '사람'이자 노동자로서 소설의 화폭 위에 등장했다. 앞의 세 가지를 우리는 다음과 같은 말로 귀납할 수 있다.

> 중국소설사에서 루쉰의 전기 소설은 첫 번째로 봉건의 압박 아래 놓인 농촌 부녀자를 포함한 농민계급의 일상적인 고달픈 생활과 일반적인 사상적 상황을 정확하게 분석적으로 또 진실하고 생생하게 반영해냈다.

루쉰은 농민 생활에 대한 진실한 묘사 속에서 자신의 풍부한 휴머니즘 감정과 두터운 인민사랑을 집중적으로 구현해냈다. 여기서 우리는 한 가지 예만 들어도 농민에 대한 그의 진지한 감정의 깊이를 가늠할 수 있다. 요컨대 루쉰은 농민에 대해 소리 높여 찬미의 노래를 부르지 않았다. 그는 그들의 정신적 상처와 사상적 결함을 깊이 있게 후벼 파냈다. 이러한 것들이 바로 농민 스스로 해방을 구하지 못하도록 막는 내적 요소이다. 나는 이러한 '자기 사람'의 겉치레적인 호의가 아예 없는 사랑이 있어야만 진정으로 깊고 두터운 사랑이고, 그것이 그러한 방관자들의 동정과 속 빈 싸구려 예찬보다 얼마나 값진 것인지 모른다고 생각한다. 그가 농민을 꾸짖은 것은 바로 농민을 사랑했기 때문이다. 또 그토록 뼈에 사무치게 꾸짖은 것이 바로 그가 얼마나 깊이 사랑했는가를 증명한다. 우리는 루쉰의 전기 소설을 분석할 때 반드시 이러한 강렬한 감정적 태도를 정확하게 다루는 데 주의해야 한다. 그렇지 않으면 우리가 잘못해서 그러한 실속 없는 동정과 속 빈 찬미를 이것과 동일시하고 심지어는 그 이상에 놓게 될 수 있다.

이 대목에서 우리는 농민을 다루는 태도가 루쉰의 전기 소설과 러시아의 리얼리즘문학을 연결 짓는 주요 유대임을 보았다. 이 점에서 출발해서 그것들을 모두 풍부한 휴머니즘 정신과 두터운 인민사랑으로 충만한 문학이 되게 했고, 그것들을 모두 농민과 여러 '소인물'의 예술적 제재의 선택과 묘사를 중시하게 된 것이다.

루쉰이 러시아문학의 영향을 받은 것은 대체로 세 시기로 나눌 수 있다. 즉, 1909년 이전, 1909~1928년과 1928년 이후이다.

첫 번째 시기에 루쉰은 「악마파 시의 힘」 속에서 푸시킨과 미하일 레르몬토프의 작품을 소개했고, 덧붙여서 고골리와 코롤렌코를 거론했다. 이 시기의 루쉰에 대한 러시아문학의 영향은 열정적으로 항쟁하는 적극적 낭만주의적인 것과 시가 주도적인 지위를 차지했다. 바꾸어 말하면 정신면에서 열정적으로 항쟁했고, 창작방법 면에서 적극적 낭만주의였고, 표현 양식 면에서는 시였다.

1909년 『역외소설집』의 출판부터 루쉰에 대한 러시아문학의 영향은 두 번째 시기로 들어섰다. 이 시기에 루쉰은 주로 레오니트 안드레예프, 프세볼로트 가르신, 미하일 아르치바셰프Михаи́л Петро́вич Арцыба́шев, 예브게니 치리코프, 바실리 예로센코 등의 작품을 번역했고, 고골리, 레프 톨스토이, 도스토옙스키, 투르게네프, 체호프 등의 저작을 광범위하게 섭렵했다. 이 시기는 첫 번째 시기에 받은 영향과 비교하면 훨씬 복잡하다. 그 가운데 리얼리즘적인 것, 낭만주의적인 것 심지어 상징주의적인 것이 있고, 혁명적이고 진보적인 것 심지어 퇴폐한 멜랑콜리도 있다. 그러나 주도적인 면에서 말하면 이 시기에 러시아문학이 루쉰에게 끼친 영향은 주로 의미심장한 비판적인 것, 리얼리즘적인 것과 소설적인 것으로 표현됐다. 바꾸어 말하면 사상 면에서 주로 현실에 대한 심오한 비판을 집중시켰다. 또 창작방법에서는 주로 리얼리즘 요소의 강화로 표현됐다. 또한 표현 양식 면에서 주로 소설이었고, 그 가운데서도 주로 단편소설이었다.

루쉰은 이렇게 말했다.

> 내가 한 가지 일만은 창조사에게 감사드려야 한다. 나는 그들이 강요하는 바람에 과학적 문예론 몇 권을 읽어보고서 이전의 문학사가들이 수없이 말했지만 종잡을 수 없었던 의문들을 풀었다. 게다가 그로 인해 게오르기 플레하노프의 『예술론』을 번역해서 나로 인해 또 다른 사람한테까지 영향을 끼쳤던 진화론만을 믿던 편견을 고쳤다.[40]

1928년의 혁명문학논쟁革命文學論爭은 러시아문학에 대한 루쉰의 소개와 번역을 세 번째 단계로 들어가게 했다. 이 시기에도 그는 고골리, 체호프, 프세볼로트 가르신, 살티코프 시체드린 등 러시아 작가의 작품을 계속 번역하긴 했지만, 중점적으로 소개한 것은 소련 작가와 그 작품이고, 그 가운데서 특히 마르크스주의 문예이론 작품의 번역과 소개가 두드러진 중요한 지위를 차지했다. 그것들이 루쉰에게 끼친 실제적인 영향과 작용으로 말하면, 주로 마르크스레닌주의적인 것, 사회주의 현실주의적인 것과 문예이론적인 것이다. 바꾸어 말하면, 성질 면에서 마르크스레닌주의적인 것이고, 창작방법에서 사회주의 현실주의적인 것이고, 아울러 문예이론 면에 치중했다. 창작의 격조 면에서 루쉰은 이미 독립적이고 성숙한 걸출한 작가가 됐고, 소련문학에서 받은 영향은 심히 적었다. 앞의 두 시기에 루쉰이 수용한 것이 주로 러시아문학의 영향이라면, 이 시기에는 주로 소련문학의 영향을 받았다.

---

40 「'삼한집' 서언(『三閑集』序言)」.

첫 번째 시기에 러시아문학의 영향은 루쉰이 수용한 외국 문학의 전체 영향 가운데서 아직 부차적인 지위를 차지할 뿐이었다면, 두 번째, 세 번째 시기에 러시아-소련문학의 영향은 줄곧 가장 중요한 지위를 차지하고 있다.

루쉰의 전기 소설 창작에 끼친 영향이 가장 뚜렷이 드러난 것은 두 번째 시기에 루쉰이 접촉한 작가이다. 그 가운데서 특히 고골리, 체호프, 레오니트 안드레예프와 미하일 아르치바셰프를 꼽을 수 있다. 고골리는 19세기 전기의 대표 작가이고, 러시아의 비판적 리얼리즘문학의 기초를 다진 사람이다. 체호프는 19세기 후기의 중요한 작가이고, 러시아의 비판적 리얼리즘문학의 절정기에 활약했다. 레오니트 안드레예프와 미하일 아르치바셰프는 20세기 초에 어느 정도 대표성을 지닌 작가이고, 그들의 작품은 모두 리얼리즘이 상징주의로 넘어가는 과도기성을 표현해냈다. 그들의 작품은 러시아의 비판적 리얼리즘의 퇴조와 새로운 문학 유파의 흥기를 반영해냈다. 루쉰과 이 네 작가의 역사적 관계는 루쉰과 러시아의 비판적 리얼리즘문학 전체의 역사적 관계에서 집중적으로 반영되었다. 이는 루쉰이 중국의 사회현실을 반영할 필요에 따라서 거의 1백 년 동안의 러시아의 비판적 리얼리즘문학의 각종 예술적 경험을 광범위하게 섭취했고, 그것의 각기 다른 발전 단계의 특징을 종합적으로 활용했음을 설명한다. 이 양쪽의 관계는 깊으면서도 다방면적이다.

「광인일기」 자세히 읽기

「광인일기狂人日記」는 중국문학사에서 첫 번째 현대 백화소설白話小說이자 루쉰소설 가운데서 연구자의 중시도 제법 받는 작품이다. 그러나 지금까지 사람들은 그것의 직접적인 고백 언어 인용과 그 사상에 대한 설명에 훨씬 많이 만족하고, 자세히 읽는 예술적 비평은 아직까지 극소수만 시행하였다. 나는 그에 대한 치밀한 예술적 분석이 부족하고, 그 내적인 의미적 구조도 건드릴 수 없었기 때문에, 그 사상적 의미에 대한 파악조차도 소설의 표층에 머물 수밖에 없었고, 내부 깊숙이 들어갈 수 없었다고 생각한다. 이 글의 목적은 「광인일기」의 예술적 구조 전체 속으로 깊숙이 들어가서 그것의 의미적 구조와 그것이 담은 사상적 의미를 다시금 연구하는 데 있다. 나는 이것이 어쩌면 과거에 우리 모두 소홀히 했었던 중요한 내용을 제공할 수 있을지 모른다고 생각한다.

1. '광인' 캐릭터

「광인일기」의 예술적 구조를 분석하든지 아니면 그것의 의미적 구조를 연구하든지 간에 모두 '광인狂人'이란 통일적인 캐릭터를 벗어날 수 없다. 왜냐하면 전체 소설의 목적은 바로 이 온전한 캐릭터를 창조해내려는 것이기 때문이다.

과거에 우리는 '광인'을 현실주의現實主義의 전형적 형상으로 간주했고, 게다가 현실주의적인 방법으로 그것의 예술적인 완벽성과 통일성을 파악하려고 노력했다. 현실주의적인 관점에 의하면, 문학작품 속의 인물은 재구성 능력을 갖춘 저자의 역동적인 중개를 통해서 현실생활 속의 어떠한 부류의 사람과 직접적인 대응 관계를 찾을 수 있다. 그는 이러한 사람들 속의 '이 한' 사람이지만, 또 그들의 대표이자 그들의 전형이다. 그는 '본질적 진실' 면에서 이러한 사람의 사상과 정신의 면모에 부합할 뿐 아니라 게다가 '세부적 진실' 면에서도 이러한 사람의 말과 행동거지 내지는 옷차림 꾸밈새라는 생활 습관에 부합한다. 이러한 요구에 의하면 우리의 연구 성과물 속에서 다음과 같은 세 가지 관점이 발견된다.

① '광인'은 정신병환자이지 반봉건 전사가 아니다. 루쉰은 다만 그의 입을 빌려서 전통의 봉건문화와 격렬한 투쟁을 벌였다.
② '광인'은 반봉건 전사이지 정신병 환자가 아니다.
③ '광인'은 정신분열증을 앓은 반봉건 전사이다.

이 세 가지 의견은 모두 '광인' 형상을 위해 현실 생활 속의 인물의 근거를 찾고자 시도한 것이다. 하지만 앞의 두 가지 관점은 분명히 현실주의의 요구대로 본질적 진실과 세부적 진실을 함께 통일시킬 수 없다. 과거에 나는 세 번째 관점을 가졌었지만, 실제로 그것은 소설 텍스트 속에서 어떠한 근거를 찾을 수 없었다. 만약 그가 반봉건 전사라면 그가 완치된 뒤에 더욱 분명하게 반봉건 투쟁에 뛰어들었어야 마땅했을 것이다. 하지만 루쉰은 그가 이미 "어느 곳에 후보로" 가서 관료가 되었다고 분명히 말했다. 이는 그가 발병하기 전에 이지적인 반봉건 전사가 아니었음을 설명한다.

현실주의는 확실히 영향이 광범위한 창작방법이다. 작가는 현실주의 창작방법을 갖고 세계문학사를 위해 무수한 걸출한 문학작품을 창작한다. 현실주의 소설가는 자신의 소설 속의 임무를 사상과 감정 면에서 뿐 아니라 생활의 세부 묘사에서도 현실 생활 속의 인물과 대응시키고자 노력한다. 그리하여 독자를 예술적 전형을 통해 상상 속에서 생활 속의 인물과 함께 직접 연결하도록 해서 현실을 반영하는 목적을 달성한다. 그러나 세상에는 결코 현실주의의 문학작품만 존재하는 것이 아니다. 보편적인 문학작품에 대해 말하면 창작의 주체라는 능동성을 지닌 중개를 빼면 딱 불합리한 것이 된다. 우리가 '광인'이란 예술적 형상과 현실적 인물의 완전한 부합 관계를 찾기 어려운 까닭은 바로 「광인일기」가 결코 현실주의 창작방법의 요구에 완전히 부합하는 작품이 아니기 때문이다. '광인'의 통일성은 당연히 루쉰이란 창작 주체의 의식 속에서 찾아야 하고, 순수한 객관적 현실 속에서는 찾을 수 없다. '푸른 소나무'와 '영웅'의 통일성은 어디에 있는가? 사람들의 느낌 속에 있는 것이지, 객관 속에 있는 것이 아니다.

'5·4' 전후에 중국의 소수 지식인의 문화적 가치관에 근본적인 변화가 생겼다. 만약 의식 깊은 곳의 변화로 말한다면, 루쉰은 대체로 가장 격렬하고 가장 깊이 변한 사람의 하나일 것이다. 만약 우리가 루쉰의 가장 내적인 정신적 체험 속으로 깊숙이 들어간다면, 우리는 「광인일기」 속의 '광인'이 곧 내면 의식 속에 있는 루쉰의 또 다른 자아이고 현실 생활 속에서 완전히 표현을 얻을 수 없는 자아임을 느낄 수 있다.

사람은 어떻게 문화적 환경 속에서 생존하고 또 다른 사회 구성원과 일정한 관계를 형성하는가? 그는 가장 기본적인 문화적 가치관으로써 자신의 문화적 환경 속에 소속되고자 할 것이다. 이러한 양쪽 공동의 문화관文化觀이 구체적으로 각종 형식의 언어 기호 속에서 구현되고, 사람들은 이러한 언어 기호에 대해 대체로 서로 같은 해독decoding 방법과 해독 능력에 기대서 양쪽이 교류하고 특정한 관계를 형성한다. 이러한 똑같은 문화적 가치관 앞에서 적이 되었든 벗이 되었든 간에 사람들은 모두 다른 의견을 제기할 수 없다. 그렇지 않으면 양쪽이 각기 다르고 이해하지 못하는 두 가지 언어로 대화하는 것처럼 양쪽이 서로 소통하고 이해하기 어렵게 된다. 바로 같은 문화적 환경 속에 있는 사람은 모두 기본적으로 똑같은 문화적 가치관과 가치 표준을 갖기 때문에, 그래서 적이든 벗이든 간에 모두 상대방을 이지적인 건전한 사람으로 보게 된다. 그러나 '5·4' 시기의 지식인, 특히 루쉰이 회의하고 부정한 것은 바로 중국의 전통적 봉건문화의 일련의 가장 기본적인 가치관이었다. 그는 바로 이러한 가치관의 부조리함이 그야말로 중국의 빈곤과 낙후를 초래했다고 생각했다. 중국 민족이 자강하고 또 세계 민족의 숲에서 자립하려면 반드시 새로운 가치관을 수립해야 한다. 갖가지 기본적인 가치관의 변화로 말미암아, 루쉰은 내적인 자아가 이미 자신이 처한 현실적인 문화적 환경으로부터의 이탈 및 그 문화적 환경과의 가장 최소한도의 협조와 적응을 잃어버린 관계를 느낄 수밖에 없었다. 이것도 딱 미치광이의 언동이다. 정신반역자와 미치광이는 자신의 문화적 환경과 협조하고 적응하기 어렵다는 점에서는 완전히 똑같은 것이다. 이 때문에 그들이 자신의 문화적 환경 속에서 처한 지위나 할 수 있는 작용과 겪은 운명도 똑같을 수 있다. 이와 같을 뿐 아니라, 이지적인 정신반역자는 심지어 철저한 정신반역자의 특징을 더욱 구체화할 수 있는 미치광이만도 못하다. 이른바 '이지적'이란 바로 낡은 문화적 가치관에 대해서도 어느 정도 이해하고, 자신의 문화적 환경 속의 다수의 사람이 인가하는 가치 표준의 담론과 행동에 따를 수도 있으며, 주변의 사람에게 정상적인 사람으로 보일 수도 있다. 하지만 진정으로 완전한 정신반역자는 심지어 이러한 것들조차도 하기 어렵다. 이 때문에 그의 특징은 더욱 순수한 미치광이와 같다. 바로 루쉰의 내면 의식 속에서 중국의 전통적 봉건문화의 정신반역자와 정신병 환자에게 완전히 똑같은 성질이 생겼지만, 이러한 똑같음은 '푸른 소나무'와 '영웅'의 똑같음이고 '봄꽃'과 '미녀'의 똑같음이지, 양자의 객관적인 면에서의 통일성이 아님을 알기란 어렵지 않다. 아무튼 '광인'은 루쉰에게 내면 의식 속의 또 다른 '자아'의 상징물이요, 예술적 캐릭터이자 주관적인 창조물이다. 객관적 현실 속에서 두 '광인'이 완전히 함께 통일되기란 불가능하다.

'광인'은 저자의 주관적 창조물이다. 하지만 이는 절대 그것에 어떠한 객관적 근거가 없음을 의미하지 않는다. 여기서 우리는 현대 정신분석학의 관점을 갖고 정신병 환자를 인식할 필요가 있다. 현대 정신분석학은, 정신병 환자는 정신적 억압으로 인해 발병한다고 여긴다. 사람에게는 각종 다른 본능적 감각이 있다. 이 때문에도 본능에서 나온 각종 생활의 직감이 있지만, 사회의 문화적 관계로 말미암아 어떠한 본능적 욕망들은 일정한 문화적 가치 표준이 부여하는 표현을 찾을 수 없으며, 의식의 층위로 승화시킬 수 없고, '초아superego'와 '자아ego'의 속박과 억압을 받아 잠재의식의 영역에 침전된다. 억압은 정신적 고민을 낳게 된다. 일단 이러한 억압당한 고민이 특정한 원인으로 말미암아 속박에서 힘겹게 벗어나고 해방되면, 이 사람은 정신분열 상태에 빠지고, 초아와 자아의 통제 작용이 효력을 상실하고, 사회의 문화적 가치관이 해체되어 자신의 문화적 환경과의 협조 관계를 잃게 된다. 물론 루쉰이 당시에 지그문트 프로이트Sigmund Freud의 정신분석 이론의 직접적인 영향을 받았다고 할 수는 없겠지만, 그는 분명히 그가 느낀 중국의 전통적 봉건문화의 정신적 억압을 알 수 있었다. 중국 역대의 같은 부류의 사람도 마찬가지로 낡은 문화적 가치관의 억압이 그들에게 이지적인 층위로 승화시킬 가능성이 없게 했을 뿐이고, 정신병 환자의 미친 소리 속에서 오히려 왜곡되거나 직접 표현될 가능성이 있음을 느꼈을 것이다. 바꾸어 말하면, '광인'이란 형상은 당연히 객관적인 기초를 지니는 것이지만, 현실에서 이러한 부류의 정신병 환자를 직접 찾아내기란 여전히 불가능한 것이고, 게다가 현실 속의 정신반역자와도 여전히 같은 부류의 인물이 아니다.

루쉰이 이 정신병 환자를 '피해망상증'으로 설정한 것이 그와 정신반역자에게 더욱더 똑같은 특징을 갖게 했다. 중국의 현대 지식인의 문화적 자각은 결국 중국의 전통적 봉건문화의 비인간성에 대한 인식에서 비롯됐다. 그것의 비인간성이 중국의 현대 지식인에게 중국 인민은 생존의 안전에 최소한도의 보장이 없고, 사람의 정신과 생명이 더욱 무형의 압살과 박해를 받았음을 깊이 느끼게 했다. 이러한 중국의 전통문화 앞에서의 공포감이 바로 또 피해망상증 환자가 느낀 공포와 서로 통하는 것이다.

'광인'은 루쉰의 주관적 상상의 산물이다. 현실주의 작품 속의 인물 형상과 구별하기 위해서 나는 특별히 그것을 '캐릭터意象'라 부르고 '형상形象'이라 부르지 않는다.

2. 「광인일기」의 예술적 구조와 의미적 구조

'광인'이란 캐릭터의 통일성을 느껴야만, 우리가 「광인일기」의 예술적 구조와 의미적 구조의 통일성을 느낄 수 있다.

우리는 「광인일기」의 백화 텍스트가 모두 '광인'이 병을 앓은 동안에 쓴 것임을 쉽게 발견한다. 루쉰이 짧은 문언文言 서문에서 진작 명확히 설명했기 때문이다. 그러나 소설의 백화 텍스트는 어떻게 구성된 것인가? 그것은 '광인'의 미친 소리와 미친 행동의 마구잡이 퇴적물인가? 그 가운데 줄거리와 사상의 발전 과정이 있는가? 이러한 문제들을 제기하는 사람은 비교적 적다. 바로 그래서 나는 우리가 그 직접적인 고백 속에서 그 사상성을 파악하지 않으면 안 되고, 그렇지 않으면 그 예술적 구조 속으로 깊숙이 들어가서 그 전체적인 의미적 구조를 파악할 수 없다고 생각한다.

실제로 「광인일기」의 백화 텍스트에 통일적인 발전 맥락도 있고 변화, 기복, 결말도 있다. 이 맥락이 바로 '광인'의 발병에서 치유 이전까지의 전체 발병 과정이다. 이 과정은 루쉰의 관점에서 보면 중국의 전통적 봉건문화의 정신반역자가 겪어야 할 사상 과정이기도 하다.

우선, 미치광이의 발병과 정신반역자가 중국의 전통적 봉건문화에 대해 반성적 사유를 하기 시작한 것은 동시적으로 발생한 일이다. 그것들은 모두 자신의 문화적 환경과 분열하기 시작하고 자신의 문화적 환경과 협조 관계를 잃게 되자 시선을 바꾸어 주변의 세계와 인생을 다시금 살펴보고 주시한 결과이다. 이러한 분열로 말미암아 주변의 문화적 환경이 또 다른 태도로 그들을 다루기 시작하자 그들이 다시 외부 세계의 울림을 느끼고자 또 다른 시선으로 바뀌게 됐다. 양자의 동일시하기 어려움이 정신병 환자의 병세를 날로 깊어지게 했다. 정신반역자의 관점에서 말하면 이는 의심할 바 없이 갑작스럽게 다시금 세계를 인식하고 인생을 느끼는 과정이다. 그의 영혼에 대한 외부 세계의 자극이 커질수록, 또 그의 사상이 전통의 봉건 문화적 가치관에서 멀리 벗어난 방향으로 발전할수록, 그가 이러한 가치관의 부조리함을 느낄 수 있었다. 그런 까닭에 정신병 환자의 병세가 발전하는 과정도 바로 정신반역자의 이데올로기가 완벽하게 발전하는 과정이다. 주변 환경은 정신병 환자에 대한 자극과 정신반역자의 반응에 대해서 모두 한계가 있는 것이다. 정신병 환자가 자신의 정신을 바탕으로 각종 다른 형식의 자극을 겪을 때, 이후의 각종 자극이 모두 이전의 자극 형식의 간단한 되풀이에 불과할 때, 이때 그가 이러한 자극에 길들면 그의 정신은 더 이상 상처받지 않을 수 있고, 그의 병세도 상대적으로 안정되어 더 이상 더욱 심각한 정도로 발전하지 않을 수 있다. 마찬가지로 정신반역자의 사상적 변화 발전도 그에 대한 외부의 문화적 환경의 자극과 밀접한 관계가 있는 것이다. 생활을 느끼고 또 자신이 처한 문화적 환경과 그 문화적 가치관을 평가하고 인식함으로 말미암아, 그에 대해서는 그의 문화적 환경의 그에 대한 어떠한 압박이든 모두 이 환경의 자기 폭로나 다름없다. 그의 문화적 환경이 그에 대한 수단을 전부 다 써버렸을 때, 이 환경의 자기 폭로도 극치에 이른다. 문화적 환경의 본질이 전부 다 정신반역자의 눈앞에 펼쳐질 때, 이때도 정신반역자는 더 이상 더욱 새로운 생활의 자극이 없어서 그 의식형태도 상대적으로 고정됐다. 미치광이의 병세가 안정된 뒤에 상대적으로 고정된 일련의 생각을 형성해서 또 자신의 정확성을 스스로 굳게 믿게 되면 그에 대한 주변 환경의 이해와 동정을 찾을 생각이 생길 수 있다. 그는 자신을 장기간 주변 환경과의 심각한 대립 상태에 놓이도록 하고 싶지 않을 것이다. 그는 자신을 보호해야 하고, 또 자신이 잘못이라고 생각하지 않고, 다른 사람이 자신의 생각을 믿게 하도록 노력해야 한다. 전통적 봉건 문화의 정신반역자에 대해, 이는 바로 사상적 계몽의 과정임을 보기란 어렵지 않다. 루쉰은 계몽자의 이러한 계몽이 반드시 실패하고야 말 것임을 뼈저리게 의식했다. 계몽자와 주변의 문화적 환경은 두 종류의 근본적으로 다른 가치 표준을 가졌기 때문에, 이러한 두 근본적으로 다른 문화적 가치 표준의 작용 아래서 서로 벌어진 틈이 근본적으로 이치를 따지는 방식으로 소통되지는 않는 것이다.(이치를 따지는 것은 반드시 서로 인정할 수 있는 같은 문화적 가치 표준 위에 세워져야 한다) 계몽은 소수가 다수의 몽매함을 일깨우는 것이다. 그것은 소수 계몽자의 '정확함'을 전제로 삼는 것이다. 이러한 입장에서 다수의 대중은 몽매한 사람으로 간주된다. 그러나 어떠한 문화적 환경 속에서 '정확함'은 영원히 다수의 공동의 이해를 판정의 표준으로 삼는 것이다. 다수의 입장에 서면 소수 계몽자가 바로 정확하지 않은 사람이자 '미치광이'이다. 바꾸어 말하면, '계몽'이란 반드시 계몽자와 피계몽자 사이에 똑같거나 더욱 근본적인 문화적 가치 표준이 있어야 하고, 게다가 피계몽자가 반드시 계몽자를 정상적이고 이지적 내지 더욱 높은 이지적인 사람으로 생각할 때 비로소 가능성이 있다. 하지만 이는 또 '계몽'이란 개념과 완전히 일치하지 않는 또 다른 상황이다.

다수의 눈에 계몽자는 바로 이지적이지 못하고 치료가 필요하고, 또 다수와는 다른 미치광이와 같다. 소설 속에서 루쉰은 대중도 형도 설득할 수 없는 '광인'을 표현해냈다. 실제로 쓴 것도 근본적으로 다수의 몽매함을 일깨울 수 없는 정신계몽자이다. 미치광이가 힘써 다른 사람의 이해를 찾는 것은 바로 그가 주변 환경과의 대립적인 상황을 참을 수 없기 때문이다. 또 바로 그가 내면 의식 속에서 이러한 대립을 두려워하지만, 그는 근본적으로 환경을 바꾸어 달라지게 할 수도 없다. 환경을 변화시키고 개조하려는 그의 노력이 모두 실패한 뒤, 만약 그가 여전히 이러한 절대적 고독을 참기 어렵고 이러한 고독을 두려워한다면, 그는 자신을 바꿔서 환경과의 관계를 벌충하는 데 손을 대려고 하리라는 것을 알기란 어렵지 않다. 이와 동시에 그의 문화적 가치 표준(이러한 가치 표준이 무엇이든 간에)의 고착마다 외재적 환경의 현실적 상황에서 갈수록 멀리 벗어날 뿐 아니라 동시에 자신이 실제 도달한 곳에서도 갈수록 멀어질 것이다. 이때 그는 또 한 차례 자신이 여전히 다른 사람과 똑같다는 것을 발견했다. 이에 그는 내면 의식 속에서 자신의 환경과 동일시할 기초가 생겼다. 그래서 광인은 절망적으로 '아이를 구하라救救孩子!'하고 외친 뒤에 정신병이 완치됐다. 이 과정과 계몽자의 사상 과정에 또 무슨 다른 점이 있는가? 계몽자가 계몽을 수행하려는 것은 민중을 구하기 위함일 뿐이고, 민중에게 자신을 이해시키고, 자신의 고독감을 벗어나기 위함일 뿐이다. 그러니 민중을 구할 수 없고, 자신도 이 절대적인 고독 속에서 장기간 생활할 수 없으며, 또 헛되이 이 문화적 환경의 희생양이 되는 것도 달가워하지 않는다. 어떻게 해야 할까? 자신이 주동적으로 자신의 환경을 동일시해야만 한다. 이러한 동일시 과정은 종종 또 이러한 사상 과정과 서로 관련된 것이다. 이를테면 그의 계몽은 다른 사람에 대한 요구를 높이고 있을 뿐 아니라 동시에 자신에 대한 요구도 높이고 있다. 그가 최종적으로 자신도 이러한 문화적 환경 속에서 성장한 사람이고, 자신도 이러한 잘못들을 범하는 것을 피하기 어려움을 발견했을 때, 다른 사람에 대한 그의 이해와 동정도 더한층 깊어졌다. 이러한 이해와 동정의 심화에 따라서 그도 다른 사람을 이해하고, 자신을 이해하게 되었고, 자신의 문화적 환경에 대해 다시금 인식하면서 이 환경에 의해 소외당했다. 루쉰은 계몽자의 역할이 겨우 아이를 구할 수 있는 데만 있고, 자신을 구해낼 수 없는 것이라고 여겼다. 이것도 바로 그가 「우리는 지금 어떻게 아버지 노릇을 할 것인가我們現在怎樣做父親?」 속에서 "스스로 인습의 무거운 짐을 짊어지고 어둠의 수문水門을 어깨로 걸머지며, 그들을 넓고 밝은 곳으로 놓아줍시다. 앞으로 그들이 행복하게 살아가고 도리에 맞게 사람 노릇을 하도록 말입니다"라고 말한 것과 같다. 그러나 루쉰의 이 처절한 호소 속에도 계몽자가 자신의 현실 환경을 개조하고 자신을 구하며, 자신의 환경에 대해서만 동일시하기 어려운 뼈아픈 절망적 정서를 은연중 담고 있다.

위에서 서술한 바를 종합하면, 우리는 「광인일기」의 전체 구조형식을 다음과 같이 귀납할 수 있다.

「광인」 캐릭터	각성자	→	각성	→	인식 심화	→	계몽 진행	→	실망	→	소외당함	→	의미적 구조	소설 텍스트
	↕		↕		↕		↕		↕		↕		↕	
	미치광이	→	발광	→	병세 발전	→	이해 찾기	→	실망	→	완치	→	예술적 구조	

「광인일기」의 예술적 구조와 의미적 구조의 통일성에서 우리는 그것이 절대 단지 중국의 전통적 봉건문화를 반대하는 격문檄文에 불과한 것이 아니라, 그것은 역시 소설임을 쉽게 알 수 있다. 이 소설은 상징적으로 중국의 현대적 계몽자의 자기 문화적 환경 속에서의 고립적인 상황과 고통스러운 운명 및 그들 사상의 성장 과정과 험난한 영혼의 몸부림을 표현해냈다.

3. 「광인일기」의 백화 텍스트 자세히 읽기

「광인일기」의 온전한 예술적 구조와 의미적 구조를 따라가야만 우리가 더욱 뚜렷이 그 각 세부의 의미를 알 수 있고, 더 나아가 그 '소설'적 성질을 인식할 수 있다.

1) 발광(각성)

소설의 제1절이 쓴 것은 '광인'이 미치기 시작할 때의 표현이다. '광인'의 내적 정신상태의 돌연한 변화가 무엇보다 먼저 가져온 것은 주변 세계에 대한 낯선 느낌이다. 이를테면 "오늘밤 참 좋은 달빛"인데, 달빛이 평소와 그다지 같지 않고, 유달리 밝은 것 같다. "내가 달을 보지 못한 지 30여년이나 되었다." 이러한 달빛이 그가 오랫동안 본 것과 크게 다른 것은 모두 그의 주체적 정신 상태에 생긴 커다란 변화가 가져온 것이다. 정신병 환자, 특히 피해망상증 환자의 그러한 정신적 극도의 흥분 상태가 외부 세계에 대한 느낌 속에서 반영되어 나왔다. "기분이 유달리 상쾌하다"도 자신이 느낀 각도에서 그의 이때의 정신적 극도의 흥분을 쓴 것이다. 세계에 대한 현재의 특이한 느낌이 바야흐로 이전에 느낀 모호함을 느꼈기 때문에, 그래서 그는 "지난 30여년이 온통 제정신이 아니었음을 알겠다"하고 말했다. 또 세계에 대한 낯선 느낌 속에서 필연적으로 말로 표현할 수 없는 두려움이 생겼다. "하여튼 모름지기 조심하지 않으면 안 되겠다"는 것이 바로 이러한 종잡을 수 없는 두려운 정서의 영향을 받아서 생긴 심리적 반응이다. 무서움과 낯선 민감함, 즉 '자오趙씨네 개'의 자신을 보는 두 눈초리는 평소에는 원래 신경을 쓰지 않았던 것인데도, 이때 그를 좀 오싹하게 했다. 이러한 민감함이 반대로 또 그의 원래의 걱정을 실증해 보였다. 요컨대 "내가 무서워하는 것도 당연하다"고.

여기서 쓴 것은 정신병 환자가 처음 발병할 때의 심리상태이지만, 동시에 정신반역자가 초보적으로 각성한 뒤의 표현이기도 하다. 이른바 '각성'이란 바로 또 다른 전통적 봉건사상과는 완전히 다른 시각으로 바뀌어서 다시금 세계를 대하게 된 것이다. 시각이 바뀌자마자 모든 사물마다 색깔이 모두 바뀌었고, 오랫동안 모호함을 느꼈던 것들이 지금 갑자기 확 뚜렷해졌다. 과거의 잘못을 이제 비로소 깨달은 느낌이 저절로 생겼고, 동시에 이러한 낯설어진 환경에 대해서도 두려움을 느꼈으며, 이것이 어떠한 결과를 초래할지 몰랐다. 민감함이 두려운 정서에서 나온 것은 방금 각성한 사람이 길들여진 전통사상을 벗어나자면 필연적으로 생기는 심리적 반응이다. 그러나 바로 이러한 민감함이 각성한 사람을 평범한 사람이 느끼기 어려운 많은 것들을 느낄 수 있게 했다.

주변 세계에 대한 낯선 느낌, 정신의 상쾌한 느낌, 과거의 잘못을 이제 비로소 깨달은 신선한 느낌, 종잡을 수 없는 두려운 느낌 및 두려운 정서가 만들어낸 민감함과 의심스러움은 정신병 환자의 발병 초기와 정신반역자가 최초로 각성할 때의 공통적인 정신적 특징이 아닐까?

2) 병세 발전(인식 심화)

소설의 제2절부터 제6절까지 쓴 '광인'의 병세의 발전 과정은 동시에 정신반역자의 현실 인식의 심화 과정이기도 하다.

제1절에 쓴 '광인'이 처음 발병했을 때의 상황을 어떻게 볼 것인가? 우리는 제2절 이후의 묘사에서 실증을 얻을 수 있다. 발병은 저녁이었고, 그래서 집안사람들이 아직 그의 정신에 이상이 생겼음을 발견하지 못했다. 이튿날 아침에도 그는 아직 자유로이 대문을 나올 수 있었다. 단지 길거리로 나갔다가 사람들이 그의 정신이상을 발견한 뒤에 소식이 집에 전해졌고, 형이 천라오우陳老五를 내보내서 그를 억지로 집에 끌고 와서 감금시켰다(제3절의 보충서술 참고). 제4절에 이르러서야 형이 의사를 불러 그를 진찰하게 한다.

일단 정신병 환자가 정상적인 정신 상태에서 정신이상의 상태로 빠지면 즉시 다음과 같이 두 가지 근본적인 변화가 생길 것이다. 즉, 주관적 변화와 객관적 변화이다. 한편으로 정신병 환자는 주관적인 면에서 이미 정상인처럼 보편적으로 인가하는 문화적 가치 표준으로써 객관적 사물에 대해 정상적인 반응을 할 수 없고, 객관적 사물이 주관적 색채를 입게 된다. 또 다른 한편으로 정신병환자 자신의 변화로 인해 객관적인 외부 세계의 사람은 그에 대해 또 다른 태도를 보이기 시작한다. 요컨대 객관적인 외부 세계의 상황이 주체 자체의 변화에 따라서 상응하는 변화를 일으키게 된 것이다. 이 두 가지 변화의 결과는 한 가지로 귀결되는데, 바로 정신병환자와 외부 세계의 관계에 변화가 생기고, 이 변화가 정신병 환자에게 정신적 자극을 줌으로써 이 자극이 또 정신병 환자에 보통 사람과는 다른 사고방식으로써 이해되고 수용된다. 더 나아가 그의 정신상태의 변화를 촉진한다면, 그의 정신 상태의 변화가 동시에 또 그에 대한 주변 사람의 태도 변화를 심화시킨다. 바로 이 양자의 뒤엉킴 속에서 정신병 환자의 병세가 급속도로 나빠진다.

정신반역자의 상황도 이와 같다. 그의 사상적 표준이 달라졌고, 정신적 주체의 전체 상황에 변화가 생겼다. 그에 따라 그의 눈앞에서 객관적 세계의 객관적 면모에도 다름이 생겼다. 이와 동시에 주변의 환경이 반역자에게 각종 경시, 억압과 박해의 수단을 쓰지 않기란 불가능하다. 양자의 상호 작용이 정신반역자가 주변의 객관적 세계를 새로이 인식하고 생각하게 해서 자신의 새로운 이성적 인식을 완벽하도록 촉진한다.

정신병 환자에 대한 태도의 변화는 한두 사람 혹은 어떤 일부분 사람이 아니라 주변의 모든 사람이 그렇다. '광인'이 무엇보다 먼저 발견한 것은 외부 세계 사람의 태도 변화이다. 그 안에 자오구이趙貴 영감 같은 '상류 사람'이 있고, '지현知縣에게 걸려서 칼을 쓴 놈', '양반에게 따귀를 얻어맞은 놈', '아전한테 제 계집을 빼앗긴 놈', '애비, 에미를 빚쟁이에게 시달려 죽게 만든 놈' 같은 하류 사람이 있다. 어른도 있고 아이도 있다. 이어서 그는 그에 대한 그의 가족의 태도까지도 변화가 생겼음을 발견할 수밖에 없다. 이 '피해망상증' 환자의 눈에 이 모든 변화는 모두 그를 박해하고 잡아먹으려고 하는 것임을 의미하고 있다. 나중에 그는 또 그의 형까지도 외부 사람처럼 그를 미치광이로 보고 외부 사람의 의견에도 동의하고, 역시 또 그를 잡아먹으려고 한다는 것도 발견했다. 여기서 그의 생각은 다음과 같은 변화 과정을 거쳤다.

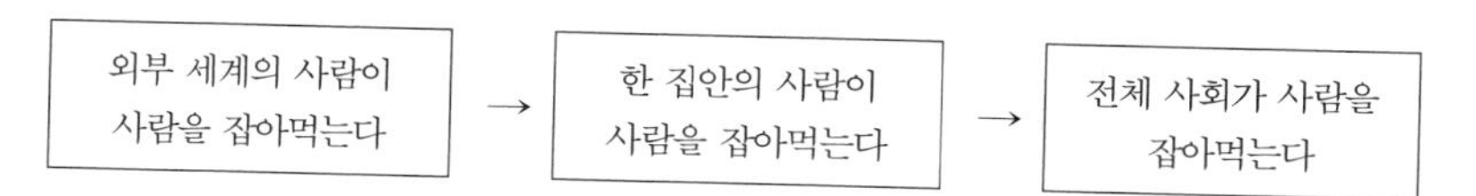

현실 사회의 사람이 사람을 잡아먹는다. 현실 사회의 사람과 역대歷代의 사람은 모두 똑같다. 이 때문에 '광인'의 생각은 자신도 모르게 현실의 개괄로부터 역사의 개괄로 넘어간다.

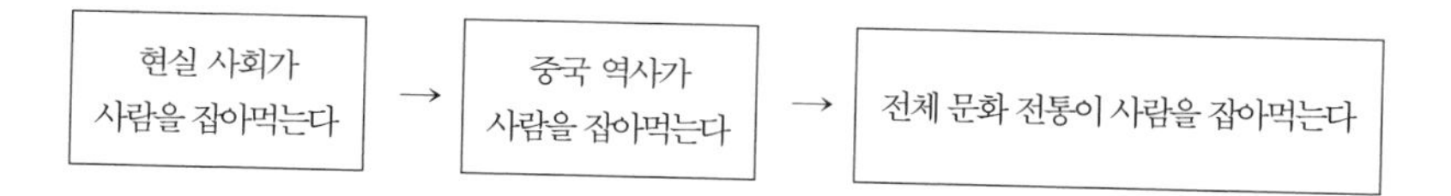

이 '피해망상증' 환자가 사유하는 길은 중국의 전통적 봉건문화의 정신반역자가 사유하는 길과도 대체로 똑같은 것임을 분명히 알 수 있다. 정신반역자의 문화적 가치관에 근본적인 변화가 생겼을 때, 그를 반대하는 사람은 그의 원수일 뿐 아니라 동시에 그의 친한 벗도 포함된다. 또 사회의 통치자일 뿐 아니라 동시에 광대한 사회 대중도 포함되고, 심지어 어린아이들도 있다. 그는 사상 면에서 고독한 사람이고 정신면에서 적막한 사람이다. 주변의 모든 사람은 목적이 다르고 동기가 다름에도 불구하고, 모두 그의 사상적 반역행위를 용인할 리 없다. 여기서 '광인'의 마음속의 '식인'은 실제로 정신반역자의 사상과 정신을 잡아먹는 것이고 동시에 전체 민족의 사상 활력과 발전 메커니즘을 잡아먹는 것이다. 한 민족의 구성원으로서 자신의 문화 계통 속에 담긴 어떠한 곤란에 대해 모두 의식면에서 잠재적인 이해를 하지만, 자기 문화 전통을 배반한 사람에 대해서는 오히려 거의 본능적인 공포를 품는다. 이는 이해할 수 없는 사물에 대한 공포이자 상상력에 의해 무한 과장된 공포이다. 통치자는 자신의 전통적인 통치 지위를 지키기 위해서 또 언제나 사회 대중의 이러한 공포 심리를 이용해 정신반역자를 억압한다. 루쉰이 「광인일기」에서 말한 '지현에게 걸려서 칼을 쓴 놈', '양반에게 따귀를 얻어맞은 놈', '아전한테 제 계집을 빼앗긴 놈', '애비, 에미를 빚쟁이에게 시달려 죽게 만든 놈' 같은 사람들 자신이 실제 모욕당하고 손해를 입었을 때의 낯빛이 오히려 '광인'을 보았을 때의 '그토록 무섭다', '그토록 사납다'보다 훨씬 못한 것은 그 원인이 여기에 있다. 어린아이의 가치관은 무엇보다 먼저 윗사람에게서 단순히 받아들인 것이다. 마찬가지로 그들도 정신반역자를 이해하고 동정할 리 없다. 아무튼지 정신반역자의 고독도 미치광이처럼 자기 환경 속에서의 고독이다. 다만 자신의 고독에 대해 미치광이는 전혀 느낌이 없을 뿐이라면, 정신반역자는 뚜렷한 감각이 있는 것이다.

정신반역자는 고독할 뿐 아니라 동시에 미치광이처럼 외부 사회의 자극을 받고 남에게 경시당하고 이단으로 취급되고 사상이 언제나 압살당할 수 있다. 바로 그들 앞에서 어떤 문화가 허용한 모든 흉악함과 교활함이 전부 폭로되어 나왔다. 바로 이때 자신의 문화적 환경에 대한 정신반역자의 인식은 신속하게 심화 발전된다. 이러한 심화 발전의 길도 「광인일기」에서 묘사한 것과 같이 개별에서 일반으로, 현실에서 역사로 연결되어 마지막에 전체 전통적 봉건문화의 성질과 작용에 대한 인식으로 상승된다. 루쉰이 「광인일기」의 창작을 얘기할 때 이렇게 말했다.

> 뒷날 우연히 『통감(通鑒)』(자치통감(資治通鑑) – 역자)을 읽어보고야 중국 사람이 오래도록 식인 민족이었던 것을 깨달았고, 그래서 이 작품이 된 것이오.[1]

「광인일기」 속에서 이러한 의미는 우리가 항상 인용하는 단락의 말 속에서 집중적으로 표현되었다.

> 나는 역사책을 펼치고 살펴보았다. 이 역사책에는 연대도 없고, 어느 면에나 '인의도덕'이니 하는 글자들이 비뚤비뚤 적혀있었다. 나는 어차피 잠들기는 글렀던 터라 한밤중까지 구석구석 살펴보았다. 그러자 글자들 틈새로 웬 글자들이 드러났다. 책에는 온통 두 글자만 적혀 있었다.
> '식인(吃人)!'

미치광이에게서 '이 역사책에는 연대도 없다'는 인식은 모호한 감각에서 비롯되었다면, 정신반역자에게는 중국의 전통문화의 성질과 주요 이데올로기 면에서 몇 천 년 동안 결코 변하지 않았기 때문에 생긴 것이다. 시간 개념은 변화 발전이 만들어낸 것이기 때문에 그것에 발전 변화가 없으면 연대도 당연히 그것에 대해 전혀 의미가 없게 된다. 이 전체 역사 속에서 중국의 전통적 봉건문화는 유가의 인의도덕 이론을 끊임없이 되풀이해서 널리 알리는 것을 특징으로 삼은 것이다. 그래서 그것의 각 면마다 모두 '인의도덕'이란 글자가 적혀있고 또 중

---

1 『루쉰전집(魯迅全集)』 제11권, 353쪽.

국의 봉건 역사상 온갖 가장 흉악한 폭행마다 모두 인의도덕의 이름 아래서 진행되었다. 이 때문에 여기서 인의도덕의 글자들 틈새에 온통 '식인'이 적혀있었다고 말한 것이다. 그러나 이는 '광인'의 사상적 인식의 종점일 뿐이지, 결코 이 소설의 전부를 대표하지 않는다는 점을 반드시 지적해야 한다. 소설의 사상적 의미는 이러한 이성적인 결론을 대대적으로 뛰어넘은 것이다.

이 부분에서 '광인' 이외에 세 명의 중요한 캐릭터인 구주古久 선생, 형, 의사를 등장시켰다.

구주 선생과 그의 낡아빠진 장부는 중국의 전통적 봉건문화의 상징이다. 이에 대해서 다른 의견은 아직 없다. 우리도 '형'을 구체적인 인물 전형으로 삼아 다루기에 적당치 않다. 그 때문에 우리는 그의 계급적 성분과 정치적 입장을 판정할 수 없다. 그는 중국의 봉건 가족제도와 예교제도의 상징일 뿐이다. 루쉰은 "「광인일기」는 가족제도와 예교제도의 폐해를 폭로하는 데 의미를 두었다"[2]고 말했다. 그것들의 특징을 구체적으로 구현하고 있는 것은 바로 '형'이다. 우리는 소설 속에서 그가 어느 정도로 '광인'을 적대시했는지 판단할 수 없지만, 최대의 가능성 면에서 아우의 병에 대해 관심을 가질 수 있다. 그러나 어쨌든 가족제도는 중국의 전통적 봉건문화의 바탕이고, 그것의 모든 관념은 모두 무엇보다 먼저 가족 내부로 들어가서 시행되었다. 또 그것을 위배하는 모든 사상적 경향과 행위에 대해서 사회도 무엇보다 먼저 그것을 교정하고 압살했다. 또한 가족제도라는 담보 아래서 구체

2 루쉰, 「'중국신문학대계' 소설2집 · 서(『中國新文學大系』小說二集序)」, 『루쉰전집』 제6권, 239쪽 참고.

적으로 실시한 것이 윗사람은 높고 귀하며 아랫사람은 낮고 천하다上尊下卑는 일련의 예교제도이기도 하다. '광인'에 대한 '형'의 관심은 그의 미친병의 완치 여부일 텐데, 이는 또 다른 의미에서는 바로 모든 가능한 방법을 써서 정신반역자에게 자신의 사상적 입장을 버리게 하고 전통적 봉건문화를 인정하게 하는 것이다. '의사'는 또 다른 인물 유형의 캐릭터이다. 오랫동안 우리는 모두 그를 중의中醫에 대한 루쉰의 부정으로 간주했다. 하지만 나는 우리가 결코 이 캐릭터의 핵심적인 의미를 진정으로 이해하지 못했다고 생각한다. 루쉰은 당시에 확실히 중의에 대해 좋지 않은 견해들을 갖고 있긴 했지만, '의사'의 의미를 여기에 한정한다면, 아무래도 너무 축소한 것이다. 그는 실제로 중국의 전통적 봉건문화의 웅변가의 상징이고, 서양 종교의 목사처럼 설득하는 일을 하는 것이다. 이러한 설득은 피설득자를 배려하고 살뜰히 보살피는 면모로 등장하지만, 오히려 반드시 피설득자에게 자신의 사상적 입장을 포기하도록 하는 것을 근본적인 목적으로 삼을 것이다. 그래서 「광인일기」 속에서 그는 '음흉한 눈초리'를 했지만 오히려 고개를 푹 숙이고 땅만 쳐다보고 있고, 안경테 너머로 슬금슬금 사람을 훔쳐보면서 자신의 목적을 가능한 한 숨겼다.

3) 이해 찾기(계몽 진행)

미치광이의 병세가 상대적으로 안정되면서 주변 사물에 대한 그의 특수한 느낌 방식도 상대적으로 고정된다. 그는 다시 또 무리를 따를 수 없지만, 또 그는 다른 사람과의 차이와 거리를 느낄 수 있다. 이 때문에 그에게 다른 사람으로부터 이해를 받고픈 염원이 생길 수 있다. 정신반역자의 관점에서 말하면 이 과정이 바로 문화적 계몽이다.

「광인일기」 속에서 제7절부터 제10절까지 쓴 것은 이러한 과정이다. 그것은 '광인'이 환각 중에 어떤 젊은이와의 대화와 형을 설득하는 세부 묘사 이 두 대목에서 집중적으로 구현되었다. 문화적 계몽의 각도에서 보면, 젊은이와 자신의 가족은 가장 중요한 두 대상이다. 젊은이는 전통 문화적 가치 표준의 속박을 비교적 적게 받았고 또 일정 정도의 이해 능력을 갖추었다. 가족은 진정으로 자신을 배려하고 아끼는 사람들이고, 그들은 비교적 쉽게 감정적으로 정신반역자와 공감대를 형성한다. 아울러 그로부터 더 나아가 그의 이성적 판단을 이해한다. 그러나 루쉰의 구체적 묘사는 오히려 설령 이 두 부류의 사람에 대한 단순한 사상적 계몽일지라도 영향을 끼치지 못했음을 나타내 보였다. 그 가운데서 관건은 그들이 이미 당신은 미치광이임을 인정하고 당신의 잘못과 자신의 정확함을 판정하고, 더는 당신이 제기한 문제를 이해하고 사고할 생각을 하지 못했다는 데 있다.

제8절의 '광인'과 자기 환각 속의 젊은이와의 대화는 실제로 사실을 위해 관념을 희생시켰거나 아니면 관념을 위해 사실을 희생시킨 두 가지 사유 방식의 투쟁을 표현해냈다. '광인'이 단언하는 것은 사실 자체지만, 상대방은 극력 이 사실을 말살하고 사실의 본질을 감춘다. 그의 방법에 다음의 몇 가지가 있다.

① 일반적인 사실을 부정한다.

(광인의 물음 : 사람을 잡아먹는 게 옳은 일인가?)

(그의 대답 : 흉년이 아닌데, 사람을 잡아먹을 리가요.)

② 전혀 의미 없는 화제로 논쟁의 방향을 돌려서 모순을 회피한다.

(오늘 날씨 참말로 좋군요.)

③ 두루뭉술한 승인으로 논쟁을 잠재우지만, 상대방이 그로부터 실질적인 결론을 끌어낼 때, 사실 자체를 새로이 부정한다.

(아니…….)

(그럴 리가……요.)

④ 부인할 수 없는 구체적인 사실 앞에서 전통으로 현실을 변호한다.

(그야 있을 수도 있겠죠. 예전부터 그랬으니까…….)

⑤ 상대방이 전통의 권위성을 인정하지 않고, 상대방도 용서할 수 없는 잘못을 저지른 것과 같을 때, 이전에 제기한 문제는 불순한 동기로 인해 부정되어 버린다.

(아무튼 나리는 그런 말을 하면 안 됩니다. 말씀하시는 것은 모두 잘못된 것입니다!)

중국의 전통적 봉건문화는 몇 천 년 동안의 역사상 이미 자기만족적인 일련의 가치 표준을 형성했다. 전통 관념에서 그것들로 객관적 사실을 평가할 뿐이지, 더 이상 객관적 사실을 갖고 그것들을 평가하지 않았다. 이것이 이러한 문화를 사람에 대한 소외물이 되게 했다. 이러한 문화의 짙은 안개를 빠져나올 방법의 하나는 곧 객관적 사실을 갖고 이러한 문화 자체를 다시금 평가하는 것이다. 이러한 두 사유의 길 앞에서 공통 언어를 찾을 수 없음을 분명히 알 수 있다. 만약 한 가지로 귀결한다면, 이는 실제로 과학적 의식(사실로부터 결론을 얻는다)과

반과학적 의식이자 미신의식(관념으로써 사실을 부정한다)의 투쟁이다.

제10절의 '광인'과 형의 대화 속에서 루쉰은 실제로 중국의 현대적 계몽사상의 주요 이론적인 기둥을 개괄적으로 묘사했고, 정신반역자의 봉건적 전통 관념과의 근본적 불일치를 드러내 보였지만, 이러한 불일치는 사상적 계몽이나 설복, 동원에 기대서 해결할 수 있기란 불가능함도 나타내 보였다. '광인'의 첫 번째 말이 구현한 것은 인간성의 진화적 이데올로기이다. 그것이 상대방을 감동시킬 수 없는 까닭은 중국의 전통적 윤리관이 자체의 표준을 최고 표준으로 삼았기 때문이다. '하늘이 변하지 않으면 도 역시 변하지 않는다天不變道亦不變'라는 표준은 변할 수 없는 것이다. '광인'의 두 번째 말이 구현한 것은 휴머니즘이고, 이러한 의식을 갖고 역사에 대해 다시금 반성하였다. 그것도 형을 감동시키기 못했다. 상대방의 사상적 기점은 휴머니즘이 아니며, 전통적 윤리관의 신조를 옹호하기 위한 모든 희생은 전부 합리적인 것이기 때문이다. 나라님이 신하한테 죽으라고 하면 신하는 죽지 않을 수 없고, 아버지가 아들에게 죽으라고 하면 아들은 죽지 않을 수 없다. 역사상 온갖 희생은 모두 정상적이고 합리적이었다. 세 번째 말이 구현한 것은 사회적 이데올로기이다. '광인'은 형에게 이해로써 그것을 알게 하고 문화적 혁신의 필요성을 역설했다. 그러나 이것도 어떠한 작용을 하지 못했다. 명철보신하는 관념은 전통적인 근본 관념의 하나이다. 자신이 잡아먹힐 위험에 직면하지만 않는다면, 그들은 미리부터 전통적 윤리관을 반대함으로 인해 직면할 눈앞의 위험한 길로 나아갈 리 없는 사람들이다. 여기에서 이해利害는 다른 이해理解를 갖고 있다. 후자는 바로 이익을 쫓고 손해를 피할 목적에서 나왔으므

로 계몽자의 충고를 들을 리 없다. 그들이 이익을 좇고 손해를 피하는 방법은 현실의 손해를 멀리 벗어나고 미래의 요행을 구하는 것이다. 그러나 '광인'의 말도 마침 그들의 평소의 불안감을 건드렸다. 이 불안감이 더욱더 그들의 이단사상에 대한 두려움도 심화시켰다.

> 처음에 그는 냉소를 띨 뿐이었다. 그러나 이내 눈빛이 험해지더니 저들의 내막을 들추어내는 순간 온 얼굴이 새파랗게 변했다.

이 두 단락의 대화의 뜻을 종합하면, 적어도 우리는 정신반역자가 이데올로기 면에서 전통적 윤리관과 몇 가지 면에서 대립하는 관계임을 볼 수 있다.

과학의식 —— 맹목의식
진화의식 —— 보수의식
인도의식 —— 생명무시
사회의식 —— 명철보신
개성의식 —— 노예의식

이 부분에서 작가는 또 '광인'의 입을 통해서 두 종류의 사람을 잡아먹는 사람을 지적했다. 한 종류는 맹목적으로 봉건적 윤리관을 믿고 그것의 폐해에 대해 아는 것이 아무것도 없는 사람이다. 또 한 종류는 그것이 사람을 해칠 수 있음을 분명히 알지만 그것을 이용해 자신을 이롭게 하는 사람이다. 그러나 이 두 종류의 사람은 모두 사람을 잡아먹는 데 가담할 수 있고, 정신반역자에 대한 기본적인 태도 역시 똑같을 것이다.

'하이에나'는 전체 소설에서 '광인'에 다음가는 중요한 캐릭터이다. 그것은 '광인' 이외의 모든 사람의 정신적 특징을 이끈다. 중국의 전통적 봉건예교는 '천리를 보존하고 인욕을 없앤다存天理, 滅人慾'를 기치로 삼는 것이다. '인욕을 없앤다' 함은 사람에 대한 강렬한 욕망의 억압이자 정신적 억압이다. 하지만 이러한 억압은 근본적으로 사람의 욕망과 정신적 요구를 소멸시킬 수가 없다. 그래서 그것을 공개적으로 표현해내지 못하게 하고 오히려 내면의 더욱 강렬한 요구로 바뀌게 했다. 전통적 봉건예교의 또 다른 중요한 특징은 위上에 대한 절대적 순종을 널리 퍼뜨리는 것이다. 게다가 그것은 정권의 강제적 수단과 사회적 여론의 강대한 압력을 이용해서 이 순종을 담보할 수 있다. 이렇게 해서 사람들의 억압된 욕망은 윗사람과 강자 앞에서 쏟아내기란 아주 어려웠지만, 아랫사람과 약자는 쏟아내는 유일한 대상이 되었다. 주변의 사람마다 모두 한평생 억압당하고 있는 분한 자신의 정서를 약자에게 쏟아내게 된다면, 얼마나 두려운 일일까? 이러한 정신이 위축되고 또 원망의 정서로 가득차고, 전적으로 약자를 괴롭힐 것을 찾는 사람이 곧 '죽은 고기를 먹는' 하이에나라는 것은 어렵지 않게 생각할 수 있다. 실제로 하이에나라는 캐릭터는 광인 캐릭터와 마찬가지로 「광인일기」 속에서 일맥상통하는 것이다. "나를 겁내는 것인지, 나를 해코지 하려는 것인지"는 남을 해코지하려는 마음을 가졌지만 남을 해코지할 용기가 없는 행동이다. "웬수야! 이 물어뜯어도 시원찮을 놈아!"가 폭로하는 것은 내심의 악랄함이지만, 이 여인네는 오히려 감히 상대를 직접 대하지 못한다. 또 남을 해코지할 허울 좋은 구실을 찾기 전에 자신을 보호하기 위해서 그들은 또 예절이 바르고 점잖은 탈을 감히 벗지 못하고 그럴 생각도 않는다. 그래서 '광인'은 그들의 "말은 온통 독이고 웃음은 온통 칼이다. 그놈들의 이빨은 온통 희번들하니 늘어서 있었다"고 말했다. 또 숨기는 방법은 바로 다른 사람을 해코지할 구실을 찾고 상대방에게 죄명을 씌우는 것이다. 그들은 먼저 남을 해코지할 마음을 품고 또 남을 해코지할 구실을 만들었기 때문에, 남에게 죄명을 씌우는 것쯤이야 일도 아니다. 죄를 덮어씌우려고 마음먹으면 어찌 구실이 없을까? "그들은 수틀리면 무턱대고 금세 못된 놈이라고 욕한다." 작문하면서 단어를 구사하고 글자를 선택할 때 약간 기교를 부려 쓰면, 바로 "기막힌 솜씨야, 남들과 달라"하고 말한다. 또 남에게 죄명을 씌울 때 고정적인 표준이 없고, 관례는 인의도덕의 큰 도리를 말하는 것이지만, 이 큰 도리도 단지 남에게 죄명을 씌우기 위한 것에 지나지 않기 때문에, 그래서 '광인'은 이렇게 말했다.

> 그가 설교할 때, 입언저리에 온통 기름을 처바르고, 온 마음은 사람을 잡아먹고 싶다는 생각으로 그득했다.

일단 상대에게 죄명이 생기면, 이 죄명이 성립하든 안 하든 간에 그를 박해하는 것도 광명정대한 일이 된다. 자신은 잘못이 없을 뿐 아니라 갖가지 명예스런 이름도 얻을 수 있다.

> 미친놈이라는 명목을 준비해 두었다가 내게 뒤집어씌울 작정이다. 이

리하면 나중에 잡아먹는다 해도 탈 없고 편안할 뿐 아니라, 개 중에는 사정을 봐줄 사람이 있을지도 모르니까.

그러나 설령 그렇다고 해도 그러한 사람들은 또 처벌을 받을까 봐 두려워하고 감히 독립적으로 나서서 직접 살해하지 못한다. 언제나 무엇보다 먼저 "여럿이서 연락을 취해서 교묘히 그물을 둘러 쳐두고 나를 사지로 몰고 있는 거다". 「광인일기」 속의 이러한 각종 묘사들은 모두 '하이에나'라는 캐릭터에 대한 주석이다. 개괄하여 말하면, 그것에 "사자 같은 흉악한 마음, 토끼의 겁, 여우의 교활함"이란 세 가지 특징이 있고, 사람을 해코지했지만, 몸뚱이에는 오히려 핏자국을 전혀 남기지 않는다. 그러나 「광인일기」도 이러한 사람들의 내심의 두려움을 지적했다.

자기는 사람을 잡아먹고 싶은데도 다른 사람에게 잡아먹힐까 무서워서 하나같이 의심에 찬 눈초리로 서로의 낯짝을 훔쳐보는 꼴이라니.

끔찍한 하이에나! 가련한 하이에나!

하이에나 속에 뒤섞여 살면서 '광인'은 잡아먹힐 두려움을 느꼈지만, 이러한 정신이 위축된 하이에나들 앞에서 그는 되레 또 자신이 용기와 정의감으로 충만해졌음을 느꼈다.

4) 실망, 치유(실망, 소외당함)

제11절과 제12절에서 '광인'이 실망한 뒤, 그가 더 이상 다른 사람을 설득시킬 수 있다고 희망하지 않는 심리적 활동을 썼다. 이때 그는 오직 두 가지 심리적 내용을 남겼다.

옛일 회상

자아 참회

그가 이 병을 일으킨 최초의 심리적 상처인 여동생의 죽음을 떠올렸을 때, 그는 완치됐다.

정신반역자가 자신의 사상적 계몽의 사회적 작용에 절망했을 때, 그도 할 수 없이 내심으로 방향을 바꾸어 옛일을 회상하고 스스로 참회했고, 그 결과는 필연적으로 문화적 전통을 동일시하는 것이다. 중국의 전통적 봉건문화의 특징이 바로 전체 사회와 문화의 근본적인 개조를 벗어나 개인의 도덕적 수양을 전문적으로 경영하기를 강조한 것은 아니었을까?

'어머니' 캐릭터는 전통적 봉건문화에 대한 최대한도의 절망을 담고 있다. 어머니의 사랑은 인간성 가운데 가장 강렬하고 확고부동한 사랑이다. 만약 이러한 사랑과 자기 자녀가 잡아먹힌 사실조차도 그것을 전통적 봉건문화의 식인 본질로 인식시킬 수 없다면, 광대한 사회 대중에게 정신반역자의 사상적 열망을 이해시키고 동정하게 할 수 있는 무슨 힘이 또 있겠는가?

제13절은 소설의 결말이다. 「광인일기」 속에서 그것은 실제로 사상적 과정의 끝맺음이자, 정신반역자의 '임종 시의 유언', 곧 "아이를 구하라!"이다.

4. '낯설게 하기' 효과와 초탈적인 격조

위와 같은 자세히 읽기를 통하면 나는 적어도 사람들에게 다음과 같은 인상을 줄 수 있다고 생각한다. 요컨대 「광인일기」는 결코 우리가 과거에 생각했던 것처럼 그렇게 직설적이고 그렇게 단순하지는 않은 것 같다. 그것의 예술 면에서의 성과와 그것의 중국사상사에서의 위상은 똑같이 숭고하다.

우리는 이미 쌍관구조雙關結構가 「광인일기」의 가장 선명한 구조적 특색임을 볼 수 있었다. 전체 소설 텍스트는 동시에 두 종류의 다른 해석 방식을 가질 수 있고, 소설이 방대한 쌍관어雙關語 계통을 구성하게 했다. 이는 중국 고대소설사에서도 보기 힘든 것이다. 만약 우리가 이러한 쌍관어 계통의 복잡성을 알 수 있다면, 그것은 중국소설사에서 순수한 창조의 하나일 것이다. 앞에서 말한 바와 같이 「광인일기」 속의 서로 관련된 두 가지 해석 방식에서 얻은 두 가닥의 줄거리는 양쪽의 동구성同構性과 동의성同義性을 갖지만, 이와 동시에 그것들은 또 비非동구성, 차이성 내지 반의성反義性을 갖고, 「광인일기」의 이 쌍관구조를 어느 정도에서 또 반어구조反語結構가 되게 한다.

정신병 환자	생리적	비이성적	부정적	우스꽝스러움	희극적
정신 반역자	심리적	이성적	긍정적	비장(悲壯)함	비극적

이 두 가닥의 줄거리 단서 간의 차이성 내지 반의성으로 말미암아 루쉰은 그것들을 모두 낯설게 했고, 「광인일기」의 독특한 예술적 효과를 만들어냈다. 이를테면 정신병 환자의 병리病理 과정이 정신반역자의 사상적 과정을 낯설게 하고 예술화시켰으며, 그것을 더 이상 사상적 과정의 이상적 서술이 아니라 구체성과 희극성을 지니게 했다. 또 정신반역자의 사상적 과정은 정신병 환자의 병리 과정을 낯설게 하고 예술화시켰으며, 그것을 더 이상 병리 과정의 기계적 표현이 아니라 엄숙한 정신적 내면과 이성적 함의를 갖게 했다. 이리하여 「광인일기」는 '심리적/생리적', '이성적/비이성적', '긍정적/부정적', '비장함/우스꽝스러움', '비극적/희극적'을 완전히 한데 녹여서 하나의 복잡하고 다의적인 예술적 통일체를 이루어냈다.

서술의 편리를 위해서 우리는 미치광이의 병리 과정의 묘사를 소설의 예술적 구조로 삼았고, 정신반역자의 사상적 여정의 표현을 소설의 의미적 구조로 삼았다. 하지만 우리가 이미 이 두 갈래 항목의 것들을 똑똑히 본 뒤에, 양자는 현상의 기계적 구분일 뿐이고, 진정한 예술적 구조와 의미적 구조는 이 두 가닥 줄거리의 단서를 뛰어넘는 하나의 통일체임을 지적해야만 한다. 「광인일기」 속의 두 줄거리 과정의 동구성과 비동구성도 소설의 의미적 구조에 직접적인 영향을 끼쳤다. 바로 그것들의 동구성으로 말하면, 정신병 환자의 병리 과정은 정신병 환자의 사상적 여정에 대한 독자의 느낌과 이해를 위해 필요한 패턴을 제공했다. 이는 독자와 정신반역자 간의 예술적 중개이다. 정신반역자의 사상적 여정은 또 정신병 환자의 병리 과정에 대한 독자의 느낌과 이해를 위해 필요한 패턴을 제공했다. 이는 독자와 정신병 환자가 소통할 사상적 중개이다. 이렇게 해서 다른 각도에서 소설에 개입할 독자를 위해 가능성을 제공했다. 그러나 이 두 과정의 어떠한 면에서의 비동구성은 또 각자 상대방에게 새로운 함의를 주입시켰고, 상대방을 낯설게 했다. 바로 정신반역자의 사상적 여정을 정신병 환자의 병리 과정을 갖고 표현할 때, 저자가 실제로 이미 독자를 판에 박힌 사유의 틀 속에서 끌어내어 그를 정신반역자의 사상과 언행을 의식하게 한 것은 정상 상태의 느낌과 사유 방식으로써의 느낌과 이해를 불허한 것이다. 그 때문에 진정한 정신반역자는 독자가 평소에 이해하고 보았던 정신반역자가 아닐 가능성이 많다. 이와 동시에 정신반역자는 이성적일 뿐 아니라 동시에 비이성적인 색채도 갖는다. 이는 특정한 생활감의 기초 위에서 세워진 것이다. 이러한 거리두기와 낯설게 하기의 과정 속에서 저자는 또 독자에게 철저한 정신반역자와 이지적인 면에서 일정한 심리적 거리를 유지하게 한다. 과거에 우리는 종종 '광인'과 루쉰을 간단하게 동일시했다. 이는 부분적인 합리성을 가질 뿐이다. 실제로 루쉰이 우리를 위해 제공한 것은 느낌과 이해의 대상일 뿐이고, 루쉰의 내심 깊은 곳의 또 다른 자아이지, 흉내 내기와 모방의 대상도, 루쉰의 온전한 자아도 아니다. 「광인일기」의 묘사는 이미 독자에게 이러한 철저한 정신반역자가 중국의 현실 생활 속에서 발붙일 곳이 없는 사람이고, 그 계몽의 목적도 근본적으로 달성할 수 없으며, 그래서 그가 또 불합리한 색채를 갖고 부정할 만한 요소를 갖고, 그의 행위에도 그 우스꽝스러운 면을 갖고 있음을 암시한 것이다. 이러한 의미에서 그는 확실히 진정한 미치광이와 닮은 것이다. 아무튼지 정신병 환자의 병리 과정은 자신의 의미를 정신반역자에게 투사시켰고, 그것에 보편적인 이해에서 갖지 못한 색채와 성질이 생기도록 했다. 또 정신병 환자의 병리 과정을 정신반역자의 사상적 여정으로 구체화시킬 때, 정신병 환자의 병리 과정도 독자의 마음속에서 낯설게 되었고, 그것은 독자가 평소에 생각했던 정신병 환자가 더 이상 아니게 되었다. 사실상 발생학embryology의 각도에서, 정신병 환자의 발병 과정에는 이미 사상해방의 의미를 내포하고 있고, 사상적 금고와 도덕적 억압은 양자가 생기게 된 공통된 원인이다. 그래서 비이성적으로 한 번 해본 것이고, 이성적으로 한 번 해본 것에 불과하다. 그러나 바로 그러기에 정신병 환자의 비이성 속에도 어떤 이성적 내용을 포함하고 있고, 적어도 이성적 사유로 그것을 인식하고 파악할 수 있다. 그것의 우스꽝스러움 속에 절대 우스꽝스럽지 않은 내용을 포함하고 있고, 그것의 비정상적인 언행 속에 정상적인 의미를 포함하고 있다. 바꾸어 말하면 정신반역자의 사상적 과정은 마찬가지로 자신의 의미를 정신병 환자의 병리 과정에 투사시켰고, 그것에 독자가 평소에 생각할 수 없는 새로운 색채와 성질이 생기도록 했다.

「광인일기」의 낯설게 하기 수법은 또 소설의 문언 서문과 백화 텍스트 사이에 존재한다. 즉, 짧은 문언 서문에 대해서 백화 텍스트에 낯선 색채가 생겼다면, 백화 텍스트에 대해서 짧은 문언 서문도 낯선 것이다.

이때 우리는 이미 「광인일기」의 예술적 구조와 그 문화관의 통일

관계를 이해할 수 있다. 중국의 전통적 봉건문화는 사람을 잡아먹는 부패하고 몰락한 문화이긴 하지만, 또 광대한 사회 대중에 의해 받아들여진 현실적인 문화이다. 당시 사상적 계몽자가 제창한 문화는 휴머니즘적이고 진보적인 문화이긴 하지만, 오히려 중국 사회에서 발붙이기 어려운 문화이자 자신의 응당 했어야 할 계몽적 역할을 하기 어려운 문화이다. 후자의 존재는 전자를 사람에게 받아들이기 어렵고 두려운 면모를 갖게 했다. 전자의 존재도 마찬가지로 후자를 낡은 문화에 대한 사상적인 초월성, 또 낡은 문화로 새 문화에 대한 현실적인 초월성을 갖게 했다. 루쉰은 '광인'과 달리, 일생동안 현실에 입각해서 이상을 위해 분투했고, 전통적 봉건문화의 포위 속에서 새로운 문화의 출로를 찾은 문화 전사였다. 그는 내적 광인과 외적 범인凡人의 복합체이고 '역사적 중간물歷史中間物'이었지만, 이러한 '역사적 중간물' 의식은 바로 현실과 이상에 대한 이중적 초월이었다. 루쉰이 자신의 「광인일기」에 대해서 언급할 때 공개적으로 니체Friedrich Nietzsche의 『차라투스트라는 이렇게 말했다』의 영향을 받았다고 인정했지만, "니체적인 초인超人의 막연함만 못했다"고도 말했다. 바꾸어 말하면, 그는 이상으로써의 초인정신을 긍정했지만, 또 그것의 비현실적인 제한성을 의식했다.[3]

「광인일기」의 이러한 쌍관적이면서도 반어식인 예술적 구조는 또 그것의 통일적 초탈적인 격조와 밀접한 관계를 갖고 있다. 그것은 비극 한 마당으로써 정신반역자가 현실 속에서 출로를 찾을 수 없자 결

3 루쉰, 「'중국신문학대계' 소설2집 · 서」.

국은 환경을 향해, 전통적 봉건문화를 향해 타협하지 않을 수 없었던 비극이다. 그러나 오히려 더 이상 전통의 은혜와 원한, 비참하고 처량하거나 눈물 콧물이 범벅된 비극은 아니다. 그것은 보기 드문 냉엄한 색채와 초탈적인 격조를 띠고 있다. 이는 그 시점의 높이에서 비롯된 것이다. 정신병 환자의 자기 주변 환경에 대해서나 정신반역자의 자기 문화적 전통에 대해서나 모두 전혀 다른 시점이다. 이러한 시점에서 주변의 모든 사물의 색채와 성질에 모두 변화가 생겼고, 그 낯설게 하기 효과는 지극히 강렬했다. 소설은 시작하자마자 독자의 시점을 이 지극히 높고 먼 곳으로 떠밀었고, 광인의 사상과 언행에 대해 너무 갑작스러워 미처 막아 낼 수 없는 경이로움을 느끼게 했다. 거의 그의 사상적 판단마다 모두 독자를 놀라 깨닫게 하고 또 그들이 그것을 수용하는 데 다소 두려움을 갖게 했다. 이러한 예술적 격조는 중국의 전통문학의 온건한 풍격中和風格에 대한 도전이자 동시에 중국 전통의 중용사상에 대한 반역이다. 이러한 의미에서 「광인일기」도 '지금까지 누구도 해본 적이 없으니 우리가 잘 만들어가자前無古人, 後啓來者' 하는 것이다. '광인'의 심리 묘사, 부분적인 의식의 흐름 수법의 활용, 일기체의 소설형식, 제1인칭의 표현법 등은 앞사람들이 이미 많은 서술을 했으므로 여기서 더 늘어놓지 않겠다.

정신적 '고향'의 상실

루쉰의 「고향」에 대한 감상과 분석

루쉰은 「고향」에서 세 가지 '고향'에 대해 썼다. 하나는 기억 속의 고향, 또 하나는 '현실' 속의 고향, 다른 하나는 '이상' 속의 고향이다. 첫 번째는 '과거 시제'이고, 두 번째는 '현재 시제'이며, 세 번째는 '미래 시제'이다. 소설이 두드러지게 묘사한 것은 현실의 고향이다.

1. 기억 속의 '고향'

'나'의 기억 속의 고향은 신비로운 색채를 띠는 아름다운 고향이다. 그것의 '아름다움'에 대해 우리는 적어도 다음 몇 가지 느낌을 받을 것이다.

첫째로, 그것은 오색찬란한 세계이다. 여기에는 '짙푸른' 하늘이 있고 '황금빛'의 둥근 달이 있으며, '새파란' 수박이 있다. 소년 룬투는

'구릿빛' 둥근 얼굴에 목에는 '번쩍번쩍' '새하얀 은빛'으로 빛나는 목걸이를 걸고 있다. 바닷가에는 여러 가지 색깔의 조가비들이 있다. '빨강조개, 파랑조개'도 있고, 도깨비조개가 있으며, 관세음보살손조개도 있다. 또한 볍새, 뿔새, 흑비둘기, 파랑새 등 갖가지 색깔의 새들도 있다. 여기에는 산뜻하지 않거나 아름답고 곱지 않은 색깔이 하나도 없다. 어떠한 두 종류의 색깔 간의 대비라도 모두 산뜻해 '신기한' 그림 한 폭이요 알록달록한 세계를 이룬다.

둘째로, 그것은 고요하고도 또 생동감이 넘치는 세계이다. '내'가 어렸을 때의 '고향'을 기억하기 시작했을 때, 가장 먼저 뇌리에 떠오른 것은 짙푸른 하늘, 황금빛 둥근 달, 바닷가 모래밭 위의 새파란 수박이었다. 대자연이 통째로 그렇게 고요하고 차분했다. 하지만 이 고요한 세계 속에는 살아 꿈틀거리는 생명을 품고 있었다. 활력 있는 생명체들이 이 그윽한 세계에 동태적인 느낌을 가져다주었다.

> 열한두 살쯤 된 소년이 목에 은 목걸이를 걸고 손에는 작살을 쥐고 차(猹, 오소리 닮은 들짐승-역자)를 향해 있는 힘을 다해 찔렀다. 그 차는 몸을 한번 꿈틀하더니 오히려 그의 가랑이 사이로 빠져 나갔다.

> 달빛이 비출 때, 들어봐, 사각사각하고 소리가 나면 그건 차가 수박을 깨무는 거야. 그러면 작살을 들고 살며시 다가가서…….

이는 고요의 세계이자 동시에 또 생동하는 세계이다. 그것은 고요하되 침울하지 않고, 활기차되 어수선하지 않은 세계이다. 고요함 가운데 움직임이 있고, 움직임 가운데 고요함이 있다. 또 자연스러운 어울림이 사람 마음을 편안하게 하는 쾌적한 세계이다.

셋째로, 그것은 끝없이 넓게 탁 트여 있고 또 신선한 세계이다. '내'가 기억하는 '고향'은 얼마나 드넓은 세계인가! 여기에는 드높은 푸른 하늘이 있고, 끝없이 펼쳐진 바다가 있으며, 넓디넓은 바닷가의 모래밭이 있다. 하지만 이 드넓은 하늘과 땅 사이에는 또 각양각색의 사람과 사물들이 있다. 씩씩한 소년 룬투가 있는가 하면 차, 오소리, 고슴도치가 있다. 또 볍새, 뿔새, 흑비둘기, 파랑새가 있고, 울긋불긋한 조가비, 황금빛의 둥근 달, 새파란 수박이 있다. 이 세계는 드넓으면서도 신선하다. 조금도 비좁지 않으며 텅 비어 있지도 않다.

우리는 '내' 기억 속의 '고향'이 현실적인 세계일뿐만 아니라 동시에 더욱 상상 속의 세계이고, '내'가 소년 룬투와의 만남과 감정의 교류 가운데서 상상해낸 아름다운 그림 한 폭이라는 것을 알 수 있다. 그것은 더욱 소년 '나'의 마음을 반영해낸 것이다. 그 마음은 순수하고 자연스럽고 씩씩하고 민감하고 동시에 또 아름다운 환상과 풍부한 상상력으로 가득 차 있다. 그것은 '마당 안 높은 담장 위의 네모진 하늘'에 속박되지 않고, 소년 룬투와의 감정의 교류 과정에서 상상의 날개를 펴고 자신에게 드넓고도 아름다운 세계를 펼쳐 보여주었다.

그렇다면 소년 '나'의 드넓고 아름다운 이 세계는 어떻게 해서 펼쳐진 것일까? 그것은 순결한 두 소년의 두 마음이 자연스레 융합했기에 가능한 것이다. 소년 '나'는 순수하고 자연스러우며, 소년 룬투도 순진하고 자연스럽다. 그들 사이의 관계는 봉건의 예법 관계로 이루어진 것이 아니라 두 마음의 자연스러운 욕구로 맺어진 것이다. 소년 룬투는 소년 '나'를 자신보다 귀한 '도련님'으로 생각하지 않고, 소년 '나'도 소년 룬투를 자신보다 낮은 '가난한 아이'로 여기지 않는다. 그들에게는 사람과 사람 사이의 불평등한 관념이 없다. 그들 사이의 감정 교류는 막힘없이 통하는 것이고 어떠한 거리낌이나 주저함도 없다. 우리가 그들이 주고받은 대화를 다시 한 번 읽어보면 그들 사이에는 생각나는 대로 이야기하고 무엇이든지 말했다는 것을 느낄 수 있다. 그들은 상대방에게 잘 보이기 위해 이야기하거나 상대방을 해치기 위해 말하는 것이 아니라 서로 서로 모두 흥미를 느끼는 이야기를 한 것이다. 두 사람의 마음은 이 어디에도 속박되지 않는 대화 가운데 하나로 융합되었고, 이 융합 가운데서 또 각자 나름대로 풍부해졌다. 소년 룬투는 시내로 와서 '본 적이 없었던 많은 것들을 보았고', 소년 '나'도 소년 룬투와의 대화를 통해서 과거에 자신이 한 번도 본 적이 없는 세계를 본 것 같았다.

결론적으로 말하면 '내' 기억 속의 '고향'은 아름다운 세계이다. 이 세계는 실질적으로 소년 '나'의 아름다운 마음의 반영이고 소년 '나'와 소년 룬투의 마음과 마음이 어우러지는 관계의 산물이다. 그러나 이러한 심리상태는 고정적인 것이 아니고, 이러한 마음의 관계도 길이길이 유지될 수가 없다. 사회적 삶은 사람의 마음을 더욱 무겁게 변화시키고 사람과 사람 사이의 관계를 복잡하게 만든다. 어른이 된 '내'가 다시 "떠난 지 20년 된 고향"으로 돌아왔을 때, 이 기억 속의 '고향'은 한번 가서는 다시 돌아오지 않았다. 그때, 그가 본 것은 어른이 만들어낸 '현실의 고향'이었다.

2. 현실 속의 '고향'

현실의 '고향'은 어떠한 모습일까? 우리는 이 '고향'에 대한 구체적인 느낌을 '그것은 현실의 사회적 삶의 압력을 받아 정신의 생명력을 잃어버린 고향'이라는 말로 개괄할 수 있다.

이때의 '고향'은 세 가지 서로 다른 사람 및 그 세 가지 서로 다른 정신 관계가 만들어낸 것이다.

1) 두부서시 양씨 둘째 아주머니

두부서시 양씨 둘째 아주머니는 우스꽝스럽고 분통 터지게 하고 얄밉지만, 또 한편으로는 불쌍한 인물이다.

그녀가 왜 불쌍한가? 그것은 그녀가 사람이기 때문이다. 사람이 살기 위해서는 물질적인 생활의 보증이 필요하다. 사람은 자기 자신의 정상적인 노력을 통해 자신이 최소한도 필요로 하는 물질적인 생활의 보증을 얻을 수 없을 때 생명을 보존하기 위해 다른 사람들이 멸시하는 어떤 비정상적인 수단을 써서라도 이러한 보증을 얻고자 할 것이다. 이런 각도에서 보자면 그녀는 동정할 만한 사람이다. 그녀는 예전에 두부가게를 열었는데, 더욱 많은 돈을 벌기 위해 얼굴에 흰 분가루를 바르고 하루 내내 앉아 있었다. 실제로 자기 자신의 젊음과 미모로 손님들을 끌어들여 "그녀 때문에 이 두부가게는 장사가 아주 잘 되었다". '미모'는 두부서시 양씨 둘째 아주머니에게서 이미 정신적인 필요가 아니라 물질적 이익을 얻는 수단이 되었다. 물질적인 실리를 취하는 것은 그녀

인생의 유일한 목적이다. 이 목적을 위해 그녀는 자신의 도덕적 명분을 희생시킬 수 있었다. 자신의 청춘은 이미 흘러갔고 더 이상 예쁘지 않게 되었을 때 그녀는 무엇이든지 가져와 물질적 이익을 취하는 수단으로 삼게 되었다. 그녀의 삶은 완전히 물질적 인생, 옹졸하고 이기적인 인생이 되었다. 이런 사람은 물질적인 실리만 신경 쓸 뿐이므로 다른 사람의 감정을 느낄 능력이란 애초부터 없다. 이러한 사람의 느낌 속에서 '이익'은 곧 '정'이요, '정'이 곧 '이익'이다. '이익' 이외에는 '정'이란 없으니 세상에는 '이익' 하나만 있을 뿐이다. 그녀는 다른 사람의 참된 감정을 느낄 수 없고, 다른 사람에 대해서도 이러한 정을 품지 못했다. '감정'까지도 이익을 취하는 수단이 될 뿐이었다. 그녀의 눈에는 '물질'만 있고 '이익'만 있다. '돈'만 있을 뿐이니, '사람'은 없다. 감정을 갖고 도덕을 갖고 정신적인 필요를 가진 사람이 없다. 이 세상에서 그녀는 얻을 수 있으면 얻고, 속일 수 있으면 속이고, 훔칠 수 있으면 훔치며, 빼앗을 수 있으면 빼앗는다. 그러나 인류사회는 상호 관계 속에서 존재하고 발전하는 것이다. 인류가 공동으로 생존하고 발전하려면 마음의 소통, 감정의 교류, 도덕적 수양, 정신적 품격의 미화가 필요하다. 두부서시 양씨 둘째 아주머니와 같이 도덕의식이라고는 전혀 없는 사람은 언제든지 남에게 손해를 끼치고 자신만 이롭게 하는 짓을 한다. 그러니 사람들의 혐오 내지는 원한을 불러일으키지 않을 수 없다. 그래서 그녀 자신의 운명적인 비참함 면에서 보면 그녀는 불쌍한 사람이다. 하지만 다른 사람을 대하는 태도 면에서 보면 그녀에게 부아가 치밀고 미운 것이다. 그녀의 우스꽝스러운 점은 오랜 기간에 걸친 옹졸하고 이기적인 마음으로 인해 자기 자신에 대한 정상적인 느낌을 그녀가 이미 잃어버렸다는 데 있다. 그녀는 겉치레를 정의 표현이라 여기고 좀도둑질을 자신의 똑똑함과 재치라 여겼다. 그녀는 일반 사회에서 일컫는 '말솜씨 좋고', '손발이 재며', '깔끔하고 시원시원한', '어리석지도 미련하지도 않은' 여인이었다. 그러나 정상적인 사람의 눈으로 볼 때 그녀의 이러한 잔재주와 유치함으로는 모두 남을 속일 수 없다. 그래서 사람들도 그녀의 언행을 우스꽝스럽게 느꼈다. 사람들은 그녀를 존중하거나 받들어 줄 수 없고 심지어 또 마음으로부터 그녀를 도와줄 수 없었다. 그녀는 남에게서 무시당하는 사람이다.

만약 소년 '나'와 소년 룬투의 모든 언행의 전체적인 특징이 자연스럽고 순진하다면, 두부서시 양씨 둘째 아주머니의 모든 언행의 전체적인 특징은 '부자연스럽고', '참되지 않은' 것에 있다. 그녀에게서 모든 것은 다 과장되었고, 또 자기 자신의 실리적 계산에 따라 그때그때 달라졌다. 그녀가 등장하자마자 낸 소리는 바로 "날카로운 괴성"이고, "갑자기 소리를 크게 지르는" 것이었다. 이는 그녀가 진정으로 놀라움을 느낀 것이 아니라 짐짓 놀란 척한 결과였다. 그녀의 외모적인 특징도 바로 오랜 기간에 걸쳐 부자연스럽게 살아오는 과정에서 형성된 것이다. 그녀는 한평생 '얇은 입술'에 '말솜씨'를 익혔을 뿐이며, 얼굴 모습은 빠르게 노쇠해져 "툭 튀어나온 광대뼈"만 남았고, 한창 시절의 고운 자태는 사라지고 없었다. 그녀의 서 있는 자세 역시 부자연스러운 것이고, 일부러 자신만만한 척 하는 모양이었다. 실제로 그녀는 자신감과 사람됨의 오만을 이미 잃어버렸는데도 다른 사람이 자신을 중시하고 존중해 주기를 바랐다. '나'에 대해 그녀는 보고 싶다느니 옛정이니 따위는 없지만, 또 짐짓 정이 깊은 체했다. 그녀는 그저 "나도 너를 안아 주었었는데!"라는 말만 할 수 있을 뿐이었다. 이런 하찮은 사실이지만 오히려 이 일을 아주 대단한 듯 이야기했다. 마치 이렇게 하면 '나'에 대해 그렇게 큰 사랑이 생길 듯이, 또 마치 '내'가 반드시 그녀에게 감지덕지하고 '나'에 대한 그녀의 중요성을 확실히 마음에 새겨두어야 할 것처럼 말한 것이다. 그녀는 다른 사람에게 관심을 두지 않는다. 그래서 다른 사람이 살아가는 형편을 알 수 없고 다른 사람의 사상과 감정을 이해할 수 없다. 그녀는 자신의 상상을 통해 다른 사람이 대단히 잘 살고 부자라고 말한다. 이는 다른 사람에게서 더 많은 이득을 뜯어내기 위한 것에 지나지 않는 것이다.

두부서시 양씨 둘째 아주머니가 보여주는 것은 '내'가 말하는 "고달프나 제멋대로 사는" 사람의 특징이다. 그녀의 삶은 고달프지만 이런 고생마저도 그녀의 도덕적 양심을 짓뭉개버려서 그녀는 믿음이 없고 품격도 없으며 참된 감정도 없다. 그녀는 도덕에 신경 쓰지 않는 것은 물론 이기적이고 옹졸한 인간이 되어 버렸다.

2) 어른 룬투

소년 룬투는 활달하면서도 귀여운 아이이고 표현력이 풍부한 소년이었다. "그의 아버지는 그를 몹시 사랑했고", 그는 씩씩하게 생활하고 자유로이 생각하고 마음씨도 착했다.

> 그건 안 돼. 눈이 많이 내려야 해. 모래밭에 눈이 내리면, 내가 한 군데를 쓸어내고 커다란 대나무 광주리를 짧은 막대기로 괴어 놓은 다음, 난

알을 뿌려 놓고 기다렸다가 새들이 날아와 쪼아 먹을 때, 먼발치에서 막대기에 비끄러맨 새끼줄을 잡아당겨. 그러면 새들이 광주리 아래에 갇히고 말지. 뭐든지 다 있어. 볍새, 뿔새, 흑비둘기, 파랑새…….

지금은 너무 추워. 너 여름에 우리한테 와. 우리는 낮에 바닷가에 가서 조개껍데기를 주워. 빨강조개, 파랑조개, 모두 있어. 도깨비조개도 있고, 관세음보살손조개도 있어. 밤에 나는 아버지와 수박을 지키러 가. 너도 가자.

아니, 길 가던 사람이 목이 말라 수박 하나쯤 따먹는 거 우리는 도둑으로 치지 않아. 지켜야 할 것은 오소리, 고슴도치, 차야. 달빛이 비칠 때 사각사각하는 소리가 들릴 거야. 차가 수박을 갉아먹고 있는 거야. 작살을 움켜쥐고 살금살금 걸어가서…….

작살이 있잖아. 다가가서 차를 보자마자 찔러. 이 짐승은 아주 약아서 오히려 사람 쪽으로 달려들어 가랑이 사이로 빠져 달아나. 털이 기름을 칠한 것처럼 매끈거려…….

이 말들 가운데서 약동하고 있는 것은 살아 움직이는 생명이다. 소년 룬투는 소년 '나'에 비해 표현력이 더욱 풍부한 소년이고, 많은 신선한 생활과 느낌을 표현하려고 하는 소년이다. 소년 '나'의 지식은 책에서 얻은 것이지만, 소년 룬투의 지식은 대자연에서 그리고 자기 자신의 구체적인 삶의 체험에서 얻은 것이다. 그는 대자연 속에서 살고 자신의 생활 가운데서 살기에 소년 '나'에 비해 더욱 더 언어 예술가답다. 그의 언어는 얼마나 생동적이며 얼마나 유창하고 얼마나 감화력으로 가득 차 있는가! 그것이 단번에 소년 '나'를 사로잡고 또 '나'에게 지금까지도 지우기 어려운 인상을 남겼다. 하지만 이 풍부한 생명력과 표현력을 지닌 소년 룬투는 지금에 와서 오히려 표정이 마비되고 말수가 적은 사람이 됐다. "고달픔을 느끼긴 해도 표현해내진 못했다." 왜 그는 소년일 때는 느끼고 또 드러낼 수 있었는데 지금에 와서는 오히려 표현해내지 못 하는가? 그것은 "그때는 애라서 철이 없었기" 때문이다. 그런데 철이 없을 때는 활기찼던 사람이 지금 '철이 들'었는데, 오히려 "장승"이 되어버렸다. 이것은 무엇 때문일까? 여기서 말하는 '철'이란 실제로는 중국의 전통적인 봉건의 예법관계와 이러한 예법 관계가 쥐고 있는 봉건적 신분관념이다.

중국의 전통 사회를 틀어쥔 것은 온전한 봉건적 예법 관계이다. 모든 이러한 봉건적 예법관계란 모두 사람과 사람의 불평등한 관계 위에서 세워진 것이다. 제왕과 신하, 고관대작과 말단 관리, 벼슬아치와 백성, 선생과 학생, 아버지와 아들, 형과 동생, 남성과 여성이 모두 위아래 신분의 관계로 다루어졌다. 그들 사이에 평등한 지위란 없고 평등하게 말할 수 있는 권력도 없다. 윗사람은 높고 귀하며 아랫사람은 낮고 천하다. '윗사람'은 '아랫사람'에 대해 지휘하고 명령하고 가르친다. '아랫사람'은 윗사람에 대해 복종하고 고분고분하고 말을 들어야 한다. 룬투가 어렸을 때 "철이 없었다"고 말하는 까닭은 지금 그가 이미 알게 된 예법 관계에 따라 '나'는 도련님이고, 그는 머슴의 아들이니, 양자는 평등할 수 없기 때문이다. '나'는 높고 귀하나 룬투는 낮고 천하다. 그는 당시에 자신의 낮은 지위를 의식하지 못했기에 '내' 앞에서 거침없이 그렇게 많은 말을 할 수 있었다. 이는 모두 천부당만부당했던 일이었다. 하지만 그때는 나이가 어렸기 때문에 양해될 수 있었다. 일단 어른이 되고 나면, 중국 사람은 모두 이런 예법 관계를 지켜야 한다. 이런 예법 관계를 지키지 않으면 중국사회에서 '규칙'을 지키지 않고 '도덕'적이지 못한 사람으로서 사회 각 방면에서 가하는 '징벌'을 받게 될 것이다. 룬투는 바로 이러한 예법 관계의 교육을 받으며 자랐다. 그는 '성실한 사람'이고 '도덕'에 신경 쓰는 사람이다. 그러나 일단 이러한 예법 관계를 사람과 사람의 관계를 처리하는 원칙으로 삼게 되면, 사람과 사람 사이의 사상과 감정은 정상적인 교류를 할 수 없고, 사람과 사람의 영혼은 함께 융합할 수 없게 되어버린다. 이것이 바로 '나'와 룬투 사이에 발생한 정신적 비극이다. '나'는 룬투를 그리워하고 룬투도 '나'를 그리워한다. 거리낌 없는 동심을 품었을 때 그들은 평등한 우정 관계를 맺었다. 이런 관계가 두 사람의 영혼 속에 아름답고 따뜻하며 행복한 추억을 남겼다. '나'는 고향을 떠올릴 때 가장 먼저 룬투를 떠올렸다. 룬투도 실제로 줄곧 '나'를 그리워하고 있었다.

우리 집에 올 적마다 네 소식을 묻더라. 너를 한번 보고 싶다는구나.

그와 '내'가 어린 시절에 함께 놀던 정경을 떠올리기만 하면 우리는 룬투의 이러한 말들이 결코 일반적인 치렛말이 아니라는 것을 알 수 있다. 두 사람이 다시금 만났을 때, '나'는 "아주 흥분했고", 룬투도 매우 흥분했다. "얼굴에 반가움과 처량한 표정이 나타났고, 입술을 움직였다". 그의 마음이 얼마나 참된 감정으로 떨고 있는지를 설명하지 않는가! 그러나 봉건적인 예법관계는 오히려 모든 이러한 감정마저도 마음속에 갇혀 형용되지 못하게 또 나타내지 못 하게 했다.

> 그의 태도가 마침내 공손해지더니 분명하게 불렀다.
>
> "나리! ……."

여기서 우리는 본래 융합되어 있던 두 영혼이 생으로 갈라질 때 내는 핏빛을 띤 소리를 들을 수 있다. 룬투는 '나'를 단지 평등하고 친한 친구로 더 이상 볼 수 없게 되었다. 그는 '나'를 자신이 미칠 수 없는 높은 위치에 놓았으니 그 자신의 고통과 슬픔을 이렇게 높은 사람의 앞에서 호소할 수도 드러낼 수도 없었다. 이런 호칭은 '공손함'의 뜻을 담고 있었으나 동시에 어떤 '냉정함'이 스며들어 있었다. 이러한 '냉정'한 분위기에서 '나'의 감정 또한 마음속에 얼어붙어 버렸다. 두 영혼은 이런 호칭으로 인해 양쪽으로 나뉘어 가로막혀 교류될 수도 융합될 수도 없었다. 그리하여 '나'는 "몸서리를 쳤고" 두 사람 사이에 이미 "서글픈 두꺼운 장벽"이 가로놓여 있다는 것을 알게 되었다.

우리는 「고향」에서 소년 룬투와 소년 '나'의 관계만이 인간성에 부합되고, 나중의 봉건적 예법 관계는 원래부터 사람의 본성 속에 지녔던 것이 아니라 사회적 압력을 받아 형성된 것이라는 것을 알았다. 그것은 일종의 왜곡된 인간성이다. 사람은 자연스러운 발전 과정에서는 자기 자신을 낮고 무능한 인간으로 보지 않는다. 룬투와 같은 사람이 지닌 봉건적인 예법관념은 오랜 기간에 걸친 강제적인 압력을 받아 점진적으로 형성된 것이다. 사회가 사람의 인간성을 억압했고 동시에 또 그의 자연스러운 생명력을 억압해서 모든 외부 세계의 압력에 대해 그가 소극적으로 참고, 또 정신적이든 물질적이든 모든 고통을 참도록 길들였다. 손에 쥔 작살로 차를 찌르던 룬투는 얼마나 패기 넘치고 씩씩하였던가! 얼마나 용감했던가! 그러나 봉건적인 예법 관계가 점차로 그의 생명력을 억압했기에 그로서는 모든 고생과 불행 앞에서 소극적으로 참을 뿐이었다. 룬투에게서 소년 시절의 왕성한 생명력이 진작 사라진 사실을 의식해야만 우리는 비로소 "많은 자식, 흉년에다 가혹한 세금, 병사, 도적, 벼슬아치, 세도가"들이 그를 장승처럼 되도록 얼마나 고생시켰는지를 이해할 수 있다. 그에게는 이미 현실적인 불행에 반항할 정신적인 힘이 없다. 그는 이 모든 것을 아예 극복할 수 없을 것으로 보았다. 그는 그저 받아들이고 참아낼 뿐이다. 자신의 불행에 대해 가능한 한 생각하지 않고 자신의 고생을 가능한 한 바로 잊어버렸다. 그는 더 이상 자발적으로 세상, 삶, 그리고 자기 자신에 대해 느끼거나 생각하지 않았다. 그것이 오래 쌓이고 쌓여서 그의 사상은 말라 비틀어졌고, 그의 감수능력은 움츠러들었으며, 그의 표현력은 시들어버렸다. 그의 정신은 하루하루 마비되었다. 그는 결국 감성도 없고 사고능력도 없으며 표현능력도 없는 장승이 되었다. 종교만이 그에게 미래의 막연하고도 희미한 희망을 가져다줄 수 있었다. 그의 정신은 이미 죽었고, 육체도 급격하게 노쇠해졌다.

어른 룬투가 보여준 것은 '내'가 말한 "고생으로 마비된 채 사는" 사람들의 특징이다. 이들은 착하고 도덕에 신경 쓰며 규칙을 지킨 것이다. 하지만 전통적인 도덕이 사람의 생명력을 억압한 것이다. 그들은 봉건도덕의 금기 속에서 생명의 살아갈 힘을 상실했고 정신이 마비되어버렸다.

3) 어른 '나'

'나'는 현대적 지식인이다. 그는 자신의 '고향'에서 이미 존재의 기초를 상실했고 자기 자신의 정신이 머물 곳을 잃어버렸다. 그는 떠돌이 넋인 양 이미 자기 자신의 정신적 '고향'이 없다.

중국 고대의 지식인은 관료 지주였다. 경제적으로는 지주였고 정치적으로는 관료였으며 권세를 가진 부자였다. 하지만 현대의 지식인은 도시에서 삶을 도모하는 사람이다. 그에게는 이미 튼튼한 경제적 기초가 없고 정치적 권력도 없다. 두부서시 양씨 둘째 아주머니의 마음속에 두렵고 존경할만한 사람은 "고관대작이 되어", "소실을 세 명이나 두고", 출타할 때면 "여덟 명이 메는 커다란 가마를 타는" "부자"이다. 현재 '나'는 "부"하지 않게 됐다. 그러므로 그녀도 그를 더 이상 두려워하거나 존중하지 않고, 되레 그녀가 언제라도 강탈하고 훔쳐가는 대상이 되었다. 그는 두부서시 양씨 둘째 아주머니의 삶과 운명을 동정하지만, 두부서시 양씨 둘째 아주머니가 그를 동정할 리 없다. 그는 그녀와 정신적인 교류를 맺을 수 없다. 그가 그녀에게서 느낀 것은 차별당하고 강탈당하는 어쩔 수 없는 무력감이다. 룬투는 그의 마음속의 정겨운 인물이지만, 룬투는 오히려 여전히 전통적인 관료, 지주, 지식인을 대하는 방식에 따라 그를 대한다. 그로서는 더 이상 룬투와 정상적인 정신적 교류를 할 길이 없게 되었다. 그는 정신적으로 고독한 사람이다. 그는 사람과 사람 사이의 평등한 관계를 추구하지만, 이런 관계는 현실의 '고향'에서는 찾을 수 없었다.

결론적으로 말하면, 현실의 '고향'은 정신이 제각각 분리되고, 생명이 살아갈 힘을 잃고, 사람과 사람 사이의 따스하고 행복한 정다운 관계를 잃어버린 '고향'이다.

3. 이상 속의 '고향'

기억 속의 '고향'은 아름다우나 사라진 추억 속의, 상상 속의 고향은 그다지 '진실'하지 않다. 그것은 소년의 순수한 영혼이 느끼는 '고향'이지 삶의 압력과 사회의 압력을 감당하고 있는 어른이 느끼는 고향이 아니기 때문이다. 이러한 동정의 영혼은 취약한 것이고 운명적으로 사라질 것이다. 소년은 물질생활의 압력을 감당하지 않고 가족의 생계를 책임질 필요가 없으며 또 어른들의 사회적 관계에 개입할 필요가 없다. 하지만 사람이란 운명적으로 소년에서 어른으로 자라야 한다. 어른이 된 사람은 독립적으로 생계를 도모하게끔 되어 있다. 그래서 어른의 눈으로 본 '고향'이라야 더욱 중요하고 또 더욱 진실한 '고향'이다. 그것은 어른의 운명을 결정할 뿐만 아니라 동시에 또 한 세대 한 세대 아이들의 앞길을 결정하기 때문이다. 하지만 이 현실의 '고향'은 오히려 고통스럽다. 생명의 힘이 모자라고 발전의 잠재력이 결핍된 것이다. 두부서시 양씨 둘째 아주머니는 자신의 이기적이고 옹졸하고 또 자기 자신의 물질적 실리와 욕망으로 '고향'의 정신을 부패시키고, '고향'의 앞길을 와해시키고 있다. 하지만 룬투는 자신의 인내로 현실의 고난을 유지하고 있고, 현실의 모든 불가능을 아름다운 앞길로 향하도록 바꾸었다. 그러나 우리는 오히려 '고향'에 아름다운 앞길이 있다는 것을 희망하지 않을 수 없고 현실의 '고향'을 변화시키고자 하는 희망을 품지 않을 수 없다. 이는 그것이 자기 자신의 기억 속의 아름다운 '고향'을 없애버렸기 때문이고 더욱이 현실의 '고향'이 한 세대 한 세대 고향 사람들의 운명을 결정하고 있기 때문이다.

진정한 이상은 터무니없는 구상에서 나온 것도 아니고 다른 사람이 자신에게 알린 것도 아니다. 그것들은 사람의 진정한 이상이 아니다. 그러한 '이상'은 사람의 정신적 발전에 중요한 작용을 할 수 없다. 그것은 사람의 영혼 깊은 곳으로 깊숙이 들어갈 수 없다. 사람에게 있으나 마나 한 것은 어려움을 당하면 쉽게 그것을 버릴 수 있기 때문이다. 사람의 진정한 이상은 자신의 다른 생활의 느낌의 차이 속에서 생긴 것이고, 현실생활의 상황과 사회적 상황에 대한 불만 가운데서 생겨난 것이다. 구체적으로 「고향」에 대해 말하면 '나'에게는 기억 속의 아름다운 '고향'이 있고, 아픔을 느끼게 하는 현실의 '고향'도 있다. 전자는 아름다우나 '고향'의 현실이 아니고 전체 '고향' 사람들의 실제 생활 속의 '고향'이 아니다. 현실의 '고향'은 오히려 사람을 참기 어렵게 만드는 것이다. '나'는 매우 자연스레 하나의 희망을 품게 되었다. 현실의 '고향'도 기억 속의 '고향'처럼 그렇게 아름답기를 바라고, 현실의 '고향' 속의 고향 사람들도 기억 속의 '고향' 속의 소년 룬투처럼 생기가 넘치고 활력이 충만해 소년 '나'와 소년 룬투처럼 그렇게 정겨운 우정을 갖고 마음과 마음이 서로 통하기를 바란다. 하지만 현재의 '고향'은 이미 지금과 같은 모습이 되어버렸다. 현실은 바꿀 수 없는 것이고, 바꿀 수 있는 것은 미래일 뿐이다. 이때 '나'에게 이상적인 '고향'이란 관념이 생겼다. 이러한 이상을 가져야만 비로소 '나'의 가장 분명한 이상이다. 그것은 '나'의 삶의 느낌과 사회적 느낌 속에서 자연스레 형성된 것이고, '내' 영혼 깊은 곳에서 승화되어 나온 것이기 때문이다. 이런 이상이 일단 생기면 '나'는 이제 영원히 그것을 버릴 수 없다.

> 그들은 더 이상 나처럼 되지 않고, 또 모두 사이가 멀어지지 않았으면……. 그렇지만 그들이 마음이 통한다는 이유로 나처럼 고생스레 전전하는 생활을 하게 되는 것도, 룬투처럼 고생으로 마비된 채 사는 것도, 다른 사람처럼 고달프나 제멋대로 사는 것도 나는 원하지 않는다. 그들은 새로운 삶을 살아야 한다. 우리들이 경험해 보지 못했던 삶을.

이것이 바로 고향에 대한 '나'의 이상이다.

이 이상을 실현할 수 있는 것일까? '나'는 명확한 대답을 내놓지 않았다. 실제로 어떤 이상이건 모두 확정적이고 의심할 바 없는 대답을 내놓을 수 없다. 왜냐하면 '이상'이란 사람이 구체적으로 실현하는 것이자 많은 사람이 공동으로 노력해야만 실현할 수 있기 때문이다. 또 사람이란 늘 변하기 마련이고, 게다가 갖가지 서로 다른 발전 변화의 가능성을 갖는 것이기 때문이다. 이것이 바로 어떤 사람의 어떤 이상일지라도 모두 확정적이고 의심할 바 없는 실현을 얻기 어렵게 한다. 그러나 '나'의 이상은 또 실현의 가능성이 전혀 없는 것이 아니다. 인류 자신이 영원히 향상向上을 추구하는 힘을 품고 있기 때문이다. 「고향」에서 그것은 바로 수이성水生과 훙얼宏兒의 우정이다. 그것은 소년 룬투와 소년 '나'의 관계와 마찬가지로 취약한 것이고 순간적으로 사라질 수도 있다. 하지만 그들은 아직 사회적 압박으로 인해 어른 룬투나 어른 '나', 또는 두부서시 양씨 둘째 아주머니 같은 인물이 되지 않았다. 그들은 현재의 사람들보다 더 곱고 더욱 패기 있고 훨씬 아름다운 영혼으로 바뀔 가능성을 갖고 있다.

> 나는 생각했다. 희망이란 본래 있다고도 할 수 없고 없다고도 할 수 없다. 이는 바로 땅 위의 길과 같다. 사실 땅에는 원래 길이 없었지만 다니는 사람이 많아지자 길이 된 것이다.

다시 말하면 어떤 이상이 최종적으로 실현될 수 있을지는 누구도 단정할 수 없다. 관건은 사람이 추구하고 있는지에 달려 있다. 누군가 추구하고, 더욱 많은 사람이 추구하면 희망은 있다. 추구하는 사람이 없거나 극소수의 사람만이 추구한다면 그러면 희망이 없거나 보다 큰 희망이 없다.

저자는 우리에게 아름다운 미래를 허락해주지 않았다. 모든 미래에 관한 허락이란 모두 허구적이고 실질적이지 않은 것이다. 그가 우리에게 추구하도록, 아름다운 미래를 추구하도록, 아름다운 미래를 창조하도록 했다.

「고향」 속의 세 가지 '고향'의 관계는 다음과 같다.

과거	현재	미래
소년 룬투	어른 룬투	어른 수이성
소년 '나'	어른 '나'	어른 훙얼
	'두부서시' 양씨 둘째 아주머니	
	소년 수이성	
	소년 훙얼	
기억 속의 '고향'	현실 속의 '고향'	이상 속의 '고향'

4. '고향'과 '조국'의 닮은꼴

진정으로 훌륭한 문학예술 작품은 자기 자신에 대해서 초월적인 힘을 갖는다. 다시 말하면 그것은 어떤 사람들과, 어떤 일들을 작품화하지만, 그것이 드러내는 것은 오히려 이러한 사람들이나 이러한 일에만 국한되는 것이 아니다. 그것은 우리에게 더 많고 더욱 크며 훨씬 보편적인 것들을 느끼게 할 수 있다. 그것은 단지 발광체일 뿐이지만 이 발광체가 비출 수 있는 범위는 무한히 넓다. 여기서 우리는 먼저 「고향」에서 구체적으로 묘사한 것이 '내'가 고향에 돌아왔을 때의 견문과 느낌이지만 표현된 것은 이러한 것들에만 그치지 않음을 알아야 한다. 무엇이 '고향'인가? '고향'은 어떤 사람이 전에 살았던 장소이다. 특히 어린 시절에 살았던 장소이다. 하지만 이 '고향'의 범위는 클 수도 있고 작을 수도 있다. 항저우杭州에서는 사오싱紹興이 바로 루쉰의 고향이라면, 베이징에서는 저장浙江이 루쉰의 고향이다. 하지만 일본에 가면 중국이 바로 루쉰의 고향이다. 이때 '고향'과 '조국'은 같은 개념이 된다.

그리하여 어떤 민족의 언어 속에서 '고향'과 '조국'은 같은 말이다. 첫 번째 자모를 대문자로 쓰면 '조국'이 되고 소문자로 쓰면 바로 '고향'이다. 요컨대 「고향」에서 구체적으로 쓴 것은 '고향'이지만 그것이 표현해 낸 것은 '조국'에 대한 루쉰의 느낌과 희망이다.

우리의 관념 속에서의 '고향'은 다만 일종의 물질적 존재처럼, 마치 사람의 자기 고향에 대한 뜨거운 사랑이 태생적인 것처럼 책임이고 의무이자 바뀔 수도 없고 바뀌어서도 안 되는 것이다. 실제로 한 사람 한 사람에게 '고향'이란 모두 시시각각 변하는 정신적 실체이다. 그것은 사람과 그것의 정신적 연계 속에서 점차 만들어지고 발전한 것이다. 「고향」 속에서 '나'와 '고향'의 정신적 교류는 우선 소년 '나'와 소년 '룬투'의 우정과 어울림의 관계가 생겼기 때문에, 이때 '고향'은 그의 관념 속에서 아름답고 친근한 것이지만, 그가 다시금 '고향'에 돌아왔을 때 이런 정신적 관계는 희미해졌고 '고향'의 관념이 바뀌었다. 이때 그는 '고향'의 현실이 싫고 반감을 갖는 것이지만 그러나 '나'는 아무튼지 일찍이 고향 사람들과 친밀한 정서적 관계를 맺고 있었다. 그는 자기 자신의 기억 속의 그 아름다운 고향을 망각할 수 없고, 고향 사람들의 고달픈 삶에 대해 완전히 무관심한 태도를 보일 수 없다. 그래서 그는 자신의 고향이 좋아지기를 희망하고 자기 고향 사람들에게 아름다운 앞길이 있기를 바란다. 여기서 보여주는 것도 역시 자기 조국의 고통에 대한 루쉰의 사랑임을 알기란 어렵지 않다. 루쉰의 생명은 자신의 조국에서 성장하고 발전한 것이다. 그는 일찍이 자신의 조국에서 사랑을 느꼈고, 사람과 사람 사이의 따뜻한 정을 느꼈다. 하지만 그가 자신의 어린 시절을 벗어나 어른으로서 사회로 들어갔을 때,

더욱 폭넓은 삶과 사회에 대한 시야를 갖게 되었고 삶의 고달픔을 겪었다. 그는 중국 사회의 낙후와 몰락을 보았고, 현대 세계에 놓인 중화민족의 고통스러운 운명과 심각한 위기를 감지했다. 그는 중국 사람의 삶의 고달픔과 운명의 비참함을 느꼈다. '조국'에 대한 그의 느낌에 근본적인 변화가 생겼다. 그의 정신 속의 '조국'이 사라졌다. 물질로서의 '조국'은 여전히 존재하고 있지만, 이 '조국' 속에서 더는 자신의 정신적 안식처를 찾을 수 없었다. 이때의 '조국'은 주로 두 종류의 사람들로 구성된 것이다. 하나는 두부서시 양씨 둘째 아주머니처럼 물질적인 욕망만을 지닌 중국 사람들이다. 그들은 믿음도 도덕도 고정된 품격도 없이 극단적으로 옹졸하고 이기적인 사람들이었다. 그들은 어떤 사람이든 모두 자신이 강탈하고 뜯어 가는 대상으로 여겼다. 남에게 참된 감정이 없이 관심을 두는 것은 오직 눈앞의 물질적인 실리일 뿐이었다. 그들에게는 '다른 사람'이라는 관념이 없었으니, '조국'이라는 관념은 더더욱 없었다. 그들이 사회의 부패 및 사람과 사람 사이의 관계를 어지럽히는 정신적 근원이다. 중국에서 물질문화의 낙후는 단순한 물질적 실리에 대한 일부 중국 사람들의 관심을 더욱 심화시켰고 이런 사람들의 옹졸함과 이기심을 가중시켰다. 그들은 중국 사회 속의 일부 '성실하지 못한' 사람들이었다. 또 다른 하나는 어른 룬투같이 '성실한 사람'이고, 또 중국의 전통적인 종법이니 윤리니 도덕에 심각하게 속박당하고 있는 사람들이었다. 그들에게는 왕성한 생명력이 없고 자신의 아름다운 앞길을 열어갈 노력과 의지 그리고 지혜와 재능도 없었다. 그들은 삶의 무거운 압력을 소극적으로 견뎌내고 있었다. 능력이 있는 이는 도덕에 신경 쓰지 않고, 도덕에 신경 쓰는 이에게는 능력이 없었다. 서로에게 최소한도의 동정과 이해가 없고, 단결하고 노력하는 정신은 더욱 없었다. 이런 조국에 대해 그는 깊이 실망하지 않을 수 없었다. 하지만 이런 실망이란 또 그에 관심을 기울일 때 생기는 것이다. 두부서시 양씨 둘째 아주머니에게는 실망이란 느낌이 없다. 그녀는 결코 자신의 조국에 관심을 두지 않기 때문이다. 룬투도 이미 사회나 조국에 대해 실망을 느낄 수 없다. 그는 오직 망각 속에 있어야만 비로소 영혼이 찰나적인 평화를 얻기 때문이다. 그에게는 이미 현실을 직시할 용기란 없다. 바로 이런 실망이 저자에게 조국의 미래에 대한 이상을 싹틔우고 조국의 미래에 대해 곰곰이 사색하게 했다. 루쉰의 '애국주의'는 겉치레인 '애국주의'가 아니고 옹졸하고 이기적인 '애국주의'도 아니다. 그것은 조국의 현실과 운명에 대한 애틋한 정과 조국의 앞길에 대해 고통스런 사색을 통해서 구체화 된 것이다.

우리가 루쉰의 「고향」을 조국의 앞길과 운명에 대한 깊은 정의 차원에서 체험하고 느낀다면, 「고향」과 오늘날의 우리 독자들 사이에도 밀접한 정신적 교류가 생길 것이다. 민족이나 사회는 모두 발전 과정 중에 있다. 사람의 성장도 느릿느릿하고도 구불구불하다. 어린 시절의 꿈은 모두 아름답다. 하지만 어른의 발전은 사회적 삶의 심각한 제약을 받는다. 사람마다 모두 물질적인 삶의 보장을 받아야 하지만, 물질적 이익은 언제나 모두 수많은 사회 구성원들을 도덕에 신경 쓰지 않고 정이 없으며, 옹졸하고 이기적이며, 남을 해치고 자신에게 이롭게 하는 사람이 되게 할 수 있다. 그들은 어떤 역사적 조건 아래 있건 간에 모두 사회를 부패시키고 사람과 사람 사이의 조화로운 관계를 파괴하는 힘이 될 수 있다. 사람과 사람 사이의 사회적 경쟁이 또 사회의 불평등한 관계를 유지하게 할 것이고, 수많은 사회 대중들의 삶과 노력하려는 의지를 억압해 그들을 어른 룬투처럼 그렇게 정신이 마비된 장승이 되게 할 것이다. 두부서시 양씨 둘째 아주머니 같은 사람이 되지 않고 어른 룬투와 같은 사람이 되지 않는 것도 결코 그렇게 쉬운 일은 아니다.

인류가 발전한 과정 또한 이러한 것이 아닐까! 1천 년 이후에도 두부서시 양씨 둘째 아주머니와 같은 사람이 생길 것이고, 어른 룬투와 같은 사람도 생길 것이다. 그리고 양심적인 지식인도 어른 '나'처럼 사회에서 자기 자신의 정신적 안식처를 찾을 수 없을지 모른다.

「고향」의 의미는 앞으로도 늘 푸른 것이리라.

5. 길고 긴 우울함과 오래된 아름다움

루쉰의 소설 가운데서 「고향」의 미학적 격조도 역시 독자적인 패턴을 이룬 것이다. 「광인일기」는 억압에 대한 분노를 담았다. 그것은 한 발 한 발 연속 발사되는 포탄처럼 전통적인 윤리 도덕에 대한 자신의 분노를 쏟아냈다. 그것은 중국이 예로부터 지녀온 문명과 문화에 대해 총공격을 펼치고 진지전을 벌인 것이다. 여기에는 반항만이 있을 뿐 미련이 없다. 분노만 있을 뿐 우울함이란 없다. 「쿵이지孔乙己」는 어떤 한 인물의 운명을 쓴 것이다. 여기에는 동정도 있고 풍자도 있다. 하지만 저자는 쿵이지와 일정한 사상적 감정적 거리를 유지하고 있다.

저자는 쿵이지 같은 지식인과 이제껏 소년 룬투와 같이 거리 없는 친밀한 정의 관계를 세우지 못했고 또 그렇게 할 리도 없다. 이러한 감정 관계는 완전히 평등의 기초 위에 있어야만 생길 가능성이 있다. 쿵이지의 신분의식이 다른 사람의 이런 감정을 자기 마음의 문 밖에 묶어 두었으니 그 자신에게도 이런 정이 생길 수 없었을 뿐 아니라 다른 사람까지도 그에 대해 이런 감정이 생길 수 없었다. 쿵이지에 대한 저자의 동정은 단지 또 다른 사람에 대한 사람으로서 갖는 동정이자 또 다른 중국 지식인에 대한 중국 지식인으로서의 동정일 뿐이다. 그 이외에 완전히 개인화된 요소는 없다. 「쿵이지」가 완성한 것은 단지 간단한 일의 기록이고, 어떤 한 사람의 일생과 운명에 관한 '보도'일 뿐이다. 그것은 무자비할 정도로 간결하며, 화날 정도로 짧다. 「고향」에서는 달라졌다. '고향'에 대한 저자의 감정은 사람과 사람 사이의 일반적인 감정일 뿐 아니라 동시에 또 개인적인 색채를 띤 특수한 감정이기도 하다. '고향'에 대해 어떠한 이성적인 사고를 갖기 전에 사람은 이미 그것과 '끊으려 해도 끊을 수 없고 정리해도 여전히 어지러운' 정신적인 관계를 맺고 있다. 동년, 소년과 '고향'이 세운 이러한 정신적 연계는 한 사람이 평생 완전히 벗어나기란 불가능한 것이다. 뒷날의 인상이 얼마나 강렬하든 간에 모두 이러한 기초 위에서 생겨난 것일 뿐이고, 이러한 감정의 덩굴로부터 완전히 벗어나기란 불가능하다. 「고향」이란 소설에 대해 구체적으로 말하면, '고향'의 현실에 대한 '나'의 모든 느낌은 모두 소년 시절에 이미 생긴 감정 관계의 기초 위에서 만들어진 것이다. '나'는 이미 소년 룬투의 그 사랑스러운 모습을 잊기란 불가능하고, 소년 시절에 이미 형성한 그 아름다운 고향에 대한 기억도 완전히 잊기란 불가능하다. 이후의 느낌과 인상은 소년 시절에 형성한 이런 인상과 겹쳐 있는 것이다. 이는 여러 가지 감정이 한데 모이고 혼합되고 뭉쳐진 것이다. 이러한 감정은 단순하지 않고 복잡한 것이다. 색채가 선명하지 않고 흐릿하고 분명하지 않은 것이다. 이러한 감정은 울 수도 없고 웃을 수도 없는 감정이다. 서정적인 언어를 통하지 않고서는 분명하게 표현할 수도 없다. 그것은 마음속에서 한 가닥 한 가닥씩 밖으로 뽑아내야 하고 허둥댈 수도 서둘 수도 없다. 그것은 시간이 필요하고 길이가 필요하다. 독자들은 천천히 씹고 느릿느릿 느끼고 체험해야 한다. 이런 뚜렷한 색채가 없으면서도 또 복잡한 감정은 우리의 느낌 속에서 보면 바로 우울함이다. 우울함은 뚜렷하게 말할 수 없고 명확하게 말할 수 없는 감정이자 정서이다. 강렬하면서도 가볍게 벗어날 수 없는 길고 긴 그러면서 또 오래된 감정적이고도 정서적인 상태이다. 「고향」이 표현해낸 것은 일종의 우울한 아름다움이다. 우울함은 길고 긴 것이고, 이러한 아름다움도 오래된 것이다.

'길고 긴' 점은 「고향」이란 소설 전체의 어떤 구조적 특징이다. 소설이 표현하려는 것은 모두 '내'가 고향에 다시금 돌아왔을 때의 견문과 느낌이라고 할 수 있다. 그렇지만 이런 느낌은 '고향'에 대한 원래의 인상과 느낌에서 벗어날 수 없다. 소설은 시작하자마자 현실의 '고향'에 대한 묘사로 직접 들어가지 않지만 비교적 긴 분량을 들여서 도중의 느낌과 이번에 고향에 돌아오게 된 이유를 썼다. '고향'에 돌아온 뒤에도 여전히 고향의 현실에 대한 묘사로 직접 들어가지 않는다. 어머니의 말을 통해 어린 시절의 기억을 끌어내고 더욱 긴 분량으로 어린 시절의 소년 룬투와의 사귐에 대해 서술했다. 이러한 묘사들은 모두 서둘지 않고 조급해하지 않는 기풍과 태도를 드러냈다. 저자는 현실적인 견문과 묘사로 들어가려고 서둘지 않는다. 한 치 한 치씩 그에 다가가고 반걸음 반걸음씩 그에 가까이 간다. 한걸음에 소설의 중심으로 뛰어 들어간 것이 아니다. 이 과정에서 저자가 숙성시키는 것은 일종의 정서이자 기조이다. 그것이 점차 독자의 영혼들을 '내'가 '고향'으로 돌아왔을 때의 심경으로 들어가게 했다. 이렇게 해야만 비로소 '나'처럼 그렇게 현실의 견문을 느낄 것이기 때문이다. '고향'을 떠날 때의 묘사와 '고향'으로 되돌아오는 과정의 묘사에 서로 똑같은 특징을 담고 있다. 저자는 이 소설을 끝내려고 서두르지 않고 비교적 꼼꼼하게 고향을 떠날 때의 정경과 심정을 기술했다. 어떤 외국의 학자는 「고향」이 막을 내릴 때의 넋두리는 불필요한 것이라고 여긴다. 나는 이 막을 내릴 때의 넋두리는 어떤 사상 인식을 표현하고자 했고, 그것은 더욱 서정적인 필요였다고 생각한다. 만약 시작 부분에서 사람이 몸은 아직 '고향'에 도착하지 않았는데 오히려 마음이 먼저 '고향'에 도착했다는 느낌을 준다면, 여기서 사람에게 몸은 이미 '고향'을 떠났지만 마음이 아직 '고향'을 떠나지 않았다는 느낌을 줄 것이다. 전체 소설은 활 모양의 다리처럼, 앞부분에는 길고 긴 무지개다리가 있고 중간에는 곧은 다리가 있으며 뒷부분에 다시 길고 긴 무지개다리가 있다. 라디안이 아주 작지만, 다리의 몸체는 매우 길다. 그래서 사람에게 길고 긴 또 길고 긴 느낌을 준다. 이 과정에서 움직이고 있는 것은 갈수록 짙어지는 우울한 정서이다. 마지막에 이르기까지 이런 우울한 정서를 아직 모조리 다 토해내지 못한 것이다. 루쉰은 독자에게 확정적이고 의심할 바 없는 결론을 주지 않는다. '고향'의 슬픔 혹은 기쁨 같은 고정적인 앞길을 밝혀주지 않았다. '고향'의 앞길은 여전히 미지수이고 사람들이 스스로 쟁취해야 할 미래이다. 그것은 '고향'에 대한 사람들의 관심과 '고향'의 현실적 고통에 대한 느낌을 사람들 마음속에 영원히 남겨놓았다. 사람들은 막을 내릴 때도 자기 마음의 위안을 얻지 못한다. 그것은 영혼의 느낌 속에서 이어지며 또 길어지고 있다. 그것이 주는 느낌은 길고 긴 것이고, 끝이 없는 우울한 정서이자 시작도 없고 끝도 없는 역사적인 기대이다. 이는 우울함의 아름다움이다.

이런 우울함의 미감은 소설의 어떤 구조에만 표현되지 않으며, 또 그것의 언어적 특색 위에서 표현된다. 소설의 시작과 결말 부분의 언어는 분명한 서정성을 띠고 있다. 그것들은 중간의 소설 서사를 닫힌 서정적 언어의 틀 속에 놓고, 그 속의 서사를 위해 우울한 곡조를 입혀놓았다. 소설 속에서 유일하게 경쾌한 어조는 어린 시절의 기억에 대한 묘사에서 등장하지만, 그것은 곧 '고향'의 현실에 대해 묘사하는 가라앉은 분위기로 인해 흩어져버렸다. 남은 것은 단지 우울함과 서글픔뿐이다. 앞뒤 두 단락의 묘사 가운데 구절이 아주 길다. 기복이 있긴 하지만 만들어낸 것은 명쾌한 기조가 아니다. 그것들은 휘날릴 수 없는 푹 젖은 나뭇잎처럼 한 닢 한 닢 함께 달라붙어 있다. 네가 나를 누르고 내가 너를 누르며, 끊어진 듯이 또 이어진 것이 모두 길고 긴 그리고 또 묵중한 느낌을 준다.

내가 기억하는 고향은 전혀 이렇지 않았다. 나의 고향은 훨씬 좋았다.

> 하지만 그 아름다움을 떠올리고 그 좋은 점을 말해보라고 하면, 떠오르는 모습도 할 말도 없다. 아마 고향이란 그런 것인가 보다. 그리하여 내 나름대로 해석해 보았다. 고향이란 원래 이런 거야. (…중략…) 발전도 없고 내가 느낀 것처럼 꼭 그렇게 처량하다고 할 수도 없다. 이건 단지 나 자신의 심정이 변한 것뿐이니까. 왜냐하면 이번에 내가 고향에 돌아온 것에 원래 무슨 좋은 심정이 아니었으니까.

이 단락 전체에서도 여전히 과거의 고향이 과연 현재보다 아름다웠는지에 대해 분명하게 말하지 않았다. 실제로 이러한 두 종류의 느낌은 이미 겹쳐 있어서 분리해낼 수 없다. 그것이 만든 것은 우울한 심정일 뿐 어떤 명확한 결론이 아니다. 그것의 언어도 이런 심정과 마찬가지로 도약이 없다. 네가 나를 이끌고 내가 너를 이끌며, 멈춤이 있을 것 같지만 멈출 수도 없다. 이 단락 전체가 한 구절인 듯 '나'의 우울한 심정을 매우 잘 전달해냈다.

우울함이란 길고 긴 정서이다. 또 어둡고 음침하고 차갑고 낮게 가라앉은 정서이다. 「고향」 소설의 전체 색조도 역시 어둡고 음침하고 차갑고 낮게 가라앉은 정서이다. 때는 "한겨울"이고, 날씨는 "몹시 춥고" "음산"했으며, "찬바람"이 불고 있고, 소리를 "윙윙" 내며, 보이는 것은 "쓸쓸하고 초라한 마을"이었다. 마지막 부분의 그 넋두리 말이라고 할지라도 어두운 색채, 차가운 분위기, 가라앉은 가락도 띠고 있다. 그것은 고통스레 한 서린 호소가 아니고, 열정에 찬 외침도 아니다. 절망의 몸부림이 아니고 또 낙관적인 도전도 아니다. 모든 것이 다 몽롱하고 흐릿해 분명하지 않다. 만약 붉은색이 열정적이고 파란색은 차분하며, 녹색이 시원하고 검은색은 무겁고 우울하다면, 회색은 풍부하면서도 복잡한 것이다. 그것은 여러 색조의 혼합체이다. 그것은 모든 색조를 담고 있지만 또 어떤 색조도 거기에서 압도적인 우세를 점하고 있지 못하다. 우울함은 바로 이러한 복잡한 정서이다. 우울함은 회색인 것이고, 「고향」의 주된 색조 역시 회색이다.

왕푸런의 루쉰연구 논저 목록

논문

(*馓人, 東曉는 필명)

1. 「'백초원에서 삼미서옥으로' 속의 '선생'이란 인물을 어떻게 정확하게 분석하고 평가할 것인가(如何正確分析和評價『從百草園到三味書屋』中"先生"這個人物?)」(馓人), 『語文教學』(煙臺師專) 제2·3기, 1977.
2. 「'축복'의 처음과 결말의 경물 묘사(『祝福』開頭與結尾的景物描寫)」(馓人), 『語文教學』(煙臺師專) 제6기, 1978.
3. 「'광인일기'의 창작방법에 관하여(關於『狂人日記』的創作方法)」(馓人), 『寶鷄師院學報』 제1기, 1979.
4. 「'류허전 군을 기념하며' 자료 하나(『記念劉和珍君』資料一則)」(馓人), 『教學與研究』(揚州師院南通分院中文系) 제1기, 1979.
5. 「루쉰 산문시 '눈'에 대한 의도적인 바로잡기(魯迅散文詩『雪』作意辨正)」(馓人), 『寶鷄師院學報』 제2·3기, 1979.
6. 「시 '뤄스를 추모하며' 속의 '자모'는 누구를 가리키는가(『悼柔石』詩中的"慈母"指誰?)」(馓人), 『語文教學』(煙臺師專) 제3기, 1979.
7. 「'류허전 군을 기념하며' 속에 인용한 도잠 시구에 대해(談『記念劉和珍君』中所引陶潛詩句)」(馓人), 『語文教學研究』(聊城師院) 제3기, 1979.
8. 「서술, 서정, 의론의 완벽한 융합－'류허전 군을 기념하며'의 예술적 특색에 대한 시론(敍述, 抒情, 議論的完美融合－試論『記念劉和珍君』的藝術特色)」(馓人), 『語文教學研究』(聊城師院) 제3·4기 합간, 1980.
9. 「'옛일'을 논함(論『懷舊』)」, 『魯迅研究年刊』, 西北大學魯迅研究室編, 1980년호.
10. 「루쉰의 전기 소설과 레오니트 안드레예프(魯迅前期小說與安特萊夫)」, 『魯迅研究』 제7기, 1981; 『比較文學論文集』, 北京大學出版社; 『中國文學研究年鑒(1982)』.
11. 「시안 지역 루쉰 탄신 100주년 기념 학술심포지엄 개술(西安地區紀念魯迅誕辰一百周年學術討論會概述)」(東曉), 『西北大學學報』 제3기, 1981.
12. 「인물의 사회적 생활환경을 진실하게 묘사한다－루쉰소설의 학습수필(眞實地描寫人物的社會生活環境－魯迅小說學習隨筆)」, 『延河』, 1981.9.

13. 「루쉰의 전기 소설과 미하일 아르치바셰프(魯迅前期小說與阿爾志跋綏夫)」, 『魯迅研究』 제3기, 1983.
14. 「루쉰의 전기 소설과 러시아문학(魯迅前期小說與俄羅斯文學)」, 『紀念魯迅誕生一百周年學術討論會論文選』, 1983; 『魯迅與中外文化的比較研究』, 1986.9.
15. 「루쉰연구 속의 비교연구 이모저모(魯迅研究中的比較研究瑣談)」, 『魯迅研究』 제8집, 1983.5.
16. 「루쉰의 중국 단편소설의 예술적 혁신에 대한 시론(試論魯迅中國短篇小說藝術的革新)」(왕푸런(王富仁) · 가오얼춘(高爾純) 공저), 『文學評論』 제5기, 1981; 『紀念魯迅誕辰一百周年』, 陝西人民出版社, 1983.
17. 「중국 반봉건 사상혁명의 거울(中國反封建思想革命的一面鏡子)」, 『中國現代文學研究叢刊』 제1기, 1983; 『語文研究新成果選粹』, 湖南敎育出版社, 1986.
18. 「전체 사회현실을 투시하는 가장 훌륭한 각도-'외침'과 '방황'의 사상적 의미에 대한 두 가지 견해(透視整個社會現實的最佳角度-二論『吶喊』『彷徨』的思想意義)」, 『中國現代文學研究叢刊』 제2기, 1984.
19. 「'외침'과 '방황' 속의 낭만주의와 상징주의(『吶喊』『彷徨』中的浪漫主義和象徵主義)」, 『魯迅研究年刊』, 西北大學魯迅研究室編, 1984.
20. 「좌담회 발언(座談會發言)」, 『魯迅研究動態』 제3기, 1985.
21. 「루쉰의 혼인과 애정 생활(魯迅的婚姻愛情生活)」, 『自修大學』 제4기, 1985.
22. 「'외침'과 '방황'의 환경 묘사(『吶喊』『彷徨』的環境描寫)」, 『名作欣賞』 제3기, 1985.
23. 「'외침'과 '방황'의 문학성 분석-박사논문 개요(『吶喊』『彷徨』綜論-博士學位論文摘要)」, 『文學評論』 제3, 4기, 1985; 『中國首批文學博士學位論文選集』, 山東大學出版社, 1987.
24. 「'외침'과 '방황' 속의 지주계급 지식인 형상의 창조(『吶喊』『彷徨』中地主階級知識分子形象的塑造)」, 『魯迅研究動態』 제6기, 1985.
25. 「오랜 문화전통에 대한 현대화 조정-루쉰과 중국 내외 문화논술 총강 하나(對古老文化傳統的現代化調整-魯迅與中外文化論綱之一)」, 『中國』 제6기, 1986.
26. 「루쉰소설의 비극성 논술(論魯迅小說的悲劇性)」, 『紹興師專學報』 제3, 4기, 1986.
27. 「서양문화를 중국 현대문화를 재건하는 주요 참고대상으로 삼다-루쉰과 중국 내외 문화논술 총강 둘(以西方文化爲重建中國現代文化的主要參照系統-魯迅與中外文化論綱之二)」, 『中國』 제12기, 1986.
28. 「인물 자신의 표현성과 인물 묘사 수단의 표현성-'외침'과 '방황' 속의 노동대중과

하층 봉건적 지식인의 비극적 주인공의 인물형상 창조에 대해(人物自身的表現性與人物描寫手段的表現性－談『吶喊』『彷徨』中勞動群衆和下層封建知識分子悲劇主人公的人物形象塑造)」, 『中國現代文學研究叢刊』 제3기, 1986.

29. 「니체와 루쉰의 전기 사조(尼采與魯迅的前期思潮)」, 『文學評論叢刊』 제17집.
30. 「'가짜 양놈'의 전형적 의미("假洋鬼子"的典型意義)」, 『中學語文教學』 제1기, 1987.
31. 「'흥업'에서 '입인'으로－루쉰의 초기 문화적 사상의 변천을 간략히 논함(從"興業"到"立人"－簡論魯迅早期文化思想的演變)」, 『中國社會科學』 제2기, 1987.
32. 「두 가지 다른 역사적 층면과 사상적 층면에 서서－루쉰과 량치차오의 문화적 사상과 문학적 사상 비교(立於兩個不同的歷史層面和思想層面上－魯迅與梁啓超的文化思想和文學思想之比較)」(왕푸런 · 자쯔안(査子安) 공저), 『河北學刊』 제6기, 1987; 『中國現代文學歷史比較分析』, 四川教育出版社, 1993.
33. 「독자에게－'외침'과 '방황' 속의 '나'에 관하여(致讀者－關於『吶喊』『彷徨』中的"我")」, 『中學語文教學』 제11기, 1987.
34. 「'외침'과 '방황'의 희극적 예술을 논함(論『吶喊』『彷徨』的喜劇藝術)」, 『魯迅研究』 제13집, 1988.6.
35. 「두 가지 형태의 현실주의 소설－루쉰 소설과 마오둔 소설의 비교연구 하나(兩種形態的現實主義小說－魯迅小說與茅盾小說的比較研究之一)」, 『學術之聲』, 北京師範大學中文系編 제1기, 1988.
36. 「두 가지 현실주의 소설의 두 종류의 예술적 경향－루쉰 소설과 마오둔 소설의 비교연구 둘(兩種現實主義小說的兩種藝術趨向－魯迅小說與茅盾小說的比較研究之二)」, 北京師範大學中文系編, 『學術之聲』 제2기, 1988.
37. 「자유의 획득과 상실－'죽음을 슬퍼하며' 감상과 분석(自由的獲得與喪失－『傷逝』賞析)」, 『齊魯電大』 제3기, 1990.
38. 「두 가지 다른 각도에서의 인생 탐구－루쉰과 위다푸 소설의 사상적 의미 비교연구(從兩個不同的角度進行的人生開掘－魯迅和郁達夫小說思想意義的比較研究)」, 『魯迅研究年刊』, 西北大學魯迅研究室編, 1990.
39. 「세메노프와 그의 루쉰연구(弗 · 伊 · 謝曼諾夫和他的魯迅研究)」, 西北大學魯迅研究室編, 『魯迅研究年刊』, 1990(В. И. Семанов－역자).
40. 「'풍파' 감상과 분석(『風波』賞析)」, 『魯迅作品賞析辭典』, 和平出版社, 1991.
41. 「'광인일기' 자세히 읽기(『狂人日記』細讀)」, 『중국현대문학中國現代文學』(한국), 총제6호, 1992.

42. 「'죽음을 슬퍼하며' 감상과 분석(『傷逝』賞析)」, 『魯迅作品賞析大辭典』, 四川辭書出版社, 1992.
43. '루쉰 산문 감상 둘(魯迅散文賞析二則)'－「대추나무의 격조－'가을밤' 감상(棗樹的風格－『秋夜』賞析)」, 「전사의 고민－'그림자의 고별' 감상(戰士的苦悶－『影的告別』賞析)」, 『齊魯電大』 제1기, 1992.
44. 「중국 현대문화의 골격－루쉰 인상(中國現代文化的骨骼－魯迅印象)」, 『太原日報』, 1993.1.7
45. 「중국의 루쉰연구의 역사와 현황(中國魯迅硏究的歷史與現狀)」, 『魯迅硏究月刊』 제1~6, 8~12기, 1994; 『중국현대문학』(한국), 총제8호, 1994.
46. 「중국 문화사에서의 루쉰의 위상과 작용(魯迅在中國文化史上的地位和作用)」, 『中國文化硏究』 제1기, 1995.
47. 유세종 역, 「'광인일기' 자세히 읽기(『狂人日記』細讀)」, 『루쉰(魯迅)』(한국), 서울 : 문학과지성사(文學與知識社), 1997.
48. 「루쉰의 철학적 사상에 대한 몇 가지 견해(魯迅哲學思想芻議)」, 성균관대 대동문화연구원 편(韓國成均館大學大東文化硏究院編), 『한·중 문학의 전통과 근대(韓中文學的傳統與近代)』 제30차 동양학학술회의논문집.
49. 「루쉰의 철학적 사상에 대한 몇 가지 견해」, 성균관대 대동문화연구원, 『대동문화연구(大東文化硏究)』 제33집.
50. 「루쉰의 철학적 사상에 대한 몇 가지 견해」, 『中國文化硏究』 제1기, 1999.
51. 「'20세기 중국 잡문사의 단상'에 관하여(關於『20世紀中國雜文史的斷想』)」, 『文藝報』, 1999.4.22
52. 「'외침'과 '방황'의 문학성 분석(『吶喊』『彷徨』綜論)」, 천페이(陳飛)·쉬궈리(徐國利)·류후이(劉暉)·리지카이(李繼凱) 編, 『回讀百年－20世紀中國社會人文論爭』, 大象出版社, 1999.
53. 「'외침', '풍파', '새로 쓴 옛날이야기' 세 편 감상(『吶喊』『風波』『故事新編』三篇賞析)」, 『中外文學名著精品賞析·中國現當代文學卷』, 首都師範大學出版社, 1999.
54. 「시간, 공간, 사람(時間·空間·人)」, 『魯迅硏究月刊』 제1~5기, 2000.
55. 「학계의 세 영혼(學界三魂)」, 『收穫』 제3기, 2000.
56. 「중국 문화의 골격(中國文化的骨骼)」, 『前線』 제4기, 2000.
57. 「루쉰 소설의 서사예술(魯迅小說的敍事藝術)」, 『中國現代文學硏究叢刊』 제3·4기, 2000.

58. 「비극의식과 비극정신－류신성의 '중국 비극소설 초탐' 서(悲劇意識與悲劇精神－劉新生『中國悲劇小說初論』序)」, 劉新生, 『中國悲劇小說初論』, 新華出版社, 2000.
59. 「루쉰연구 과정에서 부딪친 문제(魯迅研究中遇到的問題)」, 『新華文摘』 제11기, 2000.
60. 「'외침'과 '방황'의 문학성 분석」, 쑨위(孫郁) · 황차오성(黃喬生) 주편(主編), 『魯迅研究的歷史批判－論魯迅(二)』, 河北教育出版社, 2000.
61. 「정신적 '고향'의 상실－루쉰의 '고향'에 대한 감상과 분석(精神"故鄕"的失落－魯迅『故鄕』賞析)」, 『語文教學通訊』 제21 · 22기, 2000.
62. 「루쉰연구에 관하여(關於魯迅研究)」, 바이예(白燁) 선편(選編), 『2000中國年度文論選』, 漓江出版社, 2001.
63. 「루쉰 소설의 서사 예술」(일부), 『中國社會科學文摘』 제1기, 2001.
64. 「비극의식과 비극정신(悲劇意識與悲劇精神)」, 『江蘇社會科學』 제1 · 2기, 2001.
65. 「루쉰과 중국문화(魯迅與中國文化)」, 『魯迅研究月刊』 제1～6기, 2001.
66. 「나와 루쉰연구(我和魯迅研究)」, 『21世紀－魯迅和我們』, 人民文學出版社, 2001.
67. 「'외침'과 '방황'의 환경 묘사」, 허우위전(侯玉珍) 편저(編著), 『閱讀 · 欣賞 · 評論』, 中國鐵道出版社, 2001.
68. 「비극의식과 비극정신」, 『新華文摘』 제7기, 2001.
69. 「'중국 문화의 야경꾼' 자서(『中國文化的守夜人』自序)」, 『魯迅研究月刊』 제8기, 2001.
70. 「나와 루쉰연구」, 가오쉬둥(高旭東), 『世紀末的魯迅論爭』, 東方出版社, 2001.
71. 「으뜸은 루쉰을 읽는 것이다－중학교에서의 루쉰 작품 교학에 관한 몇 가지 생각(最是魯迅應該讀－關於中學魯迅作品教學的幾點思考)」, 『中國教育報』, 2001.10.25.
72. 「루쉰의 생애와 창작(魯迅的生平和創作)」, 『語文』(고등학교) 제5책, 人民教育出版社, 2001.
73. 「루쉰 작품을 어떻게 가르칠 것인가? 어떻게 읽을 것인가?(魯迅作品如何教? 如何讀?)」, 『語文報』, 2001.12.10.
74. 「중국문학의 비극의식과 비극정신(中國文學的悲劇意識與悲劇精神)」, 수이(舒乙) · 푸광밍(傅光明) 編, 『在文學館聽講座』, 華藝出版社, 2002.
75. 「루쉰의 사상으로 돌아가기(還原魯迅的思想)」, 리징(李靜) 주편, 『中國問題－來自知識界的聲音』, 中國工人出版社, 2002.
76. 「루쉰과 '곤충기'(魯迅與『昆蟲記』)」, 『中華讀書報』, 2002.2.27.

77. 「나와 루쉰연구」, 거타오(葛濤)·구훙메이(谷紅梅) 編, 『聚集"魯迅事件"』, 福建教育出版社, 2001.
78. 「'외침'과 '방황'의 문학성 분석」, 장제(張桀)·양옌리(楊燕麗) 선편, 『魯迅其書』, 社會科學文獻出版社, 2002.
79. 「루쉰의 철학적 사상에 대한 몇 가지 견해」, 장제·양옌리 선편, 『魯迅其人』, 社會科學文獻出版社, 2002.
80. 「'루쉰의 자아소설 연구' 서(『魯迅自我小說研究』序)」, 리밍(李明), 『魯迅自我小說研究』, 中南大學出版社, 2002.
81. 「중국 신문화의 몇 가지 층면－돤궈차오의 '루쉰논고' 서(中國新文化的幾個層面－段國超先生『魯迅論稿』序)」, 돤궈차오(段國超), 『魯迅論稿』, 홍콩 : 天馬圖書有限公司, 2002.
82. 「리밍의 '루쉰의 자아소설 연구' 서(李明著『魯迅自我小說研究』序)」, 『魯迅研究月刊』 제7기, 2002.
83. 「중국 문화사에서의 루쉰의 위상과 작용」, 慶祝北京師範大學一百周年校慶中文系論文集『京師論衡』, 北京師範大學出版社, 2002.
84. 「어문교과서 속의 루쉰 작품을 어떻게 다루어야 할 것인가－왕푸런 교수 탐방기(如何看待語文課本中的魯迅作品－王富仁教授訪談錄)」, 왕푸런·진리췬(金立群), 『語文教學與研究』, 9월 상반월간(총343기), 2002.
85. 「비극의식과 비극정신」, 『1990～2001江蘇社會科學優秀論文精選』.
86. 「루쉰연구와 나의 사명－왕푸런 교수 탐방(魯迅研究與我的使命－王富仁教授訪談)」, 『智慧人生－中青年學者訪談』, 上海大學出版社, 2002.
87. 「자연, 사회, 교육, 사람－루쉰의 회고성 산문 '백초원에서 삼미서옥으로' 감상과 분석(自然·社會·教育·人－魯迅回憶散文『從百草園到三味書屋』賞析)」, 『語文學習』 제2기, 2003.
88. 「중국 반봉건 사상혁명의 거울－'외침'과 '방황'의 사상적 의미를 논함(中國反封建思想革命的一面鏡子－論『吶喊』『彷徨』的思想意義)」, 왕더허우(王得後, 王得厚－역자) 주편, 『探索魯迅之路』, 北京師範大學出版社, 2003.
89. 「루쉰의 철학적 사상에 대한 몇 가지 견해」, 왕더허우 주편, 『探索魯迅之路』, 北京師範大學出版社, 2003.
90. 「'외침'과 '방황'의 환경 묘사」, 리궈화(李國華) 주편, 『文學批評名篇選讀』, 河北大學出版社, 2004.

91. 「파브르의 '곤충기'가 야기한 생각들(由法布爾的『昆蟲記』引發的一些思考)」, 靑島大學·魯迅博物館魯迅硏究中心 공편, 『2002年魯迅硏究年鑒』, 人民文學出版社, 2004.
92. 「중국 신문화의 몇 가지 층면－돤궈차오의 '루쉰논고' 서」, 『寶鷄文理學院學報』 제5·6기, 2004.
93. 「루쉰의 영혼 모색－훙샹의 '근대적 이성, 현대적 고독, 과학적 이성' 해독(摸索魯迅的靈魂－讀解洪祥『近代理性·現代孤獨·科學理性』)」, 『魯迅硏究月刊』 제1기, 2005.
94. 「정신적 '고향'의 상실－루쉰의 '고향'에 대한 감상과 분석」, 人民敎育出版社 初中『語文』 제5책, 『敎師敎學用書』, 2001～2005.
95. 「으뜸은 루쉰을 읽는 것이다－중학교에서의 루쉰 작품 교학에 관한 몇 가지 생각」, 『魯迅小說選讀』, 人民文學出版社, 2005.
96. 「중국 문화사에서의 루쉰의 위상과 작용」, 『中學語文敎學』 제1기, 2005.
97. 「'루쉰학 문헌유형 연구' 평가 소개(『魯迅學文獻類型硏究』評介)」, 『魯迅硏究月刊』 제9기, 2005.
98. 「내가 본 중국의 루쉰연구(我看中國的魯迅硏究)」, 『社會科學輯刊』 제1집, 2006; 『新華文摘』 제7기, 2006.
99. 「정신적 '고향'의 상실－루쉰의 '고향'에 대한 감상과 분석」, 『語文學習』編輯部編, 『名作導讀』, 上海敎育出版社, 2006.
100. 「자연, 사회, 교육, 사람－루쉰의 회고성 산문 '백초원에서 삼미서옥으로' 감상과 분석」, '語文學習'編輯部編, 『名作導讀』, 上海敎育出版社, 2006.
101. 「샤먼 시기의 루쉰－대학문화를 넘어서(廈門時期的魯迅－穿越學院文化)」, 『廈門大學學報』 제4기, 2006.
102. 「'광인일기' 자세히 읽기」, 왕리(王麗) 編, 『中學語文名篇多元解讀』, 廣東敎育出版社, 2006.
103. 「정신적 '고향'의 상실－루쉰의 '고향'에 대한 감상과 분석」, 왕리 編, 『中學語文名篇多元解讀』, 廣東敎育出版社, 2006.
104. 「'중국의 루쉰연구의 역사와 현황' 재판 후기(『中國魯迅硏究的歷史與現狀』再版後記)」, 『魯迅硏究月刊』 제9기, 2006.
105. 「중국 문화사에서의 루쉰의 위상과 작용」, 『홍콩작가(香港作家)』 제519기, 2006.
106. 「루쉰과 혁명－마루야마 노보루의 '루쉰, 혁명, 역사'를 읽고·상(魯迅與革命－丸山昇『魯迅·革命·歷史』讀後(上))」, 『魯迅硏究月刊』 제2기, 2007; 『中國現代、當代文學硏究』(人大復印資料) 제7기, 2007.

107. 「중국 문화사에서의 루쉰의 위상과 작용」, 『台灣文學與跨文化流動』, 『東亞現代中文文學國際學報』, 台灣號, 2007; 台灣, "行政院"文化建設委員會 "國立"清華大學台灣文學研究所編, "Western discourse" and contemporary Chinese culture(서양담론과 당대중국문화(西洋話語與當代中國文化), Frontiers of literary studies in China(『中國文學研究前沿』) 1~2, 2007.5.
108. 「실존주의와 중국의 루쉰연구－펑샤오옌의 '실존주의 시야 하의 루쉰' 서(存在主義與中國的魯迅研究－彭小燕『存在主義視野下的魯迅』序)」, 北京大學出版社, 2007; 『魯迅研究月刊』 제2기, 2008; 『東亞文化與中文文學』(汕頭大學號), 首都大學出版社, 2010.
109. 「샤먼 시기의 루쉰－대학문화를 넘어서」, 『魯迅－廈門與世界』, 廈門大學出版社, 2008.
110. 「만약 온 민족이 모두 그를 잊어버린다면, 그것은 잘 잊어버린 것이다 · 특별인터뷰(如果全民族都遺忘他, 那就遺忘好了(專訪))」, 『東莞時報』, 2008.10.20.
111. 「루쉰연구 과정에서 부딪친 문제」, 『新華文摘精華本』(文藝理論卷), 人民出版社, 2009.
112. 「루쉰의 아동교육사상 연구의 중요성－장차이옌의 '루쉰과 아동교육' 서(研究魯迅兒童教育思想的重要性－姜彩燕『魯迅與兒童教育』序)」, 『魯迅研究月刊』 제4기, 2010.
113. 「당대의 루쉰연구에 대한 자유 토크－주충커의 '1927년 광저우 지역에서의 루쉰의 전환' 서(當代魯迅研究漫談－朱崇科『1927年廣州場域中的魯迅轉換』序)」, 『魯迅研究月刊』 제11기, 2010.
114. 「나는 루쉰을 보통 사람으로 복귀시키는 경향을 반대한다(我反對把魯迅還原爲普通人的傾向)」, 『文化觀察』, 2010.4.4.
115. 「중국은 루쉰이 필요하다(中國需要魯迅)」, 『文藝報』, 2011.9.16.

저작과 기타

1. 『루쉰의 전기 소설과 러시아문학(魯迅前期小說與俄羅斯文學)』, 陝西人民出版社, 1983.
2. 『중국 반봉건 사상혁명의 거울－'외침'과 '방황'의 문학성 분석(中國反封建思想革命的一面鏡子－「吶喊」「彷徨」綜論)』, 北京師範大學出版社, 1986.
3. 『선구자의 형상(先驅者的形象)』(論文集), 浙江文藝出版社, 1987.

4. (러)세메노프, 왕푸런 · 우싼위안(吳三元) 공역, 『루쉰의 이모저모(魯迅縱橫觀)』, 浙江文藝出版社, 1988.
5. 김현정 역,『루쉰논집(魯迅論集)』(한글), 부산 : 세종출판사(世宗出版社), 1997.
6. 『왕푸런 자선집(王富仁自選集)』, 廣西師範大學出版社, 1999.
7. 『중국의 루쉰연구의 역사와 현황(中國魯迅硏究的歷史與現狀)』, 浙江人民出版社, 1999.
8. 왕푸런 · 자오줘(趙卓) 공저, 『맹점을 돌파하자 – 세기말 사회적 사조와 루쉰(突破盲點 – 世紀末社會思潮與魯迅)』, 中國文聯出版社, 2001.
9. 『중국 문화의 야경꾼 루쉰(中國文化的守夜人 – 魯迅)』, 人民文學出版社, 2002.
10. 『중국의 루쉰연구의 역사와 현황』(재판), 福建教育出版社, 2006.
11. 『루쉰의 전기 소설과 러시아문학』(재판), 天津教育出版社, 2008.
12. 쉐쑤이즈(薛綏之) 주편, 『루쉰 잡문 속의 인물(魯迅雜文中的人物)』(編寫外國人物部分辭條), 山東師範學院聊城分院自印.
13. 『중국현대문학사(中國現代文學史)』(撰寫“『吶喊』和『彷徨』”一節), 十四院校編寫組, 雲南人民出版社, 1981.
14. 쉐쑤이즈 외 주편, 『루쉰잡문사전(魯迅雜文辭典)』(任編委, 編寫部分外國人物辭條), 山東教育出版社, 1986.
15. 『루쉰소설선독(魯迅小說選讀)』, 人民文學出版社, 2005.
16. 왕더허우 · 첸리췬(錢理群) · 왕푸런 공편, 『루쉰 정선집 · 소설, 산문, 산문시 편(魯迅精要讀本(小說、散文、散文詩卷))』, 台灣人間出版社, 2010.
17. 왕더허우 · 첸리췬 · 왕푸런 공편, 『루신 정선집 · 잡문 편(魯迅精要讀本(雜文卷))』, 台灣人間出版社, 2010.

후기

거타오葛濤 선생과 안후이대학출판사安徽大學出版社가 나의 이러한 루쉰연구 관련 논저를 '중국 루쉰연구 명가정선집中國魯迅硏究名家精選集'에 수록해준 것에 감사한다. 그렇지만 '명가'라고 말하자니 좀 부끄럽다. 나이가 드니까 루쉰연구계에서 나를 아는 젊은 사람은 많으나 내가 아는 젊은 사람이 비교적 적어서 '이름'이 알려진 것 같긴 하지만, 사실 더 몇 년 지나면 다른 사람들은 우리 세대의 사람을 잊어버릴 것이다. 그때는 지금 아직 '이름' 없는 젊은 사람에게 더욱 많은 독자가 생길 것이다. 그때가 되면 우리는 '명가'가 아니게 된다. 또 '정선'이라 말하는 것도 좀 억지가 있는데, 나라는 사람은 일하는데 본래부터 좀 '덜렁꾼'이지, 오로지 '십 년 동안 칼 한 자루를 가는' 그러한 피나는 노력을 하는 사람이 아니기 때문이다. 우리가 처한 시대가 또 끊임없이 변화하는 시대인지라 무슨 할 말이 있으면 재빨리 말해야 하고 그렇지 않으면 시대가 바뀌어 버려서 하고 싶은 말도 할 수 없게 된다. 말을 해도 듣는 사람도 없게 된다. 그래서 나의 글은 좀 '급히' 써서 다소 '거칠고', 게다가 그렇게 '정밀'하지 못하고 그렇게 '자세'하지도 못하다. 30여 년의 시간 동안 쓰여졌고, 앞뒤로도 커다란 변화가 있어서 통일된 표준을 찾기 어렵고, 어떤 글이 더 훌륭한지 어떤 글이 더 못한지 가려내기 어렵다.

2부(원문은 상편－역자)의 제1장부터 제3장까지 논문 3편은 전체적으로 루쉰소설을 연구한 것인데, 각도가 다를 뿐이다. 그래서 나는 그것을 '루쉰소설의 감상과 분석'으로 제목을 붙였다. 「제3장 루쉰의 전기 소설과 러시아문학魯迅前期小說與俄羅斯文學」은 내 석사학위논문의 '총론總論'이고, 「제2장 '외침'과 '방황'의 문학성 분석『吶喊』·『彷徨』綜論」은 내 박사학위논문의 '개요'이다. 이 두 편은 모두 20세기 1980년대에 썼고, 또 학위논문 심사 질의응답에 제출해야 하는 '답변'이었다. 그래서 그 주된 방향 역시 당시 제창한 현실주의이고, 마르크스주의 문예이론의 영향도 분명히 볼 수 있다. 「제1장 루쉰 소설의 서사 예술魯迅小說敍事藝術」은 명제작문命題作文 성격의 글이다. 나는 결코 계통적으로 서양의 소설 서사이론을 연구한 적이 없으나 누군가 이러한 제목을 붙여 주었기에 당연하게 생각하고 이러한 글을 썼다. 그때는 벌써 '새 방법新方法'이 당시 풍조가 되었던 20세기 1990년대였다. 실제로 그때의 '새 방법'도 서양의 '낡은 방법舊方法'일 뿐이고, 결코 우리 자신의 독립적인 창조가 아니었다. 단지 이전의 조목조목 이어진 틀이 없어졌을 뿐인데, 쓰는데 한층 더 (때로는 한층 더 마음대로) 자유로워졌다.

그 다음(원문은 중편-역자) 글들도 대부분 다 20세기 1990년대에 썼다. 당시에 중국 내지內地에서 일어난 것은 '경제의 큰 물결'이다. '돈'은 귀해졌고, '글文'은 천해졌다. 루쉰의 글까지도 예외일 수 없었다. 당시에 실업가와 상업가 사이에 서로서로 더욱 많은 지원과 협력이 있었다. 당시에 그들의 공간이 아주 커서 매매를 좀 하면 돈을 벌 수 있었고, 양쪽이 서로 경쟁할 필요가 없었기 때문이다. 문인 간의 경쟁은 오히려 치열해졌다. 문화 공간이 단번에 작아졌고, 문인 자신의 경제의식도 전에 없이 강화되어 상호 지원과 협력을 생각할 수도 없게 되었기 때문이다. 이는 무엇보다 먼저 루쉰 작품의 운명에서 드러났다.

객관적으로 말한다면 한 사회가 오직 한 작가의 일부 책에만 집중할 수는 없을 텐데, 루쉰이 당시 중국 내지에서 차지한 문화 공간은 확실히 너무 컸다. 또 주관적 관점에서 말한다면, 중국 내지의 문인은 자신이 중국 내지의 문화계에서 영수 자리로 올라가고 싶으면 반드시 무엇보다 먼저 사람들의 시선을 루쉰에게서 끌어내야 했다. 루쉰을 공격하고 모함하는 것 자체야말로 사람들에게 폭넓은 관심을 끌 수 있는 방법이자 수단이었다. 그래서 당시의 '루쉰반대反魯' 사조가 거의 중국 내지의 문화계 전체에 널리 퍼져 있었다. 여기에 또 세 영역이 있다. 그 한 곳은 대학 인텔리문화 영역이고, 또 한 곳은 현·당대문학 영역이고, 또 다른 곳은 초·중·고등학교 어문교학 영역이다. 이 세 영역에서 당시에 루쉰에 대해 나쁜 말 몇 마디를 하지 않으면 '진보'가 될 수 없는 것 같았고, 심지어 당시 중학생조차도 대부분 루쉰을 경멸했다. 나의 「학계의 세 영혼學界三魂」은 당대當代 문학계의 그런 루쉰을 즐겨 모독하는 사람에게 보라고 쓴 글이다. 「정신적 '고향'의 상실-루쉰의 '고향'에 대한 감상과 분석精神"故鄕"的失落-魯迅『故鄕』賞析」과 「자연, 사회, 교육, 사람-루쉰의 회고성 산문 '백초원에서 삼미서옥으로' 감상과 분석自然·社會·教育·人-魯迅回憶散文『從百草園到三味書屋』賞析」은 중학교 교사들에게 보라고 쓴 것이고, 중학교 교사들에게 더욱 가까이 루쉰의 작품을 느끼게 하고 이해시키기 위한 글이다. 물론 이것은 모두 좀 '하룻강아지 범 무서운 줄 모르는' 맛이 들어있긴 했지만, 루쉰연구자의 한 사람으로서 때로는 오히려 이런 '하룻강아지 범 무서운 줄 모르는' 일을 하고 싶은 걸 피할 수 없다. 「'광인일기' 자세히 읽기「狂人日記」細讀」는 20세기 1980년대의 길을 따라 걸어온 것인데, '학술을 위한 학술爲

學術而學術'의 맛이 다소 담겨 있다. 「언어의 예술－루쉰 '청년필독서' 감상과 분석語言的藝術－魯迅「青年必讀書」賞析」은 '중국 루쉰연구 명가정선집' 편집자의 요청에 응해서 썼다.(이 글은 지면상의 이유로 해서 본 번역본에 수록하지 못했다－역자)

물질세계에서 '죽간을 세우지 두레박줄을 세우지 않는다'를 '밝은 지혜'의 예로 들지만, 문화 세계에서는 '모난 돌이 정 맞는다'를 '밝은 지혜'의 예로 든다. 물질세계에서 '머리를 내미는' 사람은 모두 권력 있고 돈 있는 사람이고, 권력과 돈 자체가 모두 확실한 힘이다. 그들은 받침대를 대지 않아도 혼자서도 곧게 자라는 사람이지만, 좀 받침대를 댄다고 해도 그들 자신에게 이로운 점이 있을 뿐이지 어떤 해로운 점은 없다. 아Q처럼 그 자체가 나약하고 무능한 사람을 부축해 일으키려고 하면, 엎친 데 덮친 격이 될 뿐 아니라 게다가 자신에게도 그리 이로운 점은 없다. 문화 세계에서 '머리를 내민' 사람이라면 다르다. 그들은 남이 주의하지 않는 틈에 갑자기 이름을 낸다. 이름을 낸 다음에도 여전히 권력 없고 돈 없는 사람들이다. 그래서 그들을 좀 공격하고 모독해도 자신에게 얼마 해로운 점이 없을 뿐 아니라 그 때문에 이름을 드날릴 수 있다. 그래서 20세기 1920년대에 가장 많은 공격을 받은 사람은 후스胡適와 천두슈陳獨秀이다. 그들은 '5・4' 신문화운동을 했고 '머리를 내밀었기 때문이다.' 또 20세기 1930년대에 이르러 가장 공격을 많이 받은 사람은 루쉰이다. 그는 '좌익'작가연맹左翼作家聯盟에 가담했고 '머리도 내밀었기 때문이다.' 실제로 누구나 천두슈, 후스, 루쉰과 같은 문인들 때문에 당시의 중국이 나쁘게 된 것이 아님을 안다. 문화계의 이러한 전통은 실제로 내내 끊어진 적이 없다. 21세기에 이르러 사람들은 또 한 차례 자신의 울분을 몽땅 '5·4' 신문화운동과 루쉰에게 쏟아 부었다. 전체 중국 현·당대 사회의 재난이 모두 '5·4' 신문화운동과 후스, 천두슈, 루쉰, 특히 루쉰이 만들어낸 것 같았다. 「중국은 루쉰이 필요하다中國需要魯迅」, 「루쉰의 철학사상에 대한 몇 가지 견해魯迅哲學思想芻議」, 「루쉰과 중국문화魯迅與中國文化」는 모두 21세기에 들어선 뒤에 쓴 것이지만, 이때는 이미 우리 같은 루쉰연구자가 모두 무엇을 생각하고 어떻게 생각하는지 따위에 관심을 두는 사람도 없었다. 설령 대단한 힘을 들였다고 하더라도 무슨 영향 거리를 만들지 못했다.

스스로 지난 세월 걸려온 학술연구의 길을 점검하자니 마음속에 얼마쯤 어색한 느낌이 든다. 이 책에 수록한 「루쉰의 전기 소설과 러시아문학」과 「'외침'과 '방황'의 문학성 분석」 두 편의 글은 내가 이전에 힘들게 공부한 마르크스주의 이론을 곧이곧대로 활용해 쓴 것이지만, 당시에 나는 오히려 반마르크스주의자로 여겨져서 사회의 공개적인 비판을 받았고, 사람도 당연히 '우파右派'가 됐다. 하지만 21세기에 이르러 나는 이미 마르크스주의의 사상과 신조를 더 이상 준수하지 않지만, 단지 내가 '5·4'를 부정하지 않고, 루쉰을 부정하지 않고, 20세기 1930년대의 '좌익'문학운동을 부정하지 않았기 때문에 또 일부 사람들에게 '좌경'으로 보이고 '보수'로 보이게 됐다.

며칠 전에 산터우대학汕頭大學의 어떤 교수가 나에게 "선생은 도대체 '좌파'요 '우파'요?"하고 물었다. 나는 당시에 한참 동안 말을 했지만 그가 제시한 이 문제에 대답할 수 없었다. 지금 생각하니 나에게 이 문제를 또 묻는 사람이 있다면 나는 이렇게 말할 것이다.

"나는 루쉰파요!"

왕푸런

2013년 1월 31일 산터우대학 문학원文學院에서

역자 후기

'중국 루쉰연구 명가정선집' 시리즈의 한 권인 『중국은 루쉰이 필요하다』는 중국의 저명한 루쉰연구가로 산터우대학汕頭大學 교수 왕푸런王富仁 선생의 저서 중 주요한 부분들을 편역한 책이다. 이 책을 번역 출판하는 과정 속에서 왕푸런 선생의 별세 소식을 접하게 되었다. 그는 2017년 5월 2일 베이징에서 지병으로 세상을 뜨셨다.

왕푸런 선생의 별세는 역자에게 충격과 함께 슬픔을 가져다 주었다. 1993년 여름부터 선생을 알고 지낸 지난 24년 세월 동안 중국의 베이징과 산터우, 한국, 홍콩, 싱가폴 등 국제학회에서 얼마나 많은 대화를 나누었던가. 역자가 만날 때마다 폐암 걸릴지 모르니 그 골초 담배를 끊으라고 얼마나 쓴소리를 많이 했던가. 그러나 이분은 들은 척도 안 하고 좀 일찍 죽으면 어떠하냐고 달관한 사람인양 특유의 미소로 응답하곤 했다. 그러면 그렇지. 내가 오늘 같은 날이 올 줄 알았지.

왕푸런 선생과의 인연 이야기를 꺼냈지만, 이 기회에 먼저 여기 '중국 루쉰연구 명가정선집'(이하 『정선집』)에 포함된 루쉰 학자들과의 인연에 대해 간단하게라도 언급하면 어떨까 싶다. 아울러 중국 루쉰 학계에서 첸리췬錢理群 선생과 왕푸런 선생이 차지하는 비중을 고려해(첸리췬 책의 번역 출간이 좀 뒤로 미루어진 상황에서) 왕푸런 선생의 저서 『중국은 루쉰이 필요하다』 역자 후기에 『정선집』 9권의 번역과 관련한 총괄 후기의 성격의 말도 덧붙이고자 한다.

역자가 중국 루쉰 학계와 인연을 맺게된 이야기를 하자면 한중 수교가 시작된 1992년으로 거슬러 올라가야 한다. 역자는 한중 수교를 전후하여 중국을 방문해 중국현대문학 학계의 현실 상황을 탐색하면서 당시 대표적인 학자들과 교류를 시작했다. 그래서 1992년 12월 베이징에서 처음으로 베이징대학의 첸리췬 선생과 원루민溫儒敏 선생, 천핑위안陳平原 선생을 알게 되었고, 1993년 여름 베이징을 방문했을 때 역시 베이징대학의 옌자옌嚴家炎 선생과 쑨위스孫玉石 선생도 알게 되었다. 그리고 사석에서 베이징사대의 왕푸런 선생도 알게 되었다. 이 『정선집』의 전체 서문을 쓴 중국사회과학원의 린페이林非 선생은 그 이전에 한국을 방문한 바 있으므로 이미 교류하고 있었다. 이들은 모두 중국현대문학에 정통하면서도 당시 벌써 루쉰연구계에서 모두가 공인하는 대가였다.

그때는 역자가 마침 한국중국현대문학학회의 총무이사를 맡아 처음으로 국제 루쉰 학술대회를 준비하던 시기여서 그들과의 교류와 만남이 바로 1993년 11월 초 그들 가운데 옌자옌, 린페이, 첸리췬, 왕푸런 등 네 학자의 한국 초청으로 이어졌고(그 외에 일본 도쿄대학 마루오 츠네키丸尾常喜 교수 등도 초청) 국제 루쉰 학술대회를 순조롭고 또 들썩하게 개최할 수 있었다.

21세기에 들어와서 한중 루쉰 학계 간의 합작과 공동 활동이 조직적이고 규모를 갖게 된 것은 이 『정선집』의 중국 주편이기도 한 베이징 루쉰박물관의 거타오葛濤 연구원과의 인연에서 비롯되었다고 말할 수 있을 것 같다. 이는 베이징 루쉰박물관을 다녀온 김언하교수가 거타오 연구원이 국제 교류에 열정을 갖고 있다는 귀띔을 해 준 데서 시작되었다고 하겠다. 유념하고 있던 차에 2002년 창사長沙에서 열린 중국현대문학연구회 학술회의에 참석하면서 거타오 연구원을 알게 되었다. 거타오 연구원은 당시 무척 젊었고 루쉰연구와 루쉰 학술 교류 활동에 대한 의욕에 넘쳐 있었다. 그리하여 이는 바로 북경 루쉰박물관 쑨위孫郁 관장의 강연 초청으로 이어졌다. 쑨위 관장과 교분을 쌓으면서 한중 루쉰 학계 간에 뜻깊은 일들을 많이 하게 되었다. 2005년 7월과 11월에 중국 선양瀋陽과 한국 서울에서 두 차례 한중루쉰연구대화회를 개최했고, 7월 중국 모임에서는 최초로 중국어판의 『한국루쉰연구논문집韓國魯迅研究論文集』을 출간하게 되었다.

위에서 거론한 학자들이 지은 몇몇 저작이 여기 『정선집』에 포함된 것은 더 말할 것이 없다.

그 뒤에 역자는 루쉰 선생의 아드님인 저우하이잉周海嬰 선생과 장손 저우링페이周令飛 선생이 나에게 책임을 부여해 준 「중국 대륙 외 11개 언어권에서의 루쉰의 영향」 조사 프로젝트의 조직과 한국어 관련 집필을 잘 수행할 수 있었다. 또 저우링페이 선생과 거타오 연구원은 2011년 9월 사오싱紹興에서 국제루쉰연구회國際魯迅研究會가 탄생할 수 있도록 결정적으로 도와 주었다.

이때를 전후하여 거타오 연구원의 스승이었던 베이징언어대학北京語言大學 가오쉬둥高旭東 교수도 잘 알게 되고, 서울과 상하이 문화 비교 국제학술회의를 함께 조직하면서 상하이사범대학의 양젠룽楊劍龍 교수와 교류할 기회도 갖게 되었다. 또 국제루쉰연구회에서 몇 번의 포럼을 조직하면서 지린대학吉林大學의 장푸구이張福貴, 저장대학浙江大學의 황젠黃健 교수와도 자주 만나게 되었다. 중국사회과학원의 장멍양張夢陽

선생은 루쉰연구자료집 정리에 있어 많은 업적이 있었는데, 그가 중국 작가협회의 『문예보文藝報』에 루쉰 특집을 마련하면서 역자에게도 두어 차례 원고 청탁을 해 와 잘 알게 되었다. 그는 2016년 '고독한 영혼 삼부작孤魂三部曲'이라는 이름으로 루쉰 전기 삼부작을 출간하기도 했다.

사실 이들 학자 이외에도 두드러진 성과를 낸 중국의 루쉰 전문가는 많이 있다. 류자이푸劉再復, 린셴즈林賢治, 왕시룽王錫榮, 왕후이汪暉, 왕더허우王德厚, 왕첸쿤王乾坤, 우쥔吳均, 탄구이린潭桂林, 천궈언陳國恩 그들이고 그들보다 좀더 젊은 루쉰연구자들로 가오위안바오郜元寶, 리이李怡, 왕빈빈王彬彬, 가오위안둥高遠東, 왕웨이둥王衛東, 톈강田剛, 리린룽李林榮, 류춘용劉春勇 등이 있다. 필자로서는 왕더허우, 린셴즈와 왕첸쿤과는 인연이 없지만, 그 외 다른 학자들과는 꾸준히 학술적 교분을 나누고 있다. 그런데 많은 루쉰 전문가들 중 왜 여기 실린 10인만을 '명가'로 선택했을까? 이 문제는 중국 주편인 거타오 선생에게 질의를 할 수 밖에 없을 것 같다. 중국 학계의 복잡한 상황을 고려하건대 그에게도 많은 고충이 있었을 것이라고 짐작된다. 어쨌든 간에 『정선집』 저자 10인의 루쉰연구에 대한 느낌과 평가는 각 저작의 역자들 후기에 나름대로 잘 담겨 있으리라 생각된다.

다시 왕푸런 선생과 그의 저서 『중국은 루쉰이 필요하다』 이야기로 되돌아가 보자.

중국 루쉰연구사에서의 왕푸런 선생의 위상, 또는 중국 루쉰학계에 있어 왕푸런 선생의 공헌은 아주 특출한 것으로 평가받고 있다.

왕푸런 선생(1941~2017)은 산둥성山東省 가오탕현高唐縣 출신으로 1967년 산둥대학山東大學 외국어문학과를 졸업한 후 중학교 선생님을 맡기도 하고 문화대혁명 때에는 해방군 농장에서 노동 단련을 수행하기도 한다. 문화대혁명이 끝나는 1977년 시안西安 시베이대학西北大學 중문과 석사과정에 입학하여 1981년『루쉰의 전기 소설과 러시아 문학』으로 석사 학위를 취득하고, 1982년 베이징사범대학 중문과 박사과정에 입학하여 리허린李河林 선생 지도하에 1984년 그 유명한『중국 반봉건 사상혁명의 거울—「외침」「방황」 총론』(이하『거울』로 표기)으로 박사 학위를 취득한다. 전자는 수정 보완 후 1983년 산시인민출판사陝西人民出版社에서 출판되어 루쉰학계 및 비교문학계의 주목을 받으며 1991년 중국비교문학학회에서 수여하는 비교문학연구상을 받게 된다. 후자는 1986년 베이징사범대학출판사에서 출판되어 루쉰학계와 중국현대문학연구계로부터 지극히 큰 반향을 불러 일으키는데, 중국 루쉰연구사 상의 이정표적 의의를 지닌 저서이자, 개혁개방 초기 사상적 계몽적 가치를 지니는 대표적 저작으로 평가를 받는다.

어떻게 그러한 평가가 가능했을까?

신중국 성립 이후 개혁개방 이전 중국 학술계의『외침』『방황』에 대한 연구는 천융陳湧의「루쉰 소설의 현실주의를 논함」을 가장 권위 있는 논문으로 인식하고 있었다. 이 논문은 주로 루쉰 소설과 중국 민주주의 혁명의 역사적 관계에 대해 착안하되 마오쩌둥毛澤東의 중국 각 계급 정치 입장에 대한 분석을 이론적 틀로 삼아 루쉰 소설의 정치적 의의에 대해 전면적인 논술을 하고 있었다.

이에 대해 "먼저 루쉰으로 돌아가자"는 구호를 제창했던 왕푸런은

1949년 이후 형성된 루쉰 소설에 대한 이러한 해석체계는 루쉰 작품 자체의 역사적 내용과 예술적 표현, 그리고 루쉰의 '사람 세우기立人'와 '국민성 개조'를 추구하는 창작 의도 간에 커다란 간극이 있다고 생각하였다. 그리하여 그는 루쉰의 실제적 사상 관점과 사회 현실에 대한 통찰로부터 출발하여 중국 민주주의 상의 정치혁명과 사상혁명에 대해 명확히 구분하였고, 루쉰이 결코 중국 정치혁명의 시각에서가 아닌 중국 반봉건적 사상혁명의 각도에서 자신이 본 현실 속의 사회와 인생을 관조하고 표현하여 『외침』 『방황』을 창작한 것임을 아주 설득력 있게 논증하였다. 이처럼 『거울』은 당시 중국학계에 큰 충격을 주기도 하였지만 동시에 일부 정치 편향적인 보수적인 선배학자들은 그에 대해 '반마르크스주의적 루쉰연구'라는 모자를 씌우고 정치적인 비판을 가했다. 이는 왕푸런으로 하여금 처음으로 중국 사상문화 투쟁의 회오리 속에 말려들게 했다. 그는 그들에 반론을 제기하며 논박하는 과정에서 중국의 현실이 결코 자신을 '학술을 위해 학술을 하는' 순수 학자로서 남아있지 못 하게 함을 깨달았고, 현대 중국 사상문화 문제에 대해 관찰하고 사고하고 연구를 시작하게 되었다. 그리하여 '루쉰과 중외 문화 논술 강요' 계열 논문들과 「중국 근현대 문화발전의 역향성 특징과 중국 현당대 문학발전의 역향성 특징」, 「문화적 위기와 정신적 생산 과잉」 등의 문제 논문들을 발표하였다.

이 『중국은 루쉰이 필요하다』는 저작의 기조에 깔려 있듯이 왕푸런은 개혁개방후 1990년대 이래 문화 보수주의와 배타적 민족주의 사조가 몰려오면서 루쉰이 비판했던 전통문화와 '국학'이 국가의 지원을 받아 사회적 주류로서 부활하기 시작하자 루쉰적 가치를 지키고 중국현대문화의 성취를 중심으로 '국학'의 판을 새로 짜고자 신국학新國學을 제창하기도 하였다.

역자가 왕푸런 선생을 1993년 12월 처음 한국의 루쉰 국제학술회의에 초청할 때, "중국 루쉰연구의 역사와 현황"에 대해 발표를 해 달라고 부탁했었는데, 그는 그때 총론적인 부분 일부분만 발표했던 것 같다. 나중에 알아보니 1994년 『루쉰연구월간魯迅硏究月刊』에 11회에 걸쳐 연재했고 1999년 『중국 루쉰연구의 역사와 현황』 이름으로 단행본으로 출판하였다. 이 저서는 80여 년간의 중국 루쉰연구의 역사를 4시기로 나누고 연구자의 입장과 연구 특성 중심으로 학파를 나누어 일목요연하게 논술하고 있는 중요한 저서로 평가받고 있다. 한국중국현대문학학회가 그에게 이런 중요한 저술의 계기를 마련해 준 셈이다.

그는 한국의 루쉰 학계 및 한국의 루쉰학자들과 깊은 정신적인 유대를 맺고 있었다. 어떤 의미에서였을까? 난징사대南京師大 루쉰연구가 탄구이린潭桂林 교수는 한 글에서 다음과 같이 말한 바 있다.

"루쉰은 일찍이 교수가 될까, 작가가 될까 하는 모순과 고뇌 속에 처한 적이 있었다. 그러나 그가 피와 배신 앞에서 깊은 무력감을 느끼게 되자 강의실로 움츠러 들어가는 캠퍼스파가 되기를 거부하고 의연하게 작가가 되어 다락방으로 들어갔다. 이것은 인생의 한 중요한 선택이었다. 이런 면에 있어 왕푸런은 자신의 루쉰에 대한 존경 및 마음은 그를 향하되 현실은 그렇게 되지 못하는 부끄러움을 여러 차례 표출한 바 있다. 그렇지만 왕푸런은 커다란 생명 에너지를 루쉰연구에 쏟아 부은 학자들에 대해 특별히 존경을 표했고, 그들을 동지로 여겼다. 그는 외국 학자들에 대해 칭찬한 바 있다."

그는 그 다음 직접 왕푸런의 「내가 본 중국의 루쉰연구」 논문 속의 관련 구절을 인용하였다.

"20세기 90년대 초 나는 박재우 선생 및 한국의 일군의 루쉰연구 학자들을 접촉하기 시작하였다. (…중략…) 당시 타이완에 있어 루쉰 작품은 금서였는데, 그들은 여러 가지 도판본이나 여러 우연한 기회를 통해서 몰래 루쉰 작품을 읽었다. 그들은 한국에 귀국한 뒤 다수가 한국 민주화운동의 참가자가 되었다. 내가 알기로 박재우 선생은 감옥 속에서 '저서 입론'을 구상하였다고 한다. 그들은 루쉰을 학습한 후, 진정으로 루쉰 정신을 체화하여, 민족의 민주화를 위하여, 민족의 발전을 위하여, 인류를 위하여 힘을 쏟았으니, 사실은 전체 인류의 정의로운 사업을 위하여 자신들의 분투를 실천한 것이다. 그들의 루쉰에 대한 연구는 단지 문장 속에 존재할 뿐 아니라 그들의 실천 역정 가운데 남아 있다. 따라서 그들의 문장 자체는 일종의 실천인 셈이고 그들의 실천 자체 역시 일종의 언어인 셈이다."

그의 저서에는 우리로 하여금 절로 고개를 숙이게 만드는 부분이 곳곳에 있다. 이는 단순히 과거 역자가 과거에 교분이 두터웠다는 이유로 묻어 둘 수 없는 부분이다. 역자의 한 사람인 배도임 박사는 다음과 같은 점을 거론한다.

우선 그는 루쉰과 루쉰의 작품을 본능적으로 그리고 뼛속 깊이 아끼고 사랑하는 학자였다. 그에게는 천성적으로 다른 문화적 소비에 유혹을 느낄 틈이 없었던 것 같다. 그러기에 루쉰을 사랑하는 일에 한 평생을 오롯이 바쳤으리라.

둘째, 연구의 방법론 면에서 꼼꼼한 텍스트 읽기를 바탕으로 기초를 다진 다음에 뼈대를 세우고 내선을 설치하고 벽을 바르고, 그리고 내부를 마감하여 학문의 집을 완성한다. 어찌 보면 루쉰의 작품처럼 길이 본보기가 될 학술적 집을 남겼다고나 할까.

셋째, 그는 남이 지은 멋진 집을 흉내 내서 짓는 것이 아니라 오직 자신에 속한 한 채뿐인 집을 짓는다. 그 집은 다른 사람이 지은 집을 물샐 틈 없이 요모조모 따져보고 캐보고 파헤쳐본 다음에 단점을 보완하고 장점을 취해 자신의 것으로 육화肉化해낸 결정체이다.

평범해 보이는 그것이 세상을 살아가는 이치이자 연구자의 길이라는 것을 왕푸런 선생은 자신의 삶으로, 저술로 끊임없이 일깨워 주었다. 그러면서도 항상 넉넉해 보이고 달관한 듯 보인 것은 아무나 쉽게 도달할 수 있는 경지는 아닌 것 같다.

이 책은 역자들이 왕푸런의 원래 저서의 전언前言과 상, 중, 하편으로 나뉘어 있던 구성된 것에서 분량과 내용 등을 고려하여 상당 부분 할애하면서 얼마간 재편성하였음을 밝힌다. 번역문 중 루쉰 원문의 경우, 『루쉰전집』 20권(그린비, 2018)을 인용, 혹은 참고하였음을 밝힌다.

문득 당나라 왕유王維가 맹호연孟浩然이 세상을 떠난 뒤에 지어 슬픔을 노래했다는 시가 떠오른다.

벗은 보이지 않건만	古人不可見
한수는 날마다 동쪽으로 흘러가는구나.	漢水日東流
양양의 노인에게 물으니	借問襄陽老
채주의 강산이 텅 비었다 하네.	江山空蔡州

번역본 『중국은 루쉰이 필요하다』가 이제야 독자와 만날 수 있게 되었다. 왕푸런이 생전에 책을 보았다면 얼마나 기뻐했을까. 1993년 12월 첸리췬 선생과 셋이 함께 한강 유람선을 타고 칼바람을 맞다가 서둘러 잠실 롯데 민속촌으로 들어가 함께 막걸리를 마시면서 루쉰에 관해 이야기하던 일이 새삼 떠오른다. 술잔을 기울이던 선생들의 젊은 모습이 눈에 선하다. 늦었지만 삼가 고인의 영전에 이 책을 바치며, 다시 한번 고인의 명복을 빈다.

2021년 5월

박재우 · 배도임